로버트 루이스 스티븐슨

*14* 세계문학 단편선

# 로버트 루이스 스티븐슨

이종인 옮김

현대문학

# 차례

# 지킬 박사와 하이드 씨의 기이한 사례

Strange Case of Dr. Jekyll and Mr. Hyde

캐서린 드 마토스*에게

하느님께서 맺어 주신 우리 인연이 끊어졌다는 것은 참으로 애석한 일이군요.
그래도 우리는 여전히 바람 불던 히스 황야의 아이들이지요.
비록 고향에서 멀리 떨어져 있지만 금작화가 북쪽 지방에서 아름답게
흩날리는 건 여전히 당신과 나를 위해서지요.

---

* 스티븐슨과 돈독한 관계를 유지했던 사촌으로, 이 헌사는 「지킬 박사와 하이드 씨의 기이한
사례」가 출간되기 몇 달 전에 그녀를 위해 쓴 장시長詩를 인용한 것이다. 여기에는 고향인
스코틀랜드를 향한 두 사람의 애정이 가득 담겨 있다.

## 어떤 문에 대한 이야기

　변호사 어터슨 씨는 거칠고 억센 용모에 미소라고는 지어 본 적이 없는 사람이었다. 대화 중에도 냉정하고 말수가 적고 어색해했으며 감정적으로도 둔감했다. 그는 호리호리하고 키가 크고 무미건조하고 따분했지만, 그럼에도 어딘가 매력적인 구석이 있었다. 친분이 있는 모임에서 와인이 입맛에 맞기라도 하면 그의 눈빛에서는 굉장히 인간적인 분위기가 풍겨 나왔다. 그런 분위기는 그의 말씨에서는 찾아볼 수 없었지만, 저녁 식사 후 얼굴에 조용하게 떠오르는 표정이나 일상생활 중에 보이는 행동에서 더 자주, 더 두드러지게 드러났다. 그는 자신에게 엄격하고 또 근검절약하는 사람이었다. 홀로 있을 때면 좋은 와인을 마시고 싶은 생각을 억누르고 저렴한 진을 마셨다. 극장에 가는 것을 좋아하기는 했지만 지난 20년 동안 극장 문턱을 넘어 본 적이 없었다. 하지만 어터슨 씨는 타인을 관대하게 대하는 것으로 정평이 나 있었다. 그는 다른 이들이 정신적 열기에 들떠서 어떤 비행을 저지르면 내심 그런 열기를 은근히 부러워하며 바라보곤 했다. 또한 사람들이 극단적으로 궁지에 몰리면 비난하기보다는 도와주려고 했다. 그는 기이하게도 이런 말을 하기도 했다. "나는 카인의 이단적인 태도에 마음이 끌려. 내 동생이 자기 나름의 방식으로 악마를 찾아가든 말든 내가 알 게 뭐야." 이런 성격을 가진 덕분에 그는 타락한 사람들의 삶에서 끝까지 믿을 만한 사람 혹은 끝까지 좋은 영향을 미치는 사람으로 통했다. 실제로 그런 사람들이 상담차 자신의 법률 사무소에 찾아오더라도 그는 평소의 온화한 태도를 조금도 바꾸지 않고 손님을 응대했다.

물론 어터슨 씨에게 이런 재주를 발휘하는 일은 쉬웠다. 그는 자신의 감정을 잘 드러내지 않는 사람이었고, 심지어 기존에 쌓아 둔 친분 관계까지도 그의 좋은 심성과 너그러운 태도에 기반한 듯했다. 기회가 닿아 알게 된 사람들을 친구로 받아들이는 것은 겸손한 사람의 증표였고, 또 변호사의 원만한 업무 처리 방식이기도 했다. 그의 친구들은 혈연을 나눈 친척이거나 아주 오래전부터 알고 지내던 사람들이었다. 그가 이들에게 품는 호의는 시간이 지날수록 담쟁이덩굴처럼 자라났지만, 그가 이들을 잘 대하는 것은 친구라고 여기는 사람들에게 특별한 재능이 있어서는 아니었다. 마을에서 유명한 인물인 먼 친척 리처드 엔필드 씨와 친분을 쌓게 된 것도 의심할 바 없이 이런 이유에서였다. 이 두 사람이 서로의 어떤 점을 인정하고 있는지, 또 어떤 공통된 주제를 찾을 수 있었는지는 사람들이 이해하기 쉽지 않은 문제였다. 일요일에 그들이 산책하는 광경을 본 사람에 따르면, 두 사람은 산책 중에 아무 말도 하지 않고 몹시 따분한 표정을 지었으며, 친구라도 나타나면 굉장한 안도감을 느끼면서 인사를 건넸다. 그럼에도 두 사람은 이 짧은 산책을 아주 가치 있는 일이자 한 주의 가장 핵심적인 일과로 여겼다. 그 산책을 위해 다른 즐거운 행사들은 물론, 심지어 사무적인 일까지도 제쳐 두었다.

그런 산책을 하던 어느 날 두 사람은 런던 번화가의 뒷골목으로 들어서게 되었다. 거리는 작고 조용하다고 할 만했지만 주중에는 장사가 활발하게 이루어지고 있었다. 이곳에서 사는 사람들은 모두 잘살았고, 또 모두들 여전히 더 잘살아야겠다는 일념으로 열심히 일하는 것처럼 보였다. 또한 이들은 소득의 일부를 상점 외관을 치장하는 데 투자했다. 그리하여 주요 도로를 따라 들어선 상점의 현관은 사람을 끌어들이는 분위기를 가지고 있었는데, 마치 미소를 짓는 여자 점원들이 줄을 서서 호객 행위를 하는 것 같았다. 심지어 상점들이 화려한 매력을 감추고 상대적으로 사람이 덜 다니는 일요일에도 그 거리는 우중충한 이웃 거리와는 마치 숲에서 불이 난 것처럼 대조가 되었다. 갓 페인트를 칠한 덧문들이나 잘 닦아 둔 놋쇠 장식, 그리고 전반적으로 청결한 모습과 유쾌한 분위기는 즉시 행인들의 눈길을 사로잡고 그들을 즐겁게 했다.

그 거리의 한 모퉁이에서 동쪽으로 두 집 정도를 더 가면, 그 진행 방향이 끊어지면서 동네 안뜰로 들어서는 입구가 있었다. 그리고 바로 그 지점에 불길한 건물 한 채가 거리 쪽으로 박공지붕을 불쑥 내밀고 있었다. 그 2층 건물에는 창문도 없고 1층에 출입구로 사용하는 문이 하나 덩그러니 달려 있을 뿐이었다. 꽉 막힌 2층의 전면 벽은 변색된 상태였다. 건물은 어느 모로 봐도 오랫동안 관리가 되지 않아 그렇게 추악한 모습으로 변한 것 같았다. 초인종도 쇠고리도 달려 있지 않은 문은 기포 자국이 나고 변색되어 있었다. 부랑자들은 이 집의 후미진 구석에 기어들어 가 널빤지에 성냥을 그었다. 아이들은 계단 위에서 가게 놀이를 했고, 남학생들은 쇠시리*에 칼을 그어 보곤 했다. 거의 30년에 가까운 세월이 흘렀지만, 이 집에서 누군가가 이런 우발적인 방문자들을 쫓아내거나 부서진 곳을 수리한다고 모습을 드러낸 적은 없었다.

엔필드 씨와 변호사는 이 이면 도로의 반대편을 걸어가고 있었다. 안뜰 입구 맞은편에 도착했을 때 엔필드 씨가 지팡이를 들어 문 하나를 가리켰다.

"자네, 저 문을 본 적이 있나?" 엔필드 씨가 물었다. 같이 산책에 나선 변호사가 그렇다고 하자 엔필드 씨가 말을 이었다. "저 문은 내게 굉장히 기괴한 이야기를 생각나게 하네."

"그래?" 어터슨 씨가 말꼬리를 살짝 올리며 물었다. "대체 무슨 이야기인데?"

"자, 이야기는 이렇다네. 나는 땅끝처럼 먼 어느 곳에서 집으로 돌아오는 중이었네. 새벽 3시라 주변이 온통 컴컴했지. 내가 걸어오는 길에는 문자 그대로 가로등 말고는 보이는 것이 아무것도 없었네. 지나는 거리마다 사람들은 모두 잠들어 있었고, 또 마치 행진을 하듯 가로등에 불이 들어와 있고 주위는 교회처럼 텅텅 비어 있었어. 결국 나는 무슨 위험스러운 일이 없는지 귀를 쫑긋 세우며 걷게 되었고, 어서 빨리 순찰 중인 경관이라도 만났으면 하는 생각마저 들었네. 그러다 돌

---

* 벽이나 문 등의 윗부분에 돌, 목재 등을 띠처럼 댄 장식.

연 두 사람을 보게 되었어. 하나는 키가 작은 남자인데 동쪽으로 터벅터벅 걸어갔고, 다른 하나는 여덟에서 열 살 정도 되어 보이는 여자아이인데 길을 가로지르며 반대쪽에서 힘껏 달려오고 있었네. 그 둘은 그만 길모퉁이에서 부딪쳤네. 그리고 끔찍한 일이 일어났지. 그 불한당 놈이 태연하게 아이의 몸을 마구 짓밟아 대는 거야. 그리고 바닥에 넘어져 비명을 지르는 아이를 남겨 두고 떠났네. 그냥 듣기에는 별일 아닐지 모르겠지만 실제로 보는 나는 정말로 끔찍했다네. 그놈이 한 짓은 사람의 소행이 아니라 사람들을 희생시킨다는 저 빌어먹을 저거노트*의 소행 같았네. 나는 사냥꾼들이 여우를 보면 소리치는 것처럼 소리를 지르며 뛰어가 그놈의 목덜미를 붙잡았네. 그리고 아이가 넘어져 울부짖고 있는 그곳으로 놈을 끌고 왔지. 아이 주변에는 이미 꽤 많은 사람이 모여 있었네. 그런 상황을 벌여 놓고도 놈은 태평 무사했는데, 저항을 하려고 들지는 않더군. 단지 한 번 나를 쳐다보았을 뿐이네. 그 몰골이 어찌나 추악한지 내 몸에는 식은땀이 줄줄 흘렀어. 주변에 모인 사람들은 여자애의 가족들이더군. 곧 아이를 좀 살펴봐 달라고 불렀던 의사도 모습을 드러냈네. 의사인 소본스 씨의 말로는, 아이는 크게 잘못된 것은 아니고 그저 놀랐을 뿐이라더군. 여기까지 들으면 그럼 이야기가 끝난 것 아니냐고 생각할지 모르겠네. 하지만 바로 그때부터 기이한 일이 벌어졌어. 난 처음부터 그놈이 싫었네. 당연한 일이지만 그건 아이의 가족도 그랬네. 하지만 의사란 사람이 날 놀라게 했다네. 그는 상투적인 처방을 내렸네. 또 특별하게 나이를 많이 먹은 것도 아니고, 무색무취한 사람이었네. 강한 에든버러 억양으로 말

* 인도 신화에 등장하는 비슈누 신의 제8화신인 크리슈나의 신상神像.

을 했고, 목소리는 백파이프 소리처럼 별 감정 변화가 없었지. 그런데 말일세, 그 의사도 우리와 같은 기분이었던 걸세. 소본스 씨는 내가 잡아 온 그놈을 볼 때마다 죽이고 싶은 마음에 얼굴이 창백해졌어. 의사가 내 심정을 이해하는 것처럼 나도 의사의 심정을 알 것 같았네. 그렇지만 사람을 죽인다는 건 불가능한 이야기니 우리는 차선책을 택했네. 우선 그놈에게 이 수치스러운 일을 런던 사방팔방에 알려 얼굴을 못 들고 다니게 하겠다고 으름장을 놓았지. 또 그놈에게 친구나 신용이 있는지는 모르지만 그런 걸 다 잃어버리게 하겠다고 위협했지. 우리는 그렇게 내내 열을 내면서도 여자들이 그놈에게 가까이 가지 못하도록 최선을 다해 막았네. 여자들이 마치 하피*처럼 사나웠기 때문일세. 나는 그렇게 증오 가득한 얼굴들을 본 적이 없네. 그런 혼란스러운 와중에서도 놈은 음흉하게도 비웃는 듯이 냉정한 자세를 유지했네. 물론 다소 겁먹은 기색도 있었지. 하지만 놈은 사탄이라도 되는 양 그런 혼란스러운 사태를 잘 견디고 있었네. 그러더니 이렇게 말했어. '이 일로 한밑천 잡으려는 속셈이라면, 뭐 별수 없이 해 드려야 되지 않겠습니까. 추문을 피하려고 하지 않는다면 신사가 아니지요. 얼마를 드리면 되겠습니까?' 그래서 우리는 엿이라도 먹어 보라는 심정으로 피해자 가족에게 100파운드를 보상하라고 했어. 처음에 그놈은 너무 많다며 버텼지만, 우리가 기세등등하게 위협하자 결국 받아들였네. 다음에 우리가 할 일은 그놈에게서 돈을 받아 내는 것이었는데, 자네, 그놈이 우리를 어디로 데려갔는지 아나? 바로 저 문이라네. 그자가 열쇠를 급히 꺼내 저 문 안으로 들어가더니 곧 금화 10파운드와 카우츠

---

* 고대 그리스 로마 신화에 등장하는, 여자의 머리와 몸에 새의 날개와 발을 가진 괴물.

14

은행 수표 한 장을 들고 나왔네. 수표는 자기앞수표였고 서명은……
누구의 것인지는 말할 수 없네. 비록 내 이야기에서 중점이 되는 부분
이지만 그건 말하지 않기로 하겠네. 여하튼 그 사람은 신문 지면에도
나오는 유명 인사였어. 수표에 적힌 돈은 상당한 액수였지. 하지만 수
표의 서명이 진짜라면 서명한 사람은 그 정도 금액은 얼마든지 감당
할 능력이 되는 사람이었어. 그래서 그놈에게 새벽 4시에 그 집 문을
박차고 들어가 100파운드에 가까운 거액 수표를―그것도 남의 이름
으로 발행된 수표를―들고 나오다니 있을 법한 일이 아니라며 노골
적으로 의심쩍다고 지적했네. 그러자 놈은 굉장히 태평하고도 비웃는
표정으로 내게 말했어. '자, 진정하시고. 은행이 문을 열 때까지 내가
선생과 함께 있으면 되지 않겠소. 수표는 은행에서 현금으로 바꾸면
되고.' 그래서 의사, 아이 아버지 그리고 그놈과 나는 그 자리를 떠나
내 사무실로 가서 아침이 될 때까지 기다렸네. 그리고 아침이 되어 밥
을 먹고 그놈과 함께 은행으로 갔네. 나는 직접 수표를 창구에 내밀면
서 아무리 봐도 가짜인 것 같다고 말했지. 그런데 전혀 아니었네. 진
짜 수표였어."

"쯧쯧." 어터슨 씨가 말했다.

"자네도 내가 생각하는 것처럼 생각하고 있겠지. 그래, 이건 아주 좋
지 못한 이야기야. 그놈은 아무도 상종하고 싶어 하지 않는 빌어먹을
놈이지만 그 수표에 서명을 한 사람은 예의범절의 모범인 데다 유명
인사이기도 하다네. 더 좋지 못한 건 선량한 사람이라고 불리는 자네
지인들 중 하나란 말일세. 내 생각엔 그분이 협박을 당한 게 틀림없네.
성실한 사람이 젊었을 때 무분별하게 발을 담갔던 일로 대가를 치르
는 거겠지. 여하튼 나는 저 문이 달린 집을 협박의 집이라고 부르기로

했다네. 그래도 여전히 뭔가 석연치 않아." 엔필드 씨는 말을 마치고는 잠시 생각에 잠겼다.

그러던 중 어터슨 씨의 갑작스러운 질문에 엔필드 씨는 정신을 차렸다. "수표를 발행한 사람이 저기에 사는지는 모르고?"

"그럴 법한 이야기야." 엔필드 씨가 대답했다. "하지만 수표에 적힌 주소를 보니 무슨 광장인가 하는 다른 곳에 살고 있더군."

"저 문이 달린 집에 대해서는 탐문해 보지 않았나?" 어터슨 씨가 물었다.

"아니. 나는 사려 깊은 사람일세. 정말 탐문해 보고 싶은 마음도 있었지. 그런데 왠지 그렇게 하면 최후의 심판 날 같은 경우를 당하게 될 듯한 기분이 들지 뭔가. 뭔가를 탐문하는 건 돌을 하나 굴리는 것과 같아. 누군가가 언덕 꼭대기에 조용히 앉아 돌을 굴리면 그 돌이 다른 돌을 굴리게 되고, 곧 자신의 정원에 있던 조심성 많은 사람이 돌을 맞고 쓰러져 그의 가족 전체가 성을 바꿔야 하는 일이 벌어질지도 몰라. 여하튼 내게는 나만의 규칙이 있다네. 뭔가 곤란해 보이는 문제일수록 탐문은 자제하고 있어."

"좋은 규칙일세." 어터슨 씨가 말했다.

"그래도 그 집을 살펴보긴 했네. 말만 집이더군. 문은 그것 하나뿐이고, 그놈이 아주 드물게 드나드는 것 말고는 아무도 그 집에 출입하지 않더군. 2층에는 안뜰 쪽으로 창문이 세 개 나 있었는데 1층에는 아무런 창이 없었어. 창문들은 늘 닫혀 있지만 깨끗했고. 굴뚝이 하나 있었는데 연기가 올라오는 걸 봐서는 누군가가 그 집 안에 살고 있는 것 같아. 그렇지만 확실한 건 아니야. 게다가 그 안뜰 주위로 집들이 **빽빽**하게 들어서 있어서 어느 집이 어느 집인지 구분하기도 어렵고."

두 남자는 잠시 아무 말 없이 걸었다. 그러다 어터슨 씨가 말했다. "엔필드, 자네 규칙은 정말 좋은 거야."

"나도 그렇게 생각하네."

"하지만 그럼에도 하나 묻고 싶은 것이 있네. 아이를 짓밟았다는 그 남자의 이름을 좀 알고 싶군."

"음. 그걸 알려 주는 건 뭐 그리 큰일도 아니지. 하이드라고 하더군."

"흐음. 어떻게 생긴 사람인가?"

"설명하기가 쉽지 않구먼. 용모에 뭔가가 잘못되어 있다는 생각이 들었는데. 불쾌하고 아주 혐오스러운 느낌이었어. 그렇게도 보기 싫은 사람은 일찍이 본 적이 없는데, 그 혐오감의 이유를 모르겠네. 뭔가 기형이거나 불구인 게 틀림없어. 정확히 집어낼 수는 없지만 그런 느낌을 강하게 받았어. 그놈은 참 기이하게 생겼어. 그렇지만 정말 아무것도 꼭 집어내어 말할 수가 없네. 이보게, 정말 나는 별수 없는 모양이야. 도저히 그놈을 묘사할 수가 없어. 기억력이 부족해서는 아니야. 지금 이 순간에도 놈의 모습이 눈앞에 생생하니까."

어터슨 씨는 말없이 얼마간을 다시 걸었다. 분명 깊은 생각에 잠겨 있는 모습이었다. "자네, 그 사람이 열쇠를 사용하여 문을 열었다고 했지? 확실한가?" 마침내 어터슨 씨가 입을 열었다.

"이보게, 자네……" 엔필드 씨가 놀라며 말끝을 흐렸다.

"그래, 알아." 어터슨 씨가 말했다. "분명 내가 이상하게 보일 거라는 걸. 실은 자네가 알려 주지 않은 그 수표 발행인의 이름을 내가 굳이 묻지 않는 이유는 이미 그걸 알고 있기 때문일세. 이보게, 리처드. 자네 이야기는 내 업무의 핵심을 찔렀네. 자네가 여태까지 한 이야기 중에 정확하지 않은 부분이 있다면 고쳐 두는 것이 좋을 걸세."

"미리 주의를 좀 주었으면 좋지 않았겠나." 시무룩한 어조로 엔필드 씨가 답했다. "하지만 나는 자네가 말했듯이 현학적일 정도로 정확하게 이야기했네. 그놈은 분명 열쇠를 가지고 있었고, 더한 건 지금도 그 열쇠를 사용한다는 걸세. 그걸 본 지 일주일도 채 안 됐네."

어터슨 씨는 깊게 한숨을 내쉬었지만 아무런 말도 하지 않았다. 그러자 엔필드 씨가 다시 말을 시작했다. "가능하면 아무 말도 하지 않는 게 좋다는 또 하나의 교훈을 배웠구먼. 수다스러운 내 입이 부끄럽네. 다시는 이 일을 언급하지 않기로 우리 약속하세."

"진심으로 약속하겠네. 합의의 뜻으로 악수를 하세, 리처드." 변호사가 말했다.

# 하이드 씨를 찾아서

그날 저녁 어터슨 씨는 침울한 기분으로 혼자 사는 집에 돌아왔고, 저녁을 먹으려고 앉았으나 별로 먹을 기분이 나지 않았다. 일요일이 되면 그는 식사를 마치고 난로 가까이 앉아서 책상 위에 놓인 무미건조한 신학 책을 읽었다. 이어 12시에 이웃한 교회에서 종이 울리면 침착하게 그리고 감사한 마음으로 잠자리에 들었다. 이것이 그가 일요일이면 지키는 습관이었다. 하지만 이날 밤에는 식사를 마치자마자 바로 양초에 불을 붙이고 사무실로 들어갔다. 그리고 금고를 열고 내부의 가장 비밀스러운 공간에서 문서를 하나 꺼냈다. '지킬 박사의 유언장'이라고 적힌 봉투 속에 들어 있는 문서였다. 그는 혼란스러운 심경으로 눈썹을 찌푸리며 문서의 내용을 살폈다. 자필로 작성된 유언장은 지금이야 어터슨 씨의 책임 아래 있지만 작성될 당시에 이 변호사는 아무런 관여도 하지 않았다. 유언장은 의학박사, 민법학박사, 법학박사, 왕립학술원 회원 등의 직함을 가진 헨리 지킬 박사가 사망할 경우 '친구이자 은인인 에드워드 하이드'에게 전 재산을 넘겨줄 뿐 아니라, 박사가 실종되거나 아무 이유 없이 3개월 이상 모습을 드러내지 않을 경우 에드워드 하이드가 지체 없이 박사의 재산을 양도받고 또 박사의 식솔들에게 소액의 금액을 지불하는 것 외에는 박사를 대신하여 그 어떠한 부담이나 의무를 지지 않는다는 내용이었다. 어터슨 씨는 오랫동안 이 유언장을 참으로 불쾌하게 여기고 있었다. 그는 변호사로서 일상생활에서 분별 있고 관습적인 부분을 소중하게 여기는 사람이었으며, 특히 황당무계한 것을 무례한 것과 동일하게 생각했다. 이 유언장은 평소 그의 신념에 크게 위배되는 것이었다. 또한 그때까지 하이드라는 사람에 대해 전혀 아는 게 없다는 점이 더욱 어터슨 씨를 화나게 했다. 이제 어터슨 씨는 갑작스러운 계기를 통하여 그 하이드란 자를 알게 되었다. 변호사가 그자의 이름만 알 뿐 그 이상은 알수 없는 상황에서도 그 유언장은 고약한 것이었다. 이제 그 이름이 혐오할 만한 특성을 갖고 있다는 것을 알게 되면서 그 유언장은 더욱 고약한 것이 되었다. 그렇게나 오랫동안 어터슨 씨의 눈을 가리고 있던 실체 없고 변화무쌍한 안개 속에서 돌연 악마의 모습이 분명하게 떠올랐다.

"전에는 미친 짓이라고만 생각했는데." 어터슨 씨가 그 불쾌한 유언장을 금고에 다시 넣으며 말했다. "이제는 거기에 더하여 수치스러운 일까지 걱정해야 할 판이로군."

촛불을 불어서 끈 뒤 어터슨 씨는 큰 외투를 걸치고 캐번디시 광장 방향으로 나아갔다. 그곳은 의학의 요새와도 같은 곳이었고, 친구이자 훌륭한 의사인 래니언 박사의 병원이 있는 곳이기도 했다. 래니언 박사의 병원에는 항상 사람들이 붐볐다. '래니언 박사라면 뭔가 알고 있겠지.' 어터슨 씨는 생각했다.

엄숙한 분위기의 집사가 어터슨 씨를 알아보고 반겼다. 어터슨 씨는 지체 없이 래니언 박사가 홀로 와인을 마시고 있는 식당 문 앞까지 안내를 받았다. 박사는 원기 왕성하고 건강하며 말쑥하고 붉은 얼굴을 자랑하는 신사로, 머리카락은 나이에 비해서는 빠르게 백발로 변했으나 매사에 활기차고 확실한 태도를 지니고 있었다. 어터슨 씨를 보자 박사는 의자에서 벌떡 일어나 두 손을 들어 그를 반겼다. 박사의 상냥함은 다소 과장된 면이 없지 않았으나 진심에서 우러나오는 것이었다. 그도 그럴 것이 이 두 사람은 어린 시절부터 대학 시절까지 오랜 친구 관계였으며, 자기 자신과 상대방을 크게 존경하고 있었다. 물론 그런 존경심이 반드시 좋은 교우 관계로 이어지는 것은 아니지만, 그래도 두 사람은 서로 어울리는 것을 진심으로 즐거워했다.

잠시 두서없는 이야기를 나눈 뒤 어터슨 씨는 마음을 괴롭히고 있는 주제를 꺼냈다.

"이보게, 래니언. 자네와 내가 헨리 지킬이 가장 오래 알던 친구지?"

"우린 지금보다 좀 더 젊어질 수는 없는 건가?" 래니언 박사가 껄껄 웃으며 말했다. "여하튼 우린 그의 오랜 친구지. 근데 그게 어쨌다는 건가? 나는 요즘 그 친구를 거의 보지 못했다네."

"정말인가?" 어터슨 씨가 말했다. "자네 둘은 공통의 관심사가 있어 자주 만나리라고 생각했는데."

"전에는 그랬었지. 하지만 내게 헨리 지킬이 너무나 기괴하게 보인 지 벌써 10년도 넘었네. 가만 보니 잘못된 길로 가고 있더란 말이지.

생각하는 것도 잘못됐고. 그렇지만 그 친구에게 관심은 계속 가지고 있었네. 쌓아 온 관계가 있지 않은가. 하지만 그 친구, 최근에는 정말 거의 만날 수가 없었네." 얼굴이 새빨갛게 변한 래니언은 또 이렇게 말했다. "그런 비과학적인 허튼소리를 계속하면 다몬과 피티아스 같은 친구라도 갈라설 걸세."[*]

래니언 박사가 이렇게 화를 내는 모습은 어터슨 씨를 다소 안심시켰다. '과학적인 문제로 의견 차이가 있었나 보군' 하고 어터슨 씨는 생각했다. 그는 재산 양도라면 모를까, 과학적인 문제에는 전혀 관심이 없었으므로 심지어 이런 생각까지 했다. '그보다 더 나쁜 것도 있는데 그 정도라면 뭐 아무것도 아니지!' 어터슨 씨는 잠시 뜸을 들이며 래니언 박사가 마음의 평정을 되찾을 시간을 주었다. 그런 뒤에 묻고 싶었던 질문을 꺼냈다. "자네 혹시 지킬 박사가 돌봐 주고 있는 자를 아는가? 하이드라고 하던데."

"하이드? 아니. 전혀 들어 본 적이 없네. 지킬과 알고 지낸 이래로 그런 이름은 처음 듣는데."

어터슨 씨는 그 정도의 정보만 알아내고 집으로 돌아왔다. 그는 어두운 방에서 큰 침대에 드러누웠지만 동이 틀 때까지 잠들지 못하고 이리저리 뒤척였다. 어둠 속에서 마치 포위된 듯 질문에 둘러싸여 마음이 정말 편치 못한 밤이었다.

어터슨 씨의 집 인근에 있는 교회의 종소리가 6시를 알렸다. 여전히

---

[*] 기원전 4세기 시라쿠사의 피티아스는 참주 디오니수스에 의해 사형에 처해지게 되는데, 이때 집에 돌아가 잠시 가사를 정리하고 올 기회를 달라고 한다. 그러면서 귀환 조건으로 친구 다몬을 내세우는데, 즉 귀환하지 않을 경우 다몬이 대신 처형된다는 것이었다. 피티아스는 약속대로 가사를 정리하고 시라쿠사로 돌아왔고, 이에 참주는 두 사람의 우정에 탄복하여 두 사람을 모두 풀어 주었다는 고사이다.

어터슨 씨는 고민스러운 문제를 깊이 생각하고 있었다. 지금까지 이 문제는 그의 지적인 면만을 자극했지만 이제는 상상력까지 동원시켰고, 좀처럼 그를 놓아주려고 하지 않았다. 커튼을 친 방에서 칠흑 같은 어둠 속에 누워 몸을 뒤척이고 있을 때, 친척 엔필드의 이야기가 마치 불 켜진 영사기 화면이 돌아가듯이 변호사의 마음에 떠오르기 시작했다. 밤 시간에 가로등이 켜진 도시의 커다란 길거리가 떠오르기도 했고, 빠르게 걷는 어떤 남자의 모습, 병원에서 뛰어나오는 한 아이의 모습, 그 둘이 마주치고, 아이가 비명을 지르는데도 인간 저거노트가 그 작은 몸을 짓밟고 지나가는 모습 등도 떠올랐다. 이어 변호사는 어떤 훌륭한 집의 방에서 지킬 박사가 누워 자면서 꿈을 꾸며 미소 짓는 모습을 상상했다. 그러다가 방문이 열리고 침대의 커튼이 확 당겨졌다. 지킬 박사가 눈을 뜨니, 세상에! 지킬 박사의 옆에는 막강한 대리권을 부여받은 그자가 서 있었다. 그런 터무니없는 시간에도 박사는 벌떡 일어나서 그자가 시키는 대로 할 수밖에 없었다. 아이를 짓밟고 박사를 괴롭히는 두 개의 장면에서 등장한 이 남자는 밤새 어터슨 씨를 괴롭혔다. 잠시 졸기라도 하면 꿈자리를 괴롭혔다. 그자는 모두가 잠든 집들 사이로 더욱 은밀하게 활주하거나 가로등이 켜진 도시의 커다란 미로 사이로 현기증이 날 정도로 더욱 빠르게 움직였다. 이어 길모퉁이에서 아이와 부딪치고 아이가 비명을 지르는데도 그 작은 몸을 마구 짓밟고 지나갔다. 여전히 그자는 어터슨 씨에게 얼굴을 드러내지 않았다. 꿈속에서도 얼굴이 없었고, 설사 있다 하더라도 그에게 보여 주지 않거나 아니면 그의 눈앞에서 슬며시 녹아내렸다. 이렇게 하여 어터슨 씨의 마음속에는 진짜 하이드의 얼굴을 보고 싶다는 아주 강력한, 거의 강박적인 호기심이 갑작스럽고 빠르게 생겨났다. 한 번

만이라도 하이드를 볼 수 있다면 이 알 수 없는 수수께끼가 밝혀지거나 아예 사라질 터였다. 귀신에게 귀신의 이름을 불러 주면 그것이 사라지듯이, 수수께끼 같은 일들을 예의 주시하여 살펴보면 늘 그 수수께끼가 사라지는 법이다. 그렇게 된다면 친구 지킬의 기이한 편애 혹은 굴종(그 어느 쪽으로 불러도 무방하지만), 그리고 유언장의 고약한 구절에 대해서도 그 이유를 환히 알 수 있으리라. 최소한 그자의 얼굴은 한번 봐 둘 만한 가치가 있었다. 자비심이라고는 없는 얼굴, 평소 무신경한 엔필드에게도 영원히 지속될 것 같은 증오를 불러일으킨 얼굴, 어터슨 씨는 그것을 똑똑히 보고 싶었다.

이때부터 어터슨 씨는 상점들이 몰린 뒷골목의 그 문 근처를 자주 들락거렸다. 근무 시간 전의 아침에도, 할 일이 많고 시간도 촉박한 정오에도, 안개가 낀 도시에 달빛이 은은한 밤에도 그곳을 찾아갔다. 또 달빛이 있건 없건, 사람이 없어 적막하건 반대로 사람이 너무 몰려 붐비건 변호사는 어김없이 그 장소에 나타났다.

"그자가 하이드라면, 나는 시크가 되어야겠군."*

마침내 어터슨 씨의 인내가 보답을 받았다. 맑고 건조하며 공기가 차가운 어느 날 밤이었다. 거리는 무도회장 바닥처럼 청결했다. 바람이 불지 않아 가로등은 미동 없이 일정한 패턴의 빛과 그림자를 만들어 냈다. 밤 10시가 되자 상점들은 문을 닫았고 뒷골목은 굉장히 적막해졌다. 런던의 이곳저곳에서 낮게 으르렁거리는 소리가 들려왔지만 골목 주변은 굉장히 조용했다. 작은 소리도 멀리까지 울려 퍼졌고, 집 안에서 나오는 소리가 길가의 다른 편까지 분명하게 들렸다. 다가

---

* 하이드Hyde는 숨는다는 뜻이고, 시크Seek는 찾는다는 뜻이다.

오는 행인들의 발걸음 소리는 한참 전부터 어터슨 씨의 귀에까지 들려왔다. 한동안 같은 자리를 지키고 있던 어터슨 씨는 기이하고 가벼운 발걸음 소리가 가까워 오는 것을 알아차렸다. 밤중에 본의 아니게 순찰대원 비슷한 일을 하면서 어터슨 씨는 자연스레 기묘한 능력을 얻게 되었다. 그것은 윙윙거리고 달그락거리는 도시의 소음 속에서도 어떤 사람의 발걸음 소리를 아주 먼 거리에서도 분명하게 구별하는 능력이었다. 하지만 그 소리처럼 어터슨 씨의 신경을 날카롭고 단호하게 사로잡은 것은 없었다. 어터슨 씨는 이번에는 성공할 듯하다는 미신 같은 강력한 예감에 사로잡혀 안뜰 입구로 몸을 숨겼다.

발걸음 소리는 빠르게 가까워졌고, 길모퉁이를 돌면서 갑자기 더 크게 들려왔다. 입구에서 그 광경을 지켜보던 어터슨 씨는 이내 자신이 상대해야 할 사람의 모습을 볼 수 있게 되었다. 키가 작고 굉장히 소박한 차림의 남자였다. 그렇게 떨어져서 보았는데도 남자의 겉모습은 어딘지 어터슨 씨를 아주 기분 나쁘게 했다. 그자는 시간을 절약하려는 듯이 길가를 가로질러 문으로 곧장 갔다. 그리고 문 앞에 가까이 다가가자 마치 자기 집에 들어가는 것처럼 주머니에서 열쇠를 꺼냈다.

어터슨 씨는 은신처에서 걸어 나와 집으로 들어가려는 남자의 어깨에 손을 올렸다. "하이드 씨?"

하이드가 헉하고 숨을 들이쉬더니 뒤로 물러섰다. 하지만 겁을 낸 것은 잠시였다. 그는 비록 상대방의 얼굴을 보지는 않았지만 태연하게 대답했다. "그렇습니다만. 무슨 일이시죠?"

"이 집에 들어가려고 하시는 걸 보았습니다. 전 지킬 박사의 오랜 친구입니다. 곤트 가街의 어터슨입니다. 제 이름을 들어 보신 적이 분명 있을 겁니다. 이렇게나 알맞게도 당신을 만나 뵙게 되었군요. 잠시 들어가도 되겠습니까?"

"지킬 박사를 만나시진 못할 겁니다. 그분은 집에 안 계시니까요."
하이드가 불쑥 열쇠를 문에 꽂아 넣으며 말했다. 그러고는 여전히 어
터슨 씨를 바라보지 않고 돌연 이렇게 말했다. "어떻게 절 아십니까?"

"그보다 먼저 선생님께서 제게 호의를 베풀어 주실 수 있겠습니까?"

"그러죠. 무슨 일이십니까?"

"선생님의 얼굴을 좀 보여 주실 수 있겠습니까?"

하이드는 잠시 주저하는 듯하더니 마치 어떤 생각이 갑자기 떠오른
듯 도전적인 얼굴로 어터슨 씨와 대면했다. 두 사람은 몇 초 동안 뚫어
지게 서로를 응시했다. "이제 다시 만나면 알아볼 수 있을 것 같군요.
도움이 될 것 같습니다." 어터슨 씨가 말했다.

"그렇군요. 이렇게 만난 것도 다행입니다. 때마침 잘되었군요. 제 주
소를 알려 드리겠습니다." 이어 하이드는 어터슨 씨에게 소호 지역에
있는 한 거리의 번지수를 알려 주었다.

'세상에! 역시 이 친구도 유언장에 대해서 계속 생각하고 있었던 건
가?' 어터슨 씨는 생각했다. 하지만 그는 그런 느낌을 감추고 주소를
알려 주어 고맙다고 인사했다.

"자 이제, 어떻게 절 알고 계신 겁니까?"

"이야기를 들었지요." 어터슨 씨가 대답했다.

"누구한테서요?"

"서로 알고 있는 친구가 있지 않습니까?"

"서로 알고 있는 친구?" 하이드가 약간 쉰 목소리로 반문했다. "그게
누굽니까?"

"예를 들면 지킬도 있지 않겠습니까."

"그 친구한테서 이야기를 들은 바가 없습니다." 하이드가 분노로 얼굴이 붉게 달아오르며 소리쳤다. "설마 선생님께서 거짓말을 하실 분은 아닐 테고요."

"자, 자. 그런 말씀은 적절치가 않은 것 같습니다."

하이드가 사납게 웃으며 크게 으르렁거렸다. 그러고는 아주 재빠르게 문을 열고는 집 안으로 사라졌다.

하이드가 집 안으로 사라진 뒤에도 어터슨 씨는 잠시 불안한 모습으로 서 있었다. 그런 뒤 그는 천천히 거리를 걸었고, 정신적으로 혼란에 빠진 사람처럼 한두 걸음 걸을 때마다 멈춰 서서 손을 이마에 가져다 댔다. 그가 걸어가면서 숙고하는 문제는 풀기가 굉장히 어려운 부류의 것이었다. 하이드는 창백하고 난쟁이 같았고, 딱히 뭐라고 할 수 없지만 기형적인 모습이었다. 또 그자는 불쾌한 미소를 지었고, 어터슨 씨에게 소심함과 대담함이 살벌하게 뒤섞인 태도를 취했다. 게다가 낮고 쉰 목소리로, 다소 더듬거리기까지 했다. 이 모든 점이 그의 비위를 거슬렀지만, 그런 것들을 다 종합해 보더라도 어터슨 씨가 여태껏 하이드에게 느꼈던 저 알 수 없는 혐오감, 증오, 두려움을 설명할 수는 없었다. "분명 뭔가 더, 그 이상의 것이 있어." 어터슨 씨가 당혹스러워하며 말했다. "뭐라고 꼭 집어낼 수는 없지만, 뭔가가 더 있어. 세상에! 저 남자는 도무지 사람처럼 보이지 않는군! 뭐랄까, 유인원 같다고나 할까? 아니면 펠 박사* 같은 존재일까? 아니면 그저 추악한 영혼이 밖으로 새어 나와 육신을 그렇게 변모시킨 것일까? 맨 마지막 이유가 가장 그럴듯해 보이긴 한데. 아, 불쌍한 내 친구 헨리 지킬.

---

* 1680년 영국 시인 톰 브라운이 지은 시 「난 당신이 싫어요, 펠 박사님」에 등장하는 인물. 이 시에서 펠 박사는 아무 이유 없이 싫은 사람으로 묘사된다.

내가 사람의 얼굴에서 악마의 흔적을 읽을 수 있다면, 그건 자네의 새 친구 얼굴에서야."

뒷골목에서 길모퉁이를 돌면 고풍스럽고 멋진 집들이 늘어선 구역이 있다. 하지만 지금은 대부분의 집이 과거의 훌륭한 모습에서 퇴락하여 지도 판화가, 건축가, 수상한 변호사, 모호한 사업의 대리인 등 다양한 계층의 사람들이 층별 혹은 방별로 입주해 있었다. 그러나 길모퉁이에서 두 번째에 있는 집은 여전히 한 사람이 온전히 소유하고 있었다. 척 봐도 부유하고 안락한 느낌이 드는 이 집은 문 위의 작은 창문을 제외하고는 어둠에 잠겨 있었다. 어터슨 씨가 그 집 문 앞에 멈춰 서 문을 두드리자 잘 차려입은 늙은 하인이 문을 열었다.

"지킬 박사 안에 있는가, 풀?" 어터슨 씨가 물었다.

"보고 오겠습니다, 어터슨 선생님." 풀이 대답하고 어터슨 씨를 집 안으로 들였다. 어터슨 씨는 풀의 안내를 받아 천장이 낮고 안락한 분위기의 큰 거실에 들어섰다. 거실에는 포석이 깔려 있었고, 전원주택풍의 난로에서 밝게 타오르는 불이 방 안 공기를 따뜻하게 덥히고 있었다. 가구들은 값비싼 떡갈나무 제품이었다. "선생님, 난로 옆에서 잠깐 기다리시겠습니까, 아니면 식당에 불을 켜 드릴까요?"

"여기 있겠네. 고맙네." 어터슨 씨가 높게 세워진 난로 망 근처로 가서 몸을 기대며 말했다. 그가 홀로 남게 된 이 거실은 지킬 박사가 굉장히 아끼는 곳이었다. 어터슨 자신도 런던에서 가장 쾌적한 방이라고 말할 정도였다. 하지만 오늘은 뼛속까지 몸이 떨리는 느낌이 들었다. 하이드의 얼굴이 그의 기억에 둔탁하게 자리 잡고 있었다. 참으로 드문 일이었지만 어터슨 씨는 그날 밤 삶에 대하여 구역질이 나고 혐오감마저 들었다. 이런 우울한 심정의 어터슨 씨는 윤이 나는 가구들

위에서 명멸하는 불빛과 천장에 드리운 그림자가 불안정하게 흔들리는 광경에도 위협적인 분위기를 느꼈다. 이내 풀이 돌아와서 지킬 박사가 부재중이라고 알리자 어터슨 씨는 아연 안도하면서 그런 자신에게 부끄러움을 느꼈다.

"하이드 씨가 실험실 문을 열고 들어가는 것을 보았네, 풀. 지킬 박사도 없는데 그래도 되는 건가?"

"아무렴요. 괜찮습니다, 어터슨 씨." 풀이 대답했다. "하이드 씨는 열쇠를 가지고 계시니까요."

"이 댁의 주인께서는 그 젊은 친구를 굉장히 신뢰하는 것 같구먼, 풀." 어터슨 씨가 생각에 잠기며 말했다.

"예, 어터슨 씨. 실제로 그렇습니다. 저희는 하이드 씨가 말씀하신 것은 전부 따르라는 지시를 받았으니까요."

"하이드 씨를 내가 만나 본 적은 없는 것 같은데, 맞는가?"

"예, 어터슨 씨. 그분은 여기에서 식사를 하신 적이 단 한 번도 없습니다." 집사 풀이 대답했다. "실은 이쪽에서는 그분을 뵌 적이 거의 없습니다. 대부분 실험실에 드나들고 계시죠."

"좋은 밤 되게나, 풀."

"좋은 밤 되십시오, 어터슨 씨."

집으로 향하는 어터슨 씨의 마음은 굉장히 무거웠다. '불쌍한 헨리 지킬. 곤경에 빠진 것 같아 정말 염려가 되는군! 그가 젊었을 때 방탕하게 살긴 했지. 아주 오래전 일이지만 확실히 그랬어. 하지만 하느님의 율법에는 공소시효가 없는 법이지. 아, 분명 그럴 거야. 오래된 죄악의 망령이자 은폐된 치욕의 암이겠지. 세월이 흘러 기억은 잊히고 자기를 아끼는 마음이 잘못을 뉘우치더라도 징벌은 그 절름거리는 발걸음으로 천천히 피할 수 없게 다가오는 법이니까.' 어터슨 씨는 이런 생각에 돌연 두려움에 휩싸이며 깊은 사색에 잠겨 기억의 이편저편을 더듬었다. 용수철 인형처럼 과거의 부정이 밝은 곳으로 우연히 뛰쳐나올 가능성은 없는지 알아보기 위해서였다. 어터슨 씨의 과거에서 그리 비난받을 만한 일은 없었다. 그 변호사만큼 걱정 없이 인생의 기록부를 읽어 내려갈 수 있는 사람은 별로 없을 것이다. 그럼에도 어터슨 씨는 자신이 저지른 많은 비행들을 생각하면 땅바닥에 쓰러질 정도로 심한 부끄러움을 느꼈다. 동시에 저지를 뻔했다가 결국에는 저지르지 않았던 많은 비행들을 생각해 내고는 진실로 두려움을 느끼며 감사했고, 또 거기에서 다시 큰 힘을 얻었다. 이런 뒤 먼저 생각하던 문제로 되돌아가 한 가닥 희망의 빛을 보았다. '이 하이드란 자를 조사해 보면 반드시 어떤 비밀이 있을 거야. 그자의 몰골로 보아 아주 추악한 비밀일 거야. 그자의 비밀에 비하면 불쌍한 지킬이 저지른 잘못은 가장 큰 것이라도 햇빛처럼 환할 거야. 이 상황을 그대로 놔둘 수는 없어. 그런 추악한 자가 헨리의 침대맡으로 도둑처럼 몰래 들어간다는 사실을 생각만 해도 오싹하군. 딱한 친구 같으니. 잠자다가 얼마나 놀라서 깨었을까! 거기에다 그자는 위험하기까지 해. 만약 이 하이드란 자가 유언장이 있다는 사실을 알게 되면 한시바삐 그 재산을 상속받으려고 하겠지. 그런 사태로 발전하는 걸 내가 막아야만 해. 아, 지킬이 내게 그걸 허락해 준다면 좋겠는데. 나를 믿고 맡겨 준다면 좋겠는데.' 다시 한 번 어터슨 씨의 머릿속에 유언장의 그 이상한 구절이 너무나 생생하게 떠올랐다.

# 아주 느긋한 지킬 박사

보름 뒤, 굉장히 다행스럽게도, 지킬 박사는 친구 대여섯 명 정도를 초대해 즐겁게 저녁 식사를 대접했다. 자리에 모인 이들은 모두 지식인이자 평판이 좋고, 훌륭한 와인을 알아볼 줄 아는 사람들이었다. 어터슨 씨는 다른 사람들이 식사를 마치고 자리를 떠난 뒤에도 계속 남아 있었다. 그다지 새로운 일도 아니었다. 그는 전에도 여러 번 이렇게 뒤에 남았었다. 그는 일단 환영을 받으면 굉장히 환영받는 사람이었다. 어터슨 씨를 초대한 사람들은 경박하고 수다스러운 사람들이 돌아간 뒤에도 이 무미건조한 변호사를 붙잡곤 했다. 그들은 화끈하지만 부담스럽게 즐거운 시간을 보낸 뒤, 신중한 어터슨 씨와 잠시 함께 앉아 고독도 즐기고 또 그의 깊은 침묵 속에서 냉정하게 정신을 차리기도 했다. 지킬 박사도 예외는 아니었다. 그는 이제 난롯불 반대편에 앉아 있었다. 지킬 박사는 키가 크고 체격이 좋으며 깔끔하게 면도를 한 쉰 살의 남자였다. 뭔가를 숨기는 듯한 구석도 있었지만 재능과 인정이 넘치는 사람이었다. 지킬 박사의 모습을 지켜보면 그가 어터슨 씨를 얼마나 진정으로 따뜻한 애정을 가지고 소중하게 대하는지를 알 수 있었다.

"자네와 얼마나 이야기를 하고 싶었는지 모르네, 지킬." 어터슨 씨가 말했다. "자네 유언장 내용은 잘 알지?"

지킬 박사를 자세히 관찰한 사람이라면 박사에게 이 주제가 별로 내키지 않는 것이란 사실을 금방 파악할 수 있었을 것이다. 하지만 박사는 쾌활하게 이야기를 받았다. "어터슨, 이 딱한 친구야. 나 같은 의뢰인 때문에 울적하다는 건가. 내 유언장을 가지고 그렇게나 괴로워하는 변호사는 자네밖에 없는 듯하이. 내 과학적인 연구를 이단이라고 부르는 완고한 공론가 래니언 빼고는 말일세. 아, 나는 래니언이 좋은 친구라는 걸 알아. 얼굴 찡그리지 말게. 그는 훌륭한 친구고, 그래서 나는 늘 그 친구를 좀 더 자주 보고 싶었지. 그러나 완고하고 무지하고 뻔뻔스러운 공론가이기 때문에 래니언만큼 내게 실망을 안긴 친구도 없다네."

"그 유언장 말일세, 내가 그 내용을 납득하지 못한다는 것도 잘 알지?" 어터슨 씨가 갑작스럽게 튀어나온 래니언에 관한 화제를 싹 무시하며 말했다.

"유언장 말인가? 그래, 분명하게 알고 있네." 지킬 박사가 약간은 날카롭게 대답했다. "자네가 방금 말하지 않았나."

"그렇다면 그 이야기를 다시 한 번 하겠네. 난 그 하이드라는 젊은 친구에 대해서 어느 정도 알게 되었다네."

지킬 박사의 크고 잘생긴 얼굴이 입술까지 창백해졌고 눈에는 침울한 빛이 감돌았다. "더 이상 듣고 싶지 않네. 그 일은 우리가 동의했던 일이라고 생각하는데."

"들은 이야기가 워낙 끔찍하다 보니 자네에게 말하지 않을 수가 없네." 어터슨 씨가 대답했다.

"그렇다고 바뀔 일은 아니네. 자넨 내 입장을 이해 못 하네." 지킬 박사가 약한 허둥대는 태도로 대답했다. "내 입장이 여간 고역이 아닐세, 어터슨. 아주 기이한 입장에 있단 말일세. 이건 대화로 해결할 수 있는 문제가 아니야."

"지킬, 자네 내가 어떤 사람인지 잘 알잖나. 나는 믿을 만한 사람일세. 그 비밀이란 걸 내게 다 털어놔 보게. 나라면 틀림없이 자네를 그 곤란한 상황에서 빠져나오게 해 줄 수 있어."

"어터슨, 자넨 좋은 사람일세. 너무 고맙네. 정말 진심으로 고마워. 뭐라 감사의 말을 해야 할지 모르겠네. 나는 전적으로 자네를 믿네. 뭔가 선택을 해야 된다면 나의 판단보다는 자네를 더 믿을 거야. 하지만 이 일은 자네가 생각하는 것 같지 않아. 또 자네 생각처럼 그렇게 나쁜 것도 아니야. 자네의 그 선량한 마음을 안심시키기 위해 한 가지 말해 주겠네. 나는 언제든 내 마음대로 하이드 씨와 헤어질 수 있네. 이건 확실히 약속할 수 있어. 고맙고 또 고맙네. 조금만 더 말하자면, 어터슨, 자네가 좋은 목적으로 개입하려는 건 나도 확실히 알고 있네. 하지만 이 일은 사적인 문제야. 그러니 가만히 있어 주기를 내 간청하네."

어터슨은 난롯불 속을 들여다보며 잠시 생각에 잠겼다.

"자네의 말이 전적으로 옳다는 걸 의심하지 않아." 어터슨 씨가 마침내 자리에서 일어났다.

"그래, 그렇지만 이왕 이 문제를 꺼냈으니 마지막으로 자네가 이해해 주었으면 하는 점을 하나 말하겠네. 나는 이 불쌍한 하이드란 친구에게 정말 굉장히 많은 관심을 기울이고 있어. 자네가 그 친구를 본 것도 알아. 그 친구한테서 이야기를 들었네. 그 친구가 무례한 언행을 했을까 걱정되는구먼. 하지만 난 정말 그 젊은 친구에게 엄청난 관심을 가지고 있어. 만약 내가 죽고 나면 말일세, 어터슨, 그 친구의 이야기를 참을성 있게 들어 주고 그가 권리를 찾을 수 있게 도와주게나. 지금 여기에서 약속을 해 주면 좋겠네. 모든 걸 알게 된다면 자네는 반드시 그렇게 해 줄 거라고 생각하네. 자네가 약속만 해 준다면야 나는 한시름 놓겠네."

"난 겉치레로라도 그 친구를 좋아하는 척할 수가 없어." 어터슨 씨가 말했다.

"그런 것까지 요구하는 게 아닐세." 지킬 박사가 어터슨 씨의 팔을 붙잡으며 간청했다. "공정한 일 처리를 바라는 것뿐일세. 내 얼굴을 봐서라도 내가 더 이상 이곳에 없을 때 그 친구를 도와주었으면 해. 정말 그뿐이야."

어터슨 씨는 어쩔 수 없이 한숨을 내쉬었다. "그래, 약속하겠네."

# 커루 경 살인 사건

그로부터 거의 1년이 지난 18XX년 10월, 런던은 몹시 흉악한 범죄 사건으로 들썩였다. 더욱이 그 희생자가 사회적으로 지체 높은 인물이라는 점 때문에 사건은 더욱 세간의 주목을 받았다. 사건의 세부적인 사항은 얼마 되지 않았으나 정말로 놀라운 것이었다. 템스 강에서 얼마 떨어지지 않은 집에 혼자 사는 하녀 아가씨가 밤 11시경 잠을 자려고 2층으로 올라갔다. 심야가 되자 도시 전반에 안개가 자욱이 깔렸지만, 그 전까지만 해도 하늘에는 구름 한 점 없었고 아가씨가 사는 창문으로 내려다보이는 거리는 보름달의 환한 달빛으로 부드럽게 빛나고 있었다. 이 아가씨는 낭만적인 여성이었는지 창문 바로 밑에 놓인 보관함에 앉아 사색에 빠져 있었다. 그날 밤처럼 세상 모든 사람이 그토록 평화로워 보인 적도 없었고, 또 세상 그 자체가 그렇게나 친절하게 보인 적도 없었다(그녀는 그날 밤의 일을 이야기할 때면 흐르는 눈물을 주체하지 못했다). 그렇게 아가씨가 창밖을 내려다보는 동안 멋진 백발의 노신사가 거리를 따라 점점 가까이 걸어오고 있었다. 반대편에서 또 다른 이가 걸어왔는데, 굉장히 키가 작은 신사였다. 처음에 아가씨는 이 키 작은 사람에게는 그다지 관심을 쏟지 않았다. 두 사람이 서로 인사를 주고받을 수 있는 거리가 되자(그 지점은 아가씨의 바로 코앞이었다), 노신사가 인사를 건네고 키 작은 남자에게 다가가 굉장히 정중한 태도로 말을 걸었다. 노신사가 하는 말의 내용은 그다지 중요한 것 같지는 않았다. 노신사가 어딘가를 가리키는 걸로 봐서는 단순히 길을 묻는 것 같았다. 말을 하는 노신사의 얼굴에 달빛이 어렸고, 창을 통해 내려다보던 아가씨는 그 모습을 즐겁게 지켜보았다. 말하는 모습을 지켜보니 노신사는 순수하고 고풍스럽고 상냥한 사람 같았다. 또 자기 자신에게 만족하는 사람에게서 풍기는 고귀한 면모도 보였다. 이내 아가씨의 눈은 다른 남자에게로 옮겨 갔는데, 그녀는 그를 알아보고는 깜짝 놀랐다. 일전에 주인을 찾아왔던 하이드라는 사람이었던 것이다. 딱 한 번 보았을 뿐이지만 그녀는 하이드에게 혐오감을 느꼈었다. 그는 무거운 지팡이를 손에 들고 가볍게 휘두르고 있었다. 하이드는 단 한 마디도 노신사의 질문에 대답하지 않았고, 노골적으로 초조함을 드러내며 건성으로 듣는 듯했다. 그러더니 갑자기 불같이 화를 내고 발을 동동 구르면서 지팡이를 마구 휘둘렀고, 흡사 정신이 나간(이 아가씨의 묘사대로라면) 사람 같은 행동을 했다. 노신사는 굉장히 놀라고 약간은 기분이 상한 태도를 취하며 뒤로 물러섰다. 그때 하이드가 갑작스럽게 노신사에게로 달려들어 그를 땅에 내동댕이쳤다. 마치 유인원같이 분노를 주체하지 못하면서 하이드는 노신사를 짓밟고 지팡이로 마구 내리쳤다. 뼈가 부서지는 소리가 들렸고, 노신사의 몸이 몽둥이질의 충격으로 길 위로 튀어 올랐다. 아가씨는 이 광경과 소리에 공포를 느낀 나머지 기절하고 말았다.

새벽 2시가 되어서야 아가씨는 정신을 차리고 경찰에 신고했다. 살인자가 자리를 뜬 지는 이미 오래였다. 하지만 살인자는 피해자를 길거리 한복판에 내버려 두고 떠났다. 노신사의 신체는 믿을 수 없을 정도로 훼손되어 있었다. 이런 끔찍한 짓을 하는 데 사용된 지팡이는 두 동강이 나 있었다. 희귀하고 굉장히 단단하고 무거운 나무로 만들어진 것이었지만 그 무자비하고 잔인한 타격의 힘을 견디지 못한 것이었다. 절단 난 한쪽은 근처의 도랑으로 굴러 들어갔고, 나머지 한쪽은 의심할 여지 없이 살인자가 들고 갔을 터였다. 피해자의 몸에서 지갑과 금시계가 발견되었고, 봉인되고 우표가 붙은 봉투 말고 명함이나 서류는 없었다. 봉투에는 어터슨 씨의 이름과 주소가 적혀 있었고, 피살자는 아마도 그 봉투를 우체통에 가져다 넣으려다가 변을 당한 것 같았다.

봉투는 다음 날 아침 어터슨 씨가 아직 잠에서 깨지도 않은 때에 전해졌다. 변호사는 봉투를 보고 정황을 전해 듣자마자 입술을 굳게 다물고 엄숙한 표정을 지었다. "사체를 보기 전까지는 아무 말도 않겠습니다. 굉장히 심각한 일인 것 같군요. 식사를 마치고 옷을 갈아입을 동안 기다려 주시기 바랍니다." 어터슨 씨는 이후 심각한 표정으로 아침 식사를 마치고 피해자의 시체가 안치되어 있는 경찰서로 갔다. 그는 시체를 보자마자 고개를 끄덕였다.

"신원을 알고 있습니다. 이런 말을 하게 되어 유감입니다만, 이분은 댄버스 커루 경이십니다."

"세상에!" 경관이 소리를 질렀다. "어떻게 이런 일이?" 그러면서 경관은 직업적인 의욕으로 눈을 빛냈다. "일이 많이 시끄러울 것 같습니다. 선생님, 범인을 잡는 데 협력해 주시기 바랍니다." 경관은 목격자인 한 아가씨의 진술 내용을 어터슨 씨에게 간단하게 말해 주었고, 이어 절반으로 동강 난 지팡이도 보여 주었다.

어터슨 씨는 하이드의 이름을 듣고서 몸을 부르르 떨었다. 동강 난 지팡이가 눈앞에 제시되자 더 이상 의심의 여지가 없었다. 부러지고 뭉개지긴 했어도 어터슨 씨는 그 지팡이를 알아보았다. 그가 오래전에 헨리 지킬에게 선물한 지팡이였던 것이다.

"이 하이드란 자는 체구가 작았습니까?" 어터슨 씨가 물었다.

"유독 작고, 또 유독 사악하게 생긴 얼굴이라고 목격자가 말하더군요." 경관이 대답했다.

어터슨 씨는 곰곰이 생각한 뒤 고개를 들고 말했다. "제 마차에 타시죠. 그 사람의 집으로 안내하겠습니다."

때는 아침 9시경이었다. 계절이 바뀌고 난 뒤 처음으로 아침에 안개가 끼고 있었다. 초콜릿색의 짙은 안개가 하늘에 아주 낮게 깔려 있었지만, 바람이 공중에 포진한 안개를 지속적으로 공격하며 흩어 놓는 중이었다. 마차가 거리에서 거리를 천천히 지나치면서 어터슨 씨는 어스름의 정도와 빛깔이 천양지차라는 것을 알게 되었다. 한쪽은 저녁 말미처럼 어두웠고, 다른 한쪽은 마치 큰불이라도 난 듯 검붉은 갈색빛이 일렁거렸다. 또 다른 곳에서는 잠시 안개가 걷히자 햇빛이 힘없이 맴도는 안개 사이로 드문드문 빛났다. 음울한 소호의 구역은 이런 시시각각으로 변하는 모습에 더해 진창길, 방종한 모습의 행인들, 밤이면 어김없이 들이닥치는 음울한 어둠과 싸우기 위해 계속 켜 두거나 새롭게 점등하는 가로등 따위가 울적한 분위기를 풍기고 있었다. 어터슨 씨의 눈에는 악몽 속에서나 나타날 것 같은 도시의 모습이었다. 이런 광경 때문인지 변호사의 마음까지 덩달아 음울해졌다. 함께 마차를 탄 경관의 모습을 잠시 보면서, 어터슨 씨는 법률과 그 집행관들이 불러일으키는 두려움을 의식하고 가볍게 몸을 떨었다. 사실 이러한 두려움은 때때로 가장 정직한 사람도 느끼곤 한다.

마차가 해당 주소지에 도착하자 안개가 약간 걷혔다. 화려하게 꾸민 싸구려 술집, 저가의 프랑스 음식점, 1페니짜리 싸구려 잡지와 2페니짜리 샐러드를 파는 가게, 누더기를 걸치고 문간에 옹기종기 모인 많은 아이들, 열쇠를 손에 들고 아침부터 술을 마시려고 거리를 활보하는 다양한 국적의 여자들 따위로 인해 거리는 지저분하게 보였다. 이어 암갈색 천연 안료 같은 갈색 안개가 거리에 다시 내렸고, 그리하여 암울한 거리 풍경은 더 이상 어터슨 씨의 눈에 보이지 않게 되었다. 이곳이 바로 헨리 지킬이 총애하는 남자가 사는 곳, 지킬로부터 25만 파운드를 상속받게 되어 있는 남자의 집이었다.

상아 같은 얼굴빛에 은발을 가진 늙은 여자가 문을 열었다. 노파는 사악한 얼굴을 위선의 표정으로 감추고 있었지만 그래도 태도는 훌륭했다. 그녀는 하이드 씨의 집이 맞지만 주인이 부재중이라고 대답했다. 어젯밤 굉장히 늦게 집으로 들어와서는 한 시간도 채 안 되어 다시 나갔다는 것이었다. 하지만 그건 전혀 이상한 일이 아니라고 덧붙였다. 하이드 씨의 습관 자체가 굉장히 불규칙하며, 자주 집을 비운다는 것이었다. 일례로 어제 본 것이 거의 두 달 만이었다고 했다.

"그렇다면 잘됐군요. 하이드 씨의 방을 한번 둘러보려고 합니다." 어터슨 씨가 말했다. 노파는 그건 안 된다고 대답했다. 어터슨 씨는 말을 이었다. "그렇다면 이분이 누구신지 말씀드리는 편이 좋겠군요. 이분은 런던 경찰국의 뉴커먼 경위십니다."

노파의 얼굴에 기이한 즐거움의 기색이 잠시 스쳐 지나갔다. "아! 그분께 무슨 문제가 생겼군요! 무슨 일을 저지르셨는데요?"

어터슨 씨와 경위는 서로를 쳐다보았다. "그 친구 그리 인망이 있지는 않나 보군요." 경위가 말했다. "그렇다면 부인, 이제부터 저와 이분이 한번 둘러보도록 하겠습니다."

노파가 없었더라면 텅 비었을 그 집에서 하이드는 방 두 개만 사용하고 있었다. 하지만 방들은 화려하고 좋은 취향의 가구들로 꾸며져 있었다. 벽장은 와인으로 가득했고, 놓여 있는 접시들은 은제였으며, 식탁에 놓인 리넨들은 우아한 제품이었다. 벽에는 훌륭한 그림 한 점이 걸려 있었는데, 어터슨이 보기에 미술품에 대한 안목이 상당한 헨리 지킬의 선물임이 분명했다. 두툼한 카펫은 기분 좋은 색깔이었다. 그렇지만 잠시 둘러보니 최근에 허겁지겁 뒤진 흔적이 방 곳곳에서 드러났다. 바닥에는 호주머니를 밖으로 잡아 뺀 옷들이 널려 있고, 잠금장치가 달린 서랍들은 열려 있었으며, 난로에는 많은 서류들을 태웠는지 회색 재들이 수북이 쌓여 있었다. 타다 남은 잿더미에서 경위는 완전히 다 타지 않은 녹색 수표책의 일부분을 찾아냈다. 문 뒤에서는 동강 난 지팡이의 다른 부분이 발견되었다. 혐의가 확실해졌고, 경위는 수색 결과가 만족스럽다고 말했다. 은행에 방문하여 범인의 계좌에 수천 파운드가 들어 있는 것을 발견하고 경위는 대단히 만족스러운 표정을 지었다.

"염려하지 않으셔도 될 것 같습니다, 선생님." 경위가 어터슨 씨에게 말했다. "이제 범인은 제 손아귀에 있습니다. 분명 제정신이 아닌 모양입니다. 그렇지 않고서야 지팡이를 놔둔다거나 무엇보다도 수표책을 태울 리가 없지요. 돈은 이 친구에게 목숨 같은 것 아니겠습니까. 이제는 은행에 범인이 올 때까지 기다리거나 현상 수배를 하면 됩니다."

　하지만 현상 수배는 그다지 쉬운 일이 아니었다. 하이드를 잘 아는 사람이 몇 없었기 때문이다. 심지어 집을 관리하는 노파도 그를 두 번밖에 본 적이 없었다. 또한 그의 가족은 도무지 알아낼 방법이 없었다. 거기에다 하이드는 사진이라고는 단 한 장도 없었다. 목격자들이 으레 그러는 것처럼 하이드를 본 몇 안 되는 사람들도 그의 인상에 대해 각기 굉장히 다르게 진술했다. 오로지 한 가지 사항에서만 목격자들의 의견이 일치했다. 도망자 하이드는 목격자들에게 형언할 수 없는 기형과 불구의 느낌을 안겨 주었고, 그래서 그 몰골을 생각하면 온몸이 떨린다는 것이었다.

# 의문스러운 편지 사건

그날 늦은 오후 어터슨 씨는 지킬 박사의 집을 찾아갔다. 집사인 풀이 즉시 어터슨 씨를 집 안으로 들였다. 풀은 부엌, 그리고 한때 정원이었던 안뜰을 지나 평범하게 실험실(혹은 해부실)이라고 불리는 건물로 어터슨 씨를 안내했다. 지킬 박사는 유명한 외과 의사의 상속자로부터 이 건물을 사들였다. 그리고 해부학보다는 화학에 더 관심이 많았던 그는 정원 끝에 있는 이 건물의 용도를 변경하여 실험실로 만들었다. 변호사가 이 실험실로 안내받은 것은 이번이 처음이었다. 어터슨 씨는 창문이 없는 이 우중충한 건물을 호기심을 가지고 지켜보았다. 그리고 계단식의 실험실을 둘러보고 그 기이한 구조에 불쾌한 인상을 받았다. 한때는 이 교실도 열성적인 학생들로 붐볐겠지만 지금은 삭막하고 조용할 뿐이었다. 탁자 위에는 화학 실험 기구들이 잔뜩 놓여 있었고, 바닥에는 나무 상자들이 나뒹굴고 포장용 짚이 어지럽게 널려 있었다. 안개가 낀 둥근 천장을 통해 빛이 흐릿하게 흘러들었다. 좀 더 끝 쪽으로 가니 계단이 나왔고, 좀 더 가면 붉은 모직 천으로 덮인 문으로 이어졌다. 문으로 들어가자 어터슨 씨는 마침내 지킬 박사가 머물던 방에 도달했다. 방은 컸고, 방을 빙 둘러서 유리 장들이 설치되어 있었으며, 전신 거울과 사무용 탁자도 갖춰져 있었다. 방에는 또한 안뜰이 내려다보이는 먼지 낀 창문이 세 개 있었는데, 모두 쇠창살이 둘러져 있었다. 난로에서는 불길이 타올랐고, 난로 위의 선반에는 등불이 켜져 있었다. 집 안에까지 안개가 자욱하게 껴서 어두웠기 때문이다. 난롯불 근처에 지킬 박사가 앉아 있었다. 지독하게 병든 모습이었다. 어찌나 몸이 쇠약해졌는지 손님이 왔는데도 일어나서 맞이하지 못할 정도였다. 지킬 박사가 차가운 손을 내밀고 아주 달라진 목소리로 인사를 건넸다.

풀이 안내를 마치고 떠나자 어터슨 씨가 입을 열었다. "소식 들었는가?"

지킬 박사가 몸을 떨며 말했다. "사람들이 광장에서 그 사건에 대하여 크게 소리치더군. 난 그걸 식당에서 들었지."

"한마디 하겠네. 커루 경은 자네처럼 내 의뢰인이었지. 그래서 내가 변호사 노릇을 잘하고 있는지 확인하고 싶어. 자네, 설마 그자를 숨겨줄 정도로 정신이 나가지는 않았겠지?"

"어터슨, 내 하느님께 맹세하겠네." 지킬 박사가 소리쳤다. "하느님께 맹세컨대 다시는 그자를 보지 않겠네. 자네에게 내 명예를 걸고 말하네. 나는 그자와 완전히 끝났어. 더 이상 연루되지 않겠네. 실은 그자는 내 도움을 바라지도 않아. 자네는 나만큼 그자를 알지 못하잖나.

그자는 안전하네. 그것도 굉장히. 내 말 좀 듣게나. 그자의 소식은 이제 다시는 들리지 않을 걸세."

어터슨 씨는 침울하게 지킬 박사의 이야기를 들었다. 변호사에게는 지나치게 흥분하는 친구의 모습이 보기에 별로 좋지 않았다. "그자의 안전에 대해 굉장히 확신하고 있구먼. 자네를 위해서라도 자네 말이 맞기를 바라네. 앞으로 재판이 진행되면 자네 이름이 거론될지도 몰라."

"그자에 대해서라면 꽤나 확신이 있네." 지킬 박사가 대답했다. "남들한테 말할 수는 없지만 확실하게 근거 있는 이야기를 하는 걸세. 그런데 한 가지 자네한테 조언을 받았으면 하는 게 있네. 나는, 나는 편지를 하나 받았네. 경찰에 보여야 할지 말아야 할지 잘 모르겠네. 자네의 손에 그 편지를 맡기고 싶네, 어터슨. 자네라면 현명하게 판단해 줄 거라고 확신하네. 나는 자네를 정말이지 엄청나게 믿고 있다네."

"이보게, 자네 혹시 그자가 발각되는 걸 염려하는 건가?" 어터슨 씨가 물었다.

"그렇지 않네. 난 하이드란 자가 어떻게 되든 신경 쓰지 않아. 그자와 나는 완전히 끝났어. 나는 이 끔찍한 일이 드러낸 내 성격을 깊이 반성하고 있네."

어터슨 씨는 잠시 생각에 잠겼다. 그는 친구의 이기적인 모습에 한편으로는 놀라면서 다른 한편으로는 안도감을 느꼈다. 이윽고 어터슨 씨가 말했다. "그럼 그 편지란 것 좀 보여 주게."

그 편지는 이상하게도 필체가 왼쪽으로 기울어진 수직체로 쓰여 있었고, '에드워드 하이드'라는 서명이 있었다. 내용을 간략히 정리하면, 하이드가 후원자인 지킬 박사에게 수많은 도움을 받았고 그것에 대해 오랫동안 보답하지 못했으나, 이제 믿을 만한 도피 수단을 찾았으니 자신의 안전에 대해서는 염려하지 않아도 된다는 것이었다. 어터슨 씨는 그 편지가 다소 마음에 들었다. 지킬 박사와 하이드의 관계가 생각보다 그리 친밀한 것이 아님을 보여 주기 때문이었다. 그러자 과거에 박사를 의심했던 자신이 부끄러워졌다.

"봉투는 가지고 있나?" 어터슨 씨가 물었다.

"태웠네. 내가 무슨 짓을 하는지 의식하기도 전에 태워 버렸지. 하지만 소인이 찍혀 있지는 않았네. 사람을 시켜 전달한 것이었거든."

"이걸 가지고 가서 한 번 더 생각해 봐도 되겠나?" 어터슨 씨가 물었다.

"나 대신 전적으로 모든 판단을 해 주길 바라네. 이제 나의 판단력에 자신이 없어졌으니 말일세."

"그래, 그럼 생각해 보겠네. 여기에서 한마디 더 묻겠네. 유언장에 실종에 대한 조항을 집어넣으라고 요구한 건 하이드였나?"

지킬 박사는 현기증이 나는 모양이었다. 박사는 입을 꾹 다물고 고개를 끄덕였다.

"그럴 줄 알았네. 그자는 자네를 죽이려고 한 거야. 잘 빠져나온 걸세."

"필요 이상으로 큰일을 겪었네." 지킬 박사가 진지한 표정으로 대답했다. "큰 교훈을 얻었어. 아아, 어터슨. 정말이야!" 그가 잠시 양손으로 얼굴을 감쌌다.

지킬 박사의 저택을 나오는 길에 어터슨 씨는 풀과 한두 마디 이야기를 나누었다. "그런데 말이네, 오늘 편지 하나가 인편으로 왔다고 하던데 전해 준 이는 어떻게 생겼던가?" 하지만 풀은 우편배달부가 전한 것 말고는 아무 편지를 받은 적이 없다고 대답했다. 그나마도 광고 전단이었다는 것이다.

어터슨 씨는 이 소식을 듣고 다시 우려가 되기 시작했다. 분명 편지는 실험실 문을 통해 들어왔을 것이다. 아니면 실제로는 박사의 방에서 작성된 것일 수도 있었다. 만약 그렇다고 한다면 이 문제는 달리 판단되어야 하고, 좀 더 주의를 기울여 처리되어야 했다. 신문팔이 아이들이 보도를 지나다니면서 목이 쉬도록 소리치고 있었다. "호외요! 끔찍한 하원의원 살인 사건이요!" 이들이 외치는 소리가 어터슨 씨에게는 의뢰인인 동시에 친구였던 사람에 대한 추도사로 느껴졌다. 변호사는 자신이 아는 다른 선한 이들이 이런 추문의 소용돌이에 휘말리는 것이 아닌가 걱정되었다. 최소한 이 편지와 관련하여 어터슨 씨가 내려야 하는 결정은 미묘한 것이었다. 그는 습관적으로 자신을 믿었지만 누군가에게 조언을 받고 싶은 생각이 간절했다. 하지만 직접적인 방식이 아니라 은근하게 얻어야 했다.

얼마 지나지 않아 어터슨 씨는 자신의 집 난로 한편에 사무장 게스트 씨와 함께 앉아 있었다. 두 사람 사이에는 난로에서 일부러 멀찍이 떨어진 자리에 오래된 와인이 한 병 놓여 있었다. 이 와인은 어터슨 씨의 집 지하에서 꽤나 오랫동안 햇빛을 보지 않고 보관되어 있던 것이었다. 안개가 여전히 날개를 펴고 도시를 묵직하게 짓눌렀고, 거리의 가로등은 홍옥처럼 빛을 발했다. 시민들의 일상생활은 짙게 깔린 안개를 뚫고서 도시의 거대한 동맥인 거리를 누비며 계속되었고, 그 소란스러운 생활 소음은 흡사 맹렬한 바람 소리 같았다. 그러나 어터슨 씨의 방은 불빛으로 아늑한 분위기를 풍겼다. 와인의 산미는 진작 풀려 있었는데, 와인의 보라색은 시간 경과 덕분에 색감이 부드러워져 있었다. 마치 채색 유리창에 부딪힌 햇빛이 더욱 은은한 빛을 발하는 것처럼 와인의 빛깔과 색감은 아주 훌륭했다. 뜨거운 가을 오후의 포도밭을 내리쬐는 햇빛에 익은 포도로 만든 와인은 어터슨 씨가 조금 전 음울하게 느꼈던 런던의 안개를 사라지게 했고 또 그의 마음을 편안하게 만들었다. 어터슨 씨는 자기도 모르게 감정이 누그러들었다. 사무장 게스트 씨만큼 변호사의 비밀을 많이 아는 사람도 없을 것이었다. 종종 어터슨 씨는 사무장과 함께 있으면 필요 이상으로 비밀을 털어놓았다. 게스트는 법률 사무와 관련하여 지킬 박사의 집을 가끔 방문했고, 또 집사인 풀도 알았다. 사무장이 집주인 지킬 박사와 하이드의 친밀한 관계를 듣지 못했을 가능성은 아주 희박했다. 그러니 게스트를 통해 어떤 결론을 끌어낼 수 있을지도 몰랐다. 그렇다면 이 편지를 게스트에게 보여 주어 이 수수께끼 같은 일을 해명하는 것 역시 괜찮지 않을까? 더욱이 게스트는 필적에 관해서는 훌륭한 연구자이자 비평가이므로 자연스럽고 협조적인 방식으로 도와줄 수 있지 않겠는가? 거기에다 이 사무장은 아주 조언을 잘해 주는 사람이었다. 그는 이 기이한 편지를 읽고 나서 곧바로 의견을 내놓을 것이었다. 어터슨 씨는 사무장의 조언을 받은 후 앞으로의 행동 노선을 정하기로 했다.

"댄버스 경의 일은 참 딱한 일이 아닐 수 없네." 어터슨 씨가 말했다.

"그렇지요, 정말로 그렇습니다. 엄청난 공분을 사고 있습니다." 게스트가 대답했다. "그런 일을 저지른 자는 정신이 나간 것이 틀림없습니다."

"그 일에 대해서 자네의 의견을 듣고자 하네." 어터슨 씨가 말했다. "그자의 필체로 된 편지가 여기 있네. 이제부터 이 이야기는 우리 둘만 알아 둬야 할 걸세. 내가 이 편지를 가지고 어찌해야 할지 몰라서 그러는 것이네. 여하튼 참으로 추악한 일일세. 자, 여기 편지가 있네. 느긋하게 한번 살펴보게나. 그 살인자의 서명도 함께 있으니."

게스트의 눈빛이 반짝였고, 즉시 편지를 받아 들더니 찬찬히 살폈다. "편지를 읽어 보니 정신 나간 자는 아니군요. 그렇지만 참으로 기이해요."

"그래, 어떻게 보더라도 기이한 자야." 어터슨 씨가 대답했다.

그러는 와중에 하인이 편지를 하나 들고 방으로 들어왔다.

"지킬 박사에게서 온 것인가요, 변호사님?" 게스트가 물었다. "필체를 본 적이 있는 것 같습니다. 사적인 것입니까?"

"그저 저녁 식사 초대장일 뿐이네. 왜 그러나? 한번 보겠나?"

"잠시만 보겠습니다. 감사합니다." 사무장은 두 장의 편지를 나란히 두고 꼼꼼하게 필체를 비교했다. "잘 봤습니다. 감사합니다." 게스트가 두 편지를 변호사에게 돌려주며 말했다. "참으로 흥미로운 서명이로군요."

잠시 침묵이 흘렀다. 어터슨 씨는 홀로 고심하다 돌연 게스트에게 물었다. "왜 편지를 비교해 본 건가, 게스트?"

"실은, 변호사님." 게스트가 대답했다. "두 필체가 보기 드물게 비슷해서 말입니다. 많은 부분에서 같은 사람이 썼다고 보아도 될 정도입니다. 서로 다른 점이라고는 펜대를 일부러 왼쪽으로 세워서 쓴 것 정도입니다."

"거참 이상하구면." 어터슨 씨가 말했다.

"말씀하신 대로 정말 그렇습니다."

"이 편지에 대해서는 남들한테 말하지 않을 작정이니 그리 알게나."

"잘 알겠습니다."

게스트가 떠나고 홀로 남게 되자 어터슨 씨는 금고를 열어 다시 편지를 넣고 잠갔다. 앞으로도 편지는 그곳에 쭉 보관될 것이었다. 불현듯 어떤 생각이 스쳐 지나가 어터슨 씨는 이렇게 중얼거렸다. "세상에, 혹시 헨리 지킬이 살인자를 위해 이 편지를 위조한 것이라면?" 순간 그는 오싹한 공포감을 느꼈다.

# 래니언 박사에 관한 기이한 사건

●

　시간은 계속 흘러갔다. 댄버스 경 피살 사건은 대중에 대한 공격으로 여겨져 공분을 샀고, 수천 파운드의 현상금이 걸렸다. 하지만 하이드는 마치 애초에 존재하지 않았던 것처럼 경찰의 시야에서 완전히 사라져 버렸다. 하이드의 과거에 대하여 많은 이야기가 밝혀졌는데, 하나같이 좋지 못한 것뿐이었다. 그의 잔혹함, 지나치게 무정하고 난폭한 성격, 사악하게 살아온 삶, 그와 어울려 다니는 이상한 사람들, 그를 둘러싼 보편적인 증오감 등에 대한 이야기가 무시로 들려왔다. 그러나 현재 하이드가 어디에 있는지에 대해서는 유언비어조차 없었다. 댄버스 경을 살해한 다음 날 아침, 소호 지역에 있던 그의 집을 떠난 이후로 하이드는 문자 그대로 사라져 버렸다. 시간이 흐르면서 점차 어터슨 씨는 심각하게 우려하던 상황에서 벗어나 예전의 차분한 모습을 되찾기 시작했다. 변호사가 생각하기에, 댄버스 경의 죽음은 하이드를 완전히 사라지게 한 것만으로도 굉장히 가치가 있었다. 사악한 영향력을 발휘하던 자가 사라져서 지킬 박사도 새로운 삶을 시작하게 되었던 것이다. 박사는 은둔 생활을 청산하고 친구들과 새롭게 친분을 쌓았으며, 다시 한 번 예전처럼 친근하고 사교적이고 재미있는 사람으로 돌아왔다. 또한 늘 자선을 많이 하는 것으로 알려져 있었으나 이제는 종교적인 활동을 더 열심히 하는 것으로도 소문이 났다. 박사는 바빴고, 밖에서 보내는 시간이 훨씬 더 많았으며, 선행을 하고 다녔다. 마치 봉사 활동을 내면적으로도 의식하는 듯 그의 얼굴도 활짝 피고 환해 보였다. 그렇게 두 달 이상을 지킬 박사는 평온하게 보냈다.

18XX년 1월 8일 어터슨 씨는 지킬 박사가 주최하는 소규모 파티에 초대되어 함께 식사를 하게 되었다. 래니언도 그곳에 있었다. 지킬 박사는 마치 떨어지려야 떨어질 수 없었던 3인조였던 옛날을 추억하기라도 하듯 어터슨 씨와 래니언의 얼굴을 번갈아 쳐다보았다. 하지만 어터슨 씨가 찾아간 12일, 그리고 14일에 지킬 박사의 저택 문은 굳게 닫혀 있었다. "박사님께서는 칩거 중이어서 아무도 만나지 않으십니다." 풀이 말했다. 15일에도 어터슨 씨는 박사를 찾아갔으나 역시 거절당했다. 지난 두 달 동안 거의 매일 박사를 만났던 변호사는 그가 은둔 생활로 돌아가자 마음이 무거워졌다. 그로부터 닷새가 지난 날 저녁, 어터슨 씨는 게스트와 저녁 식사를 함께했다. 엿새째가 되는 날 변호사는 래니언 박사의 집을 찾아갔다.

적어도 래니언 박사는 어터슨 씨를 거절하지 않았다. 하지만 집 안으로 들어서서 래니언 박사의 외양에 일어난 변화를 보고 변호사는 충격을 받지 않을 수 없었다. 얼굴에는 사형 집행 영장이라도 적혀 있는 것 같았다. 혈색 붉던 모습은 창백하게 변했고, 놀랄 정도로 살이 빠져 있었다. 머리도 더 많이 빠지고, 늙어 보였다. 그럼에도 어터슨 씨의 눈길을 사로잡은 것은 빠른 육체적 쇠락의 징표보다는 깊게 자리 잡은 두려움을 증언하는 박사의 눈빛과 태도였다. 래니언 박사가 죽음을 두려워하다니 참으로 그럴 법하지 않았다. 그렇지만 어터슨 씨는 이런 생각이 들었다. '그래, 저 친구는 의사니까 자신의 상태를 잘 알 거고, 또 앞으로 살날이 얼마나 남았는지도 알겠지. 그런 만큼 그걸 견디기가 쉽지 않을 거야.' 어터슨 씨가 래니언 박사에게 안색이 많이 나쁜 것 같다고 말하자 박사는 확신에 찬 모습으로 자신이 곧 죽을 것이라고 말했다.

"충격을 받아서 말일세. 다시 회복하지 못할 거야. 더 살아 봤자 몇 주 정도겠지. 되돌아보니 즐거운 삶이었네. 즐거웠지. 암, 나는 삶을 즐겼네. 때로 이런 생각도 해 봤네. 만약 우리가 알 수 있는 것을 모두 안다면, 죽을 때 좀 더 즐겁게 죽을 수 있을 거라고 말일세."

"지킬도 몸이 좋지 않은 모양이야." 어터슨 씨가 말했다. "만나 본 적 있나?"

그러자 래니언 박사는 표정이 변하더니 덜덜 떨리는 손을 추켜올렸다. "지킬 박사라면 보고 싶지도, 또 이야기를 듣고 싶지도 않네." 크고 불안정한 목소리로 래니언 박사가 말했다. "나는 그 사람과는 끝장났어. 이미 내가 죽었다고 여기는 사람 이야기는 더 이상 하지 말아 주게. 부탁하겠네."

"허허." 어터슨 씨가 탄식했다. 한참이나 둘은 말없이 있었다. 어터슨 씨가 다시 래니언 박사에게 물었다. "내가 할 수 있는 일은 없겠나? 우리 셋은 굉장히 오랜 친구가 아닌가, 래니언. 그런 친구를 어디에서 또 볼 수 있겠나."

"어쩔 수 없네. 그 일이라면 그 사람에게 물어보게나." 래니언 박사가 답했다.

"그 친구가 날 보려고 하지 않더구먼." 어터슨 씨가 말했다.

"놀랄 일도 아니네. 어터슨, 조만간 내가 죽고 나면 자네가 아마도 이 일의 시비를 가리게 될 걸세. 지금은 자네에게 말을 해 줄 수가 없네. 이보게, 자, 여기 앉아서 나와 다른 이야기를 할 거라면 계속 있어도 좋네. 하지만 그 저주받은 이야기를 자꾸 꺼내고 싶다면 부디 돌아가 주게. 내가 견딜 수가 없어서 그래."

집으로 돌아오자마자 어터슨 씨는 책상에 앉아 지킬 박사에게 편지를 썼다. 자신을 문전 박대 한 것에 대한 불평을 비롯해 래니언과 불행하게 절교한 이유에 대한 답변을 요구하는 내용이었다. 다음 날 지킬 박사가 장문의 답장을 보내왔다. 편지에는 굉장히 애처로운 말들이 적혀 있었으며, 때로 그 취지를 알 수 없는 말도 있었다. 래니언과의 다툼으로 생긴 일은 이제 돌이킬 수 없는 모양이었다. '오랜 친구의 그런 태도를 비난하자는 게 아닐세.' 지킬 박사는 편지에 이렇게 썼다. '하지만 우리가 다시 만나서는 안 된다는 그 친구의 견해에는 동감하는 바일세. 난 이제부터 극도로 은둔하는 삶을 살려고 하네. 내 집의 문이 심지어 자네에게마저도 닫혀 있더라도 놀라지 말고, 또 자네와 나의 친분을 의심하지도 말게나. 내가 스스로 암울한 길을 걷더라도 부디 자네는 아무런 말도 하지 말게나. 나는 차마 언급할 수 없는 징벌과 위험을 자초했네. 나는 말도 못할 죄인인가 하면 동시에 말도 못할 피해자이기도 하네. 나는 이 세상이 이렇게나 사람을 무력하게 만드는 고통과 두려움이 있는 곳이라고는 생각조차 못했었네. 어터슨, 자네가 나의 이 운명을 조금이라도 가볍게 해 줄 수 있는 길은 나의 침묵을 존중해 주는 것뿐이라네.' 어터슨 씨는 편지를 읽고 깜짝 놀랐다. 하이드의 음울한 영향력이 사라지자 지킬 박사는 다시 예전처럼 선행들을 펼쳤고 친분도 회복할 수 있었다. 한 주 전만 해도 박사가 즐겁고 명예로운 노년을 보낼 것이라는 전망이 차고 넘쳤다. 그런데 이제 한순간에 친구와의 우정, 마음의 평화, 그리고 인생의 전반적인 기조가 무너져 버린 것이었다. 변화의 폭이 너무도 크고 예상도 못 한 것이어서 혹시 박사가 정신이상이 아닐까 하는 의심도 들었다. 하지만 래니언의 태도와 말로 미루어 볼 때 이런 일이 벌어지게 된 데에는 틀림없이 보다 더 깊은 원인이 있었다.

이로부터 일주일 뒤에 래니언 박사는 앓아누웠고, 그로부터 채 보름도 지나기 전에 세상을 떠났다. 장례식을 치른 날 밤에 집으로 돌아온 어터슨 씨는 슬픔에 휩싸인 채 사무실로 들어가 문을 잠갔다. 촛불마저도 우울한 빛을 발하는 것 같았다. 어터슨 씨는 책상에 앉아 죽은 친구가 직접 작성하고 봉인한 편지를 꺼냈다. 편지의 겉봉에는 강조하듯이 이렇게 적혀 있었다. '친전: J. G. 어터슨만이 이 편지를 취급할 것. 어터슨이 이 편지의 전달 시점보다 먼저 사망했을 경우 편지를 파기할 것.' 어터슨 씨는 편지를 읽어 보기가 두려웠다. "오늘 한 친구를 땅에 묻었는데, 이로 인해서 다른 친구마저 그렇게 된다면 어찌해야 하나?" 하지만 곧 어터슨 씨는 이런 두려움이 친구를 저버리는 것이라고 생각하여 봉인을 뜯었다. 편지 안에는 또 다른 봉인된 봉투가 들어 있었다. 안에 있던 봉투에는 이렇게 적혀 있었다. '헨리 지킬 박사가 죽거나 실종될 때까지 개봉하지 말 것.' 어터슨 씨는 자신의 눈을 믿을 수가 없었다. 또다시 실종이라는 단어가 등장한 것이다. 오래전에 지킬 박사에게 돌려주었던 광기 어린 유언장에서처럼, 실종이라는 개념이 헨리 지킬의 이름과 관련되어 나타난 것이었다. 하지만 유언장에서 이 실종이라는 개념은 하이드란 남자의 사악한 제안에서 비롯된 것이었고, 너무나도 명백하고 끔찍한 목적을 갖고 있었다. 지금 래니언의 글에서 다시 나타난 실종이라는 단어는 여기에서 어떤 의미가 있는 것일까? 보관인의 입장이기는 하지만 엄청난 호기심이 생긴 어터슨 씨는 금지령을 무시하고 즉시 이 알 수 없는 일의 밑바닥까지 들여다보고 싶어졌다. 하지만 직업적인 명예와 죽은 친구에 대한 신의 때문에 어터슨 씨는 자신의 의무를 굳건히 지켰다. 봉투는 어터슨 씨의 개인 금고 가장 깊숙한 곳으로 들어갔다.

호기심을 만족시키는 것과 극복하는 것은 다른 이야기이다. 이런 일이 있고 난 뒤로 어터슨 씨는 자신이 예전같이 열성적으로 지킬 박사와의 교제를 바라는지 의구심이 생겼다. 그는 여전히 지킬 박사를 좋게 생각했지만 불안하고 걱정스러운 것은 어쩔 수 없었다. 그는 박사를 건성으로 찾아갔을 뿐 실은 거절당하는 데 안도감을 느끼는지도 몰랐다. 내심 이해 못 할 은둔자의 행태를 자발적으로 선택한 친구의 집에 들어가 이야기를 나누기보다 바깥공기에 둘러싸여 도시 이곳저곳에서 들려오는 소리를 들으며 문간에서 집사인 풀과 이야기를 하는 것이 더 좋았다. 실제로 풀도 전해 줄 만한 좋은 소식이 그다지 없었다. 이제 지킬 박사는 실험실 위에 있는 작은 방에 이전보다 더 틀어박혀 있는 모양이었다. 때로는 잠마저 그곳에서 잤다. 박사는 그곳에서 의기소침해졌고, 점점 말수를 잃었으며, 독서도 하지 않았다. 그의 마음을 괴롭히는 뭔가가 있는 것 같았다. 어터슨 씨는 이런 변하지 않는 소식을 듣는 것에 익숙해졌고, 점점 박사를 찾아가는 빈도가 줄었다.

# 창가에서 있었던 일

어느 일요일 어터슨 씨는 친척 엔필드와 늘 하던 산책을 하던 중에 우연히 그 뒷골목에 발을 들였다. 그리고 예의 그 수수께끼의 문 앞에 오게 되자 두 사람은 발걸음을 멈추고 문을 바라보았다.

"그 이야기는 최소한 끝이 난 모양이야. 다시는 그 하이드란 자를 보지 못할 것 같아." 엔필드가 말했다.

"그러길 바라네. 내가 그자를 한 번 보고 자네처럼 혐오감을 느끼게 되었다는 이야긴 했던가?"

"사람이라면 누구나 그런 혐오감을 느낄 거야. 그런데 이 길이 사실 지킬 박사의 집 뒷길이라는 걸 몰랐으니, 자네에게 내가 얼마나 모자라 보였을까! 결국에는 알아냈지만 내가 알게 된 것은 부분적으로 자네 실수 때문이기도 해."

"아무튼 알아냈으면 되었지. 자네가 그걸 알아냈으니 이제 안뜰로 들어가서 저 건물의 창문을 좀 보세. 실은 불쌍한 친구 지킬을 생각하면 내 마음이 불편하네. 밖이라고 하더라도 친구가 있다는 것이 지킬에게는 좀 도움이 될 것 같아."

안뜰은 굉장히 서늘하고 약간은 축축했다. 안뜰에서 바라본 높은 하늘은 해가 져도 여전히 환했지만, 이곳은 벌써부터 어스름이 완연히 깔리기 시작했다. 세 개의 창문 중 가운데 창문이 절반쯤 열려 있었고, 지킬 박사가 그 창가에 가까이 앉아 한없이 슬픈 모습으로 숨을 들이쉬고 있었다. 박사의 이런 모습은 흡사 서글픈 죄수와도 같았다. 어터슨 씨는 우연히 이런 지킬 박사의 모습을 보게 되었다.

"아니! 지킬!" 어터슨 씨가 소리쳤다. "괜찮은가?"

"정말 기운이 없네, 어터슨." 박사가 쓸쓸한 목소리로 답했다. "정말로 그렇다네. 그래도 오래가지는 않을 것 같아. 하느님, 감사합니다."

"너무 집 안에만 있어서 그런 게 아닌가. 밖으로도 좀 나와서 혈액순환에 자극을 줘야지. 엔필드와 내가 하고 있는 것처럼 말일세. 아, 이 사람은 내 친척인 엔필드 씨라네. 엔필드, 이쪽은 내 친구 지킬 박사네. 자, 지금이라도 나오게. 모자도 쓰고. 나와서 우리와 함께 한 바퀴 빠르게 돌고 오세."

"자넨 정말 좋은 사람이야." 지킬 박사가 한숨을 내쉬었다. "정말로 함께 산책하고 싶구먼. 그렇지만 아니, 아니 될 일일세. 정말 여의치가 않네. 감히 그러지 못하겠어. 하지만 어터슨, 실은 이렇게 자넬 보게 되어 정말 기쁘네. 정말 큰 즐거움이야. 자네와 엔필드 씨를 이곳으로 초대하고 싶지만 정말 여의치가 않으이."

"그렇다면야," 어터슨 씨가 마음씨 좋게 말했다. "우리가 할 수 있는 최선은 여기 이렇게 서서 자네와 함께 이야기를 하는 것이겠구먼."

"그게 바로 내가 조심스럽게 하려고 했던 제안이지." 박사가 미소를 띠며 답했다. 하지만 그 말이 끝나자마자 지킬 박사의 얼굴에 드러나 있던 미소가 사라지고, 공포와 절망으로 인한 극도로 비참한 표정이 나타났다. 창 밑에서 지켜보던 두 신사는 그것을 보고 온몸에 오싹한 느낌이 들었다. 곧바로 창문이 닫혔기에 잠시 박사의 표정을 보았을 뿐이지만 그것만으로도 두 사람은 충분히 사태를 파악했다. 그들은 몸을 돌려 재빨리 안뜰을 떠났고 내내 아무 말도 하지 않았다. 그들은 말없이 뒷골목을 가로질러 갔다. 일요일임에도 여전히 사람들이 오가는 인근 거리로 나오고 나서야 비로소 어터슨 씨는 고개를 돌려 엔필드 씨를 쳐다보았다. 두 신사의 얼굴은 모두 창백했고, 눈빛에는 서로에게 답이라도 하듯 공포가 서려 있었다.

"하느님, 저희를 용서하소서. 하느님, 저희를 용서하소서." 어터슨 씨가 말했다.

엔필드 씨는 굉장히 진지한 표정으로 고개를 끄덕이더니 아무 말 없이 다시 걷기 시작했다.

# 마지막 밤

어터슨 씨는 저녁 식사를 마친 뒤 난롯가에 앉아 있었다. 갑작스럽게 풀이 방문해 그는 적잖이 놀랐다.

"세상에, 풀. 무슨 일로 온 건가?" 어터슨 씨가 이렇게 소리치고 한 번 더 풀을 바라본 다음에 말했다. "대체 무슨 일인가? 지킬이 많이 아프기라도 한가?"

"어터슨 씨, 뭔가가 단단히 잘못됐습니다."

"일단 앉게. 여기 와인도 있으니 한잔 들고. 이제 천천히 여유를 갖고 무슨 일로 왔는지 분명하게 이야기를 해 주게."

"선생님께선 박사님의 습관을 알고 계시죠. 또 어떻게 두문불출하시는지도요. 저, 그런데 이번에 또 박사님께서 실험실의 그 방에서 두문불출하고 계십니다. 저는 그게 참 싫습니다. 그걸 좋아하느니 차라리 죽는 게 낫습니다. 어터슨 씨, 전 정말 두렵습니다."

"자, 풀. 분명하게 말해 보게. 뭐가 두려운 건가?"

"한 주 내내 아주 두려웠습니다." 풀이 어터슨 씨의 질문을 묵살하며 완강하게 대답했다. "선생님, 전 도저히 더는 못 견디겠습니다."

풀의 모습은 그 말이 거짓이 아님을 충분히 보여 주고 있었다. 집사의 태도는 점점 더 침울해졌다. 처음으로 두려움을 고백하던 순간을 제외하고 풀은 단 한 번도 어터슨 씨의 얼굴을 쳐다보지 않았다. 심지어 지금도 와인 잔을 무릎 위에 올려놓고 아예 마시지 않고 있었다. 집사의 시선은 방바닥의 한구석에 고정되어 있었다. "더는 못 견디겠습니다." 풀이 또다시 같은 말을 반복했다.

"자, 자, 풀, 자네가 충분히 그럴 만한 이유가 있다고 보네. 뭔가 크게 잘못되어 있다는 것도 알겠네. 대체 무슨 일인지 말을 좀 해 주게나."

"주인님께서 끔찍한 일을 당하신 것 같습니다." 집사가 쉰 목소리로 답했다.

"끔찍한 일!" 어터슨 씨가 소리쳤다. 굉장히 놀라기도 했지만 그보다는 짜증이 난 나머지 변호사가 말을 이었다. "대체 어떤 끔찍한 일! 대체 무엇을 말하는 건가?"

"제가 감히 더 말씀드릴 수가 없습니다, 선생님." 풀이 대답했다. "그렇지만 저와 함께 가서 한번 상황을 봐 주셨으면 합니다."

어터슨 씨는 대답을 하지 않고 일어서서 모자와 외투를 챙겼다. 변호사는 집사의 얼굴에 굉장한 안도감이 든 데에도 놀랐지만, 집사가 와인을 마시지도 않은 채 내려놓고 일어서는 모습에도 놀랐다.

계절에 어울리는 사납고 추운 3월의 밤이었다. 으스름달은 바람에 기울어진 듯 등을 대고 누운 모습이었다. 떠다니는 구름은 속이 다 비치는 한랭사寒冷紗 같았다. 바람이 세게 불어 말하기가 힘들었고, 얼굴은 추위로 혈색까지 변했다. 마치 바람이 거리를 전부 쓸어 가 버린 듯 평소와는 달리 행인도 전혀 보이지 않았다. 어터슨 씨는 런던의 이 지역이 이렇게나 황량했던 것을 전에는 본 적이 없었다. 그는 거리에 사람이 좀 있었으면 싶었다. 지금처럼 다른 사람들의 모습을 보고 그들과 접촉하고 싶다는 생각이 강렬하게 든 적은 생애를 통틀어 한 번도 없었던 것 같았다. 아무리 애를 써 봐도 어터슨 씨는 재앙에 대한 참담한 예감을 머릿속에서 떨쳐 낼 수가 없었다. 변호사와 집사가 정사각형 광장에 도착했을 때는 바람이 일어 먼지가 잔뜩 흩날리고 있었고, 정원의 가느다란 나무들은 바람 때문에 철책을 따라 가지가 마구 휘날리고 있었다. 내내 어터슨 씨보다 한두 발자국 정도 앞서가던 풀이 보도 한복판에 멈춰 섰다. 살을 에는 날씨였음에도 풀은 모자를 벗고 붉은 손수건을 꺼내 이마를 닦았다. 집사가 이마에서 닦아 낸 땀은 서둘러 왔기 때문이라기보다는 질식할 듯한 고뇌로 인해 생겨난 것이었다. 풀의 얼굴은 창백했고, 그가 말을 할 때 거칠고 쉰 목소리가 났기 때문이다.

"선생님, 도착했습니다. 하느님, 부디 아무 일 없게 해 주십시오."

"아멘." 어터슨 씨가 말했다.

말을 마치자마자 풀이 굉장히 조심스럽게 문을 두드렸다. 문이 열렸지만 안쪽으로 사슬이 걸려 있었다. 안에서 하인의 목소리가 들려왔다. "집사님이세요?"

"그래. 어서 문을 열게."

어터슨 씨와 풀이 집 안으로 들어서니 거실이 환하게 밝혀져 있었다. 난로의 불이 거세게 타올랐고 난롯가에는 하인들이 남녀 할 것 없이 양 떼처럼 모여 있었다. 어터슨 씨를 보자 한 하녀는 발작적으로 훌쩍이기 시작했다. 한 여자 요리사는 "하느님 찬미합니다! 어터슨 씨가 오셨군요"라고 말하며 그를 껴안으려는 듯 앞으로 달려왔다.

"아니, 이게 대체 무슨 일들인가? 왜 다들 여기에 있나?" 어터슨 씨가 다소 언짢은 듯 말했다. "정말 듣도 보도 못한 행동들을 하고 있군. 자네들, 주인이 이 꼴을 보면 좋아할 것 같은가?"

"다들 겁이 나서 그렇습니다." 풀이 말했다.

무거운 침묵이 감돌았고 아무도 이의를 제기하지 않았다. 훌쩍이던 하녀가 목소리를 높여 더욱 크게 훌쩍였다.

"입 좀 다물지 못해!" 풀이 그 하녀에게 소리쳤다. 날카로운 어조가 풀의 신경이 곤두설 대로 곤두섰다는 것을 보여 주었다. 또 하녀가 갑작스레 목소리를 높여 한탄했을 때는 모두가 놀라며 겁에 질린 얼굴로 안쪽 문을 쳐다보기도 했다. 풀이 나이프 보이*를 지목하며 말했다. "양초를 하나 가져다주렴. 즉시 뒤뜰로 나가서 이 문제를 해결해야 하니까." 풀은 어터슨 씨에게 함께 가 달라고 요청하고서 먼저 뒤뜰로 나섰다.

"선생님, 가능하면 천천히 오셨으면 합니다. 안쪽에서 나는 소리를 선생님께서 들으셨으면 하고, 또 안쪽에서 우리의 움직임을 알아채지 못했으면 해서입니다. 혹시라도 안쪽에서 알아채고 선생님께 들어오라고 하더라도 절대 들어가지 마십시오."

예상치 못한 결론에 어터슨 씨는 신경이 곤두설 대로 곤두서서 몸의 균형을 잃고 거의 쓰러질 지경이었다. 하지만 변호사는 용기를 내

---

* 식탁의 나이프를 닦는 일 따위를 하기 위해 고용된 소년.

서 집사를 따라 실험실 건물로 들어갔다. 나무 상자와 유리병들이 있는 교실을 지나 어터슨 씨는 계단 앞에 도착했다. 이곳에서 풀은 몸짓으로 변호사를 한쪽에 서도록 한 뒤 목소리를 들어 보라고 했다. 이어 풀이 양초를 내려놓고 아주 힘들게 결심을 하고서는 계단을 올라갔다. 그가 다소 불안정하게 박사의 방문 앞에 걸린 붉은 모직 천을 두드렸다.

"주인님, 어터슨 씨가 뵙자고 하십니다." 풀은 그 와중에도 다시 한 번 어터슨 씨에게 잘 들어 보라고 크게 몸짓을 했다.

안에서 목소리가 들려왔다. "누구도 만나 볼 만한 처지가 아니라고 전해 주게." 불만이 담긴 목소리였다.

"알겠습니다." 뭔가 해냈다는 듯한 목소리로 풀이 대답했다. 그러고는 양초를 들고 어터슨 씨를 안내해 뒤뜰을 지나 부엌으로 돌아왔다. 불이 꺼진 부엌 바닥에서 딱정벌레들이 이리저리 뛰어오르고 있었다.

"선생님." 풀이 변호사의 눈을 쳐다보며 말했다. "주인님의 목소리가 맞던가요?"

"많이 변했네." 어터슨 씨가 창백하게 질린 얼굴로 집사를 바라보며 답했다.

"변했지요? 저도 그렇게 생각합니다. 제가 이 집에서 20년을 일했는데 주인님의 목소리도 못 알아듣겠습니까? 그렇지 않지요. 주인님께서는 살해당하신 겁니다. 여드레 전 주인님이 크게 하느님을 부르셨을 때 우리 모두가 그 소리를 들었습니다. 그때 살해당하신 겁니다. 누가 주인님의 자리에 대신 들어섰고 또 왜 거기에 머무르는지는 모르겠지만, 그 소리는 주인님께서 하늘에 간청하셨던 것이었습니다, 선생님!"

"이야기가 참으로 이상하구면, 풀. 정말 터무니없는 이야기야." 어터슨 씨가 손톱을 물어뜯으며 말했다. "자네가 생각하는 대로 지킬 박사가, 그래, 살해당했다고 치지. 살인자가 뭐하러 그곳에 머무르겠나? 이치에 안 맞네."

"어터슨 씨, 쉽게 믿지 못하시는군요. 하지만 이야기드릴 게 아직 남아 있습니다. 지난주 내내 저 사람, 혹은 저 방에 살고 있는 자가 밤낮을 가리지 않고 어떤 약을 찾는다고 소리치는데, 원하는 대로 안 된 것 같아요. 때때로 저 방 안에 있는 사람은 주인님이 평소 그러셨던 것처럼 필요한 일을 쪽지에 적은 뒤 계단에 던져두었습니다. 지난 한 주 동안 쪽지에 적힌 일 외에 다른 일은 저희가 한 것이 없습니다. 늘 문은 닫혀 있었고 쪽지가 나와 있었죠. 식사는 문 앞에 놓아두면 아무도 보고 있지 않을 때 몰래 방으로 가지고 갔습니다. 선생님, 매일 같은 날 두세 번씩 필요한 사항이 적힌 쪽지가 나오고, 또 제대로 되지 않았다는 불평이 나옵니다. 그렇게 저는 런던에 있는 모든 약 도매상을 정신없이 돌아다녔습니다. 물건을 가져올 때마다 제대로 된 것이 아니니 다시 돌려주고 다른 곳에서 다른 약품을 가져오라는 쪽지가 나옵니다. 무엇에 쓰는 건지는 모르겠습니다만 그 약이 정말로 꼭 필요한 모양입니다."

"쪽지를 가지고 있는 것이 있나?" 어터슨 씨가 물었다.

풀이 주머니를 뒤지더니 구겨진 쪽지를 꺼냈다. 변호사는 양초 가까이로 몸을 숙이고 쪽지를 세심하게 살펴보았다. '지킬 박사가 모Maw 씨에게 찬사를 보냅니다. 지난번에 구매한 재료는 제대로 된 것이 아니라 본인의 현재 목적에는 그다지 소용이 없는 것이었습니다. 18XX년 본인은 모 씨에게서 많은 양의 재료를 구입하였습니다. 본인은 따라서 모 씨께서 최대한 세심한 주의를 기울여 그때와 동일한 품질의 재료를 찾아 주실 것을 간곡히 요청합니다. 그리고 찾아냈다면 지체 없이 본인에게 보내 주시기 바랍니다. 비용은 개의치 않겠습니다. 본인이 생각하는 이 재료의 중요성은 아무리 과장해도 지나치지 않습니다.' 여기까지 편지는 잘 작성이 되었지만, 이후로 갑작스럽게 내용이 엇나가기 시작했다. 감정을 주체할 수 없었던 모양이었다. '그러니 제발, 예전 물건을 구해 내게 보내 주시오.'

"이상한 편지로군." 어터슨 씨는 약간 날카로운 어조로 풀에게 물었다. "어떻게 이 편지를 열어 보게 되었나?"

"모 씨의 약방에서 일하는 남자가 편지를 읽고서 무척 화를 내고는 제게 쓰레기를 버리듯 던지더군요." 풀이 대답했다.

"의심할 여지 없는 지킬 박사의 필체일세. 알아보겠나?" 어터슨 씨가 말했다.

"그렇게 보이는군요." 다소 부루퉁하게 집사가 대답했다. 그러고는 목소리를 달리하여 어터슨 씨에게 말했다. "그런데 필체가 무슨 문제가 됩니까. 전 그 사람의 얼굴을 봤습니다!"

"보았다고?" 어터슨 씨가 되물었다. "그래서?"

"그렇습니다! 일은 이렇습니다. 돌연 저는 정원에서 실험실의 계단식 교실로 들어가게 되었습니다. 그런데 그 사람이 방을 빠져나와 약인지 뭔지를 찾고 있는 모양이었습니다. 방문도 열린 데다 계단식 교실 저 끝에서 나무 상자들을 뒤지고 있었으니까요. 제가 교실에 들어서자 그 사람은 저를 보더니 비명 같은 소리를 지르고 계단을 획획 타고 올라가 방으로 들어가 버렸습니다. 그 사람을 본 건 1분도 안 되지만 저는 머리털이 곤두서는 것 같았습니다. 선생님, 만약 그 사람이 주인님이라면 왜 얼굴에 가면을 쓰고 있었겠습니까? 왜 생쥐마냥 그렇게 비명을 지르며 도망갔겠습니까? 저는 오랫동안 주인님을 모셨습니다. 그리고……" 풀은 말을 더 잇지 못하고 양손으로 얼굴을 감쌌다.

"모든 정황이 참으로 기이하군." 어터슨 씨가 말했다. "하지만 끝이 보이는 것 같으이. 풀, 지킬은 분명 환자를 고통스럽게 하고 겉모습을 추하게 만드는 병에 걸린 걸세. 그런 병에 대해서 잘 알지 못하지만 그래서 목소리도 변했고, 얼굴에 가면을 쓰고 친구들을 피한 것이네. 그렇게 신들린 듯 약을 찾아다닌 것도 그 때문이고. 이 불쌍한 친구가 그 약품이 완전히 회복되는 데 필요한 수단이라 생각하고 거기에 희망을 걸었던 거겠지. 하느님께서 그 친구의 희망을 들어주시기를! 이게 내가 생각한 바일세. 참으로 슬픈 일이네, 풀. 생각하기도 소름 끼치는구면. 하지만 이렇게 생각하는 것이 분명하고 자연스러우며, 또 앞뒤가 맞지 않겠나. 이제 지나치게 우려할 필요는 없겠네."

"선생님." 얼굴이 창백하게 변하며 풀이 말했다. "그 사람, 아니, 그자는 제 주인님이 아닙니다. 사실입니다. 주인님은," 여기까지 말을 마친 뒤 풀은 주변을 둘러보고 목소리를 낮추었다. "키도 크고 체격도 좋으신 분입니다. 그렇지만 그자는 오히려 난쟁이 같은 모습이었어요." 어터슨 씨가 이의를 제기하려고 하자 풀이 먼저 언성을 높이며 말을 이었다. "선생님. 20년을 이 집에서 보내고도 제가 주인님을 못 알아볼 거라고 생각하십니까? 매일 아침 저는 그 방에서 주인님을 뵈었습니다. 그런데 제가 주인님의 키가 방문 어디에 다다르는지 모르겠습니까? 아닙니다! 선생님, 가면을 쓴 그자는 지킬 박사님이 아닙니다. 하느님만이 아시겠지만, 결코 박사님일 리 없습니다. 주인님은 살해되신 겁니다. 저는 마음속 깊이 그리 믿고 있습니다."

"풀." 어터슨 씨가 말했다. "그렇게까지 말한다면야 일을 확실히 해 두는 것도 내 책임인 것 같네. 지킬의 기분을 이해하고 싶기도 하고, 또 방금 읽어 본 편지로는 그 친구가 여전히 살아 있는 것 같아 어리둥절하기도 해. 하지만 내가 책임을 지겠다고 한 이상 저 문을 부수고 들어가야만 할 것 같군."

"아아, 어터슨 씨, 옳은 말씀이십니다!" 풀이 소리쳤다.

"여기에서 또 질문을 하겠네." 어터슨 씨가 말했다. "누가 문을 부수고 들어가 확인을 할 텐가?"

"선생님과 저밖에 없지 않겠습니까." 풀이 의연하게 대답했다.

"아주 좋은 대답일세." 어터슨 씨가 대답했다. "무슨 일이 일어나더라도 내가 전부 책임을 질 터이니 자네에게는 해가 되지 않을 걸세."

"교실에 도끼가 한 자루 있습니다." 풀이 말했다. "선생님께서는 부엌에서 쓰는 부지깽이를 하나 들고 가셨으면 합니다."

어터슨 씨는 거칠고 무거운 부지깽이를 손에 들고 몸의 균형을 잡았다. 이어 풀을 바라보며 말했다. "풀, 그거 아나? 지금 우리가 위험에 처한 입장이라는 거."

"정말로 그렇습니다, 선생님." 풀이 대답했다.

"좋네, 그럼 우리 솔직해지세. 우리 둘은 입으로 말한 것 이상으로 생각하는 것이 있네. 다 털어놓으세. 자네가 보았다고 했던 그 가면을 쓴 자, 누군지 알겠나?"

"너무도 걸음이 빠른 데다 허리까지 심하게 구부리고 있어서 확실하게 답변을 드리기가 힘듭니다. 하지만 선생님께서 혹시 하이드가 아니냐고 물으신다면, 예, 저도 그렇다고 생각합니다! 선생님께서도 아시다시피 그자는 하이드와 체구가 같습니다. 빠르고 경박한 걸음걸이도 비슷하고요. 또 실험실 문을 열고 들어갈 수 있는 사람이 달리 누가 있겠습니까? 또 커루 경 살인 사건이 벌어졌을 때 하이드가 여전히 열쇠를 가지고 있었다는 점을 기억하시지요? 그런데 그뿐만이 아닙니다. 잘은 몰라서 여쭙니다만, 선생님, 하이드란 자를 만난 적이 있으신지요?"

"한 번 만나서 이야기를 나눈 적이 있네."

"그렇다면 선생님께서도 틀림없이 아시겠군요. 이 집 사람들은 그 하이드란 자에게 뭔가 기괴한, 사람을 경악하게 하는 면이 있다고 생각합니다. 선생님, 이 이상으로는 딱 집어서 말하기가 어려워요. 정말이지 등골을 서늘하게 하고 맥 빠지게 하는 느낌을 주었습니다."

"방금 말한 것을 나도 느껴 본 적이 있네."

"그렇습니다, 선생님. 그 가면을 쓴 자가 원숭이처럼 화학물질 사이로 이리저리 뛰어다니다 방으로 획 들어간 것을 보고는 정말로 제 등골이 얼어붙는 것 같았습니다. 물론 이것이 증거가 될 수는 없겠지요. 그 정도는 알 만큼 책을 읽었습니다. 그런데 누구나 육감이라는 게 있잖습니까. 저는 성경에 손을 얹고 말할 수 있습니다. 그자는 하이드입니다!"

"그렇다네. 같은 이유로 나도 두려움을 느끼고 있다네. 지킬과 하이드의 관계에선 그런 사악한 일이 일어날 수밖에 없었지. 정말로 자네가 한 말이 맞네. 불쌍한 내 친구 지킬은 살해를 당한 거야. 무슨 목적 때문에 그랬는지는 하느님께서만 아시겠지만 지킬을 죽인 살인범이 여전히 저 방에 도사리고 있네. 자, 이제 복수를 하러 가세. 하인 브래드쇼를 부르게나."

하인이 부름을 받고 왔다. 그는 굉장히 창백한 표정으로 긴장하고 있었다.

"마음을 다잡게, 브래드쇼." 어터슨 씨가 말했다. "자네들 모두가 긴장하고 있다는 건 나도 잘 알고 있네. 하지만 이제는 이 일에 종지부를 찍어야 해. 여기 풀하고 내가 박사의 방을 부수고 들어갈 작정이네. 결국 아무런 일도 아닌 걸로 드러나면 내가 전부 책임을 지겠네. 그렇지만 일이 정말 잘못될 수도 있고, 저 방 안에 있는 악당이 뒷문으로 도망칠 수도 있다네. 그러니 브래드쇼, 튼튼한 몽둥이 두 개를 준비해서 사람 하나를 더 데리고 저 모퉁이를 돌아 실험실 문 앞에 자리를 잡고 있게. 자리를 잡는 데 10분의 시간을 주겠네."

브래드쇼가 떠났고, 어터슨 씨는 시계를 바라보았다. "자, 풀. 이제 우리 일을 하러 가세." 부지깽이를 팔에 끼고 어터슨 씨가 뒤뜰로 앞서 갔다. 구름이 달 위로 넘듯이 흘러갔고, 꽤나 어두워져 있었다. 저택에서 우물처럼 쑥 들어간 이곳에 때때로 찬 바람이 휙 하고 불어와 어터슨 씨와 풀이 걸어갈 때마다 촛불이 이리저리 흔들렸다. 두 사람은 교실에 도착했고, 일단 조용히 앉아 때를 기다렸다. 런던의 온 사방에서 윙윙거리는 소리가 장엄하게 들려왔다. 하지만 가까운 곳은 너무나도 고요했고, 실험실 위의 방에서 이리저리 움직이는 발걸음 소리만이 그 정적을 흔들었다.

"저자가 저렇게 온종일 서성거립니다, 선생님." 풀이 목소리를 낮춰 말했다. "주로 밤에 저러지요. 약품 가게에서 새로운 재료가 왔을 때만 잠시 발소리가 나지 않습니다. 저렇게나 쉬지 못하는 건 다 양심의 가책 때문이겠지요! 아아, 선생님, 저 발걸음 하나마다 상스럽게 피가 흘러나오는 것만 같습니다! 자, 선생님. 좀 더 가까이 와서 집중해서 잘 들어 보십시오. 박사님의 발걸음 소리 같은지요?"

몸을 흔들며 그렇게나 천천히 걷고 있음에도 발걸음 소리는 가볍고 경박했다. 바닥을 삐걱거리게 하는 헨리 지킬의 묵직한 발걸음 소리와는 실로 달랐다. 어터슨 씨는 한숨을 쉬고 물었다. "발걸음 소리 말고 또 다른 소리가 난 적은 없었나?"

풀이 고개를 끄덕이다 뭔가가 생각난 듯 말했다. "아, 한번은 우는 소리가 들렸습니다."

"울었다? 어떻게 울던가?" 어터슨 씨가 공포로 몸이 오싹해지면서 물었다.

"여자나 지옥에 떨어진 영혼처럼 울더군요. 하마터면 저도 울 뻔할 정도로 와 닿더군요."

이제 어터슨 씨가 하인 브래드쇼에게 말했던 10분이 거의 다 되어 갔다. 집사는 포장용 짚더미 밑에서 도끼를 꺼냈다. 촛불은 문을 부수는 데 조명이 되도록 가까운 탁자에 놓아두었다. 두 사람은 숨을 죽이고 박사의 방문 쪽으로 가까이 다가갔다. 이 조용한 밤, 방에서는 이리저리 끈덕지게 서성거리는 발걸음 소리가 여전히 흘러나왔다.

"지킬!" 어터슨 씨가 크게 소리쳤다. "자네를 한번 봐야겠네." 어터슨 씨의 말이 끝나고 침묵이 흘렀지만 대답은 없었다. "분명하게 경고하겠네. 의심스러운 점이 이만저만이 아닐세. 나는 꼭 자네를 봐야만 하겠네. 올바른 방법으로 문을 열 수 없다면 다른 방법으로 문을 열겠네. 동의하지 않겠다면 폭력을 동원하는 수밖에 없네!"

"어터슨, 제발 사정을 좀 봐주게!" 안에서 목소리가 들려왔다.

"지킬의 목소리가 아냐, 하이드의 목소리일세!" 어터슨 씨가 소리쳤다. "풀, 문을 부수게나."

풀이 도끼를 어깨 너머로 내리쳤고, 그 충격으로 건물이 흔들렸다.

문에 달린 붉은 모직 천이 자물쇠와 경첩이 있는 부분으로 튀어 올랐다. 안에서 겁먹은 동물이 내는 듯한 우울한 비명이 들려왔다. 도끼를 다시, 또다시 휘두르니 나무 판이 부서지고 문틀이 튀었다. 네 번째로 일격이 가해졌지만 나무는 튼튼했고, 고정 장치도 훌륭한 목공이 만든 것인지 여전히 떨어져 나가지 않았다. 하지만 다섯 번째 타격이 가해지자 자물쇠가 산산조각 났고, 문의 잔해가 방 안의 카펫 위로 떨어졌다.

어터슨 씨와 풀은 자신들이 벌인 시끄러운 소란과 그 후 이어진 괴괴한 정적에 간담이 서늘해졌다. 그들은 살짝 뒤로 물러나 안을 들여다보았다. 눈앞에 펼쳐진 방에는 조용히 흔들리는 등불이 하나 있었다. 난로에서는 불이 활활 타오르며 쉭쉭 소리를 냈다. 주전자는 칙칙거리며 엷게 증기를 내뿜고 있었고, 서랍이 한두 개 정도 열려 있었다. 서류들은 사무용 탁자 위에 가지런히 놓여 있었으며, 난롯불 근처에는 차 도구들이 놓여 있었다. 생각해 보면 이렇게 조용한 방도 없을 것이었다. 화학약품이 잔뜩 든 유리 장만 없다면 런던에서 아주 흔하디흔하게 볼 수 있는 방이었다.

방의 한가운데에 남자가 몸이 심하게 뒤틀린 채 경련을 일으키고 있었다. 발끝으로 걸으며 다가가 남자의 몸을 뒤집으니 에드워드 하이드의 얼굴이 드러났다. 하이드는 지킬 박사의 커다란 체구에 맞는 옷을 입고 있었고, 그래서 옷은 아주 헐렁했다. 외관상으로는 얼굴의 힘줄이 여전히 움직이고 있어 살아 있는 것도 같았지만 숨은 완전히 끊어진 상태였다. 손에는 박살 난 작은 유리병이 들려 있었는데, 낟알 냄새가 강하게 나는 것으로 미루어 청산가리가 틀림없었다. 어터슨 씨는 자신이 내려다보고 있는 사람이 자살했음을 알았다.

"살리든 벌을 주든 우리가 너무 늦은 모양일세. 하이드는 이미 저세상으로 갔네. 풀, 이제 우리가 할 일은 지킬 박사의 시신을 찾는 것이네." 어터슨 씨가 엄숙하게 말했다.

건물의 대부분은 교실이 차지했다. 교실은 1층을 거의 전부 차지했으며, 위층 박사의 방에서 흘러나오는 빛이 내부를 어둑하게 밝히고 있었다. 박사의 방은 위층 한구석에 자리 잡고 있었으며, 안뜰이 내려다보이는 위치였다. 복도는 교실로 이어지고 더 나아가면 주변 뒷골목으로 나가는 문까지 이르렀다. 그 덕분에 박사의 방에서는 별도로 계단을 통해 뒷골목으로 나갈 수 있었다. 건물에는 그 외에도 어두침침한 몇 개의 방과 큰 지하 창고가 있었다. 어터슨 씨와 풀은 건물을 철저하게 조사했다. 각각의 방을 하나도 빠짐없이 살폈으나 방들은 한눈에 봐도 텅 비어 있었고, 문에서 떨어져 내리는 먼지들로 보아 오랫동안 사용되지 않은 상태였다. 지하 창고에는 엄청난 잡동사니들이 들어차 있었고, 대부분 지킬 박사 이전에 이 건물을 사용하던 외과 의사 시절부터 쌓여 온 듯했다. 변호사와 집사는 지하 창고의 문을 열자마자 더 이상의 수색이 소용없음을 알았다. 마치 깔개처럼 두꺼운 거미줄이 떨어졌기 때문이다. 모르긴 몰라도 그 거미줄은 족히 몇 년은 입구를 막고 있었던 듯했다. 죽었든지 살았든지 간에 헨리 지킬의 흔적은 어느 곳에서도 찾을 수 없었다.

풀이 복도의 포석을 밟으면서 울리는 소리에 귀를 기울이며 말했다. "주인님께서는 틀림없이 여기에 암매장되셨을 겁니다."

"아니면 도망쳤을 수도 있지." 어터슨 씨가 이렇게 말하면서 뒷골목으로 통하는 문을 살펴보았다. 문은 잠겨 있었다. 두 사람은 포석 근처에서 열쇠를 발견했지만 이미 녹이 슬 대로 슬어 있었다.

"도무지 쓸 수 있는 것처럼 보이지 않는군." 어터슨 씨가 말했다.

"그렇지요!" 풀이 응수했다. "선생님, 보시다시피 열쇠가 부서져 있습니다. 마치 누군가가 밟아 놓기라도 한 것 같습니다."

"그렇군. 부서진 곳마저도 녹이 슬어 있구먼." 두 사람은 겁에 질려 서로를 쳐다보았다. "영문을 모르겠구먼, 풀." 어터슨 씨가 말했다. "박사의 방으로 다시 돌아가 보세."

두 사람은 아무런 말도 없이 계단을 올랐다. 방에 들어간 두 사람은 때때로 겁에 질린 표정으로 시체를 바라보며 방의 내부를 좀 더 철저하게 수색했다. 한 탁자에 화학 실험을 한 흔적이 있었다. 유리 접시 위에는 다양하게 계량을 한 흰 소금 더미들이 놓여 있었다. 이 불행한 남자는 결국 실험을 끝마치지 못한 모양이었다.

"제가 늘 가져왔던 재료와 꼭 같습니다." 풀이 말했다. 그러는 동안 옆에 있던 주전자가 깜짝 놀랄 만한 소리를 내며 끓어 넘쳤다.

두 사람은 난롯가로 갔다. 편안한 의자가 쾌적한 위치에 놓여 있었고, 팔꿈치를 두는 곳 근처에는 이미 차 도구들이 준비되어 있었다. 컵에는 설탕도 들어 있었다. 선반에는 여러 가지 책이 있었고, 그중 한 권이 차 도구 옆에 펼쳐져 있었다. 어터슨 씨는 그 책을 보고 놀랐다. 그것은 지킬 박사가 여러 번이나 굉장한 존경심을 표한 신앙에 관련된 책이었다. 하지만 그 책의 여백에는 지킬 박사의 필체로 놀랄 만큼 불경스러운 말들이 적혀 있었다.

방을 수색하다 두 사람은 전신 거울을 보게 되었고, 자신도 모르게 공포심을 느끼면서 거울을 들여다보았다. 하지만 거울에 나타난 것은 천장에서 흔들리는 붉은 불빛과 유리 기구들의 표면에서 번뜩이는 난로의 불빛, 그리고 창백하고 두려운 얼굴로 몸을 굽혀 거울을 바라보는 두 사람의 모습뿐이었다.

"이 거울은 이상한 것들을 비추어 왔겠지요, 선생님." 풀이 낮게 말했다.

"저 거울만큼이나 이상한 것도 분명 없을 걸세." 역시 낮은 소리로 어터슨 씨가 대답했다. "대체 왜 지킬이……" 어터슨 씨는 자기가 한 말에 깜짝 놀라 말을 뚝 끊었다. 하지만 곧 평정심을 되찾고 이렇게 말했다. "지킬은 대체 이 거울로 무엇을 하고 싶었던 걸까?"

"그러게 말입니다, 선생님!" 풀이 말했다.

다음으로 두 사람은 사무용 탁자를 살펴보았다. 탁자 위에는 서류들이 잘 정돈되어 있었고 맨 위에 커다란 봉투 하나가 있었는데, 지킬 박사의 필체로 어터슨 씨의 이름이 적혀 있었다. 변호사가 봉투를 열자 동봉된 종이 여러 장이 바닥으로 떨어졌다. 맨 처음 것은 유언장이었다. 반년 전에 되돌려 주었을 때와 같이 기괴한 내용인 것은 여전했다. 지킬 박사가 사망했을 경우에는 유언장으로 사용되고, 실종되었을 때는 재산양도증서로 사용될 문서였다. 하지만 에드워드 하이드라는 이름이 들어갈 자리에 대신 가브리엘 존 어터슨이라는 이름이 적혀 있어서 변호사는 형언할 수 없을 만큼 놀랐다. 어터슨 씨는 풀을 보고는 다시 유언장을 보았고, 마지막으로 카펫 위에 대자로 뻗어 있는 죽은 악당을 보았다.

"머리가 지끈거리는구먼." 어터슨 씨가 말했다. "저 하이드란 자는 내내 재산을 상속받거나 양도받을 입장이었지. 여기에 내 이름을 대신 집어넣는 걸 좋아할 이유가 없어. 저자는 자신의 이름이 빠진 것을 보고 틀림없이 분노했을 걸세. 그런데 왜 이 유언장을 파기하지 않았을까."

어터슨 씨는 두 번째 종이를 집어 들었다. 박사의 필체로 적힌 짧은 글로, 맨 위에 날짜가 적혀 있었다. "이보게, 풀!" 어터슨 씨가 소리쳤다. "그 친구는 살아서 오늘까지 여기에 있었네. 그렇게 짧은 시간에 살해당할 수 없단 말이네. 분명 살아 있어. 그러니 도망친 것이 틀림없네! 아니 그런데, 대체 왜 도망을 갔을까? 그리고 어떻게 도망을 갔을까? 그렇다면 이자가 자살한 것을 신고해도 된다는 것인가? 아니, 신중하게 행동해야지. 자칫하다간 우리가 지킬 박사를 커다란 곤경에 빠뜨릴 것 같다는 예감이 드는구먼."

"선생님, 왜 읽어 보지 않으십니까?" 풀이 물었다.

"겁이 나서 그러네." 어터슨 씨가 엄숙하게 대답했다. "하느님께서 굽어살피셔서 아무런 일도 없기를!" 말을 마치고 변호사는 그 종이에 적힌 글을 읽었다.


친애하는 어터슨, 자네 손에 이 편지가 들어갔을 때면 나는 이미 사라진 뒤일 거야. 어떤 상황에서 종말이 닥쳐올지 도저히 예견할 수 없으나 내 본능과 나를 둘러싼 형언할 수 없는 모든 정황이 나의 종말이 빠르고 분명하게 다가온다고 말해 주고 있다네. 가서 래니언이 자네에게 맡기겠다고 내게 말했던 편지를 먼저 읽어 보게. 그러고 나서도 전말을 더 듣고 싶어지면 내 고백을 읽어 주게나.

자네의 쓸모없고 불행한 친구,

헨리 지킬


"세 번째 봉투가 있었나?" 어터슨 씨가 물었다.

"여기 있습니다, 선생님." 풀은 여러 곳이 봉인된 꽤나 큰 봉투를 넘겨주었다.

어터슨 씨는 봉투를 주머니에 넣었다. "이 서류들에 대해서는 아무 말도 하지 않으려고 하네. 지킬이 도망을 쳤든 죽었든 최소한 그 친구의 명예는 지켜야 하네. 벌써 밤 10시구먼. 나는 집으로 가서 이 서류들을 조용히 읽어 봐야겠네. 하지만 자정 전까지는 돌아오겠네. 그리고 그 이후에 경찰에 신고를 하세나."

두 사람은 실험실 건물의 문을 잠그고 밖으로 나왔다. 어터슨 씨는 다시 한 번 거실 난롯가에 모인 하인들을 남겨 둔 채 이 알 수 없는 일을 설명해 줄 두 통의 편지를 읽기 위해 사무실로 터벅터벅 발걸음을 옮겼다.

# 래니언 박사의 이야기

1월 9일, 그러니까 나흘 전 저녁에 나는 동료이자 오랜 학우인 헨리 지킬이 보낸 등기우편을 받게 되었네. 그걸 받고 나는 적잖이 놀랐네. 우리는 이렇게 서신을 주고받는 습관이 없었기 때문이지. 편지를 받기 바로 전날 밤 나는 그 친구를 보았고, 저녁 식사도 함께했네. 그 친구와 친분을 맺으면서 등기우편까지 보낼 정도로 형식을 갖춰야 하는 일은 도무지 생각을 할 수가 없었지. 더욱이 편지의 내용은 내 의심을 더욱 깊게만 했어. 다음은 그 편지의 내용일세.

18XX년 12월 10일
친애하는 래니언, 자네는 내 가장 오래된 벗이네. 비록 우리가 때로 과학적인 문제에서 의견을 달리했던 적은 있어도 최소한 내 입장에서는 우리의 친분에 문제 될 일은 없었다고 생각하네. 여태껏 그런 일은 없었지만, 자네가 만약 나에게 "지킬 박사, 나의 목숨, 명예, 이성이 자네에게 달려 있다네"라고 말한다면 나는 내 재산, 아니 내 왼손을 희생해서라도 자네를 도울 것이네. 래니언, 내 목숨, 내 명예, 내 이성이 모두 자네의 선처에 달려 있네. 자네가 오늘 밤 나를 도와주지 않으면 나는 끝장일세. 이런 서두를 보고 자네가 혹시 내가 불명예스러운 어떤 것을 요구한다고 생각할지도 모르겠네. 그것은 자네가 직접 판단하기 바라네.

나는 자네가 오늘 밤 약속된 모든 일정을 연기해 주었으면 하네. 설혹 황제의 침상 곁에 부름을 받았을지라도 말일세. 자네의 저택 문 앞에 자네의 마차가 준비되어 있지 않거든 아무 마차나 잡아타고 이 편지를 지참하여 곧장 내 집으로 와 주게나.

우리 집 집사인 풀에게 말은 해 두었네. 자네가 도착하면 풀이 열쇠공을 대동하고 기다리고 있을 걸세. 실험실 건물의 내 방문은 강제로 열어야만 할 걸세. 문이 열린 다음에는 자네 혼자 안으로 들어와서 들어오자마자 왼편에 있는 'E'라는 글자가 적힌 유리 장을 열게나. 잠긴 채로 있다면 자물쇠를 부수어서라도 열게. 그런 다음 위에서는 네 번째, 아래에서는 세 번째에 있는 서랍을, 내용물을 건드리지 말고 통째로 꺼내게. 내 정신이 극도로 혼미하여 자네에게 잘못 알려 주는 게 아닐까 하는 두려운 생각에 마음이 울적하다네. 하지만 설혹 내가 잘못 알려 주었다 할지라도 자네라면 제대로 된 내용물이 든 서랍을 꺼낼 것이라고 믿네. 서랍에는 가루 몇 가지와 작은 유리병 하나 그리고 공책이 한 권 있다네. 앞서 말한 대로 서랍 그대로 캐번디시 광장의 자네 집으로 부디 가져와 주게나.

이것이 첫 번째 부탁이네. 이제 두 번째 부탁을 말하겠네. 이 편지를 받고 즉시 출발을 했다면 자정이 되기 훨씬 전에 자네 집으로 되돌아왔을 것이네. 하지만 나는 자네에게 시간 여유를 주도록 하겠네. 막을 수도, 예측할 수도 없는 장애물이 생기는 것도 걱정되고, 자네의 하인들이 잠든 시간이 더 좋을 것 같아서이기도 하다네. 이 일은 그렇게 함이 좋을 듯해. 자정이 되면 자네 혼자 진료실에 있어 주게나. 그러면 내 소개로 왔다고 하는 자가 있을 것이니 자네 손으로 직접 집 안으로 들이고 유리장에서 가져온 서랍을 그자에게 넘겨주게나. 여기까지 하면 자네는 내 부탁을 다 들어준 것이네. 이렇게 해 준다면 너무나도 고맙겠네. 자네가 굳이 이 일에 대한 해명을 들어야겠다면, 이 부탁을 모두 들어준 뒤 5분만 지나면 사안의 중요성을 이해하게 될 것이네. 이 일이 기이하다고 해서 어느 하나라도 등한시한다면 내가 죽거나 나의 이성이 파탄 난 모습을 보게 될 것이고, 그럼 자네는 양심의 가책을 피할 수 없을 걸세.

자네가 내 요청을 하찮게 여기지 않으리라고 확신하지만, 혹여 그럴지도 모른다는 생각에 가슴이 덜컥 내려앉고 손이 덜덜 떨린다네. 하지만 이 시간에 어느 이상한 곳에서 고뇌의 어둠 속에서 고통 받는 내 입장도 한번 생각해 주게나. 이는 전혀 과장이 아닐세. 자네가 이런 사정을 헤아려 내 부탁을 시간에 맞춰 들어준다면 지금 내가 겪는 문제는 다 들어 버린 옛날이야기처럼 시시해질 걸세. 친애하는 래니언, 내 부탁을 들어주게. 그리고 날 살려 주게.

자네의 친구,

헨리 지킬

추신. 편지를 이미 봉인했는데 새로운 두려움이 내 마음을 사로잡고 말았네. 우체국에서 내 생각대로 해 주지 않아 이 편지가 내일 아침까지 자네에게 전달되지 못할 수도 있네. 그런 경우가 생기면, 친애하는 래니언, 내일 중 가장 편한 시간에 내 부탁을 들어주게나. 그리고 다시 한 번 자정에 내가 보낸 사람을 기다려 주게. 그때쯤이면 이미 너무 늦었을 수도 있네. 밤에 내가 보낸 사람이 오지 않는 경우가 생기면, 자네는 이것이 헨리 지킬이란 사람의 최후라고 알게나.

편지를 읽으면서 나는 이 친구가 실성을 했다고 확신하게 됐네. 하지만 의심할 여지 없이 그런 정황이 증명되기 전까지는 지킬의 요구를 들어주어야겠다는 생각이 들었네. 이 황당한 일을 이해하기는 정말로 힘들었고, 그럴수록 이 일의 중요성을 판단하기는 더욱 힘들어졌네. 그렇지만 이 호소를 무시하면 엄청난 책임감을 느낄 것 같았네. 그래서 나는 탁자에서 일어나 이륜마차에 타고 곧바로 지킬의 집으로 갔네. 지킬이 말한 대로 집사가 나를 기다리고 있더군. 그 역시 나처럼 같은 등기우편을 받았고, 내가 도착하자마자 사람을 보내 열쇠공과 목수를 불렀네. 우리가 이야기를 나누고 있으니 그들이 도착했네. 우리는 그들과 함께 지킬 박사가 덴먼 박사로부터 사들인 건물로 들어갔네. 그러고는 예전의 해부 교실로 들어갔지. 자네도 잘 알다시피 지킬의 방으로 가장 손쉽게 들어갈 수 있는 곳은 그곳이니까. 문은 굉장히 튼튼했고 자물쇠도 아주 훌륭한 것이었네. 목수는 강제로 문을 열어야 된다면 굉장히 힘든 일이 될 것이고, 문이 크게 손상되는 것은 어찌할 수 없다고 했네. 열쇠공은 거의 절망에 빠졌지. 하지만 손재주가 좋아서 두 시간 정도 낑낑대더니 문을 열고야 말았네. 'E'라고 새겨진 찬장의 자물쇠를 해체하고, 나는 서랍을 꺼내 짚을 가득 채우고 천으로 동여맨 다음 그것을 캐번디시 광장의 내 집으로 가지고 왔네.

집에 온 뒤 나는 내용물을 확인해 보았네. 가루는 가지런히 정돈되어 있었으나 약사의 솜씨만큼 세밀하게 처리된 것은 아니었네. 지킬이 직접 정리한 게 분명했지. 포장지를 하나 열어 보니 그 안에는 단순한 흰색의 소금 결정 같은 것이 들어 있었네. 그다음으로 작은 유리병을 보았는데, 그 안에는 피처럼 붉은 액체가 반쯤 차 있더군. 냄새가 굉장히 자극적이어서 인燐과 휘발성 에테르가 들어 있는 게 아닌가 생각했네. 다른 재료들은 나도 짐작을 할 수가 없었어. 공책은 그냥 평범하게 생겼는데, 내용은 별로 적힌 게 없고 일련의 날짜들이 적혀 있더군. 몇 년에 걸쳐 적힌 것이었네. 살펴보니 1년 전쯤에 날짜를 기입하는 일이 아주 갑작스럽게 중단된 듯했어. 날짜에는 짧은 의견이 함께 적혀 있었는데 보통 한 단어를 넘는 경우는 거의 없었네. 수백 개의 의견들 중에서 '두 배'라는 단어가 대강 여섯 번은 보이는 것 같았네. 목록의 초입부에는 느낌표가 여럿 붙은 의견도 하나 있었다네. '완전 실패!!!'라고 적혀 있더군. 이 모든 것들이 내 호기심을 발동시켰으나 그 어떤 결정적인 정보를 제공하지는 못했네. 팅크제* 같은 액이 들어 있는 작은 유리병 하나, 소금 같은 것이 들어 있는 포장지, 지킬의 많은 연구들이 그랬던 것처럼, 실용성이라고는 별로 없는 일련의 실험 기록 등이었지. 내 집에 와 있는 이런 것들이 대체 어떻게 실성한 내 친구의 명예, 이성, 목숨에 영향을 미칠 수 있다는 것일까? 지킬이 보낸 자가 이곳에 올 수 있다면 다른 곳에도 충분히 갈 수 있는 것이 아닌가? 설혹 그럴 만한 사정이 있으리라고 수긍한다 하더라도, 왜 내가 지킬이 보낸 자를 비밀리에 맞이해야 하는 걸까? 생각하면 할수록 내가 정신병자를 대하고 있다는 확신이 깊어졌네. 하인들을 모두 잠자

---

* 생약生藥에 알코올 또는 묽은 알코올을 가하여 유효 성분을 침출한 액체.

리에 들게 하고, 나는 낡은 권총을 꺼내 정당방위를 해야 할 경우를 대비했네.

자정을 알리는 종소리가 런던에 울리자마자 굉장히 조용히 문을 두드리는 소리가 났네. 노크 소리를 듣고 문을 열자 현관 기둥에 몸을 기대고 구부정하게 수그린 키 작은 남자가 보였네.

"지킬 박사가 보낸 사람인가요?" 내가 물었네. 그자가 부자연스러운 몸짓으로 그렇다고 대답했지. 내가 들어오라고 말하자 그자는 내 말을 듣지도 않고 고개를 돌려 뭔가를 찾듯이 어두운 광장을 흘낏 바라봤네. 멀지 않은 곳에 경관이 있었고, 그자는 그걸 보고 눈이 휘둥그레지더니 놀라서 허겁지겁 집 안으로 들어왔네.

사실 그자의 이런 모습을 보고 나는 썩 유쾌하지 못했네. 밝게 불을 켜 놓은 진료실로 그자를 데리고 들어설 때 나는 호주머니에 손을 넣어 권총을 잡고 있었네. 마침내 내가 그자의 얼굴을 분명하게 볼 기회가 생겼네. 전에는 단 한 번도 본 적이 없는 자였네. 그건 확신하네. 이미 말한 것처럼 그자의 체구는 작았네. 내가 보고 당혹스러웠던 것은, 그자의 얼굴에 드러난 충격적인 표정과, 근육이 굉장히 활발하게 움직이는 데 비해 몸 자체는 아주 쇠약하다는 외양의 기괴한 조합이었지. 그를 관찰하면서 마지막으로 느꼈던 것은, 그자가 내게 기괴하고 본질적인 불편함을 안겨 주었다는 걸세. 내가 느꼈던 불편함은 마치 맥박 수가 두드러질 정도로 줄어들면서 막 오한을 느끼기 시작하는 증세와 유사했네. 그때 나는 이런 불편함이 다소 기이한, 나 개인의 혐오증에서 나온 것이라고 생각하면서 그런 증상이 이토록 심하게 나타나는 것이 그저 의아했을 뿐이네. 하지만 나는 그 이후로 그 불편함이 인간 본성의 더욱 깊은 곳에서부터 온 것이라고 생각하게 되었고, 단순히 증오보다는 좀 더 거대한 세상의 원칙과 관련이 있다고 결론 내렸네.

처음 모습을 드러낼 때부터 내게 메스꺼운 호기심만을 불러일으켜 당혹감을 안겨 준 그자는 보통 사람이라면 웃음을 터뜨릴 만한 복장을 하고 있었네. 그러니까 옷은 비록 비싸고 점잖은 것이긴 했지만 모든 면에서 그자에게 지나칠 정도로 컸네. 바지는 땅에 쓸리지 않도록 말려 올라간 채로 다리 아래에 붙어 있었고, 상의 허리 부분은 엉덩이 아래까지 내려왔으며, 옷깃은 어깨까지 제멋대로 늘어져 있었네. 말하기가 좀 이상하지만, 나는 그 우스꽝스러운 복장을 보고도 전혀 웃음이 나오지 않았네. 오히려 그런 비정상적이고 꼴사나운 면이 나와 대면하고 있는 기괴한 자의 정수라는 생각조차 들었네. 어딘지 모르게 시선을 사로잡고, 깜짝 놀라게 하고, 혐오스러운, 이 부조화스러운 몰골은 그자에게 어울렸을 뿐만 아니라 그자의 증오스러운 점을 더 강화해 주었네. 그리하여 내 호기심은 그자의 본성과 성격뿐만 아니라 태생, 여태까지의 삶, 재산, 사회적 지위에까지 이르게 되었네.

그자를 관찰한 내용을 이렇게 적고 나니 글이 굉장히 길어졌는데, 실제로는 몇 초 정도 봤을 뿐이라네. 심야의 방문객은 음산한 흥분 속에서 온몸이 단 상태였네.

"가지고 있습니까?" 그자가 소리쳤네. "가지고 있느냐고요?" 얼마나 조급했던지 내 팔을 붙잡고 마구 흔들더군.

나는 그자를 떼어 놓았네. 그자의 손이 내 몸에 닿자 분명 피가 얼어붙는 느낌이 들더군. "이보시오, 선생. 저는 아직 선생님이 누군지도 모릅니다. 일단 자리에 앉아 주시죠." 나는 이렇게 하라는 듯 내가 늘 앉던 자리에 앉으며 시범을 보이고, 지킬이 보낸 방문객을 평소 환자들을 대하는 것처럼 응대하려고 애썼네. 하지만 밤이 깊었고, 선입견도 있고, 그자에 대한 공포가 내면에 자리를 잡고 있어서인지 일반 환자들을 대하는 것 같은 그런 자연스러운 태도를 취할 수는 없었어.

"실례했습니다, 래니언 박사님." 그자가 정중하게 말했네. "아주 옳은 말씀을 하셨습니다. 조급해서인지 예의를 갖추려는 생각조차 달아난 모양입니다. 저는 선생님의 친구인 헨리 지킬 박사님의 부탁을 받고 이곳에 왔습니다. 박사님과 대면해서 필요한 일을 처리하려고 말이지요. 저, 그러니까……" 그자가 잠시 말을 멈춘 뒤 손을 목에 가져다 댔네. 침착한 태도를 보였지만 그는 다가오는 발작 증세에 맞서 분투하고 있었네. "저, 그러니까, 서랍을……"

그자가 그토록 긴장하는 걸 보니 동정심이 생기더군. 아마 호기심도 더 커졌을는지 모르지.

"저기 있습니다, 선생님." 나는 서랍을 가리켰네. 서랍은 여전히 천으로 둘러진 채 탁자 뒤 바닥에 놓여 있었지.

그자가 벌떡 일어난 뒤 잠시 서서 심장에 손을 가져다 댔네. 턱은 경련을 일으켰고, 이어 이를 가는 소리가 들렸네. 그의 얼굴이 너무도 무시무시해서 나는 그의 목숨과 이성이 모두 잘못되는 것이 아닌가 걱정되기 시작했네.

"마음을 가라앉히세요." 내가 말했네.

그러자 그자가 내게 끔찍한 미소를 지어 보이더니 마치 절망스러운 결정을 내리기라도 하듯 서랍을 두른 천을 잡아 뺐네. 서랍 안에 든 내용물을 보고 그자는 굉장히 안도한 듯 크게 흐느끼는 소리를 냈네. 나는 그 소리를 듣고 소스라치게 놀라며 앉아 있었네. 그가 자신을 굉장히 잘 억누르고 침착하게 내게 물었네. "선생님, 눈금 유리관을 가지고 계십니까?"

나는 약간은 힘을 들여 자리에서 일어나 그가 요구한 물건을 가져다주었네.

그자가 내게 미소를 지으며 고개를 끄덕이는 것으로 감사를 표시한 뒤 그 붉은 팅크제 같은 액을 약간 계량하고 이어 가루들 중 하나를 섞었네. 처음에는 붉은색을 띠던 그 혼합액은 결정이 녹아 가는 것에 비례해 색깔이 밝게 변하고 소리가 들릴 정도로 부글부글 거품이 일었네. 나중에는 약간이긴 하지만 증기가 피어오르더군. 동시에 혼합액이 갑자기 분출을 멈추고, 색이 짙은 자주색으로 변했다가 다시 희미해지더니 천천히 옅은 녹색으로 변했네. 지킬 박사가 보낸 방문객은 이런 변화를 날카로운 눈으로 지켜보았고, 미소를 지은 뒤 탁자에 유리관을 내려놓았네. 그러고는 고개를 돌려 나를 뚫어지게 쳐다보며 말했지.

"자 이제, 남은 일을 처리해야겠죠. 알고 싶으십니까? 뭔가 지침을 드릴까요? 더 이상의 교섭 없이 제가 이 유리관을 손에 들고 이 집을 나가도록 내버려 두시겠습니까? 아니면 잔뜩 생겨난 호기심을 시원하게 풀고 싶으십니까? 대답을 하기 전에 잘 생각하세요. 선생님께서 결정하시는 대로 할 생각이니까요. 선생님이 제게 그냥 가라고 한다면 예전과 다름없이 지내실 수 있습니다. 더 부유해지지도, 더 현명해지지도 않는 겁니다. 물론 끔찍한 고통을 겪은 한 남자에게 봉사 정신을 보여 준 일이 선생님의 영혼을 부유하게 한 것으로 끝나는 거지요. 반대로 다른 쪽을 선택한다면, 새로운 지식의 영역과 명성과 권력으로 향하는 새로운 길이 선생님 앞에 펼쳐질 겁니다. 지금 즉시 말입니다. 선생님은 악마조차도 깜짝 놀라며 쳐다볼 경이로움을 보시게 될 겁니다."

"선생." 나는 있는 대로 애를 써서 침착한 모습을 보이며 말했네. "수수께끼 같은 말씀을 하시는군요. 제가 그다지 선생님의 말을 믿지 않는다고 하더라도 별로 놀라지 않으실 것 같습니다. 그렇지만 저는 당신에게 이해하기 어려운 조력을 너무 많이 해서 여기에서 그만두기가 어렵습니다. 그러니 끝을 보고 싶어요."

"좋아." 그자가 대답했네. "래니언, 자네는 일전에 스스로 한 맹세를 기억할 걸세. 이후로 일어나는 일은 우리 직업상 발설하지 말아야 해. 자네는 지독히 편협하고 물질적인 시각에 오래 매여 있었지. 그래서 초월적인 약품의 효능을 인정하지 않고 자네보다 우월한 사람들을 조롱해 왔어. 그런데 자, 이제 보라고!"

그자가 유리관을 입술로 가져간 뒤 혼합액을 단숨에 전부 들이마셨네. 그런 뒤 비명을 지르고 비틀거리다 탁자를 움켜쥐고는 충혈된 눈으로 나를 노려보며 입을 벌리고 헐떡였지. 그 모습을 들여다보고 있는데, 그자에게서 변화가 생기기 시작했네. 그자가 부풀어 오르는 것처럼 보이더니 얼굴이 돌연 검게 변했고, 이목구비가 녹아서 변해 버렸네. 그걸 보고 나는 벌떡 일어나서 벽에 등을 기대고 팔을 들어 그 괴물로부터 벗어나려고 했네. 그야말로 나는 공포로 정신을 차리지 못했네.

"세상에!" 몇 번을 이렇게 소리를 질렀는지 모르네. 마치 부활한 사람처럼, 창백한 얼굴을 하고 몸을 떨면서 절반은 기절한 채 손으로 앞을 더듬거리고 있던 그자는, 그러니까 내 눈앞에 있던 그자는 바로 헨리 지킬이었네!

뒤이은 한 시간 동안 지킬이 내게 들려준 이야기는 영 이 편지에 쓰고 싶지가 않네. 나는 이 일을 똑똑히 보았고, 또 똑똑히 들었네. 그리고 그로 인해 내 마음은 병들고 말았네. 지금 이 순간에도 내 눈앞에서 펼쳐졌던 일을 믿을 수 있느냐고 자문하면 자신 있게 대답할 수가 없네. 내 생명은 뿌리까지 흔들리고 있다네. 잠도 오지 않고 끔찍한 공포가 밤낮을 가리지 않고 온종일 나를 엄습한다네. 나는 살날이 얼마 남지 않았다는 걸 깨달았네. 분명 나는 죽을 걸세. 내가 죽어 가는 이 와중에도 그 사건은 정말 믿기지가 않네. 참회의 눈물을 흘리긴 했지만 지킬이 내게 밝힌 굉장히 비도덕적인 행위에 대해서는 생각만 해도 공포로 온몸이 떨린다네. 한 가지만 더 말하겠네. 어터슨, 자네가 믿어 주기만 한다면 그것으로도 족하네. 그 일이 있던 날 밤 내 집으로 기어들어 온 그 괴물 같은 자는, 지킬의 고백에 따르면 하이드일세. 커루 경의 살인범으로 런던 곳곳에 수배 전단이 붙어 있는 바로 그자 말일세.

헤이스티 래니언

# 헨리 지킬의 진상 고백서

나는 18XX년 부유한 집안에서 태어났다. 게다가 훌륭한 재능을 타고났으며, 천성적으로 근면했고, 현명하고 선량한 이웃들의 존경을 받는 것을 좋아했다. 따라서 미루어 짐작할 수 있겠지만 내게는 어떻게 보더라도 명예롭고 성공한 미래가 보장되어 있었다. 내가 가진 최악의 단점은 쾌락에 약한 성격이었다. 많은 사람이 그런 성격 때문에 행복해지기도 했으나, 거만한 태도를 취하고 싶고 대중 앞에서 보통 이상으로 엄숙한 표정을 짓고 싶어 하는 나의 오만한 욕망은 이런 쾌락 지향적인 성격과는 조화를 이루기가 쉽지 않았다. 이런 이유로 나는 나의 은밀한 쾌락들을 감추게 되었다. 그러다 인생을 곰곰이 반성하는 나이가 되자 내 주변을 둘러보기 시작했고, 더불어 세상에서 내가 이루어 낸 업적과 현재 나의 사회적인 위치를 면밀히 검토했다. 이 시점의 나는 이미 너무도 이중적인 삶을 살고 있었다. 많은 사람이 내가 저지르는 것 같은 과오를 때때로 저지르고도 뻔뻔스럽게 넘기면서 아무것도 아닌 척한다. 하지만 나는 아주 고상한 관점에 입각하여 그런 과오를 거의 병적으로 수치스럽게 여겼고, 애써 숨기면서 살아왔다. 내가 이렇게 된 것은 나의 성격적 단점에서 나타난 특정한 타락 행위보다는 내가 세워 놓은 아주 가혹한 이상 때문이었다. 선과 악의 두 영역은 인간의 이중성을 만들어 내는 원천인데, 때로는 균형을 이루어 이중성을 화해시키지만 때로는 더욱 악화시킨다. 나는 높은 이상 때문에 그 이중성이 더욱 악화되어 내 마음에는 대다수 사람보다 더 심각한 선악 불화不和의 도랑이 패게 되었다. 이렇게 되었기에 나는 가장 깊은 고통의 원천이기도 하며 종교의 근원에 자리 잡은 어떤 냉혹한 인생의 법칙에 대해 깊이 고민하게 되었다. 나는 심한 이중인격자였지만 그렇다고 해서 위선자는 아니었다. 나의 양면은 아주 진지했다. 이성의 통제를 무시하고 수치스러운 일에 뛰어들 때에나 혹은 훤한 대낮에 지식의 발전이나 사람들의 슬픔과 고통을 덜어 주려고 갖은 애를 쓸 때에도 그건 나의 진정한 본연의 모습이 아니었다. 그러던 중에 전적으로 신비하고 초월적인 방향으로 흐르던 내 과학적인 연구들이 우연히도 내 의식 속의 이 이중적인 요소들 사이에 끝없이 일어나던 싸움을 주목하면서 강력한 해결의 실마리를 던져 주었다. 매일 도덕과 지능이라는 지성의 양면에서 나는 꾸준히 진리에 가까워져 갔고, 그 진실을 일부 발견하자 그만 끔찍한 실패를 맞이하게 되었다. 사실 사람은 하나가 아니라 둘이었던 것이다. 그저 둘이라고만 말할 수밖에 없는데, 현재 내 지식으로는 그 이상을 설명할 수가 없기 때문이다. 내 생각에 동의하는 사람도 있을 것이고, 나와 같은 논리의 연장선

상에서 나를 앞지르는 사람도 있을 것이다. 나는 궁극적으로 인류란 다양하고, 조화되지 않고, 독립적인 생물의 집단이라는 사실이 알려지게 될 것이라고 감히 추측한다. 나 자신에 대해서 말해 보자면, 나는 여태껏 살아오면서 오로지 단 하나의 방향으로만 전진해 왔다. 그런데 나의 도덕적인 면에서 그리고 나 자신의 개인적 체험에 의해 나는 인간이 철저하게 원시적인 이중성을 가지고 있다고 인식하게 되었다. 내 의식의 영역에서 다투고 있는 선과 악의 두 가지 본성 모두를 당연하게 내 성격이라고 할 수 있는 이유는 근본적으로 그 두 성격이 모두 내 것이기 때문이었다. 아주 예전, 그러니까 심지어 내 과학적인 발견이 그런 기적을 이루어 낼 수 있다는 아주 희미한 가능성을 보여 주기 시작한 때보다 훨씬 이전부터 나는 이 두 가지 본성을 분리하고 싶다는 유쾌한 생각을 백일몽처럼 품고 다녔다. 각각의 본성을 각각의 독립된 주체에 담으면 삶에서 견디기 힘든 모든 일로부터 해방되지 않을까 하고 혼자서 생각했다. 부정한 본성은 자신과 대립하는 본성의 염원과 회한에서 벗어나 자신만의 방식을 실천할 수 있을 것이며, 정의로운 본성은 자신과 관계없는 사악한 본성이 저지른 과오에 수치심과 회한을 느낄 필요 없이 선을 행하며 즐거움을 누릴 것이고, 나아가 꾸준하고 안전하게 향상의 길을 걸어갈 것이었다. 의식意識이라는 고통스러운 자궁 속에서, 이런 상극되고 너무도 이질적인 선악의 쌍둥이가 서로 묶여 끊임없이 고투를 벌여야 한다는 것은 그야말로 인류의 저주였다. 자, 그럼 어떻게 이 둘을 분리해 낼 것인가?

앞에서 언급한 대로 내 고민이 여기에 이르렀을 때 나의 연구 주제에서 해결의 실마리가 보이기 시작했다. 우리가 걸치고 있는 이 육체는 너무도 견고하게 보이지만, 누군가가 말했듯이 안개와도 같은 무상함 혹은 언제 해체될지 모르는 비물질성을 지니고 있다는 것을 나는 예전보다도 더욱 깊게 인식하기 시작했다. 마치 바람이 천막의 커튼을 휘날리듯이 이 살로 된 껍질을 흔들고 뜯어내는 효능을 가진 특정한 물질이 있다는 것을 나는 발견했다. 다음의 두 가지 이유로 내가 발견한 과학적인 연구에 대해 깊게 거론하지 않을 것이다. 첫째, 인생의 운명과 책임은 영원히 인간의 어깨 위에 놓여 있는데, 그런 부담을 떨쳐 버리려고 하면 전보다 더 생소하고 끔찍한 압력을 가지고 그 부담이 되돌아온다. 둘째, 앞으로 내가 하는 이야기에서 명백하게 드러나겠지만, 아아! 내 연구는 불완전했다. 그래서 여기에서는 다음과 같이 말하는 것으로 충분할 것이다. 인간의 영혼을 구성하는 특정한 힘들이 있는데, 내 육체는 그런 힘들의 기운과 광휘에 불과한 것이다. 그리고 나는 어떤 약제를 조제하여 그 힘들을 지고의 자리에서 끌어내리고 그 자리를 제2의 신체와 용모로 대체할 수 있게 되었다. 이것들은 내 영혼에 있는 저열한 요소의 흔적을 드러내고 또 그 요소를 표현할 것이기 때문에 나에게는 아주 자연스러운 것이다.

　나는 이 이론을 실행에 옮기기 전에 오랜 시간을 주저하며 보냈다. 실행 과정에서 죽을지도 모른다는 것도 잘 알았다. 이 약은 요새와도 같은 사람의 정체성을 통제하고 흔들 수 있을 정도로 강력한 것이었다. 미량이라도 과다 복용 하거나 복용 순간에 조금이라도 적정량을 맞추지 못하면 내가 어떻게 변하는지 지켜보지도 못한 채 이 하찮은 육체의 껍질이 완전히 사라질 수도 있었다. 하지만 이 연구 성과에서 오는 유혹이란 너무도 큰 것이었고, 마침내 나는 그런 죽음의 우려조차도 극복하게 되었다. 나는 내가 마실 팅크제를 상당히 오래전에 마련해 두었다. 마음을 먹고 나서는 즉시 한 약 도매상으로부터 실험에 필요한 마지막 재료인 특정 소금을 대량으로 구입했다. 그리고 어느 저주받은 늦은 밤에 소금을 팅크제와 혼합했다. 혼합액이 유리관에서 끓고 연기가 올라오기 시작했다. 분출이 가라앉자 나는 굳센 용기를 가지고 그 혼합액을 단숨에 들이켰다.

이어 내 인생에서 가장 고통스러운 일이 일어났다. 뼈가 갈리는 것 같았고, 지독하게 메스꺼웠으며, 출생과 사망 시보다도 더 지독한 공포가 영혼에 새겨졌다. 그 뒤로는 이런 고통이 빠르게 진정되어 갔고, 나는 중병에서 벗어난 것처럼 의식을 되찾았다. 느낌이 뭔가 기묘했다. 형언할 수 없을 정도로 새로운 느낌이었는데, 그 새로움에서 믿기지 않을 정도로 좋은 기분을 맛보았다. 몸이 좀 더 젊어지고, 가벼워지고, 만족스러워졌다. 내면에서는 무모함이 의기양양하게 고개를 쳐들었고, 환상 속에서는 감각적 심상이 물방아의 물줄기처럼 무질서하게 흘러가고 의무의 속박이 녹아내렸다. 그리고 알 수는 없지만 순수하지 않은 영혼의 자유가 찾아왔다. 이런 새로운 삶을 얻고 처음으로 숨을 쉴 때부터 나는 이 삶이 예전의 내 모습보다 열 배는 더 사악한, 근원적인 악에 노예로 팔려 버린 상태라는 것을 깨달았다. 그 순간 그 생각은 나를 와인처럼 기운 나게 하고 기쁘게 했다. 나는 양손을 뻗으며 이런 새로운 느낌에 크게 기뻐했다. 그리고 그렇게 손을 뻗으면서 돌연 내 키가 작아졌다는 것을 알게 되었다.

그때 내 방에는 거울이 없었다. 이 글을 쓰는 지금 옆에 서 있는 거울은 이런 변화를 지켜볼 목적으로 나중에 가져온 것이다. 하지만 그날은 밤이 많이 흘러가 거의 아침에 가까운 시간이었다. 아직 어둡긴 했지만 이제 날이 밝을 시점이었다. 내 집의 식구들은 깊이 잠들어 있었다. 희망과 승리감으로 기세가 등등해진 나는 이 새로운 모습으로 내 침실까지 가는 모험을 하기로 결정했다. 나는 별 무리가 나를 내려다보는 뒤뜰을 지나갔다. 그러는 와중에도 잠을 자지 않고 깨어 있는 별 무리마저도 이렇게 생긴 자는 처음 보지 않을까 하고 생각했다. 나는 살며시 복도를 따라 내 방으로 걸어갔다. 이제 나는 이 집에서 낯선 사람이었다. 나는 내 방에 들어가서야 비로소 처음으로 에드워드 하이드의 외양을 보게 되었다.

이제 나는 이론에만 의지하여 말을 할 것이다. 그러니까 내가 실제로 아는 것이 아니라, 가장 개연성이 있다고 여기는 것들을 이야기하겠다는 말이다. 조제약이 효험을 발휘하여 이렇게 변신하게 된 내 악한 본성은 막 쫓아낸 선한 본성에 비해 약하고 발달되지 못했다. 나는 살아오는 동안 결국은 열에 아홉 번 정도 미덕과 절제를 행하려 했고, 그렇기에 이 악한 본성은 앞에 나설 기회가 별로 없었다. 내 생각으로는, 그렇기에 이 에드워드 하이드가 헨리 지킬보다 훨씬 작고, 가냘프고, 젊었다. 지킬의 얼굴에 선이 드러났다면, 하이드의 얼굴에는 악이 활짝, 그것도 분명하게 드러나 있었다. 그뿐만 아니라 내가 아직까지도 인간의 치명적인 면이라고 생각하는 악은 하이드의 몸에 기형과 쇠퇴의 흔적을 새겨 놓았다. 그럼에도 거울 속에서 이 추악한 모습을 바라보았을 때 나는 혐오감이 든다기보다는 뛸 듯이 기뻤다. 비록 악으로의 변신이지만 그 역시 자연스럽고 인간적인 내 모습이었다. 내가 보기로는 내가 이제껏 나라고 부르는 데 익숙해진 불완전하고 분열된 선의 얼굴보다는 이 얼굴이 훨씬 분명하고 두드러지게 영혼의 생생한 모습을 담고 있었다. 여기까지는 내 생각이 의심할 여지 없이 옳았다. 내가 에드워드 하이드의 모습을 하고 있을 때 사람들은 누구도 내 근처로 오려고 하지 않았으며 눈에 보일 정도로 불안한 모습을 내보였다. 나는 사람들의 반응을 이렇게 받아들였다. 우리가 만나는 모든 사람에게는 선과 악이 혼재되어 있지만, 에드워드 하이드만은 인류 중에서 홀로 순수한 악이기 때문에 그런 반응을 끌어내는 것이라고.

잠시 나는 거울 앞에서 서성이고 있었다. 이제 두 번째로 결정적인 실험을 해야 했다. 현재의 정체성을 돌이킬 여지 없이 잃어버리고, 또 이제는 더 이상 내 집이 아닌 곳에서 날이 밝기 전에 도망을 칠 수 있는지 알아보고 싶었다. 나는 서둘러 실험실 위의 내 방으로 돌아갔고, 한 번 더 변신 약을 조제해서 들이켰다. 다시 한 번 온몸이 찢어지는 것 같은 격통을 겪었고 곧 헨리 지킬의 성격, 체격, 얼굴로 돌아왔다.

그날 밤 나는 중대한 갈림길에 서게 되었다. 나의 연구에 좀 더 고상한 영혼을 가지고 접근했다면, 또 내가 자비롭고 경건한 염원을 가지고 실험에 임했다면, 모든 것이 분명 다른 방향으로 흘러갔을 것이다. 이 죽음과 출생의 고통 속에서, 나는 악마 대신 천사가 되어 나타났을 것이다. 그렇지만 변신 약은 그렇게 선악을 구분하는 능력이 없었다. 약 자체는 악마 같은 것도, 신성한 것도 아니었다. 하지만 그 약은 내 성격이 갇혀 있는 감옥의 문을 흔들었다. 빌립보의 포로들*처럼, 그렇게 내 본성은 그 감옥을 뛰쳐나간 것이었다. 그때 내 선한 본성은 잠들어 있었으며, 내 악한 본성은 야망을 품고 깨어 있었다. 그렇게 내 악한 본성은 눈을 부릅뜨고 있다가 재빠르게 기회를 잡았다. 그 악한 본성이 만들어 낸 변신체가 에드워드 하이드였다. 비록 내가 두 가지 외양과 그에 더불어 두 가지 성격을 가지게 되었지만, 하이드는 전적으

---

* 신약성경 『사도행전』 16장 26절. '이에 갑자기 큰 지진이 나서 옥터가 움직이고 문이 곧 다 열리며 모든 사람의 매인 것이 다 벗어진지라.'

로 악했고 지킬은 여전히 예전 그대로, 즉 선과 악의 모습이 조화롭지 못하게 뒤섞인 사람이었다. 나는 이미 본성의 개혁과 개선을 완벽하게 도모하는 것이 절망적임을 알았다. 그리하여 나는 전적으로 악을 향해 나아가게 되었다.

심지어 그때에도 나는 연구 생활의 무미건조함에 여전히 혐오감을 느꼈고, 때때로 즐거운 쾌락에 탐닉하려는 기질을 갖고 있었다. 조금도 과장하지 않고 말해서 나의 이런 쾌락은 품위 없는 것이었다. 나는 잘 알려진 사람인 데다 명성도 높았고, 점점 나이도 들고 있었기 때문에 내 생활의 이런 모순은 날이 갈수록 달갑지 않은 것이 되었다. 이런 측면 때문에 내게 새로 생긴 악의 힘은 내가 완전히 그 힘의 노예가 될 때까지 나를 유혹했다. 유명한 교수의 육신을 모자 벗듯 벗어던지고 두꺼운 외투처럼 에드워드 하이드의 몸을 취하기 위해서는 그저 변신 약을 한 번 마시기만 하면 되었다. 당시 그런 생각을 할 때마다 우스운 느낌이 들어 내 얼굴에는 미소가 떠올랐다. 나는 세심하게 주의를 기울여 사전 준비를 해 두었다. 먼저 소호에 있는 집을 하나 사서 가구를 들여놓았다. 경찰은 하이드를 쫓아 이 집으로 왔던 것이다. 여하튼 나는 그 집을 관리하기 위해 말수도 없고 양심의 가책 같은 것은 없는 노파를 고용했다. 한편 집안의 하인들에게는 '하이드 씨'에 대해 미리 이야기해 둔 뒤 광장에 있는 내 집에서는 뭐든 마음껏 하게 놔두라는 지시도 내려놓았다. 불상사를 피하기 위해 심지어 하이드의 모습으로 내 집을 방문하여 그들에게 낯을 익혀 두기까지 했다. 다음으로 나는 이 글을 읽는 자네가 그렇게나 반대했던 유언장을 작성했다. 그렇게 하면 지킬 박사라는 사람에게 무슨 일이 닥치더라도 금전적인 손해 없이 에드워드 하이드의 모습으로 변신할 수 있기 때문이다. 이렇게 생각나는 모든 면에서 기반을 다져 둔 뒤 나는 변신에 따르는 기이한 면책 조건으로부터 혜택을 보기 시작했다.

예전에 사람들은 자객을 고용하여 범죄를 저질렀고, 그렇게 하여 자기 자신과 명성을 보호할 수 있었다. 나야말로 정말 그저 즐거워 보자는 목적으로 범죄를 저지르는 최초의 사람이 되었다. 나는 대중의 눈앞에서는 온화하고 존경받을 만한 태도를 취하면서 느릿느릿하게 걸어 다니다가, 어느 한 순간 마치 장난꾸러기 학생처럼 예의 바른 몸을 벗어던지고 자유의 바다로 맹렬히 뛰어들 수 있는 최초의 사람이 되었다. 나는 꿰뚫어 볼 수 없는 외투를 입고 있었기에 그야말로 완벽하게 안전했다. 생각해 보라. 나는 심지어 존재조차 하지 않는 사람이었다! 실험실에 있는 내 방으로 도망쳐서 늘 준비되어 있는 재료를 섞고 완성된 변신 약을 마실 짧은 순간만 주어진다면 에드워드 하이드는 무슨 짓을 했건 거울에 어린 입김처럼 사라지고 마는 것이었다. 그리고 그 자리에는 깊은 밤 집에서 조용히 앉아 연구용 등불의 심지를 다듬는, 혐의 사실을 가볍게 제쳐 버리는 헨리 지킬이 들어서는 것이었다.

내가 하이드로 변신하여 성급하게 추구하고자 했던 쾌락은 앞에서 말했듯이 품위 없는 것이었다. '품위 없다'라는 말보다 더 고통스러운 단어는 없을 것이다. 하지만 에드워드 하이드의 몸을 입고 있으면, 그런 쾌락은 곧 괴물의 형태를 띠기 시작했다. 이런 외도를 하고 헨리 지킬의 몸으로 돌아가면, 나는 하이드가 저지른 타락한 짓거리에 종종 놀라곤 했다. 내 영혼에서 불러내어 제멋대로 쾌락을 추구하도록 놔둔 이 친구는 본질적으로 해롭고 사악했다. 행동과 생각 모두가 극히 이기적이었다. 하이드는 짐승처럼 탐욕스럽게 남에게 고통을 안기면서 쾌락을 얻었다. 그리고 희로애락에 무감각한 석상이라도 되는 것처럼 무자비했다. 때로 헨리 지킬은 에드워드 하이드가 저지르는 소행에 겁먹었지만, 변신의 상황은 일상적인 법으로 다스릴 수 없는 것이었으므로 자기도 모르게 양심의 끈을 놓아 버렸다. 결국 죄를 저지르는 것은 하이드 혼자였다. 지킬에게는 특별히 나빠지는 것이 없었다. 그저 깨어나서 흠 없는 선량한 모습으로 돌아가기만 하면 되었다. 지킬은 심지어 가능하다면 하이드가 저지른 사악한 짓을 원래대로 돌려놓으려고 바쁘게 움직이기도 했다. 이런 식으로 해서 그의 양심은 깊은 잠에 빠져들었다.

지금도 도저히 내가 저지른 짓이라고 인정할 수가 없지만, 내가 묵인한 악행을 자세하게 적을 생각은 없다. 나는 그저 내게 주어질 징벌의 시간이 다가오고 있다는 경고와, 그런 징벌에 이르게 된 경위를 말하고자 한다. 한번은 우연한 사고에 휘말렸는데, 결과적으로 별것 아닌 일이었으므로 간단히 언급하고 넘어가겠다. 나는 어떤 아이에게 잔인한 행동을 하고 그로 인해 한 행인의 분노를 사게 되었다. 그 행인이 자네의 친척임은 나중에 알았다. 현장에서 그 행인 외에 의사와 아이의 가족이 가세했다. 그 순간에는 정말이지 생명의 위협을 느꼈다. 잔뜩 화가 난 그들을 진정시키기 위해서 에드워드 하이드는 결국 그들을 문으로 데려가 헨리 지킬의 이름으로 발행된 수표를 주어야 했다. 하지만 이 수표 지급에 따르는 위험은 에드워드 하이드라는 이름으로 다른 은행에 계좌를 열어 둠으로써 쉽게 해결이 되었다. 또한 하이드가 펜을 오른쪽이 아니라 왼쪽으로 눕혀 서명하게 함으로써 나는 운명의 힘이 미치는 영역에서 벗어났다고 생각했다.

댄버스 경을 살해하기 약 두 달 정도 전, 나는 여느 때처럼 모험을 하고 늦은 시간에 돌아와 잠을 자고 다음 날 일어났는데, 다소 기이한 느낌을 받았다. 주변을 둘러봐도, 널찍한 내 방에 있는 훌륭한 가구를 봐도, 침대 커튼의 무늬와 마호가니로 된 가구들을 봐도 기이한 느낌이 들었다. 알 수 없는 뭔가가 이곳은 내가 있을 곳이 아니고, 내가 잠에서 깨어나야 할 곳이 아니라고 계속 우기고 있었다. 내가 마땅히 있어야 할 곳은 에드워드 하이드의 모습으로 잠들곤 했던 소호의 작은 방이라고 우겼다. 나는 미소를 짓고 나만의 심리학적인 방식으로 느릿느릿 이 황당한 요구를 탐구하기 시작했다. 그러는 동안 나는 안락한 아침잠에 건듯건듯 빠져들었다. 여전히 이런 생각에 깊이 몰두하면서 자다 깨다를 반복하던 나는 갑자기 잠에서 깨어나면서 내 손을 내려다보게 되었다. 자네도 종종 언급했던 것이지만, 헨리 지킬의 손은 전문적인 일에 종사하고 있어서 크고, 단단하며, 희고 고왔다. 하지만 내가 오전 나절에 런던의 노란빛에서 분명하게 보았던, 이불에 절반쯤 가려진 그 손은 야위고, 핏줄이 불거졌으며, 마디가 진하게 드러난 데다 검은 털이 두텁게 잔뜩 자라고 피부가 거무스름했다. 바로 에드워드 하이드의 손이었던 것이다.

놀라서 멍해진 채로 나는 거의 30초 가까이 손을 바라보고 있었다. 그러다가 거대한 타악기가 갑자기 부딪치며 굉음을 내는 것처럼 깜짝 놀랐고, 마음속에서 공포가 뭉게뭉게 일어났다. 나는 침대에서 벌떡 일어나 거울로 달려갔다. 거울에 비친 모습이 내 눈에 들어오자 피가 차가운 냉수가 되어 꽝꽝 얼어붙는 느낌이 들었다. 나는 헨리 지킬로 잠이 들고, 에드워드 하이드로 깨어난 것이었다. 이 일을 어떻게 설명해야 하는가? 나는 자문했다. 그런 뒤 이 일을 어떻게 수습을 해야 하나, 라는 질문이 떠오르자 또 다른 공포가 엄습했다. 아침나절이라 하인들은 전부 깨어 있었고, 약은 전부 실험실의 내 방에 있었다. 그곳까지는 한참을 가야 했다. 계단을 두 번 내려가서 뒷길을 통해 안뜰을 지나 예전의 해부 교실을 통과해야 되었다. 지금 내가 공포로 떨며 서 있는 곳에서는 너무도 멀었다. 얼굴이야 가리고 지나가는 것이 가능하겠지만, 체격이 바뀐 것은 어떻게 감출 수 있겠는가? 여기까지 생각이 미쳤을 때 돌연 내 마음속에 하인들이 이미 하이드의 왕래에 익숙하다는 사실이 떠올랐고, 그러자 나는 너무나도 안도되어 감미로운 느낌까지 들었다. 곧 나는 지킬이었을 때 입는 옷을 될 수 있는 한 잘 갖춰 입고 집 안을 지나다녔다. 하인 브래드쇼는 하이드 씨가 이런 시간에 기이한 옷차림을 하고 집 안을 돌아다니는 것을 보고 깜짝 놀라 뒤로 물러섰다. 10분 뒤 실험실의 변신 약을 먹고서 본래 모습으로 되돌아온 지킬 박사는 우울한 표정을 하고 아침 식사를 하는 척했다.

　그러나 식욕이 생길 리가 없었다. 예전에 내가 겪었던 경험과 배치되는 이 이해할 수 없는 일은 마치 바빌로니아의 벽에 위험을 알렸던 손가락처럼* 내게도 심판의 때가 왔다는 것을 간결하게 알려 주었다. 그래서 나는 내 이중적인 존재의 문제와 가능성에 대해 이전보다 훨씬 진지하게 고심하기 시작했다. 변신 약으로 불러낸 악한 본성의 나는 최근 훨씬 활동적이 되었고 성장하기도 했다. 요즈음 에드워드 하이드의 몸은 내가 보기로도 체격이 커진 것 같았고, 하이드의 모습을 하고 있을 때면 나는 왕성하게 피가 흐르는 것을 느낄 수 있었다. 만약 이런 상태가 더 길어져 내 본성의 균형이 영구적으로 전복되고, 자유의지를 가지고 변화할 수 있는 힘이 사라져서 에드워드 하이드의 본

---

* 구약성경 『다니엘』 5장. 바벨론의 마지막 왕 벨사살이 베푼 연회 도중 보이지 않는 손들이 나타나 왕궁 촛대 맞은편 벽에 알 수 없는 글자를 썼다는 일화이다.

성이 변경 불가능한 내 것이 된다면 그것은 커다란 위험이었다. 나는 그 위험을 이제 인식하기 시작했다. 변신 약의 효능은 항상 같은 것이 아니었다. 변신을 시작한 지 얼마 되지 않았을 때 한번은 약의 효과가 전혀 없었다. 그 일 이후로 나는 여러 번 약을 두 배로 마셔야 했고, 한 번은 죽음을 무릅쓰고 세 배를 마시기도 했다. 그때까지는 이처럼 가끔 불확실한 일이 벌어진다는 것만이 내가 유일하게 만족하지 못하는 부분이었다. 하지만 이날 아침의 사건으로 미루어 보았을 때, 실험 초기에는 지킬의 몸을 벗어던지는 것에 어려움이 있었다면 최근에는 점차 지킬의 몸을 지키기가 어렵다는 것을 나는 확실히 깨달았다. 따라서 이 모든 일은 내가 서서히 본래의 선한 자아를 잃어버리고 악한 자아로 이행해 간다는 것을 드러내고 있었다.

나는 이제 이 두 가지 본성 중에서 선택을 해야만 한다는 것을 알았다. 두 가지 본성은 모두 기억을 공유했지만, 그 외의 다른 능력들은 그렇게 일정하게 공유되지 않았다. 선과 악을 모두 가진 지킬은 굉장히 불안에 떨면서도 탐욕스러운 열정으로 하이드의 모험과 즐거움을 계획하고 또 공유했다. 하지만 하이드는 일단 지킬 박사라는 존재에서 벗어나면 박사에게는 아예 관심조차 없었다. 마치 쫓기던 산적이 자신이 몸을 숨겼던 동굴을 일단 벗어나면 그걸 아예 기억하지 못하는 것처럼 지킬을 기억하지 못했다. 지킬에게는 아버지의 근심 걱정하는 마음이 강하다면, 하이드는 아들의 태평 무사한 마음이 더 강했다. 내가 지킬과 운명을 같이한다는 것은 그동안 비밀스럽게 탐닉해 왔고 최근 마음껏 누리기 시작했던 욕구들을 포기한다는 뜻이었다. 또 하이드와 운명을 같이한다는 것은 수천 가지 관심사와 열망을 포기하고 영원히 친구도 없이 경멸받으며 살아야 한다는 뜻이었다. 거래 조건이 공평치 않아 보일 수도 있다. 하지만 여전히 다른 측면에서 고려해 볼 것도 있었다. 지킬은 금욕의 불길 속에서 쓰리게 고통을 받겠지만, 하이드는 절제의 욕구를 완전히 잃어버려 아예 기억조차 하지 못할 것이었다. 내 상황이 기이하기는 하지만, 이런 논쟁의 조건은 인류의 역사만큼이나 오래되고 보편적인 것이었다. 당근과 채찍이 동시에 유혹당하여 떨고 있는 죄인에게 주어졌고, 이제는 돌이킬 수 없었다. 대다수의 사람들이 하는 것처럼 나는 악한 본성을 버리고 선한 쪽을 선택했다. 하지만 그런 본성을 유지해 나갈 힘이 나에게는 부족하다는 것이 드러났다.

그렇다. 나는 친구들에게 둘러싸이고 정직한 희망을 소중히 여기는 늙고 불만족스러운 박사를 선택했다. 아울러 하이드로 위장하고 즐겼던 자유와 상대적인 젊음, 경쾌한 걸음걸이, 요동치는 맥박 그리고 비밀스러운 쾌락에 단호하게 작별을 고했다. 하지만 이런 결정을 내리면서도 나는 어느 정도 무의식적으로 망설였던 모양이다. 소호의 집을 팔지도 않았고, 에드워드 하이드의 옷을 언제든 입을 수 있게 실험실 건물에 있는 내 방에 놓아두었기 때문이다. 그 뒤 두 달 동안 나는 결심한 바에 충실했다. 그동안 이전에는 해 보지도 못한 엄격한 삶을 살았고 양심을 따르면서 생기는 보상을 즐겼다. 그러나 결국 시간은 내 우려를 지우기 시작했다. 양심을 지킴으로 인해 오는 칭찬은 점차 당연시되었다. 하이드가 자유를 찾고 싶어 고투하는 것처럼, 나도 욕구에 대한 고뇌와 갈망으로 고통 받기 시작했다. 마침내 나는 도덕적으로 허약해진 순간을 틈타 다시 한 번 변신 약을 조제한 뒤 꿀꺽 삼켰다.

주정뱅이는 술을 너무 좋아하여 그걸 변명하려 든다. 때문에 짐승 같은 만취 상태의 육체적 무감각이 결국 주사酒邪로 이어진다는 걸 인정하지 않으며, 그 인정의 빈도는 500번에 1번이 될까 말까 하다. 나 역시 마찬가지로, 설사 변신을 하더라도 완전히 도덕적으로 무감각해지거나 비정하게 악행을 저지르는 일은 없을 것이라고 생각했다. 하지만 쾌락을 위해서라면 이성 따위는 가볍게 무시하는 태도야말로 에드워드 하이드의 전면에 드러나는 성격이었다. 바로 그 쾌락 지향적 성격 때문에 나는 벌을 받게 되었다. 내 악한 본성은 오랫동안 갇혀 있었고, 탈출의 기회를 주자 맹렬한 소리를 내지르며 밖으로 튀어나왔다. 나는 심지어 변신 약을 마시는 순간에도 내가 고삐가 풀린 듯 더욱 맹렬하게 악으로 기우는 성향을 보인다는 걸 의식했다. 내 생각에는 이 악으로의 성향이 그 살인 사건의 원인이었다. 불행한 희생양인 댄버스 경의 공손한 말을 듣자 그 악독한 성향은 내 영혼 속에서 조바심의 폭풍우를 불러일으켰다. 하느님 앞에서 선언하건대, 도덕적으로 온전한 사람이라면 누구도 그런 사소한 것에 자극을 받아 그런 중죄를 저지르지는 않을 것이다. 짜증 난 아이가 장난감을 부수는 데 아무런 이유가 없는 것처럼 나는 아무런 온당한 이유도 없이 댄버스 경을 살해했다. 심지어 최악으로 여겨지는 이들에게도 유혹 사이를 꿋꿋이 헤쳐 나가게 하는, 균형을 잡아 주는 본능이 있는데, 나는 그것을 자발적으로 떼어 내 버린 것이었다. 그리하여 나는 유혹을 받으면 그것이 아무리 사소할지라도 반드시 빠지게 되어 있었다.

즉시 나의 내부에서 악마와도 같은 기운이 맹렬하게 일어났다. 환희를 느끼며 나는 저항도 못 하는 댄버스 경의 몸을 두들겨 댔고, 그러면서 넘치는 쾌락을 맛보았다. 지칠 때까지 나는 방어도 못 하는 사람을 계속 두들겼다. 그러고 난 뒤 광희의 절정에 있던 마음속에 돌연 공포로 인한 차가운 전율이 일기 시작했다. 안개가 사라졌고, 나는 내 목숨이 몰수되리라는 것을 분명히 깨달았다. 이 야만의 현장에서 도망친 나는 곧 몸이 떨리긴 했지만 영광스러운 기분을 느꼈다. 악에 대한 내 열망은 엄청난 자극을 받아 크게 충족되었다. 그리고 살아야겠다는 열망은 최고조에 이르렀다. 나는 소호의 집으로 도망친 뒤 (범인이 하이드라는 것을 두 배로 확실히 해 두기 위해) 하이드의 서류를 불태웠다. 그러고 나서 가로등이 켜진 거리를 걸었다. 그 멋진 분열된 황홀경의 와중에서 전율하면서 나는 내가 저지른 범죄에 흡족해했고, 장차 저지를 다른 범죄를 혼란스러운 마음으로 구상했다. 그러는 와중에도 나는 복수를 하려고 나를 따라오는 자들의 발걸음 소리에 귀를 기울이며 빠르게 걸었다. 하이드는 약을 만들려고 재료를 섞으면서 노래를 흥얼거렸고, 변신 약을 마시면서도 죽은 자를 위해 명복의 잔을 들었다. 몸이 찢어지는 듯한 변신 과정의 고통이 끝나자 나는 헨리 지킬로 돌아와 감사와 회한의 눈물을 연이어 흘렸다. 그리고 무릎을 꿇고 손을 모아 하느님께 기도를 올렸다. 머리부터 발끝까지 걸쳤던 방종함의 베일을 걷어 내고 내 인생을 전반적으로 살펴보았다. 나는 아버지의 손을 잡고 걸어 다니던 어린 시절부터 극기를 하듯 고역을 견뎌 내며 살아가던 전문가의 삶을 거쳐 현실 같지 않은 지독한 공포로 물든 이날 저녁까지 내 인생을 거듭거듭 돌이켜 보았다. 나는 크게 고함이라도 치고 싶었다. 나는 기억이 밀어내는 엄청나게 많은 흉측한 심상과 소리를 억누르기 위해 눈물을 흘리며 기도했다. 이렇게 간청을 하는 사이에도 여전히 내 악한 본성의 추한 얼굴은 내 영혼 속을 들여다보고 있었다. 이런 회한이 급격하게 몰려온 뒤 사라지기 시작하자 환희가 찾아왔다. 내가 저지른 행동으로 일어난 문제는 해결이 된 것이었다. 하이드는 이제부터는 존재할 수가 없었다. 나의 의지와는 무관하게, 이제부터 살인자라는 비난을 면하기 위해서라도 더 선한 본성의 지킬로 남아 있어야 했다. 아, 그렇게 생각하니 어찌나 기쁘던지! 또 어찌나 기꺼이 겸손하게 다시 자연스러운 삶의 제약을 받아들일 수 있던지! 또 어찌나 진지하게 금욕하려고 그토록 자주 출입했던 문도 잠그고 열쇠도 땅에 떨어뜨려 발바닥으로 짓밟았던지!

다음 날이 되자 살해 현장을 내려다본 사람이 있었기에 하이드의 범죄가 명백히 세상에 알려졌다. 피살자는 명망 높은 사람이라는 소식이 들려왔다. 이는 범죄일 뿐만 아니라 비극적 우행愚行이기도 했다. 이 소식을 접하고 나는 기뻤다. 교수대의 공포 덕분에 나의 선한 본성이 보호되고 지탱될 것이라고 여겼기 때문이다. 지킬은 이제 내 도피처가 되었다. 하이드가 잠깐이라도 모습을 드러낸다면 세상 모든 이들이 그를 붙잡아 죽일 테니까.

나는 앞으로의 선한 행동으로 과거에 저지른 비행을 속죄하자고 다짐했다. 또한 내 다짐이 어느 정도 좋은 결실을 맺었다고 솔직하게 말할 수 있다. 자네는 작년 마지막 몇 달 동안 내가 얼마나 진지하게 다른 이들의 고통을 덜어 주려고 힘을 썼는지 잘 알 것이다. 나는 다른 이들을 위해 많은 일을 했고, 조용하고 행복하게 그 시기를 보냈다. 이 역시 자네는 알고 있다. 자선을 베푸는 결백한 생활에 피곤함을 느낀 것은 아니었다. 오히려 나는 그런 생활을 보다 완전하게 즐겼다. 하지만 여전히 나의 이중적인 의도로 저주를 받고 있었다. 참회의 칼날이 점점 무뎌지자 오랫동안 쾌락에 탐닉하다 최근 제약을 당한 나의 악한 본성이 다시 방종한 모습을 찾겠다고 으르렁거리기 시작했다. 나는 꿈에도 하이드를 다시 불러올 생각은 없었다. 그런 생각만 해도 놀라서 미칠 것만 같았다. 그러나 양심을 하찮게 보도록 다시 한 번 유혹한 것은 이중적인 성격을 가진 나 자신이었다. 흔히 볼 수 있는 은밀한 죄인의 자격으로, 나는 마침내 유혹의 공세에 다시 한 번 넘어가고 말았다.

모든 일에는 결말이 찾아온다. 아무리 그릇이 큼직하더라도 결국에는 차는 법이다. 내 사악한 측면에 잠시 친절을 베푼 것이 결국에는 내 영혼의 균형을 무너뜨렸다. 그렇지만 나는 걱정하지 않았다. 타락은 자연스러운 것처럼 보였다. 마치 내가 변신의 연구 성과를 발견하기 이전으로 되돌아간 것 같았다. 맑고 화창한 1월의 어느 날이었다. 서리가 녹은 곳은 질퍽했으나 하늘에는 구름 한 점 없었다. 리젠트 공원은 새들이 지저귀는 소리로 가득했고, 피어오르는 봄의 향기는 감미로웠다. 나는 벤치에 앉아 햇볕을 쬐고 있었다. 내 안의 짐승은 내 기억의 일부분을 핥고 있었다. 내 정신적인 면은 이러다가는 또다시 참회해야 할 일이 생기리라는 것을 알았지만 어느 정도 잠들어 있었다. 결국 나는 주변 사람들과 다를 바가 없다는 생각을 했다. 이어 나 자신과 다른 이들을 비교해 보고, 또 그들의 게으르고 잔인한 무관심과 나의 능동적인 선의를 비교했다. 그렇게 자만심 가득한 생각을 하던 순간 꺼림칙한 느낌이 들었고, 지독한 메스꺼움과 오한이 몰려왔다. 이런 느낌이 사라지자 정신이 희미해졌다. 얼마 지나지 않아 정신이 다시 돌아왔고, 내 심리 상태가 달라졌음을 알게 되었다. 이전보다 대담해지고, 위험을 아무렇지도 않게 생각했으며, 의무의 속박이 녹아내렸다. 나는 나 자신을 살펴보았다. 확 줄어든 사지에 입고 있던 옷이 허수아비 옷처럼 걸려 있었다. 무릎에 놓인 손에는 핏줄이 불거지고 털이 잔뜩 나 있었다. 나는 다시 한 번 에드워드 하이드가 된 것이었다. 잠깐 전만 해도 나는 모든 이들의 존경을 받고, 부유하고 사랑받는 지킬로서 안전하게 생활했다. 집에서는 나를 위해 식당에 식사를 준비하고 있을 것이었다. 이제 나는 인류 공통의 사냥감이자 오갈 곳 없는 얼굴 팔린 살인자이며 교수대로 가야 할 노예였다.

이성이 흔들렸지만 완전히 끝장난 것은 아니었다. 나는 하이드가 되었을 때 내 능력이 극도로 날카로워지고 정신은 팽팽하게 긴장되고 유연해지는 것을 여러 번 관찰했다. 따라서 지킬이라면 굴복했을지도 모르지만, 하이드는 그 순간의 중요성을 깨닫고 행동에 나서려고 했다. 변신 약은 실험실에 있는 내 방 유리 장에 있었다. 어떻게 하면 그곳까지 갈 수 있을까? 나는 관자놀이를 손으로 짓누르며 생각해 보았다. 그것이야말로 내가 당장 풀어야 할 숙제였다. 실험실의 문은 내가 잠가 놓았다. 집을 통해서 들어가려고 했다가는 하인들이 단결하여 나를 교수대로 끌고 갈 것이었다. 나는 반드시 다른 방법을 선택해야만 했다. 그러다가 래니언이 생각났다. 어떻게 그에게 접근할 수 있을까? 어떻게 설득을 할 것인가? 거리에서 잡히지 않고 도망친다고 하더라도 어떻게 그에게 내 모습을 보일 수 있을까? 래니언이 알지도 못하는 이런 불쾌한 몰골을 하고 있으면서 어떻게 그를 설득해 친구인 지킬 박사의 실험실을 뒤지게 할 수 있을까? 그러고 있는데 지킬 박사의 특성 중 내게 지금도 남아 있는 부분이 기억이 났다. 나는 지킬의 필체로 글을 쓸 수 있었던 것이다. 이런 생각이 번뜩이자 처음부터 끝까지 무슨 일을 해야 할지 환히 파악했고, 그대로 실천하고자 했다.

이후 나는 최대한 복장을 가다듬고 지나가는 이륜마차를 하나 붙잡았다. 그러고는 내가 우연히도 기억하고 있는 포틀랜드 가의 한 호텔로 가 달라고 했다. 내가 아무리 비극적인 상황에 놓였더라도 헐렁한 옷을 입은 내 모습은 정말로 우스꽝스러웠고, 이런 내 모습을 보자

마부는 웃음을 감추지 못했다. 나는 이를 벅벅 갈며 마부에게 악마 같은 분노를 쏟아 냈다. 마부는 그제야 웃음을 거두었는데, 그에게는 다행이었다. 아니, 오히려 나에게 더 다행이었다. 만약 마부가 계속 웃음을 터뜨렸더라면 나는 즉시 그를 마부석에서 끌어내 살해했을지도 몰랐다. 호텔에 들어선 뒤 나는 음침한 얼굴로 주변을 둘러보았고, 그 험악한 표정은 종업원들을 덜덜 떨게 했다. 그들은 내 앞에서 서로 쳐다보지도 못하고 아첨하듯 내 지시를 따랐으며, 나를 객실로 안내하고 필기구를 가져다주었다. 생명이 위태로워진 하이드는 내가 처음 겪어 보는 존재였다. 그는 지나친 분노에 몸을 떨었고, 살인이라도 할 것처럼 긴장했으며, 누군가에게 고통을 안기고 싶은 욕망에 사로잡혀 있었다. 하지만 아직까지도 그는 영악했다. 그는 있는 힘껏 분노를 억누르고 래니언과 풀에게 보낼 편지 두 통을 작성했다. 우편으로 보냈다는 증거를 실제로 남기기 위해 일부러 등기로 보냈다.

그런 뒤 그는 온종일 호텔 방의 난롯가에 앉아 손톱을 물어뜯고 있었다. 그는 공포를 느끼면서 홀로 앉아 식사를 했고, 그의 앞에서 시중을 들던 웨이터는 눈에 띄게 겁을 먹었다. 그런 뒤 밤이 깊어지자 '그'는 창문이 막힌 마차의 구석에 앉아 런던 거리 이곳저곳을 다니기 시작했다. 여기에서 나를 가리켜 '그'라고 했는데, 나 자신을 가리켜 '나'라고 말할 수가 없기 때문이다. 지옥에서 나온 그에게는 사람 같은 구석이 하나도 없었다. 공포와 증오 말고 그의 내면에는 아무것도 남아 있지 않았다. 그리고 마침내 마부가 의심하는 기미를 보이자 그는 마차에서 내려 걸어가는 모험을 택했다. 잘 맞지도 않는 옷을 입고 사람들의 관찰 대상이 되면서 그는 야밤의 행인들 사이로 뛰어들었다. 그의 내면에서는 공포와 증오가 폭풍처럼 날뛰고 있었다. 공포에 쫓기

듯이 그는 걸음을 빠르게 옮겼고, 혼잣말을 중얼거리면서 인적이 드문 거리를 살그머니 돌아다녔다. 그러면서 자정까지 남은 시간을 세고 또 세었다. 한번은 어떤 여자가 성냥을 사라고 권하자 그는 여자의 얼굴을 세게 때렸고, 여자는 도망쳤다.

래니언의 집에서 내 모습으로 돌아왔을 때, 오랜 친구가 공포에 떨던 모습은 내게 다소 연민의 정을 느끼게 했다. 잘은 모르겠지만 지금 내가 과거를 돌이켜 보며 느끼는 혐오감에 비하면 그 친구의 공포는 대해일적大海一滴에 지나지 않았다. 나는 이미 변했다. 나는 더 이상 교수대에 매달리는 것에 공포를 느끼지 않았다. 나를 극심하게 괴롭힌 것은 다시 하이드가 된다는 공포였다. 래니언의 비난이 꿈속의 일부인 것같이 느껴졌다. 이후 집에 돌아와 침대에 누운 것도 역시 꿈속의 일부였다. 온종일 피로했던 탓인지 나는 나를 짓누르는 악몽에도 깨지 않고 절박하고 혼곤한 잠을 잤다. 아침에 잠에서 깨어나니 몸이 떨리고 쇠약해진 것 같았지만 그래도 기분은 전환되었다. 하지만 여전히 내 안에 짐승이 잠자고 있다는 생각만으로도 언짢고 두려웠다. 물론 전날의 오싹했던 위험을 나는 잊지 않았다. 하지만 이제 다시 집에 돌아와 있었고, 변신 약도 가까이에 있었다. 나는 한시라도 도망칠 수 있는 상황에 대하여 감사하는 마음이 아주 컸고, 그것은 거의 희망의 빛에 맞먹는 것이었다.

나는 아침 식사를 한 뒤 즐거운 마음으로 차가운 공기를 들이켜면서 동네의 안뜰을 느긋하게 걸었다. 그런데 그때 다시 신체의 변화를 알리는 형언할 수 없는 감각이 나를 사로잡았다. 실험실의 내 방으로 대피하자마자 나는 다시 맹렬하고 소름 끼치는 태도로 날뛰는 하이드가 되었다. 이때 나는 약을 두 배로 써서 다시 지킬로 돌아왔다. 그렇지만, 아아, 여섯 시간 뒤에 난롯가에서 슬프게 앉아 있던 내게 다시 고통이 찾아왔고, 나는 곧바로 약을 마셔야 했다. 요약하면, 그날 이후로 변신하지 않으려고 체조 선수처럼 엄청난 신체적 노력을 하거나 아니면 약을 마신 직후에만 나는 지킬로 존재할 수가 있었다. 밤낮을 가리지 않고 변신을 예고하는 오한이 찾아왔다. 특히 잠을 자거나 잠시 의자에서 선잠이 들었다가 깨면 나는 항상 하이드의 모습이었다. 끊임없이 임박해 오는 불행에 대한 긴장과 인간으로서는 견디기 어려운 불면 때문에 나는 나 자신을 계속 저주하게 되었다. 나라는 사람은 열병에 뜯어 먹혀 텅 빈 보잘것없는 존재가 되었고, 육체와 정신 모두 무기력해졌다. 오로지 하이드에 대한 공포라는 단 한 가지 생각밖에 못 하게 되었다. 하지만 잠이 들었을 때나 약효가 떨어졌을 때, 나는 거의 과도기도 없이(변신 과정에 수반되는 고통은 날이 갈수록 완화되었으므로) 넘쳐흐르는 공포의 심상과, 이유 없는 증오로 들끓는 영혼과, 미쳐 날뛰는 삶의 정력을 견뎌 내지도 못하고 그다지 강건하지도 않은 몸을 가진 존재가 되었다. 하이드의 힘은 지킬이 쇠약해지면서 더 강해지는 것처럼 보였다. 지킬과 하이드가 서로 반목하며 증오하는 강도는 둘 다 똑같았다. 지킬의 경우 그 증오는 필수적인 본능이었다. 지킬은 이제 하이드의 기형적인 모습을 완벽하게 볼 수 있었고, 그 괴물이 자신의 의식意識을 일부 공유하고 있으며, 자신이 죽으면 함께 죽는 존재라는 것도 알게 되었다. 이런 운명의 공동체라는 사실은 지킬에게 가장 큰 고통이었다. 또 지킬이 볼 때, 하이드의 생에 대한 집착력이라는 것은 비록 왕성하기는 하지만 실은 사악할 뿐 아니라 무기적無機的인 힘에 불과했다. 깊은 구렁텅이의 진흙이 소리를 지르고 목소리를 내는 것처럼 보였고, 형체가 없는 먼지가 몸짓을 하고 죄를 저질렀으며, 죽어서 형태도 없는 것이 생명의 자리를 빼앗아 가지고 있는 것이었다. 지킬에게는 이런 것이 너무나 충격적이었다. 게다가 그 지속적으로 솟구치는 공포가 아내보다도 혹은 두 눈보다도 더 가까운 곳에 존재하고 있었다. 지킬의 육체 속에 갇힌 하이드는 투덜거렸고 태어나려고 안간힘을 썼다. 그리고 지킬이 약해지거나 잠들 때마다 자신만만하게 지킬을 짓누르고 생명을 빼앗았다. 지킬에 대한 하이드의 증오는 다른 종류의 것이었다. 교수대에 대한 공포 때문에 하이드는 변신이라는 일시적 자살을 끊임없이 시도했고, 또 자신을 한 사람이라기보다 지킬의 일부라는 종속적인 입장으로 돌아가려고 했다. 하지만 하이드는 그런 변신의 필요성을 혐오했고, 지금처럼 지킬이 낙담하는 모습을 꼴 보기 싫어했으며, 지킬이 자신에게 품고 있는 혐오감에 분개했다. 이런 이유로 하이드는 내게 유인원 같은 장난을 쳤다. 나의 경건한 책들 여백에 나의 필체로 불경스러운 주석을 휘갈겨 쓰게 했고, 편지를 태우게 했으며, 아버지의 초상화를 파괴하도록 했다. 하이드가 죽음을 두려워했기에 망정이지 그렇지 않았다면 그는 오래전에 나를 파멸시킬 수 있다면 그 자신을 파멸시키는 것도 망설이지 않았을 것이다. 그의 삶에 대한 애착은 놀라운 것이었다. 나는 그저 하이드를 생각하는 것만으로도 역겹고 소름이 돋는다. 하지만 그의 삶에 대한 애착이 얼마나 지독하고 또 열렬한지, 또 내가 자살함으로써 그를 죽일 수도 있다는 사실을 그가 얼마나 두려워하는지를 생각해 보면 어떤 때는 동정심이 일기도 했다.

시간이 별로 없으므로 이런 서술을 계속하는 것은 그만두기로 하자. 하지만 그 누구도 나만큼 고통을 겪지 않았다는 것은 말해 두고 싶다. 이런 고통 속에서도 습관 덕분인지 영혼은 무감각해졌고(하지만 영혼의 고통이 완화된 것은 아니다), 어느새 절망도 어느 정도 받아들이고 있었다. 내 본래의 얼굴과 본성을 영원히 사라지게 만든 그 최후의 재앙이 벌어지지 않았더라면, 내게 가해진 이 징벌은 몇 년이고 지속되었을 것이다. 첫 실험 때부터 한 번도 새롭게 보충하지 않은 소금은 이제 바닥을 보이기 시작했다. 나는 새로 소금을 구한 뒤 물약과 함께 뒤섞었다. 분출이 가라앉고 한 번 색깔이 변했지만 두 번째 변화는 일어나지 않았다. 하지만 나는 그 약을 들이켰고 효과는 나타나지 않았다. 자네는 내가 풀에게 런던 시내의 약방을 샅샅이 뒤지게 했다는 이야기를 들었을 것이다. 그러나 결국에는 아무 소용이 없었다. 이제 나는 내가 처음에 구입한 소금이 순수한 것이 아니었음을 알게 되었다. 바로 그 미지의 불순물이 변신 약의 효험을 일으키는 결정적 요소였던 것이다.

그로부터 대략 한 주가 지나갔다. 나는 예전에 사 둔 소금의 마지막 분량을 써서 이 고백서를 마무리 짓고 있다. 그러므로 헨리 지킬이 온전히 자신의 생각을 할 수 있고 슬프게 변한 얼굴을 거울에 비추어 보는 것은 기적이 없는 한 이번이 마지막이 될 것이다. 이 글을 마무리 짓는 데 너무 오랜 시간을 들여서는 안 된다. 여태껏 이 고백서가 파손되지 않은 것은 엄청난 신중함과 굉장한 행운이 따랐기 때문이다. 이 글을 쓰는 도중에 변신의 고통이 찾아왔다면 하이드는 틀림없이 이 고백서를 발기발기 찢어 버렸을 것이다. 하지만 내가 이 고백서를 다 쓰고 난 뒤 어느 정도 시간이 흐른다면, 하이드의 놀라울 정도로 이기적인 면과 임기응변적 기질이 그의 원숭이 같은 파괴 행위로부터 이 고백서를 지켜 줄지도 모르는 일이다. 실제로 우리 둘 모두에게 곧 다가올 파멸로 인해 그는 이미 변하고 기가 꺾였다. 30분 뒤면 나는 다시 내가 증오하는 자의 몸으로 돌아가게 될 것이고, 그 모습은 영원히 지속될 것이다. 벌써부터 나는 알 것 같다. 하이드는 내 의자에 앉아 몸을 떨면서 흐느낄 것이다. 그리고 이 세상에서 유일하게 남은 도피처인 이 방을 오가면서 잔뜩 긴장한 모습으로 위협적인 모든 소리에 귀를 기울이며 공포에 떨 것이다. 하이드는 교수대에 목이 매달려 죽을 것인가? 아니면 최후에는 그 자신을 놓아 버리는 용기를 보일 것인가? 하느님만이 아실 일이다. 나는 신경 쓰지 않겠다. 이제 나에게 진정으로 죽을 시간이 임박했다. 뒤이어 일어나는 일은 내가 아닌 그가 신경 쓸 일이다. 여기에서 나는 펜을 내려놓고 내 고백서를 봉한다. 이제 이것으로 불행한 헨리 지킬의 삶을 마친다.

# 하룻밤 묵어가기

A Lodging for the Night

1456년 11월 말이었다. 파리에는 지독할 정도로 끈질기게 눈이 내리고 있었다. 때때로 바람이 기습적으로 불어와 눈을 흩날리며 소용돌이를 만들어 냈다. 소강상태가 되면 검은 밤하늘에서 눈 조각이 조용히, 빙빙 돌며, 끊임없이 내려왔다. 가난한 사람들은 축축한 눈썹을 하고 고개를 들어 올려 하늘을 쳐다보며 대체 이 많은 눈이 어디에서 오는 것인지 의아해했다. 그렇게 눈이 내리던 날 오후 문학사 프랑수아 비용*은 선술집 창문에서 색다른 관점으로 그 눈을 바라보며 이런 말을 하고 있었다. 지금 내리는 눈은 올림포스 산에서 이교도의 주신 제우스가 거위 털을 뽑고 있는 것이 아닐까? 그게 아니라면 신성한 천

---

* 중세 프랑스의 시인으로, 방랑, 절도, 감옥살이 등 파란 많은 인생을 살다가 1463년 파리에서 추방되었다. 밑바닥 생활을 통해 인간적인 진실을 통찰하는 아름다운 시를 많이 남겼다.

사들이 털갈이를 하고 있는 걸까? 그는 자신이 가난한 문학사일 뿐이라고 하면서 계속 말했다. 하지만 그 의문이 신학과 관련이 되자 감히 더 이상 과감한 결론을 내릴 수 없었다. 선술집에 있던 무리 중 몽타르지에서 온 주책없는 늙은 신부는 비용이 얼굴을 찡그리며 늘어놓은 농담에 경의를 표하는 의미로 와인 한 병을 대접했다. 그러고는 자신의 흰 수염에 걸고 맹세하건대 자신도 비용의 나이 때는 그 못지않은 불경한 자였다고 말했다.

몹시 춥고 매서운 날씨였지만 기온이 영하에서 아주 많이 내려간 날은 아니었다. 내리는 눈 조각은 크고 축축하고 잘 달라붙었다. 도시 전체는 눈으로 뒤덮였다. 설사 군대가 도시의 끝에서 끝까지 행군을 한다 해도 그들의 발걸음 소리가 들리지 않을 것 같았다. 뒤늦게 하늘을 날아가는 새들이 있다면 일드프랑스는 커다랗고 하얀 천 조각 같은 섬처럼 보였을 것이고, 다리[橋]는 검은 센 강 위에 떠다니는 얇고 하얀 목재처럼 보였을 것이다. 머리 위 한참 높은 곳의 성당 첨탑 장식무늬 사이에도 눈이 내려앉았다. 성당의 많은 벽감들에도 눈이 잔뜩 바람에 날려 쌓이고 있었다. 많은 동상들도 각자의 기괴하거나 성스러운 머리에 길고 흰 여성용 모자를 쓰고 있었다. 가고일*은 눈 덕분에 분장용 가짜 코처럼 변해서는 코끝에서 물을 뚝뚝 떨어뜨리고 있었다. 크로킷**들은 한쪽이 부풀어 오른, 꼿꼿이 선 베개처럼 보였다. 바람이 부는 사이사이 성당 경내 주변에는 가고일에서 물이 떨어지는 소리가 둔탁하게 들렸다.

성 요한 성당의 공동묘지도 똑같은 양의 눈을 뒤집어썼다. 모든 무

* 성당 등의 건물에서 홈통 주둥이로 쓰이는 자그마한 괴물 석상.
** 고딕 건축물에 사용되는 당초무늬의 돋을새김.

덤에 상당한 양의 눈이 덮였다. 묘지 주변의 높은 흰 지붕들 역시 엄숙하게 눈 모자를 쓰고 있었다. 훌륭한 시민들은 이미 오래전에 그들의 집 지붕처럼 취침용 모자를 쓰고 잠자리에 들었다. 주위에는 아무런 불빛도 보이지 않았지만 성가대석에 매달려 흔들리는 등불에서는 조그마한 불빛이 흘러나왔다. 등불은 앞뒤로 흔들리며 그림자를 드리웠다. 순찰대원들이 손을 부딪치며 미늘창*과 등불을 들고 거리를 지나갈 때 대형 시계가 종소리를 내면서 밤 10시 정각을 알렸다. 순찰대원들은 성 요한 성당의 공동묘지 주변에서 의심스러운 것을 전혀 볼 수 없었다.

그런데 모두가 코를 골며 자고 있는 그 지역에, 공동묘지 담 뒤에 있는 한 작은 집에서는 사람들이 사악한 목적을 수행하고자 아직 깨어 있었다. 밖에서 보았을 때 이 작은 집에서는 딱히 사람들이 깨어 있다는 증거가 없었다. 그저 굴뚝 꼭대기에서 따뜻한 수증기 줄기가 솟구쳤고, 지붕에는 눈이 녹은 부분들이 보였으며, 문간에는 절반쯤 흔적이 지워진 발자국이 몇 개 찍혀 있을 뿐이었다. 하지만 덧문이 닫힌 창 안쪽에서는 문학사이며 시인인 프랑수아 비용과 도둑 몇몇이 어울려서 밤을 새워 가며 술잔을 돌리고 있었다.

아치형 난로에서는 불길이 살아 있는, 타다 남은 거대한 잿더미들이 강하고 붉은 불빛을 발산했다. 프랑스 북부 피카르디에서 온 수도사 돔 니콜라스는 수도복을 걷어 올리고 살찐 두 다리를 쫙 벌려 편안하게 난롯불을 쬐고 있었다. 니콜라스의 넓게 퍼진 그림자는 방을 딱 절반으로 갈라놓았고, 불빛은 그의 비대한 몸집 양 가장자리와 쩍 벌린

* 도끼와 창을 결합시킨 형태의 중세 무기.

두 다리 사이의 작은 공간으로만 새어 나왔다. 그의 얼굴은 술꾼처럼 맥주 냄새가 났고, 피부는 검게 변해 있었다. 평소대로라면 술독 오른 얼굴이 자주색으로 보였겠지만, 지금은 창백한 보라색이었다. 넓적한 등짝은 난롯불 쪽으로 돌리고 있었지만 앞쪽은 여전히 추웠기 때문이다. 입고 있는 수도복의 두건은 절반쯤 뒤로 젖혀져 있었는데, 마치 짧고 굵은 목 양옆에 기괴한 혹이 달린 것 같았다. 니콜라스는 그런 식으로 양다리를 쫙 벌리고 투덜거리면서 뚱뚱한 그림자로 실내를 양분하고 있었다.

그 오른쪽에서 비용과 귀도 타바리가 양피지 조각을 앞에 두고 함께 앉아 있었다. 비용은 자칭 「구운 생선의 발라드」라는 시를 쓰는 중이었다. 옆에서 타바리가 어깨를 들썩이고 흥분하며 찬사를 보냈다. 시인은 참으로 초라한 행색을 하고 있었다. 어두운 피부에 왜소하고 야윈 체격 그리고 푹 꺼진 뺨과 가늘고 검은 머리카락, 이것이 시인의 모습이었다. 비용은 지난 24년을 열심히 활기차게 살아왔다. 탐욕 때문에 시인의 눈가에는 주름이 잡혀 있었고, 입가는 사악한 미소로 찌그러져 있었다. 시인의 얼굴에서는 늑대와 돼지가 서로 꿈틀거렸다. 참으로 감정이 풍부하게 드러나면서도 날카롭고, 추악하고, 저속한 용모였다. 손은 작았지만 손가락은 노끈처럼 마디가 울퉁불퉁하고 악력이 강했다. 비용은 그 손을 마치 맹렬하고 표현이 풍부한 팬터마임을 하듯 앞으로 내놓고 계속 움직였다. 타바리에 대해 말하자면, 납작한 코와 침을 질질 흘리는 입에서 느긋하고, 멍청하고, 남을 쉽게 존경하는 바보 같은 분위기를 풍기는 사내였다. 그는 도둑이 될 수도 있고 또 가장 예의 바른 시민이 될 수도 있었지만 결국 도둑이 되었다. 어째서인가? 인간들 중에는 거위 같은 자도 있고 당나귀 같은 자도 있는데,

이런 자들의 삶을 지배하는 것은 결국 우연의 힘이기 때문이다.

수도사의 다른 편에는 몽티니와 테브냉 팡세트가 사행성 노름을 하고 있었다. 몽티니에게는 좋은 집안에서 좋은 교육을 받은 분위기가 어느 정도 배어 있었는데, 그래서인지 마치 타락한 천사의 느낌을 풍겼다. 몽티니는 넉넉하고 나긋나긋하고 예의 바른 모습이었다. 하지만 매부리코에다 얼굴에는 그늘이 드리워져 있었다. 한심한 친구인 테브냉은 굉장히 의기양양했다. 이날 오후 포브르 생자크에서 크게 사기를 한 건 쳤을 뿐만 아니라 그날 밤 내내 몽티니로부터 돈을 따고 있었기 때문이다. 엷은 미소가 테브냉의 얼굴을 은은히 빛내고 있었다. 그의 대머리가 화관처럼 둘러진 붉은 곱슬머리로 인해 장밋빛으로 발그레하게 빛났다. 테브냉이 소리 죽여 낄낄거리며 판돈을 쓸어 오는 동안 약간 튀어나온 배가 출렁거렸다.

"판돈을 두 배로 올리자고. 아니면 그만두든지." 테브냉이 말했다.

몽티니가 굳은 얼굴을 하고 고개를 끄덕였다.

"누군가는 정장을 입고 만찬을 즐기길 선호하네." 비용이 이렇게 적어 내려갔다. "은 쟁반에 빵과 치즈를 놓고. 혹은, 혹은…… 귀도, 날 좀 도와주게나!"

타바리가 낄낄댔다.

"혹은 황금 쟁반 위의 파슬리." 비용이 양피지 위에 휘갈겨 썼다.

바깥의 바람은 더 쌀쌀해지고 있었다. 바람은 눈을 앞세웠고, 때로는 승리의 함성을 치는 듯 큰 소리를 내는가 하면 굴뚝 사이로 음침하게 투덜대는 소리를 냈다. 밤이 깊어 가면서 추위도 점점 심해졌다. 비용은 입술을 쭉 내밀고 휘파람과 신음의 중간쯤에 해당하는 소리로 돌풍 소리를 흉내 냈다. 그것은 괴상하면서도 사람을 불편하게 만드는 비용의 재주였고, 피카르디 수도사가 특히 싫어하는 것이었다.

"교수대의 달가닥거리는 소리가 들리지 않나?" 비용이 말했다. "저기에서는 말이야, 별거 아닌 일로 목매달려서 악마의 지그 춤*을 추어야 한단 말이야. 이봐, 내 멋진 친구들, 교수대에 걸리면 말이야, 아무리 열심히 춤을 추어도 몸이 덥혀지지가 않아! 아이고, 참! 웬 돌풍이람! 방금 누군가가 또 죽었구먼! 다리 세 개 달린 모과나무**에서 모과가 하나 떨어져 숫자가 그만큼 줄어들었군! 이보게, 돔 니콜라스, 생드니 거리는 오늘 추울 거야, 그렇지?" 비용이 물었다.

돔 니콜라스가 울대뼈에 뭐라도 걸린 것처럼 커다란 두 눈을 깜빡였다. 생드니 길가에는 소름이 팍 끼치는 파리의 교수대 몽포콩이 굳건하게 서 있었다. 비용이 슬쩍 사교적으로 던진 말이 니콜라스의 아픈 곳을 찌른 모양이었다. 타바리는 이 말을 듣고 미친 듯이 웃어 댔다. 마치 그보다 더 유쾌한 말은 들어 본 적이 없다는 듯한 모습이었다. 그가 배를 움켜쥐고 환호성을 내질렀다. 비용이 그의 코를 한 번 찌르자 타바리가 갑자기 요란하게 기침을 해 댔다.

"기침 좀 그만하고," 비용이 말했다. "'생선'에 맞는 운율을 한번 생각해 봐."

"판돈을 두 배로 올리자고. 아니면 그만두든가." 몽티니가 끈덕지게 말했다.

"기꺼이 찬성하네. 어서 올려." 테브냉이 말했다.

"그 술병에 술 좀 남아 있나?" 수도사가 물었다.

"다른 병을 따." 비용이 말했다. "아니 그 작은 병으로 자네같이 큰

* 8분의3 박자 또는 8분의6 박자로 이루어진 빠른 서양 춤곡.
** 모과나무 세 개를 디귿 자 형으로 엮어 만든 교수대를 의미한다.

몸통을 채우기를 바라는 건가? 어떻게 자네가 천국에 갈 수 있다고 기대하는 거야? 저 피카르디 수도사를 천상으로 옮기는 데 얼마나 많은 천사들을 준비시켜야 할까? 설마 스스로 제2의 엘리야라고 생각하는 건 아니겠지? 천상에서 자네를 데리고 갈 수레를 보내 줄 거라고 생각하면서 말이야, 응?*"

"호미니부스 임포시빌레(사람에겐 불가능한 일이야)." 수도사가 술잔을 채우면서 라틴어로 대답했다.

타바리가 발작적으로 다시 웃었다.

비용이 다시 타바리의 코를 살짝 눌렀다.

"내 농담에 웃으란 말이야, 웃고 싶으면." 비용이 말했다.

"하지만 너무 웃기잖아." 타바리가 반론을 제기했다.

비용이 타바리를 향해 얼굴을 찌푸렸다. "자넨 '생선'에 맞는 각운이나 생각하라니까." 그가 말을 이었다. "라틴어가 당신과 무슨 상관이야? 당신은 최후의 심판 날에는 라틴어를 아예 몰랐더라면 하고 바라게 될 거야. 그날에는 불처럼 뜨거운 손톱을 가진 꼽추 악마가 '클레리쿠스(수도사) 귀도 타바리' 하면서 자네를 부를 거라고, 근데 악마라고 한 김에 말이야." 비용이 목소리를 낮춰 말했다. "몽티니를 한번 보라고!"

세 명 모두 살며시 몽티니를 쳐다보았다. 그는 자신의 운을 즐기지 못하는 것 같았다. 몽티니의 입은 한쪽으로 약간 치우쳤고, 한쪽 콧구멍은 거의 막혀 있었지만 다른 한쪽은 크게 부풀어 있었다. 보육원에서 사용되는 끔찍한 비유이지만, 검은 개**가 그의 등에 올라타 앉아 있었다. 정말이지 보육원에서 쓰는 비유는 끔찍했다. 그 개의 무게에

* 구약성경 『열왕기하』 2장 11절. 엘리야는 회오리바람을 타고 하늘로 올라갔다.
** 우울증에 대한 비유.

짓눌리면서 몽티니는 힘들게 숨을 내쉬었다.

타바리가 눈을 동그랗게 뜨고서 낮게 말했다. "저 친구, 상대를 당장이라도 칼로 찌를 기센데."

수도사가 몸을 떨며 고개를 돌리고는 손을 펴 붉게 달아오른 난로의 잿더미 위로 내밀었다. 물론 돔 니콜라스를 떨게 한 것은 살인을 미워하는 도덕성이 아니라 살을 에는 추위였다.

"자, 자." 비용이 말했다. "발라드 이야기를 하자고. 어디까지 했더라?" 비용은 손으로 박자를 맞추면서 타바리에게 자신이 쓴 것을 크게 읽어 주었다.

비용과 타바리는 막 네 번째 각운을 맞추다가 노름꾼들 사이에서 벌어진 간단하면서도 치명적인 사건으로 인해 시작詩作을 그만두어야 했다. 노름 한 판이 막 끝났고, 테브냉이 또 다른 승리를 선언하며 입을 크게 벌리고 있는데 몽티니가 살무사처럼 빠르게 뛰어들어 그의 심장에 칼을 꽂은 것이다. 테브냉이 움직이거나 소리를 지를 틈도 없이 벌어진 갑작스러운 일격이었다. 한두 번 정도 경련을 일으키던 테브냉은 손을 쥐었다 폈다 하고 몸을 부르르 떨면서 발뒤꿈치로 바닥을 두들겼다. 그리고 눈을 부릅뜨더니 머리가 어깨 뒤편으로 축 늘어졌다. 테브냉 팡세트의 영혼이 조물주에게로 다시 돌아간 것이었다.

모두가 벌떡 일어났지만 순식간에 일이 끝나고 말았다. 살아 있는 넷은 새파랗게 질린 채로 서로를 쳐다보았다. 죽은 테브냉은 괴상하고 추악한 곁눈으로 지붕의 한쪽 구석을 응시하고 있었다.

"세상에!" 타바리가 이렇게 외친 뒤 라틴어로 기도를 하기 시작했다.

비용은 발작적인 웃음을 터뜨렸다. 그는 앞으로 나가 우스꽝스러운 몸짓으로 테브냉에게 몸을 숙이더니 더 크게 웃었다. 그런 뒤 돌연 의자에 털썩 주저앉아 마치 그 자신을 갈가리 찢어 버리기라도 할 듯이 계속 씁쓸한 웃음을 터뜨렸다.

몽티니가 가장 먼저 평정을 되찾았다.

"놈이 뭘 가지고 있는지 뒤져 보기나 하자고." 몽티니는 숙달된 손놀림으로 죽은 자의 주머니를 뒤졌다. 그러고는 꺼낸 돈을 정확히 4등분한 뒤 탁자에 내려놓았다. "자네들 몫이야." 몽티니가 말했다.

수도사는 깊은 한숨을 쉬며 자신의 몫을 챙겼고, 몸이 무너져 가라앉기 시작하면서 의자 옆으로 넘어지려는 죽은 테브냉을 다시 한 번 슬쩍 바라보았다.

"우리 모두는 이제 한배를 탔군!" 비용이 웃음을 멈추고 소리쳤다. "여기 있는 우리 도둑들은 다 교수형감이야. 도둑이 아닌 자도 살인을 저지르면 교수형을 당하지." 비용은 오른손을 들어 허공을 휘젓는 망측한 손짓을 하고는, 혀를 앞으로 쑥 내밀고 고개를 한쪽 방향으로 꺾어 교수형 당한 사람의 마지막 모습을 흉내 냈다. 그런 뒤 약탈한 돈에서 자기 몫을 챙기고 마치 혈액순환이라도 시키려는 듯 발을 질질 끌며 춤을 추었다.

마지막으로 자기 몫을 챙긴 사람은 타바리였다. 그는 돈을 집어 들더니 방 한구석으로 물러났다.

몽티니는 죽은 자를 의자에 똑바로 세운 뒤 단검을 뽑아냈다. 죽은 자의 몸에서 피가 솟구쳐 나왔다.

"자네들은 어서 떠나는 게 좋겠어." 단검에 묻은 피를 죽은 자의 더블릿*에 닦으며 몽티니가 말했다.

---

* 14~17세기에 유럽에서 남성들이 입던 짧고 꼭 끼는 상의.

"나도 그렇게 생각해." 비용이 침을 꿀꺽 삼키며 대답했다. "저 빌어먹을 살찐 대가리!" 비용이 소리쳤다. "저 대가리가 내 목구멍에 가래처럼 걸리는구먼. 저자가 죽어서까지 빨간 대가리를 자랑할 권리는 없는 거 아냐?" 말을 마친 뒤 비용은 다시 짐 더미처럼 털썩 의자에 주저앉아 양손으로 얼굴을 감싸 쥐었다.

몽티니와 돔 니콜라스는 크게 웃었고, 심지어 타바리마저 희미하게 맞장구치듯 따라 웃었다.

"아이같이 울어 버릴 태세군." 수도사가 말했다.

"늘 말했잖아, 저 친구는 계집애 같다고." 몽티니가 조롱하듯 말했다. "똑바로 앉아 이놈아, 안 돼?" 몽티니가 자신이 죽인 테브넹의 몸을 다시 흔들면서 말했다. "저 불을 밟아서 꺼, 니콜라스!"

하지만 니콜라스는 그보다 더 좋은 일에 정신이 팔려 있었다. 그는 조용히 비용의 지갑을 빼내는 중이었다. 비용은 방금 전까지만 해도 발라드 시를 짓던 의자에 축 처진 채로 앉아 몸을 떨고 있었다. 몽티니와 타바리는 묵언으로 자신들의 몫을 요구했고, 수도사는 자신의 수도복 가슴 부분에 비용의 지갑을 챙겨 넣으면서 은밀하게 그것을 약속했다. 비용의 예술가 기질은 현실 생활에는 여러모로 부적절한 것이었다.

니콜라스가 지갑을 훔친 직후 비용은 몸을 떨다가 벌떡 일어나 잿더미를 헤치고 발로 밟아 끄는 것을 돕기 시작했다. 그러는 동안 몽티니는 문을 열고 주의 깊게 거리를 살펴보았다. 거리는 한산했다. 참견하기 좋아하는 순찰대원들은 보이지 않았다. 그럼에도 여전히 한 사람씩 빠져나가는 편이 더 현명하리라고 판단되었다. 비용은 죽은 자의 곁에서 서둘러서 빠져나가고 싶었고, 나머지 도둑들도 비용이 자신의 돈이 없어진 것을 발견하기 전에 서둘러 비용을 먼저 내보내고 싶어 했다. 그런 연유에서 만장일치로 비용이 첫 번째로 거리에 나서게 되었다.

바람이 굉장히 강하게 불었고, 하늘의 구름은 이미 대부분 날아가고 없었다. 달빛처럼 얇은 증기 같은 구름만이 몇 조각 있을 뿐이었고, 그 마저도 빠르게 별을 지나쳐 흘러가고 있었다. 지독히도 추운 날씨였 다. 일반적인 광학 효과 때문인지는 몰라도 밝은 대낮보다 눈 내린 밤 에는 모든 것이 훨씬 더 분명하게 보이는 것 같았다. 모두가 잠든 도시 는 정말로 조용했다. 반짝이는 별들 아래로 눈을 뒤집어쓴 하얀 지붕 들과 작은 알프스 같은 건물들이 가득한 새하얀 들판이 눈앞에 펼쳐 졌다. 비용은 오늘은 정말 일진이 나쁘다며 욕설을 퍼부었다. 눈이 계 속 내렸더라면 얼마나 좋아! 이제 비용은 어디로 가든지 눈이 반짝이 는 이 거리에 지울 수 없는 발자취를 남기게 될 것이었다. 즉, 그가 살 인이 벌어진 성 요한 성당 공동묘지 근처의 그 집에 있었다는 흔적을 지우기가 어려웠다. 어디로 가든지 비용은 느리게 터벅터벅 걷는 발 걸음으로 그를 살인 사건에 연루시키고 또 교수대에 매달리게 할 밧 줄을 짜는 꼴이었다. 죽은 테브냉의 곁눈질이 비용에게는 새로운 의 미로 다가왔다. 비용은 분발을 다짐하는 것처럼 손마디를 딱딱 꺾었 고, 아무렇게나 방향을 선택하면서 눈 덮인 길을 대담하게 걸어갔다.

길을 걸으면서 비용은 두 가지 생각에 사로잡혔다. 하나는 이 밝고 바람 부는 밤에 쓸쓸히 서 있을 몽포콩이라는 교수대였고, 다른 하나 는 벗어진 머리 주변을 두른 화관 같은 붉은 곱슬머리를 축 늘어뜨린 살해당한 테브냉이었다. 두 가지 모두 비용의 간담을 서늘하게 했다. 비용은 그저 빨리 걸으면 이런 불쾌한 생각에서 벗어날 수 있을 것 같 다는 생각에 마냥 발걸음을 재촉했다. 때때로 비용은 갑자기 신경이 쓰이는 듯 몸을 뒤틀어 어깨 너머를 돌아보았다. 그렇지만 하얗게 눈이 덮인 거리에서 움직이는 것이라고는 비용 그 자신밖에 없었다. 바람이 길모퉁이에 불어와 얼기 시작한 눈덩이에서 반짝이는 가루를 뿜어 날리는 것만이 유일한 움직임이었다.

갑자기 그는 저 앞 멀리에서 검은 물체와 두 개의 등불을 보았다. 그 물체는 움직이고 있었고, 등불은 사람이 들고 걸어가는 것처럼 흔들렸다. 순찰대원이었다. 우연히 마주친 것이었지만 그래도 비용은 가능한 한 빠르게 순찰대원의 시야에서 벗어나는 것이 현명한 대응이라고 판단했다. 그는 검문을 당하고 싶은 기분도 아니었고, 또 쌓인 눈 위에 아주 뚜렷한 발자국을 남겼다는 것도 의식하고 있었다. 마침 그의 바로 왼쪽에 거대한 저택이 서 있었다. 그 집에는 작은 탑들도 있었고, 문 앞에는 지붕이 딸린 큰 현관도 있었다. 비용이 기억하기로 이 저택은 절반쯤 폐허로 방치되어 오랫동안 사람이 살지 않은 곳이었다. 그는 저택 쪽으로 세 걸음을 걸어갔고, 몸을 숨기려고 현관으로 뛰어들었다. 눈빛으로 반짝이는 거리를 걷다 들어와서 그런지 현관 안은 굉장히 어두웠다. 비용은 손을 뻗어 더듬으면서 나아가다가 알 수 없는 뭔가에 발이 걸렸다. 그 물체에는 뭔가 형언할 수 없는 감촉이 뒤섞여 있었다. 딱딱하면서도 부드럽고, 단단하면서도 물렁물렁했다. 비용은 화들짝 놀라 두 걸음 뒤로 펄쩍 뛰며 물러났고, 자신을 가로막은 장애물을 뚫어져라 응시했다. 장애물을 알아본 비용은 안도의 웃음을 터뜨렸다. 발에 걸린 것은 어떤 여자의 시체였다. 비용은 시체 옆에 무릎을 꿇고서 확실히 죽었는지 확인해 보았다. 시체는 꽁꽁 얼어붙었는지 너무나 차갑고 막대기만큼이나 뻣뻣했다. 여자의 머리카락에서 약간 해진 화려한 리본이 바람결에 펄럭였고, 뺨에는 마치 오후에 단장한 것처럼 진한 연지가 묻어 있었다. 주머니는 텅 비어 있었지만 가터 벨트 아래 스타킹에서 비용은 백동전 두 닢을 찾아냈다. 비록 충분치는 않지만 그래도 주전부리는 할 수 있는 돈이었다. 여자가 백동전 두 닢을 써 보기도 전에 죽었다고 생각하니 깊은 연민의 감정이 느껴졌다. 그것은 울적하면서도 가련한 수수께끼였다. 비용은 손안의 백동전에서 시선을 옮겨 죽은 여자를 내려다보았다. 다시 백동전으로 시선을 돌린 비용은 사람의 인생에서 일어나는 수수께끼에 고개를 저었다. 잉글랜드의 헨리 5세는 프랑스를 점령하고 얼마 지나지 않아 뱅센느에서 죽었고, 이 불쌍한 창녀도 백동전 두 닢을 써 보기도 전에 이 큰 저택의 문간에서 추위로 얼어 죽은 것이었다. 세상이 돌아가는 방식은 참으로 잔인했다. 백동전 두 닢을 써 버리는 데에는 별로 시간이 걸리지 않을 것이다. 그것들은 악마가 영혼을 가져가고 몸뚱이가 새와 곤충들에게 먹히기 전에, 여자의 입에 좋은 맛을 한 번 안겨 주고 입술을 좋은 음료로 적셔 줄 수도 있었을 것이다. 비용은 이렇게 되고 싶지 않았다. 만약 그가 등불이라면 불이 꺼지고 등갓이 깨지기 전에 마지막 심지까지 남김없이 불태우고 싶었다.

이런 생각이 머릿속을 스쳐 가는 동안 그는 절반쯤 기계적으로 자신의 몸에 지갑이 있는지 더듬어 보았다. 덜컥 가슴이 내려앉았다. 오싹하게 차가운 느낌이 뒷다리에 흘러내리고, 물에 젖은 방망이가 두 개골을 내리치는 느낌이 들었다. 비용은 잠시 굳어 버린 듯 그대로 서 있었다. 이어 그는 발작적으로 다시 한 번 몸을 더듬었다. 그제야 비용은 자신이 지갑을 잃어버렸다는 것을 깨달았고, 그 즉시 식은땀을 줄줄 흘리기 시작했다. 허랑방탕한 낭비꾼들에게 돈은 삶이자 현실이었다. 돈은 그들과 그들이 추구하는 쾌락 사이에 드리운 얇은 장막 같은 것이었다. 돈 쓰기 좋아하는 자들에게 제약은 오로지 한 가지뿐인데, 바로 시간이었다. 낭비꾼들은 몇 닢 안 되는 금화일지라도 그것을 다 쓸 때까지는 로마 황제 같은 삶을 살았다. 그들에게 돈을 잃는다는 것은 가장 충격적인 좌절이었고, 천국에서 지옥으로 추락하는 것이었으며, 단숨에 범털에서 개털로 돌아가는 것이었다. 그렇게 힘들게 벌고 그렇게 쉽게 잃어버린 지갑 때문에 내일 교수대에 목이 걸리게 된다면 그 상실은 더더욱 뼈아플 것이었다. 비용은 선 채로 마구 욕설을 퍼부었다. 그는 백동전 두 닢을 거리에 내동댕이치고 주먹을 들어 하늘을 향해 휘저었다. 비용은 발을 마구 굴렀고 그 와중에 불쌍한 시체를 밟게 되었지만 개의치 않았다. 비용은 재빨리 공동묘지 옆의 그 집으로 되돌아가기 시작했다. 비용은 오래전에 사라져 버린 순찰대원에 대한 두려움은 싹 잊어버리고 사라진 지갑만을 생각했다. 쌓인 눈 주위를 좌우로 살폈지만 아무것도 보이지 않았다. 그렇다면 지갑을 거리에 떨어뜨린 것은 아니었다. 만약 아까 그 집에 지갑을 놔두고 왔다면? 비용은 기꺼이 그 집으로 가서 안을 한번 들여다보고 싶었지만 테브냉의 소름 끼치는 시체가 생각나자 갑자기 다리에 맥이 풀렸다. 그렇지만 억지로 그 집을 향해 갔고, 그 집에 가까워지면서 앞서 불을 끄려고 했던 노력이 별로 성공을 거두지 못했음을 알았다. 비용의 예상과는 반대로 집은 불길에 휩싸여 있었다. 문과 창문 틈으로 불길이 변화무쌍하게 혓바닥을 날름거리고 있었다. 그는 다시 순찰대원과 파리의 교수대에 대한 두려움을 느끼기 시작했다.

비용은 현관이 딸린 저택으로 되돌아갔고, 치기만만하게 던져 버린 백동전을 찾으려고 눈 위를 더듬었다. 하지만 동전은 하나밖에 찾을 수 없었다. 다른 하나는 아마도 옆으로 튀어 나가 깊게 파묻힌 모양이었다. 비용은 동전 한 닢을 주머니에 집어넣었다. 선술집에서 신 나게 취하면서 밤을 보내겠다는 계획은 완전히 수포로 돌아갔다. 그의 손아귀에서 비웃듯이 사라져 버린 것은 즐거움만이 아니었다. 고약한 불쾌감과 아린 고통이 현관 앞에서 후회하며 서 있는 비용에게 엄습했다. 이제 비용의 몸에 흐르던 식은땀도 말라붙었다. 비록 바람은 잦아들었지만 온몸을 저미고 드는 서리가 시시각각 더 심해졌다. 비용은 몸에 감각이 없어지는 것을 느끼고 굉장히 우울해졌다. 이제 어떻게 해야 하나? 시간도 늦었고 성공 여부도 희박했지만 그는 양아버지인 성 브누아 성당의 사제 집으로 가 보기로 했다.

양아버지의 집까지 내내 달려갔던 비용은 그 집 문 앞에 서서 소심하게 문을 두드렸다. 응대하는 목소리는 들리지 않았다. 비용은 문을 두드리고 또 두드렸고 두드릴 때마다 잔뜩 힘을 주었다. 마침내 안에서 문 쪽으로 향하는 발걸음 소리가 들려왔다. 쇠 징이 박힌 대문의 한쪽 끝에 있는 쇠창살 달린 작은 여닫이문이 열리고 이어 노란 불빛이 흘러나왔다.

"여닫이문으로 얼굴을 보이시오." 안에서 사제가 말했다.

"올 사람이 저밖에 더 있겠어요." 비용이 징징거리는 투로 말했다.

"아, 그래. 네놈밖에는 없겠지. 안 그래?" 사제가 대답했다. 그는 비용에게 이렇게 늦은 시간에 잠을 깨웠다며 성직자와는 전혀 어울리지 않는 상스러운 욕설을 마구 퍼부었다. 그리고 네놈의 고향인 지옥에나 가라고 말했다.

"추위로 손목까지 파랗게 변했어요." 비용이 간청하기 시작했다. "발은 감각이 없어서 찌르르하고요. 날카로운 공기에 찔려 코도 너무 아파요. 가슴속까지 한기가 도는 것 같다고요. 이러다 아침이 되기 전에 얼어 죽을지도 몰라요. 신부님, 이번 한 번만 살려 주세요. 하느님께 맹세코 다시는 부탁하지 않을게요!"

"오려면 좀 더 일찍 왔어야지." 신부가 냉정하게 말했다. "때때로 젊은이들에게는 교훈이 필요하지." 신부는 여닫이문을 닫고 유유히 안쪽으로 사라졌다.

비용은 화가 나서 제정신이 아니었다. 그는 손과 발로 문을 마구 두들기며 목이 쉴 정도로 신부에게 고함쳤다.

"벌레 같은 늙은 여우!" 비용이 소리쳤다. "다음에 내 손에 잡히기만 해 봐! 아주 그냥 끝도 없는 구덩이에 거꾸로 처박아 주겠어!"

집 안에서 문이 닫히는 소리가 긴 복도를 타고 비용에게 희미하게 전해져 왔다. 비용은 양손으로 손나팔을 만들어 마구 욕설을 퍼부었다. 그러다가 갑자기 이 상황이 우스꽝스럽게 느껴졌고, 그래서 그는 웃음을 터뜨리며 슬며시 하늘을 올려다보았다. 별들이 쩔쩔매고 있는 비용에게 윙크를 보내는 것 같았다.

이제 어떻게 해야 하나? 이제 꽁꽁 얼어붙은 거리에서 밤을 보내야 할 판이었다. 그러고 있는데 돌연 죽은 여자가 떠올랐고, 격렬한 공포가 몰려왔다. 초저녁에 그 여자에게 닥친 일이 새벽이 오기도 전에 자신에게 닥칠 것만 같았다. 제기랄, 나는 너무 젊은데! 화끈하게 놀 수 있는 기회가 앞으로 얼마든지 많은데! 비용은 마치 다른 사람의 일을 생각하는 것처럼 자신의 팔자를 굉장히 딱하게 느끼기 시작했다. 그는 아침이 되어 사람들이 자신의 시체를 발견하는 장면을 잠시 상상했다.

비용은 엄지와 검지 사이에서 백동전 한 닢을 돌려 대면서 하룻밤 묵을 만한 가능성이 있는 곳들을 전부 검토했다. 이런 곤경에 처했을 때 자신을 불쌍하게 여겨 줄 오랜 친구가 몇 명 있긴 했지만 불행하게도 비용은 그들 전부와 사이가 틀어진 상태였다. 비용은 풍자시로 그들을 비방했고, 속이고 배신하기도 했다. 하지만 자신이 이런 심한 궁지에 몰렸을 때 최소한 한 명 정도는 자신을 측은하게 여겨 줄 친구가 있을 것이라는 생각이 들었다. 그것은 절반의 가능성이었지만 최소한 시도해 볼 가치는 있었다. 비용은 직접 그 집을 찾아가서 알아보기로 했다.

길을 가는 도중에 비용에게 두 가지 작은 일이 벌어졌고, 그 일들은 굉장히 다른 방식으로 그의 생각에 영향을 미쳤다. 하나는 비용이 순찰대원들이 밟고 지나간 길을 따라간 것이다. 비록 자신이 가려던 방향과 달랐지만 비용은 그 발자국들을 따라 몇백 미터를 걸었다. 그 덕분에 비용은 기운을 좀 얻었다. 최소한 이렇게 하면 자신의 동선을 헷갈리게 할 수 있었다. 비용은 그때까지도 사람들이 눈 덮인 파리 전역을 돌아다니고 있으며, 자신이 다음 날 아침 깨어나기도 전에 체포될 것이라고 생각했기에 일부러 이런 행동을 벌인 것이었다. 다른 한 가지 일은 아주 다른 방식으로 그에게 영향을 미쳤다. 비용은 어떤 거리의 길모퉁이를 지나쳤는데, 그곳은 얼마 전에 한 여자와 아이가 늑대들에게 뜯어 먹힌 곳이었다. 늑대들이 그런 식으로 파리에 들어오게 된 것은 차가운 날씨 때문이라고 비용은 생각했다. 이런 인적 없는 길에 홀로 남겨지면 단순한 두려움을 넘어서는 끔찍한 일을 당할 수 있었다. 비용은 걸음을 멈추고 썩 유쾌하지 않은 표정으로 주변을 관찰했다. 그가 서 있는 곳은 여러 길이 교차되는 중심부였다. 그는 연결된 길을 잇달아 빼놓지 않고 살펴보았고, 숨을 죽이고 귀를 기울였다. 눈 덮인 길 위에서 검은 물체들이 달려오는 것이 아닌지, 혹은 그와 센 강

사이에서 늑대가 울부짖는 소리가 들리지는 않는지 살펴보았다. 어린 시절 어머니가 늑대가 출몰하는 장소를 가리키며 뭔가 이야기를 해 주었던 것이 기억났다. 어머니! 어머니가 살고 계신 곳이 어딘지 안다면 얼마나 좋을까. 그렇다면 이런 밤에 안심하고 찾아갈 수 있을 터였다. 비용은 내일 어머니의 거처가 어디인지 당장 알아봐야겠다고 결심했다. 아니, 알아보는 것에 그치지 않고 한번 찾아가 봐야겠다고 생각했다. 불쌍한 어머니! 그렇게 생각하며 비용은 목표 지점에 도착했다. 그곳이 오늘 밤 비용이 마지막으로 희망을 거는 곳이었다.

그 집은 이웃의 집들처럼 굉장히 어두웠다. 몇 번 문을 두드리자 위층에서 사람이 움직이는 소리가 들렸다. 작은 문이 열리고 신중하게 누구냐고 묻는 목소리가 들려왔다. 시인은 자신의 이름을 잘 들리게 말한 뒤 몸을 떨며 결과를 기다렸다. 하지만 그리 오래 기다릴 필요도 없었다. 돌연 창문이 열리더니 들통 하나에 가득 담긴 오수가 문간 쪽으로 쏟아져 내렸다. 그런 일이 일어나리라고는 생각지도 않았던 비용은 최대한 재빨리 오수가 쏟아지지 않을 만한 현관의 다른 쪽으로 피했다. 하지만 허리 아래는 처참하게 젖고 말았다. 비용의 바지는 오수를 뒤집어쓰고 얼마 되지 않아 얼어붙기 시작했다. 추위와 체온 저하로 그의 얼굴에는 죽음의 그림자가 드리웠다. 폐결핵 같은 증상이 자신에게 있다는 것이 새삼스레 기억나서인지는 몰라도 그는 머뭇거리면서 기침을 했다. 하지만 위험이 심각해서인지 곧 진정되는 느낌이 들었다. 그는 무례한 대접을 받은 집에서 몇백 미터 정도 떨어진 곳에 멈춰 섰고, 손가락으로 코를 비벼 대며 깊은 생각에 잠겼다. 비용은 잠자리를 얻는 방법은 딱 한 가지, 억지로 빼앗는 것이라고 생각했다. 그는 멀지 않은 곳에 집 한 채가 있는 것을 보았다. 그 집은 쉽게 침입할 수 있을 듯이 보였다. 즉시 그 집 쪽으로 움직이면서 비용은 훈훈한 방과 저녁 식사 후 잔반이 남아 있는 식탁을 상상하며 내심 즐거워했다. 그 집의 식당에 몰래 들어가 남은 밤 시간을 보내고, 새벽이 되면 값나가는 접시들도 한 아름 들고 나올 수 있을 것이었다. 비용은 심지어 자신이 선호하는 음식과 와인이 있으면 좋겠다는 생각까지 했다. 원하는 진수성찬을 상상하는 와중에 비용의 마음속에는 즐거움과 두려움이 뒤섞인 착잡한 느낌이 엄습했고, 동시에 아까 짓다 만 구운 생선에 대한 발라드가 생각났다.

"난 그 발라드를 결코 완성시키지 못할 거야." 혼잣말을 한 뒤 비용은 갑자기 마음속에 또 다른 뭔가가 생각난 모양인지 몸을 부르르 떨었다. "제길, 그 망할 테브냉 놈의 뒤룩뒤룩한 머리통!" 아까 했던 말을 다시 맹렬하게 반복하며 그는 쌓인 눈 위에 침을 뱉었다.

그가 침입 대상으로 삼은 집은 처음 보았을 때는 다소 어두웠다. 비용이 침입하기 쉬운 장소를 찾기 위해 예비 조사를 하는 동안 커튼 친 창문 뒤로 불빛이 반짝이는 것이 보였다.

'이런 악마 같으니!' 비용은 생각했다. '사람이 아직도 깨어 있다니! 학생 아니면 성인인 체하는 놈이겠지. 망할 놈 같으니! 왜 이웃들처럼 취해서 침대에 누워 코를 골며 나가떨어지지 않은 거야! 불쌍한 종지기 놈들이 밧줄을 타고 종탑 끝까지 올라가 통금 종을 울리는 게 무엇 때문이겠어? 자라고 그러는 거 아니야. 저렇게 밤새 깨어 있으면 낮 동안에는 뭘 하는 거야? 저런 것들은 혼쭐이 나야 돼!' 하지만 자신의 상황 논리가 가리키는 최종 도착 지점을 생각하자 비용은 씩 웃고 말았다. '사람들에게는 다 저마다의 일이 있는 거지. 누군가가 깨어 있다면 이번엔 정직한 방법으로 저녁을 얻어먹을 수 있을지도 몰라. 가서

저 악마를 속여 보자고.'

비용은 대담하게 문 앞으로 나아가 자신 넘치는 손으로 두들겼다. 좀 전에는 주의를 끄는 것이 두려워 소심하게 문을 두드렸지만, 강제로 침입한다는 생각을 버리고 나니 지금은 문을 두드리는 게 너무도 간단했고 또 아무런 거리낌이 들지 않았다. 문을 두드리는 소리가 집 안에 가느다란 몽환적 반향을 일으켰다. 마치 그 집이 비어 있는 것처럼. 하지만 문 두드리는 소리가 그친 즉시 정연한 발걸음 소리가 가까이 들려왔다. 빗장들이 빠지는 소리가 나며 문 한쪽이 벌컥 열렸다. 내부에 속일 것도 없고 속여야 할 이유도 없다는 분위기였다. 문을 열고 비용과 대면한 남자는 키가 크고 말랐지만 약간 구부정한 근육질 몸매였다. 머리가 크긴 했지만 이목구비는 조각처럼 수려했다. 눈썹은 진하고 간결했으며, 코는 끝 부분이 무뎠지만 눈썹까지 올라가는 부분은 아주 말끔하고 단정했다. 입이나 눈의 윤곽도 아주 뚜렷했고, 대담하게 직각으로 다듬은 두꺼운 흰 수염이 얼굴을 둘러싸고 있었다. 흔들리는 손 등잔 불빛 옆으로 봐서 그런지 남자는 실제 모습보다도 훨씬 더 고귀했다. 남자의 얼굴은 지적이고, 강인하고, 꾸밈없고 정직한 얼굴이라기보다는 고귀하고 잘생긴 얼굴이었다.

"늦은 시간에 문을 두드리셨소, 선생." 노인이 낭랑하고 예의 바른 어조로 말했다.

비용은 내심 위축되어 비굴한 사과의 말을 늘어놓았다. 이런 위기에 처하면 비용의 거지 같은 면모가 먼저 앞에 드러났고, 천재 시인의 고상한 영혼은 심리적 혼란으로 그 자취가 막연해졌다.

"춥겠구려. 배도 고플 것 같소만. 자, 들어오시오." 노인은 비용에게 고상한 몸짓으로 집 안으로 들어오라고 말했다.

'지체 높은 영주 같은데' 하고 비용은 생각했다. 노인은 입구의 판석 깔린 바닥에 손 등잔을 내려놓고 빗장을 다시 걸어 잠갔다.

"실례지만 내가 앞장을 좀 서겠소." 노인이 빗장을 걸어 잠그고 나서 비용에게 말했다. 노인은 위층으로 올라가 커다란 방으로 비용을 안내했다. 방은 숯불 난로 덕분에 따뜻했고, 천장에 달린 거대한 등불로 환했다. 방 안에 장식은 거의 없었다. 찬장에 장식된 황금 접시들과 2절판 책들, 창문 사이에 서 있는 갑옷걸이 정도였다. 벽에는 고급 태피스트리가 걸려 있었는데, 하나는 예수가 십자가에 못 박힌 장면이었고 다른 하나는 흐르는 냇가에 서 있는 양치기 남녀의 모습이었다. 난로 위에는 방패와 무기가 달려 있었다.

"편하게 앉으시오. 잠시 자리를 비우는 걸 양해해 주시오. 오늘 이 집에는 나 혼자뿐이라오. 선생이 먹을 것을 준비하려면 내가 직접 해야 한다오."

집주인이 방을 떠나자 비용은 앉았던 의자에서 벌떡 일어나 고양이처럼 살며시, 하지만 흥미진진하게 방을 살펴보았다. 손잡이가 달린 큰 황금 병을 손에 들고 무게를 확인하기도 하고, 책을 열어 보기도 하고, 방패 위에 달린 무기도 조사해 보고, 의자는 무엇으로 안감을 댔는지 만져 보기도 했다. 창문의 커튼을 젖혀 보니 거기에는 일정한 문양이 있는 값비싼 스테인드글라스가 끼워져 있었다. 비용은 방 한가운데에 서서 깊게 숨을 들이마셨다. 그러고는 입안에 공기를 넣어 볼을 빵빵하게 만든 뒤 발뒤꿈치를 획획 돌려 빙글빙글 돌면서 방을 획 한 번 둘러보았다. 마치 이 방의 모든 것을 기억에 새겨 넣을 듯한 자세였다.

"접시는 일곱 개로군. 열 개 정도만 됐더라면 훔쳐 가는 모험을 해

볼 텐데. 좋은 집에 좋은 주인장 노인이로군. 성인들이여, 나를 도와주소서!"

비용이 막 그러던 차에 복도를 따라 방으로 되돌아오는 노인의 발걸음 소리가 들려왔다. 비용은 앉았던 의자로 살며시 돌아갔고, 숯불난로에 젖은 다리를 말리기 시작했다.

집주인은 한 손에는 고기가 담긴 접시를, 다른 손에는 와인 병을 들고 있었다. 이어 그는 탁자에 접시를 내려놓고 손짓으로 비용에게 의자를 탁자 쪽으로 붙이라고 했다. 그런 뒤 찬장으로 가서 입구가 넓게 퍼진 잔 두 개를 가져와 와인을 따랐다.

"선생에게 행운이 있기를." 노인이 진지한 표정을 지으며 비용의 잔에 자신의 잔을 부딪쳤다.

"우리의 더 나은 만남을 위해서." 비용도 대담해져서 건배사를 했다. 평범한 사람이라면 이런 지위 높은 노인의 공대에 위축되었겠지만 비용은 그런 방면으로는 이미 단련되어 있었다. 비용은 이전에도 귀하신 분들과 즐거운 시간을 보낸 적이 있었고, 그들 역시 자신처럼 속이 시커먼 악당이라는 것을 알게 되었다. 비용은 게걸스러운 식욕을 발휘하며 음식을 허겁지겁 먹었고, 그동안 노인은 의자에 기대어 호기심 어린 눈으로 계속 그를 쳐다보았다.

"어깨에 피가 묻어 있구려, 선생." 노인이 말했다.

틀림없이 아까 그 집을 나설 때 몽티니가 피 묻은 오른손으로 자신의 어깨를 만진 것이리라. 비용은 속으로 몽티니에게 욕을 퍼부었다.

"제가 흘린 것은 아닙니다." 비용은 당황하여 더듬거렸다.

"그렇게 생각하지는 않았소." 노인이 조용하게 대답했다. "싸운 거요?"

"뭐, 그 비슷한 거죠." 비용이 떨리는 목소리로 시인했다.

"상대는 선생한테 죽은 거요?"

"아, 아뇨. 제가 죽인 건 아닙니다." 비용이 머리가 뒤죽박죽되는 걸 느끼며 대답했다. "전적으로 정당한 결투였죠. 그 친구는 우연하게 죽은 겁니다. 저는 그 싸움에 관여한 바가 없습니다. 만약 그렇다면 제 목이라도 내놓겠습니다!" 비용이 열을 올렸다.

"그럼 악당이 하나 줄어든 셈이로군요." 노인이 말했다.

"아무렴요." 비용이 굉장히 안도하며 동의했다. "여기에서 예루살렘 사이에 있는 악당들 중 아마 가장 지독한 놈일 겁니다. 그놈은 새끼 양처럼 발가락을 쳐들고 죽었습니다. 쳐다보기에는 고약한 광경이었어요. 주인장께서도 죽은 이들을 본 적이 있으신지요?" 비용이 갑옷을 힐끔 보면서 말했다.

"많이 봤소. 보면 아시겠지만 전쟁에 종군했었소."

비용은 방금 들었던 칼과 포크를 내려놓았다.

"대머리인 사람도 있었습니까?" 비용이 물었다.

"물론이오. 나처럼 백발인 자들도 있었지."

"그 죽은 놈의 머리가 백발이었다면 저도 그렇게 신경 쓰지 않았을 겁니다." 비용이 말했다. "그런데 붉은색이었죠." 비용은 몸을 부르르 떤 뒤 버릇대로 웃음을 터뜨렸다. 그러고는 크게 와인을 한 번 들이켰다. "그놈을 생각하니 좀 불쾌해지는군요." 비용이 말을 이었다. "전 그 죽은 놈을 알고 있습니다. 참 망할 놈이죠! 추위 때문에 이런 생각을 하게 되는 건지, 아니면 이런 생각을 해서 추워지는 건지는 잘 모르겠습니다."

"돈은 가지고 있소?" 노인이 물었다.

"백동전 한 닢을 가지고 있지요." 웃으면서 비용이 대답했다. "어떤 집 현관에서 죽은 창녀의 스타킹에서 꺼냈죠. 그 여자는 칼에 무수히 찔린 카이사르처럼 확실히 죽었고, 또 교회만큼이나 냉랭하더군요. 머리에는 하찮은 리본을 달고 있었고요. 겨울에는 늑대들이나 창녀들이나 저처럼 불쌍한 부랑자들은 참으로 세상 살기가 힘듭니다."

"나는 앙게랑 드 라 포이예라고 하며, 파타트락의 귀족이자 브리즈 투의 영주요. 선생은 누구고 무슨 일을 하고 있소?"

비용이 일어나 고개를 숙이며 합당한 예의를 표시했다. "저는 프랑수아 비용이라고 합니다. 파리 대학에서 문학사 학위를 취득한 가난뱅이 시인입니다. 라틴어를 조금 알고, 악덕惡德에 대해서는 많이 알고 있습니다. 샹송, 발라드, 연가, 고시古詩, 후렴이 있는 짧은 시 등을 지을 줄 압니다. 그리고 와인을 아주 좋아합니다. 작고 어두컴컴한 다락방에서 태어났고, 죽을 때는 교수대에서 죽을지도 모르겠습니다. 그리고 영주님, 저는 오늘 밤부터 영주님의 가장 양순한 종이 되도록 하겠습니다."

"종이라니 당치도 않소. 오늘 밤엔 손님으로 오신 거요. 그뿐이외다." 영주가 답했다.

"그렇다면 굉장히 감사하는 손님이 되겠습니다." 비용이 정중하게 말하고는 손짓으로 영주에게 같이 와인을 마시자고 권했다.

"선생의 행동은 좋지 못하구려. 그것도 아주 많이." 영주가 이마를 가볍게 두드리며 말했다. "배울 만큼 배웠고, 학자잖소. 그런데도 거리에서 죽은 여자의 몸에서 푼돈을 꺼내다니, 그건 절도가 아니오?"

"전쟁 중에는 그런 절도가 굉장히 많이 일어나잖습니까, 영주님."

"전쟁터는 명예의 전장이오." 늙은 영주가 자랑스럽게 대답했다. "목숨을 걸고 싸우는 곳이지. 주군이신 국왕과 하느님의 이름 아래 성자와 천사들과 함께 자신의 모든 힘을 쏟아부어 이기려고 하는 곳이오."

"제가 진짜 도둑이라고 해 보십시다. 그렇다고 해도 저 역시 엄청난 곤경에 맞서 인생을 살아 나가는 게 아니겠습니까?"

"사사로운 이득을 취한 것이지, 명예로운 일이 아니잖소."

"사사로운 이득이오?" 비용이 영주의 말을 반복하며 어깨를 한 번 으쓱였다. "이득이라! 가난한 도둑은 저녁을 먹고 싶어서 음식을 몰래 훔칩니다. 하지만 훔치는 행위는 종군하는 군인들도 마찬가지 아니겠습니까. 그토록 많이 들려오는 강제 징발 소식은 무엇입니까? 강제 징발은 군인들에게는 별 이득이 아닐지 몰라도 그걸 당한 사람들에게는 엄청난 손해입니다. 무장을 한 군인들은 잘 피워 낸 불 옆에서 술을 마셔 대지만 평범한 백성들은 와인과 땔감을 구하려면 죽어라고 일을 해야 합니다. 한번은 어떤 지역을 지나가는데 엄청나게 많은 농부들이 나무에 목매달려 있는 것을 봤습니다. 느릅나무 하나에 30명은 매달린 것 같더군요. 참극이 따로 없었죠. 어떤 사람에게 대체 왜 이렇게 됐느냐고 물어봤더니 군인들을 만족시킬 만한 돈을 모으지 못해서 그렇게 됐다는 겁니다."

"전쟁을 수행하다 보면 어쩔 수 없는 일들이오. 밑에 있는 사람들은 충성하며 견뎌 내야지. 몇몇 지휘관이 너무 몰아붙이는 것도 사실이오. 어느 계층에나 동정심에 쉽게 이끌리지 않는 사람들이 있는 법이지. 그리고 실제로 많은 군인들이 약탈자와 매한가지인 경우도 있고." 영주가 침착하게 말했다.

"영주님, 이걸 좀 보십시오. 우선 군인과 산적이 뭐가 다릅니까? 그 둘을 구별해 낼 수 없어요. 군인들이란 신중한 태도를 가진 약탈자 혹은 도둑 아니겠습니까? 저는 자고 있는 사람들을 깨우지도 않고, 그저 양고기를 몇 덩이 훔칠 뿐입니다. 농부들이야 약간 투덜대겠지만 남아 있는 걸로도 잘만 식사를 합니다. 그렇지만 군대는 영광스럽게 트럼펫을 불며 다가와서는 남아 있는 양 떼들을 싹쓸이해 가지 않습니까. 농부들이 불쌍하게 두들겨 맞는 것은 덤이고요. 저는 트럼펫 같은 것을 불지 않습니다. 저는 그저 평범한 장삼이사張三李四에 지나지 않는 무지렁이입니다. 저는 악당에 저질이라 교수형도 과분한 놈입니다. 진심으로 말입니다. 하지만 농부들에게 누가 더 낫냐고 물어보십시오. 과연 추운 밤에 자다 깨서 누구를 욕하는지 농부들에게 알아보시라는 말입니다."

"그럼 우리 둘을 봅시다." 영주가 말했다. "나는 늙었지만 강인하고 명예로운 사람이오. 내일이라도 내가 집에서 나선다면 수백 명이 내게 기꺼이 숙소를 마련해 줄 것이오. 내가 홀로 집에 있고 싶다는 의향만 내비쳐도 가난한 이들은 자기 아이들과 함께 기꺼이 거리로 나가 밤을 보낼 것이오. 거기에다 나는 선생을 거두어 주었잖소. 거처도 없이 떠돌아다니고, 길가에서 죽은 여자의 동전이나 훔치는 당신을 말이오! 나는 그 누구도, 그 어떤 것도 두렵지 않소. 나는 선생이 내 말 한 마디에 몸을 떨며 안색이 변하는 것을 보았소. 나는 이 집에서 하느님께서 부르시는 것을 기꺼이 기다리고 있소. 만약 국왕께서 나를 다시 불러주신다면 기꺼이 전장에 나설 것이오. 반면에 선생은 교수대에 갈 시간만 기다리고 있소. 희망과 명예도 없이 비참하고 신속하게 형장의 이슬로 사라질 것이오. 이래도 우리 둘 사이에 차이가 없단 말이오?"

"까마득한 차이가 있지요." 비용이 동의했다. "하지만 제가 브리즈투의 영주로 태어나고 영주님께서 가난한 학자 프랑수아로 태어나셨더라면, 그 차이가 줄어들었을 것이라고 보십니까? 저는 이 숯불 난로에 무릎을 대고 몸을 덥히고 있었을 것이고, 영주님께서는 동전을 찾으려고 눈 속을 더듬거리시지 않았을까요? 저는 군인이 되고, 영주님께서는 도둑이 되지 않으셨을까요?"

"도둑!" 늙은 영주가 소리쳤다. "내가 도둑이라니! 당신이 지금 무슨 말을 하고 있는지 이해한다면 그걸 후회하게 될 거요."

비용은 흉내 낼 수도 없을 정도로 무례하게 손을 뒤집어 보이며 말했다. "영주님께서 제 말뜻을 이해해 주신다면 정말 영광이겠습니다!"

"이해? 선생을 여기 들인 것만으로도 나는 너무도 많은 예우를 해 주었소. 나이 든 명예로운 사람과 대화할 때는 말을 조심하는 게 좋겠소. 나보다 과격한 성미를 가진 사람이었다면 훨씬 가혹하게 선생을 꾸짖었을 거요." 영주는 분노와 혐오감을 꾹꾹 참으며 일어선 뒤 방의 안쪽 끝으로 걸어갔다. 비용은 은밀하게 자신의 술잔을 다시 채우고 좀 더 편안한 자세로 앉았다. 다리를 꼬고, 머리를 손으로 괴고, 팔꿈치는 의자 뒤쪽에 걸쳤다. 이제 비용은 몹시 배가 불렀고 몸도 따뜻했다. 영주도 이제는 전혀 두렵지 않았다. 군인과 도둑이라는 아주 딴판의 두 인물 유형 사이에서 영주의 인품을 가능한 한 공정하게 파악했기 때문이다. 밤은 이제 거의 다 지나갔고, 아무튼 비용은 아주 편안하게 시간을 보냈다. 게다가 내일 새벽 아주 안전하게 이 집을 빠져나갈수 있겠다는 확신까지 했다.

"하나만 말해 보시오." 영주가 걸음을 멈추고 말했다. "선생은 정말 도둑인 거요?"

"주인은 과객의 비밀을 유지해 주는 것이 불문율인데, 거기에 기대어 말씀드리자면, 영주님, 저는 도둑입니다."

"선생은 굉장히 젊잖소." 영주가 말했다.

비용이 자신의 손가락을 들어 보이며 말했다. "이 열 손가락의 재주를 발휘하지 못했더라면 이 정도 나이를 먹지도 못했을 겁니다. 결국 이 손가락들이 절 먹여 살린 부모인 셈이죠."

"선생은 회개하고 변할 수 있소."

"저는 날마다 회개하고 있습니다. 이 불쌍한 프랑수아만큼 회개하는 사람도 몇 없을 겁니다. 아무리 회개해도 안 되니 한번 기분 전환 차원에서 누군가가 제 상황을 바꿔 주었으면 좋겠습니다. 그런데 회개도 계속하려면 그 전에 먹고살 수가 있어야 합니다."

"변화는 반드시 마음속부터 시작해야 하는 거요." 영주가 엄숙하게 말했다.

"영주님께서는 정말로 제가 재미 삼아 도둑질을 한다고 보십니까? 저라고 왜 도둑질이 좋겠습니까. 그 귀찮고 위험한 걸요. 교수대를 볼 때마다 이가 딱딱거립니다. 그렇지만 전 먹고살아야 하잖습니까. 사람들하고도 좀 섞여 살아야 하고요. 나 이것 참! 사람은 혼자 살라고 세상에 태어나지 않았습니다. 그래서 하느님이 여자도 만들어 주셨잖아요. 절 왕의 시종장으로 만들어 주십시오. 절 생드니의 수도원장으로 만들어 주십시오. 절 파타트락의 귀족으로 만들어 주십시오. 그렇게 된다면 전 정말로 변할 겁니다. 하지만 제가 프랑수아 비용이라는 빈털터리 가난한 학자로 남아 있는 이상 전 물론 앞으로도 도둑 그대로일 겁니다."

"하느님의 은총은 전능한 것이네."

"거기에 의문을 품은 저는 이단자로군요." 비용이 말했다. "그 은총으로 영주님께서는 브리즈투의 영주이자 파타트락의 귀족이 되셨습니다. 그렇지만 하느님은 제게는 머릿속의 기지와 조금 재주가 있는 열 손가락 말고는 아무것도 주지 않으셨습니다. 와인을 좀 마셔도 되겠습니까? 좋다고요, 그럼 감사히 마시겠습니다. 영주님께서 이렇게나 훌륭한 빈티지 와인*을 가지고 계신 것도 하느님의 은총이로군요."

브리즈투의 영주는 뒷짐을 지고 이리저리 걸었다. 도둑과 군인을 비교한 말을 듣고 마음이 여태껏 진정되지 않은 것일 수도 있고, 또 비용의 이야기에서 일말의 연민을 느꼈을 수도 있다. 아니면 너무도 생소한 논리를 맞이하여 단순히 사고가 뒤죽박죽된 것일 수도 있다. 하지만 원인이 무엇이든 영주는 이 젊은 남자의 사고방식을 어떻게든 더 낫게 바꾸고 싶었다. 그래서 이 젊은 남자를 거리로 내쫓아 버리는 결단을 아직 내리지 못했다.

한참 있다가 영주가 입을 열었다. "선생의 말에는 내가 이해할 수 없는 것이 있소. 선생은 지금 겉으로는 그럴듯하지만 실은 교활한 말만 하고 있소. 악마가 선생을 그렇게 타락시킨 모양이오. 하지만 악마는 신의 진리 앞에서는 나약하기 그지없는 영혼이오. 어둠이 아침이 되면 사라지는 것처럼, 악마의 번드레하고 교활한 말들은 진정한 명예로운 말 한 마디에 사라져 버리오. 한 번 더 내 말을 들어 주시오. 나는 오래전에 신사라면 섬겨 마땅한 하느님과 국왕, 그리고 아내를 기사도에 따라 성실하게 대하면서 살아야 한다고 배웠소. 비록 나는 살면서 기묘한 일이 일어나는 걸 많이 보았지만, 여전히 그 규칙에 맞춰 살아가려고 애쓰고 있소. 이런 생활 태도는 모든 고귀한 역사에 나타나 있을 뿐 아니라 모든 사람의 마음속에도 자리 잡고 있어요. 선생이

---

* 포도의 수확이 잘된 해에 만든 우량 포도주로서 그해의 연도를 기록해서 판매한다.

그것을 찾아내려고 노력한다면 말이오. 선생은 음식과 와인에 대해서 말했소. 굶주림이 견디기 어려운 시련이라는 것은 나 또한 잘 알고 있소이다. 하지만 다른 욕구에 대해서 선생은 이야기하지 않았소. 가령 명예, 하느님과 사람들에 대한 믿음, 예의범절, 서로를 보듬는 사랑 등은 일절 언급하지 않았소. 나는 아주 현명한 사람은 아닐지 모르지만 스스로 현명하다고 생각하며 살아왔소. 그런 내가 볼 때 선생은 인생의 방향을 잃고, 그 인생에서 큰 실수를 저지르고 있는 것 같소. 선생은 훌륭하고 진실한 욕구는 까맣게 잊어버리고 사소한 욕구에만 집착하고 있소. 최후의 심판 날에 치통을 치료해야겠다고 고집하는 사람 같소. 명예, 사랑 그리고 믿음 같은 것들은 음식이나 와인보다 훨씬 더 고귀한 것일 뿐만 아니라 실제로 사람들이 더 필요로 하는 가치라오. 이런 것들이 없으면 사람은 훨씬 더 고통을 받게 되어 있소. 나는 선생이 나보다는 더 쉽게 이런 진리를 이해할 수 있을 것이라고 보기에 이렇게 말하는 거요. 혹시 선생은 주린 배를 채우는 데 신경을 쓰는 동안 마음속에 있는 진실한 욕구를 무시한 것이 아니오? 그래서 삶의 즐거움은 사라지고, 끊임없이 비참한 삶을 살아가는 것이 아니냐는 말이오."

비용은 이 모든 설교에 당연히 화를 냈다. "제가 명예를 존중하지 않는 사람이라고 생각하시는군요!" 비용이 소리쳤다. "저는 정말로 가난합니다. 암요! 부유한 사람들이 장갑을 끼고 있으면서도 춥다는 듯이 손을 호호 부는 걸 보는 건 참으로 구역질 납니다. 영주님께서는 그토록 가볍게 말씀하시지만 주린 배라는 건 정말 지독합니다. 영주님께서 저만큼이나 많이 굶어 봤다면 지금 같은 말씀은 못 하실 겁니다. 예, 저는 도둑입니다. 그리고 최대한 도둑질을 해 먹고 있죠. 하지만 전 지옥에서 온 악마가 아닙니다. 이게 거짓이라면 목을 내놓겠습니다. 저도 명예를 가지고 있습니다. 영주님만큼 훌륭하게요. 그걸 알아주셨으면 좋겠습니다. 그렇지만 저는 그것을 마치 하느님께서 내린 기적인 양 온종일 재잘거리지는 않습니다. 필요할 때만 상자에서 꺼내듯 명예를 드러내죠. 저한테는 그 편이 굉장히 자연스럽습니다. 자, 영주님과 제가 이 방에 얼마나 오래 함께 있었습니까? 영주님께서는 집에 홀로 계시다고 제게 말씀하셨죠? 황금 접시가 참 좋아 보입니다. 영주님께서는 뭐, 튼튼하다고 말씀하셨지만, 연세도 높고 무장도 하지 않으셨잖습니까. 근데 저는 칼을 가지고 있어요. 제가 맘만 먹고 팔만 휘두르면 차가운 쇠가 영주님 창자에 박힐 겁니다. 그러면 저는 황금 잔들을 한 아름 훔쳐서 거리로 나갈 수 있겠죠! 제가 그 정도도 생각하지 못할 것처럼 보이십니까? 그렇지만 전 그런 행동을 경멸합니다. 저기 저 빌어먹을 술잔들도 교회에 있는 것만큼이나 안전하다고요. 영주님의 심장도 아무 이상 없이 새것처럼 쿵쾅거릴 겁니다. 여기 있는 저는 여기 들어왔던 그대로 가난하게 나갈 준비가 되어 있습니다. 영주님께서 비난하신 백동전 한 닢만 들고 말입니다! 이런데도 제가 명예가 없는 사람입니까? 그렇다면 목을 내놓아도 좋습니다!"

늙은 영주가 오른팔을 내밀며 말했다. "자네가 어떤 자인지 말해 주겠네. 이보게, 자네는 악당일세. 무례하기 짝이 없고 음흉한 악당이자 부랑자란 말일세. 자네와 벌써 한 시간을 함께했네. 세상에, 이렇게나 수치심이 들 수가 있나! 거기에다 그런 자네가 내 식탁에서 먹고 마시기까지. 여하튼 나는 자네가 여기 있다는 것만으로도 진저리가 나네. 동이 트고 있고 야밤에 돌아다니던 새들도 보금자리로 돌아갈 시간일세. 앞장서겠나, 아니면 내가 앞장설까?"

"원하는 대로 하세요." 비용이 일어섰다. "그렇게 명예를 지키시는 분이니 어디 한번 볼까요." 비용이 생각에 잠긴 채 와인 잔을 비우며 말했다. "영주님이 총명하신 분이라고 말씀드릴 수 있었다면 좋았을 텐데." 비용이 주먹으로 머리를 두들겼다. "다 나이 때문이지요. 머리가 굳어져서 잘 돌아가지 않는 것은."

자존심 때문인지 영주는 앞장서서 걸어 나갔고 비용은 그 뒤를 따랐다. 비용은 두 엄지손가락을 허리띠에 끼우고 휘파람을 불었다.

"하느님께서 자넬 측은하게 여기시기를." 브리즈투의 영주가 문가에서 말했다.

"아이고 아버님, 잘 계세요." 비용이 하품을 해 대며 대답했다. "차가운 양고기는 정말 잘 먹었네요."

비용의 뒤에서 문이 닫혔다. 영주의 집 하얀 지붕 너머로 동이 트고 있었다. 춥고 불편한 아침으로 하루가 시작됐다. 비용은 길의 한복판에 서서 기운차게 기지개를 켰다.

"아주 멍청한 영감탱이야." 비용이 생각했다. "한데 그 황금 술잔들은 값이 얼마나 나갈까."

# 마크하임

Markheim

"맞아요. 다양한 방법으로 뜻밖의 횡재를 하곤 하죠. 어떤 손님들은 무지해서 저는 제 우월한 안목으로 이익을 배당합니다. 또 어떤 손님들은 정직하지가 않죠." 말을 하다 골동품 가게 주인은 촛불을 들고서 손님에게 불빛을 환하게 비추었다. "그리고 그런 경우에는 말입니다, 저의 미덕으로 혜택을 봅니다."

햇빛이 쨍쨍한 거리에서 막 들어온 마크하임은 어둠과 빛이 뒤범벅된 가게에 아직 눈이 익지 않았다. 그런 날카로운 말을 듣자 불빛이 가까이 오기 전부터 마크하임은 고통스럽게 눈을 깜빡이며 시선을 돌렸다.

가게 주인이 껄껄 웃으며 말을 이었다. "크리스마스 날에 오시면 어떻게 합니까. 제가 집에 홀로 있고, 덧문도 내려 두어 장사를 하지 않는다는 걸 알렸는데도 말입니다. 뭐, 그에 대한 대가는 지불하셔야겠습니다. 또 제 일정이 흐트러진 것에 대해서도 지불하셔야 하고요. 장부를 정리하고 있었거든요. 거기에다 손님의 행색이 오늘 굉장히 수상하니 그에 대해서도 대가를 지불하셔야 합니다. 저는 철저하게 분별 있는 사람이라 곤란한 질문은 하지 않겠습니다만, 손님이 제 눈을 바라볼 수 없다면 그에 대해서도 대가를 지불하셔야 하고요." 주인이 한 번 더 빙그레 웃었다. 그러고는 원래의 사무적인 말투로 되돌아갔지만 빈정대는 분위기는 여전했다. "늘 그랬던 것처럼 어떻게 물건을 손에 넣었는지 분명하게 설명해 주시겠습니까? 이번에도 삼촌의 장식장에서 나온 건가요? 그분 참 굉장한 수집가시군요."

키가 작고 창백한 얼굴에 등이 구부정한 주인은 거의 까치발로 서서 금테 안경 너머로 마크하임을 올려다보며 전혀 믿지 못하겠다는 듯 고개를 저었다. 마크하임은 그를 깊이 동정하는 동시에 약간 겁을 내며 그와 눈을 마주쳤다.

"이번에는 잘못 생각하셨습니다. 팔러 온 게 아니에요. 사러 왔습니다. 이제는 처분할 수집품도 없어요. 삼촌의 장식장은 이제 벽판이 보일 정도로 아무것도 남아 있지 않아요. 설사 아직까지 온전하다 하더라도, 저는 주식으로 한몫 잡아서 이제 장식장을 채워 넣을 일만 남았지 팔아 치울 일은 없어요. 오늘 여기에 온 이유는 간단합니다. 어떤 아가씨한테 선물을 하나 할까 해서요." 마크하임은 미리 준비한 말을 지껄이게 되자 혀에 기름칠을 한 듯 점점 말이 유창해졌다. "이런 사소한 일로 선생님을 방해해서 정말로 죄송합니다. 어제 물건을 샀어야 하는데 제가 좀 소홀히 했네요. 오늘 저녁 식사를 할 때 조그만 선물을 해야 되어서요. 선생님께서도 잘 아시잖습니까. 부유한 가문의 아가씨와 결혼을 하는데, 선물 하나라도 소홀히 하면 안 되잖습니까."

잠시 정적이 흘렀다. 가게 주인은 믿지 못하겠다는 듯이 그 말을 속으로 곱씹고 있었다. 가게의 흥미로운 잡동사니들 사이에서 시계들이 째깍거리는 소리와 인근 거리를 지나가는 마차의 희미한 바퀴 소리가 잠시 끼어든 정적을 흔들었다.

"그럼 뭐," 주인이 말했다. "그렇게 하시죠. 어쨌든 손님은 단골이시니까. 그리고 말씀하신 것처럼 손님께 훌륭한 결혼 기회가 생겼다면 제가 방해해서는 안 되죠. 여기 숙녀분께 어울릴 좋은 물건이 있습니다. 이 손거울을 좀 보세요. 15세기에 만들어진 것이고 보증서도 있습니다. 훌륭한 수집가한테서 나온 물건이고요. 그렇지만 그분의 이름은 알려 드릴 수가 없군요. 여하튼 당신처럼 훌륭한 수집가의 조카이자 유일한 상속인이십니다."

주인이 무미건조하고 퉁명스럽게 말하면서 물건을 진열장에서 꺼내려고 허리를 숙였다. 그가 상체를 수그리는 모습을 보고 마크하임의 몸에 갑자기 야수적인 충동이 일었다. 그 격정은 사지에서부터 시작되어 갑작스럽게 얼굴까지 요란하게 파동 쳤다. 충동은 왔던 것처럼 빠르게 사라졌고, 그 흔적은 마크하임이 손거울을 받아 들 때 손을 떤 것 말고는 아무 데에도 남아 있지 않았다.

"손거울요?" 마크하임이 쉰 목소리로 말했다. 잠시 정적이 흘렀고 그는 같은 말을 또렷하게 반복했다. "손거울이라고요? 크리스마스 선물로? 농담이겠지요?"

"아니, 안 될 건 뭡니까?" 가게 주인이 소리쳤다. "손거울이 왜 안 된다는 거지요?"

마크하임은 이상야릇한 표정으로 주인을 바라보았다. "지금 그 이유를 물으시는 건가요? 자, 이 거울을 보세요. 한번 보시라고요. 여기 비친 선생님을! 그걸 들여다보고 싶습니까? 아니지요! 나도 들여다보기 싫고, 누구나 다 마찬가지일 겁니다."

마크하임이 갑작스럽게 그 손거울을 들이대며 한번 보라는 듯이 나오자 작은 체구의 주인은 깜짝 놀라 뒤로 물러섰다. 하지만 그의 손에 손거울 외에는 별다른 것이 없음을 확인하자 주인은 다시 껄껄 웃으며 말했다. "결혼 상대가 썩 아름답지는 않은가 보군요, 선생님."

"그렇지 않아요." 마크하임이 굉장히 확신에 찬 어조로 말했다. "근데 말입니다, 선생님. 크리스마스 선물을 요청했더니 이 손거울을 내놓으셨죠. 이 망할 손거울은 마치 손에 든 양심처럼 지난 세월의 죄악과 과오를 상기시켜 준단 말입니다! 의도하신 건가요? 물건을 내어 줄 때 생각이나 하신 건가요? 말씀해 보세요. 그렇게 하는 게 선생님한테도 좋을 겁니다. 자, 제게 선생님의 이야기를 해 주세요. 틀리는 셈 치고 추측하는 건데, 선생님께서는 실은 굉장히 관대한 분이실 겁니다. 그렇지 않나요?"

주인은 손님을 주의 깊게 지켜보았다. 참으로 기이했다. 이 손님이 농담을 하는 것 같지는 않았다. 마주 본 손님의 얼굴에는 열렬한 희망의 빛 같은 것이 어려 있었지만 즐거워하는 기색은 전혀 없었다.

"뭘 말씀하시려는 겁니까?" 가게 주인이 물었다.

"선생님은 관대하지 않으십니까?" 마크하임이 우울한 표정으로 다시 물었다. "관대하지도 않고, 신앙심도 없고, 양심도 없고, 사랑받지도 못하는 거로군요. 그저 돈을 벌어들이는 손과 그 돈을 넣어 둘 금고만 있으면 되는 거죠. 그게 다입니까? 세상에 그게 다냐고요?"

"내 그럼 손님께 한마디 해 드리죠." 상인이 신랄한 투로 말하려다

갑자기 말을 중단하고 다시 껄껄 웃었다. "손님은 연애결혼을 하시는 모양입니다. 게다가 아가씨의 건강을 위해서 한잔하고 오셨군요."

"아!" 마크하임이 기묘하게 호기심 어린 표정을 지으며 소리쳤다. "아! 사랑을 하신 적이 있군요? 그럼 그 말씀을 좀 해 주세요."

"제가요?" 주인이 소리쳤다. "제가 사랑을! 그럴 시간도 없었고, 지금 이런 엉뚱한 말을 들어 드릴 시간도 없습니다. 이 손거울을 사실 겁니까 말 겁니까?"

"서두를 필요 없잖아요." 마크하임이 대답했다. "이렇게 여기에 서서 이야기하는 것도 얼마나 즐거운 일입니까. 인생은 너무도 짧고 불안정해서 저는 어떤 즐거움도 그리 성급하게 떠나보내고 싶지 않습니다. 그러니 이런 가벼운 즐거움도 꼭 붙잡아야지요. 우리는 절벽의 가장자리에 매달린 사람처럼 얻을 수 있는 것이라면 제아무리 사소해도 적극적으로 매달려야 합니다. 생각해 보면 매 순간이 절벽이지요. 그것도 1킬로미터도 넘는 드높은 절벽. 그곳에서 떨어진다면 인간이라는 흔적은 하나도 남지 않은 채 지워지게 될 겁니다. 이런 이유로 우리는 서로 즐겁게 이야기하는 것이 최선입니다. 서로 이야기를 나눠 보죠. 가면을 쓸 이유가 뭡니까? 서로를 믿기로 하지요. 누가 압니까? 선생님과 제가 친구가 될 수 있을지?"

"한 마디만 하겠습니다." 주인이 말했다. "물건을 사든지, 아니면 가게에서 나가시죠!"

"그래요, 그래요." 마크하임이 말했다. "참 어리석은 짓을 했군요. 본론으로 돌아가죠. 다른 걸 좀 보여 주세요."

가게 주인이 다시 한 번 허리를 굽혔다. 그가 꺼냈던 손거울을 진열장 선반에 도로 올려놓고 있을 때였다. 그 와중에 그의 얇은 금발 머리가 눈가로 떨어졌다. 마크하임은 입고 있던 긴 외투 주머니에 손을 밀어 넣으면서 주인과의 거리를 좁혔다. 이어 결연하게 우뚝 서서 숨을 깊게 들이마셨다. 그와 동시에 많은 다른 감정들이 마크하임의 얼굴을 스치고 지나갔다. 두려움, 전율, 결의, 매혹, 육체적 혐오감. 마크하임의 윗입술이 사납게 치켜 올라갔고 곧 그의 이가 드러났다.

"이거라면 아마 괜찮을 겁니다." 주인이 이렇게 말하며 몸을 일으키려고 할 때 마크하임이 뒤에서 달려들었다. 꼬챙이 같은 기다란 단검이 한 번 번뜩이더니 아래로 내리꽂혔다. 상인은 암탉처럼 버둥거리다 선반에 관자놀이를 쿵 부딪히며 덜퍼덕 바닥으로 쓰러졌다.

가게에 있는 시계들이 시간을 알리며 작은 소리를 냈다. 몇몇은 오래되어서 그런지 천천히 장중한 소리를 냈고, 다른 것들은 장황하고 성급한 소리를 냈다. 초침들이 똑딱이면서 복잡한 합창을 하고 있었다. 그러는 중에 한 행인이 보도를 달려가며 무거운 발걸음 소리를 냈고, 시계들이 내는 작은 소리는 그 소리에 파묻히고 말았다. 마크하임은 발걸음 소리를 듣고 깜짝 놀라며 두려운 마음으로 주위를 두리번거렸다. 계산대 위에 세워진 양초 불빛이 바람에 음산하게 흔들렸다. 이 사소한 움직임으로 인해 방 전체에 소리 없는 소란이 일더니 마치 바다처럼 계속 솟아올랐다. 키가 큰 그림자가 어른거렸고, 가게 안의 어둑어둑하고 혐오스러운 얼룩들은 숨을 쉬는 것처럼 부풀었다가 줄어들었으며, 초상화의 얼굴들과 중국의 잡신雜神들은 물에 비친 형상인 양 급변하며 흔들렸다. 가게 안쪽 문은 약간 열려 있었다. 그림자로 가득 찬 가게 안에 가느다란 햇살이 뭔가를 가리키는 손가락처럼 비집고 들어와 있었고, 열린 문이 그것을 우두커니 바라보는 듯했다.

두려움에 사로잡힌 채로 가게 안을 두리번거리다가 마크하임은 가게 주인의 시체를 보게 되었다. 시체는 몸을 웅크린 채 뻗어 있었다. 생전보다 믿을 수 없을 정도로 작고, 기이할 정도로 누추해 보였다. 불쌍할 정도로 누추한 옷에 꼴사나운 몰골의 가게 주인은 마치 톱밥 더미처럼 누워 있었다. 마크하임은 그를 내려다보는 것이 두려웠지만, 결국 그건 시체일 뿐이었다. 시체를 보고 있자니 낡은 옷가지들과 피웅덩이가 웅변적인 목소리를 갖추기 시작하는 듯했다. 틀림없이 시체는 쓰러져 있었다. 누군가가 이 시체의 정교한 관절을 다시 움직이게 한다거나 기적이 일어나 시체가 스스로 움직이는 일은 없을 터였다. 분명 시체는 발견이 될 때까지 쓰러진 채 그대로 있을 것이었다. 발견? 그럼, 그다음에는? 그다음에는 이 시체가 일어나서 잉글랜드 전체에 울려 퍼지는 고함을 내지를 것이다. 온 세상에 울려 퍼질 때까지 계속하여. 죽었든 죽지 않았든 이 가게 주인은 여전히 적인 셈이었다. '이자를 해치웠을 때도 시간은 내 적이었지.' 마크하임은 생각했다. 그런데 시간이라는 단어가 갑자기 실감 나게 다가왔다. 가게 주인을 해치운 지금, 시간은 죽은 자에게야 의미가 없지만 살인자인 마크하임에게는 긴박하고 중대한 것이었다.

여전히 이런저런 생각을 하고 있을 때 시계들이 종을 울리며 오후 3시를 알렸다. 처음에 하나가 울리더니 다른 것들이 따라 울리면서 제각기 다른 속도와 소리로 울리기 시작했다. 어떤 것은 대성당 첨탑의 종소리와 같은 깊은 소리를 냈고, 어떤 것은 왈츠의 서곡에 나오는 듯한 고음으로 울렸다.

아무 소리도 없던 방에서 돌연 그렇게도 많은 시계들이 소리를 내자 마크하임은 깜짝 놀랐다. 그렇지만 기운을 내고 움직이는 그림자에 둘러싸인 채 촛불을 들고 이리저리 움직였다. 그러다가 그는 거울에 비친 자신의 모습을 보고서 깜짝 놀랐다. 값비싼 거울들이 많이 있었는데 일부는 잉글랜드에서, 일부는 베네치아나 암스테르담에서 만들어진 것이었다. 마크하임은 그런 많은 거울들에 비친 자신의 모습을 들여다보고 또 들여다보았다. 거울에 비친 수많은 그의 모습들은 마치 첩자의 무리 같았다. 거울에 비친 수많은 마크하임의 눈들이 그를 빤히 쳐다보았다. 마크하임은 신경 써서 살며시 발걸음을 옮겼지만, 주변의 정적은 그 소리만으로도 깨졌다. 여전히 상의 주머니에 손을 찔러 넣은 채 마크하임은 자신의 계획에서 드러난 수많은 결점들에 대하여 반복적으로 자책했다. 좀 더 조용한 시간을 선택하고, 알리바이도 준비해 두고, 칼을 사용하지 말았어야 했다. 좀 더 주의를 했어야 했고, 가게 주인을 죽이지 않고 몸을 묶고 재갈만 물려 놓았어야 했다. 아니, 좀 더 대담하게 하인도 죽였어야 했다. 모든 것을 지금과는 다르게 했어야만 했다. 사무치게 후회가 되면서 지긋지긋하다는 생각이 들었다. 이제는 바꿀 수 없는 것을 바꾸려 하고, 이제는 쓸모없는 것을 계획하려 하고, 이제는 돌이킬 수 없는 과거를 돌이키려니 마음이 끊임없이 고역이었다. 이 모든 정신적 고역 뒤에는 짐승 같은 공포가 자리 잡고 있었다. 황폐한 다락방을 종횡무진 내달리는 생쥐들처럼 공포가 요란 법석을 일으키며 머리의 저 먼 구석까지 질주했다. 만약 그 순간 경찰관의 손이 마크하임의 어깨를 무겁게 짓누른다면 그의 신경은 낚싯바늘에 걸린 물고기처럼 꿈틀거릴 것이었다. 법정의 피고석, 교도소, 교수대 그리고 검은 관棺에 대한 생각이 마크하임의 눈앞을 빠르게 일렬종대로 지나갔다.

거리의 사람들에 대한 두려움은 마크하임에게는 포위해 오는 군대와 같았다. 그럴 리는 없겠지만, 마크하임은 가게 주인과 다투던 소리가 어느 정도는 사람들의 귀에 들어갔을 것이고 그것이 그들의 호기심을 자극했을 것이라고 생각했다. 마크하임은 이제 주변의 모든 집에서 사람들이 꼼짝 않고 앉아서 귀를 쫑긋 세우고 있을 것이라고 상상했다. 과거를 추억하며 홀로 크리스마스를 보내는 처지의 사람들이 이제는 그런 소중한 추억에서 벗어나 경악하는 표정을 짓고 있을 것이다. 가족만의 행복한 파티였던 식탁 주변은 정적이 감돌고, 어머니는 여전히 손가락을 들어 올려 아무 말도 하지 말라고 식구들을 제지할 것이다. 사회적 지위, 나이, 기질을 막론하고 모두가 난로 근처에서 바깥 동정에 귀를 기울이며 마크하임의 목을 매달 줄을 꼬고 있는 것처럼 보였다. 또한 마크하임은 아무리 조용히 걸어도 때때로 발걸음 소리가 시끄럽게 느껴졌다. 그러던 중에 운두 높은 보헤미안 잔들이 종처럼 크게 쨍하는 소리를 냈다. 또한 똑딱이는 소리가 너무 커서 시계를 멈추고 싶은 생각이 들기도 했다. 이어 두려움의 대상이 빠르게 바뀌었다. 이제 이 가게의 지독한 정적이 두려움의 원천이었다. 마크하임은 오히려 이토록 괴괴한 정적이 행인들을 놀라게 하고 소름 끼치게 하는 것 같다고 느꼈다. 그리하여 그에 대한 과민 반응으로 더욱 대담하게 걸었고, 가게의 물건들 사이로 시끄럽고 부산하게 움직였다. 마치 자신의 집에서 마음 편히 분주하게 움직이는 사람의 흉내를 내는 허세를 부렸다.

하지만 마크하임은 이제 다른 불안감에 끌려다니고 있었다. 마음 한구석은 여전히 기민하고 교활하게 돌아가고 있었지만 다른 부분은 떨려서 미치기 일보 직전이었다. 믿기 잘하는 마크하임의 마음에 특히나 한 가지 환영이 강하게 달라붙었다. 창백한 얼굴로 창문 옆에서 귀를 기울이는 이웃들, 길에서 끔찍한 추측을 하며 걸음을 멈춘 행인들, 이런 사람들은 최악의 경우 의심은 하겠지만 사건의 진상은 알 수가 없을 것이었다. 벽돌로 된 벽과 덧문이 닫힌 창문을 통해서는 오로지 소리만 들릴 뿐이었다. 그런데 가게 안에 정말로 가게 주인 혼자만 있었던 것일까? 마크하임은 그렇다고 생각했다. 그는 이 가게에서 하녀가 초라하지만 가장 좋은 옷을 차려입고서 '오늘 하루 외출'이라는 티를 내며 나오는 것을 보았다. 완연한 미소와 잘 동여맨 리본에서 애써 꾸민 티가 났다. 아마도 애인을 만나러 가는 모양이었다. 그렇다, 상인은 분명 홀로 있었다. 하지만 이 빈 가게의 위층에서 살며시 걷는 발걸음 소리가 났고, 마크하임은 그것을 분명하게 들을 수 있었다. 그는 뭐라 말할 수 없지만 분명 누군가가 있다고 생각했다. 그렇다, 분명했다. 마크하임은 이 집의 모든 방과 구석을 상상하며 알 수 없는 누군가를 뒤쫓았다. 그 누군가는 얼굴은 없었지만 볼 수 있는 눈을 가지고 있었다. 다시 생각하니 그는 마크하임 자신의 그림자였다. 그 그림자는 교활함과 증오 덕분으로 소생한 죽은 가게 주인의 모습을 하고 있었다.

때때로 마크하임은 애써 용기를 내어 여전히 자신의 시선을 거부하는 듯한 열린 문을 흘끗 쳐다보았다. 이 가게는 천장이 높았고, 천장에 난 채광창은 작고 더러웠다. 밖은 안개가 껴서 잘 보이지 않았다. 안개를 뚫고 1층으로 들어오는 빛은 지나칠 정도로 희미했고, 가게 문간만 어둑하게 비추었다. 그런데 그 흐릿하고 가느다란 빛 속에서, 매달려 흔들리는 그림자 하나가 보이는 게 아닌가?

돌연 바깥 거리에서 굉장히 쾌활한 신사 한 사람이 들고 있던 지팡이로 가게의 문을 두들기며 고함과 조롱이 섞인 어조로 주인의 이름을 계속 불러 댔다. 마크하임은 그 자리에서 얼어붙어 죽은 가게 주인을 흘끗 바라보았다. 하지만 시체는 움직이지 않고 그대로 쓰러져 있었다. 이렇게 문을 두드리고 소리쳐도 들을 수 없는 먼 곳으로 사라진 것이다. 그는 침묵의 바다 아래로 가라앉았다. 그리고 휘몰아치는 폭풍 속에서도 부르면 알아챌 수 있던 그의 이름은 이제는 빈 계곡에 울리는 공허한 메아리가 되었다. 이내 쾌활한 신사는 문을 두드리기를 단념하고 그곳을 떠났다.

그것은 남아 있는 일을 서둘러 처리해야 한다는 분명한 암시였다. 은근한 비난을 보내는 이웃 사람들에게서 벗어나 런던의 군중 사이에 섞여 있다가, 밤이 되면 침대로 가라는 암시였다. 침대는 안전한 피난처일 뿐만 아니라 그의 무고함을 꾸며 주는 알리바이가 될 터였다. 방금 손님이 하나 찾아왔으니 어느 때라도 아까보다 더 고집 센 다른 손님이 오지 말라는 법은 없었다. 살인을 저지르고도 그 이득을 챙기지 못한다면 그건 아주 끔찍한 실패가 될 터였다. 이제 마크하임의 관심은 돈이었고, 그걸 손에 넣자면 열쇠가 필요했다.

마크하임은 어깨 너머로 열린 문을 보았다. 여전히 그림자가 흔들리고 있었다. 반감 같은 것은 들지 않았지만 그래도 속이 떨렸다. 마크하임은 가게 주인의 시체 가까이로 걸음을 옮겼다. 시체는 인간적인 특성이 상당히 사라진 상태였다. 절반쯤 왕겨로 채워진 옷처럼 사지는 축 늘어지고 몸통은 구부러진 채 바닥에 쓰러져 있었다. 시체는 초라하고 하찮게 보였지만 건드리기라도 하면 뭔가 심상치 않은 일이 벌어질까 봐 그는 두려웠다. 마크하임은 시체의 어깨를 잡아 돌려 똑바로 눕혔다. 시체는 기이할 정도로 가볍고 흐느적거렸다. 사지는 뼈가 부러진 것처럼 굉장히 기괴한 자세를 취했다. 얼굴은 표정이라고는 찾아볼 수가 없었으나, 밀랍처럼 창백했고 관자놀이 한쪽이 흘러나온 피로 놀라울 정도로 더러워져 있었다. 이 볼썽사나운 광경은 어느 어촌 장터에서 벌어진 일을 떠올리게 했다. 흐리고 윙윙 소리가 날 정도로 바람이 부는 날이었다. 거리는 사람들로 붐볐고, 금관악기와 북소리가 요란했으며 더불어 발라드 가수의 비음 섞인 노랫소리도 들렸다. 한 소년이 궁금증과 두려움을 동시에 느끼며 붐비는 사람들 사이에 섞여 이리저리 움직였다. 가장 사람이 많이 붐비는 곳으로 간 소년은 한 노상 점포의 칸막이에 걸린, 화려한 색으로 음울하게 그려진 그림들을 보았다. 브라운리그와 그녀의 견습생*이 그려진 그림, 매닝 부부와 그들에게 살해된 손님**의 그림, 터텔에게 살해당하는 위어***의 그림 외에 유명한 범죄를 묘사한 20여 점의 그림들이 내걸려 있었다. 어촌 장터의 기억은 환상이라고 하기에는 너무나 선명했다. 마크하임은 지금 이 순간 어린 자신의 모습으로 되돌아가 그 사악한 살인자들의 그림들을 다시 보면서 그때와 같은 생리적 혐오감을 느꼈다. 어촌 장터에서 크게 울리던 그 북소리가 다시 들려와 귀가 먹먹해졌고, 그날 들었던 음악의 한 소절이 다시 기억에 떠올랐다. 그러자 처음으로 일시적인 현기증이 일어났다. 숨을 쉴 때마다 메스꺼웠고, 갑작스럽게 관절에서 힘이 풀렸다. 마크하임은 가까스로 저항하면서 그런 신체적 반응을 겨우 극복했다.

　마크하임은 이런 생각에서 도망치기보다는 정면으로 맞서는 것이 좀 더 신중한 대응이라고 판단했다. 그는 좀 더 대담하게 시체의 얼굴을 바라보았고, 자신이 저지른 범죄의 본질과 심각성을 깊이 생각했

---

* 엘리자베스 브라운리그는 어린 견습생을 끔찍하게 학대해 죽음에 이르게 하여 1767년에 처형되었다.

** 매닝 부부는 저녁 식사에 초대한 손님을 살해한 뒤 부엌 바닥 밑에 묻었다. 부부 모두 1849년에 처형되었다.

*** 부유한 상인의 아들이자 도박꾼이었던 터텔은 윌리엄 위어를 시골의 작은 집으로 꾀어내 잔인하게 폭행한 뒤 목을 잘랐다. 1823년에 처형되었다.

다. 얼마 전만 해도 저 얼굴은 감정이 변할 때마다 움직였으며, 저 창백한 입은 말을 했고, 저 몸은 수의적隨意的 활력으로 힘차게 움직였다. 그런데 이제는 마크하임의 소행으로 마치 시계공이 시계에 손을 넣어 태엽을 멈추듯 가게 주인의 삶도 멈추고 말았다. 마크하임은 그런 허황한 논리를 폈고, 자신의 행위를 후회하는 생각 따위는 별로 들지 않았다. 범죄를 묘사한 어촌 장터의 그림들 앞에서 벌벌 떨던 바로 그 마음은, 이제는 실제로 벌어진 범죄의 현장 앞에서 전혀 흔들리지 않았다. 세상을 매력적으로 만들 수 있는 능력을 부여받았으되 변변히 써 보지도 못하고 또 그 삶을 제대로 누리지도 못하고 이제는 죽어 버린 그 남자에게, 마크하임은 기껏해야 희미한 동정심만 느낄 뿐이었다. 하지만 참회에 대하여 말해 보자면 그는 전혀 동요를 느끼지 않았다.

이어 마크하임은 그런 생각들을 떨쳐 내고 열쇠를 찾아낸 뒤 열린 문 쪽으로 나아갔다. 밖에는 거세게 비가 내리고 있었다. 지붕에 떨어지는 빗소리가 정적을 몰아냈다. 물이 뚝뚝 떨어지는 동굴처럼 가게의 방들에서 희미하지만 끊임없이 빗소리가 울렸고, 그 소리는 이어 시계들이 똑딱이는 소리와 뒤섞였다. 마크하임이 문으로 다가가자 그의 신중한 발걸음에 응하여 계단 위로 물러나는 또 다른 발걸음 소리가 들리는 것 같았다. 그림자는 여전히 문간에서 느슨하게 떨리고 있었다. 마크하임은 단단히 결심하고서 힘을 주어 문을 뒤로 밀었다.

희미하고 흐린 빛이 바닥과 계단을 어둑하게 비추고 있었다. 층계참에서 손에 미늘창을 들고 서 있는 빛나는 갑주에도, 어두운 나무 조각품들에도, 징두리* 벽의 노란 나무 판에 걸린 액자 그림들에도 빛이 흘

---

* 비바람으로부터 집을 보호하려고 집채 안팎 벽의 둘레에다 덧쌓는 부분.

러들고 있었다. 거센 비가 가게 전체를 아주 심하게 두들겨 대고 있었지만 마크하임은 수많은 다른 소리들을 구별해 내기 시작했다. 발걸음과 한숨 소리, 먼 거리에서 행진하는 군대의 발걸음 소리, 계산대 위에 동전이 쨍그랑하고 떨어지는 소리, 몰래 약간 열린 문이 삐걱거리는 소리 등이 둥근 지붕에 후두둑 떨어지는 빗소리, 배수관을 통해 쏟아져 내리는 물소리 등과 뒤섞여 들려왔다. 혼자만 있는 것이 아니라는 느낌은 마크하임을 발광하기 일보 직전까지 몰고 갔다. 그 소리들은 사방팔방에서 마크하임을 둘러싸고 사냥을 하는 것만 같았다. 마크하임은 위층에서 조용히 움직이는 소리를 들었다. 밑의 가게에서는 죽은 주인이 일어서려는 듯한 소리가 들렸다. 마크하임이 있는 힘을 다해 계단을 오르기 시작했을 때, 이런 발걸음 소리는 조용하게 그의 앞에서 사라졌고 대신 조심스럽게 뒤에서 따라오는 발걸음 소리가 들렸다. 내가 귀머거리였다면 아주 평온하게 제정신을 유지할 수 있었을 텐데. 마크하임은 그런 생각을 했다. 하지만 그는 새롭게 주의를 집중하여 귀를 기울이면서, 전초기지를 세우고 믿음직한 파수꾼 역할을 하며 자신의 목숨을 구해 주려고 쉬지 않고 움직이는 자신의 오감에 찬사를 보내기도 했다. 마크하임은 계속 주변을 살폈다. 눈알이 빠지게 눈에 힘을 주면서 온갖 곳을 살펴보았다. 사방에서 뭔가 형언할 수 없는 것들의 자취가 사라지는 것을 느끼면서 마크하임은 어느 정도 위안을 받았다. 2층으로 이르는 스물네 개의 계단은 그야말로 스물네 번의 고통이었다.

2층에는 문들이 약간 열려 있었다. 세 개의 열린 문은 세 명의 복병 같았다. 열린 문이 대포 포문처럼 느껴져서 마크하임은 바싹 긴장했다. 그는 아무리 깊은 곳에 숨는다고 해도 다시는 사람들의 눈을 피하지 못할 것 같은 기분이 들었다. 마크하임이 갈망하는 유일한 즐거움은 집으로 가서 벽에 둘러싸인 채 이부자리에 파묻혀 하느님을 제외한 모든 사람에게 보이지 않게 되는 것이었다. 그런 생각을 하는 와중에 마크하임은 다른 살인자들의 생애와 그들이 천벌을 받을까 봐 두려워했다는 이야기를 기억해 내고서는 약간 의아하다는 생각이 들었다. 최소한 자신은 그러지 않았다. 마크하임은 천벌보다는 자연의 법칙이 그 냉정하고 변하지 않는 흐름 속에서 자신이 저지른 죄의 증거들을 고스란히 보존할 것이 두려웠다. 하지만 비굴하고 미신적인 두려움 속에서 마크하임이 그보다 열 배나 더 두려워한 것이 있었다. 그것은 인간 경험의 연속성을 단절시키는 우연의 일치라든가, 자연이 정해진 절차를 고의적으로 무시하고 불쑥 개입하는 경우였다. 지금까지 마크하임은 숙련도로 결과가 좌우되는 경기, 즉 규칙에 의존하고 원인에서 결과를 계산해 낼 수 있는 경기를 했다. 그런데 자연이 마치 패배한 폭군처럼 체스 판을 집어 던지고 연속성의 틀을 깨 버린다면? 역사가들이 언급했듯이 겨울이 도래하는 시기가 갑자기 빨라져 나폴레옹이 러시아 들판에서 대패했던 것처럼, 마크하임도 그렇게 당할 수 있었다. 견고한 벽이 느닷없이 투명해져서 유리로 된 벌집에 사는 벌들처럼 자신의 소행이 드러날지도 몰랐다. 또한 발밑에 있는 튼튼한 판자가 유사流沙처럼 변해 그 손아귀에 그를 단단히 잡아 가두는 일이 벌어질 수도 있었다. 이런 것들이 아니더라도 마크하임을 파멸시킬 사고들은 얼마든지 있었다. 예를 들면 갑자기 집이 무너져서 죽은 가게 주인 옆에 그를 가둔다든지 혹은 가게 옆집에 불이 나서 소방관들이 사방으로 진입한다든지 하는 일이 벌어질 수 있었다. 이런 일들이야말로 마크하임이 두려워하는 것이었다. 어떤 면에서 이런 일들은 정죄定罪하는 하느님의 손길이라고 할 수 있었다. 하지만 마크하임은 하느님 그 자체에 대해서는 마음을 편하게 먹고 있었다. 자신이 저지른 행동은 의심할 여지 없이 예외적인 것이어서 그것을 이미 알고 계신 하느님은 너그러이 용서해 주시리라고 여긴 것이다. 사람들이 아닌 하느님 앞에서는 자신이 정당하다고 마크하임은 확신했다.

안전하게 응접실로 들어가서 문을 닫은 뒤 마크하임은 일시적으로 두려움에서 벗어났다. 응접실은 엉망진창인 데다 카펫도 깔려 있지 않았다. 거기에 포장도 뜯지 않은 상자들이 이리저리 나뒹굴었고, 가구들도 어수선하게 놓여 있었다. 큰 전신 거울도 여러 개 있었는데, 마크하임을 마치 연극 무대에 올라온 배우처럼 여러 각도에서 비추었다. 액자에 들어 있는 혹은 들어 있지 않은 많은 그림들이 정면으로 벽에 기대어져 있었다. 훌륭한 셰라턴풍*의 식기대, 쪽매붙임**으로 세공된 찬장, 태피스트리 장식이 달린 크고 고풍스러운 침대도 있었다. 창문은 열려 있었지만 다행스럽게도 덧문의 아랫부분이 닫혀 있어서 마크하임은 이웃의 기웃거림에서 벗어날 수 있었다. 그는 상자를 하나 찬장 앞에 끌어다 놓고 열쇠를 찾았다. 열쇠가 너무 많아 찾는 데 시간도 오래 걸리고 귀찮기까지 했다. 찬장에 아무것도 없을지 모르는데 시간은 날개가 달린 것처럼 빨리 흘러갔다. 하지만 여기에서 느끼는 답답함이 오히려 마크하임을 냉정하게 해 주었다. 마크하임은 문을 곁눈질하기도 하고, 때때로 힐끔거리기도 하면서 포위된 사령관이 훌륭한 방어책을 확인하고 안심하는 것 같은 표정을 지었다. 마크하임의 마음은 평화로웠다. 거리에 떨어지는 빗소리는 자연스럽고 즐

* 18세기 영국의 간소하고 우아한 가구 양식.
** 나뭇조각이나 널조각을 가구 표면 등에 붙이는 세공.

겁게 들렸다. 곧 다른 어딘가에서 찬송가를 연주하는 피아노 소리가 들렸고, 이어 아이들의 노랫소리도 들려왔다. 이 얼마나 장엄하고 편안한 선율인가! 아이들의 목소리는 어찌나 신선한지! 열쇠를 분류하면서 마크하임은 미소를 짓고 찬송가에 귀를 기울였다. 이어 찬송가에 어울리는 생각과 심상을 마음속에 가득 떠올렸다. 교회에 가는 아이들, 드높은 오르간이 울리는 소리, 들판의 아이들, 시냇가에서 멱을 감는 아이들, 가시덤불이 많이 자라난 공원을 걷는 아이들, 구름이 흘러가는 하늘로 연을 바람에 실어 날려 보내는 아이들의 모습…… 이어 찬송가의 선율이 바뀌자 교회 내부의 모습이 떠올랐다. 여름날 일요일의 졸린 듯한 분위기, 굉장히 고상한 체하는 어조(이 생각을 하며 마크하임은 조금 미소를 지었다)로 말하는 교구 목사, 그리고 원색의 제임스 1세 시대풍의 무덤과 성상 안치소에 희미하게 새겨진 십계명 등이 차례로 머릿속에 떠올랐다.

이런 생각을 하며 바쁘게 손을 놀리거나 혹은 멍하니 앉아 있다가 마크하임은 갑자기 소스라치게 놀라 벌떡 일어섰다. 너무 놀라서 몸이 얼어붙었다가 불타오르다가 피가 몸 안에서 마구 솟구쳤다. 마크하임은 못 박힌 듯 그 자리에 서서 심하게 몸을 떨었다. 천천히 계단을 오르는 발걸음 소리가 꾸준하게 들려왔다. 이내 누군가의 손이 손잡이를 붙잡더니 자물쇠가 딸깍 소리를 내며 문이 열렸다. 심한 공포가 조임쇠처럼 마크하임의 머리를 짓눌렀다. 죽은 가게 주인이 걸어 들어온 것인지, 아니면 인간의 정의를 구현하러 온 치안 담당 관리인지, 아니면 우연한 목격자가 그를 교수대로 끌고 가려고 들어온 것인지 마크하임은 알 길이 없었다. 하지만 어떤 얼굴이 문틈을 비집고 들어와서는 방 전반을 흘끗 보고 마크하임을 본 뒤 고개를 끄덕이며 마치 친구라도 본 듯 미소를 짓고는 다시 얼굴을 뒤로 빼더니 문을 닫았다. 마크하임은 두려운 나머지 자신을 억누르지 못하고 쉰 목소리로 소리를 질렀다. 마크하임이 내지르는 소리를 듣고 그 방문객이 다시 방으로 돌아왔다.

"나를 부른 겁니까?" 방문객이 즐거운 투로 물으면서 방으로 들어와 문을 닫았다.

하지만 마크하임은 그대로 서서 방문객을 뚫어지게 쳐다보았다. 눈에 얇은 막이라도 낀 듯 방문객의 윤곽이 가게의 흔들리는 촛불 속에서 변화하고 흔들리는 우상들처럼 흐릿하게 보였다. 때때로 마크하임은 자신이 그 방문객을 알고 있다는 생각이 들었고 동시에 그가 자신과 닮은 구석이 있다고 생각했다. 마크하임의 마음속에 생생한 공포의 응어리 같은 군건한 확신이 생겼다. 바로 그자가 지상의 존재도, 하느님이 만들어 낸 존재도 아니라는 것이었다.

그럼에도 방문객은 기묘할 정도로 흔해 빠진 분위기를 풍겼다. 그가 방으로 들어와 미소를 지으며 마크하임을 바라보더니 마침내 입을 뗐다. "돈을 찾고 있는 것 같은데, 그렇지 않습니까?" 일상적인 예의가 담긴 어조였다.

마크하임은 아무런 대답도 하지 않았다.

"주의를 드릴 것이 있습니다." 방문객이 말을 이었다. "이 집의 하녀가 평소보다 빨리 애인과 헤어져 조만간 여기에 도착할 겁니다. 마크하임 씨가 이 집에 있는 것이 드러난다면, 결과야 따로 말할 필요가 없겠지요."

"나를 알고 있나?" 살인자가 소리쳤다.

방문객이 미소를 지었다. "당신이야 제가 계속 관심을 두고 있는 사람이지요. 전 오랫동안 당신을 지켜보았고, 종종 도움을 드리려고 했습니다."

"당신 뭐야?" 마크하임이 소리쳤다. "악마야?"

"제가 뭐든 그건 제가 당신에게 제공하려는 편의와는 상관이 없습니다."

"상관이 있어!" 마크하임이 소리쳤다. "상관이 있다고! 당신한테 도움을 받아? 아니, 절대로! 당신 도움은 받지 않아! 당신은 아직 나를 몰라. 아아, 하느님 감사합니다. 당신은 아직 나를 모른다고!"

"당신을 아느냐고요?" 방문객이 엄숙하고 단호하게 말했다. "저는 당신의 영혼까지 알고 있습니다."

"나를 안다고?" 마크하임이 소리쳤다. "누가 나를 알아? 내 삶은 나에 대한 조롱과 비방이었어. 내 본성과는 다르게 살아왔다고. 모든 사람이 그렇잖아. 사람들이 뒤집어쓴 가면은 점점 커져서 결국 자기를 짓누르지. 그들은 실제로는 그 가면보다는 나은 사람인데 말이야. 사람은 누구나 힘 좀 쓰는 자들의 손아귀에 쥐여 망토에 덮인 것처럼 질질 끌려다니는 삶을 살아가지. 만약 사람들이 스스로를 제어할 수 있다면 자신의 진정한 얼굴을 내보일 수 있을 텐데. 그런 사람들은 전혀 다른 면을 보여 줄 거고, 영웅이나 성자처럼 빛날 거야! 그런데 나는 그들 대부분보다 열등한 인간이야. 나는 그들보다 더한 망토에 덮여 있어. 그 이유는 나와 하느님만이 알고 있지. 하지만 충분한 시간이 있었다면, 나의 본모습을 드러낼 수도 있었을 텐데."

"나한테 말입니까?" 방문객이 물었다.

"그 누구보다도 당신한테 먼저." 마크하임이 대답했다. "나는 당신이 총명하다고 생각했어. 당신이 모습을 드러낸 이래로 나는 당신이 사람의 마음을 읽는다고 생각했지. 그렇지만 당신은 나를 내 행동으로만 판단했어. 다시 강조하지만 내 행동만 살펴보았다고! 나는 거인들이 사는 땅에서 태어나 자라났지. 어머니의 배에서 태어난 이래로 나는 거인들에게 손목을 붙잡힌 채 끌려다녔어. 외부 상황이라는 거인들 말이지. 그런데 당신은 오로지 나를 행동으로만 판단하고 있다고! 왜 나의 내면은 들여다보지 않는 거야? 당신은 내가 악을 증오한다는 것을 이해하지 못해? 비록 종종 무시했지만 어떠한 교묘한 결의론*에도 흐려지지 않는, 내 내면에 분명하게 새겨진 양심이란 글자가 당신한테는 안 보이나? 왜 당신은 인간들 사이에서 널리 발견되는 그런 공통적인 부분을 내게서 읽어 내지 못해? 마지못해 죄인이 된 그런 공통점 말이야."

"참 격정적인 표현이로군요." 방문객이 대답했다. "하지만 제가 신경쓸 일은 아니겠죠. 그런 결의론의 논지는 제 관심 밖입니다. 마크하임 씨가 옳은 방향으로 가고 있다면 무엇이 당신을 강제하여 끌고 가든 제가 신경 쓸 바 아닙니다. 그렇지만 시간이 흐르고 있습니다. 이 집의 하녀는 거리에 붐비는 행인들의 얼굴도 보고 광고판의 그림도 보면서 늦어지고 있긴 하지만 이 집에 계속 가까워지고 있습니다. 명심하세요. 그 하녀는 크리스마스 철의 거리를 걸어서 당신에게 다가오는 교수대 자체란 말입니다! 사정을 다 아는 제가 도움을 드릴까요? 돈이 어디에 있는지 알려 드릴까요?"

"그 대가는?" 마크하임이 물었다.

"그냥 크리스마스 선물로 드리는 거지요." 방문객이 대답했다.

---

* 개개의 행위에 대한 시비를 성경적, 도덕적, 윤리적 원리에 의해 결정하는 일.

마크하임은 씁쓸한 승리의 미소를 지었다. "아니." 마크하임이 말했다. "난 당신 도움은 일절 받지 않겠어. 내게는 목이 말라 죽어 가면서도 당신의 물 주전자를 거절할 용기가 있어. 바보 같은 짓인지도 모르지만, 나는 악마의 도움 따위는 받지 않겠어."

"저는 임종 시의 회개에 반대하지 않습니다." 방문객이 말했다.

"그건 당신이 회개의 효험을 믿지 않기 때문에 하는 소리겠지!" 마크하임이 소리쳤다.

"그런 뜻은 아니었습니다." 방문객이 말했다. "하지만 저는 이 일을 다른 측면에서 바라보고 있습니다. 생명이 꺼지면 제 관심도 사라지지요. 사람은 종교라는 겉치레에 감춰진 성난 얼굴을 드러내기 위해, 아니면 당신이 그러는 것처럼 욕망을 이기지 못한 나머지 밀밭에 독초의 씨앗을 뿌리기 위해 나를 섬깁니다. 사람은 세상을 떠날 때가 가까워지면 유익한 행동 하나는 할 수 있습니다. 회개하고, 미소 지으면서 죽는 것 말입니다. 그렇게 하면 나를 따르는 살아 있는 겁 많은 추종자들에게 자신감과 희망을 불어넣어 줄 수 있겠죠. 그렇지만 전 그렇게 가혹한 주인이 아닙니다. 한번 시험해 보세요. 제 도움을 받아들이세요. 여태껏 그랬던 것처럼 삶을 즐기세요. 팔꿈치를 식탁 위에 올려놓고 좀 더 풍족하게 삶을 즐기세요. 밤이 되고 커튼이 드리우면 굉장히 위안이 될 겁니다. 그렇게 되면 양심과 실컷 싸우다가도 쉽게 타협할 수 있고 하느님께 복종하며 마음의 평화를 찾는 일도 쉬워질 겁니다. 저는 그런 임종의 자리에 들렀다가 이곳으로 오는 길입니다. 그 방에는 죽는 이의 마지막 말을 들으며 비탄에 잠긴 사람들로 가득하더군요. 죽는 이의 얼굴을 들여다보니 자비라고는 전혀 모르는 돌처럼 차가운 얼굴에서 희망의 미소가 드러나더군요."

"그럼 당신은 내가 그와 같다고 말하고 싶은 건가?" 마크하임이 물었다. "당신은 내가 잇따라 죄를 짓고도 최후에 가서 비굴하게 회개하면서 천국에 살짝 발을 걸치려는 그런 뻔뻔한 자처럼 보이나? 생각만 해도 머리가 쭈뼛거리는군! 여태까지 당신이 겪은 사람들은 다 그 모양이었나? 아니면 내가 현재 손에 피를 묻힌 현행범이라고 그런 추정을 하는 건가? 정말로 살인죄가 선의 샘을 밑바닥까지 말려 버릴 정도로 불경스러운 것인가?"

"제게 살인은 그리 특별한 일도 아닙니다." 방문객이 말했다. "모든 죄악은 살인입니다. 모든 삶이 전쟁인 것처럼 말입니다. 저는 당신네 인간들을 뗏목에 의지하는 굶주린 선원들같이 봅니다. 다른 굶주린 선원들의 손에서 빵 껍질마저 빼앗고, 결국에는 다른 선원들의 살을 먹어 치우기도 하는 그런 자들 말입니다. 나는 죄를 저지른 그 순간이 아니라 죄 그 자체를 좇습니다. 어찌 됐든 마지막 결과는 죽음입니다. 그리고 제 눈에는 말이죠, 무도회에 참석하는 문제로 고상한 어조로 어머니에게 거짓말하는 어여쁜 아가씨나 살인을 저지른 당신이나 현행범이라는 점에서는 별다를 바 없어 보입니다. 제가 죄 자체를 좇는다고 말씀드렸죠? 저는 미덕 역시 좇고 있습니다. 그런데 둘 사이에는 손톱만큼의 차이도 없지요. 둘 모두 죽음의 천사가 목숨을 가져갈 때 쓰는 낫이지요. 제가 섬기는 악은 행동에 있는 것이 아니라 사람의 성격에 있지요. 제게 소중한 건 악한 행위가 아닌 악한 사람입니다. 우리가 세월이라는 쏟아져 내리는 폭포의 끝까지 나아갈 수 있다면 악행의 결실이 희귀한 미덕의 결실보다 더 훌륭하다는 것을 발견할 수도 있지요. 소위 개전의 정이라는 거지요. 제가 당신에게 도망칠 수 있게 편의를 제공하는 이유는, 당신이 가게 주인을 살해하는 행위를 했기 때문이 아니라 당신이 마크하임이라는 사람이기 때문입니다."

"당신한테 툭 터놓고 이야기를 하지." 마크하임이 대답했다. "당신이 내게서 찾아낸 이 범죄는 내 마지막이 될 거야. 이 일이 있기까지 나는 많은 교훈을 얻었어. 그리고 이번 범죄 자체도 교훈, 그것도 중대한 교훈이 되었지. 여태까지 나는 해서는 안 되는 반항을 하면서 살아왔지. 나는 가난의 노예였고, 가난은 나를 몰아붙이고 괴롭혔어. 이런 유혹에 맞설 수 있는 강력한 미덕들도 있겠지만, 내 것은 그렇지 못했어. 나는 쾌락에 굶주렸던 거지. 하지만 오늘 이런 짓을 저지르고는 준엄한 경고와 많은 교훈을 얻었어. 나 자신이 되기 위한 힘과 새로운 결심을 얻은 거야. 나는 세상의 모든 일에서 자유로운 사람이 됐어. 나는 완전히 변한 나 자신을 볼 수 있게 됐지. 이 손으로는 선을 행하고, 이 마음에는 평화가 찾아올 거야. 뭔가가 과거에서 나와서 내게로 다가왔어. 일요일 저녁 교회의 오르간 소리를 들으며 꿈꾸었던 것, 고귀한 책을 읽고 눈물을 흘리거나 순진무구한 아이일 때 어머니와 이야기를 하면서 예감했던 것 등이 내게 다가왔어. 거기에 내 생명이 놓여 있어. 나는 몇 년간 방황했지만, 이제 다시 한 번 내가 가야 할 최종 목적지를 보게 된 거야."

"당신은 여기에서 돈을 챙겨서 주식에 투자할 생각이었죠?" 방문객이 물었다. "제가 잘못 안 것이 아니라면 이미 수천 파운드를 잃었고요."

"아, 하지만 이번에는 확실한 종목을 갖고 있어."

"이번에도 당신은 또다시 돈을 잃게 될 겁니다." 방문객이 조용히 대답했다.

"음, 그렇지만 나는 절반은 남겨 둘 생각이라고!" 마크하임이 소리쳤다.

"그 절반 역시 잃게 될 겁니다."

마크하임의 이마에 땀이 맺히기 시작했다. "좋아, 그렇다면 대체 뭐가 문제지?" 마크하임이 소리쳤다. "돈을 잃고 다시 가난에 빠진다고 해도 내 악한 면이 계속 작용하여 결국에는 선한 면을 완전히 끝장내 버릴까? 선과 악은 내 안에서 강력하게 작용했고 각자의 길로 나를 강하게 잡아당겼지. 나는 어느 하나만을 사랑하지 않아. 둘 모두를 사랑해. 나는 훌륭한 일을 하겠다는 생각을 품을 수도 있고, 금욕을 할 수도 있고, 순교를 할 수도 있어. 비록 내가 살인 같은 죄악에 빠졌어도 내게 동정심은 생소한 게 아냐. 나는 가난한 이들을 동정해. 나만큼이나 그들의 고통을 더 잘 아는 사람이 어디에 있을까? 나는 그들을 동정하고 도움을 주지. 나는 사랑을 귀히 여기고 정직한 웃음을 사랑해. 지상에는 진정으로 선한 것도 또 진실한 것도 없지만 나는 그 웃음을 진심으로 사랑하고 있어. 그리고 오로지 사악한 면만이 내 삶에 영향을 미치고, 내 미덕들은 마음속에서 쓸모없는 잡동사니처럼 아무런 영향을 못 미친다는 말인가? 아니, 그렇지 않아. 선 역시 행위의 동기라고."

하지만 방문객이 손가락을 치켜들고 말했다. "36년 동안 당신이 세상을 살면서 가지고 있던 행운과 기질이 많이 변했습니다. 저는 당신이 꾸준히 타락하는 것을 지켜봤습니다. 15년 전 당신은 도둑질을 시작했습니다. 3년 전 당신은 살인이라는 소리만 들어도 흠칫했죠. 아직도 당신을 놀라게 하여 뒤로 물러서게 하는 잔인하고 비열한 범죄가 남아 있습니까? 지금으로부터 5년 뒤 저는 당신이 그런 범죄를 저지르는 것을 목격하게 될 겁니다! 당신은 이제 타락하는 일만 남은 겁니다. 죽음만이 당신을 멈출 수 있습니다."

"맞는 말이야." 마크하임이 쉰 목소리로 말했다. "나는 어느 정도 악에 복종하며 살아왔어. 그렇지만 그건 누구나 그래. 제아무리 성자라도 일상생활에서는 좀 덜 우아할 때도 있고 또 주변 환경에 맞추어 가며 살아야 한다고."

"간단한 질문을 하나 하지요." 방문객이 말했다. "대답하는 것에 따라 당신의 도덕에 관한 운수를 보여 드리죠. 많은 면에서 당신은 점차 방종해졌습니다. 아마 옳은 일을 한 적도 있었겠죠. 이건 다른 모든 사람들도 다 마찬가지입니다. 여하튼 당신은 아무리 사소하더라도 어떤 일에서 자신의 행동에 불만족스러워하는 때가 있습니까? 아니면 매사에 제멋대로 행동합니까?"

"어떤 일?" 마크하임이 고뇌하면서 방문객의 말을 반복했다. 절망하며 마크하임이 말했다. "아니. 아무것도 없어! 나는 모든 면에서 타락했어."

"그렇다면 현재 자신의 모습에 만족을 하세요. 당신은 절대 바뀌지 않을 거니까요. 이 시점에서 당신의 인생 기록은 이미 천상에 작성되어 있어 되돌릴 수가 없습니다."

마크하임은 한참을 말없이 서 있었다. 방문객이 먼저 침묵을 깼다. "여하튼 그래요. 돈이 있는 곳을 알려 드릴까요?"

"하느님의 은총은?" 마크하임이 소리쳤다.

"시험해 보지 않았습니까?" 방문객이 물었다. "2년 전인가 3년 전에 부흥회 집회에서 당신을 보았는데, 당신은 그때 모인 사람들 중 가장 크게 찬송가를 불렀지요."

"맞아. 이제 내게 남아 있는 일이 뭔지 분명하게 알았어. 내 영혼에 이런 교훈을 줘서 고마워. 눈이 뜨였어. 마침내 내가 어떤 사람인지 알아볼 수 있게 됐어."

이 순간 날카로운 초인종 소리가 가게에 울려 퍼졌다. 방문객은 미리 합의하고 기다리던 신호라도 울린 양 즉시 벌떡 일어섰다.

"하녀로군요!" 방문객이 소리쳤다. "아까 경고했던 대로 하녀가 돌아왔습니다. 이제 당신은 험한 길을 한 번 더 가야 합니다. 당신은 하녀에게 주인이 아프다고 말해야 합니다. 확고하고 진지한 표정으로 하녀를 가게 안으로 들이세요. 미소를 띠거나 과장된 행동은 하지 마시고요. 그렇게 되면 별일 없이 성공할 겁니다. 하녀가 일단 가게 안으로 들어와 문이 닫히면 가게 주인을 처리할 때 보여 준 민첩함을 한 번 더 발휘하면 되는 겁니다. 이렇게 하면 마지막 위험에서 벗어나는 것이지요. 그 뒤로는 온 저녁이, 필요하다면 온 밤이 당신 것입니다. 그동안 당신은 여기에서 돈이 될 만한 것들을 챙기고 안전도 보장받을 수 있죠. 이건 위험이라는 가면을 쓰고 당신을 찾아온 기회입니다. 서두르세요!" 방문객이 소리쳤다. "서두르세요, 친구여. 당신의 목숨이 생과 사의 저울에 매달려 흔들리고 있지 않습니까. 서둘러요, 움직이라고요!"

마크하임은 침착하게 조언자를 바라보았다. "만약 내가 사악한 행동으로 벌을 받더라도 아직 자유의 문 하나가 열려 있지. 나는 행동을 멈출 수 있어. 내 삶이 좋지 못하다면 나는 삶을 내려놓을 수 있어. 정말 당신이 말한 것처럼 비록 내가 매번 사소한 유혹에 이끌렸다고 하더라도 나는 아직도 단호하게 그 유혹이 미치지 않는 곳에 발을 내디딜 수 있어. 선을 향한 내 사랑은 빌어먹게도 결실을 맺지 못했지만 그건 어쩔 수 없지! 하지만 나는 여전히 악을 증오해. 당신은 실망으로 짜증을 낼 수도 있겠지만 나는 당신에게 행동하는 용기가 있다는 것을 보여 주겠어."

방문객의 모습이 훌륭하고 아름답게 변하기 시작했다. 애정 어린 승리감으로 밝게 빛나고 부드러워진 방문객의 모습은 곧 희미해지다 사라졌다. 하지만 마크하임은 이런 변화를 계속 바라보거나 이해하려고 하지 않았다. 그는 방문을 열고 나가 생각에 잠긴 채 매우 천천히 계단을 내려갔다. 과거가 주마등처럼 눈앞에서 천천히 지나갔다. 마크하임은 그 과거를 있는 그대로 바라보았다. 악몽처럼 추악하고 힘겨웠으며 과실치사처럼 무작위적이었고 실패의 연속이었다. 그렇게 돌이켜 본 과거는 더 이상 마크하임을 유혹하지 않았다. 그는 저 멀리에 자신의 돛단배가 기착할 조용한 안식처가 있다는 것을 깨달았다.

마크하임은 복도에서 멈춰 서서 가게 안을 들여다보았다. 가게 주인의 시체 옆에서 촛불이 아직도 타오르고 있었다. 그곳은 기이할 정도로 조용했다. 그렇게 바라보며 서 있으니 가게 주인에 대한 온갖 착잡한 생각들이 마음속에 밀려들었다. 그러는 동안 초인종이 못 참겠다는 듯 시끄럽게 울렸다.

마크하임은 미소를 지으며 문간에서 하녀를 맞이했다.

"경찰에 가서 신고하는 게 좋겠소. 내가 당신의 주인을 죽였소."

# 악마가 깃들인 병
The Bottle Imp

19세기 초에 잉글랜드 연극계에서 상연된 그다지 문학적이지 못한 작품을 연구한 사람들은 이 단편소설의 제목과 핵심적인 구상이 훌륭한 배우 O. 스미스*에 의해 이미 채택되어 널리 유명해졌다는 사실을 알고 있을 것이다. 이 단편소설의 핵심적인 생각은 그 연극 속에 다 들어 있고, 또 아주 유사하다. 내가 이 작품을 새로운 것으로 만들었기를 바란다. 실은 이 단편소설이 폴리네시아 독자를 위해 기획되고 저술되었다는 사실은 내 고향 근처에 가면 이국적인 관심을 불러일으키지 않을까 생각한다.

—로버트 루이스 스티븐슨

* 리처드 존 스미스(1786~1855). 잉글랜드의 배우. 악마 분장을 하고 연극을 한 적이 있다.

하와이 섬에 한 남자가 살았는데, 그 이름을 케아웨라고 부르도록 하겠다. 아직 살아 있는 인물이어서 그의 이름은 반드시 비밀로 해 두어야 한다. 그는 호나우나우에서 그다지 멀리 떨어지지 않은 곳에서 태어났는데, 그곳의 동굴은 케아웨 대왕의 유골이 숨겨져 있는 곳으로 유명하다. 이 케아웨라는 사람은 가난하지만 용감하고 적극적인 사람이었다. 학교 선생처럼 글을 읽고 쓸 줄 아는 데다 일등 항해사이기까지 했다. 때로는 섬들을 오가는 증기선을 타고 항해하기도 했고, 때로는 하마쿠아 해안에서 포경선의 키를 잡기도 했다. 마침내 케아웨의 마음에는 더 넓은 세상과 외국의 도시들을 둘러보자는 생각이 떠올랐고, 그래서 그는 샌프란시스코행 배를 타게 되었다.

샌프란시스코는 멋진 도시였다. 항구도 훌륭했고 부자들은 셀 수가 없을 정도였다. 특히나 어떤 언덕에는 대궐 같은 집들이 즐비했다. 어느 날 케아웨는 주머니에 동전을 가득 채워 넣은 채 그 언덕을 산책하고 있었다. 양옆으로 늘어선 대궐 같은 집들을 보며 그는 절로 즐거워졌다. '참 멋진 집들이로구나!' 케아웨가 생각했다. '이런 집들에 사는 사람들은 분명히 행복하겠지. 내일을 걱정할 필요도 없고 말이야!' 이런 생각을 하면서 그는 다른 집들보다는 좀 작은 집을 지나가게 되었다. 마치 장난감처럼 잘 꾸미고 단장한 집이었다. 계단은 순은처럼 빛났고, 정원의 가장자리에는 꽃이 활짝 피어 화환을 두른 것 같았다. 창문은 어찌나 반짝이던지 다이아몬드 같았다. 케아웨는 걸음을 멈추고 그 멋진 광경에 놀라움을 금치 못했다. 그렇게 걸음을 멈추고 집을 구경하는데 한 남자가 창문으로 자신을 바라보고 있었다. 창문이 몹시도 맑아서 케아웨는 그 남자를 모래톱에 있는 물웅덩이 속의 물고기처럼 볼 수 있었다. 남자는 노인이었고, 대머리에 검은 턱수염을 길렀다. 그는 슬픔에 가득 찬 표정을 지은 채 땅이 꺼지도록 한숨을 내쉬었다. 그런데 사실을 말해 보자면, 케아웨는 그 노인을 부러워했고 반대로 노인은 케아웨를 부러워했다.

돌연 노인이 미소를 지으며 고개를 끄덕이고는 안으로 들어오라고 손짓했다. 두 사람은 집 문가에서 만나게 되었다.

"내 아름다운 집일세." 노인이 이렇게 말하고는 다시 땅이 꺼질 듯한 한숨을 쉬었다. "괜찮다면 방들도 한번 둘러보지 않겠나?"

그렇게 노인은 케아웨를 데리고 들어가 지하실부터 지붕까지 온갖 곳을 다 보여 주었다. 어느 것 하나 그런 종류의 방으로는 완벽하지 않은 것이 없었고, 케아웨는 집의 아름다움에 크게 감탄했다.

"정말로 아름다운 집이로군요. 제가 이런 집에 살면 온종일이라도 웃고 지낼 겁니다. 그런데 영감님께선 무슨 연유로 그렇게 한숨을 쉬셨나요?"

"무슨 이유가 있겠소." 노인이 말했다. "원한다면 젊은 친구도 이 집과 비슷하거나 더 나은 집을 가질 수 있소. 그래, 돈을 좀 가지고 있겠죠?"

"50달러가 있지요. 하지만 이런 집은 50달러로는 턱도 없지 않겠습니까."

노인은 잠시 생각에 잠겼다. "그보다 더 많이 가지고 있지 않다니 안타깝군." 노인이 말했다. "그렇게 적은 돈으로 사들인다면 장차 문제가 되겠지만 그래도 50달러에 자네에게 넘겨주겠네."

"이 집을요?" 케아웨가 물었다.

"아니, 집 말고 어떤 물건일세." 노인이 대답했다. "나는 어떤 병을 말하고 있는 거야. 자네에게 솔직히 고백을 해야겠구먼. 자네의 눈에는 내가 참 부유하고 운도 좋은 사람처럼 보이겠지. 하지만 내 모든 행운, 이 집, 그리고 이 집에 딸린 정원은 파인트* 잔보다 살짝 큰 하나의 병으로부터 온 것이라네. 바로 이 병일세."

이어 노인은 자물쇠로 잠긴 보관함을 열고서 몸통이 동그랗고 목이 긴 유리병을 하나 꺼냈다. 유리는 불투명하여 마치 우유를 담아 놓은 것 같았고 유리 결은 계속 변화하는 무지개 색깔을 뿜어냈다. 병 안에서는 뭔가가 그림자나 불꽃처럼 희미하게 움직였다.

"이게 그 병일세." 노인이 말하자 케아웨는 웃음을 터뜨렸다. "날 믿지 않는 겐가? 그럼 시험해 보게. 이 병을 자네가 깨뜨릴 수 있는지 한

* 약 0.5리터.

번 보자고."

케아웨는 병을 집어 들어 바닥에 힘껏 내동댕이쳤다. 지칠 때까지 계속 집어 던졌지만, 병은 마치 아이들이 가지고 노는 고무공처럼 바닥에서 튀어 올랐고, 흠집 하나 나지 않았다.

"참 이상한 물건이군요." 케아웨가 말했다. "촉감으로도, 보기에도 분명 유리병인데."

"물론 유리라네." 노인이 전보다 더 깊은 한숨을 내쉬며 대답했다. "지옥 불로 달궈져 만들어진 유리지. 이 병 안에는 악마가 산다네. 자네도 보이지 않는가, 저 움직이고 있는 그림자가. 난 저게 악마의 그림자라고 생각한다네. 누구라도 이 병을 사면 악마는 그 사람의 말을 듣지. 병의 주인이 원하는 것은 뭐든지 말하는 순간에 즉시 이루어지지. 사랑, 명예, 돈, 이 집과 같은 멋진 집, 아니면 샌프란시스코 같은 도시라도 손에 넣을 수 있어. 나폴레옹도 이 병을 가지고 있었고, 이것 덕분에 세계의 왕 자리에 올랐지. 하지만 결국 이 병을 팔아먹었고, 그래서 왕좌에서 쫓겨났지. 쿡 선장도 이 병을 소유한 덕분에 그렇게나 많은 섬들을 발견할 수 있었어. 하지만 그 역시 이 병을 팔았고 그래, 그 다음에 어떻게 되었겠는가? 그만 하와이에서 살해당하고 말았지. 병을 팔아 버리면 병의 엄청난 권능과 보호 능력은 구매한 사람에게 넘어가 버리네. 만약 병을 판 사람이 팔기 전에 가지고 있던 재물이나 명성이나 건강에 만족하지 못한다면 그에게 좋지 못한 일이 닥치네."

"그런데도 영감님은 이걸 제게 판다는 말씀이십니까?" 케아웨가 물었다.

"나는 이미 원하는 모든 걸 얻었어. 그런데 보다시피 이렇게 나이를 계속 먹고 있지." 노인이 대답했다. "저 악마가 해 줄 수 없는 일이 하나 있는데 그건 수명을 연장하는 거야. 미리 알려 주지 않는다면 공정하지 않으니 하는 말인데, 저 병에는 결점이 있네. 만약 병을 가진 사람이 죽기 전에 병을 팔지 못하면 그는 죽은 다음 곧바로 지옥에 떨어져 영원히 지옥 불 속에서 타게 된다네."

"확실히 그건 중대한 결점이군요." 케아웨가 소리쳤다. "저는 이 물건을 건드리고 싶지 않습니다. 집은 없어도 살 수 있잖습니까. 하지만 티끌만큼도 참을 수 없는 일이 한 가지 있는데, 그건 바로 영감님이 말씀하신 것처럼 지옥에 떨어지는 일입니다."

"이보게, 그렇게 도망만 쳐서는 안 되네." 노인이 대답했다. "그저 자네는 악마의 힘을 절제해서 사용하고 내가 자네에게 넘긴 것처럼 다른 누군가에게 병을 팔아 버리고 편안하게 임종하면 되는 거야."

"하지만 두 가지가 의심스럽군요. 첫째, 영감님께서 사랑에 빠진 아가씨처럼 계속 한숨만 내쉬던 것. 둘째, 어떻게든 이 병을 헐값에 팔아 치우려고 하는 것입니다."

"한숨을 내쉰 이유는 이미 자네에게 말하지 않았나." 노인이 대답했다. "몸이 쇠약해지고 있어서 두려워서 그러는 걸세. 그리고 자네도 말했듯이 죽은 뒤에 대악마를 만난다는 것은 참으로 두려운 일이 아닌가. 내가 헐값에 병을 건네려는 이유도 말해 주겠네. 이 병에는 특성이 하나 있다네. 오래전 악마가 처음으로 이 병을 이 세상에 가져왔을 때 병은 두말할 나위 없이 극히 비쌌네. 처음으로 악마에게서 이 병을 산 프레스터 존*은 수백만 달러에 이르는 돈을 써야 했다네. 하지만 막상 팔아야 할 때가 되자 아무리 해도 사려는 이가 나타나지 않아서 엄청

---

* 중세에 아비시니아(현재의 에티오피아) 또는 동방의 나라에 기독교 국가를 건설했다는 전설의 왕.

난 손해를 보고 급매하게 되었지. 이 병을 팔 때 당초 사들인 가격으로 팔면 전서구처럼 다시 원래 주인에게로 되돌아와. 그 때문에 가격은 수백 년에 걸쳐 계속 떨어졌지. 이제 이 병의 가격은 상당히 싸졌네. 나는 이 언덕에 사는 부유한 이웃에게 이 병을 샀지. 내가 지불한 가격은 고작 90달러였다네. 그러니 나도 89달러 99센트보다 비싸게 팔 수는 없어. 그보다 단 1센트도 비싸게 팔 수 없네. 아니면 이 병이 반드시 내게 되돌아올 거니까. 이제 두 가지 걸리는 점을 미리 말해 주겠네. 하나는 이렇게나 비범한 병을 자네가 사들인 값보다 낮은 값으로 팔겠다고 하면 사람들이 농담하는 것으로 받아들인다는 점이야. 다른 하나는 서두를 것도 아니고 내가 말할 필요가 있나 싶긴 하지만, 팔려면 오로지 동전만을 받고 팔아야 한다는 거야."

"영감님 말씀이 사실인지 확인할 수 있습니까?" 케아웨가 물었다.

"당장 자네가 시험해 보면 되지." 노인이 대답했다. "가지고 있는 50달러를 내게 주고 병을 가져가게. 그리고 병을 들고 소원을 빌게나. 50달러가 다시 주머니 속에 생기게 해 달라고 말이야. 만약 50달러가 생기지 않으면, 내 명예를 걸고 맹세하는데, 거래를 취소하고 환불해 주겠네."

"이거 속임수는 아니겠죠?" 케아웨가 물었다.

노인은 또다시 절대로 속임수가 아니라고 굳게 맹세했다.

"뭐, 그렇다면야 그 정도 위험은 감수하기로 하지요. 손해 볼 일이 없으니까요." 케아웨는 이렇게 말한 뒤 노인에게 돈을 건넸고 노인은 병을 건넸다.

"병 속의 악마야, 내게 50달러가 다시 생기게 해 다오." 케아웨가 말을 마치자마자 주머니가 다시 전과 같이 동전들로 무거워졌다.

"정말 훌륭한 병이로군요." 케아웨가 말했다.

"자, 이제는 작별일세, 멋진 친구. 나를 위해 그 악마를 데려가 주게!" 노인이 말했다.

"잠깐만, 저는 이런 장난을 더 이상 하고 싶지 않습니다. 여기 병이 있으니 도로 가져가세요."

"자네는 이미 내가 지불했던 것보다 싸게 병을 사들였네." 노인이 손을 문지르며 말했다. "이젠 자네 것일세. 나로서는 자네가 등을 돌려 이 집에서 나가는 걸 보는 일만 남았네." 노인은 중국인 하인을 불러 케아웨를 집 밖으로 내몰았다.

병을 들고 거리로 나온 케아웨는 깊은 생각에 빠져들었다. '이 병에 대한 이야기가 전부 사실이라면 나는 손해 보는 거래를 한 것일지도 몰라. 어쩌면 노인이 장난을 친 것일 수도 있고.' 케아웨가 거리에서 먼저 착수한 일은 호주머니의 동전을 세는 것이었다. 액수는 정확했다. 미국 돈으로 49달러, 칠레 돈으로 1달러가 있었다. '영감 이야기가 정말이군. 이제 다른 것도 시험을 해 봐야겠어.'

언덕 지역의 거리는 증기선의 갑판만큼이나 깨끗했다. 정오였지만 행인의 모습은 눈을 씻고 봐도 찾을 수가 없었다. 케아웨는 병을 배수로에 슬쩍 내려놓고 가던 길을 갔다. 그러는 도중 두 번이나 돌아보았지만 우윳빛의 둥근 몸통을 가진 병은 여전히 배수로에 놓여 있었다. 하지만 케아웨가 세 번째로 병을 돌아보고 모퉁이를 돌았을 때 뭔가가 팔꿈치를 두드렸다. 살펴보니 아까 버린 병의 긴 목이 호주머니에서 불쑥 튀어나와 팔꿈치를 치고 있었고, 선원 외투 주머니는 둥근 몸통으로 불룩해져 있었다.

"이것 역시 맞는 말이잖아." 케아웨가 중얼거렸다.

이후 케아웨는 가게에 들러 코르크 마개 뽑이를 사서 인적이 없는 들판으로 갔다. 들판에서 병의 코르크를 뽑으려고 했지만 마개 뽑이를 돌려 넣으려고 할 때마다 튕겨 나올 뿐 코르크는 반석처럼 단단했다.

"새로운 종류의 코르크인가?" 케아웨는 돌연 몸이 떨리고 진땀이 흐르기 시작했다. 그 병이 무서웠기 때문이다.

항구 쪽으로 돌아오던 중에 케아웨는 한 잡화점을 발견했다. 그 가게에서는 무인도에서 나온 조개껍질과 곤봉, 각기 다른 오래된 신상神像, 고대 주화, 중국과 일본에서 온 그림, 선원들이 관물함에서 들고 나온 각종 잡다한 물건들을 팔고 있었다. 이 가게를 보자 케아웨에게 좋은 생각이 떠올랐다. 그는 지체 없이 가게에 들어가서 병을 100달러에 팔겠다고 제안했다. 가게 주인은 처음에 이 말을 듣고 코웃음을 치고는 5달러면 한번 생각해 보겠다고 말했다. 하지만 이 병은 실제로 굉장히 흥미로운 물건이었고 사람의 손으로 만들어진 것 같지 않았다. 병은 우윳빛처럼 하얗고 아름답게 빛났으며, 병의 한가운데에는 그림자가 기묘하게 움직이고 있었다. 가게 주인은 잠시 상인 나름의 밀고 당기기 방식으로 흥정을 벌이더니 케아웨에게 60달러를 주고서 그것을 창가 진열장의 선반 한가운데에 놓아두었다.

"이제 50달러에 산 걸 60달러에 팔았군. 엄밀하게 따지자면 그보다 조금 덜한 값에 샀던 거지. 1달러는 칠레 것이었으니까. 아까 그 영감이 병을 그냥 버리면 안 되고 또 비싼 값에 팔아서도 안 된다고 했지. 그래, 이제 그 가격에 대한 이야기가 사실인지 확인할 수 있겠어."

그렇게 병을 팔아 버리고 케아웨가 배로 돌아와서 관물함을 열었더니 그 병이 떡하니 거기에 자리 잡고 있었다. 그보다 훨씬 빨리 배로 돌아와 있었던 것이다. 케아웨에게는 같은 배에서 선원으로 근무하는 로파카라는 친구가 있었다.

"뭐가 잘못됐어?" 로파카가 물었다. "왜 그렇게 관물함을 뚫어지게 쳐다봐?"

승무원실에 둘만 있게 되자 케아웨는 로파카에게 비밀을 지킬 것을 약속받은 뒤 모든 것을 털어놓았다.

"거참 이상한 일이로군." 로파카가 말했다. "이 병 때문에 자네가 곤란해질까 봐 걱정이 돼. 하지만 한 가지는 명확하잖아. 이 병의 문제를 이미 알고 있으니 그건 잘 관리하면서 득을 볼 수 있는 건 최대한 봐야 하지 않겠어? 이 병으로 무엇을 하고 싶은지 결정하고 명령을 내려. 만약 자네가 바라는 대로 이루어진다면 내가 그 병을 사도록 할게. 나도 나만의 범선을 가지고 섬들 사이를 돌아다니면서 무역을 하고 싶거든."

"나는 무역보다는," 케아웨가 말했다. "내가 태어난 코나 해안에 정원이 딸린 아름다운 집을 갖고 싶어. 문에는 햇빛이 비치고, 정원에는 꽃이 있고, 창문은 유리로 되어 있고, 벽에는 그림이 걸려 있고, 좋은 카펫이 깔리고, 그 위에 장식품이 얹힌 탁자도 있는 그런 집. 오늘 내가 샌프란시스코에서 보았던 그런 집이면 돼. 층이 하나 더 높고, 왕궁처럼 발코니가 있으면 더 좋겠지. 그 집에서 나는 골치 아픈 일 없이 친구들, 친척들과 행복하게 살 거야."

"그래, 이 병을 들고 하와이로 돌아가자. 만약 네가 말한 모든 일이 이루어진다면 방금 말한 대로 내가 이 병을 살게. 그리고 범선을 하나 내려 달라고 할 거야."

이렇게 두 사람은 합의했고 얼마 지나지 않아 케아웨, 로파카 그리고 그 병을 태운 배가 호놀룰루에 도착했다. 해안에 도착하자마자 이

들은 해변에서 한 친구를 만났다. 그런데 그 친구가 케아웨에게 곧장 애도의 말을 건넸다.

"내가 뭘 애도받아야 하는지 영문을 모르겠군." 케아웨가 말했다.

"그럼 자네는 소식을 못 들었나 보군." 친구가 말했다. "자네 삼촌, 그 선량한 노인이 돌아가셨네. 자네 사촌 동생, 그 예쁜 꼬맹이도 바다에 빠져 죽었고."

케아웨는 슬픔이 복받쳐 올라 눈물을 흘리며 한탄했다. 이때 케아웨는 병에 대해서는 완전히 잊고 있었는데, 로파카가 그 병을 기억하고 케아웨가 슬픔으로부터 조금 벗어나는 기미를 보이자 이내 이렇게 물었다. "생각을 해 봤는데 말이야, 자네 삼촌이 카우 쪽에 땅을 가지고 계시지 않았나?"

"아니, 카우가 아니라 산기슭에 땅을 가지고 계셨지. 후케나 남쪽에서 조금 떨어진 곳이야."

"그럼 그 땅은 자네 것이 되는 건가?" 로파카가 물었다.

"그렇게 되겠지." 케아웨는 말을 마친 뒤 다시 친척들의 일이 생각나 한탄하기 시작했다.

"아냐, 지금은 그렇게 슬퍼하면 안 돼. 갑자기 이런 생각이 드는데. 혹시 자네가 집 지을 땅을 소망하니까 병이 이런 짓을 벌인 게 아닐까? 집을 지을 장소를 마련해 주려고."

"만약 그렇다면!" 케아웨가 소리쳤다. "이 망할 병이 내 친척들을 죽이는 아주 더러운 짓을 한 거로군. 하지만 정말 병의 소행인 것 같아. 내심 그런 곳에 집이 있었으면 좋겠다고 생각했으니까."

"하지만 집은 아직 짓지 못했지." 로파카가 말했다.

"그래, 또 앞으로 지을 것 같지도 않아." 케아웨가 대답했다. "삼촌은 커피와 바나나를 조금 재배하셨지만 나 혼자 먹고살 수 있을 정도밖에는 안 돼. 그것 말고 나머지 땅은 다 검은 화산암 땅이야."

"변호사를 한번 만나 보자고." 로파카가 말했다. "아무래도 이거 병의 소행인 것 같아."

두 사람은 변호사를 만났고, 그로부터 케아웨의 삼촌이 최근 굉장한 부를 거머쥐었다는 이야기를 들었다. 그래서 상당한 돈이 상속분으로 남아 있었다.

"이 정도라면 집을 지을 수 있겠어!" 로파카가 소리쳤다.

"새로 집을 지으실 생각이라면, 여기 새로 온 건축가의 명함이 있습니다. 괜찮은 도면을 보여 주더군요." 변호사가 말했다.

"갈수록 일이 잘 풀리는군!" 로파카가 소리쳤다. "이제 모든 게 분명해지고 있어. 계속 따라가 보자고."

두 사람이 건축가를 찾아가자 그가 책상에 도면을 여러 장 펼쳐 놓았다.

"평범하지 않은 걸 원하신다면, 이런 건 어떻습니까?" 건축가가 케아웨에게 도면을 하나 건네며 물었다.

케아웨는 도면을 보고는 절로 크게 소리를 질렀다. 도면에 그려진 집이 자신의 생각과 한 치도 다르지 않은 모습이었기 때문이다.

'바로 이 집이야.' 케아웨가 생각했다. '소원이 이루어지는 방식이 별로 좋지는 않지만 정말 이 집이 마음에 들어. 악마가 주는 이득을 받아들이는 수밖에.'

케아웨는 건축가에게 자신이 바라는 바를 모두 말했다. 집에 어떤 가구를 들여놓을지, 벽에는 어떤 그림을 걸지, 탁자 위에는 어떤 장식품을 놓을지 따위를 말해 주고 그 일을 전부 끝마치는 데 얼마 정도의 돈이 들어가는지 직접적으로 물어보았다.

건축가는 많은 질문을 했고, 이어 종이에 비용을 적어서 케아웨에게 주었다. 그 비용은 삼촌에게서 물려받은 돈과 정확히 같은 액수였다.

로파카와 케아웨는 서로 쳐다보며 고개를 끄덕였다.

'분명해.' 케아웨가 생각했다. '어떻게 되든 나는 이 집을 가지게 될 거야. 악마에게서 온 집이니 부정을 타지는 않았을까 두렵군. 한 가지는 확실해. 나는 더 이상 이 병에게 소원을 빌지 말아야 해. 그렇지만 이제 이 집은 내 것이니 악마가 주는 이득을 받아들이는 수밖에.'

케아웨는 건축가와 협의를 마치고 계약서에 서명했다. 그리고 로파카와 함께 배를 타고 호주로 향했다. 두 사람은 건축가와 병 속의 악마가 편하게 집을 짓고 꾸밀 수 있도록 내버려 두자고 결론을 내렸기 때문이다.

항해는 훌륭했다. 그럼에도 케아웨는 항해 내내 숨을 죽이며 지냈다. 소원을 빌면 악마의 덕을 보게 되는 것이므로 더 이상 그렇게 하지 않겠다고 맹세했기 때문이다. 두 사람이 하와이로 돌아왔을 때 이미 건축가와 약속한 시간은 지나 있었다. 건축가는 집이 완성되었다고 했고, 케아웨와 로파카는 '홀'이라는 배를 타고 완성된 집을 보러 코나로 갔다. 케아웨의 구상대로 알맞게 지어졌는지 직접 보고 싶었던 것이었다.

산기슭에 지어진 집은 배에서도 보였다. 집 위쪽으로는 숲이 비구름에 닿을 정도로 높이 뻗어 있고, 아래쪽으로는 고대 왕들이 안장됐던 검은 화산암 절벽이 있었다. 형형색색의 꽃들이 정원에 만개하고, 정원의 한편에는 파파야 과수원이, 다른 한편에는 빵나무 열매* 과수원이

---

* 열대 나무의 열매로, 익히면 빵 맛이 난다.

있었다. 집 정면에는 깃발을 건 배의 돛대가 서 있었다. 집은 3층 높이에, 넓은 발코니가 딸린 멋진 방들이 많았다. 유리로 된 창문들은 어찌나 훌륭한지 대낮의 햇빛처럼, 투명한 물처럼 반짝거렸다. 방들은 온갖 가구들로 장식되어 있었다. 벽에는 황금 액자를 두른 다양한 그림들이 걸려 있었다. 그림에는 배, 싸우는 남자, 너무도 아름다운 여인들, 독특한 풍경이 제각기 묘사되어 있었다. 이렇게 강렬한 색채를 사용한 그림들은 케아웨의 집 말고는 세상 어디에서도 볼 수 없을 것이었다. 장식품들 또한 비범할 정도로 훌륭했다. 괘종시계들과 오르골들, 고개를 끄덕이는 작은 남자 인형들, 그림책들, 온 세상의 값나가는 무기들, 독신남인 케아웨가 여가 시간에 즐길 아주 훌륭한 퍼즐 등이 준비되어 있었다. 이런 방에 산다면 누구라도 방 안을 서성이며 이런 가구들을 보면서 삶에 대한 걱정 따위는 하지 않을 것 같았다. 발코니는 굉장히 넓어서 온 마을 사람들이 모여 즐겁게 살 수 있을 정도였다. 후면 발코니로 나가면 미풍을 맞으며 과수원과 꽃을 볼 수 있었고, 정면 발코니로 나가면 해풍을 맞으며 가파른 절벽을 내려다볼 수 있었다. 또 후케나와 펠레 언덕 사이를 한 주에 한 번 정도 지나다니는 홀호를 보거나 해안에서 목재와 바나나를 싣는 범선도 볼 수 있었다. 어느 쪽 발코니가 더 좋은지 케아웨는 도무지 마음을 정할 수가 없었다.

이렇게 전부 둘러본 뒤 두 친구는 발코니에 앉았다.

"전부 생각대로 된 거야?" 로파카가 물었다.

"말이 안 나올 정도야. 내가 생각했던 것 이상이야. 너무 만족스러워 병이 날 지경이야."

"그런데 한 가지 생각해야 할 것이 있어." 로파카가 말했다. "모든 일이 너무도 자연스럽게 진행되어서 병 속의 악마는 아무런 일도 하지 않은 것 같아. 만약 내가 병을 사고도 범선을 얻지 못한다면 나는 얻는 것 하나 없이 지옥 불덩이에 절반쯤 손을 집어넣고 마는 거잖아. 물론 너하고 약속했지. 알고 있어. 하지만 나는 한 번 더 증명을 요구할 자격이 있다고 생각해."

"난 더 이상은 악마에게 부탁하지 않기로 맹세했어." 케아웨가 말했다. "이걸로 이미 충분해."

"악마에게 부탁하라는 말이 아냐." 로파카가 대답했다. "그 안에 든 악마를 보자는 거야. 그렇게 한다고 해서 네가 뭘 얻는 것도 아니니 부끄러워할 것도 없잖아. 악마를 한번 보기만 하면 모든 일이 확실해질 것 같아. 그러니 그놈을 한 번만 보자고. 자, 여기 돈이 있어. 그런 다음엔 내가 그 병을 사도록 할게."

"유일하게 걱정되는 게 있어." 케아웨가 말했다. "악마는 보기엔 너무 흉할지도 몰라. 네가 악마를 보고 나면 병을 사고 싶은 생각이 없어질지 몰라."

"난 약속은 반드시 지키는 사람이야." 로파카가 말했다. "자, 여기. 우리 사이에 돈을 놓아두겠어."

"좋아." 케아웨가 대답했다. "나도 솔직히 궁금하던 차야. 자, 악마 씨, 우리가 볼 수 있게 이리 좀 나와 봐."

말이 끝나자마자 악마가 병 밖으로 슬쩍 나와 모습을 드러냈다가 도마뱀처럼 빠르게 다시 안으로 들어갔다. 두 친구는 화석이 된 듯 굳어 버렸다. 둘은 한참 아무런 생각도 나지 않았고, 설령 생각이 났더라도 차마 입을 뗄 수가 없었다. 그렇게 밤이 깊었고, 로파카는 돈을 케아웨에게 건네주고 병을 가져갔다.

"이제 약속은 지킨 거야. 어쨌든 난 이 병이 필요하니까. 그렇지 않으면 발가락으로라도 이 병을 건드리지 않았을 거야. 범선을 얻게 되면 푼돈을 받고 이 악마를 최대한 빠르게 내 손에서 떠나보내겠어. 솔직하게 말하자면, 놈을 보고 나니 온몸의 기운이 빠지는 것 같아."

"로파카." 케아웨가 말했다. "날 너무 나쁜 놈으로 생각하지는 말아 줘. 지금은 밤이고, 길도 영 좋지 않고, 이 늦은 시간에 무덤가를 지나가는 것도 고생이겠지. 하지만 악마의 작은 얼굴을 본 뒤로는 그놈이 내게서 떨어지지 않는 한 나는 먹지도, 자지도, 기도도 하지 못할 것 같아. 등불과 그 병을 담을 바구니를 줄게. 내 집에 있는 거라면 그림이건 뭐건 값진 물건을 네 마음대로 가져가도 좋아. 당장 떠나 줘. 떠나서 후케나에 가서 나히누와 함께 자도록 해."

"이봐, 케아웨." 로파카가 말했다. "많은 사람들이 이런 상황을 별로 좋지 않게 생각할 거야. 무엇보다 나는 자네에게 친구로서의 도리를 다했어. 약속을 지키기 위해 그 병도 샀지. 그런데 이 어두운 밤에 무덤가 옆길을 지나가는 건, 악마의 병을 사들여 양심이 찔리고 또 그 병을 품에 안고 가야 하는 사람에게 평소보다 열 배는 더 위험해. 엄청나게 두렵지만 그렇다고 해서 자네를 비난할 마음도 없어. 자, 이제 난 가겠어. 자네가 이 집에서 행복하게 살도록 기도할게. 나도 범선을 얻는 행운을 누리고, 우리 둘 모두 결국엔 천국에 갈 수 있으면 좋겠어. 이 악마의 힘을 빌린 건 어쩔 수 없지만 말이야."

그렇게 로파카는 산을 내려갔다. 케아웨는 정면 발코니에 서서 말발굽이 울리는 소리를 들었고, 등불이 길을 따라, 고대 왕들이 안장된 절벽의 동굴을 따라 희미한 빛을 뿌리며 내려가는 것을 보았다. 그러는 내내 케아웨는 몸을 떨면서 두 손을 모아 친구를 위한 기도를 올렸다. 그리고 자신이 골치 아픈 병에서 벗어난 것에 대해 하느님을 찬미했다.

다음 날이 되자 해가 굉장히 밝게 빛났고, 새집은 보기만 해도 너무 즐거웠기에 케아웨는 두려움을 잊어버렸다. 시간이 점점 흘렀고, 그는 끝도 없는 즐거움을 누리며 그 집에서 살아갔다. 케아웨는 뒤쪽 발코니에 자신의 자리를 마련해 놓고 그곳에서 지내면서 식사도 하고 호놀룰루에서 발행되는 신문들을 읽기도 했다. 그 집에 들르는 사람들은 누구나 집 안으로 들어와 호화로운 방과 그림들을 볼 수 있었다. 그 집은 널리 유명해졌고, 위대한 집이라는 뜻의 '카 할레 누이'라는 이름으로 불리게 되었다. 때로는 빛나는 집이라고 불리기도 했다. 케아웨가 중국인 하인에게 유리창, 금제 장식품, 훌륭한 가구, 그림 등이 아침 햇살처럼 밝게 빛나야 한다고 지시를 해 두었고, 그 하인은 온종일 먼지를 털고 광을 내며 집 안 관리를 했던 것이다. 케아웨는 절로 흥이 나서 노래를 부르면서 방들을 오갔고, 마음은 한없이 너그러워졌다. 바다에 배들이 지나갈 때면 그는 자신의 깃발을 돛대에 매달아 바람에 나부끼게 했다.

그렇게 시간이 흘렀고, 어느 날 케아웨는 어떤 친구의 초대를 받아 카일루아에 가게 되었다. 그곳에서 한껏 대접을 받았지만 그는 다음 날 아침이 되자마자 급히 말을 몰아 귀가하려고 했다. 아름다운 자신의 집에 한시바삐 돌아가고 싶었던 것이다. 더욱이 오늘 밤은 코나 주변에서 고대 왕들의 영혼이 떠도는 때라서 서둘러야만 했다. 이미 악마와 한 번 거래를 했기 때문에 케아웨는 유령이라면 더더욱 만나고 싶지 않았다. 호나우나우를 지난 지 얼마 되지 않아 케아웨는 저 멀리 바닷가에서 수영을 하는 한 여인을 보게 되었다. 몸매가 훌륭한 여인이었지만 케아웨는 그리 대수롭게 생각하지 않았다. 바다에서 나온 여자가 흰 시프트 원피스*와 붉은 홀로쿠**를 입는 동안 바람이 불어

와 여인의 옷을 가볍게 흔들어 댔다. 케아웨와 여인의 거리가 가까워
졌을 때 그녀는 몸단장을 마치고 있었다. 붉은색 홀로쿠를 입고 길가
에 서 있는 그녀는 방금 수영을 해서 그런지 무척이나 산뜻하게 보였
고, 두 눈은 온화하게 빛났다. 케아웨는 그녀의 모습을 보자마자 말고
삐를 잡아당겼다.

"이 지역 사람들이라면 전부 다 안다고 생각했는데, 왜 당신을 몰랐
을까요?" 케아웨가 말했다.

"전 코쿠아라고 해요. 키아노의 딸이죠. 오아후에서 막 돌아왔어요.
그런데 당신은 누구신가요?"

"조만간에 제가 누군지 말씀드리겠습니다." 케아웨가 말에서 내리며
말했다. "하지만 지금은 아닙니다. 생각하고 있는 게 있어서요. 제 이
름은 아마 들어 보셨을 수도 있습니다. 여기에서 이름을 말한다면 제
게 진실한 대답을 들려주시지 않겠죠. 우선 한 가지 알고 싶은 게 있습
니다. 결혼은 하셨습니까?"

이 말에 코쿠아는 크게 웃었다. "대답이 아니라 질문을 하고 계시네
요. 당신은 어떤가요, 결혼은 하셨나요?"

"코쿠아, 저는 아직 하지 않았습니다. 그리고 이제껏 결혼하겠다는
생각조차 해 본 적이 없지요. 하지만 이것만은 분명합니다. 저는 길가
에서 이렇게 당신을 만났고, 제가 당신의 별과 같은 눈을 본 순간 제
마음은 새처럼 빠르게 당신에게로 날아갔습니다. 그러니 제가 조금도
마음에 들지 않는다면 그렇다고 말해 주세요. 그러면 전 집으로 다시
돌아가겠습니다. 하지만 당신이 절 다른 젊은 남자들보다 못한 게 없

* 치마폭이 넓지 않은 단순한 원피스.
** 하와이의 전통 의상.

다고 생각한다면 역시 그렇다고 말해 주세요. 그러면 저는 말을 돌려 당신의 아버님 집에서 하룻밤 묵겠습니다. 그리고 내일이 되면 그분과 몇 가지 이야기를 나누고 싶습니다."

그녀는 아무 말도 하지 않았지만 바다를 바라보며 미소를 짓고 있었다.

"코쿠아, 아무 말도 하지 않는다면 저는 그걸 긍정적인 대답으로 받아들이겠습니다. 이제 당신 아버님 집으로 가도록 하죠."

코쿠아는 앞장을 서서 걸어갔지만 여전히 아무 말도 하지 않았다. 그녀는 때때로 뒤를 돌아보고는 다시 먼 곳을 바라보았다. 걸어가는 내내 코쿠아는 머리에 쓴 모자 끈을 입에 물고 있었다.

두 사람이 코쿠아의 집에 도착했을 때 키아노가 베란다에 나와 케아웨의 이름을 소리치며 반겼다. 이 소리를 듣고 코쿠아는 케아웨를 쳐다보았다. 위대한 집의 명성은 그녀도 들은 바가 있었고, 그것은 굉장히 마음이 끌리는 것이었다. 그날 저녁 케아웨와 키아노 가족은 함께 굉장히 즐거운 시간을 보냈다. 코쿠아는 부모님의 앞이라서 그런지 아주 대담하게 행동했고, 번뜩이는 재치를 발휘하며 케아웨를 놀려 댔다. 다음 날이 되자 케아웨는 키아노와 이야기를 나눈 뒤 그녀가 홀로 있는 것을 보고 그쪽으로 향했다.

"코쿠아. 당신은 저녁 내내 절 놀렸습니다. 여전히 당신이 떠나라고 한다면 전 그렇게 하겠습니다. 아시다시피 전 괜찮은 집을 가지고 있기에 당신이 있는 그대로의 사랑하는 남자를 신경 쓰지 않고 그 집만 지나치게 생각할까 봐 두려웠습니다. 그래서 제가 누구인지 밝히지 않았습니다. 이제 당신은 모든 걸 알게 되었습니다. 이제 저를 더 이상 보고 싶지 않다면 지금 당장 그렇다고 말해 주세요."

"아니요. 계속 보고 싶어요." 코쿠아가 대답했다. 이번에는 웃지 않은 채였다. 그리하여 케아웨도 더는 묻지 않았다.

이렇게 케아웨는 구애를 했고 일은 빠르게 진행되었다. 활을 떠난 화살 아니면 총구를 떠난 총알 같았다. 하지만 활이든 총이든 과녁에 명중한 것은 분명했다. 그렇게 빠르게 일이 진행되었고 두 남녀 역시 그에 못지않게 빠르게 가까워졌다. 그녀의 머릿속에서는 케아웨에 대한 생각이 떠나지 않았다. 그녀는 화산암 틈으로 밀려드는 파도 소리에 섞여 들려온 목소리로 케아웨를 처음 만났고, 그 이후로도 두 번밖에 보지 못했다. 하지만 그를 위해서라면 부모님 그리고 고향 섬을 떠날 수 있었다. 케아웨는 무덤이 있는 절벽 아래의 산길로 날아가듯 말을 몰았다. 말발굽 소리, 케아웨가 신 나서 흥얼거리는 노랫소리가 고대 왕들이 잠든 동굴에 울려 퍼졌다. 빛나는 집이라고 알려진 자신의 집으로 돌아와서도 케아웨는 여전히 노래를 불렀다. 넓은 발코니에 앉아 식사를 하면서도 목구멍으로 한 숟갈 넘길 때마다 노래를 흥얼거려서 중국인 하인이 주인을 보며 무슨 일이 생겼는지 궁금해했다. 해가 바다 너머로 지고 밤이 찾아왔다. 케아웨는 등불을 옆에 들고 발코니를 걷고 있었다. 산 중턱에서 들려오는 케아웨의 노랫소리는 배의 선원들을 놀라게 했다.

"지금이 내 인생의 절정기야. 삶이 이보다 더 좋을 수는 없겠지. 지금이 정상인 거지. 앞으로 나빠지면 나빠져도 좋아질 수는 없을 거야. 여하튼 방들에 처음으로 불을 밝히겠군. 욕조에서 뜨거운 물과 찬물로 깨끗이 목욕을 한 다음 신방으로 사용할 방의 침대에서 홀로 잠들어야겠다."

그리하여 중국인 하인은 분부를 받고 잠에서 깨어나 용광로에 불을 넣었다. 불을 때면서 중국인 하인은 불이 들어온 방에서 주인이 크게 기뻐하며 노래 부르는 소리를 들었다. 물이 뜨거워지자 중국인 하인은 주인을 소리쳐 불렀고, 케아웨는 욕실로 들어갔다. 하인이 대리석 욕조에 물을 채우는 동안에도 그는 연달아 노래를 불렀다. 그가 옷을 벗는 도중 간간이 끊기던 노랫소리는 어느 순간 갑자기 사라졌다. 하인은 귀를 기울이고 또 기울이다가 그에게 소리쳐 괜찮으시냐고 물었다. 케아웨는 그렇다고 대답하고 하인에게 어서 자라고 말했다. 하지만 빛나는 집에 더 이상 노랫소리는 들리지 않았다. 그날 밤 내내 하인은 발코니에서 끊임없이 서성이는 주인의 발걸음 소리를 들어야 했다.

실상은 이러했다. 목욕을 하려고 옷을 벗었을 때 케아웨는 자신의 몸에서 바위에 낀 이끼 같은 반점을 발견했다. 그 즉시 그는 노래를 멈추었다. 케아웨는 그 반점이 무엇인지 알고 있었다. 그는 중국병*에 걸린 것이었다.

중국병은 어느 누구에게도 슬픈 소식이다. 특히 이런 아름답고 넓은 집에서 살다가 그 병 때문에 모든 친구들로부터 단절된 채 깎아지른 절벽과 방파제 사이에 있는 몰로카이 북쪽 해안의 나환자촌으로 들어가야 한다는 건 더욱 슬픈 일이었다. 하지만 어제 사랑하는 여자를 만나 오늘 아침 그 사랑을 얻어 낸 남자에게 왜 이런 일이 닥친단 말인가? 왜 자신의 모든 희망이 유리 조각처럼 한 순간에 부서지는 것을 보아야 하는가?

잠시 욕조 가장자리에 앉아 있던 케아웨는 벌떡 일어나 소리를 지르며 밖으로 달려 나갔다. 절망에 빠진 채로 케아웨는 발코니를 따라

---

* 나병. 이 시기 하와이에서는 나병에 해당하는 단어가 없어서 중국병이라고 불렀다.

이리저리 서성였다.

'나는 선조부터 살아온 고향인 하와이를 기꺼이 떠날 수 있어.' 케아웨는 생각했다. '산 높은 곳에 있는 수많은 창문이 달린 이 집도 굉장히 홀가분하게 떠날 수 있어. 또 씩씩하게 절벽 옆의 몰로카이나 칼라우파파로 가서 선조들로부터 멀어져 중국병 환자들과 지내는 것도 문제없어. 하지만 대체 내가 무슨 잘못을 했단 말인가? 내 영혼에 무슨 죄가 있는 걸까? 이럴 줄 알았다면 어제저녁에 바다에서 상쾌한 모습으로 걸어 나오던 코쿠아와 마주치지 말 것을! 나를 사로잡은, 내 인생의 빛인 코쿠아! 나는 이제 절대로 그녀와 결혼할 수 없겠지. 나는 그녀를 더 이상 바라보지 못하겠지. 더 이상 이 손으로 그녀를 어루만지지도 못하겠지. 아아! 내가 이렇게 한탄을 쏟아 내는 것은 다 당신 때문이란 말이오! 아아, 나의 코쿠아!'

이제 독자는 케아웨가 어떤 성품의 사람인지 알 수 있을 것이다. 그는 빛나는 집에서 앞으로 몇 년 동안 그 병에 걸린 것을 들키지 않은 채로 살 수도 있었다. 하지만 그는 그렇게 하기 위해 코쿠아를 잃는다면 그것이 무의미하다고 생각했다. 케아웨는 설혹 자신이 그런 병에 걸렸다 해도 그것을 감추고 코쿠아와 결혼할 수 있었다. 많은 이들이 그렇게 했다. 하지만 그런 자들은 한결같이 돼지의 영혼을 가진 자였다. 케아웨는 코쿠아를 남자답게 진정으로 사랑했고, 따라서 그녀에게 그 어떤 상처도, 또 그 어떤 위험도 안겨 주고 싶지 않았다.

한밤이 되자 케아웨의 마음속에 다시 그 병에 대한 생각이 떠올랐다. 뒤쪽 발코니로 간 케아웨는 악마가 모습을 드러냈던 날의 기억이 떠올랐고, 핏줄이 얼어붙는 것 같은 오싹함을 느꼈다.

'악마의 병은 정말 지독했지. 아니, 지독한 건 병이 아니라 그 악마지. 지옥의 불길에 떨어져야 한다는 것 역시 지독한 일이고. 하지만 이 병을 치료하고 코쿠아와 결혼하려면 그것 말고 희망이 없잖아? 그래! 나는 이미 고작 이런 집을 하나 얻으려고 악마와 거래를 한 적이 있어. 코쿠아를 얻을 수 있다면 다시 거래하지 못할 것도 없지.' 케아웨가 생각했다.

그러자 케아웨는 홀호가 호놀룰루로 돌아가는 길에 이 섬을 지나치는 때가 바로 내일이라는 사실을 상기했다. '우선 가서 로파카를 만나야겠어. 이제 내게 남은 최후의 희망은 처치했다고 그토록 기뻐했던 악마의 병을 다시 찾아내는 것뿐이야.'

케아웨는 잠을 잘 때 눈 한 번 제대로 깜빡이지 못했으며, 음식도 제대로 넘기지 못했다. 하지만 그는 키아노에게 편지를 보내고 증기선이 올 시간에 맞춰 무덤이 있는 절벽 옆으로 말을 타고 내려갔다. 비가 내려서 그런지 그가 탄 말의 걸음이 무거웠다. 길을 가던 케아웨는 동굴들의 어두운 입구를 바라보면서 그곳에 안장된 자들은 문제가 생기지 않으니 얼마나 좋을까 하고 부러워했다. 동시에 어제는 어떻게 그리도 기뻐하며 말을 달릴 수 있었는지 의아했다. 그렇게 케아웨는 후케나로 내려왔다. 그곳에는 평소처럼 증기선을 타기 위해 산지사방에서 온 사람들이 모여 있었다. 상점 앞에는 오두막이 있었고, 사람들은 그곳에 앉아 농담도 하고 소식도 주고받았다. 하지만 케아웨는 그런 것은 아무래도 상관없다는 표정이었다. 군중 한가운데 앉은 케아웨는 집들 위로 떨어지는 비와 바위에 부딪히는 파도를 물끄러미 바라보다 한숨을 내쉬었다.

"빛나는 집에 사는 케아웨가 아주 맥이 없구먼." 어떤 사람이 옆에 있는 누군가에게 말했다. 사실이 그랬으니 별로 놀라운 말도 아니었다.

포경선처럼 생긴 홀호가 도착했고 케아웨는 곧 승선했다. 보아 온 대로 선미에는 화산을 보려고 관광 온 백인들로 가득했고, 배 중간은 이 지역 사람들로 붐볐으며, 선수船首에는 하일로에서 온 야생 수소와 카우에서 온 말들이 실려 있었다. 하지만 케아웨는 슬픔에 잠긴 채 모든 사람들로부터 떨어져 앉았다. 그러고는 키아노의 집만을 바라보았다. 검은 화산암 해변에 낮게 자리 잡은 집에는 야자나무 그림자가 드리워져 있었고, 문 옆에 붉은색 홀로쿠를 입은 코쿠아가 있었다. 배에서는 파리만큼이나 작게 보이는 코쿠아가 이리저리 부산하게 움직이고 있었다. "아, 내 마음의 여왕!" 케아웨가 소리쳤다. "나는 당신을 얻기 위해서라면 내 소중한 영혼도 판돈으로 걸 수 있소!"

얼마 지나지 않아 날이 어두워졌고 선실에 불이 들어왔다. 늘 그런 대로 백인들은 카드놀이를 하며 위스키를 마셨다. 하지만 케아웨는 밤새 갑판을 걸어 다니기만 했다. 다음 날이 되자 증기선은 마우이나 몰로카이의 그늘 해역으로 들어가 빠르게 움직였고, 그러는 중에도 케아웨는 동물원의 야생동물처럼 이리저리 서성거렸다.

저녁 무렵 홀호는 다이아몬드 헤드를 지나쳐서 호놀룰루 항구에 도착했다. 케아웨는 군중을 헤치고 나가 로파카를 수소문하기 시작했다. 그 친구는 섬에서 가장 훌륭한 범선의 주인이 된 모양이었다. 하지만 지금은 폴라폴라나 카히키로 모험을 떠나 그곳에 없다고 했다. 그러니 친구로부터 도움을 받을 수가 없었다. 케아웨는 로파카의 친구인 한 변호사(이 사람의 이름은 언급할 수가 없다)가 이곳에 있다는 것을 기억해 냈고, 그를 수소문했다. 사람들은 그 변호사가 돌연 부유해져서는 와이키키 해변에 훌륭한 새집을 지었다고 했다. 이 말을 듣고 케아웨의 머리에 한 가지 생각이 스쳤다. 곧 케아웨는 말을 하나 빌려 변호사의 집으로 달려갔다.

집은 모든 것이 새것이었고, 정원의 나무들은 지팡이 정도 높이로 자라고 있었다. 변호사는 그 집에서 아주 즐겁게 살고 있었다.

"무슨 일로 오셨습니까?" 변호사가 물었다.

"로파카의 친구시죠?" 케아웨가 말했다. "로파카는 제게서 어떤 물건을 하나 샀습니다. 선생님께서 제가 그 물건을 추적하는 데 도움을 주실 거라고 생각합니다만."

변호사의 얼굴에 깊은 그림자가 드리웠다. "못 알아들은 척하지는 않겠습니다, 케아웨 씨. 그렇다고는 해도 말씀하신 추악한 일에 끼어들고 싶지도 않습니다. 그 병에 대해서는 아무것도 모릅니다만, 짐작이 가는 곳은 있습니다. 어떤 특정한 장소로 간다면 그 병에 대한 소식을 들으실 수 있을 겁니다."

그리고 변호사는 한 남자의 이름을 알려 주었다. 그 남자의 이름은 여기에서 굳이 거론하지 않는 편이 좋을 듯하다. 여하튼 그 이후로 며칠간 케아웨는 이리저리 누비며 병을 한때 소유했던 사람들을 꼬리에 꼬리를 물듯 찾아다녔다. 모두가 새로운 옷, 새로운 마차, 훌륭한 새집을 가지고 있었고, 어느 하나 만족하지 않는 사람이 없었다. 그럼에도 케아웨가 병 이야기를 꺼내면 하나같이 근심스러운 얼굴로 만류했다.

'제대로 쫓고 있군. 의심할 필요가 없어.' 케아웨가 생각했다. '그 사람들이 얻은 새 옷이며 새 마차며 전부 그 작은 악마가 마련해 준 것이겠지. 기쁜 얼굴로 편안한 사람들은 이익을 얻고 나서 안전하게 그 저주받은 물건을 처치한 사람들이야. 반면에 창백한 얼굴에 한숨을 내쉬는 사람을 만난다면 병에 가까워지고 있다는 소리겠지'

마침내 케아웨는 베리타니아 거리에 있는 한 백인을 찾아가게 되었다. 저녁 식사를 할 무렵에 도착해 보니 역시나 새집이었고, 갓 조성된 정원이 있었으며, 전기등이 창문을 밝히고 있었다. 이어 집주인이 문으로 나왔고, 케아웨는 그를 본 뒤 엄습해 오는 희망과 두려움으로 한순간 마음이 동요했다. 집주인은 젊은 남자였는데, 시체처럼 창백하고 눈가는 검고 머리카락도 많이 빠져 있었다. 마치 교수대에 오르기만을 기다리는 죄수 같았다.

'잘 찾아왔군. 확실해.' 케아웨는 이렇게 생각하고는 주인에게 거두절미하고 본론부터 꺼냈다. "전 병을 사러 왔습니다."

말이 끝나기가 무섭게 베리타니아 거리의 젊은 백인이 비틀거리며 벽에 기댔다.

"병을 말입니까!" 집주인이 숨을 헐떡였다. "그 병을 사시겠다는 거죠." 집주인은 숨이 막힌 것 같았다. 이어 그는 케아웨의 팔을 붙들고 어떤 방으로 데려갔고, 잔을 두 개 준비한 뒤 와인을 가져와 따랐다.

"우선 대접해 주셔서 감사합니다." 이전부터 백인들을 많이 겪어 본 케아웨가 말했다. "말씀드린 대로 병을 사러 왔습니다. 지금 가격이 어느 정도 됩니까?"

말이 끝나자 젊은 집주인은 손에 힘이 빠지며 잔을 놓쳤다. 그러고는 케아웨를 유령 같은 눈빛으로 바라보았다.

"가격, 가격 말입니까! 가격을 모르고 계십니까?"

"그래서 묻고 있는 것 아니겠습니까." 케아웨가 대답했다. "그런데 왜 그렇게 근심하십니까? 가격에 무슨 문제라도 있습니까?"

"케아웨 씨가 병을 가지고 있던 때보다 많이 떨어졌습니다." 젊은 집주인이 말을 더듬으며 대답했다.

"그래요, 사셨던 것보다 더 싸게 사야겠죠." 케아웨가 말했다. "얼마에 사셨습니까?"

젊은 집주인이 핏기 없는 얼굴로 말했다. "2센트를 주고 샀었죠."

"뭐라고요?" 케아웨가 소리쳤다. "2센트? 그렇다면 1센트로만 팔 수 있다는 것 아닙니까. 그렇다면 병을 사게 되는 사람은……" 케아웨는 더 이상 말을 잇지 못했다. 병을 사게 되면 다시 팔지 못할 것이었고, 따라서 케아웨는 병 속의 악마를 죽을 때까지 가지고 있어야 했다. 그렇게 되면 악마는 붉게 타오르는 지옥으로 케아웨를 데려갈 것이었다.

베리타니아 거리의 젊은 집주인이 돌연 무릎을 꿇으며 소리쳤다. "부디 사 주세요! 사 주신다면 저의 모든 재산을 가져가도 좋습니다. 그 가격에 샀을 때 저는 제정신이 아니었어요. 가게 돈을 횡령했기 때문에 병을 사지 않으면 감옥에 가야 할 판이었다고요."

"불쌍한 사람." 케아웨가 말했다. "자신이 저지른 치욕스러운 일에 합당한 처벌을 피하려고 영혼을 담보 잡히는 모험을 하다니. 저는 사랑을 앞에 두고 주저할 사람이 아닙니다. 병을 제게 주세요. 잔돈은 이미 준비했으리라고 생각합니다. 여기 5센트 동전이 있습니다."

케아웨가 생각한 대로 젊은 집주인은 서랍 속에 잔돈을 준비해 두고 있었다. 병의 주인이 바뀌었고, 케아웨는 병을 쥐자마자 건강하게 해 달라고 소원을 빌었다. 그는 호텔 방으로 돌아가 거울 앞에서 옷을 벗었고, 확실히 그의 살결은 구석까지 갓난아기처럼 깨끗해져 있었다. 하지만 참으로 이상한 일이었다. 이런 기적과도 같은 일이 일어난 지 얼마 되지 않아 케아웨의 머릿속에서는 중국병이나 코쿠아에 대한 생각은 별로 떠오르지 않았다. 오로지 병 속의 악마가 영원히 자신을 따라다닐 것이며, 희망도 없이 지옥의 불길에서 영원히 재로 남게 될 것이라는 생각만이 그를 사로잡았다. 벌써 눈앞에 지옥의 불길이 보이는 것만 같았고, 영혼은 오그라들었으며, 어둠이 빛을 완전히 몰아낸 것 같았다.

케아웨가 다소 정신을 차리고서 주변을 둘러보니 벌써 밤이었고, 묵고 있는 호텔에서는 밴드가 공연 중이었다. 혼자 있는 것이 두려워 케아웨는 공연장을 찾았다. 케아웨는 행복하게 미소 짓는 사람들 사이로 이리저리 걸으며 베르거*의 지휘 아래 흘러나오는 음악을 들었다. 그러는 와중에도 그는 탁탁 소리를 내며 타오르는 불길 소리를 들었고, 끝도 없는 구덩이에서 치솟는 새빨간 불꽃을 보았다. 돌연 밴드가 〈히키아오아오〉를 연주하기 시작했다. 그것은 케아웨가 코쿠아와 함께 불렀던 노래였다. 노래를 듣자 그에게 다시 용기가 생겨났다.

'어차피 끝난 일이야.' 케아웨가 생각했다. '한 번 더 악마가 준 이득을 받아들이는 수밖에.'

케아웨는 첫 번째로 떠나는 증기선을 타고 하와이로 돌아왔다. 돌아오자마자 케아웨는 최대한 빨리 코쿠아와의 결혼을 끝마친 뒤 그녀를 산 중턱의 빛나는 집으로 데려왔다.

그렇게 둘은 함께 살게 되었다. 코쿠아와 함께 있을 때면 케아웨의 마음은 진정되었다. 하지만 홀로 남겨질 때면 두려움에 사로잡혀 울적해졌다. 케아웨는 탁탁거리며 타는 불길 소리를 들었고, 끝도 없는 구덩이에서 치솟는 새빨간 불꽃을 보았다. 반면에 코쿠아의 마음은 완전히 남편에게 사로잡혀 있었다. 그녀는 케아웨를 보면 가슴이 뛰었고, 그의 손을 붙잡고 놓지 않았다. 코쿠아는 머리부터 발끝까지 훌

---

* 하인리히 베르거(1844~1929). 프로이센 출신의 음악가로 하와이에서 활동했다.

룽하게 치장했고, 사람들은 그런 그녀를 보면서 아주 즐거워했다. 코쿠아는 선천적으로 명랑했고 항상 고운 말을 썼다. 그녀는 늘 노래를 부르며 빛나는 집 이곳저곳을 거닐었다. 3층짜리 집에서 가장 빛나는 존재는 새처럼 즐겁게 노래하는 코쿠아였다. 케아웨는 기쁜 모습으로 아내를 바라보며 노랫소리를 들었지만, 그런 뒤에는 한쪽 구석으로 가서 잔뜩 위축된 채 그녀를 얻기 위해 지불한 대가를 생각하면서 눈물을 흘리며 신음했다. 이어 케아웨는 눈물을 닦고 세수를 한 뒤 넓은 발코니에 있는 아내에게로 가서 함께 앉아 그녀의 노래를 즐겼다. 그리고 울적한 표정으로 코쿠아의 미소에 화답을 보내기도 했다.

결국 코쿠아의 발걸음이 무거워지기 시작하고 노랫소리도 드문드문해지는 날이 찾아왔다. 따로 떨어져 혼자 있을 때 우는 것은 이제 케아웨의 전유물이 아니었다. 부부는 정반대편의 발코니에 각자 떨어져서 흐느꼈다. 둘 사이의 거리는 그 드넓고 빛나는 집의 너비만큼이나 멀었다. 케아웨는 너무나 절망에 빠진 나머지 아내에게 일어난 변화를 거의 알아채지 못했다. 그는 그저 홀로 앉아서 자신의 운명을 곱씹는 시간이 늘었다는 것, 또 마음이 아픈 와중에도 억지로 미소를 지어야 하는 일이 줄었다는 것 등이 기뻤을 뿐이다. 그러던 어느 날 케아웨는 집 안을 소리 없이 걷다가 아이처럼 흐느끼는 소리를 듣게 되었다. 소리가 들리는 곳으로 가 보았더니 아내가 발코니 바닥에 얼굴을 대고 길 잃은 아이처럼 흐느끼고 있었다.

"요즘 자주 우는 것 같구려, 코쿠아." 케아웨가 말했다. "당신이 행복할 수 있다면 나는 목이라도 내놓을 수 있는데."

"행복이라고요!" 코쿠아가 소리쳤다. "케아웨, 이 빛나는 집에서 홀로 살 때 당신은 섬에서 행복한 사람의 대명사였어요. 늘 웃고 노래 부르던 당신의 얼굴은 마치 솟아오르는 태양처럼 빛났어요. 그리고 당신은 이 부족한 코쿠아와 결혼했어요. 하느님만이 제게 모자란 부분이 무엇인지 아시겠죠. 결혼한 날부터 당신은 미소를 짓지 않았어요. 아아!" 코쿠아가 신음을 한 뒤 다시 말을 이었다. "제가 무엇이 문제일까요? 저는 제가 아름답고 남편을 정성껏 사랑하는 여자라고 생각했어요. 그런데 제가 남편에게 어떤 근심거리를 안긴 걸까요? 무엇이 문제일까요?"

"가여운 코쿠아." 케아웨가 이렇게 말한 뒤 아내의 옆에 앉아 손을 잡으려고 했지만 그녀는 홱 손을 뺐다. "가여운 코쿠아, 나의 불쌍한 아기, 나의 어여쁜 아내! 당신에게 이런 슬픔을 안겨서는 안 된다고 늘 생각해 왔소! 그렇지만 당신도 전부 알아야겠지. 이야기를 듣고 나면 이 불쌍한 케아웨를 동정하게 될 것이오. 내가 당신을 예전에 얼마나 사랑했는지도 이해하게 될 것이오. 나는 당신을 얻기 위해 지옥에 떨어지는 것도 감수했소. 그리고 이 불쌍한 저주받은 자가 얼마나 당신을 사랑하는지도 알게 될 것이오. 당신을 볼 때면 나는 여전히 미소를 떠올릴 수 있소."

케아웨는 이어 처음부터 지금까지 일어난 모든 일을 아내에게 말해 주었다.

"절 위해 그런 일을 하셨다고요?" 코쿠아가 소리쳤다. "아아, 그렇다면 전 대체 무엇을 생각했던 걸까요!" 코쿠아가 남편을 포옹하면서 눈물을 흘렸다.

"아아, 사랑하는 코쿠아! 여전히 지옥의 불길을 생각하면 너무나도 걱정이 된다오!"

"그런 말은 하지 마세요. 단지 저를 사랑했다는 것만으로 그렇게 된다는 건 말도 안 돼요. 케아웨, 저는 이 손으로 당신을 구하든가, 아니면 함께 죽겠어요. 그래요! 당신은 절 사랑해서 영혼까지 팔아넘겼어요. 제가 당신을 구하기 위해 죽지 못할 것도 없어요."

"아아, 내 사랑! 당신은 1백 번이라도 나를 위해 죽을 거요. 하지만 달라지는 게 뭐가 있겠소?" 케아웨가 소리쳤다. "심판의 날이 오면 나를 홀로 두고 가는 수밖에."

"아무것도 모르시는군요." 코쿠아가 말했다. "저는 호놀룰루에서 학교를 다니면서 교육을 받았어요. 저는 평범한 여자가 아니에요. 다시 말하겠어요. 전 사랑하는 당신을 구할 거예요. 1센트에 대해 말했죠? 온 세상이 미국인 건 아니에요. 잉글랜드에는 파딩이라는 동전이 있어요. 1센트로 두 개의 파딩을 얻을 수 있죠. 아이! 슬프구나!" 갑자기 코쿠아가 소리쳤다. "하지만 병을 산 사람은 반드시 지옥에 떨어질 테니 팔아 본들 별 차이는 없군요. 사랑하는 당신처럼 용감한 사람은 어디에도 없을 거예요! 하지만 프랑스가 있어요. 그곳에서 상팀이라고 불리는 동전은 대충 1센트로 다섯 개를 얻을 수 있어요. 이보다 더 나은 곳은 찾을 수 없을 거예요. 자, 케아웨, 프랑스령 섬들로 가요. 최대한 빠르게 배를 타고 타히티로 가요. 4상팀, 3상팀, 2상팀, 1상팀. 네 번이나 팔 수 있는 기회가 있는 거잖아요. 둘이서 힘을 내서 그 병을 팔아 보도록 해요. 자, 케아웨! 키스해 줘요. 그리고 걱정하지 말아요. 이 코쿠아가 당신을 지켜 줄게요."

"당신은 정말 하느님이 보내신 선물이오!" 케아웨가 소리쳤다. "당신처럼 훌륭한 사람을 원한다고 하느님께서 나를 벌할 거라고 보지 않아요. 당신이 하자는 대로 하겠소. 당신이 가자는 곳으로 나를 데리고 가요. 내 목숨과 내 구원은 당신 손에 달려 있소."

다음 날 일찍부터 코쿠아는 떠날 준비를 했다. 그녀는 남편이 예전에 항해를 할 때 가지고 다녔던 관물함을 꺼냈다. 우선 악마가 담긴 병을 한구석에 넣고 난 뒤 가장 비싼 옷들과 가장 훌륭한 장식품들을 넣었다. "우리는 반드시 부자처럼 보여야 해요. 그렇지 않으면 누가 이 병에 대해 믿겠어요?" 코쿠아가 말했다. 준비를 하는 내내 코쿠아는 새처럼 즐거워했다. 케아웨를 바라볼 때만 그녀의 눈에서 눈물이 흘렀는데, 그때마다 그녀는 남편에게 달려가 키스를 했다. 케아웨의 영혼을 짓누르던 짐도 한결 가벼워졌다. 케아웨는 이젠 비밀도 함께 나누게 되었고, 일말의 희망도 보았다. 마치 새로 태어난 기분이었다. 발걸음은 가벼웠고 숨도 편히 쉴 수 있게 되었다. 그럼에도 여전히 두려움은 케아웨의 바로 곁에 남아 있었다. 바람이 불어와 작은 촛불을 끌 때마다 또다시 케아웨는 희망이 사라지는 것 같았고, 흔들리는 불길과 지옥에서 타오르는 새빨간 불꽃을 보았다.

근방 사람들은 케아웨 부부가 미국으로 유람을 간다고 들었지만 이상하다고 생각했다. 아마 그들 중 누군가가 진상을 알았더라면 결코 이상하다고 생각하지 않았을 것이다. 케아웨 부부는 홀호를 타고 호놀룰루로 간 뒤 백인들 무리에 섞여 유머틸라호를 타고 샌프란시스코로 향했다. 샌프란시스코에서는 화물 수송용 범선인 트로픽버드호를 타고 프랑스령 남태평양 섬들 중 가장 번화한 곳인 파페에테*로 갔다. 무역풍을 타고 화창한 날씨에 즐거운 항해를 한 뒤 케아웨 부부는 파도가 밀려와 부딪치며 사라지는 암초, 야자수로 가득한 모투이티, 해안선을 타고 가는 범선, 푸른 나무들 사이로 해안을 따라 낮게 자리 잡

---

* 타히티의 북서쪽에 있는 프랑스령 폴리네시아의 수도.

은 마을의 하얀 집들, 머리 위의 산과 구름을 보았다. 그곳은 바로 지혜의 섬 타히티였다.

케아웨 부부는 돈이 많다는 것을 과시하기 위해 영국 영사관 맞은편에 있는 집에 세를 들었고, 사람들에게 주목받고자 마차와 말을 샀다. 손안에 악마의 병이 있는 한 이런 일은 너무도 쉬웠다. 코쿠아는 케아웨보다 훨씬 대담했고, 뭔가가 생각이 나면 곧바로 악마에게 20달러, 혹은 100달러를 요구했다. 얼마 되지 않아 케아웨 부부는 마을에서 점점 주목받게 되었다. 부부가 타고 다니는 말과 마차, 코쿠아가 입고 다니는 훌륭한 홀로쿠들과 비싼 레이스들은 마을의 화젯거리였다.

케아웨 부부는 타히티 말에 점점 익숙해졌다. 실제로 하와이 말과 많은 점에서 비슷했고, 차이라고는 특정 글자들이 다른 것 정도였다. 현지 말을 자유롭게 할 수 있게 되자 그 즉시 부부는 병을 팔아넘기는 일에 나섰다. 그렇지만 그 병에 대한 이야기는 쉽게 말을 꺼낼 수 있는 성질의 것은 아니었다. 무궁무진한 건강과 부의 원천을 고작 4상팀에 팔겠다는 말을 진담이라면서 상대방을 설득하는 것은 쉬운 일이 아니었다. 거기에다 상대방에게 병의 위험성에 대해 설명할 필요도 있었다. 사람들은 부부의 말을 믿지 않고 웃어넘기거나 아니면 악마와 관련된 부분에 더 집중해서 이야기를 들으면서 굳은 표정이 되어 악마와 거래하는 사람들이라며 케아웨 부부를 멀리했다. 병을 팔기는커녕 부부는 마을에서 기피 인물이 되어 가고 있었다. 아이들은 부부를 보면 비명을 지르며 달아났고, 코쿠아는 이를 견뎌 낼 수가 없었다. 가톨릭 신자들은 부부가 지나갈 때마다 악마를 물리치려는 듯 성호를 그었다. 얼마 지나자 마을의 모든 사람은 부부가 다가오면 뒷걸음질을 쳤다.

그런 사태에 케아웨 부부는 적잖이 낙담했다. 부부는 온종일 허탕만 치고 피곤해진 몸을 이끌고 새로 얻은 집에 밤이나 되어서야 돌아왔다. 두 사람은 앉은 채로 아무런 말도 하지 않았다. 때로는 코쿠아가 돌연 흐느껴 울어 침묵이 깨지기도 했다. 어떤 때는 부부가 함께 기도를 올리기도 하고, 악마가 든 병을 바닥에 놓고 저녁 내내 앉아 병 안의 그림자가 어떻게 움직이는지 지켜보기도 했다. 그런 때면 케아웨 부부는 두려워서 제대로 쉬지도 못했다. 밤중에 잠이 들려면 한참 시간이 걸렸다. 그렇게 힘겹게 잠이 들더라도 배우자가 어둠 속에서 조용히 흐느끼는 소리에 잠이 깨거나, 잠을 설쳐서 일어나 보면 케아웨 혹은 코쿠아가 악마의 병이 있는 집으로부터 달아나 작은 정원에서 바나나 나무 밑을 서성이거나 달빛을 받으며 해변을 배회하는 모습을 볼 뿐이었다.

어느 날 밤에는 코쿠아가 잠을 설치다 일어나 보니 남편이 침대를 떠나고 없었다. 빈자리를 만져 보니 아주 차갑게 식어 있었다. 두려움이 엄습한 나머지 코쿠아는 벌떡 침대에 일어나 앉았다. 창에 달린 덧문 사이로 은은한 달빛이 흘러들고 있었다. 방은 밝았고, 코쿠아는 방 바닥에 놓인 악마의 병을 볼 수 있었다. 바깥에서는 바람이 거세게 불었고, 드높게 자란 가로수들은 요란한 소리를 냈다. 베란다에서는 낙엽들이 부스럭거렸다. 그 와중에도 코쿠아는 또 다른 소리를 들을 수 있었다. 짐승이 내는 소리인지 사람이 내는 소리인지 분간을 할 수 없었지만 여하튼 들려오는 소리는 처절하게 슬펐고, 그것을 들은 코쿠아는 가슴이 무너지는 것 같았다. 천천히 일어난 그녀는 문을 살짝 밀어 달빛이 비추는 정원을 내려다보았다. 바나나 나무 아래에서 케아웨가 엎드려 흙바닥에 머리를 박고 신음하고 있었다.

이 모습을 보자마자 코쿠아는 당장 정원으로 달려가 남편을 위로해 주고 싶었다. 하지만 코쿠아는 이내 온 힘을 다해 그런 생각을 억눌렀다. 남편은 그녀 앞에서 용감한 남자처럼 참아 내고 있던 것이었다. 남편이 가장 약한 모습을 보이는 수치스러운 순간에 불쑥 나타나는 것은 현명한 코쿠아와는 어울리지 않는 일이었다. 이런 생각을 하며 코쿠아는 다시 방으로 들어갔다.

'아아, 세상에!' 코쿠아는 생각했다. '나는 그동안 얼마나 무신경하고 나약했던가! 영원한 위험 속에 처한 건 내가 아니라 바로 그이야. 영혼에 저주가 내린 사람은 내가 아닌 남편이라고. 그이는 나를 위해, 그럴 가치도 없고 도움도 안 되는 나를 사랑하기 위해 아주 가까운 거리에서 지옥의 불길을 보고 있어. 달빛 아래에서 바람을 맞으며 저렇게 엎드려 지옥 불에서 나오는 연기를 맡고 있는 거야. 내가 너무나 둔감해서 여태껏 내 의무를 깨닫지 못한 것일까, 아니면 보고도 못 본 척한 것일까? 하지만 이제라도 최소한 애정을 담아 이 양손으로 내 영혼을 들어 올리자. 이제 나는 천국의 흰 계단과 그곳에서 나를 기다리고 있을 친구들과는 작별을 해야겠지. 사랑엔 사랑이야. 이제 케아웨의 크나큰 사랑에 걸맞은 사랑을 해야겠어! 영혼에는 영혼이야. 이제 타락한 영혼은 내가 이어받기로 하자!'

손놀림이 빠른 그녀는 곧 옷을 갖춰 입었다. 손에는 소중한 상팀 동전을 챙겨 들었다. 상팀 동전은 거의 사용되지 않아서 케아웨 부부는 관공서에 가서 환전해 와야 했다. 코쿠아가 거리로 나섰을 때는 바람에 실려 온 구름이 달을 막아 주변이 어두웠다. 마을 사람들은 잠들었고, 코쿠아는 어디로 가야 할지 감을 잡지 못하던 차에 어떤 나무 그늘에서 누군가가 기침을 하는 소리를 들었다.

"할아버지, 이 추운 밤에 왜 이렇게 나와 계세요?" 코쿠아가 말했다.

노인은 계속 기침을 하는 터라 말도 제대로 못 했지만 그녀는 이 노인이 늙고 가난하며, 이 섬 출신이 아니라는 것을 알 수 있었다.

"저를 도와주시겠어요?" 코쿠아가 말했다. "이방인이 같은 이방인을, 노인이 젊은이를 도와주는 것처럼 하와이의 딸을 도와주시겠어요?"

"아아." 노인이 말했다. "네가 그 여덟 개의 섬에서 온 마녀로군. 나 같은 늙은 영혼마저 연루시키려고 하다니. 하지만 나는 네 소식을 들었지. 그러니 네 사악한 짓에는 동조하지 않겠어."

"여기 앉아 보세요." 코쿠아가 말했다. "전부 이야기를 해 드릴게요." 이어 코쿠아는 노인에게 케아웨의 이야기를 처음부터 끝까지 해 주었다.

"그리고 지금 저는 그 사람의 아내예요. 그 사람이 영혼의 평화를 팔아 사들인 아내가 된 거죠. 제가 대체 어떻게 해야 할까요? 제가 그 병을 사고 싶다고 말한다면 그 사람은 분명 거절할 거예요. 하지만 할아버지께서 가서 병을 사겠다고 하면 기꺼이 병을 팔겠죠. 저는 할아버지를 여기에서 기다리겠어요. 4상팀으로 병을 사 오시면, 제가 3상팀으로 사겠어요. 하느님께서 불쌍한 이 여자에게 힘을 주시길!"

"날 속인다면 하느님께서 네게 벼락을 내리실 거야." 노인이 답했다.

"물론이에요!" 코쿠아가 소리쳤다. "하느님께선 분명 그리하실 거예요. 저는 할아버지를 기만하지 않아요. 그렇다면 하느님께서 저를 가만두시지 않을 거예요."

"4상팀을 내게 주고 여기에서 기다려." 노인이 말했다.

이제 코쿠아는 거리에 홀로 서 있게 되었고, 이미 그녀의 영혼은 죽은 것 같았다. 바람이 휘몰아쳐 나무가 흔들리며 내는 소리가 그녀에게는 마치 지옥의 불길이 휘몰아치는 소리처럼 들렸다. 또 가로등의 불빛에 흔들리는 그림자는 마치 자신의 손을 낚아채는 악마들의 손길로 보였다. 여력이 있었다면 코쿠아는 분명 도망쳤을 것이고, 숨을 쉴 수만 있었다면 분명 크게 소리쳤을 것이다. 하지만 그녀는 실제로 아무것도 할 수 없었다. 그저 겁에 질린 아이처럼 거리 한가운데에 우두커니 서서 몸을 떨기만 할 뿐이었다.

그러다가 코쿠아는 노인이 그 병을 손에 들고 돌아오는 것을 보았다.

"네가 시키는 대로 했지." 노인이 말했다. "네 남편은 애처럼 질질 짜더군. 오늘 밤엔 아마 편히 잘 수 있겠지." 말을 마친 뒤 노인은 병을 코쿠아에게 내밀었다.

"제게 주기 전에 악마의 덕을 보세요. 기침을 멈추게 해 달라고 부탁해 보세요." 코쿠아가 숨을 헐떡이며 말했다.

"나는 늙을 대로 늙었어." 노인이 대답했다. "악마의 호의를 받기에는 너무 늦었고 이미 무덤에 한 발 들여놓고 있는 처지야. 그런데 지금 뭐 하는 거지? 병을 안 가져가나? 이제 와서 주저하는 건가?"

"그렇지 않아요!" 코쿠아가 소리쳤다. "그저 마음이 약해졌을 뿐이에요. 잠시만 시간을 주세요. 그저 그 저주받은 물건을 제 손이, 제 몸이 거부하고 있는 것뿐이에요. 잠시만!"

노인은 코쿠아를 관대한 눈빛으로 바라보았다. "불쌍한 것, 두려워하고 있구나. 네 영혼 때문에 두려운 거지. 그래, 내가 갖도록 하마. 나는 늙고, 이 세상에서 더는 행복할 수가 없는 사람이니 말이야. 그리고 다음 세상에서도……"

"그 병을 제게 주세요!" 코쿠아가 숨을 헐떡이며 말했다. "여기 할아버지의 돈이 있어요. 제가 그렇게 야비한 사람처럼 보이시나요? 병을 제게 주세요."

"하느님께서 아가씨를 굽어살피시길!" 노인이 말했다.

코쿠아는 입고 있던 홀로쿠에 병을 감추고 노인에게 작별 인사를 건넸다. 코쿠아는 정처 없이 길을 걸었다. 어디로 가는지는 중요하지 않았다. 어차피 모든 길은 이제 지옥으로 가는 길이니 그녀에게 별다를 바가 없었다. 코쿠아는 때로는 걷고 때로는 달렸다. 때로는 한밤중이었음에도 크게 소리를 질렀으며 때로는 흙먼지 가득한 길가에 누워 흐느끼기도 했다. 여태껏 지옥에 대해 들었던 모든 것들이 그녀에게 여실하게 닥쳐왔다. 코쿠아는 지옥 불이 타오르는 것을 보았고, 지옥 불에서 뭉게뭉게 피어오르는 연기도 맡을 수 있었다. 빨갛게 달아오르는 숯 더미 위에서 코쿠아의 육신이 말라비틀어지고 있었다.

해가 뜰 때가 되자 코쿠아는 다시 마음을 다잡고 집으로 돌아왔다. 노인이 말한 그대로였다. 케아웨는 아이처럼 깊이 잠들어 있었다. 코쿠아는 남편의 얼굴을 바라보며 서 있었다.

"여보, 이제는 당신이 편히 잠들 차례예요. 눈을 뜨면 당신이 노래를 부르고 웃을 차례가 되겠죠. 하지만 이 불쌍한 코쿠아에게는, 아아! 나쁜 뜻으로 말하는 것은 아니지만, 더 이상 잠도, 노래도, 기쁨도 없어요. 이 세상에서나 아니면 저세상에서나."

말을 마치고 코쿠아는 남편의 곁에 누웠다. 절망이 너무도 깊었던 나머지 그녀는 즉시 깊은 잠에 빠져들었다.

아침 늦게 케아웨는 아내를 깨우고 자신에게 생긴 희소식을 알려주었다. 코쿠아가 감정을 잘 숨기지도 못하고 괴로워하고 있는데도 케아웨는 신경도 쓰지 않고 그저 바보처럼 자신의 행운을 기뻐하고 있었다. 코쿠아는 목이 메어 도저히 말을 할 수가 없었다. 그녀는 음식에 입을 대지도 못했지만 케아웨는 그런 모습을 개의치 않고 주어진 음식을 싹 비웠다. 그런 남편의 모습을 보고 또 그가 하는 말을 듣자니 그녀는 마치 이상한 일들이 벌어지는 꿈속을 헤매는 것만 같았다. 때때로 자신의 상황을 잊어버리거나 의심이 더럭 들면 코쿠아는 이마에 손을 얹었다. 자신에게 파멸이 닥칠 것을 아는 상황에서 남편이 저리도 유쾌하고 왁자지껄하게 구는 모습을 보고 있자니 너무나 기이하게 느껴졌다.

코쿠아가 그러고 있는 내내 케아웨는 먹고 떠들면서 집으로 돌아갈 계획을 세우고 자신을 구원해 준 코쿠아에게 감사를 표했다. 이어 그녀를 쓰다듬으면서 이름처럼 정말 진정한 도우미*라고 말했다. 그리고 병을 사 간 노인이 참으로 어리석다면서 웃음을 터뜨렸다.

"보기엔 참 훌륭한 노인 같았단 말이오." 케아웨가 말했다. "하지만 생긴 것만으로 사람을 판단할 수는 없지. 그렇지 않고서야 왜 그 늙은 악당이 그 병을 필요로 하겠소?"

"여보." 코쿠아가 겸허하게 말했다. "그분의 목적이 좋은 것이었을지도 모르잖아요."

케아웨가 격하게 웃음을 터뜨렸다.

"아하하! 당치도 않은 소리!" 케아웨가 소리쳤다. "여보, 그자는 그저 늙은 악당이오. 거기에다 멍청하기까지 하지. 4상팀에도 그 병을 팔아치우기가 그렇게나 어려웠는데, 3상팀이라면 거의 불가능한 것 아니

---

* 하와이어로 코쿠아는 도우미라는 뜻이 있다고 한다.

겠소? 그 정도로 단위가 낮아지면 손을 쓸 도리가 없지. 벌써부터 그 병이 지옥 불에 그을리는 냄새가 나는 것 같소. 어휴!" 케아웨가 몸을 부르르 떨었다. "맞아, 나는 그 병을 1센트에 샀소. 더 작은 동전이 있는 줄도 모르고 그랬지. 눈앞에 닥친 고통 때문에 참 바보 같은 짓을 했소. 나처럼 바보 같은 짓을 한 자는 아마 없을 거요. 지금 그 병을 가지고 있는 자는 누구든 그 병과 함께 지옥으로 떨어지게 되겠지."

"제발, 여보!" 코쿠아가 소리쳤다. "누군가를 구하려고 다른 사람이 영원한 파멸에 빠진다면 끔찍한 일이 아닌가요? 저는 도저히 웃을 수가 없어요. 저는 겸허하게 슬퍼하겠어요. 그리고 그 불쌍한 병의 주인을 위해 기도할 거예요."

케아웨는 아내의 말이 맞는다고 생각하면서도 화가 치밀어 올랐다. "허허, 참!" 케아웨가 소리쳤다. "그럼 좋을 대로 슬퍼하도록 해요. 그렇지만 그건 훌륭한 아내의 마음가짐이 아니오. 당신이 나를 조금이라도 생각한다면 얼마나 부끄러운 말을 했는지 알 거요."

말을 마친 뒤 케아웨가 나갔고, 코쿠아는 홀로 남게 되었다.

2상팀에 그 병을 팔 수 있는 기회가 있을까? 코쿠아는 없을 것이라고 생각했다. 만약 그럴 기회가 있다 하더라도 속사정을 모르는 케아웨는 서둘러서 그녀를 1센트보다 낮은 단위의 동전이 없는 곳으로 데려가려고 할 것이었다. 게다가 코쿠아가 희생을 치른 바로 그다음 날 케아웨는 아내를 비난하는 말을 하고서 자리를 박차고 일어섰다.

코쿠아는 이제 얼마 남지 않은 시간을 잘 활용해 볼 생각조차 못 하고 그저 집 안에 앉아 있기만 했다. 그녀는 병을 꺼내 들여다보았고, 그것만으로도 이루 말할 수 없는 두려움을 느꼈다. 코쿠아는 질색한 나머지 병을 다시 눈에 보이지 않게 숨겨 두었다.

얼마 지나지 않아 남편이 돌아와 코쿠아에게 마차를 타고 바람이나 쐬자고 권했다.

"여보, 몸이 좋지 않아요." 코쿠아가 말했다. "기운이 없어요. 미안해요. 외출할 생각이 없어요."

이 말을 듣고 남편은 더욱더 화가 치밀어 올랐다. 코쿠아가 노인의 일을 계속 곱씹는 것 같아서이기도 했고, 남을 측은하게 여기는 아내의 말이 옳은데도 자신은 해방되었다며 그토록 기뻐했던 자신이 부끄러워서이기도 했다.

"이게 당신 본심이야!" 케아웨가 소리쳤다. "이게 당신의 사랑인 거야! 당신 남편이 영원한 파멸로부터 막 구원을 받았다고. 게다가 그 파멸도 당신을 사랑해서 받아들인 것이었잖아! 그런데 이젠 기운이 없어 외출을 못 한다고! 코쿠아, 당신은 정말 변덕스러워!"

케아웨는 맹렬히 화를 내며 다시 나가 종일 마을을 배회했다. 그러다가 그는 친구들을 만나 술을 마시게 되었다. 이어 케아웨와 친구들은 마차를 잡고 다른 지역으로 나가 다시 술을 들이켰다. 하지만 이러는 내내 케아웨의 마음은 편치 않았다. 아내가 그렇게 슬퍼하는데도 자신이 흥청거리며 여가를 보내는 것이 마음에 걸려서였다. 게다가 코쿠아의 말이 맞는다는 것을 스스로 인정하고 있었기에 더더욱 마음이 아팠다. 마음이 아픈 나머지 케아웨는 더욱 술을 마시게 되었다.

케아웨와 술을 같이 마시는 사람 중에는 늙고 야만스러운 백인이 하나 있었다. 그는 포경선에서 갑판장을 하다 도망쳐서 금광에서 광부를 하기도 했고, 또 중간에 죄를 저질러 교도소에 수감된 적도 있는 사람이었다. 그는 굉장히 저질인 데다 입까지 지저분했다. 술을 마시는 것을 좋아했고, 남들이 취하는 걸 보는 것도 좋아했다. 그래서 이 늙은 백인은 케아웨의 잔을 계속 채워 주었다. 곧 케아웨와 친구들은 더 이상 술을 사 먹을 돈이 없게 되었다.

"이봐, 너!" 갑판장이 케아웨에게 말했다. "넌 늘 돈이 많다고 떠벌리고 다녔잖아. 술을 사. 아니면 실없는 놈이라고 무안을 당하게 될 거야."

"맞아요." 케아웨가 말했다. "제가 돈은 좀 있죠. 집에 돌아가서 마누라한테 돈을 좀 달라고 해야죠. 돈 관리는 마누라가 하니까."

"이봐, 아주 잘못하고 있구먼." 갑판장이 말했다. "속치마 입은 계집한테 돈을 맡기면 안 돼. 바다만큼이나 믿지 못할 것들이 바로 계집들이야. 마누라 간수 잘하라고."

갑판장의 이 말은 술을 마셔서 뒤죽박죽이 된 케아웨의 마음에 정통으로 꽂혔다.

'마누라가 뭔가 나를 속이고 있다고 의심할 수밖에 없어.' 케아웨는 생각했다. '안 그러면 내가 악마의 병에서 벗어났다는데 왜 그렇게 침울해하지? 내가 우스워 보였나 본데 이번에 제대로 보여 주지. 뭐가 잘못되었는지 현행범으로 잡겠어.'

그리하여 케아웨와 친구들은 다시 마을로 돌아왔다. 케아웨는 갑판장에게 옛 교도소 근처 모퉁이에서 기다리라고 말한 뒤 홀로 길을 따라 올라가 집 문 앞에 도착했다. 밤이 다시 찾아왔고, 집 안에는 불이 켜져 있었지만 아무런 소리도 나지 않았다. 케아웨는 살그머니 모퉁이를 돌아 뒷문을 살짝 열고 안을 들여다보았다.

코쿠아는 등불을 옆에 두고 바닥에 앉아 있었다. 코쿠아의 앞에는 몸통이 둥글고 목이 긴 우윳빛 악마의 병이 있었다. 코쿠아는 그 병을 바라보면서 초조한지 두 손을 비벼 댔다.

케아웨는 한참을 안을 들여다보며 그렇게 문간에 서 있었다. 처음에는 그저 멍할 뿐이었다. 이어 두려움이 케아웨를 엄습했다. 그는 매매 거래가 잘못되어 샌프란시스코에서 그랬던 것처럼 병이 자신에게 돌아온 것이라고 생각했다. 그러자 케아웨는 무릎이 풀렸고, 아침 강가에서 안개가 걷히는 것처럼 술기운도 사라졌다. 한편 케아웨의 머리에 또 다른 생각이 하나 스쳐 지나갔다. 그 생각을 하자 그의 뺨이 붉게 달아올랐다.

'지금 이 생각이 맞는지 확실히 알아봐야겠어.' 케아웨는 생각했다.

이어 케아웨는 뒷문을 닫고 다시 살그머니 모퉁이를 돌아 마치 지금 집에 도착한 것처럼 시끄럽게 현관문을 벌컥 열고 들어왔다. 그러자, 아아! 병이 보이지 않았다. 의자에 앉아 있던 코쿠아는 마치 잠에서 막 깬 사람처럼 놀란 모습이었다.

"종일 술을 마셨지. 아주 기분이 좋아졌소." 케아웨가 말했다. "좋은 친구들과 함께 지내서 말이오. 지금은 아주 돌아온 것이 아니라 돈을 가지러 온 거요. 돈을 챙기면 다시 가서 친구들과 또 흥청망청 마실 생각이야."

케아웨의 얼굴이나 목소리는 그런 유쾌한 말과는 어울리지 않게 판결을 내리는 판관처럼 엄숙했지만, 코쿠아는 심란한 모양인지 그것을 알아채지 못했다.

"여보, 당신 돈이니 가져가서 마음껏 쓰세요." 떨리는 목소리로 코쿠아가 말했다.

"그래, 뭐든지 내 마음대로 할 거요." 케아웨는 이렇게 말하며 보관함으로 곧바로 가서 뚜껑을 열고 돈을 꺼냈다. 하지만 그 악마의 병을 보관하던 구석을 살펴보니 병은 온데간데없었다. 아까 보았던 그 병을 코쿠아가 다른 곳에 감춘 것이었다.

그것을 보자 케아웨에게는 보관함이 바다의 물결처럼 바닥에서 솟아오르는 것처럼 보였고, 집이 연기의 소용돌이처럼 팽팽 도는 것 같았다. 이제는 가망도 없고, 도망칠 곳도 없다는 것을 알았기 때문이었다. '걱정한 게 맞아.' 케아웨가 생각했다. '코쿠아가 나를 위해 병을 산 거야.'

이어 조금이나마 정신을 차리자 케아웨는 몸을 일으켰다. 식은땀이 우물물처럼 차갑게, 비처럼 억수같이 얼굴에 흘러내렸다.

"코쿠아, 난 오늘 기분이 별로 안 좋다고 당신에게 말했었지. 이제 내 유쾌한 친구들에게 돌아가 다시 흥청망청 마실 생각이오." 케아웨는 이어 부드럽게 웃었다. "당신이 나를 용서해 준다면 가서 즐겁게 한 잔 더 마시겠소."

코쿠아는 그 순간 눈물을 흘리면서 남편의 무릎을 붙잡고 키스했다.

"아아! 그런 상냥한 말이 필요한 거였어요!" 코쿠아가 소리쳤다.

"우리 앞으로는 서로에게 절대로 모진 생각을 가지지는 말도록 합시다." 케아웨는 그렇게 말하고 집을 나섰다.

케아웨가 가지고 나온 돈은 타히티에 도착할 때부터 가지고 있었던 환전한 상팀 동전들 몇 개뿐이었다. 케아웨는 분명 더 이상은 술을 마실 생각이 없었다. 아내가 자신을 위해 영혼을 팔았다. 이제는 아내를 위해 자신의 영혼으로 그 영혼을 되사야 했다. 그에게는 오로지 그 생각뿐이었다.

옛 교도소 근처 모퉁이에는 여전히 갑판장이 기다리고 있었다.

"아내가 병을 가지고 있습니다. 제가 병을 다시 가져오도록 도와주지 않으신다면 돈은 물론이고 술도 더 이상 사지 않을 겁니다."

"설마 그 악마의 병인지 뭔지 하는 이야기가 진담은 아니겠지?" 갑판장이 큰 소리로 물었다.

"여기 등불에 비친 제 얼굴을 잘 보십시오. 농담하는 것처럼 보이십니까?"

"그렇군. 유령만큼이나 심각해 보이는데."

"좋습니다. 여기 2상팀이 있습니다. 집이 어디에 있는지 알려 드릴 테니 제 아내에게 병을 사겠다고 하세요. 제가 잘못 안 게 아니라면 그 즉시 병을 가져다줄 겁니다. 그리고 그 병을 들고 제게 가져오세요. 그럼 제가 1상팀으로 다시 사도록 하겠습니다. 이 병을 살 때는 전에 가지고 있던 사람보다 반드시 싸게 사야 한다는 법칙이 있으니까요. 하지만 그 어떤 경우에도 제가 시켜서 왔다는 말씀을 하시면 안 됩니다."

"이 친구야, 날 지금 바보 취급 하는 거야?"

"설사 그렇다고 하더라도 손해 볼 건 하나도 없을 텐데요."

"그건 그렇지."

"제 말이 의심스럽다면 시험해 보면 될 거 아닙니까. 병을 가지고 집에서 나오는 즉시 주머니를 돈으로 가득 채워 달라거나, 최고급 럼을 한 병 달라거나, 여하튼 원하는 것을 말씀해 보세요. 그러면 즉시 그 병의 위력을 알게 될 테니까."

"잘 알겠네, 원주민 친구." 갑판장이 말했다. "까짓것 한번 해 보지. 하지만 날 바보 취급 한 거라면 나도 밧줄걸이*를 가지고 자네를 후려치면서 놀려 먹도록 하지."

그리하여 갑판장은 길을 따라 케아웨의 집으로 갔고, 케아웨는 그

---

* 밧줄을 S자 꼴로 감아 매는 길이 30센티미터가량의 막대.

자리에 서서 기다렸다. 전날 밤 코쿠아가 노인을 기다리던 장소와 가까운 곳이었다. 하지만 케아웨는 아내보다 더 단호했고 단 한 치도 흔들리지 않았다. 아내의 비통함을 몰라본 그의 영혼이 절망 속에서 괴로워할 뿐이었다.

어둠이 깔린 거리에서 노래를 부르며 다가오는 목소리를 듣기까지 케아웨는 끝도 없는 시간을 기다린 것만 같았다. 분명 목소리는 갑판장의 것이었다. 그런데 이상했다. 갑판장의 목소리가 떠나기 전보다 더 취한 것같이 들렸다.

이윽고 갑판장이 비틀거리며 등불이 있는 곳으로 들어왔다. 갑판장은 악마가 깃들인 병을 외투 안에 넣고 단추를 채우고 있었다. 그러고는 또 다른 병을 한 손에 쥐고 있었다. 케아웨에게 다가오면서도 갑판장은 술병을 입에 갖다 대고 병나발을 불었다.

"잘 가져오셨군요." 케아웨가 말했다.

"그 손 치워!" 갑판장이 뒤로 펄쩍 뛰며 소리쳤다. "내게 가까이 오면 주둥아리를 날려 주겠어. 너는 나를 심부름꾼으로 쓸 수 있다고 생각했지, 안 그래?"

"대체 무슨 소립니까?" 케아웨가 소리쳤다.

"무슨 소리?" 갑판장이 소리쳤다. "이건 제대로 된 멋진 물건이야. 그게 내가 네놈에게 할 소리다. 내가 어떻게 고작 2상팀으로 이걸 손에 넣었는지 지금도 이해가 안 돼. 하지만 이건 확실하지. 넌 이걸 1상팀으로 살 수 없다는 거야."

"그럼 팔지 않겠다는 말입니까?" 케아웨가 숨을 헐떡이며 물었다.

"천만에, 이 친구야!" 갑판장이 소리쳤다. "원한다면 럼 한 모금 정도야 내줄 수 있지, 마실 텐가?"

"말했잖습니까. 그 병을 가진 사람은 지옥에 간다고요."

"어차피 난 지옥에 갈 몸이야." 갑판장이 대답했다. "이 병은 정말 최고야! 지옥에 가져가기에 아주 안성맞춤이지." 말을 마친 뒤 갑자기 갑판장이 빽 하고 소리를 내질렀다. "그러니 절대로 팔지 않아, 이 친구야! 이젠 이건 내 거야. 자넨 딴 데 가서 딴 병이나 알아봐!"

"정말 그럴 생각입니까?" 케아웨가 소리쳤다. "당신을 위해서 하는 소립니다. 이렇게 부탁합니다. 내게 팔아요!"

"정말 쓸데없는 소리만 해 대는군." 갑판장이 대답했다. "내가 무슨 천치인 줄 알았나 보지? 근데 지금 보니 어떤가, 아니지? 그럼 그걸로 이야기는 끝난 거야. 럼을 들이켤 생각이 없다면 내가 마시지 뭐. 자, 우리 친구의 건강을 위하여 건배! 좋은 밤 되라고!"

그렇게 갑판장은 거리를 걸어 내려가 마을로 향했다. 병에 대한 이야기는 이후로 들려온 것이 없다.

이렇게 되자 케아웨는 바람처럼 가벼운 발걸음으로 코쿠아에게 달려갔다. 그날 밤 부부는 정말로 즐거웠다. 그날 이후 케아웨와 코쿠아는 빛나는 집에서 남은 평생을 아주 평화롭게 살아갔다.

# 목소리의 섬
The Isle of Voices

케올라는 몰로카이의 마술사인 칼라마케의 딸 레후아와 결혼했고, 그 후에도 마술사와 함께 살고 있었다. 마술사 칼라마케는 여러 방면에서 타의 추종을 불허하는 숙련된 솜씨를 지니고 있었다. 그는 별자리를 읽고, 시체로 점을 칠 수 있었으며, 사악한 존재들의 도움을 받아 도깨비들의 영역인 산의 정상까지 홀로 올라가 그곳에서 먼 옛날의 영혼을 붙잡는 덫을 놓을 수도 있었다. 이런 이유로 칼라마케는 하와이 왕국에서 가장 자문을 많이 해 주는 사람이 되었다. 신중한 사람들은 그의 자문을 받아 물건을 사고파는 등 아예 일상생활을 그의 자문을 받아 계획했다. 국왕조차 카메하메하 왕조의 보물을 찾기 위해 마술사를 두 번이나 코나로 부를 정도였다. 케올라의 장인보다 두려운 존재는 왕국에 아무도 없었다. 칼라마케를 적으로 돌린 자들 중 일부는 그의 마술에 걸려 병으로 쓰러졌으며, 일부는 목숨은 물론 육신마저 감쪽같이 사라져 뼈조차 수습할 수가 없었다. 풍문에 따르면 칼라마케는 고대 영웅들의 기술 혹은 재능을 지녔다. 사람들은 밤에 마술사가 산의 절벽 사이에 서 있는 모습을 보기도 했고, 울창한 나무숲 위로 머리와 어깨를 내놓고 걸어 다니는 것을 보기도 했다. 칼라마케는 참으로 기묘하게 생긴 사람이었다. 몰로카이와 마우이의 최고로 좋은 혈통을 받은 순혈 적자이면서도 그 어떤 이방인보다도 흰 피부를 지녔다. 머리카락은 메마른 풀색이었으며, 눈동자는 붉은빛이 도는 데다 굉장히 어두웠다. 그래서 섬의 사람들은 '미래를 내다보는 칼라마케의 눈처럼 어두운'이라는 표현을 상투적으로 썼다.

케올라는 세간에 퍼진 명성을 통해 장인의 행동들을 조금씩이나마 알고 있었다. 하지만 실제로는 그렇게 아는 것보다 의심하는 게 더 많았으며 나머지 것들은 무시했다. 그런데 케올라가 도저히 알 수가 없는 것이 한 가지 있었다. 장인은 그 어떤 것이 되었든 아끼는 법이 없었다. 먹을 때나 마실 때나 입을 때나 마찬가지였다. 게다가 매번 새 돈으로 값을 치렀다. '칼라마케의 돈만큼이나 반짝이는'이라는 표현은 하와이 여덟 개 섬에서 상투적으로 쓰이는 관용어였다. 그렇지만 마술사는 물건을 팔거나 농사를 짓거나 임금을 받는 일을 하지도 않았으며, 단지 사람들이 요청하면 신묘한 마술을 보여 주는 것이 고작이었다. 대체 그 많은 은화가 어디에서 나오는지 케올라는 도저히 알 수가 없었다.

하루는 케올라의 아내가 섬의 바람이 불어오는 쪽에 있는 카우나카카이로 나갔고, 남자들은 바다낚시를 하러 갔다. 하지만 게으른 케올라는 베란다에 누워 해안으로 밀려와 부서지는 파도와 절벽 근처에서 날아다니는 새들을 멍하니 바라보며 빈둥거렸다. 케올라는 늘 장인이 펑펑 쓰는, 반짝거리는 은화에 생각이 팔려 있었다. 저녁에 잠자리에 누울 때에는 어떻게 장인은 그리도 돈이 많은지 궁금해했다. 아침에 일어날 때에는 어떻게 돈이 하나같이 새것인지 또 궁금해했다. 돈 생각이 도무지 케올라의 머릿속을 떠날 줄 몰랐다. 하지만 바로 오늘 케올라는 대단한 발견을 했다고 확신했다. 마술사가 보물을 숨기는 장소를 알아낸 것 같았기 때문이다. 그곳은 바로 카메하메하 5세와 왕관을 쓴 빅토리아 여왕의 사진이 걸린 응접실 벽 쪽 자물쇠 걸린 책상이었다. 전날 밤에 케올라는 그 책상을 들여다볼 기회가 있었는데 그 안을 보았더니, 세상에! 빈 가방만 놓여 있었다. 오늘은 증기선이 들어오는 날이었고, 케올라는 칼라우파파를 떠나는 증기선에서 뭉게뭉게 올라오는 증기를 볼 수 있었다. 증기선은 한 달분의 물건들을 싣고서 곧 들어올 것이었다. 연어 통조림, 진 그리고 장인을 위한 보기 드문 사치품 따위가 있을 것이었다.

'오늘 물건 값을 낼 수 있다면 분명 그 사람은 마술사일 거야. 돈은 틀림없이 악마의 주머니에서 나오는 것일 테고.' 케올라가 생각했다.

그렇게 돈 생각에 몰두하고 있을 때 장인이 짜증 가득한 얼굴로 사위의 등 뒤에 나타났다.

"저거 증기선인가?" 칼라마케가 물었다.

"그렇습니다. 펠레쿠누에 먼저 갔다가 여기로 올 거예요."

"그렇다면 별수 없군." 칼라마케가 말했다. "케올라, 자네한테 내 비밀을 알려 줄 수밖에. 자네보다 더 나은 놈도 안 보이고 말이야. 자, 어서 집 안으로 들어오게나."

그리하여 둘은 응접실로 함께 들어갔다. 응접실은 굉장히 훌륭했다.

도배가 잘되어 있었고, 벽에는 그림이 걸려 있었으며, 유럽풍 흔들의
자와 탁자, 소파가 놓여 있었다. 책장도 있었고, 탁자 한가운데에는 커
다란 성경이 놓여 있었다. 그리고 앞서 케올라가 뒤졌던 책상도 있었
다. 누가 보더라도 자산가의 집이라는 인상을 주기에 충분했다.

칼라마케는 사위에게 창의 덧문을 닫으라고 한 뒤 자신도 모든 문
을 걸어 잠그고 책상의 자물쇠를 풀고 뚜껑을 열었다. 그러고는 그 안
에서 부적과 조개껍질이 매달린 목걸이 한 쌍과 말린 풀잎과 말린 나
뭇잎 한 꾸러미 그리고 초록색 야자수 가지를 하나 꺼냈다.

"내가 지금 하려는 일은 말일세," 칼라마케가 말했다. "참으로 불가
사의할 거야. 옛사람들은 현명했지. 그들은 참으로 경이로운 일들을
해냈어. 내가 지금 하려는 일은 그들의 유산이지. 옛사람들은 어두운
밤에 별 아래 사막에서 이 일을 했지만, 나는 이 훤한 대낮에 내 집에
서 하지."

그렇게 말하고 칼라마케는 성경을 소파의 쿠션 밑에 보이지 않게
쑤셔 넣고 같은 곳에서 훌륭한 직물로 된 멋진 돗자리를 하나 꺼내더
니, 이어 양철 냄비 안에 쌓인 모래 위에 풀잎과 나뭇잎을 수북하게 올
려놓았다. 마술사는 곧 목걸이를 걸고는 사위에게도 목걸이를 걸라고
말했다. 이렇게 한 뒤 둘은 마주 보며 각각 돗자리의 끝에 섰다.

"이제 때가 됐군." 칼라마케가 말했다. "너무 두려워하지는 말게나."

마술사가 잎에 불을 붙이고 야자수 가지를 흔들면서 주문을 중얼거
렸다. 덧문을 닫은 탓인지 처음에는 불빛이 어둑했다. 하지만 곧 잎에
강하게 불이 붙었고, 케올라 쪽으로 불꽃이 치솟았다. 방은 불타는 잎
에서 나오는 불빛으로 환해졌다. 이어 연기가 치솟았고, 케올라는 머
리가 어질어질하고 눈도 침침해졌다. 그렇지만 마술사가 중얼거리는

소리는 계속 들려왔다. 돌연 장인과 사위가 서 있는 돗자리가 홱 잡아당겨지는 느낌이 들었고, 정말 그 느낌은 빛보다도 빠르게 지나갔다. 그 순간에 응접실과 집이 온데간데없이 사라졌고, 케올라는 온몸에 힘이 빠지고 맥이 풀렸다. 그의 눈과 머리에 햇빛이 내리쬐고 있었다. 그 때문에 케올라는 작열하는 햇빛과 거대한 파도가 휘몰아치는 해변으로 공간 이동 했음을 알게 되었다. 그러나 두 사람은 아무 말 없이 바로 그 돗자리 위에 서 있었다. 그들은 헉헉거리고 숨을 몰아쉬면서 두 눈가를 이리저리 만져 댔다.

"대체 이게 뭡니까?" 케올라가 좀 더 젊은 덕분인지 먼저 정신을 차리고서 소리쳤다. "아파서 죽는 줄 알았다고요."

"그건 중요한 게 아냐." 칼라마케가 헐떡이며 말했다. "이제 됐어."

"세상에, 대체 여긴 어딥니까?" 케올라가 소리쳤다.

"그것도 신경 쓸 일이 아냐." 마술사가 대답했다. "여기에 왔으니 또 여기에서 해야만 하는 일이 있어. 자, 내가 숨을 돌리고 있을 동안 숲 가장자리로 가서 이런저런 풀잎과 이런저런 나뭇잎을 구해 와. 거기 가면 사방에 풀들이 자라고 있을 거야. 각각 손에 한 움큼씩 들고 세 번 왕복해. 서둘러서 해야 해. 증기선이 오기 전까지는 집으로 돌아가야 되니까. 우리가 사라진 걸 사람들이 알면 이상하게 생각할 것 아냐." 칼라마케는 말을 마치고 모래 위에 앉아 숨을 헐떡였다.

케올라는 반짝이는 모래와 산호 그리고 독특한 조개껍데기가 흩뿌려진 해변을 걸어 올라갔다. 그리고 생각했다. '이 해변을 모르고 있었다니 어떻게 된 일이지? 다시 와서 조개껍데기나 모아야겠다.' 케올라의 앞에는 하늘을 꿰뚫을 듯 자란 야자수들이 줄을 지어 서 있었다. 여덟 개의 섬(하와이)에 자라난 야자수들과는 확연히 다른 모습이었다.

드높게 자랐을 뿐만 아니라 생생하고 아름다웠다. 시든 잎사귀들은 새로 자라나는 파릇파릇한 잎들 사이에서 초록 속의 황금처럼 보였다. 케올라는 생각했다. '이런 숲을 모르고 있었다니 참 이상하기도 하지. 날이 따뜻해지면 잠을 자러 다시 와야겠군.' 케올라가 이런 생각을 하는데 문득 또 다른 생각이 떠올랐다. 아니, 날씨가 어떻게 이리도 따뜻해질 수가 있지! 하와이는 지금 겨울이었고 낮이라고 해도 쌀쌀했던 것이다. 아니, 회색 산맥은 어디로 간 거야? 숲이 우거지고 새들이 빙빙 돌며 날던 그 높은 절벽은 어디에 있지? 생각을 하면 할수록 케올라는 지금 자신이 있는 섬의 위치를 도무지 알 수가 없었다.

숲과 해변이 만나는 경계에 장인이 말한 풀이 잔뜩 자라 있었지만 나무는 훨씬 더 멀리 있었다. 케올라가 나무들이 자란 쪽으로 갔을 때 그는 알몸에 나뭇잎 띠만 두른 한 젊은 여자를 보게 되었다. '으흠!' 케아웨가 생각했다. '이 지방은 그다지 옷차림새에 까다롭지 않은 모양이구나.' 케올라는 그 여자가 자신을 보면 도망칠 것이라는 생각에 잠시 걸음을 멈추었다. 하지만 여전히 여자가 앞만 바라보고 있자 케올라는 그 근처에 서서 크게 흥얼거렸다. 그 소리에 여자는 놀라 펄쩍 뛰고 얼굴이 사색이 되었다. 여자는 이곳저곳을 둘러보았고, 두려움으로 입이 딱 벌어졌다. 그러나 그녀의 두 눈은 케올라를 바라보지 않았다. 참으로 이상한 일이었다.

"안녕하시오." 케올라가 말했다. "그렇게 무서워할 필요는 없어요. 잡아먹지는 않으니까."

케올라가 막 말을 마치자 젊은 여자는 숲으로 나는 듯이 도망쳤다.

"참 이상한 짓을 하는군." 케올라는 이렇게 중얼거리며 자신이 하는 행동은 생각해 보지도 않고 여자의 뒤를 쫓았다.

여자는 달려가면서 하와이에서는 쓰지 않는 말로 계속 소리를 질렀다. 하지만 일부는 하와이에서 쓰는 말과 같아서 케올라는 그녀가 다른 이들을 부르면서 경고를 하고 있다는 것을 알아차렸다. 이내 케올라는 남녀노소 할 것 없이 많은 사람들이 마치 불이라도 난 것처럼 이리저리 달리면서 소리를 질러 대는 것을 보았다. 이 광경을 보고 케올라도 왠지 모르게 두려워지기 시작해서 모은 나뭇잎을 들고 마술사에게로 돌아갔다. 그러고는 자신이 보았던 것들을 그에게 이야기했다.

"신경 쓸 필요 없네." 칼라마케가 말했다. "이 모든 건 꿈과 그림자 같은 거라네. 모두 사라지고 잊히는 것들이지."

"아무도 절 못 보는 것 같던데요." 케올라가 말했다.

"그랬겠지." 칼라마케가 대답했다. "이 부적들 덕분에 대낮에도 여기에서 투명인간처럼 걸어 다닐 수 있는 걸세. 그래도 우리가 말하는 소리는 들린다고. 그러니 나처럼 조용히 말하는 게 좋아."

이어 마술사는 돗자리 주위에 돌을 모아서 원 하나를 만들었다. 그러고는 그 원의 중심에 나뭇잎을 놓았다. "이제 자네가 할 일을 알려주지." 칼라마케가 말했다. "나뭇잎이 계속 불붙은 상태를 유지해야 돼. 나뭇잎을 천천히 불 속에 넣으란 이야기야. 아주 짧은 순간이긴 하지만 나뭇잎이 불타는 동안 나는 내 일을 해야 해. 재가 새까맣게 되기 전에 우리를 공간 이동 시킨 힘이 다시 우리를 집으로 데려다줄 거야. 이제 성냥을 준비하도록 하게. 불이 꺼지기 전에 적당한 때가 되면 나를 부르게. 그러지 않으면 나는 여기 남게 되니까." 나뭇잎에 불을 놓자마자 칼라마케는 사슴처럼 원 밖으로 뛰쳐나갔다. 그러고는 마치 목욕을 끝낸 사냥개처럼 해변을 따라 전속력으로 달리기 시작했다. 마술사는 뛰면서 몸을 굽혀 조개껍데기를 낚아챘다. 케올라에게는 장인이 줍는 조개가 반짝반짝 빛나는 것처럼 보였다. 나뭇잎에는 선명하게 불이 붙었고, 불꽃은 나뭇잎을 빠르게 태웠다. 곧 나뭇잎이 한 손에 쥘 정도밖에 남지 않았지만 칼라마케는 달리고 몸을 굽히면서 저 멀리 가 있었다. "돌아오세요!" 케올라가 소리쳤다. "돌아오시라고요! 나뭇잎이 거의 다 떨어졌어요!" 그 말을 듣고 칼라마케는 등을 돌렸다. 아까는 달렸다면 이제는 날아오고 있었다. 마술사는 빨리 달리고 있었지만, 나뭇잎도 그에 못지않게 빠르게 타들어 갔다. 불꽃이 거의 꺼지려고 했고, 칼라마케는 힘껏 펄쩍 뛰어서 돗자리 위에 착지했다. 마술사가 돗자리에 뛰어들며 일어난 바람 때문에 불꽃이 꺼졌다. 그러자 해변도, 태양도, 바다도 사라졌다. 두 사람은 덧문이 닫힌 어둑한 응접실로 다시 돌아와 있었다. 그리고 아까처럼 다시 한 번 몸이 떨리고 눈이 잘 보이지 않았다. 두 사람 사이의 돗자리 부분에는 빛나는 은화가 한 무더기 놓여 있었다. 케올라는 달려가 덧문을 올렸다. 증기선이 물결을 타고 점점 더 가까이 다가오고 있었다.

그날 밤 칼라마케는 사위를 따로 불러내 5달러를 손에 쥐어 주었다. "케올라." 칼라마케가 말했다. "자네에게 조금 미심쩍은 구석이 있긴 하지만 그래도 현명한 사람이라면 오늘 오후에 있었던 일은 베란다에서 잠을 자다 꾼 꿈이라고 생각하게. 나는 과묵한 사람이야. 그리고 금방 잊어버리는 사람을 내 조수로 쓴다네."

마술사는 그 이후 그날 오후에 있었던 일에 대해 어떠한 언급도 하지 않았다. 하지만 케올라의 머릿속에는 끊임없이 그날 일이 떠올랐다. 이 일이 있기 전 케올라는 그저 게으른 사람이었으나 이제는 아예 노골적으로 놀고먹으려고 했다. '대체 내가 왜 일을 해야 돼?' 케올라는 생각했다. '조개껍질로 은화를 만들 수 있는 장인이 있는데, 대체 내가 왜?' 곧 케올라는 자신의 몫을 다 쓰게 되었다. 비싼 옷들을 사는 데 몽땅 써 버린 것이다. 그러고는 아쉬운 생각이 들었다. '콘서티나*를 사는 것이 나을 뻔했어. 그게 있으면 온종일 즐거울 수 있잖아.' 여기까지 생각이 미치자 케올라는 짜증이 나기 시작했다. '장인이란 작자, 참으로 개의 영혼을 가졌군. 해변에서 내키는 만큼 돈을 주울 수 있으면서 사위는 콘서티나 하나 못 사 발버둥 치게 만들다니! 장인에게 경고해야겠어. 나는 애가 아니라고. 나도 장인만큼 솜씨가 좋단 말이야. 비밀을 알고 있기도 하고.' 이렇게 생각한 케올라는 아내인 레후아에게 가서 장인의 태도에 대해 불평을 토해 냈다.

"저라면 아버지의 비위를 건드리지 않겠어요." 레후아가 말했다. "거스르기에는 너무 위험한 분이에요."

"난 개의치 않아!" 케올라가 손가락을 튕기며 소리쳤다. "장인어른이라면 내가 마음대로 휘두를 수 있어. 내 마음대로 부릴 수 있다고." 이어 케올라는 아내에게 전에 있었던 일을 모두 말해 주었다.

하지만 레후아는 고개를 저었다. "당신이 하고 싶은 대로 할 수도 있을 거예요. 하지만 아버지의 일을 방해하면 당신은 흔적조차 없이 사라지게 돼요. 다른 사람들에게 일어났던 일을 생각해 보세요. 하원의 원을 지내고 매년 호놀룰루에 갔던 후아라는 귀족 생각나요? 뼈 한 조각도, 머리카락 한 올도 수습하지 못했어요. 카마우의 경우는 또 어떻고요. 사람이 실처럼 가느다랗게 야위었잖아요. 나중에는 부인이 한 손으로 들 수 있을 정도가 됐어요. 케올라, 아버지한테 당신은 그냥 애라고요. 아버지는 당신을 새우처럼 엄지와 검지로 집어서 먹어 치울

* 작은 아코디언같이 생긴 악기.

거예요."

　그러자 케올라는 장인이 진심으로, 그것도 굉장히 두려워졌다. 하지
만 자만심도 대단했기에 아내의 말에 격분했다. "그래 잘됐어." 케올라
가 말했다. "날 겨우 그런 정도로 생각하고 있었군. 당신이 얼마나 나
를 잘못 보았는지 보여 주겠어." 케올라는 응접실에 앉아 있던 장인에
게 곧장 달려갔다.

　"장인어른, 저 콘서티나를 가지고 싶습니다."

　"정말 그런가?"

　"물론이죠. 분명하게 말씀드리겠습니다. 저는 콘서티나를 가질 생각
입니다. 해변에서 돈을 주워 오는 분이 콘서티나를 살 돈 정도야 어렵
지 않게 내주시겠지요."

　"자네가 그런 기개를 가지고 있을 줄은 미처 몰랐네." 칼라마케가 대
답했다. "여태껏 자네를 소심하고 쓸모없는 놈팡이라고 생각했지. 내
가 잘못 생각했다는 걸 알게 되어 얼마나 기분이 좋은지 자네는 모를
거야. 이제 내가 맡아 왔던 어려운 일의 후계자와 내 일을 도와줄 조수
문제를 한 번에 해결한 기분이야. 콘서티나라고? 호놀룰루에서 가장
좋은 것으로 마련해 주지. 오늘 날이 어두워져서 밤이 되자마자 우리
돈을 마련하러 가세."

　"그 해변으로 다시 가는 겁니까?" 케올라가 물었다.

　"아니, 아니야." 마술사가 대답했다. "자네는 나의 비밀에 대해서 좀
더 알아야만 해. 지난번엔 조개껍질을 줍는 법을 가르쳐 주었지. 이번
엔 물고기를 잡는 법을 가르쳐 주겠네. 자네, 쪽배를 바다에 띄울 정도
의 힘은 있지?"

　"할 수야 있죠." 케올라가 대답했다. "그런데 이미 장인어른의 배가

정박되어 있잖습니까. 왜 그 배는 안 쓰시는 거죠?"

"다 이유가 있어. 내일이 되기 전에 모두 알게 될 거야. 쪽배가 이번 일에 더 잘 맞아서 그러는 것일세. 자네만 괜찮다면 일몰 후에 만나도록 하세. 이 일은 철저히 비밀에 부쳐야 해. 식구들이 이 일을 알아야 할 이유가 없으니까."

꿀이라고 해도 칼라마케의 그 말보다는 달콤하지 않을 것 같았다. 케올라는 만족감을 억누르기가 힘들었다. '콘서티나를 몇 주 전에 얻을 수 있었는데.' 케올라가 생각했다. '역시 이 세상에 필요한 건 오로지 약간의 용기야.' 곧 케올라는 아내 레후아의 흐느끼는 모습을 보게 되었다. 그걸 보고서 케올라는 모든 게 잘될 거라고 말해 줄까 하는 생각도 들었다. '아니, 아니지.' 케올라가 생각했다. '콘서티나를 보여 주기 전까지는 기다려야지. 그 후에 저 건방진 계집이 어떻게 반응하는지 살피는 거야. 나중에라도 저 계집은 자기 남편이 똑똑한 사람이라는 걸 알게 되겠지.'

날이 어두워지자마자 장인과 사위는 쪽배를 띄워 바다로 나아갔다. 참으로 거대한 바다였다. 바람이 강하게 불었지만, 배는 빠르고 가볍게, 배 바닥을 적시지도 않고 물결을 스치고 지나갔다. 마술사는 등불에 불을 붙인 뒤 고리에 손가락을 넣어 들고 있었다. 두 사람은 선미에 앉아 칼라마케가 항상 가지고 다니는 담배를 피웠다. 장인과 사위는 친구처럼 마술에 대해서 이야기했고, 또 그 마술을 부려 큰돈을 얻으면 장차 어떤 물건을 맨 먼저 살지, 그걸 산 다음에는 또 어떤 것을 살지 따위를 이야기했다. 칼라마케는 케올라에게 마치 아버지처럼 말했다.

곧 칼라마케는 주변을 둘러보고 하늘에 뜬 별을 쳐다본 뒤 이미 삼면이 바다에 가라앉은 섬을 돌아보았다. 칼라마케는 능숙하게 지금의 위치를 확인하는 듯했다.

"자, 보게나!" 칼라마케가 말했다. "몰로카이가 이미 저 멀리 뒤에 있고, 마우이는 구름처럼 보이는군. 저기 별이 세 개 보이는 것을 보니 목적지에 도착했다는 걸 알겠네. 이 수역은 죽은 자의 바다라고 불리지. 이곳은 이례적일 정도로 깊고, 바다 바닥은 모두 사람의 뼈로 뒤덮여 있네. 이 수역 밑바닥에 난 구멍들 속에는 신들과 마귀들이 살고 있지. 바다는 북쪽으로 흐르고 있는데 물살이 너무도 거세서 상어도 헤엄치지 못할 정도지. 누구든지 배에서 떨어져 빠지게 되면 바다는 마치 성난 말처럼 그 사람을 저 먼 바다로 실어 가 버린다네. 바다에 빠진 자가 숨이 끊어져 가라앉으면, 그의 뼈는 예전에 빠진 자들의 것처럼 흩어져 버리고 그의 영혼은 신들이 게걸스럽게 먹어 치운다네."

장인의 말에 케올라는 두려워졌다. 케올라는 별빛과 등불로 주변을 둘러보았다. 그런데 뭔가 장인의 모습이 변한 것처럼 보였다.

"어디 아프세요?" 케올라가 재빨리 날카롭게 소리쳤다.

"아픈 건 내가 아닐세." 마술사가 말했다. "굉장히 아파 보이는 건 자네지."

말을 마치고 칼라마케는 등불을 다른 손으로 바꿔 들려고 했다. 그런데 칼라마케가 등불 고리에서 손을 빼내려고 하자 손가락이 고리에서 빠져나오지 않았고, 이어 고리가 터져 나갔다. 마술사의 손은 평소보다 세 배는 더 커져 있었다.

이 광경에 케올라는 비명을 지르며 양손으로 얼굴을 감쌌다.

하지만 칼라마케는 등불을 들고 말했다. "자, 내 얼굴을 한번 보지 그러나!" 케올라가 장인의 얼굴을 보니 얼굴이 큰 나무통만 하게 거대해져 있었다. 그리고 산 위에서 뭉게뭉게 커져 가는 구름처럼 점점 커져 갔다. 케올라는 앉아서 비명을 질렀고, 배는 대양 위에서 물살을 가르며 달리고 있었다.

"자, 이제 콘서티나에 대해 어떤 생각이 드나? 그보다는 플루트가 더 좋지 않겠나? 아니라고? 뭐, 그렇다면 좋네. 나는 내 가족들이 변덕스럽게 구는 걸 좋아하지 않아서 말이야. 하지만 이제 이 보잘것없는 배에서 내리는 게 낫겠다는 생각이 드는구먼. 내 덩치가 너무도 비정상적인 크기로 부풀어서 엄청나게 조심하지 않는 이상 이 배가 침몰할 것 같으니까." 칼라마케가 말했다.

말을 마치고 칼라마케는 배 밖으로 두 다리를 뻗었다. 그렇게 말하는 동안에도 마술사의 몸은 생각의 속도만큼이나 빠르게, 30배 혹은 40배 정도로 커지고 있었다. 그 깊은 바다조차도 칼라마케의 겨드랑이까지밖에 오지 않았다. 마술사의 머리와 어깨는 마치 드높은 섬처럼 솟아 있었다. 바다의 물결은 절벽에 부딪히는 것처럼 칼라마케의 가슴에 부딪혀 부서지고 있었다. 쪽배는 여전히 북쪽으로 달리고 있었지만, 마술사가 손을 뻗어 뱃전을 엄지와 검지로 잡아 비스킷처럼 부수어 버렸다. 케올라는 그리하여 쏟아지듯 바다에 빠지게 되었다. 마술사는 배의 잔해를 손으로 쥐어 으깬 다음 어두운 바다 저 멀리로 던져 버렸다.

"등불은 실례하도록 하지." 칼라마케가 말했다. "오래 이 바다를 헤치고 걸어야 하니 말일세. 육지는 멀고, 바다 바닥은 평평하지도 않아. 발가락 밑에서 뼈들이 굴러다니는구먼."

말을 마친 뒤 칼라마케는 등을 돌려 큰 걸음으로 떠났다. 케올라는 파도의 골 사이로 계속 가라앉았고, 도무지 장인의 모습을 볼 수가 없었다. 하지만 물결이 바뀌어 가슴까지 차올랐을 때 장인이 성큼성큼

걸으며 저만큼 멀어지는 것이 보였다. 마술사는 머리 위로 높이 등불을 들고 있었고, 그가 나아갈 때마다 주변에서 파도가 하얗게 부서졌다.

이 주변의 섬들이 처음으로 바다에서 솟아오른 이래 케올라만큼 두려움을 느낀 사람은 없었을 것이다. 케올라는 헤엄치고 있기는 했지만 바다에 던져진 강아지처럼 헐떡거렸다. 거기에다 왜 이런 일이 일어났는지조차 모르고 있었다. 그는 부풀어 거대해진 마술사의 모습과 산처럼 큰 얼굴, 섬처럼 넓은 어깨 그리고 그의 커다란 가슴에서 부서지던 파도 외에는 아무런 생각도 할 수 없었다. 케올라는 콘서티나 생각도 났지만 왠지 모르게 수치심을 느꼈고, 죽은 자들의 뼈를 생각하니 두려운 마음으로 가득해졌다.

돌연 케올라는 별빛 아래 뭔가 어두운 것이 흔들리고 있고, 그 아래 빛이 비추고 바다가 갈라지고 있다는 것을 알게 되었다. 이어 사람들의 목소리가 들려왔다. 케올라는 크게 소리를 쳤고 이에 응답하는 목소리가 들려왔다. 순간적으로 배 한 척이 파도를 타면서 케올라의 바로 앞쪽에서 멈추고는 아주 조심스럽게 케올라에게로 다가왔다. 그는 배에서 내려 준 사슬 두 개를 양손에 잡고 잠시 밀려닥치는 파도에 묻혔다가 선원들에 의해 갑판으로 끌어 올려졌다.

선원들은 케올라에게 진과 마른 옷가지를 가져다주었고, 어떻게 이곳에 오게 되었는지, 방금 비쳤던 불빛이 라에 오 카 라우 등대에서 나오는 것인지를 물어보았다. 하지만 케올라는 백인들은 아이 같아서 그들 자신의 이야기만 믿는다는 것을 알고 있었다. 그래서 자신에 대해서는 생각나는 대로 말한 뒤 마술사의 등불이었던 빛에 대해서는 아무것도 보지 못했다고 둘러댔다.

케올라가 구조된 배는 호놀룰루에 들렀다 환초 섬들로 가서 교역하는 범선이었다. 마침 케올라에게는 굉장히 좋은 기회도 있었다. 얼마 전 돌풍이 불어 그 배의 뱃머리에서 선원 하나가 실종이 된 것이다. 여기에서 케올라가 여덟 개의 섬에 머무르고 싶어 하지 않는다는 것은 두말할 필요도 없다. 누구나 대화를 하고 소식을 전하는 것을 굉장히 좋아하기에 소문은 빨리 퍼지는 법이다. 만약 케올라가 카우아이의 최북단이나 카우의 최남단에 숨는다 하더라도 한 달 안에 그 소식이 전파될 것이었고, 그렇게 되면 케올라는 죽은 목숨이었다. 그래서 케올라는 가장 신중해 보이는 노선을 선택했다. 그것은 익사한 선원의 자리를 대신해서 이 배의 선원으로 일하는 것이었다.

어떤 면에서 그 배는 일하기 좋은 곳이었다. 음식은 비범할 정도로 훌륭하고 풍족했다. 비스킷과 소금에 절인 쇠고기가 매일 나왔고, 완두콩 수프며 밀가루와 쇠기름으로 만든 푸딩이 한 주에 두 번씩 제공되었다. 자연히 케올라는 살이 찌게 되었다. 선장은 훌륭한 사람이었고, 선원들도 여타 백인들보다 딱히 질이 낮지도 않았다. 문제는 바로 항해사였다. 그는 케올라가 만난 사람들 중 가장 까다로운 자였다. 그자는 케올라가 일을 하면 했다는 이유로, 하지 않으면 안 했다는 구실로 두들겨 패고 욕설을 퍼부었다. 항해사는 건장한 자였기에 그가 휘두르는 폭력이 너무 아파 케올라는 견딜 수가 없었다. 게다가 그 항해사가 사용하는 말들은 굉장히 불쾌한 것이었다. 케올라는 훌륭한 가문 출신이라 남들의 존중을 받는 데 익숙했기에 그런 학대는 더더욱 견딜 수가 없었다. 항해사가 저지르는 짓들 중 최악은 케올라가 잠이 들면 밧줄 채찍을 가져와서 깨우고 괴롭히는 것이었다. 케올라는 형편이 나아질 기미가 보이지 않자 배에서 도망을 치기로 마음먹었다.

호놀룰루에서 떠나온 지 한 달 정도 되자 선원들은 육지를 볼 수 있었다. 별이 빛나는 멋진 밤이었고, 바다는 하늘 못지않게 평온했으며, 무역풍은 안정적으로 불어오고 있었다. 뱃머리 쪽에는 섬이 보였고, 해변에는 바다를 따라 고른 간격을 유지하며 야자수들이 띠처럼 자라고 있었다. 선장과 항해사는 조타를 하는 케올라 옆에서 야간용 망원경으로 섬을 바라보았다. 그러고는 섬의 이름 그리고 섬 자체에 대해서 이야기를 나눴다. 아무래도 그 섬에는 교역선이 오지 않는 모양이었다. 선장은 섬에 아무도 살지 않을 것이라고 했지만 항해사는 정반대로 생각했다.

"항해용 안내 책자를 보고 하시는 말씀 같은데, 내기를 한다면 전 무인도라는 의견에는 한 푼도 걸지 않겠습니다." 항해사가 말했다. "전엔가 유제니호를 타고 여기에 온 적이 있죠. 그때도 딱 지금과 같은 밤이었습니다. 어떤 작자들이 횃불을 들고 낚시를 하고 있더군요. 해변 전체가 도시처럼 횃불로 환했어요."

"그래, 그래." 선장이 말했다. "해변이 너무 불쑥 튀어 올라와 있어. 그게 제일 큰 문제지. 해도로는 그다지 위험해 보이지 않으니 바람이 불어 가는 쪽을 끼고 나아가도록 하지. 빨리 그쪽으로 키를 완전히 돌려! 자네, 내 말을 듣고 있나!" 두 사람의 이야기를 듣는 데 너무 집중하느라 조타하는 걸 깜빡하고 있던 케올라에게 선장이 소리를 질렀다.

그러자 항해사는 케올라에게 잔뜩 욕을 퍼붓고 이 세상 어느 구석에도 쓸모없는 것들이 이 지역 원주민 놈들이라고 말했다. 이어 자신이 밧줄걸이를 들고 쫓아다니면 그날은 케올라에게 결코 잊을 수 없는 날이 될 것이라고 말했다.

그리고 선장과 항해사는 함께 갑판실로 내려갔고, 조타실에는 케올라 혼자 있게 되었다. '이 섬이야말로 내게 아주 좋은 곳이야.' 케올라는 생각했다. '교역선이 오지 않는다면 저 항해사 놈도 다시는 오지 않겠지. 칼라마케도 이 섬까지 오는 건 불가능할 거야.' 이런 생각으로 케올라는 범선을 살그머니 섬 가까이로 붙였다. 그것은 조용히 해야 하는 일이었다. 백인들, 특히나 항해사에게는 이처럼 배를 섬에 붙이는 것은 문제가 되기 때문에 그로부터 무슨 행패를 당할지 몰랐다. 그들은 모두 잠을 자는 소리, 적어도 그렇게 들리는 소리를 내고 있었다. 하지만 돛이 흔들리기라도 하면 벌떡 일어나서 밧줄 채찍을 들고 덮칠 것이었다. 따라서 케올라는 살금살금 범선을 움직여 섬에 다가갔다. 곧 섬이 뱃전과 가까워졌고, 뱃전에 부딪히는 물결 소리도 점점 커졌다.

상황이 이렇게 되어 가고 있는데 항해사가 갑자기 갑판실에서 벌떡 일어나 케올라에게 고함을 쳤다. "지금 뭐 하는 거야? 배가 해안으로 가고 있잖아!"

항해사가 한 대 칠 기세로 달려오자 케올라는 재빨리 난간을 넘어 별빛이 비추는 바다로 뛰어들었다. 케올라가 수면 위로 올라오자 범선은 원래 가려던 항로로 나아가고 있었다. 항해사는 직접 조타를 하고 있었고, 케올라는 그가 퍼붓는 욕설을 들었다. 바다는 평온했고, 섬에 가로막혀서 그런지 바람이 불어오지 않았다. 거기에다 따뜻하기까지 했다. 선원용 칼을 지니고 있던 케올라는 상어들이 두렵지도 않았다. 얼마 멀지 않은 곳에 야자수가 솟아 있었다. 그리고 마치 항구의 입구처럼 해안선이 끊어진 곳이 있었다. 이어 물결이 밀어닥쳐 케올라를 휩쓸어 앞으로 밀어냈다. 1분 정도 뒤에 그는 다시 수면 위로 떠올랐고, 곧 자신이 무수한 별들이 빛나는 넓고 얕은 물 위에 떠 있음을 알게 되었다. 케올라의 주위로는 야자수들이 줄을 지어 늘어선 고리 모양의 땅이 있었다. 케올라는 이 광경을 보고 놀라움을 금치 못했다. 이런 섬이 있다는 것은 들어보지 못했기 때문이다.

케올라가 그곳에서 보낸 시간은 둘로 나뉘는데, 하나는 홀로 보냈던 시기이고 다른 하나는 그곳 부족과 함께 보낸 시기이다. 처음에 케올라는 사방팔방을 뒤지고 다녔지만 사람의 흔적이라고는 찾아볼 수 없었다. 작은 마을에 몇 채 안 되는 집과 불을 피운 흔적만이 남아 있었다. 게다가 잿더미는 이미 차갑게 식었고, 그나마도 비가 쓸어 내려간 모습이었다. 바람이 불어서인지 몇몇 오두막은 뒤집어져 있었다. 케올라는 이곳에 터를 잡고 불을 피울 방법을 마련했으며, 조개껍질로 갈고리를 만들어 낚시를 해서 물고기들을 요리해 먹었다. 섬에는 물이 없어서 그는 야자수를 타고 올라가 푸른 야자수 열매를 따서 그 안의 과즙을 마셨다. 케올라에게 낮은 참 길었고, 밤은 참 무서웠다. 케올라는 야자수 열매로 등불을 만들었다. 잘 익은 야자수 열매에서 기름을 짜내고, 섬유질로 심지를 만들었다. 저녁이 오면 오두막의 문을 닫고 야자수 열매로 만든 등불을 밝히고서는 아침이 될 때까지 누워서 몸을 떨었다. 그러는 중에 케올라는 차라리 바다에 빠져서 죽은 자들처럼 바다 밑바닥에서 굴러다니는 뼈가 되는 것이 낫겠다는 생각을 수도 없이 했다.

이러던 내내 케올라는 섬의 안쪽으로 들어가는 일은 하지 않았다. 오두막들이 초호*의 해안에 있기도 했고, 또 초호 주변이 야자수가 가

* 환초로 둘러싸인 얕은 바다.

장 잘 자란 곳이기도 했으며, 초호 자체에 맛 좋은 물고기들이 풍부했기 때문이다. 케올라는 섬의 반대편에는 단 한 번 갔을 뿐이었고, 그곳의 해변을 단 한 번 보았을 뿐이지만 돌아올 때는 몸을 덜덜 떨었다. 그곳의 해변은 밝은 사질에 조개껍질이 널려 있고 강한 햇빛이 비추었으며 파도가 강하게 밀려들었다. 이런 광경을 보고 케올라는 머릿속이 복잡해졌다. '그럴 수는 없어.' 케올라가 생각했다. '그렇다고는 해도 너무나 비슷하잖아. 어떻게 알 수 있느냐고? 백인 녀석들은 다 알고 있다는 듯이 항해하지만 실은 다른 사람들처럼 되는 대로 항해를 한 게 틀림없어. 결국엔 그냥 한 바퀴 돈 것일 수도 있단 말이지. 나는 아마 몰로카이에서 굉장히 가까운 곳에 있을지도 몰라. 그렇다면 이 해변은 저 빌어먹을 장인이 돈을 줍던 바로 그 해변일 수도 있어.' 이후로 케올라는 신중해져서 섬의 안쪽으로는 들어가지 않았다.

대충 한 달 정도가 지나자 사람들을 가득 태운 큰 배 여섯 척이 섬에 도착했다. 배에서 내린 부족민들은 훌륭한 사람들이었고, 하와이 말과는 굉장히 다른 말을 썼지만 같은 단어가 많아서 알아듣는 것은 그다지 어렵지 않았다. 남자들은 굉장히 예의가 바르고, 여자들은 굉장히 상냥했다. 이 부족민들은 케올라를 환영했고, 집도 지어 주었으며, 아내도 얻어 주었다. 하지만 그중에서도 케올라가 가장 놀랐던 일은, 그에게 젊은 남자들과 함께 일하러 나가라는 말을 전혀 하지 않는 것이었다.

이 부족을 만난 이후 케올라는 세 시기를 보냈다. 처음에 케올라는 굉장히 슬픈 시기를 보냈고, 그다음으로는 굉장히 즐거운 시기를 보냈으며, 마지막으로 4대양에서 가장 두려움에 떠는 사람이 되었다.

첫 번째 시기에 슬펐던 이유는 아내로 맞이한 여자 때문이었다. 케올라는 이 섬에 대해 의구심을 가지고 있었고 이 섬의 말에 대해서도 역시 미심쩍어했다. 그건 과거에 칼라마케와 함께 돗자리를 타고 날아가 어떤 섬으로 갔을 때 조금 들었던 바로 그 말이었다. 하지만 그는 아내로 맞이한 여자를 보고 이것이 단순한 의심이 아님을 확인할 수 있었다. 아내는 과거에 그 미지의 섬에서 그가 낸 목소리를 듣고 소리를 지르며 도망쳤던 바로 그 여자였기 때문이었다. 그러니 그가 멀리 항해를 해 왔다고는 하지만 지금 머무르는 곳이 몰로카이일 수도 있었다. 아내와 친구들마저 버리고 고향을 떠나온 이유는 다름 아닌 장인이라는 적의 손아귀에서 벗어나기 위해서였다. 그런데 이곳은 그 빌어먹을 장인이 출몰하는 지역, 더구나 그 마술사가 투명인간이 되어 걸어 다니는 바로 그곳이었다. 이 시기에 케올라는 초호 지역에 거의 붙어살다시피 했으며 밖으로 나갈 엄두도 못 내고 오두막 안에 계속 머물렀다.

두 번째 시기가 즐거웠던 이유는 아내와 부족 원로들에게서 들은 이야기 덕분이었다. 케올라는 스스로 말을 거의 하지 않았다. 그는 새로 알게 된 이 부족 친구들에 대해서 전혀 확신이 서지 않았다. 안심하고 믿기에는 너무도 정중하게 자신을 대접했기 때문이다. 새로 장인이 된 사람을 점점 알아 갈수록 케올라는 더욱 조심스럽게 말하고 행동했다. 그리하여 케올라는 자신에 대해서는 이름과 출신 가문만 알려 주고는 그 어떤 것도 말하지 않았다. 케올라는 자신이 나고 자란 여덟 개의 섬은 참으로 아름답다는 이야기와 호놀룰루에 있는 왕궁이 정말로 멋지다는 이야기, 어떻게 자신이 국왕과 선교사들과 친한 친구로 지낼 수 있었는지 등 알맹이 없는 것들만 말해 주었다. 여하튼 케올라는 자기 말보다는 질문을 많이 했고, 그로 인해 많은 것을 배웠다.

지금 있는 섬은 목소리의 섬이라고 불리며, 이 부족의 것이기는 하지만 그들의 거처는 남쪽으로 세 시간은 항해를 해야 하는 다른 섬에 있었다. 부족 사람들이 영구적으로 거주하는 곳은 그 섬이었다. 알고 보니 그 섬은 달걀을 생산하고 닭과 돼지를 키우는 부유한 섬이었으며, 교역선도 들어와 럼과 담배 따위를 팔기도 하는 모양이었다. 케올라를 버리고 간 범선이 도착한 곳도 바로 그 섬이었다. 멍청한 백인들이 늘 그렇듯이 케올라를 괴롭히던 항해사도 그 섬에서 죽었다. 범선이 도착했을 때는 섬에서 위험한 계절이 시작되어 초호의 물고기들이 독을 품고 있었다. 그 시기에 독 오른 물고기들을 먹은 자는 모두 몸이 부풀어 오르다 죽었다. 항해사도 그 이야기를 들었고, 계절이 계절이니만큼 사람들이 그 섬을 떠나 목소리의 섬으로 가기 위해 배를 준비하는 것도 보게 되었다. 하지만 그는 멍청한 백인이었고 자기 말밖에는 믿지 않는 사람이었다. 항해사는 물고기를 하나 잡아서 요리해 먹었고 곧 몸이 부풀어 오르다 죽었다. 케올라는 그것 참 고소하다고 생각했다. 이야기를 들어 보니 목소리의 섬은 연중 대부분 비어 있다고 했다. 때때로 선원들이 코프라*를 만들기 위해 야자수 열매를 따 가기도 했다. 원래 거주하던 섬에 위험한 계절이 시작되어 물고기들이 독성을 띠기 시작하면 부족 전체가 이 목소리의 섬에 와서 임시로 산다고 했다. 목소리의 섬이라는 이름은 이 섬에서 벌어지는 불가사의한 사건에서 나온 것이었다. 이들은 섬의 해변이 보이지 않는 악마들로 득시글거린다고 여겼다. 낮이건 밤이건 그쪽 해변에서는 보이지 않는 악마들이 이상한 말로 서로 이야기를 주고받으며, 조그맣게 불꽃이 타오른 뒤 사

* 코코넛 과육을 말린 것.

라진다고 했다. 왜 이런 일들이 일어나는지에 대해서는 아무도 알지 못했다. 케올라는 부족 사람들에게 원래 살던 섬에서도 이런 일이 일어나느냐고 물었고, 그들은 원래 섬뿐 아니라 근처 바다에 있는 몇백 개나 되는 다른 섬들에서도 볼 수 없는 일이라고 말했다. 그것은 바로 이 목소리의 섬에서만 일어나는 이상한 현상이었다. 부족 사람들은 케올라에게 불길이 일어나고 목소리가 들리는 곳은 해변과 해변 주변의 숲뿐이라는 이야기도 해 주었다. 사람의 수명이 최대한 얼마나 되는지는 모르겠지만, 부족 사람들은 이 초호 지역에서만 산다면 2천 년을 살아도 아무 일이 없을 것이라고 했다. 부족 사람들은 심지어 가만히 내버려 두기만 한다면 해변의 악마들은 아무런 해도 끼치지 않는다고 부연했다. 한번은 한 원로가 목소리가 들리는 곳으로 창을 던졌는데, 그날 밤 그 원로가 야자수에서 떨어져 죽었다는 이야기도 들려주었다.

케올라는 한참을 생각해 보았다. 부족이 원래 살던 섬으로 되돌아가면 자신도 괜찮을 것 같다는 생각이 들었다. 초호 지역에서만 머문다면 아무래도 별일은 없을 것 같았다. 그럼에도 케올라는 할 수만 있다면 일을 확실히 처리하고 싶었다. 그래서 족장에게 가서 과거에 이 섬처럼 악마들에게 괴롭힘을 당하는 섬에 갔던 적이 있는데, 그 섬의 사람들이 문제를 해결하는 방법을 알아냈다고 말했다. "숲에 자라고 있는 나무가 하나 있었죠." 케올라가 말했다. "악마들은 그 나무의 잎을 가지러 오는 것 같더라고요. 그래서 사람들은 섬에 자라난 그 나무들을 보이는 족족 베었고 악마는 더 이상 나타나지 않았어요." 부족 사람들은 그 나무가 대체 어떤 것이냐고 물어봤고, 케올라는 마술사 장인이 태웠던 잎이 달린 나무를 알려 주었다. 부족 사람들은 믿기 힘든 이야기라고 했지만 충분히 자극을 받은 것 같았다. 원로들은 밤마다 모여서 케올라의 이야기를 의논했다. 용감한 사람이기는 했지만 족장은 케올라의 말을 실천하는 것을 두려워했다. 그는 악마들에게 창을 던 졌다가 그날 밤으로 죽어 버린 원로의 사건을 날마다 원로들에게 상기시켰다. 그 사건에 대한 기억은 벌목 논의를 완전히 중단시켰다.

비록 케올라는 그 나무들을 벌목하는 일을 성사시키지는 못했지만 충분히 즐겁게 지내고 있었다. 이제 케올라는 주변을 둘러보기 시작했으며, 매일을 즐겁게 보냈다. 또 아내에게 친절하게 대했기 때문에 그녀는 케올라를 굉장히 사랑하게 되었다. 하루는 그가 오두막에 왔는데 아내가 바닥에 쓰러져 한탄하고 있었다.

"아니, 무슨 일이라도 있는 거요?"

케올라가 물었으나 아내는 아무 일도 없다고 말했다.

그날 밤 아내가 케올라를 깨웠다. 등불은 아주 희미하게 타고 있었지만 케올라는 아내의 슬픈 얼굴을 볼 수 있었다.

"케올라." 아내가 말했다. "조용히 말할 테니 제 입가로 귀를 가져다 대요. 아무도 우리 말을 들어선 안 되니까요. 우리 부족이 이 섬을 떠나려고 배를 준비하기 이틀 전에 해변 쪽으로 가서 숲 속에 숨어요. 숨을 장소는 당신과 제가 함께 그 전에 찾아 놓고, 음식도 숨겨 놓을 계획이에요. 매일 밤 제가 그 근처에서 노래를 부르겠어요. 밤이 되어도 제 노래가 들리지 않는다면 우리 부족이 이 섬에서 완전히 떠난 거라고 생각하면 돼요. 그렇게 되면 당신은 안전하게 다시 나올 수 있어요."

케올라는 마치 영혼이 죽은 것 같은 기분이었다. "대체 그게 무슨 말이오?" 케올라가 소리쳤다. "악마들 사이에서 살 수는 없소. 나는 이 섬에 남아 있지 않겠소. 떠나고 싶어서 죽을 지경이란 말이오."

"불쌍한 케올라, 하지만 당신은 그렇게 되면 살아서 섬을 떠날 수 없을 거예요." 아내가 말했다. "사실대로 말하겠어요. 우리 부족은 식인종이에요. 하지만 당신에게는 비밀로 하고 있었어요. 부족 사람들이 떠나기 전에 당신을 죽이려는 이유가 있어요. 우리가 원래 살던 섬에는 배도 들어오고, 때때로 프랑스 관리가 찾아와서 그 섬에 거주하는 프랑스 사람들과 상담을 하기도 해요. 베란다가 있는 집에는 백인 교역상과 전도사도 살고 있어요. 아, 얼마나 멋진 섬인데요! 교역상은 밀가루가 가득 찬 통을 가지고 있고, 일전엔 프랑스 군함도 한 번 초호 지역으로 들어와서 섬에 있는 사람들 모두에게 와인과 비스킷을 나눠 주기도 했어요. 아아, 불쌍한 케올라, 저도 당신을 그 섬으로 데려가고 싶어요. 당신을 너무도 사랑하니까요. 파페에테만 빼면 우리 섬은 이 근해에서 가장 훌륭한 곳일 거예요."

그리하여 이제 케올라는 4대양에서 가장 두려움에 떠는 사람이 되었다. 케올라는 남쪽 군도에 식인종들이 산다는 이야기를 들은 적이 있는데, 이야기만으로도 늘 두려움을 느꼈다. 그런데 이제는 식인종 이야기가 현실화되어 자신의 당면 문제가 된 것이었다. 거기에다 케올라는 여행자들에게서 식인종들의 행동을 들은 적도 있었다. 일단 식인종들이 누군가를 먹기로 하면 그들은 마치 사랑하는 아이를 돌보는 엄마처럼 먹을 대상을 애지중지했다. 지금 자신의 처지가 딱 그것임을 케올라는 깨닫게 되었다. 부족 사람들이 자신에게 집을 주고, 먹을 것을 주고, 아내를 주고, 모든 노동에서 면제해 준 것, 또 부족의 노인들과 원로들이 자신을 중요한 사람인 양 대접하며 대화를 나눈 것 등은 다 그런 이유에서였다. 케올라는 침대에 드러누운 뒤 자신의 운명에 대해 푸념했고, 얼어붙는 듯한 공포를 느꼈다.

이야기를 들은 다음 날에도 부족 사람들은 여태껏 그랬던 것처럼 굉장히 정중하게 행동했다. 품격 있게 말을 했고, 아름다운 시를 읊었으며, 식사 중에는 선교사라도 웃다 쓰러질 재미있는 농담을 했다. 하지만 케올라에게 부족 사람들의 그런 멋진 모습이 눈에 들어올 리가 없었다. 그의 눈에 들어온 것은 그저 하얗게 빛나는 그들의 치아뿐이었다. 그런 모습을 보자 케올라는 울화가 치밀었다. 식사를 마치고 케올라는 숲에 들어가 마치 죽은 사람처럼 쓰러져 누웠다. 다음 날도 마찬가지였는데, 이번에는 아내가 숲까지 케올라를 따라왔다.

"케올라." 아내가 말했다. "당신이 식사를 제대로 하지 않는다면 이건 분명하게 말할 수 있어요. 당신은 내일이라도 살해당해서 요리가 될 거예요. 일부 원로들은 이미 불평하기 시작했어요. 그 사람들은 당신이 병에 걸렸다고 생각하고, 그래서 살이 빠질까 봐 불쾌해하고 있어요."

아내의 말이 끝나자마자 케올라는 벌떡 일어서서 불같이 화를 내기 시작했다.

"어찌 되든 나는 신경 쓰지 않겠어." 케올라가 말했다. "나는 악마와 깊은 바다 사이에 있거든. 어차피 죽게 될 운명이라면 가장 빠른 방법으로 죽겠어. 기껏해야 잡아먹히는 거라면, 나는 사람보다는 도깨비들에게 잡아먹히는 게 낫겠어. 잘 지내." 케올라는 이렇게 말하고는 우두커니 서 있는 아내를 뒤로하고 섬의 해변 쪽으로 걸어갔다.

강한 햇빛 아래 해변은 민모습을 드러내고 있었다. 사람은 보이지 않았고, 해변에는 발자국 흔적만 남아 있었다. 케올라가 걸어가자 주변에서 말하고 속삭이는 목소리들이 들렸다. 작은 불꽃이 치솟다가 꺼졌다. 프랑스어, 독일어, 러시아어, 타밀어,* 중국어 등 해변에서는

* 남인도 및 스리랑카 주변에서 사용되는 말.

세상의 모든 말이 들려오는 것 같았다. 마술을 사용하는 온갖 나라의 사람들이 케올라의 귀에 속삭이고 있었다. 해변은 시장 바닥처럼 목소리들로 붐볐지만 사람이라고는 하나도 보이지 않았다. 케올라는 앞에 있던 조개껍질들이 사라지는 것을 보았지만 그것을 집는 사람은 볼 수가 없었다. 이런 환경에 홀로 있으면 설사 악마라고 해도 두려울 터였다. 하지만 케올라는 두려움을 극복하고 죽음을 맞이하고자 했다. 불꽃이 솟아오르면 케올라는 마치 황소처럼 그 불꽃을 향해 달려갔다. 여기저기에서 실체 없는 목소리가 들렸고 보이지 않는 손이 불꽃에 모래를 끼얹어 꺼 버렸다. 불꽃들은 그렇게 케올라가 닿기도 전에 해변에서 사라지고 말았다. '분명 장인이란 작자는 여기 없겠지.' 케올라가 생각했다. '여기 있었다면 난 오래전에 죽었을 게 틀림없어.' 그러면서 케올라는 지친 나머지 숲 가장자리에 털썩 주저앉아 손으로 턱을 괴었다. 케올라의 눈앞에서는 아까 벌어졌던 일이 계속되고 있었다. 해변은 목소리로 왁자지껄했고, 불꽃이 솟아올랐다가 사라졌으며, 심지어 케올라가 보고 있는데도 조개껍질이 사라졌다가 다시 나타났다. '전에 여기에 왔을 때도 참 이상했지.' 케올라가 생각했다. '하지만 지금 내가 겪는 일에 비하면 그 일은 아무것도 아니었어.' 수백만 달러가 해변에 널려 있고, 수백 명의 사람들이 해변에서 돈을 모아 독수리보다 더 높고 빠르게 하늘을 날아간다는 생각을 하니 케올라는 머리가 어질어질했다. '이런데도 돈은 조폐국에서 만드는 거라는 한심한 이야기를 하다니, 참 나를 바보로 봤구먼. 세계의 모든 새 동전들이 이 해변에 모여 있다는 게 이제는 분명하잖아! 이제는 나도 잘 알고 있다고.' 케올라가 말했다. 마침내 그는 언제 어떻게인지는 모르지만 잠에 빠져들었고, 섬과 자신을 짓누르던 슬픔을 그렇게 잠시 잊어

버렸다.

다음 날 아침, 태양이 뜨기도 전에 북적거리는 소리가 나서 케올라는 잠에서 깨어났다. 깨면서 케올라는 두려움에 떨었다. 자고 있는 동안 부족 사람들이 자신을 잡아간 것이 아닌가 하는 생각이 들었기 때문이다. 하지만 그렇지는 않은 모양이었다. 케올라의 앞에 놓인 해변에서 실체 없는 목소리들이 서로를 부르고 소리치고 있었다. 그 목소리들은 전부 케올라를 지나쳐 해변을 지나 해변 안쪽으로 가고 있었다.

'대체 무슨 일이 벌어지고 있는 거야?' 케올라가 생각했다. 하지만 평범한 것과는 거리가 먼 어떤 일이 분명 벌어졌다. 불꽃이 올라오지도, 조개껍질이 사라지지도 않았지만 실체 없는 목소리들은 해변으로 소식을 알리고 신호를 보냈다. 그러다가 서서히 목소리가 잦아들었고, 이어 다른 목소리들도 그 뒤를 따랐다. 들리는 소리로 미루어 볼 때 이 마술사들은 화가 난 것이 분명했다. '나 때문에 화가 난 것이 아니야.' 케올라가 생각했다. '내가 이렇게 가까이 있는데도 그냥 지나치잖아.' 마치 사냥개가 달려 나가는 것처럼, 아니면 경주마가 달려 나가는 것처럼, 그도 아니면 불꽃을 쫓아다니는 도시 사람들처럼 모든 목소리들이 함께 합류해서 나아가고 있었다. 그리고 그것은 결국 케올라도 마찬가지였다. 케올라는 자신이 무엇을 해야 할지, 왜 이런 행동을 하는지 알 수 없었지만 목소리들과 함께 달려 나가고 있었다.

그렇게 케올라는 섬의 어떤 지점에 들어서게 되었고, 그곳에서 새로운 광경을 목격했다. 케올라의 기억으로는 이곳에서 마술사들에게 필요한, 잎이 달린 나무들이 무성하게 자라고 있었다. 그리고 바로 케올라는 뭐라고 표현할 수 없는 소리로 울려 퍼지는 함성을 들었다. 케올라와 함께 달리던 목소리들은 함성을 듣고는 소리가 들리는 곳으로 갔다. 좀 더 가까이 가자 함성이 수많은 도끼가 충돌하는 소리와 뒤섞이기 시작했다. 그 광경에 케올라의 머릿속에는 어떤 생각이 퍼뜩 스쳐 갔다. '족장이 내 이야기대로 해 보자고 한 모양이군. 그래서 부족 사람들이 나무를 찍어 내기 시작한 거야. 마술사들끼리 이 소식을 전달했을 것이고, 결국 나무를 지키기 위해 여기로 전부 모인 것이겠지.' 이런 생각이 들자 케올라에게는 기묘한 욕심이 생겨났다. 케올라는 목소리들과 함께 이동해서 해변을 가로질러 숲의 경계까지 들어갔다. 여기에서 케올라는 벌어진 상황을 보고는 놀란 입을 다물지 못하고 우두커니 섰다. 나무가 하나 쓰러져 있었고, 다른 나무들은 도끼에 찍혀 일부분은 이미 잘려 있었다. 부족 사람들은 모인 채로 등을 맞대고 있었다. 몇몇 부족민은 쓰러져 있었고, 그들의 다리 사이로 피가 흘렀다. 부족 사람들은 두려움에 질린 얼굴로 족제비가 우는 것처럼 새된 소리를 꺼이꺼이 질러 댔다. 혼자 있는 아이가 목검을 들고 이리저리 뛰며 허공에 칼을 휘두르는 모습을 본 적이 있는가? 그런 식으로 도끼를 휘두르던 식인종들은 등을 맞대며 모였고, 비명을 지르고 쓰러지면서 도끼를 땅에 떨어뜨렸다. 하지만 그들과 대적하는 자들은 도무지 보이지 않았다. 케올라는 그저 이곳저곳에서 도끼가 공중에 떠서 저절로 휘둘러지는 모습을 보았고, 부족 사람들이 도끼에 맞아 몸이 반으로 갈라지거나 산산조각 나며 쓰러지는 모습도 보았다. 쓰러진 부족민들의 영혼은 울부짖으면서 빠르게 육신을 빠져나갔다.

케올라는 꿈꾸는 것처럼 이 불가사의한 일을 잠시 바라보았다. 하지만 이런 광경을 보고 있자니 곧 죽을 것같이 날카로운 공포에 사로잡혔다. 동시에 족장이 케올라가 서 있는 것을 보더니 그를 가리키며 그의 이름을 부르짖었다. 그로 인해 부족 모두가 케올라를 바라보았다. 그들은 눈을 번뜩거렸고 하나같이 이를 갈고 있었다. '여기 너무 오래 있었군.' 이렇게 생각한 케올라는 내달려서 숲을 빠져나와 해변으로 향했다. 어디로 가야 할지는 아직 생각나지 않았다.

"케올라!" 아무도 없는 해변 가까이에서 어떤 목소리가 들렸다.

"레후아! 당신이오?" 케올라는 헐떡거리며 소리를 질렀다. 레후아를 찾기 위해 주변을 둘러보았지만 아무 소용이 없었다. 케올라의 시야에는 이 삭막한 해변에 오로지 그 자신만 덩그러니 남아 있었다.

"아까 당신이 지나가는 걸 봤어요." 레후아의 목소리가 대답했다. "하지만 제 목소리를 듣지 못한 것 같았어요. 여하튼 서둘러요. 나뭇잎과 풀을 모아 와요. 빨리 도망쳐야 돼요."

"돗자리도 가지고 있는 거요?" 케올라가 물었다.

"당신 옆에 이렇게 가지고 있어요." 레후아의 목소리가 대답했고, 케올라는 레후아의 팔이 옆에 있는 것을 느낄 수 있었다. "서둘러요! 아버지가 오기 전에 나뭇잎과 풀을 모아 와요!"

케올라는 필사적으로 달려서 마술에 필요한 재료들을 모아서 돌아왔다. 레후아는 케올라를 뒤에서 잡아당겨 돗자리에 발을 올려놓게 한 뒤 불을 피웠다. 불꽃이 타오르는 동안 숲에서 펼쳐지는 전투 소리가 들려왔다. 마술사들과 식인종들은 치열하게 싸우고 있었다. 보이지 않는 마술사들은 산에 사는 황소처럼 크게 으르렁거렸고, 식인종들은 영혼까지 두려움을 느끼면서 야만스럽고 새된 소리를 질러 댔다. 불꽃이 타오르는 내내 돗자리 위에 서 있던 케올라는 그 소리를 들으며 몸을 부르르 떨었고, 동시에 레후아의 보이지 않는 손이 나뭇잎을 쏟아 넣는 모습을 지켜보았다. 레후아는 빠르게 나뭇잎을 쏟아부었고,

불꽃이 높게 솟아올랐다. 그 와중에 케올라의 넓적다리가 그슬리기도 했다. 레후아는 신속하게 숨을 후후 불면서 불꽃을 날렸다. 마지막 잎마저 완전히 타올라 불꽃이 사라지자 예전과 같이 귀가 먹먹하고 눈앞이 침침한 충격이 잇따랐다. 그리고 케올라와 레후아는 집의 응접실로 돌아오게 되었다.

이제 케올라는 마침내 레후아를 볼 수 있게 되었고, 더할 나위 없이 기뻤다. 몰로카이의 집으로 돌아와 포이* 접시를 곁에 두고 앉아 있다는 것이 정말로 기뻤다. 범선에서는 물론이고 목소리의 섬에도 토란은 없었기 때문이다. 또한 식인종들의 손에서 이렇게나 산뜻하게 탈출하게 되어 정신이 나갈 정도로 기뻤다. 하지만 명확하지 않은 다른 문제가 있어서 레후아와 케올라는 밤을 새우며 그에 대해 이야기하고 골머리를 썩였다. 장인이며 마술사인 칼라마케가 목소리의 섬에 남겨진 것이다. 만약 하느님께서 보살피신다면 칼라마케는 그 섬에 머물러 있을 것이고, 그렇게 되면 모든 것이 잘 풀리는 셈이었다. 그러나 마술사가 도망쳐 몰로카이로 돌아오면 케올라는 물론 레후아에게도 끔찍한 날이 될 것이었다. 부부는 칼라마케의 몸을 부풀리는 마술과 먼 바다를 헤치고 올 수 있는 능력 등에 대해서 이야기를 나누었다. 하지만 케올라는 곧 목소리의 섬이 투아모투 제도에 있다는 것을 알게 되었다. 이어 부부는 지도책을 가져와 과연 칼라마케가 올 수 있는 거리인지를 살펴보았다. 노인이 걸어서 오기에는 꽤나 멀어 보였다. 하지만 칼라마케는 능력이 비범한 마술사인지라 아무래도 확신할 수가 없었다. 그래서 부부는 결국 백인 선교사에게 상담해 보기로 했다.

* 하와이의 토란 요리.

첫 번째로 집을 찾아온 선교사에게 케올라는 모든 것을 고백했다. 그러자 선교사는 케올라가 목소리의 섬에서 두 번째 아내를 맞이한 것을 굉장히 날카롭게 비판했다. 그렇지만 나머지 일에 대해서는 도저히 이해할 수가 없다고 단언했다. "여하튼 선생님께서 장인어른의 돈이 부정하게 얻은 것이라고 생각하신다면 일부는 나병 환자들을 위해, 일부는 선교 기금으로 기부하라고 조언하고 싶습니다. 그리고 지금 말씀하신 지나치게 길고 장황한 이야기는 아무 곳에도 발설하지 말고 혼자 간직하고 계시는 게 좋을 것 같습니다." 하지만 선교사는 케올라와 헤어진 뒤 호놀룰루 경찰에 가서 칼라마케와 케올라가 동전을 위조한 것 같으니 그들을 감시하는 게 좋겠다고 신고했다.

케올라 부부는 선교사의 조언을 받아들여 상당한 돈을 나병 환자들과 선교 기금에 기부했다. 그때부터 지금까지 칼라마케의 소식이 아예 없었던 것을 보면 선교사의 조언이 훌륭했다는 건 의심할 여지가 없다. 여하튼 마술사가 숲 속의 전투에서 살해당했는지, 혹은 여전히 목소리의 섬에서 계속 누군가를 기다리면서 지내는지는 알 길이 없다.

# 해변가 모래언덕 위의 별장

The Pavilion on the Links

피드라* 근방에 살던 시절을 기억하며
D.A.S.에게 바친다.

*스코틀랜드 노스버릭 근처의 작은 섬.

## *1*

## 나는 어떻게 그레이든 해변 숲에 머물면서
## 별장에서 새어 나오는 빛을 보게 되었는가

젊은 시절 나는 유독 홀로 있기를 좋아했다. 세상사에 초연하고 나 자신의 즐거움을 누리는 것만으로도 충분하다고 여기며, 그것을 자랑스럽게 생각했다. 나는 아내이자 아이들의 어머니인 그녀를 만나기 전까지 친구는 물론 지인조차 없는 사람이었다. 그렇지만 한 남자와는 개인적인 관계를 맺고 있었는데, 그의 이름은 R. 노스모어였다. 그는 스코틀랜드 그레이든 이스터의 향사鄕士였다. 우리는 대학에서 만나 알게 되었다. 서로 좋아하지도 않았고 그다지 친밀함을 느끼지도 못했지만, 우리는 굉장히 성격이 비슷해서 쉽게 어울리게 되었다. 우리는 스스로를 염세가라고 생각했지만, 시간이 흐르자 나는 우리가 그저 심술궂은 대학생일 뿐이라고 생각했다. 이런 우리의 관계는 우정이라고 보기는 힘들고, 오히려 사교성 없는 학생끼리 가까스로 공존한 경우라고 하는 편이 더 타당하다. 노스모어는 이례적일 정도로 성질이 난폭했고, 그래서 나를 제외한 다른 친구들과 평화롭게 지내는 것이 참으로 어려웠다. 노스모어는 내 조용한 삶의 방식을 존중했으며, 내가 마음대로 나타났다 사라지는 것을 허용했다. 그래서 나는 별 어려움 없이 그 친구가 내 옆에 있는 것을 견뎌 낼 수 있었다. 우리는 서로를 친구라는 호칭으로 불렀다.

노스모어가 학위를 따고 나는 학위 없이 대학을 떠나기로 결심했을 때였다. 노스모어가 나를 그레이든 이스터로 장기간 초대했다. 그렇게 하여 나는 앞으로 각종 모험이 벌어질 장소를 처음 알게 되었다. 북해의 해안으로부터 5킬로미터 정도 떨어진 지역에 펼쳐진 황량한 땅 위에 노스모어의 그레이든 저택이 서 있었다. 그 집은 병영만큼이나 거대하고, 연석軟石으로 지어져 거센 해풍에 취약했다. 때문에 저택 내부는 음습하고 차가운 바람이 들어왔으며, 외부는 절반쯤 부서져 있었다. 그런 집에서 두 젊은 남자가 안락하게 머무르기란 참으로 어려웠다. 하지만 저택의 북쪽에는 황량하고 바람 부는 모래언덕이 숲과 바다 사이에 자리 잡고 있었는데, 그 꼭대기에는 현대식으로 설계된 작은 별장이 있었다. 이 별장은 정확히 우리의 필요를 충족시켜 주었고, 이 외딴집에서 노스모어와 나는 넉 달 동안 비바람 치는 겨울을 보냈다. 우리는 말은 별로 하지 않고 책을 많이 읽었으며, 식사할 때를 제외하고는 거의 어울리지 않았다. 나는 그곳에 더 머무를 수도 있었지만 3월의 어느 날 밤 우리 사이에 치열한 논쟁이 불붙어서 그만 불가피하게 떠날 수밖에 없었다. 당시 노스모어는 어떤 이야기를 맹렬하게 했고, 나는 뭔가 신랄한 말로 응수를 했던 것 같다. 그는 분을 참지 못하고 의자를 박차고 일어나서 나와 드잡이를 했다. 정말 거짓말 하나 보태지 않고 나는 목숨을 지키기 위해서 치열하게 싸워야 했다. 나는 엄청난 노력으로 가까스로 노스모어를 제압했다. 신체적으로 나 못지않게 강건한 그가 귀신 들린 사람처럼 죽자 살자 달려들었던 것이다. 싸움이 벌어진 다음 날 아침 우리는 평소와 다름없이 만났지만, 나는 조심스럽게 그곳을 나가겠다고 말했고 그 역시 딱히 만류하지 않았다.

그 후 9년이 지나서 나는 그 인근을 다시 방문했다. 나는 그 당시 기우뚱거리는 수레에 텐트와 조리용 난로를 싣고 떠돌아다녔다. 낮 동안은 수레를 굴리면서 그 옆에서 내내 도보 여행을 했고, 밤이 되면 형편을 보아 가며 언덕의 움푹 들어간 곳이나 숲의 가장자리에서 야영을 했다. 이런 식으로 나는 잉글랜드와 스코틀랜드 지방의 황량하고 인적 없는 지역을 대부분 돌아다녔다. 친구도 친척도 없었기에 편지를 주고받을 일도 없었고, 일정한 근거지를 둘 일도 없었다. 그나마 근거지라고 할 만한 곳은 한 해에 두 번 정도 내 수입을 인출할 때 들르는 개인 사무 담당 변호사의 사무실 정도였다. 방랑은 내가 즐기는 삶이었으나, 이런 방랑자 같은 여행을 하면서 나이를 먹고, 결국에는 구렁텅이에 빠져 객사하겠지 하는 쓸쓸한 생각이 들 때도 있었다.

방해받지 않는 야영 장소, 그러니까 외딴곳을 찾아내는 것이 그 당시 나의 일상적인 관심사였다. 마침 그 모래언덕 별장이 있는 주州의 다른 지역을 떠돌던 나는 돌연 그 집이 생각났다. 그 별장에서 5킬로미터 내에는 간선도로도 없었고, 가장 가깝다는 어촌도 10킬로미터 정도 떨어져 있었다. 16킬로미터의 길이에, 너비는 5킬로미터에서 800미터까지 되는 이 황량한 일대는 바다를 따라 지역이 형성되어 있었다. 이 지역에 접근하려면 자연히 바다를 이용하는 것이 좋은데, 그 해변은 유사流砂 지역이 많았다. 실제로 영국에서 이보다 더 훌륭한 은신처가 있을까 하는 생각마저 들었다. 나는 그레이든 이스터의 해변에서 한 주를 보내기로 마음먹었고, 급하게 서둘러서 날씨가 사나웠던 9월의 어느 날 일몰 즈음에 그곳에 도착했다.

앞에서 말한 것처럼 이 지역은 일반적인 모래언덕과 링크스가 뒤섞여 있었다. 링크스는 토탄으로 뒤덮인 다소 단단한 모래언덕을 가리키는 스코틀랜드 말이다. 별장은 이 링크스 위의 평평한 곳에 서 있었다. 별장의 약간 뒤에는 바람에 맞서려고 서로 협력하고 있는 듯한 딱총나무 숲이 있다. 별장의 앞에는 무너진 모래언덕이 몇 개 있었고, 그 언덕을 넘어가면 바로 바다였다. 툭 튀어나온 바위들은 모래를 보호하는 요새 형태를 이루었고, 따라서 여기 두 개의 얕은 만 사이의 해안선에는 하나의 곶이 생겨났다. 만에서 조금 떨어진 곳에는 커다란 바위가 튀어나와 있었는데, 멋진 모양의 자그마한 섬 같은 형상이었다. 썰물일 때는 유사 지역이 굉장히 넓어져 이 지역에서 위험한 곳으로 소문이 나 있었다. 작은 섬과 곶 사이에 있는 해안 인근의 유사는 4분 30초 만에 사람 한 명을 집어삼킨다고 한다. 하지만 이것이 정확한 수치인지는 별로 근거가 없다. 이 지역에는 토끼가 살았고, 별장 주변에서는 갈매기들이 출몰해 끊임없이 울어 댔다. 이 지역의 풍경은 여름날에는 청명해서 보기에 즐거웠다. 하지만 9월의 일몰 때에 거친 바람이 불고 모래언덕 가까이로 엄청난 파도가 몰아치면, 들려오는 소식이라고는 죽은 선원과 바다의 참사뿐인 황량한 곳이었다. 수평선 위에서 바람이 부는 방향으로 뭇매를 맞는 배 한 척과 내가 밟고 있는 모래에 절반쯤 묻힌 난파선에서 나온 것 같은 거대한 나무 곤봉은 그런 황량한 풍경을 완벽하게 마무리 짓고 있었다.

이 별장은 어리석고 방탕한 미술품 애호가인 노스모어의 삼촌이 지었지만 노후한 느낌이 거의 들지 않았다. 그 삼촌은 이 집의 과거 소유주이기도 했다. 별장은 2층 높이의 이탈리아식 건물이었고, 몇몇 조잡한 꽃들 말고는 아무것도 자라지 못하는 작은 정원에 둘러싸여 있었다. 거기에다 창에는 덧문이 내려져 있어 잠시 비워 둔 집이라기보다는 사람이 아예 살지 않았던 집처럼 보였다. 노스모어는 분명 집에 없는 듯했다. 평소처럼 심술궂은 얼굴로 요트 선실에 앉아 있는지 아니면 갑자기 변덕이 발동하여 현지의 사교계에 화려한 모습으로 등장하러 갔는지 나로서는 추측할 길이 없었다. 이 건물은 고독의 분위기를 물씬 풍겼고, 심지어 나처럼 외롭게 살아온 사람조차 별로 들어가고 싶지 않게 만들었다. 굴뚝에서는 바람이 기묘하게 울부짖는 소리를 내고 있었다. 나는 그곳에서 벗어나고 싶어졌다. 그 집을 벗어나는 것이 오히려 실내로 들어서는 느낌마저 들었다. 나는 재빨리 몸을 돌려 내 앞으로 수레를 끌며 숲의 가장자리로 갔다.

그레이든의 해변 숲은 그 뒤의 경작지를 보호하고 바람에 날려 오는 모래를 방지하려고 조성된 방풍림이었다. 해안 쪽에서 숲으로 나아가면 딱총나무들이 사라지고 튼튼한 관목들이 나타났다. 숲의 나무들은 너무 무성하게 자라나 서로의 성장을 억누르고 있었는데, 이렇게 평생을 충돌하며 지내야 했다. 나무들은 맹렬한 겨울밤 폭풍에도 기세 좋게 버텨 냈고, 또 그런 고생에 익숙한 모습이었다. 심지어 초봄에도 보란 듯이 나뭇잎을 날려 보냈다. 가을은 이러한 잎을 떨군 숲에서 시작되었다. 숲 안쪽으로 땅이 솟아올라 작은 언덕을 형성했으며, 바위가 우뚝 솟아 작은 섬처럼 보이는 곳과 함께 뱃사람들에게 항해 지표의 역할을 했다. 작은 섬에서 북쪽으로 이 언덕이 보이면 배는 반드시 동쪽으로 움직여야 그레이든 네스와 그레이든 불러스를 통과할 수 있었다. 언덕 아래에는 나무들 사이로 작은 개울이 흘렀고, 개울은 떨어진 나뭇잎과 개울에 실려 온 진흙에 막혀서 여기저기로 흘러 나가다 결국에는 한곳에 고여 못을 형성했다. 숲 주변에는 폐가가 된 오두막이 한두 채 정도 있었다. 노스모어의 말에 따르면, 이런 오두막들은 교회 재단이 지은 것으로 제대로 사용되던 때에는 독실한 은둔 수도사들의 거주지였다.

곧 나는 동굴 혹은 작은 공동空洞을 찾아냈다. 마침 그곳에는 깨끗한 물이 솟아나는 샘이 있었다. 나는 가시 달린 관목들을 걷어 내고 그곳에 텐트를 설치하고 저녁을 지을 불을 피웠다. 말은 작은 초지가 있는 숲 속 깊은 곳에 매어 두었다. 동굴의 양쪽 둑은 내가 피운 불에서 나오는 빛을 가려 주었을 뿐 아니라 사납고 차가운 바람을 막아 주기도 했다.

내가 살아온 방랑자의 삶은 나를 강인하고 검소한 사람으로 만들었다. 나는 물 말고는 어떤 음료도 마시지 않았고 귀리로 만든 죽 같은 값싼 음식만 먹었다. 잠도 그리 많이 자지 않았다. 동이 트면 반드시 일어나지만 그 전이라도 어둠 속에서 깨어 오랫동안 누워 있거나 밤하늘의 반짝이는 별을 바라보곤 했다. 이 그레이든 해변 숲에서 나는 고맙게도 저녁 8시에 잠에 들었지만 11시가 되기 전에 정신이 번쩍 든 채로 깨어났다. 졸리거나 피곤하다는 느낌은 없었다. 나는 일어나서 모닥불 옆에 앉아 떠들썩하게 흔들리는 나무와 머리 위로 흘러가는 구름을 바라보았다. 그리고 해변의 바람과 커다란 파도 소리에 귀를 기울였다. 그러다가 가만히 있는 것이 지겨워져서 동굴을 빠져나와 숲의 경계 쪽으로 산책을 나갔다. 안개에 묻힌 초승달이 희미하게

266

나마 내 발걸음에 빛을 던져 주었다. 모래언덕 쪽으로 나오자 달빛은 한결 더 밝아졌다. 하지만 동시에 바다의 소금 냄새와 모래를 실은 바람이 내 얼굴을 강하게 후려쳐서 고개를 숙여야만 했다.

고개를 다시 들어 주변을 살펴보았을 때 별장에서 새어 나오는 빛이 보였다. 불빛은 한 군데 정지되어 있지 않았고, 마치 누군가가 등이나 양초를 들고 각기 다른 방을 확인이라도 하는 것처럼 이 창문에서 저 창문으로 움직였다. 나는 굉장히 놀란 상태로 잠시 그 불빛을 바라보았다. 내가 오후에 도착했을 때 별장에는 아무 인기척이 없었지만, 지금은 분명 사람이 있었다. 처음에 나는 도둑들이 침입해 물건도 그런대로 갖추어진 노스모어의 벽장들을 뒤지는 게 아닐까 하고 생각했다. 하지만 도둑들이 굳이 그레이든 이스터까지 올 이유가 무엇인가? 거기에다 덧문이 모두 열려 있었다. 양상군자의 특징은 가능한 한 감추는 것이고, 그렇다면 덧문은 닫힌 채로 놔두는 게 맞지 않겠는가. 나는 도둑이 들었다는 생각은 떨쳐 버리고 다른 쪽으로 생각하기 시작했다. 틀림없이 노스모어가 별장에 온 것으로, 지금 환기를 시키면서 별장을 살펴보는 중이라고 말이다.

나는 앞에서 노스모어와 나 사이에 진정한 애정은 없었다고 말했다. 설사 내가 그를 형제처럼 사랑했다 하더라도, 지금 나는 고독을 훨씬 더 사랑했고 그 때문에 노스모어와 함께 있는 것을 피하고 싶었다. 그런 심정이었으므로 나는 등을 돌려 달아났다. 그리하여 동굴의 모닥불 옆으로 무사히 돌아온 데 굉장히 만족했다. 나는 노스모어와 만나는 것을 일부러 피했고, 그런 만큼 하룻밤을 더 편안하게 보낼 수 있게 되었다. 아침이 되면 나는 노스모어가 출타하기 전에 이곳을 빠져나갈 수도 있었고, 또는 마음이 내키면 잠시 들러 그에게 안부 인사를 할 수도 있었다.

하지만 아침이 오자 나는 그 상황을 아주 흥미롭다고 생각했고, 그래서 과거의 서먹한 관계 따위는 잊어버리게 되었다. 노스모어를 내 마음대로 주무를 수 있을 것 같았다. 비록 그가 마음 놓고 농담할 상대는 아니었지만 나는 그의 앞에 불쑥 나타난다는 괜찮은 농담을 하나 준비한 셈이었다. 농담이 성공하지도 않았는데 나는 미리 키득키득 웃으며 숲 가장자리에 있는 딱총나무들 사이로 갔다. 여차하면 별장 문에 얼마든지 접근할 수 있는 곳이었다. 덧문들은 모두 다시 닫혀 있었고, 나는 그게 좀 이상하다고 생각했다. 흰 벽에 녹색 베네치아식 창문을 단 별장은 아침 햇빛을 받으니 깔끔하고 살 만하게 보였다. 시간이 흐르고 또 흘렀지만 여전히 노스모어가 밖으로 나올 기색은 보이지 않았다. 나는 그가 아침 시간에는 게으르다는 걸 알았지만, 정오가 되어 가면서 그만 인내심을 잃었다. 사실 나는 별장에서 아침을 먹을 요량이었다. 이제는 배 속에서 허기가 요동치고 있었다. 별다른 유쾌한 이유 없이 아침 식사 기회를 놓쳐 버린 것은 참으로 안타까운 일이었다. 나는 너무 배가 고파서 아쉽지만 노스모어를 놀라게 하려던 계획을 포기하고 벌떡 일어나 숲에서 나와 별장 쪽으로 향했다.

가까이 갈수록 별장의 외관은 나를 불안하게 했다. 어제저녁 이후로 바뀐 것이 없어 보였다. 왜 그렇게 생각했는지는 모르지만, 사람이 살고 있다는 외적인 기미가 어느 정도는 있어야 한다고 여겼는데 그런 것이 전혀 없었다. 창에는 모두 덧문이 닫혀 있었고, 굴뚝에서는 연기가 나지 않았으며, 정문 역시 단단히 자물쇠가 잠겨 있었다. 그렇다면 노스모어는 뒤쪽으로 들어간 것이었다. 실제로 이렇게 생각하는 것이 자연스럽고 타당한 결론이었다. 하지만 별장을 돌아서 뒤쪽으로 갔을 때 뒷문 또한 굳게 잠긴 모습을 보고 나는 크게 놀랄 수밖에 없었다.

나는 즉시 지난밤에 도둑이 든 것이라는 원래의 생각으로 돌아갔다. 그리고 지난밤 아무런 행동도 하지 않았던 나 자신을 크게 책망했다. 나는 1층의 모든 창문을 살펴보았지만 손을 탄 흔적은 보이지 않았다. 또 문에 걸린 자물쇠를 건드려 보았지만 모두 제대로 잠겨 있었다. 도둑이 다녀갔다면 대체 어떻게 별장에 침입할 수 있었는지 궁금했다. 추론컨대 도둑들은 노스모어가 사진 장비들을 두곤 했던 별채의 지붕으로 침투했을 것이었다. 그리고 거기에서부터 서재나 예전에 내가 묵었던 침실의 창문으로 들어왔을 것이었다.

나는 추측한 침입 경로대로 들어가 보았다. 지붕 위로 올라가 앞서 말했던 방의 창문 덧문을 열어 보려고 했다. 모두 잘 잠겨 있었지만 나는 포기하지 않았다. 약간 힘을 쓰자 둘 중 한 덧문이 열렸다. 문이 열리면서 손등이 살짝 긁혔다. 손등에 입은 상처를 입으로 가져가 한 30초 정도 개처럼 핥았던 기억이 난다. 기계적으로 나는 내 뒤편의 황량한 모래언덕과 바다를 바라보았다. 그리고 그 순간, 북동쪽으로 몇 킬로미터 정도 떨어진 곳에 있는 커다란 스쿠너*가 보였다. 이어 나는 창문을 열고 그 안으로 들어갔다.

나는 별장 안으로 계속 들어갔다. 이때의 어리둥절한 느낌은 참으로 형언할 수 없는 것이었다. 침입으로 인해 난잡한 흔적이 있을 것이라고 생각했지만 오히려 반대로 방들은 대단히 깔끔하고 쾌적했다. 벽난로에는 장작을 넣어 두어 불을 지필 준비가 되어 있었고, 노스모어의 평소 모습과는 정말로 어울리지 않게 세 개의 침실은 화려하게 정

* 돛대가 두 개 이상인 범선.

돈되어 있었다. 물병에는 물이 담겨 있고, 침대는 잘 정리되어 있었다. 식당에는 식탁 위에 3인분의 식기가 마련되어 있었고, 식료품 저장실 선반에는 차갑게 보관된 고기와 야채가 충분했다. 손님들을 초대한 것이 분명했다. 한데 그렇게도 사교를 싫어하는 노스모어가 어떤 손님을 초대한 것일까? 그리고 무엇보다도 왜 한밤중에 은밀하게 집 안을 정돈한 것일까? 그리고 덧문은 왜 닫았으며 별장으로 통하는 문에는 왜 자물쇠를 걸어 두었을까?

　나는 집 안에 들어간 흔적을 전부 지운 뒤 창문으로 다시 나왔다. 뭔가 오싹한 느낌이 들었고, 한편으로는 걱정도 되었다.

　스쿠너는 여전히 같은 장소에 있었다. 그 순간 저 요트가 노스모어의 요트 '붉은백작'이 아닐까 하는 생각이 번쩍 들었다. 그렇다면 분명 저 안에 내 친구와 그가 초대한 손님들이 타고 있을 것이었다. 하지만 요트의 뱃머리는 다른 방향을 향해 있었다.

## 2
## 한밤중의 하선

동굴로 돌아온 나는 너무도 배가 고파서 직접 밥을 지었고, 아침에 그냥 방치해 두었던 말도 돌봐 주었다. 때때로 나는 숲의 가장자리로 가서 별장을 바라보았지만 아무런 변화도 감지하지 못했다. 모래언덕 위에도 사람이라고는 코빼기도 보이지 않았다. 저 바다에 보이는 스쿠너만이 유일하게 움직이는 것이었다. 그런데 스쿠너도 딱히 목적이 있는 것 같지 않았다. 매시간 육지에서 가까워졌다 멀어지거나 혹은 이물을 바람 부는 쪽으로 돌리면서 서 있기만을 되풀이했다. 하지만 밤이 깊어지자 스쿠너는 점점 육지로 다가왔다. 나는 스쿠너에 노스모어와 그의 손님들이 타고 있다는 것을 좀 더 확신하게 되었다. 아마 요트는 어두워진 다음에 쪽배를 내려 상륙을 시도할 것이었다. 은밀하게 연회를 준비한다는 이유도 있었겠지만 밤 11시 전에는 그레이든 플로(유사 지역), 그리고 침입자를 막기 위해 해안에 강화해 놓은 수렁들을 지나치기에 조류가 충분하지 않았기 때문이다.

하루 내내 바람은 잔잔했고 바다도 그에 따라 조용해졌다. 하지만 일몰 때가 되자 다시 전날처럼 날씨가 거칠어졌다. 밤은 칠흑처럼 어두웠고 바다에서는 돌풍이 불어왔다. 그 소리가 마치 포를 쏘는 소리 같았다. 때때로 돌풍은 비를 동반했고 파도는 밀물에 맞춰 무지막지하게 밀려들었다. 나는 딱총나무들 사이에서 그 광경을 관찰했다. 스쿠너의 선원들이 돛대 끝에다 불빛을 달아 올리자 내가 일몰 때 마지막으로 보았던 것보다도 배가 훨씬 더 육지 가까이에 와 있는 게 보였다. 나는 그게 해변에 있는 노스모어의 동료들에게 보내는 신호가 틀림없다고 결론을 내렸다. 모래언덕으로 걸어 나온 뒤 나는 그 신호에 반응하는 사람이 있는지 주변을 살펴보았다.

숲 주변을 따라 작은 오솔길이 하나 있었는데, 이 길은 별장과 그레이든 저택 사이의 가장 빠른 지름길이었다. 그쪽으로 눈을 돌리자 불빛 하나가 번쩍이는 것이 보였다. 400미터도 안 되는 거리에서 불빛이 빠르게 이쪽으로 접근해 왔다. 한 사람이 울퉁불퉁한 길을 따라 등불을 들고 오고 있었다. 그 사람은 종종 비틀거리기도 하고, 더 거세지는 돌풍에 깜짝깜짝 놀라기도 했다. 나는 딱총나무들 사이에 다시 한 번 몸을 숨기고는 그 사람이 내 앞을 지나가기를 열렬히 기다렸다. 자세히 살펴보니 여자였다. 그녀는 내가 몸을 숨긴 곳에서 2~3미터 정도 떨어진 곳을 지나갔고, 나는 그녀의 얼굴을 알아볼 수 있었다. 노스모어의 유모였던 여자로, 귀머거리에 벙어리였다. 이 나이 든 유모는 내 친구의 비밀스러운 사업의 협조자였다.

나는 부인과 약간 거리를 유지하며 뒤를 따라갔다. 길에는 위로 치솟거나 아래로 꺼진 곳이 많아서 몸을 숨기기에 충분했다. 유모가 귀머거리인 데다 바람과 파도 소리가 워낙 소란스러워서 나는 들키지 않고 뒤를 따라갈 수 있었다. 그녀는 별장 문을 열고 안으로 들어갔고 즉시 위층으로 올라가 바다가 내려다보이는 방의 창문을 하나 열고 불을 켰다. 그 후 바로 스쿠너의 돛대 끝에 달린 불빛이 내려가더니 곧 꺼졌다. 그 불빛의 목적은 달성되었고, 스쿠너에 탄 사람들은 육지에서 준비가 끝났다는 것을 확신했다. 노부인은 이제 사람들을 맞을 준비를 개시했다. 비록 다른 덧문들은 닫힌 채로 있었지만 나는 집 주변 이곳저곳에서 희미하게 깜빡이는 빛이 움직이는 것을 볼 수 있었다. 굴뚝에서는 불꽃이 몇 차례 솟구쳤는데, 그걸로 화로에 불을 넣었음을 알 수 있었다.

노스모어와 친구들은 습지 위로 물이 넘치자마자 해안으로 상륙할 것이었다. 쪽배를 육지 가까이에 붙이기에는 밤 날씨가 너무 사나웠다. 상륙하는 데 따르는 위험을 생각하니 호기심이 생기는 와중에도 어느 정도 걱정도 되었다. 내 오랜 친구가 기인이라는 건 사실이었다. 하지만 지금 노스모어가 보여 주는 기벽은 생각만 해도 불안하고 우울한 것이었다. 이런 복잡한 심정을 느끼며 나는 해변 쪽으로 살금살금 걸어갔다. 별장으로 이어진 길에서 2미터도 안 되는 곳의 한 구덩이에서 나는 얼굴을 바닥에 대고 바싹 엎드렸다. 그곳이라면 상륙하는 사람들을 충분히 알아볼 수 있을 것이었다. 만약 그들 중에 지인이 있다면 수인사를 할 수도 있을 터였다.

11시가 얼마 남지 않았고, 그동안에도 조류는 여전히 위험할 정도로 낮았다. 쪽배의 등불이 해안 가까운 곳에서 보였다. 그 불빛을 보고 나는 더욱 신경을 집중했고, 그리하여 바다 저 멀리 있는 스쿠너의 불빛이 파도에 맹렬히 던져지거나 때로 사라지는 광경도 볼 수 있었다. 밤이 깊어갈수록 날씨는 더 험악해지기만 했다. 스쿠너의 상황은 굉장히 위험했기에 아마도 되도록이면 최대한 빠른 시간에 상륙을 하려 했을 것이다.

잠시 후에 네 사람이 굉장히 무거운 상자를 들고 나왔고, 등불을 든 나머지 한 명이 길을 인도했다. 그들은 내가 엎드린 곳에서 굉장히 가까운 곳을 지나쳤으며, 유모의 인도를 받아 별장으로 들어갔다. 이어 그들은 다시 해변으로 나와 다른 상자를 들고 세 번째로 내 앞을 지나갔다. 이번 상자는 크기는 하지만 처음에 들고 간 상자보다는 가벼워 보였다. 이들은 이제 배에서 세 번째로 내리고 있었다. 이번에는 한 사람은 대형 가죽 여행 가방을, 다른 사람들은 여성용 가방과 짐 가방을 들고 나왔다. 나는 갑작스레 호기심이 강하게 들었다. 노스모어의 손님 중에 여자가 있다면, 이는 그의 기질에 변화가 왔고 내 친구가 예전의 인생철학에서 크게 벗어났음을 보여 주는 것이었다. 그의 의도가 나를 놀라게 하는 것이라면 참으로 성공한 것이었다. 노스모어와 내가 함께 살던 때에 별장은 여성 혐오의 전당이었다. 그런데 지금 여자가 별장 지붕 아래 자리를 잡으려고 하고 있었다. 내가 어제 별장 내부의 잘 차려진 광경을 살펴보면서 깜짝 놀랐던 한두 가지 특징이 생각났다. 별장에는 우아하면서도 거의 유혹적이기까지 한 몇 가지 특징이 있었던 것이다. 이제 와 생각해 보니 그 목적은 분명했다. 처음부터 그것을 알아차리지 못한 내가 참 우둔했던 것이다.

이렇게 깊은 생각에 빠져 있는 동안 해안 쪽에서 등불을 든 또 다른 사람이 내가 있는 쪽으로 접근해 왔다. 아까는 보지 못한 사람이었다. 그는 다른 두 사람을 별장으로 안내하고 있었다. 이 두 사람이 미리 준비를 하고 기다린 별장의 손님들이라는 점은 의심할 바가 없었다. 나는 눈과 귀에 힘을 주어 두 사람을 똑똑히 보고 그들의 소리를 들으려고 했다. 한 사람은 굉장히 키가 큰 남자로, 여행용 모자를 어찌나 깊게 눌러썼는지 눈을 다 가릴 정도였다. 또한 걸치고 있는 하일랜드 망토*도 얼굴을 가리기 위해 잔뜩 끌어 올려 꽉 여미고 있었다. 그 외에는 그에 대해서 뭔가를 더 알아낼 수가 없었다. 이미 말한 대로 굉장히 키가 크다는 것과 엄청나게 구부정한 자세로 힘없이 걷는 것이 특징이었다. 그 남자의 옆에는 딱 달라붙어 걷는 것 같기도 하고 부축하는 것처럼 보이기도 하는(그중 어떤 것인지는 분명하지 않다) 사람이 하나 있었는데, 키가 크고 날씬한 몸매를 자랑하는 젊은 여자였다. 굉장히 피부가 창백했다. 등불 불빛이 여자의 얼굴에 이리저리 변하는 짙은 그림자를 드리웠다. 그 때문에 여자는 죄악처럼 추하게 보이기도 했고, 내가 나중에 확인한 것처럼 아름답게 보이기도 했다.

손님으로 보이는 두 사람이 나란히 걸어 바로 내 앞을 지나쳐 갈 때 여자가 뭔가를 말한 것 같았으나 바람 소리에 묻혀 들리지 않았다.

"쉿!" 키가 큰 남자가 말했다. 한 마디였지만 그 어조에는 나의 정신을 동요시킨다기보다 전율케 하는 뭔가가 있었다. 그 말은 지독한 공포로 인해 숨도 제대로 쉬지 못하는 가슴에서 흘러나오는 것 같았다. 나는 그런 목소리는 단 한 번도 들어 본 적이 없었다. 그 후로 내가 밤에 열이 날 때면 여전히 그 목소리가 들려오고, 나는 그로 인해 옛 생각을 하게 된다. 키 큰 남자가 말을 할 때마다 여자 쪽을 바라보아서 나는 남자의 생김새를 언뜻 볼 수 있었다. 붉은 수염이 났고, 코는 젊

---

* 스코틀랜드 하일랜드 지방 사람들의 망토. 남자의 전통적인 복장의 하나로서 체크무늬 스커트인 킬트나 재킷과 함께 착용한다.

었을 때 부러져 내려앉은 것처럼 보였다. 눈에서는 안광이 불처럼 뿜어져 나왔는데, 뭔가 단호하고 불쾌한 감정으로 동요하고 있는 듯했다.

남녀는 곧 나를 지나쳐서 별장 안으로 들어갔다.

뱃사람들은 한 사람씩 혹은 집단으로 해변으로 돌아왔다. "가자!" 거친 목소리가 바람에 실려 들려왔다. 그런 뒤 얼마 지나지 않아 또 다른 등불을 든 사람이 내 근처로 접근했다. 노스모어가 혼자서 오고 있었다.

내 아내와 나는 각각 남자와 여자의 입장에서 노스모어처럼 잘생겼으면서도 동시에 혐오스러운 사람은 아마 또 없을 것이라는 생각에 동의한다. 그는 말할 나위 없는 신사의 모습을 하고 있었다. 얼굴만 보더라도 지성과 용기가 느껴졌다. 하지만 심지어 그가 가장 상냥한 순간이라도 그의 얼굴을 한 번 보기만 한다면 누구라도 거기에서 노예선 선장의 기질을 읽을 수 있을 것이다. 나는 노스모어만큼이나 격정적이고 복수심 가득한 남자를 본 적이 없다. 그는 남부 사람들의 쾌활함과 북부 사람들의 줄기차고 악독한 증오심을 동시에 가진 남자였다. 이런 두 가지 성질은 그의 얼굴에서 일종의 위험신호처럼 어른거렸다. 직접 보면 그는 키가 크고 강인하고 활동적인 사람이었다. 머리카락은 어둡고 안색은 굉장히 가무잡잡했다. 이목구비는 잘생겼지만 위협적인 표정 때문에 그 효과가 반감되었다.

그 순간 노스모어는 평소보다 다소 창백했고, 오만상을 쓴 채로 입술을 씰룩거리고 있었다. 걸을 때 주변을 날카롭게 둘러보는 모습이 마치 갖은 염려를 가진 사람 같았다. 하지만 이런 모든 용모 아래에 감추어진 의기양양한 표정을 보면서 나는 이런 생각을 했다. 그가 이미 많은 것을 이루어 냈고, 거의 원하는 것을 성취하기 일보 직전 같은 태도라는.

미리 인사를 하지 않았다는 양심의 가책과—이런 가책은 너무 늦게 등장하기는 했지만—친구를 놀라게 하겠다는 즐거운 마음을 동시에 품으며 나는 곧장 나의 존재를 알리고 싶어졌다.

그래서 갑자기 일어서서 앞으로 뛰어 나갔다.

"노스모어!"

정말이지 내 평생 그렇게 놀란 적은 없었던 것 같다. 노스모어는 아무 말도 없이 내게 달려들었는데, 손에는 번뜩이는 뭔가가 쥐여 있었다. 그가 단검으로 내 심장을 찌르려고 했다. 그 순간 나는 주먹으로 그의 얼굴을 강타했고, 그는 뒤로 벌렁 나자빠졌다. 내가 재빨리 대응해서인지 아니면 그가 확신 없이 달려들었기 때문인지는 잘 모르겠지만, 단검은 목표를 벗어나 내 어깨를 스치고 지나갔고 단검 자루를 쥔 노스모어의 주먹이 내 입을 강하게 때렸다.

나는 도망쳤지만 그다지 멀리 가지는 못했다. 미리 어떤 모래언덕이 오래 숨을 수 있는지 혹은 은밀하게 출입할 수 있는지 확인해 두었기 때문에 나는 실랑이를 벌인 곳에서 10미터도 떨어지지 않은 풀밭에 숨을 수 있었고, 그곳에 털썩 주저앉았다. 노스모어가 들고 있던 등은 실랑이 중에 떨어져 사라졌다. 하지만 정말 놀라운 일은 노스모어가 단번에 별장 안으로 달아나 정문의 철제 빗장을 철컹하고 잠근 것이었다.

그는 날 쫓아오지 않고 도망쳤다. 내가 아는 이들 중에 가장 무자비하고 살벌한 노스모어가 도망을 치다니! 도무지 믿을 수가 없었다. 모든 것이 믿기지 않는 괴이한 상황에서 이 밤중의 사건만큼 황당무계

하고 믿기 어려운 일도 없었다. 우선 왜 별장은 그렇게 은밀하게 손님을 맞을 준비를 했던 것일까? 왜 노스모어는 그런 한밤중에 습지가 덮인 곳에 돌풍의 위험을 감수하고 손님들과 함께 상륙했을까? 왜 나를 죽이려고 했을까? 내 목소리를 알아채지 못해서였을까? 모든 것이 의문투성이였다. 그리고 무엇보다 왜 손에 단검을 쥐고 있었을까? 단검은커녕 약간 날카로운 칼이라도 지금 시대에 들고 다니기에는 적당하지 않은 물건이었다. 비록 밤이고 몇몇 알 수 없는 상황들이 있긴 했어도, 자신의 저택 가까운 해안에 대어 놓은 요트에서 상륙한 신사가 치명적인 공격에 대비하면서 걷는 것도 있을 법한 일이 아니었다. 생각하면 할수록 나는 뭐가 뭔지 모르게 되었다. 나는 이런 알 수 없는 사항들을 요약하고 손가락으로 세어 보았다. 별장은 은밀하게 손님을 맞을 준비를 하고 있었다. 손님들은 쪽배의 난파와 죽음의 위험을 감수하고 상륙했다. 손님들 중 하나는 노골적으로 이유 없는 공포 분위기를 조성했다. 노스모어는 칼집을 뺀 단검을 지니고 있었다. 또 그는 가장 친밀한 친구가 말을 건네자마자 그 칼로 찌르려고 했다. 마지막으로 제일 이상한 것은 노스모어가 나를 죽이려다가 갑자기 달아나 마치 쫓기는 동물처럼 별장 문 뒤에 숨어 문을 걸어 잠근 것이었다. 이렇게 나를 극도로 놀라게 한 사항은 최소한 여섯 가지나 되었다. 각각의 사항들은 다른 것들과 맞물려 하나의 일관된 이야기를 보여 주었다. 이렇게 추론하다 보니 나의 순간적인 감각을 그대로 믿었더라면 부끄러운 느낌이 들었을 것이다.

그렇게 놀라서 꼼짝도 못 하고 서 있자니 그제야 격투를 하는 동안 입은 상처에서 고통이 느껴지기 시작했다. 나는 모래언덕 사이로 살그머니 걸어가 우회로를 통과해 숲 속의 은신처로 돌아왔다. 숲 속으로 오던 길에 나는 몇 미터 앞에서 유모가 지나가는 것을 보았다. 유모는 등불을 들고 그레이든 저택으로 돌아가는 중이었다. 그것은 이번 사건에 얽힌 일곱 번째로 의심스러운 부분이었다. 보아하니 유모는 유원遊園들 사이의 거대한 병영 같은 저택에서 계속 머무르고, 별장에는 노스모어와 손님들이 직접 요리를 하고 집안일을 할 모양이었다. 보안을 위해 그 정도로 불편을 감수하는 점으로 미루어 분명 굉장한 비밀이 있는 것이 틀림없었다.

이런저런 생각을 하며 나는 동굴로 향했다. 좀 더 안전에 신경 쓰기 위해 나는 타다 남은 불을 밟아 끄고, 등잔에 불을 붙여 어깨에 입은 상처를 확인했다. 대수롭지 않은 상처였지만 피가 다소 흐르고 있었다. 팔이 닿기 참 어려운 곳이어서 샘에서 솟아나는 차가운 물로 상처를 씻어 내고 최대한 헝겊으로 감았다. 이렇게 상처 치료에 매달리는 동안 나는 노스모어와 그의 신비한 모험에 대하여 마음속으로 전쟁을 선포했다. 나는 원래 화를 잘 내는 사람이 아니었기에 내 마음속에는 분노보다 호기심이 더 크게 자리 잡았다. 하지만 전쟁을 선포했으므로 그에 대한 준비로 연발 권총을 꺼내 들었다. 일단 장전된 탄약을 빼낸 뒤 청소를 하고 꼼꼼하게 주의를 기울여 탄약을 다시 밀어 넣었다. 그런 뒤 말을 어떻게 할 것인지 궁리했다. 말이 도망치거나 울게 되면 해변 숲의 내 거처가 발각될 수 있었기 때문이다. 나는 말을 조금 떨어진 곳으로 이동시켜 놓아야겠다고 생각했다. 새벽이 밝아 오기 한참 전에 나는 말을 끌고 모래언덕 너머 어촌 방향으로 갔다.

## 3
### 나는 어떻게 아내를 알게 되었는가

이틀 동안 나는 모래언덕의 고르지 못한 표면을 잘 활용하며 별장 주변을 살그머니 돌아다녔다. 나는 이제 필요한 정탐을 하는 데 꽤 능숙해졌다. 작은 언덕과 얕은 골짜기는 차례로 연결되어 있었고, 이런 지형은 나의 흥미진진하지만 다소 불명예스러운 추적을 가려 주는 일종의 어두운 은폐물이 되었다. 이런 지형적 이점에도 나는 노스모어와 그의 손님들에 대해 거의 알아낸 것이 없었다.

날이 어두워지면 그레이든 저택에서 유모가 새로운 식료품을 가지고 별장으로 왔다. 노스모어와 젊은 여자는 때로 한 시간에서 두 시간 정도 유사 옆 해안을 함께 산책했으나 대부분 따로따로 산책했다. 나는 이 산책로가 사람들의 눈을 피하기 위해 은밀하게 선택된 곳이라고 결론을 내렸다. 그 산책로는 바다 쪽으로만 열려 있었기 때문이다.

하지만 이들을 지켜보는 나에게 그 부근은 참으로 훌륭한 관측소였다. 산책로 근처에는 높고 굴곡이 심한 모래언덕들이 인접해 있어서 나는 그곳의 구덩이에 엎드려서 노스모어나 젊은 여자가 산책하는 모습을 들키지 않고 내려다볼 수 있었다.

키 큰 남자는 어디론가 사라진 모양이었다. 문간을 넘은 적도 없었을 뿐만 아니라 창문에 얼굴을 보이는 일도 없었다. 그게 아니라면 적어도 내 눈에는 띄지 않았다. 낮 동안에는 특정 거리 이상 나아갈 마음은 감히 들지 않았다. 별장 위층에서는 모래언덕의 바닥까지 훤히 내다보였기 때문이다. 밤에는 위험을 무릅쓰고 더 멀리 가 보기도 했는데, 별장의 아래층 창문은 마치 포위 공격에 맞서는 것처럼 방책으로 둘러쳐져 있었다. 때로 그 키 큰 남자가 침대에 누워 있는 것이 아닐까 하는 생각도 들었다. 상륙할 당시 그의 맥없는 걸음걸이를 감안하면 충분히 그럴 법했다. 하지만 때로는 그가 어디론가 떠난 것이 틀림없다고도 생각했다. 그래서 노스모어와 젊은 여자가 별장에 함께 남겨진 것이라고 추측했다. 지금도 그렇지만 그 당시에도 그 두 사람이 단둘이 있었다는 생각이 들면 나는 별로 기분이 좋지 않았다.

노스모어와 젊은 여자가 부부 사이이든 아니든 나는 그들의 관계가 친밀하지 않다고 보았고, 이에 대한 근거는 충분했다. 비록 남녀가 무슨 이야기를 하는지는 들을 수 없었고 또 그들의 얼굴에서 결정적인 표정도 읽지 못했지만, 둘 사이에는 거리감이 있었고 함께 있을 때의 태도는 경직되어 있었다. 둘이 서로에게 보이는 태도로는 도저히 친숙하다고 할 수 없었고, 때로는 적대감마저 느껴졌다. 젊은 여자는 혼자 산책할 때보다 노스모어와 함께 산책할 때 더 빨리 걸었다. 남녀 사이에 호감이 있으면 걸음 속도를 빨리하기보다는 늦추는 법이므로 둘 사이는 그리 친밀하지 않은 것이었다. 더욱이 이 젊은 여자는 노스모어와 상당한 거리를 유지하고 우산을 끌면서 마치 그와의 사이에 벽이라도 치는 듯한 태도를 보였다. 그가 옆 걸음으로 가까이 다다르면 여자는 더욱 물러났다. 남녀의 산책은 해변을 사선으로 걸어가는 모양새였고, 이런 산책이 오래되면 파도가 밀려오는 곳까지 다다르게 되었다. 그곳까지 이르면 여자는 티를 내지 않고 위치를 바꾸어 그들 사이로 금방이라도 들이닥칠 것 같은 파도가 밀려오게 했다. 나는 이런 움직임들을 지켜보았고, 매 순간 그들이 움직일 때마다 그 모습을 유쾌하게 바라보면서 킥킥 소리 내어 웃었다.

셋째 날 아침이 되자 젊은 여자는 한동안 홀로 산책을 했고, 나는 굉장한 관심을 가지고 그녀를 지켜보았다. 그리고 그녀가 여러 번 눈물을 흘리는 모습을 보았다. 나는 생각했던 것 이상으로 그녀에게 관심이 쏠려 있었다. 튼튼하지만 날렵한 몸매의 그녀는 아주 우아한 자세로 고개를 돌리거나 숙였다. 그녀가 걸음을 옮길 때마다 나는 눈을 뗄 수가 없었고, 그녀가 숨을 쉴 때도 상냥함과 기품이 배어나는 것 같았다.

이날은 참으로 날씨가 쾌적했다. 바람도 잔잔하고 햇빛도 잘 들었다. 바다는 평온했으며, 공기는 톡 쏘는 듯했고 활기가 넘쳤다. 평소와 다르게 젊은 여자는 두 번씩이나 산책을 하러 나왔다. 이번에는 노스모어와 함께였다. 그들이 해변으로 나와 걸은 지 얼마 되지 않아서 노스모어가 여자의 손을 강제로 잡았다. 여자는 몸부림을 쳤고 거의 비명에 가깝게 소리를 질렀다. 나는 현재의 어색한 입장도 개의치 않고 벌떡 일어섰지만, 내가 걸음을 옮기기도 전에 노스모어는 모자를 벗고 고개를 깊숙이 숙였다. 정식으로 사과하는 모습이었다. 나는 그 즉시 다시 몸을 숨겼다. 그는 여자와 몇 마디 말을 나눈 뒤 다시 고개를 숙이고 해변을 떠나 별장으로 되돌아갔다. 노스모어가 내게서 그리 멀지 않은 곳을 지나서 나는 그의 얼굴을 볼 수 있었는데, 붉게 달아오른 데다 굉장히 언짢은 표정을 하고 있었다. 노스모어는 굉장히 화를 내며 들고 있던 지팡이로 풀밭을 내리쳤다. 노스모어의 오른쪽 눈 밑에 커다랗게 난 긁힌 상처와 오른쪽 눈 주변의 검은 멍 자국이 내 주먹이 빚어낸 결과라고 생각하니 흐뭇했다.

그가 떠난 뒤에도 여자는 얼마 동안 작은 섬 너머로 밝은 바다를 바라보며 남아 있었다. 이어 잠시 뭔가에 놀라 움찔하더니, 상념을 접고서 용기를 내어 빠르고 과감한 걸음걸이로 걸어갔다. 그녀 역시도 앞서 있던 일로 굉장히 화가 난 모양이었다. 분개해서 그런지는 몰라도 그녀는 자신의 현재 위치도 잊은 듯했다. 나는 그녀가 가장 위험한 유사 지역의 가장자리로 곧장 걸어가는 것을 주시했다. 두세 걸음만 더 들어가도 심각한 위험에 처할 수 있었기에 나는 가파른 모래언덕 표면을 절반쯤 미끄러져 내려가 거의 엎어질 듯한 자세로 그녀에게 멈추라고 소리쳤다.

그녀는 내 말을 듣고 걸음을 멈추면서 내 쪽을 돌아보았다. 그녀의 행동거지에는 두려워 떠는 기색 따위는 없었다. 그녀는 걸음걸이도 당당하게 여왕처럼 내게 다가왔다. 나는 맨발에다 평범한 선원 복장을 하고 있었다. 한 가지 다른 점이 있었다면 허리에 이집트산 허리띠를 둘렀다는 정도였다. 그녀는 아마도 나를 처음에는 휴식차 산책을 나온 어촌 사람 정도로 생각했던 것 같다. 서로 대면하게 되자 그녀는 내게서 눈도 떼지 않고 고압적인 시선으로 쳐다보았다. 나는 그녀의 이런 태도에 놀라면서도 감탄했고, 그녀가 멀리서 바라봤을 때보다 훨씬 아름답다고 생각했다. 그리고 그렇듯 고풍스럽고 우아한 숙녀의 분위기를 풍기면서 그렇게나 대담하게 행동하는 여자가 또 있을 것 같지 않다는 생각이 들었다. 나중에 내 아내가 된 그녀는 그 이후로도 평생 존경받을 만한 삶을 살면서 그런 고아한 태도를 일관되게 지켰다. 그것은 여자로서 굉장히 훌륭한 자질이었고, 그녀의 천성인 상냥한 소탈함에 더욱 빛나는 가치를 부여해 주었다.

"용건이 뭔가요?" 그녀가 물었다.

"당신은 방금 전에 그레이든 플로로 곧장 걸어 들어갈 뻔 했습니다." 내가 말했다.

"이 지역 사람은 아니로군요. 교양이 있는 말투를 보니."

"그런 평가를 받을 자격이 충분하다고 생각합니다. 비록 몰골은 이렇게 누추하지만요."

그러나 여자의 두 눈은 이미 그 허리띠를 알아보았다.

"어머." 그녀가 말했다. "허리띠가 당신 외양이 그리 나쁘지만은 않다고 밀고하고 있네요."

"밀고라는 말씀을 하셨는데," 내가 말을 이었다. "부탁드리겠습니다. 절 밀고하지 말아 주세요. 저는 아가씨를 위해서 어쩔 수 없이 이곳에 모습을 드러냈습니다. 그렇지만 제가 여기 있다는 것을 노스모어가 알게 되면 일은 불쾌한 감정 정도로는 끝나지 않을 겁니다."

"누구한테 하는지는 알고 말씀하시는 건가요?"

"노스모어의 부인 아니십니까?" 나는 대답을 질문으로 받았다.

그녀는 고개를 저었다. 그러는 동안에도 그녀는 당황스러울 정도로 열심히 내 얼굴을 바라보았다. 이윽고 그녀가 침묵을 깼다.

"정직한 얼굴이네요. 그 얼굴처럼 정직하게 말씀해 보세요. 무엇을 바라고, 무엇을 두려워하는지. 제가 당신에게 해를 입힐 거라고 생각하나요? 저는 당신이야말로 훨씬 더 저한테 해를 입힐 수 있다고 생각하는데요! 그렇지만 당신은 그리 매몰찬 사람처럼 보이지는 않는군요. 당신은 신사잖아요. 근데 이런 외딴곳에서 첩자같이 살그머니 주변을 염탐하다니 대체 무엇 때문이죠? 자, 말씀해 보세요." 그녀가 말을 이었다. "누구를 미워하기에 이렇게 하시는 거죠?"

"미움이라니 당치도 않습니다." 내가 대답했다. "또 대면하기 두려운 사람도 없고요. 제 이름은 카실리스입니다. 프랭크 카실리스. 저 자신의 즐거움을 위해 자발적으로 방랑자 생활을 하고 있습니다. 전 노스모어의 아주 오랜 친구입니다. 사흘 전 밤에 저는 이 주변 모래언덕에서 그에게 인사를 건넸는데 그 친구가 단검으로 제 어깨를 찔렀습니다."

"그게 당신이었군요!"

"그 친구가 왜 그랬는지는 모르겠습니다." 그녀가 내 말에 끼어들었지만 나는 무시하고 말을 이었다. "아무리 알아내려고 해도 잘 모르겠더군요. 전 친구가 많지 않습니다. 친구를 썩 잘 사귀는 성격도 아니고요. 하지만 그 누구도 두려워하지 않습니다. 노스모어가 모습을 드러내기 전부터 저는 그레이든 해변 숲에서 야영 중이었습니다. 아가씨, 만약 제가 아가씨의 일행에게 해를 입힐 거라고 생각하신다면 해결책은 아가씨에게 있어요. 노스모어에게 제 야영지가 헴록 동굴에 있다고 말씀하세요. 오늘 밤이면 그 친구는 잠든 저를 별 어려움 없이 칼로 찌를 수 있을 겁니다."

말을 마치고 나는 모자를 벗어 그녀에게 인사를 한 뒤 다시 한 번 모래언덕 사이를 기어올랐다. 왜 그런지는 모르겠지만 어쩐지 그 상황이 엄청나게 불공평하다는 기분이 들었다. 내가 영웅이나 순교자가 된 것 같은 기분이었다. 비록 나 자신을 변호하는 말은 한 마디도 하지 않았지만 내 행동에 대한 그럴듯한 이유 또한 대지 못했다. 나는 자연스럽게 생겨난 호기심 때문에 그레이든에 계속 머물렀지만, 염탐이나 하다니 그게 품위 없는 행동임은 맞았다. 하지만 호기심과 더불어 그레이든에 머무르는 또 다른 동기가 있었다. 그때의 나는 그 동기를 내 마음을 빼앗아 버린 그녀에게 적절히 설명할 수가 없었다.

내가 그날 밤 그녀만을 생각했음은 물론이다. 비록 그녀의 모든 행동과 태도는 의심스러워 보였지만, 나는 그녀의 진실한 모습을 도무지 의심할 수가 없었다. 나는 그녀가 아무런 잘못이 없다는 사실에 목숨도 걸 수 있었다. 비록 그 시점에서는 모든 것이 불투명했지만 이런 도무지 알 수 없는 일이 마침내 해명된다면 여태까지의 사건들에서 그녀가 취한 입장이 올바르고 또 적절한 것이었음이 자연히 드러날 터였다. 그녀가 노스모어와 좋지 못한 관계이리라는 것은 내가 근거 없이 상상력을 발휘한 결과였다. 그렇지만 나는 내 결론에 확신을 가지고 있었다. 그런 판단은 이성보다도 본능에 근거를 두었기 때문이다. 나는 내 베개 밑에 그녀에 대한 생각을 깔고서 잠에 빠져들었다.

다음 날 그녀는 어제와 대략 같은 시간에 홀로 나왔고, 모래언덕에 가려져 별장에서 자신의 모습이 보이지 않게 되자 언덕의 가장자리로 더 가까이 와서 내 이름을 조심스럽게 불렀다. 나는 아주 창백한 그녀의 얼굴을 보고 놀랐다. 그녀는 격렬한 감정의 분류에 휩싸여 있는 듯했다.

"카실리스 씨!" 그녀가 소리쳤다. "카실리스 씨!"

나는 즉시 해변으로 뛰어내려 가 그녀 앞에 섰다. 나를 보자마자 그녀의 얼굴에 굉장히 안도하는 표정이 퍼져 나갔다.

"아!" 그녀는 마음의 짐이라도 벗어던진 것처럼 쉰 목소리로 소리쳤다. "아, 하느님, 감사합니다. 무사하셨군요!" 그녀가 말을 이었다. "살아 있다면 여기로 오실 줄 알았어요." (참 기묘하지 않은가? 자연은 그리도 재빠르고 현명하게 우리 부부가 일생 그리도 큰 애정을 가지며 살아가도록 준비를 해 두었던 것이다. 내 아내나 나나 처음 만난 이래로 이렇게 두 번째 날에 다시 만나게 되리라고 예감했다. 나는 그녀가 날 찾아오기를 바랐고, 그녀도 날 다시 만날 것이라고 확신했다.) "제발," 그녀가 빠르게 다가오며 말했다. "제발 여기에서 머무르지 마세요. 저 숲에서 더 이상 잠을 자지 않을 거라고 제게 약속해 주세요. 제가 얼마나 괴로웠는지 모르실 거예요. 지난밤엔 당신이 위험에 처할까 봐 한숨도 자지 못했어요."

"위험이라뇨?" 내가 되물었다. "누구 때문에 위험하다는 말입니까? 노스모어 때문인가요?"

"그렇지 않아요. 당신을 만나고 나서 제가 그에게 뭔가를 말했다고 생각하시는 건가요?"

"노스모어가 아니라고요?" 내가 되물었다. "그럼 대체 누구 때문에 위험하다는 거죠? 두려워할 건 아무것도 없습니다."

"제발 묻지 마세요." 그녀가 대답했다. "제 마음대로 말씀드릴 수가 없으니까. 그저 절 믿고 떠나 주세요. 어서 빨리. 살려면요!"

혈기에 찬 젊은 남자를 내보내기 위해 공포감 운운하는 것은 결코 좋은 해결 방법이 아니다. 나는 오히려 그녀의 그런 말 때문에 더 완고해졌고, 현재 이 자리에 그대로 남는 것이 내 명예를 지키는 일이라고 생각했다. 그녀가 내 안위를 염려하는 모습은 오히려 나를 더 굳세게 만들었을 뿐이다.

"제가 호기심이 많다고 생각하지는 말아 주세요, 아가씨." 내가 말했다. "하지만 그레이든이 그렇게나 위험한 곳이라면 아가씨가 여기 남아 있는 것 또한 위험하지 않겠습니까."

그녀는 그저 나를 책망하듯 바라볼 뿐이었다.

"아가씨와 아버님은……" 나는 말을 계속하려고 했지만 그녀가 헉하다시피 하며 내 말을 가로막았다.

"제 아버지! 어떻게 아셨나요?" 그녀가 소리쳤다.

"아가씨가 아버님과 함께 쪽배에서 내리는 걸 봤습니다." 내가 대답했다. 왜 그런지는 모르겠지만 우리 모두에게 만족스러운 대답이었던 것 같다. 실제로 사실이기도 했다. 나는 계속 말했다. "하지만 아가씨는 절 두려워하지 않으셔도 됩니다. 비밀을 지켜야 할 어떤 이유가 있는 것 같은데, 절 믿으셔도 좋습니다. 당신의 비밀은 제가 그레이든 플로에 빠진 것처럼 철저하게 지켜 드리겠습니다. 저는 몇 년 동안 사람들과 말을 나눠 본 적이 손에 꼽을 정도입니다. 유일한 벗이라고는 제가 데리고 다니는 말인데, 그 불쌍한 짐승마저도 현재는 제 곁에 없습니다. 비밀 유지라면 절 의지하셔도 됩니다. 그러니 진실을 말해 줘요, 아가씨. 당신은 혹시 위험에 빠져 있는 건 아닌가요?"

"노스모어 씨가 당신은 명예로운 사람이라고 하더군요. 당신을 직접 보니 믿을 수 있겠어요. 저도 그 정도는 알 수 있어요. 당신 말이 맞아요. 우리는 지금 아주 끔찍한 위험에 처해 있어요. 그리고 여기에 남게 된다면 당신도 그 위험에 빠져들게 돼요."

"아! 노스모어에게서 제 이야기를 들으셨다고요? 거기에다 그렇게 좋은 말을요?"

"어젯밤에 당신에 대해서 물어봤어요." 그녀가 대답했다. "저는," 그녀가 잠시 주저하다가 말을 이었다. "저는 오래전에 당신을 만난 적이 있는 척했어요. 노스모어 씨에게 당신에 대한 이야기를 하면서요. 살짝 거짓말을 했지요. 하지만 당신을 밀고하지 않으려면 어쩔 수가 없었어요. 당신은 절 어려운 처지에 놓이게 했어요. 그는 당신을 굉장히 칭찬했어요."

"아…… 제게 질문할 기회를 좀 주세요. 이 위험은 노스모어가 원인입니까?" 내가 물었다.

"노스모어 씨?" 그녀가 소리쳤다. "아니에요. 그분도 우리처럼 위험에 빠져 있어요."

"그런데 저보고 도망치라는 겁니까?" 내가 말했다. "당신은 저라는 사람을 그리 높이 평가하지 않는군요."

"왜 여기 계시려고 하는 거예요?" 그녀가 물었다. "우리는 친구도 뭣도 아니잖아요."

그때 나는 내게 들이닥친 감정이 대체 무엇인지 알 도리가 없었다. 나는 어린아이였을 때 이후로 그와 비슷한 무력감이라고는 느껴 본 적이 없었다. 그녀의 대꾸에 나는 너무도 굴욕감이 들어 눈이 따끔거리면서 눈물이 그렁그렁 맺혔지만 그럼에도 그녀의 얼굴을 계속 쳐다보았다.

"아니에요, 아니에요." 그녀가 목소리를 바꾸며 말했다. "불쾌한 뜻에서 그런 말을 한 건 아니었어요."

"먼저 감정을 상하게 한 것은 저입니다." 내가 말했다. 나는 애원하는 눈빛으로 다소곳이 손을 내밀었고, 이것이 그녀의 마음을 움직였는지 그녀도 즉시 자신의 손을 나에게, 그것도 심지어 몹시 바랐다는 듯 내밀어 주었다. 나는 그녀의 손을 쥐고서 그녀의 눈을 바라보았다. 먼저 손을 빼낸 것은 그녀였다. 그리고 그녀는 있는 힘을 다해 달려갔다. 그녀는 내게 떠나기를 강요했던 자신의 요청과 약속 따위는 모두 잊은 것 같았다. 뛰어가는 동안 그녀는 고개를 돌리지 않았고 곧 내 시야에서 사라졌다. 그런 뒤 나는 내가 그녀를 사랑하고 있음을 알았고, 그녀도 나의 구애에 무관심한 것 같지는 않아서 기뻤다. 훗날 내 아내가 된 그녀는 두 번째 날부터 깊은 관심을 가진 것은 아니었다고 했지만, 미소를 띠며 은근하게 말했지 정색하며 부인하지는 않았다. 나로서는 그녀가 어떤 호감을 느끼지 않았더라면 그렇게나 다정하게 손을 잡을 수는 없었으리라고 확신한다. 결국에 가서 이것은 그리 큰 논쟁점이 되지 못했다. 그녀는 우리가 손을 잡았던 그다음 날부터 나를 사랑하게 되었다고 스스로 자백했기 때문이다.

하지만 정작 그다음 날에는 별로 큰일이 벌어지지 않았다. 그녀는 전날과 마찬가지로 내가 있는 곳 근방으로 와서 나를 불렀다. 그러고는 왜 아직 그레이든에 남아 있느냐고 질책했다. 그러나 내가 완고한 태도를 취하자 그녀는 어떻게 여기에 오게 되었는지 더 상세하게 묻기 시작했다. 나는 그녀에게 일련의 우연한 사건들로 인해 그녀의 일행이 상륙하는 모습을 지켜보게 되었다고 말했다. 또 내가 여기에 남기로 결심한 것은 그녀와 그녀 아버지에 대한 호기심, 그리고 노스모어의 살벌한 공격, 두 가지 때문이라고 말했다. 그러면서 첫 번째 이유에 대하여 그녀에게 솔직하게 말하지 못했는데, 그리하여 내가 밤중에 모래언덕에 상륙한 그녀를 처음 본 순간부터 그녀에게 매혹된 것처럼 생각하게 만들었다. 아내가 하느님 곁으로 간 지금 이렇게 솔직한 고백을 하고 나니 마음이 후련하다. 사실 그녀는 지금쯤 이 모든 것을 알고, 또 그때의 내 말이 순수한 의도에서 나온 것임을 이해할 것이다. 하지만 아내가 살아 있는 동안에는 양심의 가책을 느끼기는 했지만 사실대로 털어놓을 용기가 없었다. 우리와 같은 부부의 삶에서는 사소한 거짓말이 공주를 계속 잠들게 하는 장미 꽃잎 같은 역할을 하는 법이다.

　이야기는 이제 다른 주제로 뻗어 나갔다. 나는 그녀에게 외롭게 방황하는 나의 삶에 대해 많은 이야기를 해 주었다. 그녀는 내 이야기에 귀를 기울이면서 거의 말을 하지 않았다. 우리는 굉장히 자연스럽게 대화했고, 잠시 후에 평범한 주제로 이야기를 하게 되었지만 그녀와 나 모두 기분 좋게 들떠 있었다. 그녀가 되돌아가야 할 시간이 너무 빨리 왔다. 우리는 서로 미리 동의라도 한 듯 악수도 하지 않고 헤어졌다. 우리 사이에 무의미한 격식을 차릴 필요가 없다는 것을 무언중에 알았던 것이다.

　다음 날, 그러니까 서로 알게 된 지 나흘째 되던 날 우리는 같은 장소에서 만났다. 이번에는 이른 아침에 만났다. 우리는 굉장히 친밀해졌지만 동시에 그만큼 수줍어하기도 했다. 그녀가 다시 한 번 내가 처한 위험에 대해 말했을 때 나는 그게 나를 만나러 오기 위한 핑계라고 이해했다. 전날 밤 이야깃거리를 잔뜩 준비해 놓은 나는 그녀의 친절한 관심에 내가 얼마나 감사하고 있는지 말하기 시작했다. 또 어제 이전에는 내 인생에 관한 이야기를 들으려고 한 사람도 없었고, 나 역시 그런 이야기를 하고 싶은 생각도 없었다고 말했다. 돌연 그녀가 내 말을 막고 맹렬한 기세로 말했다.

　"하지만 제가 누군지 알게 된다면 당신은 저에게 말조차 걸려고 하지 않으실 거예요!"

나는 그녀에게 말도 안 되는 생각이라고 대꾸했다. 그리고 만난 지는 얼마 되지 않았지만 그녀를 이미 친한 친구로 여기고 있다고 말했다. 하지만 이런 내 항변은 그녀를 더 절박하게 만들 뿐이었다.

"우리 아버지가 숨어 계세요!" 그녀가 말했다.

"내 사랑." 나는 처음으로 '아가씨'라는 호칭을 잊고 말했다. "그게 저와 무슨 상관입니까? 아버지가 몇십 번을 숨어 지낸다고 해도 아가씨에 대한 제 생각을 바꾸지는 못해요."

"아, 하지만 그 이유가!" 그녀가 소리쳤다. "이유가!" 그녀가 잠시 머뭇거리다 말했다. "우리에게 너무 수치스러운 거예요!"

## 4
### 그레이든 해변 숲에서 숨어 있는 사람이
### 나 혼자만이 아니라는 것을
### 아주 놀라운 방식으로 알게 되다

　다음은 내 아내가 들려준 이야기이다. 그녀는 눈물을 흘리고 훌쩍이면서 내게 그 이야기를 했다. 그녀의 이름은 클라라 허들스톤이었다. 내게는 굉장히 아름다운 이름이지만, 그녀가 행복한 삶을 살며(이에 대해 하느님께 감사드린다) 더 오랜 기간 사용했던 클라라 카실리스만큼 아름다운 이름은 아니다. 그녀의 아버지 버나드 허들스톤은 프라이빗 뱅커*로 금융 사업을 굉장히 크게 벌였다. 그러나 여러 해 전에 그의 사업은 엉망진창이 되었고, 그는 파산을 모면하기 위해 결국 위험하고 범죄적인 수단을 사용하게 되었다. 하지만 모든 것이 헛된 일이었다. 그는 점점 더 무모한 일을 하게 되었고, 마침내 부와 명

---

* 고액 자산가의 자산 관리를 도와주는 금융가.

예를 동시에 잃어버렸다. 이즈음 노스모어는 썩 호응을 받지는 못했지만 굉장히 열성적으로 그의 딸에게 구애를 하고 있었다. 버나드 허들스톤은 노스모어가 딸에게 호의를 가지고 있는 것을 알고서 상황이 너무 어려운 나머지 그에게서 도움을 받고자 했다. 이 불행한 남자는 파산이나 실추된 명예 그리고 유죄판결 등으로 크게 번민했지만 그에 못지않게 딸의 앞날도 걱정했다. 딸의 문제가 그런대로 해결이 된다면 그는 가벼운 마음으로 감옥에 갈 수 있을 것 같았다. 그가 두려워했던 것, 그를 밤에도 잠들지 못하게 했던 것, 또 애써 잠이 들어도 갑자기 떠올라 그를 미치게 하는 것은 그를 죽이려고 드는 비밀스럽고 갑작스러우며 불법적인 암살 시도였다. 이런 이유로 버나드는 자신의 존재를 완전히 말소하기 위해 남태평양의 한 섬으로 도망치고자 했다. 그를 그곳으로 실어다 줄 수단은 노스모어의 요트 '붉은백작'이었다. 요트는 비밀리에 웨일스 해안에 도착해 버나드 부녀를 태우고 다시 그레이든으로 와서 그들을 내려놓았다. 더 긴 여행을 위해 배를 손볼 필요도 있었고, 또 각종 보급품을 조달해야 해서 일시적으로 정박한 것이다. 클라라는 이 도피 여행의 대가로 노스모어와의 결혼이 은근히 약속되어 있다는 것을 잘 알았다. 비록 노스모어가 그녀에게 불친절하거나 불손한 태도를 보이지는 않았지만, 클라라를 대할 때의 언행이 그 약속을 믿고서 다소 무분별했던 적은 여러 번 있었다.

나는 묵묵히 클라라의 말에 집중하며 귀를 기울였다. 이해가 되지 않는 부분에서는 질문을 하기도 했지만 구체적인 대답을 얻지는 못했다. 클라라는 아버지의 불행이 구체적으로 무엇인지, 또 앞으로 어떤 일이 벌어질 것인지 전혀 예상하지 못했다. 버나드의 근심 걱정은 진정한 것이었으며, 또한 육체적으로 완전히 피폐해져서 경찰에 무조건

자수하는 것도 자주 생각해 본 모양이었다. 하지만 버나드는 결국 그런 생각을 포기하고 말았다. 영국의 교도소조차도 그의 목숨을 노리는 추적자들을 완전히 막을 수 없다고 생각했기 때문이다. 사업 말기에 버나드는 런던에 거주하는 이탈리아인들과 함께 이탈리아 관련 사업을 많이 했다. 클라라는 이 일이 아버지를 위협하는 파멸과 관련이 있다고 생각했다. 버나드는 붉은백작호의 항해사 중에 이탈리아 사람이 있다는 사실을 알고서 기겁하여 노스모어에게 반복적으로 그 사실을 신랄하게 비난하기도 했다. 노스모어는 베포(이탈리아 항해사의 이름이다)는 훌륭한 선원이며 완전히 믿을 수 있다고 했지만, 버나드는 그때 이후 도피 작전은 실패로 돌아갔고 베포가 자신을 죽이는 것은 시간문제라고 말하곤 했다.

나는 암살 운운하는 이야기는 금전적인 재앙으로 흔들리는 사람이 지어 낸 망상이라고 생각했다. 버나드는 이탈리아 사업 건으로 막대한 손해를 본 만큼 이탈리아인이라고 하면 이가 갈렸을 테고, 그가 자신이 당한 악몽의 중요한 부분이 모두 이탈리아인의 소행이라고 망상하게 된 것도 있을 법한 일이었다.

"아버님께 필요한 것은 훌륭한 의사를 소개시켜 드리고 진정제를 받아 오는 것입니다." 내가 말했다.

"그렇지만 노스모어 씨는요?" 클라라가 반대 의견을 제시했다. "그분은 금전적인 손해를 전혀 보지 않았지만 아버지의 두려움을 함께 느끼고 있어요."

나는 그녀의 순진한 태도에 웃지 않을 수가 없었다.

"내 사랑, 당신은 노스모어가 바라는 보상이 당신과의 결혼이라고 이야기했지요. 당신이 기억해 둬야 할 것은 사랑 앞에선 모든 것이 정당하다는 것입니다. 노스모어가 왜 공포 분위기를 조성하겠습니까? 그건 그 친구가 이탈리아인을 두려워해서가 아니라 매력적인 영국 여인에게 홀딱 빠져서 그녀와 결혼하기를 바라기 때문입니다."

그러자 클라라는 상륙하던 날 밤 노스모어가 나를 공격했던 일을 상기시켜 주었고, 나는 그 점에 대해서는 적절히 설명할 수가 없었다. 클라라와 나는 이런저런 이야기를 했고, 결국 나는 인근의 그레이든 웨스터라고 불리는 어촌으로 가서 찾아볼 수 있는 신문은 다 찾아서 그런 불안이 과연 근거가 있는지 알아보겠다고 말했다. 그리고 다음 날 아침 같은 시각 같은 장소에서 만나 그 결과를 말해 주기로 했다. 클라라는 내가 어촌으로 알아보러 가는 것에 대해서 반대하지 않았다. 또 내가 가까이에 있는 것이 자신에게 도움이 되고 기쁜 일이라는 생각을 굳이 숨기지 않았다. 나로서는 만약 클라라가 무릎을 꿇고 곁에 있어 달라고 했다면 그녀를 남겨 두고 마을로 가지는 않았을 것이다.

오전 10시가 되기 전에 나는 그레이든 웨스터에 도착했다. 그 시절의 나는 걷는 것에 자신이 있었고, 마을까지의 거리도 앞서 말했듯이 11킬로미터 정도였다. 걸어가는 내내 탄력 있는 잔디들을 밟고 갔으므로 걷는 기분도 상쾌했다. 그 어촌은 해안에서 가장 황량한 곳들 중 한 곳이었는데, 다음과 같은 풍경들이 그것을 잘 말해 줄 것이다. 움푹 팬 곳에는 교회가 하나 들어서 있고, 바위 사이에는 변변찮은 포구가 있었는데, 많은 배들이 어업을 하고 돌아오다 그 근처에서 난파를 당했다. 스무 채에서 서른 채 정도 되는 돌집들이 해변을 따라 두 개의 길을 형성하며 늘어서 있는데, 하나는 포구에서 마을로 들어오는 길이고 나머지 하나는 직각으로 꺾이면서 포구에서 나오는 길이었다.

두 길이 만나는 곳에는 여관을 겸한 굉장히 음울하고 칙칙한 선술집이 하나 있었다.

나는 마을에 들어가기에 앞서 내 신분에 어느 정도 맞는 옷을 갖추어 입었고, 즉시 묘지 옆의 작은 목사관으로 가서 목사에게 도움을 청했다. 목사는 비록 만난 지 9년이란 시간이 흘렀지만 나를 기억하고 있었다. 나는 그에게 도보 여행을 한 지 오래되어 소식을 통 듣지 못했다고 말했다. 그러자 목사는 기꺼이 내게 신문을 한 아름 가져다주었다. 한 달 전부터 바로 어제 치 신문까지 있었다. 나는 신문을 들고 선술집으로 갔고, 아침을 주문한 뒤 의자에 앉아 「허들스톤의 파산」이라는 기사를 정독했다.

그것은 아주 극악한 사건이었다. 그 사건의 여파로 수천 명의 사람이 가난의 나락으로 떨어졌고, 어떤 사람은 지급정지가 되자 권총으로 자살을 했다. 이런 세부 사항들을 자세히 읽어 나가는 동안 나는 희생당한 사람들보다 클라라의 아버지에게 더 동정심을 느꼈는데, 참 희한한 일이었다. 그만큼 클라라를 향한 사랑이 깊었기 때문이리라. 당연하게도 버나드의 머리에는 현상금이 걸렸다. 사건은 변명의 여지가 없는 것이었고, 대중의 공분이 들끓었으며, 그 결과 버나드의 머리에는 750파운드라는 이례적인 현상금이 걸리게 되었다. 거기에다 버나드의 수중에 현재 엄청난 돈이 남아 있다는 사실도 보도되었다. 하루는 그가 스페인으로 도망쳤다는 소식이 들렸고, 그다음 날에는 맨체스터와 리버풀 사이나 웨일스 경계를 따라 여전히 도피 중이라는 이야기가 나왔다. 또 그다음 날에는 버나드가 쿠바나 멕시코의 유카탄 반도에 도착했음을 알리는 전보가 등장하기도 했다. 하지만 이 모든 기사에서 이탈리아인과 관련된 이야기는 한 글자도 없었으며, 특별히 불가해한 부분 또한 없었다.

하지만 가장 최근 날짜의 신문에는 그리 명쾌하지 못한 사안이 하나 보도되어 있었다. 버나드의 파산을 실사한 회계사들은 우연히 허들스턴 가문의 거래 내역 중에서 한동안 거액의 자금이 이리저리 이동한 흔적을 발견했다. 그러나 그 거액의 자금이 어디에서 왔는지, 어디로 사라졌는지는 모두 알 수 없는 상태였다. 거래에 관련된 이름이 딱 한 번 언급되었을 뿐인데, 그저 'X. X.'라고만 적혀 있었다. 이 금액은 약 6년 전 버나드의 사업이 극도로 부진했던 시기에 처음으로 회계장부에 잡힌 것이었다. 소문에 따르면 저명한 왕실 인사가 이 자금의 배후라고 했다. '저 비겁한 악당'(내 기억에 신문사의 표현이 이랬던 것 같다)은 이런 정체불명의 자금 대부분을 챙겨 도망친 것으로 추정되었다.

내가 이런 사건들을 곰곰이 생각하면서 클라라의 아버지가 처한 위험과 어떻게든 연결시켜 보려고 하는데, 한 남자가 선술집으로 들어와 외국인의 억양이 뚜렷한 어조로 빵과 치즈를 주문했다.

"이탈리아 사람입니까?" 이탈리아어로 내가 물었다.

"그렇소." 그가 대답했다.

나는 동료 이탈리아인을 찾기에는 너무 먼 북쪽으로 온 것이 아니냐고 말했고, 그는 어깨를 으쓱이더니 일자리를 찾으려면 어디든 못 가겠느냐고 대꾸했다. 그가 그레이든 웨스터에서 대체 무슨 일거리를 찾아낼 수 있을지 나는 도저히 상상할 수가 없었다. 그 이탈리아인과의 만남은 내게 아주 생소한 느낌을 주었고, 그래서 나는 내게 줄 거스름돈을 세던 선술집 주인에게 예전에도 마을에서 이탈리아인을 본 적이 있느냐고 물었다. 그러자 주인은 그레이든 네스 저편에서 난파당

298

한 노르웨이인들이 코드 항에서 출항한 구조선에 구조된 것을 본 적은 있다고 말했다.

"아니, 난 이탈리아인 이야기를 하는 겁니다. 방금 빵과 치즈를 사 간 사람 같은 이탈리아인."

"엥?" 선술집 주인이 소리쳤다. "그 이빨을 드러낸, 얼굴 거무스름한 친구 말이오? 아니, 그 친구가 이탈리아인이었소? 거참, 그렇다면 내가 처음이자 마지막으로 보는 이탈리아인이군요."

선술집 주인이 말하는 동안 나는 고개를 들어 거리를 바라보았다. 30미터도 되지 않는 거리에서 남자 셋이 모여 무언가를 열심히 수근거리고 있었다. 그중 한 사람은 방금 선술집에서 만난 남자였고, 나머지 두 사내는 피부가 누르스름하면서 잘생긴 얼굴 위에 중절모를 눌러쓰고 있었다. 어떻게 보나 셋은 명백히 같은 인종이었다. 그들 주변에 마을 꼬맹이들이 몰려들어 그들을 흉내 낸다고 몸짓을 따라 하고 이탈리아어를 엇비슷하게 중얼거렸다. 그들이 서 있는 음산하고 더러운 거리와 그들 위로 펼쳐진 어두운 회색 하늘은 그들 셋을 더욱 분명하게 외국인처럼 보이게 했다. 고백하건대 내가 그 당시에 느꼈던 의아함은 결코 회복되지 않을 것 같은 충격이었다. 나는 온갖 상상력을 발휘하여 그 광경을 논리적으로 설명해 보려고 했지만, 그때 보았던 것의 영향을 극복할 수가 없었다. 비로소 나도 이탈리아인들의 공포를 느끼기 시작했다.

목사관에 신문을 돌려주고 야영지로 가는 길목에 있는 모래언덕으로 나아갈 즈음에는 벌써 해가 저물고 있었다. 나는 그 돌아오던 때를 결코 잊을 수 없다. 날씨는 굉장히 추워지고 사나워졌다. 바람은 내 발치의 짧은 잔디를 스치며 윙윙 소리를 냈다. 돌풍에 뒤이어 이슬비가 내리기 시작했고, 바다 한복판에서는 어마어마한 구름들이 솟아올랐다. 그보다 더 음울한 저녁을 생각해 내는 건 쉬운 일이 아니었다. 이런 외부적 환경의 영향 탓인지, 아니면 내가 마을에서 보고 들은 것에 충격을 받아 신경과민이 되어서인지는 잘 모르겠지만 내 생각은 우중충한 날씨만큼이나 음산하고 우울했다.

별장의 위층 창문에서는 그레이든 웨스터 방향으로 펼쳐진 많은 모래언덕들이 잘 보였다. 별장 사람들의 눈에 띄는 것을 피하려고 나는 작은 곳에 있는 높은 모래언덕으로 몸을 숨길 수 있을 때까지 해변에 바싹 붙어 걸어갔다. 그런 식으로 움푹 팬 곳을 골라 걸어간다면 숲의 가장자리까지 갈 수 있었다. 해는 거의 저물어 가고 있었다. 조류는 낮았고, 모든 유사가 환하게 노출되어 있었다. 나는 음울한 생각에 사로잡혀 열심히 걸어가다가 돌연 사람의 발자국을 보고서 깜짝 놀랐다. 그 발자국은 내가 가려던 방향과 평행으로 나 있었다. 하지만 잔디의 경계를 따라서가 아니라 내가 서 있는 곳보다 좀 더 해변 아래쪽으로 나아가고 있었다. 발자국의 크기와 투박한 상태로 보아 최근 여기를 지나다닌 나나 별장 사람들의 것은 아니었다. 그뿐만 아니라 그 낯선 발자국은 무모하게도 가장 무시무시한 유사가 있는 쪽 가까이로 향해 있었다. 그 주인은 분명 이 지역에 처음 오는 사람, 그레이든 해변의 악명 높은 유사에 대해 아는 게 없는 사람이었다.

나는 그 발자국을 한 걸음씩 따라갔다. 400미터 정도 더 나아가자 그레이든 플로의 남동쪽 경계에서 발자국이 끊어져 있었다. 누군지는 모르겠지만 이 불쌍한 남자는 이곳에서 비명횡사하고 만 것이었다. 아마도 그 남자가 사라지는 광경을 보았을지도 모르는 갈매기 한두 마리가 그의 무덤 위에서 평소처럼 우울하게 울어 젖히며 선회했다. 태양이 온 힘을 다해서 구름을 뚫고 빛을 내려보내자 넓게 퍼진 유사 지역은 탁한 자줏빛을 띠었다. 나는 얼마 동안 그 장소를 응시하며 서 있었다. 우울한 생각 때문에 온몸에 한기를 느끼고 낙담했으며 동시에 강하게 죽음의 그림자를 의식했다. 나는 그 비극의 순간이 얼마나 길었을지를 생각했고, 그 남자가 내지른 비명이 별장에까지 들렸을지도 모른다고 생각했다. 나는 마음을 굳게 먹고 그 장소를 벗어나려고 했다. 그 순간 내가 서 있던 해변 지역에 평소보다 더 강한 돌풍이 맹렬하게 몰아쳤고, 나는 외뿔 모양의 중절모 하나가 공중 높이 빙그르르 돌다 모래 표면 위로 가볍게 스치는 모습을 보았다. 아까 마을에서 본 이탈리아인들이 썼던 그런 중절모였다.

나는 순간적으로 비명을 내지른 것 같다. 바람은 그 모자를 해변 쪽으로 날렸고, 나는 유사의 경계 지역을 피해 달려가서 모자를 잡으려고 했다. 돌풍이 잦아들면서 모자는 유사 위에 잠시 머물렀다가 다시 한 번 돌풍이 불자 내가 서 있는 장소에서 몇 미터 떨어진 곳에 툭 하고 떨어졌다. 나는 당연히 강렬한 흥미를 느끼며 모자를 집어 들었다. 모자는 상당히 낡은 것이었다. 실제로 아까 마을의 거리에서 보았던 이탈리아인들이 썼던 것보다도 더 낡았다. 모자의 안감은 붉은색이었고, 만든 가게의 이름이 찍혀 있었지만 지금은 그 이름을 잊어버렸다. 모자가 생산된 곳은 '베네딕'인데, 그것은 오스트리아인들이 아름다운 도시 베네치아에 그들 나름대로 붙인 이름이다. 당시 베네치아는 오스트리아령이었고, 그 후에도 오랫동안 그 상태로 남았다.

내가 받은 충격은 엄청난 것이었다. 어디를 둘러보아도 온통 이탈리아인뿐이라는 생각이 들었다. 나는 인생에서 난생처음이자 마지막으로 공황에 가까운 공포에 휩싸였다. 두려워해야 할 대상이 무엇인지 구체적으로 알지 못했지만 나는 진심으로 두려움을 느꼈다고 인정하지 않을 수 없었다. 그리고 해변 숲에 있는, 위치가 노출된 외로운 야영지로 되돌아가는 것이 솔직히 내키지 않았다.

불을 피우고 싶지 않았기에 어젯밤에 남겨 놓은 차가운 포리지*를 먹었다. 먹고 나니 아까보다 힘이 나고 자신감도 돌아오는 것 같았다. 나는 마음에서 지금까지의 황당한 상상을 몰아내고 다소 평정을 되찾으며 자리에 누워 잠을 청했다.

얼마나 잠을 잤는지는 짐작할 수가 없다. 하지만 나는 눈부신 불빛이 내 얼굴을 비추는 바람에 갑작스레 깨어나게 되었다. 나는 화들짝 놀라 일어나 즉시 무릎을 꿇으며 상체를 일으켰다. 하지만 불빛은 갑자기 다가왔던 것처럼 돌연 사라졌다. 어둠이 다시 짙게 깔렸다. 바다에서 강풍이 불어오고 비가 퍼붓듯이 내렸다. 폭우의 소음은 다른 소리들을 완전히 제압했다.

내가 제대로 정신을 차리기까지는 30초 정도가 걸렸다. 다음의 두 가지 정황만 없었더라면 나는 생생한 악몽을 꾼 것이라고 생각했을 것이다. 첫째, 텐트의 출입문이 펄럭이고 있었다. 잠자리에 들기 전에 나는 텐트를 꼼꼼하게 닫아 두었는데 지금은 그 문이 열려 있었다. 둘째, 나는 여전히 달구어진 금속에서 나는 냄새와 등유가 타오르는 냄새를 맡을 수 있었다. 그것은 너무도 선명해 절대로 환각이 아니었다. 결론은 명확했다. 누군가가 내 얼굴 바로 앞에 등불을 비추었기 때문에 잠에서 깨어난 것이었다. 하지만 그 불빛은 잠깐 번뜩였을 뿐 곧 사라졌다. 내 얼굴을 보고는 그냥 가 버린 것이었다. 나는 이 기묘한 행

* 귀리에 우유나 물을 부어 걸쭉하게 죽처럼 끓인, 주로 아침 식사용 음식.

위의 목적이 무엇일지 생각했고, 답은 쉽게 나왔다. 누군지는 모르겠지만 내 얼굴을 불빛에 비춰 본 남자는 내가 아는 얼굴일 것이라고 생각했는데 실상 그렇지 않았던 것이다. 그러나 아직 풀리지 않는 의문점이 있었다. 그 질문에 대답하려고 하니 두려움이 앞섰다. 만약 내가 그가 생각하는 얼굴이었다면 그는 무슨 짓을 했을까?

나 자신에 대한 걱정은 곧 사라졌다. 왜냐하면 그렇게 갑작스럽게 나를 찾아온 것은 그 사람의 실수였음을 깨달았기 때문이다. 동시에 나는 어떤 끔찍한 위험이 별장에 닥칠지 모른다고 확신하게 되었다. 내가 동굴 위를 덮고 있는 빽빽한 검은 덤불을 뚫고 어둠 속에서 앞으로 나서기까지는 약간 용기가 필요했다. 하지만 나는 더듬거리며 모래언덕으로 나아갔다. 이내 비에 온몸이 흠뻑 젖고, 강풍에 시달려 귀가 먹먹해지고, 한 걸음 내디딜 때마다 숨어 있을지도 모르는 적과 맞닥뜨리는 것은 아닌지 두려워졌다. 정말 칠흑 같은 어둠이어서 설사 내가 적의 무리에 둘러싸여 있다고 하더라도 그것을 조금도 눈치챌 수가 없었다. 돌풍이 내는 소음이 너무나 커서 내 시력이나 청력은 아무 쓸모가 없었다.

정말로 끝날 것 같아 보이지 않는 그날 밤 내내 나는 별장 인근을 염탐했다. 그러나 바람, 바다, 비가 만들어 내는 소리만을 들었을 뿐, 사람을 만나거나 다른 소음은 듣지 못했다. 별장 위층 창의 덧문 사이를 통해 새어 나오는 빛이 동틀 때까지 내 동무가 되어 주었다.

## 5
## 노스모어, 클라라,
## 그리고 나의 삼자 대화

동이 트면서 나는 노천에서 물러 나와 모래언덕 사이에 있는 내 은 신처로 돌아가서 클라라가 오기를 기다렸다. 아침 날씨는 흐리고 사 납고 우울했다. 해가 완전히 뜨면서 바람은 누그러졌다가 곧 잦아들 어 해변 쪽에서 가끔 불어오는 정도가 되었다. 바다도 잔잔해지기 시 작했지만 비는 여전히 억수같이 내렸다. 황량한 모래언덕에서는 단 한 사람도 보이지 않았다. 그렇지만 나는 주변에서 적들이 은밀하게 움직이고 있다고 확신했다. 내가 잠자는 동안 갑작스럽게 들이댄 불 빛과 바람에 실려 그레이든 플로를 넘어 해변으로 날아온 모자는 별 장의 클라라와 그 일행이 위험에 빠졌다는 생생한 신호였다.

7시 반이 넘어 8시 즈음에 사랑스러운 사람이 별장에서 나와 비를 뚫고 나를 향해 오는 것이 보였다. 나는 클라라가 모래언덕을 지나오기 전에 이미 해변에서 그녀를 기다리고 있었다.

"여기 오는 데 정말 힘들었어요!" 클라라가 소리쳤다. "비가 오는데 무슨 산책이냐고 말리는 바람에."

"클라라, 당신은 겁이 없는 사람이군요!"

"그럼요." 그 간단한 대답을 들으면서 나는 더욱 그녀를 믿음직한 여자라고 생각하게 되었다. 나의 아내는 용감무쌍하면서도 최고의 여자이기도 했다. 내가 경험한 바로는 그 두 가지를 모두 충족시키는 여자는 아주 드문데, 클라라는 불굴의 용기를 가지고 있으면서도 사랑스럽고 아름다운 미덕을 갖추었다.

나는 지난밤에 벌어진 일을 그녀에게 말해 주었다. 그녀는 뺨이 눈에 띌 정도로 창백해졌지만 그래도 온전하게 정신을 차리고 있었다.

"당신은 이제 내가 안전하다는 것을 알 겁니다." 내가 결론을 내리듯 말했다. "그자들은 나를 해칠 의도가 없었던 겁니다. 그랬더라면 나는 지난밤에 벌써 죽은 몸이었습니다."

클라라가 내 팔에 손을 올리며 소리쳤다.

"그런 일이 있을 거라고는 상상도 못 했어요!"

클라라의 걱정하는 목소리는 내게 전율과 함께 기쁨을 주었다. 나는 그녀를 꽉 껴안았다. 우리가 무슨 일이 벌어졌는지 깨닫기도 전에 클라라의 손이 내 어깨에 올라왔고, 나는 그녀에게 입을 맞추었다. 그 순간까지 우리는 사랑에 관한 말은 한 마디도 주고받지 않았다. 지금 이날까지도 나는 비에 젖어 축축하고 차가워진 그녀의 뺨의 감촉을 기억하고 있다. 그 이래로 나는 클라라가 세수를 할 때면 그날 아침 해변에서 느꼈던 감촉을 다시 느껴 보려고 얼마나 많이 그 뺨에 키스했는지 모른다. 이제 클라라는 내 곁에 없고 나도 인생의 순례길을 홀로 마무리 지어야 할 때가 다가오고 있지만, 나는 여전히 우리 두 사람을 단단하게 묶어 주었던 저 오래된 사랑, 철저한 정직성 그리고 부부간의 신뢰를 소중하게 간직하고 있다. 그래서 이런 깊은 부부간의 사랑과 비교하면 내가 지금 느끼는 상실감은 아주 사소한 것에 지나지 않는다.

우리는 잠시 그렇게 서 있었다. 잠시라고는 했지만 어느 정도였는지는 확실치 않다. 연인들의 시간은 늘 빠르게 지나가기 때문이다. 그러고 있는데 갑자기 가까운 곳에서 큰 웃음소리가 들려 나와 클라라는 깜짝 놀랐다. 그 웃음소리는 즐거움에서 나오는 자연스러운 것이 아니라 분노를 감추려고 일부러 내지르는 억지웃음이었다. 나와 클라라는 소리가 나는 쪽으로 고개를 돌렸다. 내 왼팔은 클라라의 허리를 다정하게 잡은 채였고 그녀 역시 내 팔에서 벗어나려 하지 않았다. 노스모어가 해변에서 몇 걸음 떨어진 곳에 서 있었다. 그는 뒷짐을 진 채 고개를 숙였고, 잔뜩 화가 난 듯 콧구멍에서 흰 콧김을 뿜었다.

"여, 카실리스!" 내가 얼굴을 내밀자 노스모어가 말했다.

"노스모어." 나는 전혀 동요하지 않고 대꾸했다.

"그리고 허들스톤 양도 여기 있군요." 그가 사나운 목소리로 천천히 말을 이었다. "아가씨는 아버지와 저의 믿음을 이런 식으로 배신하는 겁니까? 당신에게는 당신 아버지의 목숨이 그 정도로 가치 없나요? 당신은 이 젊은 신사에게 홀딱 빠져서 죽음, 예의, 인간의 조심성 등을 모두 우습게 보는군요."

"허들스톤 양은……" 내가 끼어들려고 하자 노스모어가 난폭하게 나를 제지했다.

"자넨 입 다물어. 난 지금 이 아가씨와 이야기하고 있어."

"자네가 아가씨라고 부르는 저 여자는 실은 내 아내일세." 내가 말했다. 클라라는 아무 말 없이 내게 좀 더 가까이 다가왔다. 내 말에 동의한다는 것을 표현하는 동작이었다.

"자네의 뭐? 거짓말!"

"노스모어, 나와 내 아내는 자네가 성질이 급하다는 건 알고 있어. 하지만 나는 위협적인 말에 동요할 사람이 아니야. 그러니 목소리를 좀 낮춰. 이 주위엔 우리만 있는 게 아니니까 말이야."

노스모어는 주위를 한 번 둘러보았다. 내 말이 어느 정도 그의 성질을 가라앉힌 것은 분명해 보였다. "도대체 무슨 뜻이야!" 노스모어가 말했다.

나는 단 한 마디만 했다. "이탈리아인들."

그는 한바탕 욕지거리를 한 뒤 나와 클라라를 번갈아 쳐다보았다.

"카실리스 씨는 제가 아는 걸 모두 알고 계세요." 클라라가 말했다.

그러자 노스모어는 벌컥 소리를 질렀다. "내가 알고 싶은 건 카실리스가 대체 어디에서 와서 여기에서 무엇을 하고 있느냐는 겁니다. 허들스톤 양은 카실리스와 결혼했다고 말했지만 난 믿지 않습니다. 정말로 결혼했다면 그레이든 플로가 곧 이혼하게 해 줄 겁니다. 4분 30초 정도 걸리지, 카실리스. 그곳은 내 친구들을 위한 개인 묘지 같은 곳이지."

"이탈리아인을 보니 시간이 그것보다는 더 걸리는 것 같더군." 내가 말했다.

노스모어는 잠시 나를 쳐다보았다. 그는 기세가 절반쯤 꺾인 모습으로 조금 전과는 다르게 정중한 말투로 내가 알고 있는 것을 이야기해 달라고 요청했다. "자네는 나보다 아는 것이 무척 많은 것 같군, 카실리스." 나는 그 요청을 들어주었다. 내가 이야기를 하는 동안 노스모어는 여러 번 탄성을 지르면서 내 말에 귀를 기울였다. 내가 어떻게 그레이든에 오게 되었는지, 또 노스모어가 상륙하던 날 밤에 죽이려고 했던 사람이 바로 나였다는 것과 그 이후 내가 이탈리아인에 대하여 보고 들은 것도 모두 말해 주었다.

이야기를 마치자 노스모어가 말했다. "그래, 그렇게 돼서 여기까지 왔군. 확실히 잘 알겠네. 그럼 내가 묻겠네. 자네는 이제 무엇을 하려고 하나?"

"자네 곁에 머물러 도움을 주려고 하네." 내가 말했다.

"자넨 참 용감하군." 노스모어가 다소 감동받은 목소리로 대답했다.

"두려울 게 뭐가 있겠나." 내가 말했다.

"그러니까 두 사람이 결혼했다는 말을 믿어 달라? 허들스톤 양, 내 얼굴을 똑바로 쳐다보고 그 말을 다시 할 수 있습니까?"

"우린 아직 결혼을 하진 않았어요." 클라라가 말했다. "하지만 최대한 빨리 결혼하려고 해요."

"브라보!" 노스모어가 소리쳤다. "그럼 우리 사이의 거래는 어떻게 되는 겁니까? 제기랄, 이봐요, 젊은 아가씨, 바보짓은 그만해요. 내가 가식은 집어치우고 솔직히 말하겠습니다. 우리의 거래는 그럼 어떻게 되는 거죠? 아가씨도 나만큼이나 잘 알고 있지 않습니까. 당신 아버지의 목숨이 누구한테 달려 있는지. 내가 외투 뒷자락에 손을 집어넣고 이 일에서 손을 떼면 그분의 목숨은 저녁이 되기도 전에 끝장이 날 겁니다."

"맞아요, 노스모어 씨." 클라라가 굴하지 않고 열정적으로 대답했다. "하지만 당신은 결코 그렇게 하시지는 않을 거예요. 아버지와 당신 사이의 거래는 신사답지 못한 것이었어요. 그런 거래가 있었지만 그래도 당신은 여전히 신사예요. 당신이 돕기로 한 노인을 중간에서 내치지는 않을 거라고 생각해요."

"아하! 아가씨는 그럼 내가 요트를 공짜로 빌려 줄 거라고 본 겁니까? 내가 늙은 신사의 호감을 얻고자 내 생명과 자유를 위태롭게 할 거라고 생각합니까? 그렇게 희생을 한 다음에는 결국 당신 결혼식에서 들러리나 서라고요?" 노스모어는 기이한 미소를 짓고 말을 이었다. "어쩌면 아가씨가 전적으로 틀린 건 아닌지도 모르죠. 여기 카실리스에게 물어보시죠. 이 친구는 날 잘 아니까. 내가 믿을 수 있는 사람인지, 착실하고 양심적인 사람인지, 또는 친절한 사람인지."

"전 노스모어 씨가 허풍을 치고 때때로 어리석게 말을 한다는 걸 알아요. 하지만 전 당신이 신사라는 것도 알고 있어요. 그래서 당신이 조금도 두렵지 않아요." 클라라가 대답했다.

노스모어는 클라라를 높이 평가하고 감탄하는 표정으로 바라보았다. 이어 내 쪽을 보며 말했다. "내가 싸우지도 않고 허들스톤 양을 포기할 거라고 생각하나, 프랭크? 분명히 말해 주지. 조심하도록 해. 다음에 우리가 서로 싸우게 되면……"

"그렇게 되면 세 번째가 되겠군." 나는 미소를 지으며 그의 말을 가로막았다.

"그래, 맞아. 그렇게 되겠지. 잊고 있었어. 뭐, 세 번째엔 내게 행운이 따를 걸세."

"세 번째로 싸우게 되면 싸움이 끝난 뒤 자넨 붉은백작호 선원들의 도움을 받아야 될 거야."

"저 친구가 하는 소리 들었습니까?" 노스모어가 클라라에게 고개를 돌리며 물었다.

"두 분이 겁쟁이처럼 말하는 소리는 들었죠. 저는 그런 식으로 생각하거나 말하는 걸 끔찍이도 싫어해요. 두 분 모두 마음에도 없는 말을 하고 있잖아요. 그러면 두 분만 사악하고 어리석게 될 뿐이에요."

"허들스톤 양이 최고로군!" 노스모어가 소리쳤다. "하지만 아직 그녀는 카실리스 부인이 아니야. 더 말하지 않도록 하겠네. 아직은 때가 아닌 듯싶으니까."

그러자 내 아내가 날 놀라게 했다. 클라라는 돌연 이런 말을 했다.

"가 봐야겠어요. 아버지가 너무 오래 홀로 계셨어요. 그렇지만 기억해 주세요. 두 분은 친구가 되어야 해요. 두 분 모두 제겐 좋은 친구니까요."

클라라는 후에 그런 식으로 말했던 이유를 설명해 주었다. 자신이 현장에 남아 있는 한 우리 둘이 계속 말다툼을 벌일 듯해서였다는 것이었다. 나는 클라라의 말이 옳다고 생각한다. 클라라가 떠나자 우리는 즉시 비밀을 공유하는 신뢰 관계가 되었다.

모래언덕을 넘어 돌아가는 클라라의 뒷모습을 노스모어가 계속 쳐다보았다.

"그녀는 이 세상 최고의 여자야!" 노스모어가 확신에 찬 목소리로 말했다. "그녀의 의젓한 행동 좀 보게나."

나는 이 기회를 이용해 우리의 관계를 좀 더 분명하게 해명하고자 했다.

"여보게, 노스모어. 우린 모두 정말 궁지에 빠졌어, 그렇지 않나?"

"자네 말이 맞아, 친구." 내 눈을 바라보며 그가 굉장히 강조하는 어조로 대답했다. "정말이지 온 사방이 다 지옥인 셈이야. 내 말을 믿든 말든 그건 자네 자유지만, 난 죽을까 봐 두렵다네."

"하나만 말해 주게. 그 이탈리아인들이 무엇을 쫓고 있는 건가? 허들스톤 씨에게 바라는 게 뭐야?"

"몰랐나?" 노스모어가 소리쳤다. "저 까무잡잡한 늙은 악당은 카르보나리당黨*의 자금을 관리했었네. 28만 파운드나 말이지. 그런데 저 늙은이는 주식 투자를 하다가 그 돈을 다 날렸어. 그런데 트리덴티노인가 파르마에서 혁명이 벌어질 예정이었다가 그게 불발로 끝나자 그들 모두가 허들스톤을 뒤쫓기 시작했네. 자금을 내놓으라고 말이야. 우리가 목숨이라도 건질 수 있다면 정말 다행일 거야."

"카르보나리당이라고!" 내가 소리쳤다. "하느님 맙소사!"

"아멘!" 노스모어가 말했다. "자, 보게. 우리가 난처한 처지에 있다는 건 내가 이미 말했네. 솔직히 자네가 도와준다고 하니 기쁘네. 허들스톤을 구할 수 없다면 최소한 저 아가씨라도 구하고 싶어. 내 별장에 와서 머물도록 하게. 저 노인이 도망치든 죽든 어느 쪽으로 결론이 날 때까지는 자네의 친구가 되겠네. 약속할 수 있어. 하지만 일이 끝나면 자네는 다시 내 경쟁자가 되는 거야. 미리 경고해 두는데, 조심하라고."

"알겠네." 내가 대답했다. 우리는 악수를 나눴다.

"그럼 내 요새로 바로 가도록 하지." 노스모어가 비를 뚫고 앞장섰다.

* 이탈리아 급진 공화주의의 결사.

# 6
## 키 큰 남자를 소개받다

클라라가 문을 열어 주어 우리는 별장으로 들어섰다. 별장의 방어가 어찌나 완벽하고 안전한지 나는 놀라지 않을 수 없었다. 별장 문에 만들어 놓은 방책은 아주 단단한 데다 옮기기도 쉬웠고, 외부의 어떤 공격도 막아 낼 수 있을 것 같았다. 곧바로 안내를 받아 식당에 들어가자 등불 하나가 희미하게 그곳을 밝히고 있었다. 식당의 덧문은 훨씬 더 공들여서 방어를 강화해 둔 것이었다. 창틀은 십자로 철창을 걸어 보강했고, 그 철창은 다시 버팀목 장치로 고정되어 있었다. 이런 버팀목 장치는 바닥에, 천장에 그리고 식당의 맞은편 벽에 인접하여 설치되어 있었다. 이 모든 것들은 견고하고 잘 설계된 목공 기술의 결과였다. 나는 탄복할 수밖에 없었다.

"난 기술자라네." 노스모어가 말했다. "정원에 있던 널빤지들을 기억하나? 뭘로 만들었는지 잘 보게나!"

"자네가 이렇게 재주가 많은 줄은 몰랐네."

"자넨 무장하고 있나?" 노스모어가 정렬된 총과 권총들을 가리키며 말했다. 무기들은 벽에 일렬로 기대어 있거나 찬장에 진열되어 있었다. 어찌나 잘 정돈되어 있는지 감탄이 저절로 나왔다.

"배려 참 고맙네. 지난번 우리가 밤에 만났을 때부터 나는 무장을 하고 있어. 그런데 자네에게 솔직하게 말할 게 있는데, 실은 어제 초저녁부터 아무것도 먹지 못했어."

노스모어는 차갑게 식은 고기를 내왔고, 나는 주린 배를 열심히 채웠다. 식사에 더하여 노스모어는 괜찮은 부르고뉴 와인 한 병을 같이 내놓았다. 온몸이 젖어서 축축했던 나는 거리낌 없이 와인을 들이켜며 몸을 덥히려 했다. 나는 원칙적으로 술을 아주 절제해 왔지만 그 상황에서 원칙을 과도하게 지키는 건 부질없는 일이었다. 내 기억에 그와인을 4분의 3병 정도 마신 것 같다. 식사를 하면서 나는 그가 준비한 방어 태세에 대하여 계속 감탄했다.

"포위를 당해도 견딜 수 있겠어." 이윽고 내가 말했다.

"그렇—지." 노스모어가 말을 끌면서 대답했다. "어느 정도는 감당할 수 있지. 내가 우려하는 것은 이 별장의 방비 능력이 아니라 내가 이중의 위험 때문에 죽을 거라는 사실이야. 총격전이라도 벌어지게 되면이 지역이 황폐한 곳이기는 해도 누군가는 그 총격전의 소음을 들을거란 말일세. 자, 그렇게 되면 결과는 똑같아. 거기까지 흘러가는 방식만이 다를 뿐이야. 법에 의해 수감되거나, 카르보나리 당원들에게 죽거나. 선택지는 그것뿐일세. 이 세상에서 법과 맞서는 건 아주 좋지 못한 짓이지. 위층에 있는 늙은 신사와 이 문제에 대해 이야기해 보았지.

나와 굉장히 비슷한 생각이더군."

"말이 나왔으니 말인데, 그 노신사는 대체 어떤 사람인가?"

"아, 그 사람 말인가!" 노스모어가 소리쳤다. "여태까지 해 온 짓을 보면 참 고약한 사람이지. 내일이라도 저 이탈리아 악마들이 전부 달려들어서 그 사람 목을 비틀어 버렸으면 좋겠네. 난 저 노인을 위해 이 일을 하고 있는 게 아닐세. 알겠나? 난 일이 잘 풀리면 허들스톤 양과 결혼하기로 거래를 했고, 그녀를 꼭 차지하고 말겠네."

"그쯤은 짐작하고 있네. 하지만 허들스톤 씨는 지금 내가 개입한 걸 어떻게 받아들일까?"

"그건 클라라에게 맡겨 두게나."

클라라에 대하여 이처럼 천박한 어투로 말하는 그의 얼굴에 한 방 날려 주고 싶었지만 나는 휴전협정을 존중했다. 나는 그래야 할 의무가 있었고, 그건 노스모어 역시 마찬가지였다. 우리는 위험이 계속되는 동안은 우호적 관계를 유지해야 했다. 그가 협정을 잘 지켰음을 나는 아주 만족스러운 심정으로 증언할 수 있다. 당시의 내 행동을 돌이켜 보면 자부심을 느끼지 않을 수 없다. 분명 우리 둘은 음모와 분노에 빠지기 쉬운 입장에 있었지만 그래도 신사협정을 충실히 지켰던 것이다.

나는 식사를 끝내자마자 노스모어와 함께 별장 아래층을 점검하러 나섰다. 우리는 창문마다 다르게 설치된 버팀목을 점검하고 때때로 간단한 변화를 주면서 조정하기도 했다. 별장 전체에 망치를 두들기는 소리가 놀라울 정도로 크게 울려 퍼졌다. 또한 나는 총을 놓을 구멍을 만들자고 제안했던 것 같다. 하지만 노스모어는 내게 위층 창문에 이미 만들어 두었다고 대꾸했다. 점검을 하다 보니 걱정이 자꾸 쌓였고 결국에는 낙담하게 되었다. 지켜야 할 건 문 두 개와 창 다섯 개였는데, 클라라를 포함시킨다 해도 고작 네 명이서 불특정 다수의 적들을 상대로 과연 방어를 해낼 수 있을지 의문이 들었다. 내가 이에 대해 이야기하자 노스모어는 별로 개의치 않는 듯 침착한 표정으로 자신도 그게 의문이라고 대답했다.

"아침이 되기도 전에 우리는 학살당해 그레이든 플로에 묻히겠지. 내게는 새로울 것도 없는 말이야."

노스모어가 유사를 언급하자 저절로 몸이 부르르 떨렸다. 나는 숲에서 적들이 내 목숨은 노리지 않았다는 것을 그에게 상기시켰다.

"우쭐하지 말게. 자네는 그때 저 늙은 신사와 같은 배를 타지 않았어. 지금은 사정이 달라졌지. 우리는 모두 유사에 발 하나는 담그고 있는 상태야. 명심하게."

클라라가 그렇게 될 걸 생각하니 온몸이 떨렸다. 그러고 있는데 우리를 위층으로 부르는 클라라의 사랑스러운 목소리가 들려왔다. 그러자 앞서서 길 안내를 하던 노스모어가 한 방문 앞에서 멈추고 문을 두드렸다. 그 방은 예전에 노스모어가 삼촌의 방이라고 부르던 곳이었다. 별장을 지은 삼촌은 그 방을 자신만을 위해 특별히 설계했다고 한다.

"들어오게, 노스모어. 들어오시오, 훌륭한 카실리스 씨." 방 안에서 이런 말이 들려왔다.

문을 밀고 나서 노스모어는 나를 방에 먼저 들여보냈다. 방으로 들어서면서 나는 클라라가 서재로 통하는 옆문을 밀고 나오는 것을 보았다. 서재는 클라라의 침실로 마련된 모양이었다. 침대는 내가 여러해 전 3월에 마지막으로 보았을 때는 세워져 있었으나 지금은 내려져서 벽에 붙여 놓은 상태였다. 침대 위에는 파산한 금융가 버나드 허들스톤이 앉아 있었다. 모래언덕에서 흔들리는 불빛으로 얼핏 보았을 뿐이지만, 그가 그때 보았던 사람이라는 것을 어렵지 않게 알아볼 수 있었다. 허들스톤은 길고 혈색 나쁜 얼굴에 붉은 턱수염과 긴 구레나룻을 기르고 있었다. 허들스톤의 부러진 코와 높은 광대뼈는 다소 칼무크족*의 분위기가 났다. 밝은색 눈은 고열 때문인지 번뜩이고 있었다. 허들스톤은 테두리 없는 검은 비단 베레모를 쓰고 있었다. 침대에 앉은 허들스톤의 몸 앞에는 거대한 성경이 금테 안경과 함께 놓여 있었고, 침대 옆 작은 탁자에도 다른 책들이 한 무더기 쌓여 있었다. 초록색 커튼이 뺨에 드리운 그림자 때문에 그는 시체처럼 보였다. 노인은 베개에 몸을 기대고 앉아 있었다. 그는 고통스러운 표정을 지으며 그 거대한 몸을 수그리고 있었고, 무릎 위로 돌출될 때까지 머리를 앞으로 내밀었다. 나는 허들스톤이 이탈리아인들의 손에 죽지 않는다 해도 틀림없이 몇 주도 안 되어 몸이 쇠약해 죽을 것 같다는 생각이 들었다.

허들스톤은 길고 가는 털이 보기 흉하게 잔뜩 난 손을 내게 내밀었다.

"어서 오시게, 어서 와. 카실리스 씨." 허들스톤이 말했다. "또 다른 수호자가 왔구먼, 으흠! 또 다른 수호자가. 내 딸의 친구라면 언제든지 환영하네, 카실리스 씨. 내 딸의 친구들이 나를 위해 이렇게 집결해 주다니! 하느님께서 축복을 내려 주시고 보상해 주시기를!"

물론 나도 어쩔 수 없이 그의 손을 잡았다. 하지만 클라라의 아버지라고 해서 은근히 품었던 동정심은 그 흉칙한 외양과 입바르고 비현

---

* 중국 서부의 톈산 북로 지방이나 구소련의 볼가 강 하류 지역인 칼무크 자치국에 사는 서몽골족.

실적인 말투에 즉시 사라져 버렸다.

"카실리스는 훌륭한 친구입니다. 능히 열 사람 역할은 하죠."

"그렇게 들었네." 허들스톤이 열성적으로 말했다. "딸아이가 그리 말하더군. 아, 카실리스 씨. 나는 내가 저지른 죄로 인해 고통 받고 있소! 나는 참으로, 참으로 하찮은 사람이지만 남들과 동등하게 참회할 수 있기를 바라오. 결국에는 우리 모두 그분의 은혜로운 왕좌로 나아갈 수 있을 겁니다, 카실리스 씨. 나는 진정 그곳에 뒤늦게 도착하겠지만, 아주 겸손한 마음으로 그것을 받아들일 생각입니다."

"참 시시한 소리를 하시는군요!" 노스모어가 거칠게 말했다.

"아니, 아니, 노스모어!" 허들스톤이 소리쳤다. "그렇게 말하면 안 되네. 그렇게 날 흔들려고 하지 마. 친애하는 좋은 친구, 자네는 내가 바로 오늘 밤이라도 조물주의 앞으로 불려 갈 수 있다는 걸 왜 잊고 있나?"

허들스톤이 흥분하는 모습은 참으로 보기에 안쓰러울 정도였다. 노스모어가 신앙이 없는 사람인 줄은 잘 알고 있었지만 나는 점점 그 친구에게 화가 나기 시작했다. 이 불쌍한 죄인이 내보이는 회개의 심정을 계속 조롱하며 그런 헛소리는 그만두라고 하는 말에는 진심으로 노스모어가 경멸스러워졌다.

"나 참, 친애하는 허들스톤 씨! 스스로 불의를 저지르며 사셨잖습니까. 안팎으로 세상 물정은 다 알고 계신 분이고요. 제가 태어나기도 전부터 온갖 나쁜 짓은 다 해 오셨고, 허들스톤 씨의 양심이야말로 남미산 가죽처럼 잘 무두질되어 있어 질길 대로 질기지 않습니까. 그런데 한 가지 당신의 간肝을 튼튼하게 만드는 건 잊어버렸더군요. 내가 보기에 온갖 고통의 근원은 바로 그 간입니다."

"이런 불한당! 불한당 같은! 나쁜 놈!" 허들스톤이 손가락을 휘저었다. "그래, 자네가 그런 식으로 말한다면 나도 형식적인 것에 그리 집착하는 사람은 아니라고 말하겠네. 나는 항상 그런 부류를 싫어했어. 하지만 나는 한평생 더 좋은 어떤 것을 놓아 본 적이 없어. 나는 나쁜 놈이었네, 카실리스 씨. 그건 부정하지 않겠어. 하지만 그렇게 된 건 아내가 죽은 다음부터야. 홀아비의 삶은 말이야, 아내가 있을 때와는 전혀 다른 거야. 죄악에 가득 찬 삶이 되기가 쉬워. 누구나 그렇게 되지. 하지만 정도 차이라는 게 있고. 그리고 그 정도에 대해서 말해 보자면— 아니, 저건 무슨 소리지?" 허들스톤이 돌연 소리를 지르면서 손을 허공으로 추켜올려 손가락을 쫙 폈다. 얼굴은 궁금증과 두려움이 가득한 채 뒤틀리고 있었다. "휴, 빗소리였구나. 하느님 찬미받으소서!" 허들스톤이 이렇게 말하고 잠시 말을 멈췄다. 얼굴에는 형언할 수 없는 안도감이 드러나 있었다.

몇 초 동안 허들스톤은 베개에 몸을 누이고 거의 기절할 것 같은 모습이었다. 이어 자신을 다잡고 다소 떨리는 목소리로 자신을 보호하러 와 줘서 고맙다고 다시 한 번 내게 말했다.

"질문 하나 하겠습니다, 선생님." 허들스톤이 말을 마치자 내가 말했다. "선생님께서 돈을 가지고 계시다는 것이 사실입니까?"

허들스톤은 내 질문이 거슬리는 모양이었지만 마지못해 약간은 가지고 있다고 인정했다.

"자, 그렇다면 이탈리아인들이 쫓고 있는 건 자기들 돈이죠? 아닙니까? 왜 돈을 그들에게 넘겨주지 않는 겁니까?"

"으음!" 허들스톤이 고개를 저었다. "이미 그러려고 했었네, 카실리스 씨. 아아! 그렇게 돈만 바란다면 얼마나 좋겠나. 놈들이 원하는 건

피라네."

"허들스톤 씨, 그건 별로 공정한 발언이 아닌데요." 노스모어가 말했다. "당신이 놈들한테 주겠다고 제안한 돈은 20만 파운드 이상이나 모자라는 액수가 아니었습니까. 그 부족액은 중요하게 참고되어야 할 내용이에요. 프랭크, 그것에 대해 놈들은 뻔뻔한 액수라고 말했지. 그들은 이탈리아 방식으로 분명한 계산을 원해. 이렇게 추적에 나서면서 돈과 피를 모두 얻는 게 좋겠다고 생각하는데, 나라도 그런 생각을 할 것 같아. 이왕 추적에 나선 거 목적을 하나 더 추가한다고 해서 더 힘이 드는 것도 아니고 말이야."

"돈은 이곳에 있나?"

"있지. 여기보다는 바다 밑바닥에 있었으면 좋겠지만." 노스모어는 이렇게 말하고는 돌연 허들스톤을 바라보며 소리쳤다. "무엇 때문에 제게 그렇게 인상을 쓰고 계신 겁니까?" 그 소리에 나도 무의식적으로 등을 돌려 허들스톤을 쳐다보았다. "카실리스가 당신을 팔아먹기라도 할 것 같습니까?"

허들스톤은 그런 생각은 전혀 하지 않는다고 항변했다.

"좋아요." 노스모어가 굉장히 야비한 어조로 허들스톤을 쏘아붙였다. "우리를 피곤하게 만들까 봐 미리 말해 두는 겁니다. 방금 자넨 무슨 말을 하려고 했나?" 노스모어가 나를 바라보며 물었다.

"오후에 할 일을 제안하려고 했어. 그 돈을 하나하나 들고 나가서 별장 문 앞에 내려놓는 게 어떻겠나? 카르보나리 놈들한테 가져가라고 말이야. 어차피 그건 놈들 돈 아닌가."

"아냐, 아냐!" 허들스톤이 소리쳤다. "그게 모두 놈들 돈은 아니고, 또 그래서도 안 되네! 그 돈은 내 채권자들과 빚잔치를 하면서 채권

액수에 비례해서 골고루 나눠 주어야 해."

"이봐요, 쓸데없는 짓입니다." 노스모어가 말했다.

"그럼, 내 딸아이는……" 그 불행한 남자가 신음하며 말했다.

"그런 빚잔치를 안 해도 따님은 잘살 겁니다. 여기 카실리스와 나, 구혼자가 둘이나 있습니다. 우리는 거지가 아니고, 따님은 우리 둘 중에서 선택만 하면 됩니다. 그리고 쓸데없는 말싸움을 끝내려고 하는 소린데, 당신은 그 돈을 단 한 푼도 주장할 권리가 없습니다. 그리고 제가 잘못 알고 있는 게 아니라면 당신은 곧 죽을 사람이잖습니까."

분명 굉장히 잔인한 말이었다. 그러나 허들스톤은 동정을 받을 만한 사람이 아니기도 했다. 비록 나는 허들스톤이 움찔 놀라며 몸을 떠는 것을 보았지만, 심정적으로는 노스모어의 비난을 지지했다. 아니, 거기에서 한발 더 나아가 나 역시도 허들스톤을 비난하고 말았다.

"노스모어와 저는 선생님의 구명을 위해 조력을 아끼지 않을 겁니다. 하지만 훔친 돈을 가지고 도망치는 걸 도와 드리지는 않을 겁니다."

허들스톤은 금방이라도 화를 터뜨릴 기세였지만 온 힘을 다해 자신을 절제하고 있었다. 그리고 신중함을 발휘하여 논쟁하려는 마음을 억눌렀다.

"친애하는 청년들, 나와 내 돈의 일은 생각하는 대로 처리하게나. 전부 자네들 손에 맡기겠네. 자, 이제 마음을 가라앉힐 시간을 좀 주게나."

우리는 기쁜 마음으로 그의 방을 나왔다. 방을 나오기 직전 내가 본 허들스톤은 커다란 성경 책을 다시 집어 들고 떨리는 손으로 독서용 안경을 쓰고 있었다.

## 7

### 별장 창문을 통해
### 외마디 소리가 들려오다

그날 오후에 대한 기억은 내 마음속에 선명하게 각인되어 있다. 노스모어와 나는 금방이라도 놈들이 공격해 올 것이라고 생각했다. 만약 우리에게 사건이 벌어지는 순서를 바꿀 수 있는 힘이 있었다면, 우리는 그 힘을 사건의 전개를 미루기보다는 재촉하는 데 사용했을 것이다. 최악의 경우를 예상하고 있었지만, 그 어떤 극한 상황도 지금 우리가 시달리고 있는 긴장감만큼 비참하지는 않을 거라고 생각했다. 나는 책을 열성적으로 읽는 편은 아니었지만 늘 많은 책을 읽었다. 하지만 그날 오후 별장에서 읽으려고 집었다 던져 버린 책들만큼 따분한 책들도 없는 것 같다. 시간이 흘러가면서 우리는 대화조차 할 수 없는 상황이 되었다. 우리는 어떤 소리가 나는지 귀를 기울이고 있거나 위층 창문에서 모래언덕 너머를 쳐다보았다. 그럼에도 적의 동정을 알려 주는 기미는 전혀 나타나지 않았다.

우리는 돈에 관해 내가 했던 제안을 논의하고 또 논의했다. 온전한 정신이었다면 그 제안을 어리석다고 비난해야 마땅했을 것이다. 그러나 우리는 너무 많은 걱정으로 갈팡질팡하고 있었고, 지푸라기라도 잡고 싶은 심정이었다. 비록 별장에 허들스톤이 있다는 것을 광고하는 짓이기는 했지만 우리는 그 제안을 실행에 옮기기로 결정했다.

돈의 일부는 주화로, 일부는 화폐로, 일부는 제임스 그레고리의 이름으로 발행된 유통 가능한 약속어음이었다. 우리는 돈을 꺼내 세어 본 다음 노스모어의 서류함에 다시 넣고 밀봉했다. 그러고는 이탈리아어로 편지를 써서 서류함 손잡이에 묶어 두었다. 우리 둘은 편지에 서명을 하고 이 돈이 허들스톤 가문의 파산 과정에서 남아 있는 돈 전액이라고 설명했다. 그것은 스스로 분별 있는 사람이라고 공언해 온 두 남자가 저지른 가장 정신 나간 행동이었다. 서류함이 이탈리아인들이 아닌 다른 누군가의 손에 넘어간다면 우리는 자술한 편지로 인해 범죄를 저지른 것이 되어 그 대가를 치러야 했다. 하지만 앞서 말한 대로 노스모어와 나는 둘 다 냉정하게 판단할 수 있는 상태가 아니었다. 우리는 뭔가를 행동으로 옮기기를 갈망했고, 때문에 기다리며 받는 고통보다 옳든 그르든 뭔가를 하고 싶었던 것이다. 게다가 우리는 모래언덕의 푹 꺼진 부분에 첩자들이 숨어 우리의 움직임을 관찰하고 있다고 확신했고, 따라서 우리가 상자를 가지고 별장 앞에 나타난다면 아마도 교섭, 혹은 더 나아가 협상까지 할 수 있지 않을까 하고 기대했다.

우리가 별장에서 나올 때는 거의 3시가 다 된 시간이었다. 비는 그쳤고, 햇빛이 꽤나 기분 좋게 비추었다. 갈매기들이 별장 근처에서 아주 가깝게 날았고, 대담하게 우리에게 접근해 오기도 했다. 바로 문간에 있던 갈매기 한 마리는 우리 머리 위를 둔탁하게 퍼덕이며 날아가면서 사나운 울음소리를 내 귀에 토해 냈다.

"이건 앞으로 있을 일에 대한 불길한 징조로군." 노스모어가 말했다. 무신론자들이 미신의 영향을 크게 받는다더니, 나는 그를 보고 그 말뜻을 실감했다. "저놈들은 우리가 이미 죽었다고 생각하는 걸세."

나는 대수롭지 않다는 듯 가볍게 응수하고 넘겼지만 내심 그럴지도 모른다고 생각했다. 상황이 워낙 마음을 짓누르고 있었기 때문이다.

우리는 정문에서 1~2미터 정도 떨어진 부드러운 잔디밭 위에 서류함을 내려놓았다. 노스모어가 흰 손수건을 머리 위로 흔들었다. 하지만 아무도 그의 동작에 응답하지 않았다. 우리는 목소리를 높여 크게 이탈리아어로 소리치며 싸움을 중재할 사절로 이렇게 나왔다고 말했다. 그러나 갈매기와 파도 소리 말고는 여전히 아무런 소리도 들려오지 않았다. 우리는 결국 소리치는 것을 그만두었고, 나는 가슴이 답답해졌다. 노스모어의 얼굴도 몹시 창백했다. 그가 초조하게 어깨 너머를 돌아보았다. 별장 문과 자신 사이에 누군가가 살금살금 다가오고 있는 게 아닐까 두려워하는 표정이었다.

"맙소사." 노스모어가 속삭였다. "이 일은 내겐 너무도 가혹하군!"

나도 같은 어조로 대답했다. "결국 아무도 없다고 생각해야 하는 건가!"

"저길 보게나." 노스모어가 고개를 까딱이며 말했다. 방향을 가리키는 것마저도 두려운 모양이었다.

나는 노스모어가 가리킨 방향을 잠시 바라보았다. 해변 숲 북쪽에서 구름 한 점 없는 하늘로 얇은 연기 기둥이 계속 올라가고 있었다.

"노스모어," 내가 말했다. (우리는 여전히 계속 속삭이고 있었다.) "나는 이 긴장감을 도저히 못 견디겠네. 차라리 수십 번 죽는 편이 낫겠어. 여기에서 별장을 좀 보고 있게나. 나는 놈들의 야영지로 곧바로 걸어 들어가야 할지 어쩔지 밖으로 나가서 한번 확인해 봐야겠어."

노스모어는 다시 한 번 얼굴을 찌푸리며 주위를 둘러보았다. 그러고는 내 제안에 동의한다는 듯 고개를 끄덕였다.

연기가 나는 방향으로 빠르게 걸음을 옮기는 동안 마치 큰 망치로 두들겨 맞는 듯이 심장이 뛰었다. 어느 순간에는 한기가 느껴져 몸이 떨렸고, 또 어느 순간에는 돌연 몸 전체에 열이 오르기도 했다. 내가 가는 방향의 지면은 굉장히 울퉁불퉁했다. 그 길에는 못해도 100명 정도는 되는 적들이 100평방미터 범위 내에 숨어 있을 것 같았다. 하지만 나는 정탐 업무를 헛되이 하지는 않았다. 놈들의 은신처를 곧바로 파악할 수 있는 지름길을 선택하고, 오르기 편한 능선을 따라가며 동시에 여러 구덩이를 관찰하는 위치를 계속 확보했다. 나는 곧 이렇게 주의한 보상을 받았다. 주변 언덕보다도 다소 높이 솟은 언덕에 오르자 30미터도 떨어지지 않은 곳에서 한 남자가 허리를 깊숙이 숙인 채 도랑 바닥을 따라 최대한 빠르게 달려가는 것이 보였다. 매복한 첩자 하나를 은신처에서 몰아낸 것이었다. 나는 첩자를 목격하자마자 영어와 이탈리아어로 크게 소리쳤다. 놈은 더 이상 숨는 것이 여의치 않다고 생각한 모양인지 허리를 들어 몸을 꼿꼿이 펴고 도랑에서 뛰어나와 숲 가장자리로 화살처럼 도망쳤다.

그자를 뒤쫓는 일까지 내가 할 필요는 없었다. 나는 원하던 것을 알아냈다. 우리의 별장은 포위되었고 감시당하고 있었다. 내가 아까 냈던 발자국과 최대한 가깝게 걸으며 즉시 되돌아오자 노스모어는 서류함 옆에서 날 기다리고 있었다. 그는 내가 떠났을 때보다도 더 창백한 얼굴이었고, 목소리마저 약간 떨렸다.

"그자가 어떻게 생겼는지는 봤나?" 노스모어가 물었다.

"등밖에 못 봤네."

"집으로 들어가세, 프랭크. 겁쟁이는 아니지만 이런 상황을 더 이상은 못 견디겠네." 노스모어가 낮게 말했다.

별장으로 다시 들어갔을 때 별장 주변 분위기는 모든 것이 고요하고 밝았다. 심지어 갈매기들도 더 크게 선회하며 날고 있었다. 갈매기들은 해변과 모래언덕을 따라 퍼덕이며 날아갔다. 그런 적막감은 무장한 적들의 무리보다 훨씬 더 나를 두렵게 했다. 나는 문에 방책을 치고 나서야 제대로 숨을 쉴 수 있었다. 답답한 가슴도 그제야 좀 안정이 되었다. 노스모어와 나는 자주 눈길을 주고받았다. 그럴 때마다 그 시선들은 서로의 창백하고 놀란 표정을 반영했다.

"자네가 옳아." 내가 말했다. "다 끝났어. 악수나 하자고, 오랜 친구여. 마지막으로 말이야."

"그러지. 악수를 하자고. 자네한테 악의는 없으니까. 하지만 기억해 두라고. 만약 뭔가 불가능한 일이 일어나서 우리가 이 불한당들의 손아귀에서 벗어난다면 수단 방법 가리지 않고 자네를 이기고 말겠어."

"아, 또 그 소리. 참 피곤하구먼!"

노스모어는 이 말에 상처를 받은 모양이었다. 그는 계단 앞까지 말없이 걸어가더니 발걸음을 멈추고 말했다.

"자넨 이해하지 못할 거야. 난 협잡꾼이 아닐세. 그저 나 자신을 지키고 있을 뿐이야. 그것뿐일세. 내가 자네를 피곤하게 할 수도 있고 아닐 수도 있어. 하지만 이봐, 난 별로 개의치 않아. 이건 나 자신의 만족을 위해 말하는 거지, 자네를 피곤하지 않게 하려고 말하는 것은 아닐세. 자네는 위층으로 올라가서 허들스톤 양의 비위나 좀 맞춰 보게나. 나는 여기 계속 머무르도록 하겠네.”

“나도 자네와 함께 있도록 하지.” 내가 대답했다. “자네가 허락했다고 하더라도 그런 식으로 앞서 나가고 싶지는 않아.”

“프랭크.” 노스모어가 미소를 지으며 말했다. “그렇게나 어리석다니 참으로 딱하군. 남자다운 구석이 있는 건 분명하지만 말이야. 나는 틀림없이 오늘 죽을 것 같네. 그러니 자네가 작정하고 나를 화나게 하려고 해도 소용없어. 자네 그거 아나.” 노스모어가 부드러운 어조로 말을 이었다. “나와 자네가 잉글랜드에서 가장 비참한 두 남자가 아닌가 싶어. 나이가 서른이 되도록 아내나 자식도 없고, 그렇다고 신경을 써야 할 자기 사업이 있는 것도 아니지. 불쌍하고, 애석하고, 가망 없는 군상이지, 우리 둘 모두가! 그리고 이제는 한 여자를 두고 격돌하고 있고 말이야! 마치 눈을 씻고 찾아봐도 이 영국에 허들스톤 양 말고는 여자가 없는 것처럼! 이봐, 프랭크, 이 승부에서 쓰러지는 쪽은 자네가 됐든 내가 됐든 내 동정을 살 수밖에 없을 걸세! 성경에서는 뭐라고 했더라? 그렇게 되면 목에 맷돌을 걸고 바다로 던져지는 것이 나을 걸세!* 자, 이제 술이나 마시자고.” 노스모어가 갑작스럽게 결론을 내렸지만 그의 목소리에는 그 어떤 경박함도 없었다.

나는 노스모어의 말에 감동했고, 또 동의하기도 했다. 노스모어는 식당의 식탁에 앉았고, 백포도주를 따른 잔을 눈높이까지 들어 올렸다.

---

* 신약성경 『누가복음』 17장 2절. '그가 이 작은 자 중의 하나를 실족하게 할진대 차라리 연자 맷돌이 그 목에 매여 바다에 던져지는 것이 나으리라.'

"자네가 날 이긴다면 말이지, 프랭크. 난 술독에 빠져 살게 될 거야. 결론이 정반대로 난다면 자네는 어찌할 생각인가?"

"어찌 알겠나."

"좋아, 일단 건배사를 하나 하겠네. 이탈리아 이레덴타*를 위하여!"

그날 남은 시간도 지나간 시간과 똑같이 아주 지루하고 긴장되는 상태로 흘러갔다. 노스모어와 클라라가 함께 부엌에서 음식을 준비하는 동안 나는 식탁에 식기를 놓았다. 나는 둘이 서로 주거니 받거니 하는 말을 들을 수 있었고, 또 대화의 주제가 시종 나였다는 사실에 놀라기도 했다. 노스모어는 또다시 나를 끌어들여 클라라에게 남편이 될 사람을 선택하라고 몰아붙였다. 하지만 내 이야기를 할 때의 목소리는 아주 정감 어린 것이었다. 그는 나를 비난하는 말은 거의 하지 않았고, 나를 비난할 경우에는 그 자신도 그런 비난의 대상이라는 것을 분명히 밝혔다. 그러자 나는 감사하는 마음이 생겨났고, 우리가 직접 느끼고 있는 위험에 생각이 미치자 저절로 눈물이 났다. 터무니없이 헛된 생각일지는 모르지만, 결국 도둑질한 금융가를 지키기 위해 죽게 될 우리 셋이 정말로 고귀한 인간이 아닌가 하는 생각도 들었다.

모두 식탁에 앉기 전에 나는 위층 창문에서 밖을 내다보았다. 해는 저물기 시작했고, 모래언덕은 완전히 텅 비어 있었다. 서류함은 여전히 손을 타지 않은 상태로 우리가 몇 시간 전에 놓아둔 자리에 그대로 놓여 있었다.

노란색 긴 실내복을 입은 버나드 허들스톤이 식탁의 한쪽 끝에, 그리고 클라라가 반대쪽 끝에 앉았다. 노스모어와 나는 식탁 옆면에 서

* 19세기 말 이탈리아 왕국의 영토 밖에 남아 있는 지역을 합병하여 민족적 통일을 도모하려 한 운동.

로 마주 보며 앉았다. 식탁 등불은 밝게 빛났고, 와인도 훌륭했으며, 음식은 대부분 차가운 것이었지만 그런 상태치고는 제법 먹을 만했다. 우리는 모두 무언의 동의를 한 것처럼 임박한 재앙에 대한 언급은 아주 조심스럽게 피하고 있었다. 우리가 처한 비극적인 상황을 고려해 보면 기대했던 것 이상으로 즐거운 저녁 식사였다. 때때로 나와 노스모어는 방어 태세를 점검하기 위해서 식탁에서 번갈아 일어났다. 이때마다 허들스톤은 자신이 비극적인 곤경에 처해 있다는 것을 상기하는 듯 송장 같은 눈빛을 번뜩거리며 공포에 사로잡힌 표정을 지었다. 그렇지만 곧 서둘러 잔을 비우고 손수건으로 이마를 닦은 뒤 즐겁게 대화에 다시 끼어들었다.

나는 허들스톤이 보여 주는 재치와 견문에 놀랐다. 그는 분명 평범한 사람은 아니었다. 책을 많이 읽었고, 스스로를 반성하는 사람이었다. 그는 충분한 재능의 소유자였고, 나는 도저히 그를 좋아할 수는 없었지만 그가 사업에서 거둔 성공과, 그가 파산하기 전에 많은 이들로부터 받았던 존경은 이해할 수 있었다. 무엇보다 허들스톤은 사람들과 잘 교제하는 재능이 있었다. 비록 예전에 이 남자를 만나 그의 말을 들어 보지도 못했고 또 참으로 좋지 못한 때에 서로 만났지만, 그래도 허들스톤이 아주 유려한 화술의 소유자라는 것을 인정할 수밖에 없었다.

허들스톤은 참으로 감칠맛 나게 이야기를 했고, 젊은 시절부터 알고 연구한 중개상의 비열한 수작을 별로 부끄러워하는 기색도 없이 말해 주었다. 여하튼 우리는 모두 즐거움과 당혹스러움이 기묘하게 뒤섞인 채 허들스톤의 말을 듣고 있었다. 하지만 우리의 이런 소규모 저녁 식사는 아주 놀라운 방식으로 갑자기 끝나게 되었다.

허들스톤이 이야기를 하는 동안 젖은 손가락이 창유리를 두들기는 것 같은 소리가 났다. 그 즉시 우리 네 명은 백지장처럼 창백해졌고, 말문이 막힌 채 식탁 주변에서 미동도 못 하고 앉아 있었다.

"달팽입니다." 마침내 내가 입을 열었다. 달팽이가 다소 저것과 비슷한 소리를 내는 것을 들은 적이 있었기 때문이다.

"달팽이는 아니야! 쉿!" 노스모어가 말했다.

같은 소리가 일정한 간격으로 두 번 반복되었다. 그러고는 창의 덧문을 통해 무시무시한 목소리로 이탈리아어가 들려왔다. "트라디토레(배신자)!"

허들스톤의 머리가 휘청거리고 눈꺼풀이 떨렸다. 곧이어 그는 의식을 잃고 식탁 아래로 쓰러졌다. 노스모어와 나는 무기고로 달려가 총을 잡았다. 클라라는 무릎을 꿇고서 손으로 목을 잡고 있었다.

우리는 그렇게 서서 기다렸다. 공격 시간이 다가온 것이 분명하다고 생각했기 때문이다. 하지만 시간이 흘러도 별장 주변에는 파도 소리 말고는 깊은 정적뿐이었다.

"놈들이 오기 전에 빨리 저 쓰러진 노인을 옮기자고." 노스모어가 말했다.

# 8
## 키 큰 남자의 최후

어떻게든 우리 셋은 버나드 허들스톤을 위층으로 옮겨 삼촌의 방에 있는 침대에 눕혔다. 옮기는 과정 자체가 상당히 거칠었음에도 허들스톤은 의식을 차리지 못했고, 손가락조차 움직이지 못하고 우리가 놓아둔 그대로 침대에 누워 있었다. 클라라는 아버지의 셔츠를 풀어헤치고 머리와 가슴 부분을 적셔 주고 있었다. 그러는 동안 노스모어와 나는 창문으로 달려갔다. 날씨는 계속 맑은 상태였다. 보름달에 거의 가까워진 달이 모래언덕에 굉장히 선명한 달빛을 뿌리고 있었다. 우리는 눈에 잔뜩 힘을 주고 살펴보았지만 움직이는 것이라고는 아무것도 없었다. 울퉁불퉁한 해변 지역에 몇 군데 어두운 부분이 있었으나 확인은 할 수 없었다. 웅크린 적들일 수도, 단순히 그림자일 수도 있었다. 하지만 그게 무엇인지는 알 수 없었다.

"정말 다행이군. 애기가 오늘 밤에 오지 않은 게 말이야." 노스모어가 말했다.

애기는 늙은 유모의 이름이었다. 노스모어는 방금 전까지만 해도 유모 생각을 하지 못했다. 그렇지만 결국에는 유모 생각을 해냈고, 늙은 유모를 그렇게 배려하는 모습은 노스모어에게서 보지 못했던 면모여서 나는 내심 놀랐다.

우리는 또다시 기다리는 신세가 됐다. 노스모어는 추운 모양인지 벽난로로 가서 타고 남은 붉은 잉걸불에 양손을 내밀었다. 나는 기계적으로 그를 눈으로 좇으면서 창문에 등을 기댔다. 그 순간 굉장히 희미한 총성이 밖에서 들리고 총알이 창유리를 뚫고 들어와 내 머리에서 5센티미터 정도 위의 덧문에 박혔다. 클라라가 비명을 질렀고, 나는 총격이 미치지 못하는 방 안 구석으로 재빨리 피했다. 클라라는 내 쪽으로 따라와 혹시 내가 다치지 않았는지 애타는 목소리로 물었다. 보답으로 클라라의 이런 배려를 받을 수 있다면 나는 매일이라도 총알이 날아오는 곳에 서 있을 수 있겠다는 기분이 들었다. 나는 주위의 위급한 상황을 완전히 잊은 채 클라라의 등을 부드럽게 어루만지면서 그녀를 계속 안심시켰다. 곧 노스모어의 목소리가 나를 다시 일깨웠다.

"공기총이로군. 소리를 안 내려고 그걸 쐈어."

나는 클라라를 옆으로 밀어내고 노스모어를 바라보았다. 그는 벽난로 쪽으로 등을 대고 서서 뒷짐을 지고 있었다. 성난 표정이었다. 속으로는 부글부글 끓고 있었던 모양이다. 9년 전 3월의 어느 날 밤, 바로 옆방에서 우리 둘이 언쟁을 벌이다가 싸움에 돌입하기 직전에도 바로 저런 표정을 지었다. 나는 노스모어의 분노를 충분히 이해했지만, 솔직히 고백하건대 그 분노의 결과가 무엇일지 내심 두려웠다. 그는 앞쪽을 똑바로 응시하고 있었지만 눈꼬리로 우리를 볼 수 있었다. 그의 분노는 마치 돌풍처럼 휘몰아치고 있었다. 밖에서는 정식으로 적들과의 전투가 벌어지려고 하는데, 장벽 안에서 이렇게 자중지란이 벌어지다니 심히 안타까운 일이었다.

내가 노스모어의 표정을 자세히 살피며 최악의 상황을 대비하고 있는데 돌연 그의 얼굴에 안도의 표정이 떠올랐다. 노스모어는 옆의 탁자에 있던 등불을 집어 들고 다소 흥분한 얼굴로 우리 쪽을 돌아보았다.

"반드시 알아내야 할 것이 하나 있어. 놈들이 우리를 다 죽이고 싶은 건지, 아니면 허들스톤만 죽이려고 하는 건지. 놈들이 허들스톤으로 착각해서 자네를 쏜 것일까? 아니면 자네 눈이 아름다워서 총을 쏜 것일까?" 노스모어가 말했다.

"분명 날 허들스톤으로 착각한 거야. 내가 그와 키가 비슷하고 우린 둘 다 금발이니까."

"확실하게 해 둬야겠군." 노스모어가 창가로 걸어가서 등불을 머리 위로 들어 올렸다. 노스모어는 그렇게 죽음과 조용히 맞서며 30초 정도 서 있었다.

클라라는 앞으로 허겁지겁 나아가 그 위험한 곳에서 노스모어를 밀어내려고 했다. 하지만 나는 은근히 이기심을 발휘하여 강제로 클라라의 등을 붙잡고 만류했다.

"맞았군." 노스모어가 차분하게 창문에서 등불을 돌리며 말했다. "놈들이 원하는 건 허들스톤뿐이야."

"아, 노스모어 씨!" 클라라가 소리쳤다. 그러나 더 이상 말을 잇지는 못했다. 방금 목격한 무모한 용기는 그녀가 말로 표현할 수 있는 범위를 넘어선 것이었다.

노스모어는 고개를 꼿꼿이 세우며 나를 바라보았다. 눈에는 승리감이 불꽃같이 어른거렸다. 나는 그 즉시 그가 클라라의 관심을 끌기 위해 목숨을 내걸었다는 것을 알아챘다. 방금 전에 영웅 대접을 받고 있는 나를 옆으로 밀어내기 위해 그렇게 행동한 것이었다. 노스모어가 손가락 마디를 딱딱 꺾으며 말했다.

"아까 들린 총성은 시작일 뿐이야. 그러나 본격적으로 총격전이 시작된다면 그렇게 세세히 따지면서 총을 쏘지는 않을 거라고."

그러는 와중에 정문 쪽에서 우리를 부르는 소리가 들렸다. 우리는 창문으로 달빛 속에 서 있는 한 남자를 보았다. 미동 없이 있던 남자는 얼굴을 들고 우리를 보며 흰 넝마 조각을 든 손을 들어 올렸다. 남자는 우리가 내려다보는 곳에서 상당히 멀리 떨어진 모래언덕 위에 있었지만, 우리는 그 남자의 눈이 달빛에 번뜩이는 것을 볼 수 있었다.

남자가 다시 입을 열고 몇 분 동안 쉬지 않고 말했다. 목소리가 너무나 커서 별장 구석구석은 물론 멀리 떨어진 해변 숲의 가장자리까지 들릴 정도였다. 듣고 보니 아까 식당 창문의 덧문을 통해 들려온 "트라디토레!"라는 외침의 주인공이었다. 이번 목소리는 그보다는 좀 더 완벽하고 분명하게 들려왔다. 배신자 '오들스톤'만 내어 준다면 나머지는 모두 살려 줄 것이며, 그러지 않는다면 아무도 살아남아 진상을 알릴 수 없을 것이라는 통보였다.

"자, 허들스톤 씨. 저 말에 뭐라고 대답하실 겁니까?" 노스모어가 침대 쪽으로 돌아서며 물었다.

그 순간까지도 늙은 금융가는 미동조차 하지 않고 있었다. 최소한 나는 그가 여전히 기절한 채로 누워 있다고 생각했다. 하지만 허들스톤은 정신이 혼미한 환자나 낼 법한 목소리로 자신을 버리지 말라고 간청했다. 정말이지 그런 목소리는 단 한 번도 들어 본 적이 없었다. 내 기준으로 그 모습은 최고로 흉측하고 또 비굴했다.

"그만해, 이놈아." 노스모어가 소리를 질렀다. 그런 뒤 노스모어는 창문을 열고 창밖 어둠 속으로 몸을 절반쯤 내밀었다. 그러고는 방 안의 숙녀에게 지켜야 할 예의는 완전히 잊은 듯, 사절로 온 남자에게 영어와 이탈리아어로 번갈아 극히 혐오스러운 조롱을 연신 의기양양하게 퍼부어 댔다. 그러면서 떠나온 곳으로 다시 돌아가라고 명령조로 말했다. 밤이 다 가기 전에 영락없이 우리 모두가 죽고 말 것이라는 생각이 노스모어를 무엇보다 즐겁게 만든 모양이었다.

노스모어의 말을 들은 이탈리아인은 협상의 의미로 꺼내 들었던 흰 넝마 조각을 다시 주머니에 집어넣고는 느긋한 발걸음으로 모래언덕 사이로 사라졌다.

"놈들은 명예롭게 전쟁을 할 생각이로군." 노스모어가 말했다. "이제 보니 놈들은 다 신사에 군인이야. 명예를 지키기 위해서라면 우리가 저들과 한편이 될 수 있다면 좋겠군. 자네와 나 그리고 사랑하는 아가씨 이렇게 셋이서 말이야. 침대 위에 누운 저 노인은 다른 누군가에게 맡기고 말이야. 츳! 그렇게 충격 받은 얼굴 하지 말라고! 우리는 모두 곧 황천길로 가게 될 거고, 시간이 있을 때 있는 그대로의 솔직한 모습을 보여야 할 거야. 나로서는 말이야, 허들스톤 영감을 목 졸라 죽이고 클라라를 내 품에 안을 수 있다면 자부심을 지키면서 만족스럽게 죽을 수 있겠지. 여하튼 지금으로선 난 이 아가씨에게 키스부터 하겠어!"

내가 말리기도 전에 노스모어는 무례하게 클라라를 껴안고 저항하는 그녀에게 계속 키스를 퍼부었다. 나는 맹렬하게 분노하며 노스모어를 떼어 내 벽 쪽으로 힘껏 내팽개쳤다. 노스모어는 큰 소리로 길게 웃었고, 나는 그 친구가 극도의 긴장 때문에 실성한 것이 아닌지 두려워졌다. 그는 잘 웃지 않는 친구로, 과거에는 정말 기분이 좋은 날에도 웃음을 아예 참거나 아주 조용히 웃었기 때문이다.

"자, 프랭크." 웃음이 다소 진정되자 노스모어가 말했다. "이제 자네 차례야. 악수나 하자고. 반가웠네. 잘 가게나!" 노스모어는 말을 마친 뒤 클라라 곁에서 화를 내며 뻣뻣하게 서 있는 나에게 고함쳤다. "세상에! 자네 화났나? 우리가 사교계에서 그랬던 것처럼 온갖 허례허식을 그대로 유지하면서 죽을 수 있다고 생각하는 거야? 나는 허들스톤 양과 키스를 했네. 그래서 즐겁네. 자네도 원한다면 그녀와 키스를 하게. 그래야 셈이 맞잖나."

나는 그에 대한 경멸을 숨기지 않고 그에게서 고개를 돌렸다.

"좋을 대로 하게나. 자넨 젠체하면서 살아오지 않았나. 또 그렇게 죽을 거고." 노스모어가 말했다.

말을 마친 노스모어는 의자에 앉았다. 그러고는 총을 무릎 위에 올려놓은 뒤 안전장치를 툭툭 건드리며 즐거워했다. 하지만 딱 한 번 보여 준 용솟음치는 듯한 경박한 분위기는 곧 사라지고 말았다. 그의 얼굴은 시무룩하고 험악하게 바뀌어 있었다.

이러는 동안 우리를 공격하려는 놈들이 별장 안으로 침투하려고 시도할 수도 있었다. 하지만 우리는 그것을 전혀 알 수가 없었다. 실은 낮 동안에도 목전까지 들이닥쳤던 위험을 거의 잊고 있는 상태였다. 그러는 와중에 허들스톤이 소리를 지르며 침대에서 뛰쳐나왔다.

내가 무슨 일이냐고 묻자 그가 대답했다.

"불이야! 놈들이 이 집에 불을 놓았네!"

노스모어가 즉시 일어섰고, 나는 노스모어와 함께 서재로 통하는 문을 벌컥 열고 들어갔다. 서재에는 붉은 불길이 사납게 타오르고 있었다. 우리가 서재로 들어서려던 것과 거의 동시에 창문 앞에서 불기둥이 치솟았고, 귀가 얼얼한 폭발음이 들리면서 창유리가 안쪽의 카펫 위로 떨어졌다. 놈들이 별장 바로 옆에 붙은 별채에 불을 놓은 것이었다. 노스모어가 과거에 울적한 심기를 달래려고 자주 가던 곳이었다.

"불을 질렀단 말이지. 자네가 예전에 쓰던 방으로 가 보도록 하세." 노스모어가 말했다.

우리는 단숨에 그쪽으로 달려갔고, 안으로 들어가서는 여닫이창을 열고 밖을 내다보았다. 별장의 뒤쪽 벽 전체에 쌓아 놓은 땔감에 불이 붙어 있었다. 아마도 석유를 잔뜩 뿌린 후에 불을 지른 모양이었다. 아침에 비가 내려 땔감들이 축축하게 젖어 있었음에도 매우 맹렬하게 타오르는 건 석유의 힘 때문일 터였다. 불길은 이미 별채를 완벽하게 태우고 있었고, 시간이 흐를수록 높게 치솟아 올랐다. 뒷문은 이미 작열하는 불길의 한가운데에 놓여 있었다. 눈을 들어 위를 쳐다보니 처마도 이미 불타고 있었다. 돌출된 지붕은 나무 기둥이 지탱하고 있지 않았다면 무너졌을 것이었다. 그와 동시에 뜨겁고 찌르는 듯하고 숨을 막히게 하는 연기가 별장을 메우기 시작했다. 이제는 바로 옆에 있는 사람도 보이지 않았다.

"자, 그래!" 노스모어가 말했다. "이게 세상의 끝이로군. 참 기쁘구먼."

우리는 노스모어의 삼촌이 쓰던 방으로 돌아왔다. 허들스톤은 신발을 신고 있었다. 그는 여전히 격렬하게 몸을 떨고 있었지만 여태까지 보지 못했던 단호한 모습을 보였다. 클라라는 아버지의 곁에 가까이 서 있었고, 양손에는 그녀의 어깨에 걸칠 망토를 들고 있었다. 그녀의 눈빛은 기묘했다. 마치 자신의 아버지에 대해 절반은 희망을, 절반은 의심을 품은 듯한 눈빛이었다.

"자, 신사 숙녀 여러분." 노스모어가 말했다. "반격을 해야지요? 오븐이 달아오르고 있군요. 여기 계속 있으면 통닭구이가 될 테니 별로 좋을 게 없어요. 저는 놈들에게 한 방 날려 주고 싶습니다. 실제로 그렇게 할 거고요."

"그 외에 다른 수는 없군." 내가 말했다.

클라라와 허들스톤 모두 그렇다고 말했지만 두 사람의 억양은 굉장히 달랐다.

우리가 아래층으로 내려가자 굉장히 뜨거운 열기가 흘러넘치고 있었다. 불길이 타오르는 소리가 귓가를 거세게 때렸다. 우리가 가까스로 아래층에 도착하자마자 계단 창문이 떨어져 내리고 그 틈으로 불길이 치솟았다. 별장 내부는 지독하게 요동치는 불빛으로 번쩍거렸다. 동시에 뭔가 무겁고 탄력 없는 물건이 위층에서 툭 떨어지는 소리가 들렸다. 별장 전체가 성냥갑처럼 불타오를 것은 분명했다. 하지만 우리는 땅과 바다를 삼켜 버릴 듯이 하늘 높게 치솟은 불길뿐만 아니라 매 순간 주위에 부서져 떨어져 내리는 불의 파편들에게도 위협받고 있었다.

노스모어와 나는 권총의 격발장치를 당겼다. 무장을 거부했던 허들스톤이 명령하는 태도로 우리를 제지했다.

"클라라에게 문을 열게 하게." 허들스톤이 말했다. "그렇게 하면 놈들이 일제사격을 해도 클라라는 안전할 거야. 문을 열면 내 뒤에 서도록 하게. 내가 희생양일세. 내 죗값은 내가 치르겠네."

나는 허들스톤의 곁에 서서 숨을 죽이고 언제든지 권총을 쏠 수 있도록 준비했다. 허들스톤은 낮고 떨리는 목소리로 속사포처럼 빠르게 기도문을 읊었다. 고백하건대, 나의 생각이 좀 이상하게 들릴지 모르지만, 그 중대하고 오싹한 순간에도 신에게 애원하는 그에게 나는 경멸감을 품지 않을 수 없었다. 그 와중에도 클라라는 얼굴이 아주 창백했음에도 여전히 침착하게 정신을 차리고 있었다. 그녀가 정문에서 방벽을 제거하고 문을 당겨 열었다. 불빛과 달빛이 모래언덕을 혼란스럽고 변화무쌍한 빛으로 물들였고, 하늘 저편에서는 맹렬한 연기의 흔적이 길게 보였다.

그 순간 허들스톤은 평소보다 훨씬 더 기운찬 모습으로 노스모어와 내 가슴을 손등으로 두들겼다. 그래서 그 순간 우리는 아무런 행동도 할 수 없었다. 곧 허들스톤이 뛰어들기라도 하려는 것처럼 머리 위로 팔을 들어 올리고 별장 밖으로 곧바로 달려 나갔다.

"내가 여기 나왔다!" 허들스톤이 소리쳤다. "내가 허들스톤이다! 날 죽이고 다른 사람들은 살려 줘라!"

내가 보기에 허들스톤의 갑작스러운 등장이 숨어 있는 적들의 기세를 잠시 꺾은 것 같았다. 노스모어와 내가 정신을 차리고 서로 클라라의 팔을 하나씩 붙들고 허들스톤을 도우러 앞으로 급히 달려 나가는 동안 아무런 일도 일어나지 않았기 때문이다. 하지만 우리가 막 정문을 넘으려는 순간, 모래언덕의 분지들 사방팔방에서 수많은 총성이 들리고 섬광이 번뜩였다. 허들스톤은 비틀거리면서 기괴하고 소름 끼치는 비명을 지르다 두 팔을 머리 위로 올린 채 뒤편에 있는 잔디에 눕듯이 쓰러졌다.

"트라디토레! 트라디토레!" 보이지 않는 적들이 소리쳤다.

바로 그 순간 별장의 지붕 일부가 무너졌고, 불길이 빠르게 옮겨붙었다. 지붕이 무너지면서 크고 분명치 않은 끔찍한 소리가 났다. 엄청난 화염이 하늘로 솟구쳤다. 그 순간에 치솟은 불길은 30킬로미터가 넘게 떨어진 바다에서도, 그레이든 웨스터의 해변에서도, 저 멀리 내륙에 있는 그레이스티얼 산의 꼭대기에서도, 가장 동쪽에 있다는 콜더 힐스의 정상에서도 보였을 것이다. 하느님만이 버나드 허들스톤의 장례식이 어떻게 진행될 것인지 미리 아셨겠지만, 아무튼 그는 정말이지 아주 훌륭한 화장용 장작더미가 많이 마련된 가운데 죽음을 맞이했다.

## 9
## 노스모어는 어떻게 위협을 실천했는가

이런 비극적인 상황 이후에 어떤 일이 벌어졌는지 말하는 데에는 상당한 어려움이 따른다. 돌이켜 보면 나는 악몽에 시달리는 사람처럼 착잡하고 힘들고 무기력했던 것 같다. 클라라는 낙담한 나머지 깊은 한숨을 내쉬었고, 노스모어와 나는 감각이 없는 클라라의 몸을 부축하고 있었다. 우리가 부축하지 않았더라면 그녀는 앞으로 고꾸라졌을 것이다. 우리는 공격받지 않았던 것 같다. 심지어 적이라고는 한 명도 보지 못했다고 나는 기억하고 있다. 우리는 허들스톤을 쳐다보지도 않고 내버려 두었다. 내가 노스모어와 함께 클라라를 부축한 채 공황 상태에 빠진 사람처럼 달려 나갔던 기억밖에는 없다. 나와 노스모어는 그 혼란스러운 와중에도 이 사랑스러운 짐을 차지하기 위해 옥신각신했다. 왜 우리가 헴록 동굴에 있는 내 야영지로 갔는지, 어떻게 도착했는지는 도통 기억이 나지 않는다. 분명하게 기억나는 첫 순간은 클라라가 내 작은 텐트 밖에서 우리의 부축을 받지 못해 땅에 쓰러졌고, 뒤이어 노스모어와 내가 뒤엉켜 땅에서 구르고 있었다는 것이다. 노스모어는 가지고 있던 권총의 개머리판으로 내 머리를 난폭하게 내리쳤다. 이미 내 머리는 두 번이나 노스모어의 공격으로 상처를 입었다. 연이어 피를 흘리고 나니 돌연 정신이 맑아지는 느낌이 들었다.

나는 노스모어의 허리를 붙잡고 말했다.

"노스모어, 나를 죽이는 건 나중에라도 할 수 있어. 우선 클라라부터 보살펴야 해."

그에게도 그 순간 가장 중요한 것은 클라라였다. 내가 말을 마치자마자 노스모어는 벌떡 일어서서 텐트로 달려갔다. 그런 뒤 클라라를 품에 안고 의식 없이 축 늘어진 그녀의 손과 얼굴을 쓰다듬었다.

"참 부끄러운 짓이군! 부끄러운 줄 알게, 노스모어!" 내가 소리쳤다.

나는 여전히 어지러웠지만 계속 그의 머리와 어깨를 두들겼다.

노스모어가 마지못해 클라라를 품었던 양팔을 풀고 희미한 달빛 속에서 나를 바라보며 말했다.

"난 자네 위에 올라타고 유리한 입장이었지만 자넬 풀어 주었어. 그런데 이런 식으로 날 공격하나? 이런 겁쟁이 같은 놈!"

"자네야말로 겁쟁이지." 내가 쏘아붙였다. "클라라가 의식이 있었다면 자네와 키스하는 것을 바랐을까? 아니! 이보게, 그녀는 죽어 가고 있는 것일지도 모르네. 그런데 자네는 이 귀한 시간을 낭비하면서 의식 없는 클라라를 욕보이고 있어. 비켜서게, 내가 그녀를 돌볼 테니."

노스모어가 창백하고 위협적인 얼굴로 잠시 나와 맞섰다. 그런 뒤 돌연 자리를 내주었다.

"그렇다면 자네가 돌봐."

나는 클라라의 옆에 무릎을 꿇고 앉은 뒤 가능한 정도로만 클라라의 옷과 코르셋을 풀었다. 그런 조치를 취하고 있는데 갑자기 노스모어가 위에서 내 어깨를 움켜쥐었다.

"허들스톤 양에게서 손 떼!" 노스모어가 사납게 말했다. "그런 짓을 보고서도 내 피가 끓지 않을 거라고 생각하나?"

"노스모어!" 내가 소리쳤다. "자네가 직접 클라라를 돕지도 못하고, 나의 도움 또한 방해한다면 나는 자넬 죽일 수밖에 없어. 그걸 왜 모르나?"

"그거 좋지!" 노스모어가 소리쳤다. "허들스톤 양을 죽게 내버려 두게. 뭐가 문제지? 당장 물러서게! 그리고 나와 맞서 싸워!"

"자네는 내가 아직 클라라와 키스하지 않았다는 것을 알고 있겠지." 내가 몸을 절반쯤 일으키며 말했다.

"그럼 하라고!" 노스모어가 소리쳤다.

대체 무엇에 홀렸던 것인지 알 도리가 없다. 그것은 내가 인생에서 저지른 가장 수치스러운 짓들 중 하나였다. 비록 나중에 아내가 된 클라라가 자신이 죽었건 살았건 나의 키스는 언제든지 환영이었다고 말해 주긴 했지만, 그래도 수치스러운 것은 어쩔 수 없었다. 다시 무릎을 꿇고 나는 클라라의 이마에 붙은 머리카락을 쓸어 넘기고서 지극히 정중하게 차가운 이마에 잠시 입술을 가져다 댔다. 그건 아버지가 딸에게 할 것 같은, 또는 곧 죽을 남자가 이미 죽은 여자에게 할 것 같은 그런 키스였다.

"이제 자네가 하자는 대로 하겠네, 노스모어."

하지만 노스모어는 내게서 등을 돌렸고, 나는 놀라서 그를 바라보았다.

"내 말을 못 들은 겐가?" 내가 물었다.

"들었네. 들었다고. 싸움을 바란다면 언제든지 덤비게. 하지만 그렇지 않다면 어서 클라라를 돌봐. 어느 쪽이든 나는 상관없네."

두말할 필요도 없었다. 나는 지체 없이 클라라에게로 몸을 돌려 그녀를 소생시키기 위한 노력을 계속했다. 여전히 클라라는 얼굴이 창백하고 온몸이 축 늘어진 채로 누워 있었다. 나는 클라라의 사랑스러운 영혼이 정말로 돌이킬 수 없을 정도로 날아가 버린 것이 아닌가 두려워지기 시작했다. 무서운 공포와 처절한 적막감이 내 마음을 사로잡았다. 나는 가장 사랑스러운 이를 부르는 어투로 그녀의 이름을 불렀다. 나는 그녀의 손을 비벼서 따뜻하게 하고 두들기기도 했고, 또 머리를 낮게도 해 보고 나의 무릎 위에 올려 보기도 했지만 전부 헛된 일이었다. 여전히 클라라의 눈꺼풀은 굳게 닫혀 있었다.

"노스모어, 저기 내 모자가 있네. 부디 샘에서 물을 좀 떠다 주게."

즉시 그는 내 모자를 가져가 물을 떠 온 뒤 내 옆에 섰다.

"이 물은 내 모자로 떠 온 것일세. 그런 특권마저 질투하지는 않겠지?"

"노스모어." 나는 클라라의 머리와 가슴을 씻기면서 뭔가 말을 하려고 했다. 하지만 그가 거칠게 내 말을 끊었다.

"자넨 입 좀 다물게! 아무 말도 하지 않는 것이 자네에겐 최선이야."

그때는 분명 나도 더 말하고 싶은 기분이 아니었다. 그저 온 정성을 다해 사랑하는 클라라의 용태를 염려할 뿐이었다. 그래서 나는 입을 꼭 다물고 클라라의 회복을 위해 계속 최선을 다했다. 모자의 물이 다

떨어졌을 때 나는 모자를 노스모어에게 주며 "한 번 더"라고 말했을 뿐이었다. 그는 여러 번 그렇게 심부름을 했다. 마침내 클라라가 다시 눈을 떴다.

"이제 허들스톤 양도 차도가 있으니 내가 더 이상 수고를 할 필요는 없겠군, 아니 그런가? 잘 자게, 카실리스."

이 말을 남기고 노스모어는 덤불 사이로 사라졌다. 나는 불을 피웠다. 더 이상 이탈리아인들이 두렵지 않았다. 그들은 내 목숨을 노리지 않았을 뿐만 아니라, 비록 하찮은 물건이지만 내 야영지에 있는 어떤 소지품에도 손을 대지 않았던 것이다. 저녁에 일어난 끔찍한 재앙으로 충격을 받은 클라라는 용태가 굉장히 좋지 않았다. 나는 그런 클라라를 설득하기도 하고, 격려하기도 하고, 온화하게 응대하기도 하고, 손을 잡아 주는 간단한 민간요법을 시도하는 등 이런저런 방법을 쓰면서 클라라가 마음의 평온과 육체의 원기를 되찾도록 열심히 도왔다.

어느새 동이 트고 덤불 사이에서 선명하게 "쉿!" 하는 소리가 들려왔다. 나는 놀라서 벌떡 일어섰다. 하지만 목소리의 주인공은 노스모어였다. 그가 굉장히 평온한 목소리로 내게 말했다. "이리 와 보게, 카실리스. 혼자 오게. 보여 주고 싶은 것이 있네."

나는 클라라와 눈빛을 주고받으며 그녀에게 암묵적인 동의를 받은 뒤 그녀를 혼자 두고 동굴 밖으로 기어 나왔다. 얼마 떨어지지 않은 곳에서 나는 딱총나무에 기대어 서 있는 노스모어를 보았다. 그는 나를 보자마자 바다 쪽으로 걸어가기 시작했다. 나는 노스모어가 해변 숲의 가장자리에 도착할 즈음에 그를 거의 따라잡았다.

"보게나." 노스모어가 멈춰 서서 말했다.

두 걸음 더 나아가니 숲 밖이었다. 차갑고 맑은 아침 햇살이 이제는 익숙한 풍경을 비추고 있었다. 별장은 검게 그을린 잔해가 되어 있었다. 지붕은 떨어졌고, 박공벽 하나도 역시 떨어져 내렸다. 모래언덕 표면 이곳저곳에도 약간이기는 하지만 그을린 덤불의 흔적이 남아 있었다. 바람 한 점 없는 아침 하늘로 여전히 연기가 두껍게 올라가고 있었고, 엄청난 양의 불타는 잿더미들이 골격만 남은 별장의 벽을 채웠는데 그 모습이 흡사 벽난로의 석탄 같았다. 작은 섬 가까이에 스쿠너 한 대가 정선했고, 선원들이 작은 쪽배를 타고 열심히 노를 저어 해변으로 다가오고 있었다.

"붉은백작호로군!" 내가 소리쳤다. "열두 시간이나 지나서 오다니, 너무 늦은 셈이군!"

"주머니를 뒤져 보게, 프랭크. 여전히 무장을 갖추고 있나?" 노스모어가 물었다.

나는 호주머니를 뒤졌다. 그때의 나는 분명 지독히도 창백한 얼굴을 하고 있었을 것이다. 권총이 주머니에서 사라졌기 때문이다.

"이제 내가 자네를 내 맘대로 할 수 있게 됐군." 노스모어가 말했다. "지난밤 자네가 클라라를 돌보고 있을 때 내가 자네에게서 권총을 빼앗았네. 근데 오늘 아침엔…… 아니, 자. 자네 권총이니 가져가게. 고맙다는 말은 하지 말게!" 손을 들며 노스모어가 소리쳤다. "그런 소리는 별로 듣고 싶지 않네. 지금 자네가 그런 소리를 하면 짜증이 날 것 같아."

노스모어는 쪽배를 맞이하러 모래언덕을 가로질러 나아가기 시작했다. 나는 한두 발자국 뒤에서 그를 따라갔다. 별장 앞에서 나는 허들스톤이 쓰러진 곳을 보기 위해 발걸음을 멈췄다. 하지만 흔적은 물론 핏자국마저도 없었다.

"그레이든 플로가 삼켰어." 노스모어가 말했다.

노스모어는 계속 걸었고, 우리는 해변의 끝에 도착했다.

"더 따라오지 말게, 부탁이네." 노스모어가 말했다. "허들스톤 양을 그레이든 저택으로 데려다주겠나?"

"고맙지만 사양하겠네. 나는 클라라를 그레이든 웨스터의 목사관으로 데려가려고 해." 내가 대답했다.

쪽배의 앞머리가 해변에 닿았고, 한 선원이 홋줄을 손에 들고 해변에 내렸다.

"잠시만, 친구들!" 노스모어가 소리쳤다. 이어 그가 내게만 들리게 낮게 말했다. "이 일에 대해서는 아무 말도 하지 않는 게 좋을 거야."

"오히려 그 반대지!" 내가 소리쳤다. "나는 클라라에게 모든 걸 말해 줄 생각일세."

"자네는 이해를 못 하는 것 같군." 노스모어가 굉장히 위엄 있게 대답했다. "허들스톤 양에게 이 일은 아무것도 아닐세. 그리고 내가 이렇게 하는 걸 기대하고 있을 거야. 잘 있게나!" 노스모어가 고개를 끄덕였다.

나는 악수를 청하며 앞으로 도울 일이 있으면 돕겠다고 말했다.

"미안하지만 거절하겠네. 이건 그리 큰일도 아니야. 게다가 먼 훗날의 이야기는 하고 싶지도 않아. 가령 백발의 방랑자가 된 채 자네 집 난로 옆에 앉아 있는 그런 감상적인 행동은 정말 피하고 싶네. 내가 원하는 건 그 반대지. 하느님께서 내가 자네나 허들스톤 양을 다시 만나지 못하게 해 주셨으면 하는 바람일세."

"그래, 앞날에 축복이 있길 비네, 노스모어!" 나는 진심을 담아 말했다.

"아, 그래야지." 노스모어가 대답했다.

노스모어는 해변으로 걸어 내려갔다. 조금 전 홋줄을 가지고 내렸던 선원이 노스모어가 배에 오르는 것을 도왔고, 이어 배를 바다로 밀어 낸 뒤 뱃머리로 다시 뛰어올랐다. 노스모어는 키의 손잡이를 잡았고, 선원들이 노를 젓자 노를 끼운 무쇠 고리에서 뿌드득 소리가 나며 아침의 허공을 갈랐다. 배는 파도를 타고 바다로 나아갔다.

해가 이제 완전히 떠올랐고, 쪽배는 붉은백작호까지 절반 정도 나아가고 있었다. 나는 해변에 서서 계속 그 모습을 지켜보았다.

한 마디만 더 하면 이제 내 이야기는 끝이 난다. 여러 해 뒤 노스모어는 가리발디의 깃발 아래서 티롤 지역의 해방을 위해 싸우다 전사했다.

# 시체 도둑

The Body-Snatcher

매일 밤 장의사, 여관 주인, 페티스, 나, 이렇게 네 명은 데버넘에 있는 조지 여관의 작은 응접실에 앉아 있곤 했다. 때로는 우리 넷보다 더 많은 사람이 응접실에 들렀다. 하지만 바람이 강하게 불건 약하게 불건, 눈이 내리건 비가 내리건 혹은 서리가 내리건 개의치 않고, 우리 네 사람은 응접실에서 각자의 안락의자에 몸을 파묻고 저녁 시간을 보냈다. 페티스는 스코틀랜드 출신의 늙은 술꾼이었는데, 분명 많이 배운 것 같았고 재산 또한 꽤나 있는 것 같았다. 그렇지 않고서야 그렇게 게으르게 살 수는 없었다. 그는 오래전 젊었을 때 이곳에 왔는데, 어디로 가지도 않고 이곳에 계속 살았기에 이제는 거의 이 동네 사람으로 인정받고 있었다. 그의 푸른 낙타털 망토는 교회 첨탑만큼이나 오래된 지역의 명물이었다. 조지 여관 응접실에 있는 페티스의 고정 좌석, 그가 교회에 다니지 않는다는 사실, 고령과 폭음, 부도덕함으로 인한 좋지 못한 평판 등도 그를 데버넘의 유지로 만들어 주었다. 그는 때때로 모호한 급진적인 의견을 내기도 하고 덧없는 무신론을 꺼내 들기도 했는데, 그럴 때면 자신의 이야기를 강조하려고 책상을 탁탁 내리쳤다. 그는 매일 밤 다섯 잔의 럼주를 들이켰다. 따라서 매일 밤 조지 여관에서 보게 되는 페티스는 대개 오른손에 럼주 잔을 들고 술에 취해 울적한 상태였다. 또한 우리는 그를 의사라고 불렀다. 의술에 관련된 특별한 지식을 가지고 있었고, 긴급한 경우에는 골절을 치료해 주거나 탈구된 곳을 낫게 해 주었기 때문이다. 하지만 이런 사소한 점을 제외하고 우리는 그의 성격이나 전력에 대해 아무것도 몰랐다.

　어느 어두운 겨울밤—여관 주인이 우리와 합류하기 약간 전에 9시 종이 울렸다—조지 여관에 아픈 사람이 하나 투숙했다. 인근 지역의 대지주였는데, 의회로 가는 도중 졸도하여 쓰러진 것이었다. 이 투숙객도 유명한 사람이었지만, 그에게는 런던에 사는 그보다 더 유명한 의사가 있었다. 의사는 왕진을 요청하는 전보를 받고 대지주의 용태를 보기 위해 데버넘에 도착했다. 당시 마을에는 철도가 갓 뚫려 이런 식으로 전보를 보내서 일을 처리하는 것은 처음이었다. 우리는 이런 신속한 조치에 다들 감명을 받았다.

　"그 사람이 오는구먼." 여관 주인이 파이프에 담뱃잎을 채우고 불을 붙였다.

　"그 사람?" 내가 말했다. "누구? 그 의사가 아니고?"

　"아니, 그 박사." 여관 주인이 대답했다.

　"이름이 뭔데?"

　"맥팔레인 박사." 여관 주인이 대답했다.

페티스는 이미 럼주를 석 잔 넘게 마셨고, 취해서 멍한 채로 꾸벅꾸벅 졸다가 갑자기 벌떡 깨어나 어쩔 줄 몰라 하며 주위를 둘러보았다. 분명 여관 주인의 마지막 말 때문에 깨어난 듯 그는 '맥팔레인'이라는 이름을 두 번이나 연달아 말했다. 처음에는 조용하게 말했지만, 두 번째에는 돌연 감정이 솟구치는지 크게 외쳐 댔다.

"그래, 왕진 온다는 그 사람 이름이야. 울프 맥팔레인 박사." 여관 주인이 말했다.

페티스는 즉각 술이 깼다. 눈은 맑아졌고, 목소리는 분명하고 크고 흔들림이 없었으며, 말투도 힘차고 진지했다. 우리는 페티스의 변화된 모습에 마치 죽은 사람이 다시 살아난 것을 보기라도 한 것처럼 깜짝 놀랐다.

"미안하네." 페티스가 말했다. "자네가 하는 말에 그다지 주의를 기울이지 못했어. 그러니까 그 울프 맥팔레인이 뭐 하는 사람이라고?" 여관 주인이 하는 말을 다 듣고 나자 페티스가 중얼거렸다. "그럴 리가, 그럴 리가. 안 되겠군. 직접 대면을 해야겠어."

"아는 사람이오, 의사 선생?" 장의사가 숨을 헐떡이며 물었다.

"그자가 아니어야 할 텐데!" 페티스가 중얼거렸다. "하지만 참 드문 이름이라, 그 이름이 두 사람 있다고 생각하기는 힘들단 말이야. 이보시오, 주인장. 그 사람은 나이가 많은 편이었소?"

"뭐, 젊은 사람은 아니었네. 확실히 머리가 백발이긴 했지. 그렇지만 자네보다는 젊어 보였어."

"그 사람은 나보다 나이가 많아. 몇 살 위야. 하지만," 탁자를 탁 하고 내리치며 페티스가 말했다. "내 얼굴에는 럼주와 죄악뿐이지. 아마 그 의사는 자기 좋을 대로 양심을 팔아먹는 사람이라 속은 참 편할 거야.

양심이라! 내가 말하는 것 좀 들어 주게. 자네들은 나를 훌륭하게 나이 든 점잖은 기독교인이라고 생각하겠지? 하지만, 난 아냐. 단 한 번도 거룩한 말을 해 본 적이 없네. 이신론자 볼테르가 내 입장이라면 거룩한 말을 둘러대며 합리화했을지도 모르지. 하지만 그 왕진 온다는 사람의 머리는," 페티스는 자신의 벗어진 머리를 한 번 탁 치고서 말을 이었다. "명쾌하게 잘 돌아갔지. 그냥 추측하는 게 아냐. 내 눈으로 직접 본 거라고."

"그 왕진 온다는 의사를 잘 아는 모양인데." 다소 지독한 침묵을 깨려고 나는 조심스럽게 말했다. "여관 주인과는 다르게 그를 별로 좋지 않게 생각하는군요."

페티스는 아무런 대꾸도 하지 않았다.

"그래." 페티스가 갑자기 결심한 듯 말했다. "반드시 그 사람과 대면해야겠어."

다시 침묵이 흐르고, 얼마 지나지 않아 2층에서 크게 문 닫히는 소리가 들렸다. 그러고는 계단을 걸어 내려오는 발걸음 소리가 이어졌다.

"그 의사로군." 여관 주인이 소리쳤다. "잘 보게나. 자네가 아는 사람인지."

작은 응접실에서 오래된 조지 여관의 문까지는 딱 두 걸음 거리였다. 문밖에는 거의 거리까지 내려가 있는 넓은 폭의 떡갈나무 계단이 있었고, 문간과 계단의 마지막 발판 사이에는 터키산 깔개를 놓을 만한 공간밖에는 없었다. 하지만 이 작은 공간은 매일 밤 훌륭하게 밝혀져 있었다. 계단 위의 등불뿐만 아니라 간판 밑의 커다란 신호등과 바의 창문에서 나오는 따뜻한 빛이 더해졌기 때문이다. 따라서 조지 여관은 추운 길거리를 다니는 행인들에게 아주 훌륭하게 광고가 되고 있었다. 페티스는 침착하게 문까지 걸어갔다. 우리도 그 뒤를 따랐고, 두 사람이 대면하는 모습을 보게 되었다. 맥팔레인 박사는 기민하고 건장한 사람이었다. 얼굴은 창백하고 침착했지만 힘찬 표정이었으며, 백발이 그 얼굴과 좋은 대조를 이루었다. 의사는 브로드*와 새하얀 아마 섬유로 된 값비싼 정장을 입고, 거기에 훌륭하게 세공된 황금 시곗줄과 황금 장식 단추, 그리고 금테 안경을 갖추고 있었다. 또한 넓게 접어 맨 라일락 무늬 장식의 하얀 넥타이를 매고, 팔에는 안락한 털로 된 운전용 외투를 걸쳤다. 맥팔레인 박사가 전성기를 누리고 있음에는 의심할 여지가 없었다. 숨을 쉴 때마다 부와 명예가 느껴지는 것 같았다. 이런 사람과 우리가 늘 보던 응접실의 술고래를 비교하는 것은 참 놀라운 일이었다. 페티스는 머리가 벗어진 데다 지저분하고 얼굴에 뾰루지가 나 있으며 걸친 낙타털 망토마저도 낡아 빠진 것이었다. 마침내 페티스는 계단의 마지막 발판에서 맥팔레인 박사와 대면했다.

"맥팔레인!" 페티스가 다소 큰 소리로 말했다. 친구를 부른다기보다 전령을 부르는 느낌이었다.

이 훌륭한 의사는 계단의 네 번째 발판을 밟다 멈춰 섰다. 익숙하게 이름을 부르는 목소리에 박사는 깜짝 놀랐고, 자신의 위신이 다소 손상되는 느낌마저 받은 것 같았다.

"토디 맥팔레인!" 페티스가 다시 외쳤다.

런던에서 온 의사가 비틀거린 듯했다. 그는 자신의 앞에 서 있는 남자를 재빠르게 바라보고는 두려운 표정으로 뒤를 슬쩍 돌아본 뒤 놀

---

* 면, 레이온, 명주 또는 그것들의 혼방으로, 광택이 나는 폭이 넓은 셔츠나 드레스의 옷감.

란 목소리로 속삭였다. "페티스! 자네로군!"

"그래." 페티스가 말했다. "나야. 내가 죽었다고 생각한 것은 아니겠지? 우린 인연을 끊기가 참 쉽지 않은 것 같네."

"쉿, 쉿!" 맥팔레인 박사가 소리쳤다. "이렇게 만날 거라고는 솔직히 꿈에도 생각지 못했네. 자네는 형편이 좀 어려운 것 같군. 고백하건대 처음에는 자네를 거의 못 알아볼 뻔했다네. 하지만 이런 기회가 생기다니 참으로 기쁘네그려. 그렇지만 지금은 이렇게 안부를 묻자마자 떠나야 하는 형편일세. 마차가 기다리고 있거든. 기차를 놓쳐서는 안 돼서 말일세. 음, 그래. 내게 자네 주소를 주게나. 조만간에 내 연락 주겠네. 자네를 위해 뭔가를 해 줘야 할 것 같군, 페티스. 그렇게 다 해진 옷을 입고 있다니 참 딱해서 그러네. 여하튼 조만간 만나서 저녁이나 먹으면서 우리의 인연을 계속해 가세."

"돈!" 페티스가 소리쳤다. "당신한테서 받은 돈 말이오! 그 돈은 빗속에 던져 버렸소."

말을 마치고 우월감과 자신감에 빠져 있던 맥팔레인 박사는 페티스가 굉장한 박력으로 거절하자 아까 페티스를 처음 보았을 때처럼 당혹스러워했다.

덕망 높은 맥팔레인 박사의 얼굴에 끔찍하고 추한 표정이 스쳐 지나갔다. "이 사람아. 그럼 자네 좋을 대로 하게. 내가 마지막으로 했던 말에 속이 좀 상한 모양이군. 멋대로 강요할 생각은 없네. 내 주소를 알려 주지. 하지만……"

"아니, 필요 없소. 당신이 어느 지붕 밑에서 사는지 알 필요 없단 소리요." 페티스가 끼어들었다. "당신 이름을 듣고 설마 그게 당신일까 두려웠소. 어쨌든 하느님이 있으면 좋겠다고 생각했는데, 결국엔 없는 모양이오. 썩 꺼지시오!"

　말을 마치고도 페티스는 계단과 문간 사이에 있는 깔개 한복판을 계속 밟고 서 있었다. 이 훌륭한 런던 의사는 자리를 빠져나가기 위해 한쪽으로 비켜서 나가야만 했다. 이런 모욕을 받기 전에 맥팔레인 박사는 분명 주저하는 모습을 보였다. 박사의 얼굴은 창백해졌고, 안경 속 눈빛은 위험하게 번득였다. 불안한 침묵이 흐르는 동안 맥팔레인 박사는 자신이 탈 마차의 마부가 이 기이한 광경을 유심히 보고 있다는 것, 또 동시에 우리가 응접실에 모여서 보고 있다는 것을 의식했다. 지켜보는 이들이 너무도 많다는 것을 알게 된 그는 즉시 도망치기로 결정했다. 그래서 그는 몸을 숙여 벽판을 스쳐 지나가 뱀처럼 문 쪽으로 돌진하려고 했다. 하지만 맥팔레인 박사의 시련은 완전히 끝난 것이 아니었다. 박사가 페티스를 지나치려고 할 때 페티스가 박사의 팔을 붙잡고 아주 분명하게 속삭였다. "다시 그걸 본 적이 있소?"

　런던에서 온 훌륭하고 부유한 의사는 질식할 것같이 큰 비명을 질렀다. 맥팔레인 박사는 양손으로 머리를 감싸 쥐고 페티스를 밀어내고는 마치 범행을 저지르다 발각된 도둑처럼 밖으로 도망쳤다. 우리가 뭔가 조치를 취하려는 생각을 하기도 전에 일은 벌어졌고, 마차는 이미 기차역 쪽으로 덜거덕거리며 나아가고 있었다. 마치 꿈같은 광경이었다. 하지만 증거와 흔적이 남아 있는 꿈이었다. 다음 날 아침 여관의 하인은 문간에서 부러진 그 훌륭한 금테 안경을 찾아냈고, 그날 밤 우리는 모두 바의 창문 옆에서 숨을 죽이며 서 있었다. 우리 바로 옆에는 페티스가 창백하지만 냉정하고 단호한 표정으로 서 있었다.

　"하느님 맙소사, 페티스!" 여관 주인이 가장 먼저 정신을 차리고 말했다. "도대체 그게 다 무슨 소린가? 자네가 한 말은 참 이상하군."

페티스가 우리 쪽으로 몸을 돌리며 차례대로 우리의 얼굴을 하나씩 보고 말했다. "자네들이 입단속을 잘할 수 있는지를 봐야겠지. 저 맥팔레인이라는 치는 마주치기엔 너무 위험해. 전에 저자를 만났던 사람들은 그 사실을 너무 늦게 후회하게 되었지."

말을 마친 뒤 페티스는 마시고 있던 세 잔째의 럼주는 비우지도 않고 작별 인사를 건넨 뒤 여관 밖으로 나가 밤의 어둠 속으로 들어갔다.

남겨진 우리 셋은 불꽃이 붉게 타오르는 커다란 난로와 네 개의 밝은 촛불이 있는 응접실의 늘 앉던 자리로 돌아왔다. 일어났던 일을 되짚어 말하고 나서 우리는 처음에는 놀라서 한기를 느꼈지만 곧 호기심에 불타는 모습으로 변했다. 우리는 늦게까지 그렇게 앉아 있었다. 내 기억으로는 오래된 조지 여관에서 가장 늦게까지 남아 있던 날이었다. 헤어지기 전에 우리는 각자 비난받는 우리 친구의 과거를 추적해 내는 것이 황급히 처리해야 할 일인 양 호들갑을 떨고는, 그것을 증명하기 위한 각자의 이론을 내세웠다. 그리고 페티스가 그런 훌륭한 런던 의사와 비밀을 공유하고 있다는 사실에 놀라기도 했다. 썩 자랑하려는 것은 아니지만, 나는 내가 조지 여관에 있는 내 친구들보다 이야기를 교묘하게 엮어 내는 데 더 소질이 있다고 생각한다. 이어지는 역겹고 기이한 사건들을 나만큼 잘 풀어 갈 수 있는 이는 아마도 없을 것이다.

젊은 시절 페티스는 에든버러의 대학교에서 의학을 공부했다. 페티스는 들은 것을 빠르게 받아들이고 손쉽게 자기 것으로 만드는 재능을 가지고 있었다. 집에서는 공부를 하는 일이 거의 없었지만, 선생들 앞에서는 예의 바르고, 똑똑했으며, 선생들의 말을 경청했다. 선생들은 곧 페티스를 수업을 주의 깊게 듣고 기억력이 좋은 학생으로 인정하게 되었다. 처음 들었을 때는 참으로 이상하게 들렸지만, 페티스는 또한 젊은 시절 외모가 꽤나 괜찮아서 사람들에게 호감을 받았다고 한다. 그 시기에 한 외래 해부학 교수가 있었다. 나는 그를 K라고 부르기로 하겠다. K는 나중에 굉장한 유명 인사가 되었다. 이 K는 변장을 한 채로 에든버러의 거리에 몰래 들어가 군중들이 버크*의 교수형에 환호를 보내며 버크를 사주한 자도 처형하라고 요구하는 모습을 지켜보기도 했다. 여하튼 K의 강의는 최고로 인기가 있었다. K의 인기는 부분적으로 그의 재능과 강의 능력 때문이기도 했지만, 일부는 경쟁 상대인 대학교수가 무능했기 때문이기도 했다. 여하튼 K는 자신의 인기를 충분히 만끽했다. 학생들은 K를 엄청나게 신뢰했고, 페티스도 다른 학생들이 그랬던 것처럼 그처럼 유명한 사람에게서 호감을 살 수 있다면 성공의 기틀을 확실히 다질 것이라고 생각했다. K는 선생으로서의 기량도 뛰어났지만 인생을 즐길 줄도 아는 사람이었다. K는 강의를 세심하게 준비하기도 했지만 익살맞은 풍자를 날리는 것도 즐겨했다. 페티스는 K의 두 가지 면모 모두를 즐겼고, 그에게 점점 관심을 두게 되었다. 강의를 들은 지 2년 만에 페티스는 K의 강의에서 2차 조수 혹은 부조교라고 할 만한 자리를 차지하게 되는데, 절반쯤 정규직이라고 할 수 있었다.

이런 위치에 올라서면서 페티스는 해부실과 강의실의 관리를 책임지게 되었다. 페티스의 일은 두 곳의 청결을 유지하고 학생들을 이끄는 것이었다. 다양한 해부용 시체를 공급받아 학생들에게 나누어 주는 것도 임무의 일부였다. 이 까다로운 시체 공급 업무를 잘 처리하기

---

\* 윌리엄 버크. 자신의 여관에 묵은 투숙객 열여섯 명을 살해하여 에든버러 의대 외래 교수 로버트 녹스에게 해부용 시체로 팔아넘겼다. 1829년 교수형에 처해졌다.

위해 페티스는 K가 사는 좁은 골목길의 거처에 함께 살다가 결국에는 해부실이 딸린 같은 건물에서 숙식을 하게 되었다. 소란스러운 쾌락의 밤을 지내고 돌아오더라도, 이 건물에만 들어오면 페티스는 손이 떨리고 눈이 침침하고 멍해졌다. 불결하고 위험한 침입자들이 시체를 가지고 오면 겨울날 동이 트기 전 캄캄한 때라도 페티스는 침대에서 나와야만 했다. 이 지역에서 이들은 악명이 높았고, 페티스는 문을 즉각 열어 줘야만 했다. 페티스는 이들에게 실려 온 비극적인 시체를 운반하는 것을 돕고, 그자들에게 더러운 대가를 지불했다. 그자들이 떠난 뒤에는 방금 인수한 죽은 자의 꼴사나운 유물과 함께 밤을 보내야 했다. 모든 절차를 마친 뒤 페티스는 시체들로부터 등을 돌리고 밤에 혹사당한 것을 보상받고 또 낮에 일을 하며 받았던 피로를 풀기 위해 한두 시간 정도 선잠에 빠져들고는 했다.

인간은 언젠가 죽는다는 상징들 사이에서 무감각하게 살 수 있는 젊은이는 몇 없을 것이다. 페티스의 마음은 보통 사람들이 고려하는 일들에는 닫혀 있었다. 그는 사람들이 저마다의 욕망과 비열한 야망의 노예가 되어 겪는 운명과 행운에는 무관심했다. 결국 냉정하고, 경박하고, 이기적이었지만 그래도 페티스는 도덕성으로 오해되는 신중함을 어느 정도 갖고 있었고, 그 덕분에 인사불성으로 만취하거나 처벌받을 만한 도둑질을 하지는 않았다. 거기에다 페티스는 동료 학생들이나 K에게서 존중받기를 갈구했기에 겉으로 드러나는 오점을 남기고 싶지 않았다. 그래서 페티스는 학업에서 두드러지는 성과를 내려 했고, 스승인 K가 흠잡을 곳 없게 행동하려고 매일 노력했다. 낮에 그렇게 맹렬하게 힘을 쓴 탓인지 페티스는 보상 차원에서 밤이 되면 불량배처럼 시끌벅적하게 즐겼다. 이런 이중적인 삶이 적절한 균형을 맞추기만 하면 그가 양심이라고 부르는 기능은 스스로 만족한다고 선언했다.

해부용 시체 공급은 페티스뿐 아니라 그의 스승에게도 지속적인 골칫거리였다. 학생이 많아 그만큼 붐비는 강의였기에 해부용 시체들은 금방 바닥이 나곤 했다. 꼭 필요한 일이기는 했지만 불쾌하기도 하고, 관련자 모두가 위험해질 수도 있는 일이었다. K는 이런 해부용 시체 공급과 관련해서는 그 어떤 질문도 허용하지 않는 것을 원칙으로 삼았다. "그 사람들은 시체를 가져오고, 우리는 대가를 지불한다." K는 늘 이렇게 말하고는 두음을 강조하며 "퀴드 프로 쿠오(물건에 상응하는 대가)"라고 라틴어로 말했다. 또한 조교들에게는 다소 불경하게 이렇게 말하기도 했다. "양심을 위해서라도 아무런 질문도 하지 말게나." 해부용 시체가 살인의 결과로 공급된다는 생각은 아무도 하지 않았다. 만약 그런 생각을 K에게 직접 말한다면 K는 곧 두려워하며 몸을 움츠렸을 것이다. 여하튼 그런 중대한 일을 가볍게 말하는 K의 경박한 어조는 예의에는 어긋나는 것이었고, 동시에 그의 하급자들에게는 그런 식으로 행동하라는 유혹이 됐다. 예를 들어 페티스는 종종 시체가 특히나 상태가 좋다고 혼잣말을 하는 경우가 있었다. 페티스는 동이 트기 전 찾아오는 악당 같은 자들의 비열하고 혐오스러운 모습에 계속 충격을 받았다. 그가 이 일과 관련해서 혼자 곰곰 생각한 결과 스승의 경박한 조언이 너무나 부도덕하고 일방적이라고 생각했을 수도 있다. 그렇지만 페티스는 자신의 임무를 다음의 세 가지로 요약하기로 했다. 해부용 시체를 받는 것, 대가를 지불하는 것, 범죄의 증거를 외면하는 것.

어느 11월 아침 침묵을 유지하자는 페티스의 방침은 큰 시험에 들게 되었다. 페티스는 밤새 고문 같은 치통으로 잠을 못 이루고 있었다. 우리에 갇힌 야수처럼 방을 이리저리 왔다 갔다 하기도 했고, 분노를 터뜨리며 침대에 몸을 던지기도 했다. 그렇게 고통스러운 밤을 보내 다 마침내 페티스는 불편하게 선잠이 들었다. 하지만 얼마 되지 않아 합의된, 화난 듯한 서너 번의 문 두드리는 소리를 듣고서 잠자리에서 일어났다. 희미하지만 밝은 달빛이 비추고 있었고, 지독히 추웠다. 바 람도 불고 서리마저 내려 있었다. 다들 잠이 들어 마을에는 적막감이 흘렀지만, 뭐라고 딱 짚어 말할 수 없는 동요가 그날 벌어질 일의 서곡 을 알리는 것 같았다. 운반꾼들은 평소보다 늦게 도착했고, 또 평소보 다 빨리 자리를 뜨고 싶어 했다. 잠을 자지 못해 괴롭던 페티스는 운반 꾼들이 올라올 수 있게 불을 비춰 주었다. 비몽사몽인 페티스의 귀에 운반꾼들이 아일랜드 억양으로 투덜대는 소리가 들렸다. 운반꾼들이 자루에서 불쌍한 시체를 꺼낼 때까지만 해도 페티스는 벽에 어깨를 대고 꾸벅꾸벅 졸고 있었다. 그는 운반꾼들에게 대금을 치르기 위해 몸을 흔들며 정신을 차려야 했다. 그러던 와중에 페티스는 시체의 얼 굴에 눈길이 갔고, 그 순간 깜짝 놀랐다. 페티스는 촛불을 들고 두 발 자국 정도 시체에 다가갔다.

"세상에! 제인 갤브레이스잖아!" 페티스가 소리쳤다.

운반꾼들은 아무런 말도 하지 않고 재빨리 문 쪽으로 달려갔다.

"잠시만요. 저 사람은 제가 아는 사람이란 말입니다. 어제까지만 해 도 살아 있었다고요. 죽다니 이건 말도 안 되잖습니까? 당신들이 이 시체를 공정한 방식으로 얻었을 것 같진 않습니다."

"확실한 거요, 선생. 당신이 완전히 오해하고 있는 거라고." 운반꾼 하나가 말했다.

하지만 다른 운반꾼은 페티스를 우악스럽게 바라보며 당장 돈을 내놓으라고 협박했다.

이제 와서 그 협박이 오해라거나, 그 위험이 과장된 것이었다고는 할 수 없다. 페티스는 용기 있게 그들에게 맞서지 못했다. 페티스는 더듬거리며 변명을 했고, 지불할 돈을 쥐어 준 뒤 그 가증스러운 자들이 떠나는 모습을 지켜보았다. 운반꾼들이 떠나자마자 페티스는 자신이 잘못 본 것이 아닌지 서둘러서 확인을 했다. 아무리 봐도 그 여자는 그저께 자신과 농담을 주고받았던 바로 그 아가씨였다. 두려움에 떨며 살펴보니 아가씨의 시체에는 폭력이 가해진 흔적이 보였다. 페티스는 공황 상태에 빠졌고, 황급히 방으로 도망쳤다. 그러고는 자신이 발견한 것을 한참 심사숙고했다. 페티스는 K가 내린 지시의 의미 그리고 이런 심각한 일에 개입한 것으로 자신에게 닥칠 수 있는 위험에 대하여 또렷한 정신으로 생각해 보았다. 결국 너무도 머리가 복잡해진 페티스는 직속상관인 강의 조교의 조언을 받기로 결심했다.

조교는 젊은 의사 울프 맥팔레인이었고, 모험을 좋아하는 학생들로부터 사랑받는 인물이었다. 맥팔레인은 극도로 약삭빠르고, 방탕하고, 부도덕했다. 외국 여행을 다녀오기도 했고 유학을 하기도 했다. 또한 쾌활한 태도를 지녔고, 다소 뻔뻔스러운 면도 있었다. 연극에 매우 해박했고, 스케이트도 잘 탔으며, 골프 실력도 훌륭했다. 옷도 호방하게 잘 갖추어 입었으며, 소유한 마차와 튼튼한 말 한 필은 그의 화려한 모습에 그야말로 화룡점정이 되었다. 페티스와 맥팔레인은 친밀한 관계였다. 사실 그들은 같은 배를 타고 있는 공생 관계이기도 했다. 해부용 시체가 부족해지면 둘은 맥팔레인의 마차를 타고 먼 교외까지 나가서 외딴 무덤을 찾아 파헤쳐 시체를 꺼내 새벽이 되기 전에 돌아와 해부실에 준비해 두곤 했다.

페티스가 조언을 구하려고 마음을 먹은 아침에 맥팔레인은 평소보다 다소 이르게 학교에 도착했다. 페티스는 맥팔레인이 오는 소리를 듣고 계단에서 그를 만나 일의 전말을 전부 이야기하고 자신을 놀라게 한 원인을 보여 주었다. 맥팔레인은 여자의 시체에 난 흔적을 살펴보았다.

"그래, 참 의심스럽군." 맥팔레인이 고개를 끄덕였다.

"저는 그럼 어떻게 해야 하죠?" 페티스가 물었다.

"하긴 뭘 해?" 맥팔레인이 오히려 되물었다. "뭐가 하고 싶은 거야? 말이 적을수록 상황이 빨리 좋아진다는 말도 모르나?"

"누군가가 저 사람을 알아볼지도 모르잖아요." 페티스가 그에게 맞섰다. "특히나 저 여자라면 어지간해서는 모르는 사람이 없단 말입니다."

"알아보지 못하길 바라는 수밖에." 맥팔레인이 말했다. "만약 누군가가 알아보면 자네는 모르는 척하게. 그럼 그걸로 끝나. 사실, 이번 같은 일은 꽤 오래전부터 있어 온 일 아닌가? 괜히 이리저리 들쑤시고 다니면 K만 위험해져. 자네도 스스로 발목에 족쇄를 채우는 거지. 그리고 자네가 궁지에 몰리면 나도 그렇게 될 거고. 그렇게 되면 우리가 어떤 꼴사나운 모습을 보일지 참 궁금하구먼. 기독교인들만 잔뜩 앉은 증인석에서 우리가 자기 변호를 하기 위해 대체 무슨 소리를 지껄일지 말야. 하지만 나도 그렇고 자네도 그렇고, 이거 한 가지는 분명하지 않은가. 솔직히 말해서, 우리가 해부용으로 쓰는 시체들은 다 살해된 것 아냐?"

"조교님!" 페티스가 소리쳤다.

"자, 자!" 맥팔레인이 조롱하듯 말했다. "자넨 마치 단 한 번도 의심해 본 적이 없는 것처럼 말하는구먼!"

"의심하는 건 말입니다……"

"물론 증거가 나오는 것과는 다른 일이지. 그래, 나도 알아. 자네는 일이 여기까지 오게 되어 굉장히 유감이지? 나도 마찬가지야." 맥팔레인이 손에 든 지팡이로 여자의 시체를 툭툭 쳤다. "그렇지만 내 생각에, 차선책은 못 알아보는 척하는 거야. 그리고," 맥팔레인이 뻔뻔한 표정을 지으며 말했다. "나는 그렇게 할 걸세. 자네도 괜찮다면 그렇게 하도록 해. 명령하지는 않겠어. 하지만 이런 일이 생기면 세상천지에 나처럼 행동하지 않을 사람은 없을 거야. 한마디 더 하겠네. K라면 우리가 어떻게 하기를 바랄까? 왜 K가 우리 둘을 조교로 선택했을까? 내 생각은 이러네. K는 수다스럽게 떠벌리는 자를 별로 좋아하지 않아."

맥팔레인의 말은 참으로 그럴싸했고, 젊은 페티스의 생각에 큰 영향을 미쳤다. 그는 맥팔레인처럼 하기로 합의했다. 불행한 아가씨의 시체는 예정대로 해부가 됐고, 그녀를 알아보고 그와 관련해 말을 하거나 아는 척을 하는 이는 아무도 없었다.

어느 날 오후 일이 끝난 뒤 페티스는 어떤 유명한 선술집에 들렀고, 그곳에서 맥팔레인이 누군가와 함께 앉아 있는 것을 보았다. 체구가 작고 피부색이 창백했으며 눈동자는 숯처럼 검은 사람이었다. 외양을 어렴풋이 봐서는 지적이고 세련된 사람 같았으나, 가까이에서 확인하니 정반대로 거칠고 저속하고 멍청한 사람이었다. 하지만 맥팔레인은 그 사람 앞에서 꼼짝을 못했다. 그는 마치 황제처럼 명령을 내렸으며, 맥팔레인이 조금이라도 늦게 대답하거나 반박을 하려고 들면 잔뜩 흥분해서 자신이 내린 명령에 노예처럼 복종해야 한다며 아주 무례한 말을 서슴지 않았다. 그런데 이 상상을 초월할 정도로 무례한 사람이 정작 페티스에게는 즉시 호의를 드러냈다. 술을 자꾸 권했고, 이상할 정도의 자신감을 내보이며 자신의 과거가 화려했다는 등의 이야기를 했다. 그 이야기 중에 10분의 1이라도 사실이라면 정말이지 너무나 혐오스러운 악당이었다. 여하튼 이렇게 산전수전 다 겪은 남자가 호의를 보이니 페티스의 허영심도 자극받기 시작했다.

"난 정말 나쁜 놈이지." 낯선 사내가 말했다. "하지만 맥팔레인은 꼬맹이지. 난 저놈을 토디 맥팔레인이라고 부른다네. 토디, 이 친구에게 술 한 잔 더 따라 주라고." 그런 뒤 맥팔레인에게 이런 말들을 했다. "토디, 자리에서 튀어 나가서 저 문 좀 닫아." "토디, 날 싫어하는구먼. 그래, 토디, 넌 날 싫어하고 있어!"

"그 망할 이름으로 날 부르지 말아요." 맥팔레인이 으르렁거렸다.

"저놈이 하는 말 들었나! 자네, 아이들이 칼을 휘두르는 걸 본 적이 있나? 저놈은 날 그런 식으로 난자질하고 싶을 거야." 낯선 사내가 말했다.

"의학도인 우리에게는 그보다 좋은 방법이 있죠." 페티스가 말했다. "우린 좋아하지 않는 친구가 죽어서 실려 오면 아예 해부해 버리거든요."

맥팔레인이 페티스를 매섭게 쳐다보았다. 그의 농담이 굉장히 거슬린 모양이었다.

그렇게 오후 시간이 지나갔다. 낯선 사내의 이름은 그레이였는데, 그는 페티스에게 저녁도 함께 먹자고 제안하고 선술집이 술렁일 정도로 극히 호화로운 만찬을 주문했다. 그러고는 음식 값은 맥팔레인에

게 지불하라고 명령했다. 세 사람은 아주 늦은 밤이 되어서야 헤어졌
다. 그레이는 몸을 가누지 못할 정도로 취했다. 맥팔레인은 잔뜩 화가
나 있었으나 그래도 또렷한 정신을 유지하고 있었다. 그와 동시에 강
제로 써야만 했던 돈과 어쩔 수 없이 참아 내야만 했던 모욕을 곱씹고
있었다. 페티스는 이리저리 섞어 마신 술기운으로 머릿속이 윙윙거리
고 비몽사몽한 상태에서 비틀거리며 집으로 돌아왔다. 다음 날 맥팔
레인은 강의에 모습을 드러내지 않았다. 그레이를 아니꼬워하면서도
마치 종자처럼 그를 수행해 이 선술집 저 선술집으로 데려가던 맥팔
레인의 모습을 떠올리니 페티스는 저절로 웃음이 났다. 일이 끝나자
마자 페티스는 지난밤의 두 술친구들을 찾으러 이곳저곳을 기웃거렸
지만 어디에서도 그들을 찾을 수 없었다. 결국 그는 일찍 방으로 돌아
와 침대에 누워 숙면을 취했다.

새벽 4시가 되어 페티스는 익숙한 신호 소리가 들려 잠에서 깼다.
내려가서 문을 연 페티스는 문 앞에 맥팔레인이 자신의 마차를 끌고
와 서 있는 모습을 보고 경악했다. 마차 안에는 익히 봐 온 길고 음산
한 자루 하나가 들어 있었다.

"뭡니까?" 페티스가 소리쳤다. "혼자 다녀온 겁니까? 혼자 할 수 있
었어요?"

하지만 맥팔레인은 거친 말투로 입을 다물라면서 어서 일이나 하
자고 재촉했다. 페티스와 맥팔레인은 시체를 가지고 위층으로 올라
와 탁자 위에 놓아두었다. 맥팔레인은 처음에는 바로 떠나려는 것처
럼 행동했지만, 왠지 모르게 뜸을 들이고 있었다. 무언가를 망설이는
것처럼 보였다. 잠시 뒤 맥팔레인이 뭔가가 걸리는 듯한 목소리로 말
했다. "얼굴을 확인해 봐." 페티스가 멍하니 맥팔레인만 쳐다보고 있자

그가 다시 말했다. "어서."

"아니, 어디에서, 어떻게, 언제 저 시체를 구한 겁니까?" 페티스가 소리쳤다.

"얼굴이나 보라고." 맥팔레인은 그저 그렇게만 대답했다.

페티스는 동요했다. 기이한 의심이 그를 엄습했다. 페티스는 젊은 의사와 시체 자루를 본 뒤 역순으로 다시 한 번 보았다. 결국 페티스는 내심 놀란 상태에서 맥팔레인이 시키는 대로 시체를 자세히 들여다보았다. 눈에 들어온 광경은 페티스가 거의 예상한 대로였다. 그에게 다가온 충격은 여간 묵직한 것이 아니었다. 옷을 잘 차려입고 고기를 배불리 먹은 뒤 온갖 지저분한 짓을 하면서 선술집의 문을 넘나들던 바로 그 남자가 죽어서 딱딱하게 굳어 발가벗겨진 채 질긴 삼베 자루에 담겨 있었던 것이다. 시체의 출처에 대해서는 더 이상 아무런 생각도 하지 않겠다고 다짐했던 페티스도 그런 상황에 처하자 양심의 가책을 느꼈고, 두렵기까지 했다. '크라스 티비(내일은 네 차례)'라는 경구가 머릿속에서 울려 퍼졌다. 알고 지내던 사람이 둘이나 이 싸늘한 탁자 위에 해부용 시체로 놓인 것이다. 그렇지만 이런 생각들은 부차적인 것이었다. 가장 먼저 떠오른 생각은 울프 맥팔레인에 관련된 것이었다. 페티스는 이런 중대한 일에 직면할 준비가 되어 있지 않았고, 그래서 어떻게 직속상관의 얼굴을 봐야 할지도 감이 잡히지 않았다. 페티스는 감히 맥팔레인의 눈도 마주치지 못했고, 그의 지시에 대답은 커녕 소리조차 내지 못했다.

먼저 접근해 온 것은 맥팔레인이었다. 그는 조용히 페티스의 뒤로 다가와 어깨를 부드럽지만 굳센 손으로 잡으며 말했다.

"머리는 리처드슨에게 주도록 하게."

리처드슨은 아주 오래전부터 머리 부분을 해부해 보기를 갈망하던 의학도였다. 페티스는 아무 말도 하지 않았고, 살인자 맥팔레인은 말을 이었다. "사무적인 이야기를 하자고. 자네는 내게 보수를 지불해야만 해. 자네가 가진 장부에도 기록을 해 두고 말이야."

페티스는 정신을 차리고 큰소리를 냈다. "보수를 지불하라고요! 지금 보수를 지불하라는 겁니까?"

"아니, 당연히 지불해야만 하는 거 아냐? 어떤 일이 있더라도, 뭘로 보더라도 자네는 그래야만 해. 나는 공짜로 시체를 팔지 않을 거고, 자네도 공짜로 시체를 접수하면 안 돼. 우리 둘만 타협하면 되는 일이야. 제인 갤브레이스의 경우와 같은 거지. 일이 잘못될수록 우리는 모든 게 잘 굴러가는 것처럼 행동해야만 되는 거야. 자, K가 돈을 놔두는 곳이 어딘가?"

"저깁니다." 페티스가 구석의 찬장을 가리키며 쉰 목소리로 대답했다.

"그렇다면 열쇠를 내게 주게." 맥팔레인이 조용히 손을 내밀었다.

잠시 주저하긴 했지만 주사위는 던져졌다. 맥팔레인은 페티스로부터 열쇠를 받아 들었고, 굉장히 안도했다는 데 대한 미세한 흔적인 신경 경련을 억누르지 못했다. 그는 찬장을 열어 한 칸에서 펜, 잉크, 장부를 꺼냈고, 서랍에서 보수에 해당하는 금액을 빼냈다.

"자, 보게나." 맥팔레인이 말했다. "보수는 지불되었어. 자네가 참으로 성실하게 일을 처리했다는 첫 번째 증거지. 자네의 안전을 위한 첫 번째 단계이기도 하고. 이제 자네는 두 번째 단계로 들어서야 해. 장부에 지불한 내역을 기입하게나. 그럼 자네는 맡은 바 역할을 다한 것이고, 더 이상 골치 아픈 일에 휘말리지 않을 거야."

아주 잠시 페티스는 고민했다. 하지만 두려운 여러 가지 사항들을 교통정리 하는 데 있어 가장 시급한 문제부터 해결할 수밖에 없었다. 지금 맥팔레인과 싸우는 것을 피할 수만 있다면 장래에 생길 곤경이야 아무래도 좋았다. 페티스는 내내 들고 있던 촛불을 내려놓고 거래일, 시체의 종류, 거래액을 착실하게 적어 넣었다. 그 모습을 보고 맥팔레인이 말했다.

"자, 시체 대금은 자네가 챙겨야 공평하겠지. 나는 이미 내가 원하는 걸 챙겼으니까. 여담이지만 세상을 살아 나가다가 운이 좋아서 약간의 돈이 주머니에 들어왔다고 하면 말일세, 이렇게 말하기는 좀 그렇지만, 그런 경우에는 따라야 할 규칙이 있지. 절대로 한턱낸다든가, 비싼 참고서를 구입한다든가, 묵은 빚을 갚지는 말게. 돈이 없는 것처럼 빌리기만 하고 빌려 주지는 말게."

"조교님." 페티스가 다소 쉰 목소리로 말하기 시작했다. "나는 당신을 봐주려고 내 목을 교수대에 절반쯤 집어넣었습니다."

"나를 봐준다고?" 맥팔레인이 소리쳤다. "그런 소리 좀 하지 말게! 가까이에서 자네를 보니 자네는 철저하게 자기방어를 위해 행동했을 뿐이야. 나한테 문제가 생기면 자네는 어떨 것 같나? 당연히 연쇄 작용이 있지 않겠나? 이번 그레이의 일은 갤브레이스 건의 연장이야. 어중간하게 그만둘 거면 시작을 말았어야지. 시작을 했으면 계속 앞으로 나아가고. 그게 진리야. 악당한테 휴식이 있을 것 같나?"

끔찍하게 흉악한 느낌과 운명이 등을 돌렸다는 생각이 이 불행한 학생의 영혼을 사로잡았다.

"아아, 하느님!" 페티스가 소리쳤다. "하지만 제가 무엇을 했단 말입니까? 언제 제가 시작했는데요? 상식적으로 강의 조교가 되는 것이 무슨 문제가 있다는 말입니까? 서비스 군도 이 자리를 원했어요. 서비스 군이 이 자리에서 일할 수도 있었어요. 그라도 지금의 나 같은 입장이 되었을까요?"

"이 친구야." 맥팔레인이 말했다. "애 같은 소리 좀 하지 마! 자네한테 대체 어떤 문제가 생겼는데? 자네가 입을 다물어서 대체 어떤 문제가 생긴다는 말인가? 이보게, 이런 삶이 어떤 건지 알고 있기는 한가? 우리 같은 사람들은 사자와 양, 이렇게 두 부류일세. 자네가 양이라면 그레이나 제인 갤브레이스처럼 이 탁자 위에 올라와 눕게 될 거야. 하지만 자네가 사자라면 자네는 계속 살아갈 것이고, 나처럼 마차를 몰고 다닐 수도, K처럼 기지나 용기를 가지고 떵떵거리며 살 수도 있어. 처음에 자넨 주저했지. 하지만 K를 보라고! 이 친구야, 자넨 현명하고 결단력도 있어. 난 자네가 마음에 들어. 그건 K도 마찬가지야. 자네는 사냥감이 되는 게 아니라 사냥을 하려고 태어난 사람이란 말일세. 내 말하지. 내 명예와 여태까지의 인생 경험을 통해 말하는데, 사흘만 지나면 자네는 이런 허깨비 같은 일들에 대해 마치 광대극을 보는 고등학생처럼 코웃음을 치게 될 거야."

말을 마치고 맥팔레인은 날이 밝기 전 야음을 틈타 마차를 타고 좁은 골목길을 벗어났다. 페티스는 홀로 남아 후회를 했다. 끔찍한 위험에 발을 들여놓고 만 것이다. 그는 자신이 너무도 나약하다고 생각했다. 양보에 양보를 거듭하다 보니, 맥팔레인이 자신의 운명을 제멋대로 결정했고, 그 결과 자신은 이렇게 무기력하게 공범이 되었다. 페티스는 그런 자신에게 형언할 수 없을 정도로 실망했다. 좀 더 용기를 낼 수 있다면 얼마나 좋을까 하고 간절히 바랐지만, 막상 자신이 용감한 남자라는 생각은 들지 않았다. 제인 갤브레이스에 관한 비밀과 오늘 그레이와 관련해 시체 접수 장부를 기입한 사실로 인해 페티스는 입을 다물고 말았다.

시간이 흘러 강의가 시작할 때가 되었다. 불행한 그레이의 시체는 학생들에게 배분되었고, 아무도 그레이에 대한 언급을 하지 않았다. 리처드슨은 머리를 받고 기뻐했다. 수업 시간이 끝났다는 종이 울리기도 전에 페티스는 이제 자신들이 아주 안전한 쪽으로 훨씬 멀리 나아갔다는 것을 알고 기뻐서 몸을 떨었다.

그렇게 이틀 동안 페티스는 점점 더 흥겨워하며 이런 끔찍한 위장 과정이 진행되는 것을 지켜보았다.

셋째 날이 되자 맥팔레인이 모습을 드러냈다. 그동안 몸이 좋지 않았다고 말한 맥팔레인은 강의를 하지 못한 것을 벌충이라도 하려는 듯 활기차게 학생들을 지도했다. 그는 특히나 리처드슨을 성심성의껏 도와주었으며 조언도 아끼지 않았다. 리처드슨은 이런 칭찬에 고무되어 야심 찬 희망에 불탔다. 마치 학위 메달을 이미 손에 쥔 것 같은 모습이었다.

일주일이 채 되기도 전에 맥팔레인의 예언은 맞아떨어졌다. 페티스는 두려움을 극복했고, 자신의 비굴함도 잊었다. 오히려 자신의 용기를 자랑스럽게 생각하기 시작했으며, 썩 건전하지 못한 자긍심을 가지고 지난 일을 돌이키며 머릿속으로 정리하기도 했다. 그렇다고 페티스가 공범자를 자주 만나는 것은 아니었다. 오히려 그 반대였다. 물론 두 사람은 강의가 있는 경우나 K로부터 지시를 받는 경우에는 함께 있었다. 때때로 두 사람은 사적으로 만나 한두 마디 이야기를 나누기도 했는데, 맥팔레인은 처음부터 끝까지 굉장히 친절하고 유쾌했다. 하지만 두 사람이 공유하는 비밀을 언급하는 것은 의식적으로 피하는 모습이었다. 심지어 페티스가 자신은 사자의 삶을 살 것이며 양처럼 살지는 않을 것이라고 나지막이 말했을 때도 맥팔레인은 미소를 지으며 입 다물라는 손짓을 했다.

그로부터 한참 뒤 두 사람이 다시 긴밀하게 관계를 맺을 일이 벌어졌다. K는 해부용 시체가 부족하게 되었고, 학생들은 해부할 시체를 간절히 바랐다. 시체를 늘 잘 공급하는 것은 선생의 자격 요건 중 하나였다. 마침 같은 시기에 글렌코스의 시골 묘지에서 장례식이 있었다는 소식이 들렸다. 그곳은 시간이 아무리 흘러도 변하지 않는 곳이었다. 예나 지금이나 그 시골 묘지는 사람들이 사는 곳에서 멀리 떨어진 교차로 근방에 있었고, 시신은 여섯 그루의 삼나무를 두른 묘지에 2미터 정도 구덩이를 파서 묻었다. 인근 언덕에서는 양이 우는 소리가 들렸고, 언덕 양쪽에는 개울이 흘렀다. 한 개울은 조약돌 사이를 지나며 크게 소리를 냈고, 다른 개울은 연못과 연못 사이로 살그머니 흐르고 있었다. 꽃이 핀 오래되고 거대한 밤나무 가지를 바람이 흔들며 지나갔고, 일주일에 한 번 울리는 종소리와 선창자의 나이 든 목소리만이 시골 교회 주변의 정적을 깨뜨리고 있었다. '부활시키는 자'(당시에는 이런 별칭으로 불렸다)인 시체 도둑들은 마을 사람들의 관습적인 신성한 신앙심 따위는 무시했고, 따라서 자신들의 전문적인 일을 그만두지 않았다. 오래된 무덤의 소용돌이무늬와 나팔꽃 장식, 예배자들과 문상객들이 걸었던 길, 유족들이 애정을 들여 준비한 제물과 비문. 이런 것들은 시체 도둑들에게는 그저 경멸의 대상이자 훼손 대상일 뿐이었다. 생각보다 훨씬 강하게 애정으로 결속되고 교구 공동체가 혈연이나 우정으로 유대를 맺는 시골 사람들은 자연스레 존경을 받아야할 이들이었지만, 시체 도둑들은 당연히 바쳐야 할 존경심 따위는 아랑곳하지 않았고, 오히려 그런 곳이 쉽고 안전하게 작업할 수 있다며 좋아하기까지 했다. 땅에 묻힌 시신들은 즐겁게 최후의 심판을 기다리며 영면에 들었으나, 등불 아래 겁에 질린 채로 성급하게 삽과 곡괭이를 휘두르는 자들에 의해 전혀 다른 형태로 깨어나게 되었다. 관은 강제로 뜯겨 나가고, 수의도 찢겨 나갔다. 이어 그들은 삼베 자루에 담겨 달빛조차 없는 어두컴컴한 샛길을 몇 시간 운반된 뒤 입을 크게 벌린 의학생들 앞에 치욕스러운 해부의 대상으로 노출되었다.

독수리가 죽어 가는 어린양을 위에서 덮치는 것처럼 페티스와 맥팔레인도 푸르고 조용한 안식처인 무덤으로 달려들 예정이었다. 60세의 나이로 세상을 떠난 농부의 아내는 질 좋은 버터와 경건한 대화 외에는 아무것도 모르고, 가장 좋은 일요일 복장을 차려입고 멀리 떨어진 도시를 늘 가 보고 싶어 하던 여자였다. 오밤중에 무덤에서 파헤쳐져 발가벗겨진 채로 그토록 가고 싶었던 도시에 오게 될 줄은 상상도 못 했을 것이었다. 먼저 간 가족들 옆에 있는 여인의 무덤은 최후의 심판을 알리는 천둥소리가 칠 때까지 비어 있을 것이고, 그녀의 무고하고 존귀한 신체는 끝없는 호기심을 가진 해부학 수강자들 앞에 놓이게 될 것이었다.

어느 날 늦은 오후 페티스와 맥팔레인은 망토를 둘러쓰고 대형 위스키 한 병을 지참하고 길을 떠났다. 차가운 비가 맹렬하고 빽빽하게 내리고 있었고, 약해질 기미는 전혀 보이지 않았다. 때때로 바람이 휙 하고 불었고, 비는 계속 억수같이 내렸다. 술병을 다 비웠지만 밤을 보내기로 한 페니퀵까지 가는 여정은 참으로 우울하고 조용했다. 가는 길에 둘은 교회 경내에서 그리 멀지 않은 두꺼운 덤불 속에 도굴 도구들을 숨기고자 마차를 한 번 세우기도 했다. 이어 둘은 난로 앞에서 위스키로 적신 입술을 에일 맥주로 씻어 내고자 피셔스 트리스트라는 선술집에 들렀다. 목적지에 도착해 여정이 끝나자 둘은 마차를 근방에 대고 말에게 먹이를 준 뒤 쉬게 했다. 두 젊은 의사는 독방에 앉아 선술집이 제공하는 최고의 저녁과 와인을 즐겼다. 독방의 조명과 난로에서 나오는 온기, 창문을 두들기는 빗소리는 앞으로 해야 할 춥고 곤욕스러운 일과는 너무도 어울리지 않았다. 하지만 그런 면이 오히려 지금 즐기고 있는 식사에 흥취를 불어넣어 주었다. 술을 거듭 들이켤수록 두 사람의 사이는 점점 화기애애해졌다. 곧 맥팔레인이 페티스에게 금화를 한 줌 내밀었다.

"수고비야." 맥팔레인이 말했다. "친구 사이에 이 정도 수고비는 시가 한 대 피우는 것처럼 선선히 내놓아야지."

페티스는 돈을 주머니에 챙겨 넣은 뒤 그런 분위기에 소리 높여 화답했다. "조교님, 정말 사려가 깊으십니다!" 페티스가 소리쳤다. "조교님을 알기 전까지 전 멍청이였죠. 자, 조교님과 K 교수님께 축복을! 조교님은 반드시 절 남자답게 만들어 주실 겁니다. 그렇죠?"

"암, 그래야지." 맥팔레인이 박수를 치며 말했다. "남자라고 하니 생각나는 일이 있네. 어느 날 아침 나를 보조해 주는 사람이 있었네. 마흔 살 먹은 겁쟁이였는데 덩치는 어찌나 크고 또 어찌나 소리를 질러 대던지. 시체를 보고는 질려서 고개를 돌리더군. 그렇지만 자네는 아니었어. 꼿꼿이 시체를 쳐다보았지. 그래서 나는 자네를 주목했네."

"뭐, 좋은 게 좋은 거 아니겠습니까?" 페티스가 허풍을 떨었다. "그건 제가 끼어들 일이 아니었습니다. 그래 봐야 얻는 것도 없을뿐더러 훼방만 놓는 것 아니겠습니까. 하지만 그렇게 행동했으니 조교님께 이렇게 사례도 받는 것 아니겠습니까요. 이거 보이시죠?" 페티스는 주머니를 찰싹 쳤고, 안에서 금화가 짤랑거리는 소리가 났다.

맥팔레인은 이런 썩 유쾌하지 못한 소리를 듣자 왠지 걱정이 되었다. 이 젊은 친구를 지나치게 성공적으로 지도한 것이 아닌지 후회되기도 했다. 하지만 맥팔레인이 말을 가로막을 틈도 없었다. 페티스가 계속 시끄럽게 허풍을 떨었기 때문이다.

"두려워하지 않는다는 건 참 멋진 일이죠. 조교님과 저 사이니까 하는 말인데, 저는 뭔가 집착하며 매달리고 싶지 않아요. 참 현실적이지 않습니까? 조교님, 전 거룩한 말들이라면 날 때부터 경멸하던 사람입니다. 지옥, 하느님, 악마, 시시비비, 죄악, 범죄, 이런 기이한 오래된 골동품은 애들을 겁주죠. 하지만 조교님과 저처럼 산전수전을 다 겪으면 그딴 것들은 그저 경멸하면 그만 아닙니까. 자, 그레이를 추억하며 건배하시죠!"

이야기를 하다 보니 출발할 시간이 다소 늦어졌다. 부탁해 둔 대로 마차의 양쪽 문에는 밝게 빛나는 등이 달려 있었고, 둘은 식비를 지불한 뒤 마차를 타고 떠났다. 둘은 피블스로 향한다고 말하고, 마을에서 보이지 않을 때까지 마차를 몰았다. 마을에서 벗어나자 둘은 등불을 끈 뒤 가던 길을 되돌아와 글렌코스로 향하는 샛길로 마차를 몰았다. 마차가 지나가는 소리 외에 아무런 소리도 들리지 않았다. 다만 귀에 거슬리는 소리를 내면서 비가 끊임없이 내렸을 뿐이다. 주변은 새카맣게 어두웠는데, 그나마 이곳저곳에 흰색으로 칠이 된 문과 흰 벽돌이 있어서 어둠을 헤치고 나아갈 수 있었다. 하지만 마차는 거의 걸어가는, 아니, 거의 더듬으며 나아가는 수준이었다. 그렇지만 두 사람은 조심스럽게 어둠을 헤치고 목적지인 장엄하고 외딴 묘지로 나아가고 있었다. 묘지 근처를 가로지르는, 움푹 들어간 숲에 이르니 조금이나

마 비추던 빛이 완전히 사라졌다. 결국 두 사람은 성냥에 불을 붙여 마차에 달린 등 하나를 다시 밝혔다. 이윽고 페티스와 맥팔레인은 빗물이 줄줄 흐르는 나무들 밑에 도착했고, 흔들리는 거대한 그림자에 둘러싸였다. 이곳이 그들이 부정한 짓을 저지르게 될 바로 그 장소였다.

이런 일에는 이골이 나 있던 두 사람은 모두 힘차게 삽질을 했다. 작업을 한 지 거의 20분 정도 되었을 무렵 삽이 관 뚜껑에 닿는 소리가 들렸다. 동시에 맥팔레인이 돌에 찧어 손을 다쳤고, 벌컥 화를 내며 그 돌을 머리 위로 아무렇게나 던져 버렸다. 거의 그들의 어깨높이까지 파고 들어간 무덤은 묘지에서도 높게 솟아오른 부분 가장자리 근처에 있었다. 작업을 쉽게 하기 위해 가져온 마차의 등불은 시냇가로 내려가는 가파른 비탈의 가장자리에 있는 나무에 기대 놓은 채였다. 그런데 맥팔레인이 던진 돌이 그 등불을 맞히고 말았다. 유리가 쨍그랑 소리를 내며 깨졌고, 두 사람에게 다시 어둠이 엄습했다. 등이 비탈을 굴러 내려가는 둔탁한 소리와 쨍그랑거리는 소리가 번갈아 들렸다. 때로는 나무들과 부딪치는 것 같았다. 등이 떨어지면서 튕긴 한두 개의 돌멩이도 등을 따라 깊은 계곡으로 덜거덕거리며 굴러떨어졌다. 이어 앞서 갑자기 찾아온 어둠처럼 정적이 감돌기 시작했다. 두 사람은 몸을 구부리고 극도로 집중해서 무슨 소리가 들리는지 귀를 기울였다. 하지만 몇 킬로미터에 이르는 지역에는 바람을 가르며 계속 떨어지는 빗소리 외에 아무런 소리도 들리지 않았다. 혐오스러운 작업이 거의 끝나 가는 무렵이었기에 두 사람은 어둠 속에서 작업을 마치는 편이 가장 낫겠다고 생각했다. 두 사람은 관을 파내고 뚜껑을 뜯어서 열었다. 그러고는 시체를 물이 뚝뚝 떨어지는 삼베 자루에 집어넣고 각각 자루의 반대쪽을 들고 마차로 옮겼다. 한 사람은 시체를 제대로 고정시키기 위해 마차에 탔고, 다른 한 사람은 말고삐를 잡았다. 피셔스 트리스트 근처의 넓은 길에 도착할 때까지 그들은 담장과 덤불을 더듬으며 나아갔다. 넓은 길로 나오자 희미한 빛이 퍼져 나오고 있었고, 두 사람은 마치 햇빛을 보는 것처럼 환호했다. 이 빛에 의존하여 그들은 말이 달리는 속도를 높일 수 있었으며, 곧 신 나게 도시 방향으로 마차를 덜거덕거리며 몰기 시작했다.

작업을 하느라 두 사람은 흠뻑 젖었다. 그러고 있는데 마차가 깊게 팬 바큇자국에 걸리며 튀어 올랐다. 그러자 두 사람 사이에 고정된 시체가 한 번은 페티스에게, 또 한 번은 맥팔레인에게 하는 식으로 두 사람 사이를 오가며 쓰러졌다. 시체가 공포스럽게 와 닿을 때마다 그들은 무의식적으로 재빨리 시체를 밀어냈다. 자꾸 이런 일이 반복되자 두 사람은 당연히 신경이 곤두섰다. 맥팔레인이 농부의 아내에 대해 질 나쁜 농담을 몇 마디 던졌지만 공허하게 울릴 뿐이었고, 곧 두 사람은 침묵 속으로 빠져들었다. 여전히 이 기이한 시체는 두 사람을 이리저리 오가고 있었다. 이제는 마치 비밀 이야기라도 하듯 머리가 두 사람의 어깨에 올라왔고, 그렇지 않으면 흠뻑 젖은 자루가 두 사람의 얼굴을 차갑게 쳐 댔다. 페티스는 슬슬 오싹한 느낌이 들었다. 그래서 자루를 들여다보니 어쩐지 처음보다 시체가 더 커진 듯한 기분이 들었다. 마차가 지나갈 때마다 시골 사방팔방에서 농장의 개들이 비통하게 울부짖는 소리가 들렸다. 페티스는 점점 뭔가 기이한 일이 벌어졌다는 생각을 떨칠 수가 없었다. 또한 시체에도 알 수 없는 변화가 생긴 것 같았다. 페티스는 개들이 울부짖는 것이 지금 옮기고 있는 끔찍한 짐에 대한 두려움 때문일지도 모른다고 생각했다.

"제발!" 페티스가 아주 힘겹게 말을 꺼냈다. "제발, 불을 켜 보죠!"

맥팔레인도 같은 생각인 것 같았다. 대답은 하지 않았지만 말을 멈추고 고삐를 페티스에게 넘겨주고는 내려가서 아직 남아 있는 등에 불을 밝히려고 했기 때문이다. 이때 두 사람은 오첸클리니로 향하는 교차로에 아직 못 미친 상태였다.

비는 여전히 홍수가 난 것처럼 퍼붓고 있었다. 이렇게 어둡고 축축한 상황에서 불을 붙이기란 참으로 어려웠다. 마침내 푸른 불꽃이 깜빡이자 맥팔레인이 불꽃을 심지에 옮겼다. 불꽃은 선명하게 퍼져 나가 마치 주변을 희미하게 원형으로 비추었다. 두 젊은 의사는 이제 서로를 바라볼 수 있게 되었고, 둘 사이에 고정시킨 시체도 볼 수 있었다. 마대 자루가 비에 젖어서인지 그 안에 든 시체의 윤곽이 대충이나마 드러나 있었다. 머리 부분은 몸통 부분과 구분이 되었고, 양쪽 어깨 또한 윤곽이 분명히 드러났다. 두 사람은 즉시 홀리기라도 한 듯 여정을 함께해 온 섬뜩한 동행에게 시선을 고정시켰다.

잠시 맥팔레인은 등불을 들고 미동도 없이 서 있었다. 종이가 물에 젖듯 알 수 없는 두려움이 몸에 퍼졌다. 그리고 그런 두려움 때문인지 페티스도 얼굴이 창백해지고 긴장으로 팽팽해졌다. 도무지 알 수 없는, 경험해 본 적 없는 공포가 페티스를 휘감았다. 페티스는 시체를 지켜보다 말을 하려고 했지만 맥팔레인이 먼저 입을 열었다.

"저 시체는 여자가 아니야." 맥팔레인이 조용하게 말했다.

"집어넣을 때만 해도 여자였잖습니까." 페티스가 속삭였다.

"등을 좀 들고 있게나." 맥팔레인이 말했다. "얼굴을 봐야겠어."

페티스가 등을 받아 들자 맥팔레인은 묶었던 자루를 풀고 머리부터 자루를 끌어 내렸다. 어둠 속에서 등불 빛이 굉장히 선명하게 빛났다. 불빛에 드러난 것은 두 사람의 꿈에 종종 보이던 너무도 익숙한 남자의 얼굴, 거무튀튀하고 정연한 이목구비에 깨끗하게 면도된 얼굴이었다. 사나운 비명이 밤하늘에 울려 퍼졌다. 맥팔레인과 페티스는 각각 가까운 길가로 뛰어내렸다. 등은 떨어져 부서지고 불이 꺼졌다. 말은 평소라면 없었을 이런 소동에 겁을 먹고 튀어 오르더니 전속력으로 에든버러 쪽으로 달려가기 시작했다. 마차에는 이제 단 한 명의 승객만이 남았다. 그것은 오래전에 살해되어 해부되었던 그레이의 시체였다.

# 자살 클럽

The Suicide Club

# 크림 파이를 들고 다니는
## 젊은 남자의 이야기

런던에 체류하는 동안 재주가 많은 보헤미아*의 플로리젤 왕자는
매력적인 행동거지와 세심하고 관대한 배려로 모든 계층의 사람들로
부터 사랑을 받았다. 심지어 왕자는 알려진 것만으로도 비범한 사람
이었으나 그건 실제 행동의 작은 부분에 지나지 않았다. 비록 평상시
에는 차분한 성격의 소유자로서 쟁기질하는 농부와 같은 달관하는 태
도로 세상을 받아들이는 데 익숙했지만, 왕자는 타고난 신분이 허용
하는 것 이상으로 모험적이고 별난 삶의 방식에도 깊은 취미가 있었
다. 때때로 기운이 나지 않을 때나 런던의 그 어떤 극장에서도 재미있
는 연극을 상연하지 않을 때, 또 다른 이들보다 운동에 소질이 많은 왕

---

* 체코 서부 지역에 있던 역사상의 국가. 10세기경부터 1918년까지 존속했다.

자가 야외 운동을 할 수 없는 계절이 되었을 때, 왕자는 자신과 절친한 사이인 사마관* 제럴딘 대령을 불러 밤 산책을 준비하라고 지시했다. 사마관은 용맹하고 대담한 성격의 젊은 장교였다. 그는 왕자의 지시를 즐겁게 받아들여 서둘러 산책 준비를 했다. 온갖 경험을 하고 다양한 지인들이 많아서 대령은 변장에는 일가견이 있었다. 그는 얼굴과 태도뿐만 아니라 목소리와 생각까지도 가장할 수 있었다. 어떠한 계급, 성격, 국적의 사람이든 대령이 변장하지 못하는 사람은 없었다. 이런 변장으로 대령은 왕자를 즐겁게 해 주었으며, 때로는 이런 변장을 이용해서 왕자와 함께 희한한 무리들 사이에 끼어들기도 했다. 궁내의 행정 담당자들은 왕자와 대령의 이런 비밀스러운 모험을 전혀 알지 못했다. 침착한 용기를 가진 왕자와 언제든 창의적으로 준비하고 또 정중하게 헌신하는 대령의 긴밀한 협력은 수많은 위험을 헤쳐 나가게 했고, 시간이 갈수록 그들 스스로도 모험에 대한 자신감이 커져 갔다.

진눈깨비가 사납게 내리던 3월의 어느 날 저녁, 왕자와 대령은 마차에 올라타 레스터 광장에 바로 붙어 있는 오이스터 바에 들렀다. 제럴딘 대령은 영락한 언론 관계자로 꾸몄고, 왕자는 평소처럼 가짜 구레나룻과 커다란 가짜 눈썹 한 쌍을 붙인 우스꽝스러운 변장을 하고 있었다. 이런 변장은 왕자를 텁수룩하고 거칠어 보이게 해 주었으나, 여기에 왕자의 세련된 분위기가 가미되어 도저히 누구인지 알아볼 수 없는 변장이 되었다. 왕자와 대령은 이렇게 변장을 하고 들킬 염려 없이 안전하게 소다수를 탄 브랜디를 홀짝이고 있었다.

* 왕실 근무자들 중 제3위의 고관.

바는 남녀 손님들로 가득했다. 하지만 아무도 이 모험가들에게 말을 건네지 않았고, 또 아는 사람인 양 가까이 다가와 관심을 표시하지도 않았다. 그도 그럴 것이 한 사람은 런던의 하층민으로, 또 다른 사람은 딱히 존경받을 만한 것 없는 평범한 사람처럼 보였기 때문이다. 왕자는 이미 하품을 하고 있었고, 그날 밤의 산책이 점점 지겨워지는 중이었다. 그러던 차에 바의 회전문이 거칠게 돌아가더니 한 젊은 남자가 수행원 두 명과 함께 바 안쪽으로 들어섰다. 수행원들은 각각 커다란 크림 파이가 든 뚜껑 덮인 대형 접시를 들고 바에 들어와 뚜껑을 열었다. 젊은 남자는 사람들이 모인 주변을 돌아다니면서 과장된 예의를 차리며 한 사람씩 파이를 맛봐 달라고 청했다. 젊은 남자의 요청은 때로는 웃으면서 받아들여지기도 했으나, 때로는 단호하게, 심지어는 매몰차게 거절당하기도 했다. 거절당하면 젊은 남자는 어김없이 우스꽝스러운 논평을 하면서 그 파이를 자신이 집어 먹었다.

이윽고 그가 플로리젤 왕자에게 접근해 왔다.

"선생님." 젊은 남자가 아주 공손한 자세로 엄지와 검지로 파이를 집어 내밀면서 말했다. "이 낯선 사람이 선생님께 말씀드릴 영광을 좀 주시겠습니까? 저는 이 파이의 품질에 대해 아주 잘 알고 있습니다. 5시부터 스물일곱 개나 먹고 있으니 말입니다."

"저는 말이죠," 왕자가 답했다. "선물 그 자체보다는 선물을 주는 사람의 마음을 고려한답니다."

"마음 말씀입니까, 선생님." 젊은 남자가 다시 고개를 숙이며 말했다. "그 마음이란 그저 조롱의 마음일 뿐입니다."

"조롱이라?" 플로리젤 왕자가 되물었다. "그렇다면 당신은 대체 누구를 조롱하는 겁니까?"

"제 철학을 설명하려고 여기 온 것은 아닙니다." 젊은 남자가 대답했다. "그저 크림 파이를 나누어 드리려고 온 것이죠. 제가 이 우스꽝스러운 일에 전심전력하고 있다고 말씀드린다면, 선생님도 대답을 얻었다고 생각하시고 친절을 베풀어 주십시오. 아니라면 전 선생님의 거부로 스물여덟 개째 파이를 억지로 먹게 되겠죠. 저는 기꺼이 이 진절머리 나는 일을 계속하겠습니다."

"솔직히 감동했습니다." 왕자가 말했다. "나는 정말로 당신을 이런 궁지에서 구해 내고 싶소. 하지만 조건이 하나 있어요. 내 친구와 내가 그 파이를 먹어 주는 보답으로—실은 그 파이를 별로 먹고 싶지 않습니다만—우리와 함께 저녁 식사를 해 주셨으면 합니다."

젊은 남자는 그 제안을 심사숙고했다.

"제겐 아직 수십 개가 넘는 파이가 있습니다." 마침내 젊은 남자가 입을 열었다. "이 엄청난 일이 어떻게든 결론이 나려면 앞으로도 여러 술집을 더 돌아다녀야만 합니다. 시간이 걸리는 일이죠. 도중에 선생님께서 허기가 지면……"

왕자는 정중한 몸짓으로 젊은 남자의 말을 잘랐다.

"저와 제 친구는 당신과 동행하겠습니다. 당신이 저녁을 보내는 모습이 너무도 유쾌해서 그런지 이미 굉장한 관심이 생겼거든요. 자, 이제 협정을 맺을 차례로군요. 서로를 위한 협정에 제가 먼저 서명하죠."

말을 마친 왕자는 누가 보더라도 우아하게 파이를 꿀꺽 삼켰다.

"맛이 좋군요." 왕자가 말했다.

"선생님이 미식가라는 걸 금방 알아보겠습니다." 젊은 남자가 대답했다.

제럴딘 대령도 왕자처럼 파이를 먹어 주었다. 바에 있는 모두가 이 젊은 남자가 가져온 파이를 먹거나 거절했다. 크림 파이 젊은이는 이 곳과 비슷한 다른 술집으로 앞장섰다. 두 명의 수행원들은 이제는 이 우스운 고용주에 적응이 된 모양인지 즉시 그 뒤를 따랐다. 왕자와 대령은 각자 팔짱을 낀 채로 그들 뒤를 따라갔고, 그러면서 서로의 얼굴을 바라보며 웃었다. 이런 식으로 다섯 사람은 다른 선술집 두 곳에 들렀고, 앞서 말한 것과 비슷한 일이 벌어졌다. 방랑하는 이 젊은이의 호의를 어떤 이는 거절했고, 어떤 이는 받아들였다. 거절을 당할 때마다 그는 어김없이 파이를 대신 먹었다.

세 번째 선술집을 떠나자 젊은이는 파이가 얼마나 남았는지 세어 보았다. 이제 아홉 개만 남아 있었다. 한 접시에 세 개, 다른 접시에는 여섯 개가 있었다.

"신사 여러분," 젊은이가 왕자 일행에게 말을 걸었다. "더 이상은 두 분의 저녁 식사를 미루고 싶지 않습니다. 분명 두 분은 허기를 참고 계실 겁니다. 특별한 배려를 해 주셔서 참으로 신세를 졌습니다. 오늘은 제게 아주 좋은 날입니다. 그러니 여태껏 해 온 이 우스꽝스러운 일을 제가 할 수 있는 가장 우스꽝스러운 행동으로 끝내고자 합니다. 지지해 주신 두 분께 훌륭하게 보답을 하고 싶습니다. 신사 여러분, 더 이상은 기다리지 않으셔도 됩니다. 지나치게 파이를 먹어 몸이 영 말이 아닙니다만, 제가 죽는 한이 있더라도 더 기다려야 하는 조건을 해제하겠습니다."

말을 마치자마자 젊은이는 남아 있는 파이 아홉 개를 으깨어 입속으로 한꺼번에 밀어 넣은 뒤 꿀꺽 삼켰다. 그러고는 수행원들에게 2파운드씩 나눠 주었다.

"비범한 인내심에 그저 감사드립니다."

젊은이는 이렇게 말한 뒤 수행원 두 사람에게 각각 몸을 굽혀 인사하고 그들을 해산시켰다. 그러고는 잠시 수행원들의 급료를 꺼냈던 지갑을 물끄러미 바라보더니 웃음을 터뜨리고는 길 한복판으로 지갑을 내던졌다. 이어 젊은이는 왕자와 대령에게 저녁 식사를 하러 가자는 손짓을 했다.

소호 지역에는 한 작은 프랑스 식당이 있었다. 잠시 과장된 명성으로 잘나간 적도 있었지만, 이제는 세간에 잊히기 시작한 곳이었다. 이곳 3층의 별실에서 세 사람은 굉장히 우아한 저녁을 먹었다. 잡다한 주제로 대화를 나누며 세 사람은 샴페인을 서너 병 정도 비웠다. 젊은 남자는 유쾌하고 말도 유창했다. 하지만 품위 있는 사람이 자연스럽게 웃는 것과는 다르게 큰 소리를 내며 억지로 웃는 모습을 보였다. 젊은이의 손은 맹렬히 떨렸고, 목소리도 마치 자신의 의지와는 별개인 것처럼 억양이 갑작스럽고도 놀라울 정도로 변했다. 후식을 깨끗이 비운 뒤 세 사람은 궐련에 불을 붙였다. 왕자는 젊은이에게 말을 걸었다.

"당신이라면 내 호기심을 양해해 줄 것이라고 확신합니다. 당신을 만나게 되어 정말 즐거웠지만 그 이상으로 갈피를 못 잡게 되었습니다. 분별없는 사람처럼 보이기는 싫지만, 이 말은 꼭 해야겠군요. 이 친구와 저는 비밀을 지키는 일이라면 타의 추종을 불허할 정도입니다. 우리도 나름대로 비밀을 많이 가지고 있는데, 엉뚱한 사람들에게 그 비밀을 말해 주어 곤욕을 치른 적이 있어서 비밀 유지에 대한 필요성을 절감하고 있습니다. 그러니 우리를 믿으십시오. 만약 당신의 이야기가 우스꽝스럽다고 하더라도 우리 앞에서 그렇게 조심할 필요는 없습니다. 우리야말로 이 잉글랜드에서 우스꽝스럽기로는 둘째가라면 서러운 사람들이니까요. 제 이름은 고달입니다. 티오필러스 고달이죠. 제 친구는 앨프레드 해머스미스 소령입니다. 아무튼 이 친구는 그 이름으로 자신을 알리고 있죠. 우리는 여태껏 살아오면서 기발한 모험을 찾아다녔습니다. 그리고 지금까지는 우리가 이해하지 못하는 기발한 모험은 없었습니다."

"고달 씨는 정말 좋은 분이군요." 젊은이가 대답했다. "자연스럽게 자신감을 갖도록 격려해 주시니 말입니다. 가장무도회에 참석한 귀족 같아 보이는 친구분도 저는 전혀 싫지 않습니다. 그런데 최소한 군인은 아니신 것 같은데요."

대령은 이 말이 자신의 완벽한 변장 기술을 칭찬하는 것 같아 기분 좋게 미소를 지었다. 젊은이는 전보다 더 활기찬 태도로 이야기를 계속했다.

"제 이야기를 해 드릴 수 없는 이유는 너무도 많습니다. 바로 그것 때문에 제가 두 분께 이 이야기를 하려는 것인지도 모르겠습니다. 최소한 두 분은 이 우스꽝스러운 이야기를 들어 주실 준비가 되었고, 저도 실망하실 거라는 생각은 하지 않습니다. 두 분께서 성함을 알려 주셨지만, 저는 제 이름을 비밀로 해야 합니다. 제 나이는 이야기에 별로 필요한 부분도 아니고요. 저는 평범한 집안 출신이고, 조상들로부터 아주 살기 좋은 집을 물려받아 지금도 그 집에서 살고 있습니다. 그리고 1년에 300파운드 정도 연금을 받습니다. 유산뿐 아니라 저는 유전적으로 엉뚱한 유머 감각도 물려받았다고 생각합니다. 그 유머를 발휘하는 것이 저의 주된 즐거움입니다. 또 훌륭한 교육도 받았습니다. 저는 바이올린을 연주할 수 있습니다. 삼류 관현악단과 싸구려 공연을 해서 돈을 벌어들일 수준은 되지만 그 이상은 못 됩니다. 플루트와 프렌치 호른도 그 정도는 연주할 수 있습니다. 휘스트*도 어느 정도 배웠는데 참 과학적인 놀이더군요. 덕분에 1년에 100파운드 정도를 잃었습니다만. 프랑스어도 제법 할 수 있어서 런던에서 쇼핑하는 것처럼 파리에서도 돈을 쓸 수 있었죠. 한마디로 전 남자라면 할 건 다 해 본 사람입니다. 모험이라면 어지간한 건 다 해 봤습니다. 무익한 결투까지 포함해서요. 불과 두 달 전에 저는 심신 양면으로 제 취향에 꼭 맞는 젊은 숙녀를 만나게 되었습니다. 심장이 녹는 것 같았죠. 저는 마침내 제 운명의 상대를 만났다고 생각했고 사랑에 빠져들었습니다. 하지만 제게 남은 재산을 모두 모아 보니 400파운드도 안 된다는 것을 알게 되었지요! 정직하게 묻겠습니다. 자존심 강한 남자가 고작 400파운드로 연애가 가능하겠습니까? 저는 분명 안 될 것이라고 결론을 내렸습니다. 그래서 저는 사랑하는 여자의 곁을 떠나 평소에 쓰던 것보다 좀 더 빠르게 돈을 쓰기 시작했습니다. 그러다 오늘 아침이 되었고, 80파운드가 수중에 남았습니다. 저는 이 80파운드를 절반으로 나눴습니다. 40파운드는 특별한 목적을 위해 남겨 두었고, 나머지 40파운드는 오늘 밤이 되기 전에 탕진하기로 한 겁니다. 정말로 즐거운 하루였죠. 많은 우스꽝스러운 짓을 했고, 크림 파이를 건네다가 두 분을 알게 되는 좋은 일도 있었습니다. 저는 결심을 했습니다. 이미 말씀드렸듯이, 어리석게 살아왔으니 어리석게 끝맺음을 하자고요. 아까 제가 길에다 지갑을 던져 버린 것을 보셨을 겁니다. 그렇게 40파운드도 사라졌습니다. 이제 두 분은 저만큼이나 저를 잘 알게 되셨습니다. 저는 어리석은 짓을 일관되게 하는 바보입니다. 그렇지만 믿어 주셨으

---

* 카드놀이의 하나. 네 명이 둘씩 편을 짜고 한다.

면 합니다. 그렇다고 해서 울보도 겁쟁이도 아니라는 것을요."

그가 해 준 이야기의 전반적인 분위기로 미루어 이 젊은 남자는 자기 자신에 대하여 아주 지독하고 경멸적인 생각을 품고 있음이 분명했다. 왕자와 대령은 그의 연애가 스스로 인정하는 것 이상으로 더 간절했다는 것과 그가 곧 목숨을 끊으려고 한다는 것을 알게 되었다. 두 사람은 아까 남자가 크림 파이로 우스꽝스러운 일을 벌인 것도 실은 굉장히 비극이라고 생각했다.

"참 기이하군." 제럴딘 대령이 플로리젤 왕자에게 눈길을 돌리며 말했다. "우리 셋이 대도시 런던에서 우연히 만난 것 말일세. 처한 상황도 어찌나 이리 비슷한지?"

"뭐라고요?" 젊은 남자가 소리쳤다. "두 분도 파산하신 겁니까? 이 저녁 식사가 제 크림 파이와 같은 어리석은 짓이라는 말인가요? 그렇다면 악마가 우리 세 사람을 최후의 만찬에 모아 놓은 셈이로군요!"

"악마도 때로는 굉장히 신사다운 행동을 합니다." 플로리젤 왕자가 말했다. "이런 우연에 저는 아주 감동을 받았습니다. 비록 우리가 완전히 같은 처지는 아니지만, 지금이라도 저는 이 차이를 없애고자 합니다. 마지막으로 크림 파이를 처리한 당신의 영웅적인 모습을 본받겠습니다."

말을 마친 뒤 왕자는 지갑에서 작은 지폐 뭉치를 꺼냈다.

"자, 저는 당신에게 한 주 정도 뒤처졌지만, 이제 당신을 따라잡아 결승점에는 비등하게 들어가고자 합니다." 왕자가 지폐를 한 장 꺼내 탁자에 놓고 말을 이었다. "이 정도면 식대는 충분할 겁니다. 나머지는……"

왕자는 말을 마치지도 않고 나머지 지폐를 불길에 던져 넣었다. 지폐는 불 속에서 활활 타올라 연기가 되어 굴뚝을 빠져나갔다.

젊은이는 왕자의 팔을 붙잡으려고 했지만 그들 사이에 놓인 탁자에 가로막혀 이미 때가 늦은 뒤였다.

"이런 불행한 분 같으니!" 그가 소리쳤다. "다 태우지는 말았어야 했습니다. 40파운드는 남겨 놓으셨어야 해요."

"40파운드라!" 왕자가 청년의 말을 반복했다. "그런데 왜 굳이 40파운드인가요?"

"80파운드는 안 됩니까?" 대령이 큰 소리로 물었다. "제가 알기로는 분명 저 돈뭉치는 100파운드는 족히 되었을 텐데."

"이분에게 필요한 건 딱 40파운드니까 그렇죠." 젊은 남자가 우울한 표정으로 말했다. "40파운드가 없으면 입회가 안 됩니다. 규칙은 엄격해요. 한 사람당 40파운드는 있어야 넣어 준단 말입니다. 저주받은 삶 같으니라고, 돈 없이는 심지어 죽지도 못한다니!"

왕자와 대령은 서로 눈빛을 주고받았다.

"설명을 좀 해 주시죠." 대령이 말했다. "여전히 제 지갑에는 돈이 두둑이 들어 있습니다. 또 두말할 필요 없이 언제라도 이 돈을 고달과 쾌히 나눌 겁니다. 하지만 목적이 뭔지는 반드시 알아야겠습니다. 그러니 선생님께서는 의도한 바를 우리에게 분명하게 말씀해 주세요."

젊은 남자는 정신을 차린 것처럼 보였다. 그는 불안하게 두 사람의 얼굴을 번갈아 보았다. 얼굴이 새빨갛게 달아오르고 있었다.

"절 놀리시는 건 아니겠죠? 두 분은 정말 저처럼 파산하신 거죠?"

"저는 정말로 파산했습니다." 대령이 대답했다.

"저도 그렇습니다." 왕자가 대답했다. "증거는 이미 보지 않으셨습니까. 파산한 사람 말고 누가 그렇게 불 속에 돈뭉치를 던져 넣겠습니까? 행동으로 설명이 되잖습니까."

"파산한 사람이라, 그렇죠." 젊은 남자가 의심스러운 표정을 지었다. "아니면 백만장자든가요."

"그쯤 하시죠, 선생님." 왕자가 말했다. "이미 말하지 않았습니까. 제 말이 의심받는 것은 도저히 참을 수 없습니다."

"파산하신 겁니까? 저처럼 두 분도 파산하신 겁니까? 방탕한 삶을 살아온 끝에 한 가지만이라도 더 탐닉을 해 보자는 슬픈 처지가 된 겁니까? 두 분도……" 여기에서 젊은 남자는 목소리가 가늘어졌지만 계속 말을 이었다. "두 분도 마지막 탐닉을 즐기려고 하십니까? 지극히 확실하고 쉬운 방법으로 두 분의 어리석음에 대한 결과를 회피하려고 하십니까? 하나뿐인 열린 문을 통해 양심의 가책을 따돌리시려는 것입니까?"

돌연 젊은 남자가 말을 멈추고 억지로 웃으려고 했다.

"두 분의 건강을 위해 건배!" 젊은 남자가 술잔을 비우며 소리쳤다. "좋은 밤 되십시오, 유쾌한 파산자 동지들."

말을 마치고 젊은 남자가 일어서려고 하자 제럴딘 대령이 그의 팔을 붙잡으며 저지했다.

"우리를 믿지 않는군요." 대령이 말했다. "그렇다면 잘못 생각한 겁니다. 선생님의 모든 질문에 저는 긍정적으로 대답했습니다. 저는 소심한 사람이 아닙니다. 표준 영어를 알아듣게 구사하는 사람입니다. 우리도 역시 선생님처럼 인생이 지겨워져서 죽기로 결심한 사람들입니다. 조만간 홀로든 함께든 죽음을 찾아가 그가 있는 곳에서 그의 턱수염을 잡아당길 생각이죠. 우리가 이렇게 선생님을 만났고, 또 선생님의 처지가 우리보다 더 절박하니 오늘 밤 당장이라도 괜찮다면 셋이 함께하시죠." 대령은 이어 목소리를 높여 말했다. "무일푼인 우리 세 사람이 서로 팔짱을 끼고 죽음의 신이 사는 전당으로 가는 겁니다. 그러니 그림자들 사이에서 서로 의지하도록 하시죠!"

제럴딘은 자기가 맡은 역할에 딱 맞는 언행을 보여 주었다. 왕자는 다소 동요했고, 절친한 자신의 수하를 약간 의심의 눈길로 바라보았다. 청년의 뺨은 검붉게 달아올랐고, 눈에서는 불꽃이 튀는 것 같았다.

"두 분이야말로 제가 찾던 분들입니다!" 젊은 남자가 무척이나 기뻐하며 소리쳤다. "합의가 되었으니 악수 한번 하시죠!" 그의 손은 차갑고 축축했다. "두 분은 함께 죽음의 행진을 하려는 동료를 잘 모르십니다. 또 제 크림 파이를 먹었던 순간이 얼마나 행복한 시간이었는지도 모르시고요. 제가 홀로인 것처럼 보이시겠지만, 저는 무리에 속한 사람입니다. 저는 죽음으로 통하는 은밀한 문을 알고 있습니다. 저는 그분과 친합니다. 그러니 거창한 예식이나 부끄러운 추문 없이 두 분께 영원으로 들어가는 길을 보여 드릴 수 있습니다."

왕자와 대령은 청년의 말이 무슨 뜻인지 몰라서 좀 설명해 달라고 간청했다.

"여러분, 80파운드를 모으실 수 있겠습니까?" 젊은 남자가 물었다.

제럴딘 대령은 보라는 듯이 지갑을 들춰 보이며 그렇다고 대답했다.

"참으로 다행입니다!" 젊은 남자가 소리쳤다. "40파운드가 바로 자살 클럽의 입회비거든요."

"자살 클럽이라니, 대체 뭐 하는 곳입니까?" 왕자가 물었다.

"들어 보십시오. 지금 이 세상은 참 살기 편합니다. 궁극의 편리함에 대해서 말씀을 드려야겠군요. 우리는 참 많은 곳에서 사무를 보아야 합니다. 그래서 철도가 발명이 됐지요. 확실히 철도 때문에 친구들과 떨어져 살게 되었지만 말입니다. 그러자 먼 거리에서도 빠르게 의사소통을 할 수 있도록 전보가 등장했습니다. 심지어 호텔에는 엘리베이터가 설치되어 수백 개의 계단을 걸어 오를 필요가 없습니다. 이제 우리는 알고 있습니다. 인생은 그저 무대일 뿐이고, 우리는 그 위에서 즐거움을 느끼는 동안 기꺼이 광대 역할을 맡는다는 것을요. 하지만 이 편리한 현대사회도 채워 주지 못하는 한 가지가 있습니다. 우아하고 쉽게 그 무대를 빠져나가는 방법, 자유로 향하는 뒤 계단 말입니다. 아니면 제가 아까 말씀드렸던 대로 죽음으로 통하는 은밀한 문이라고나 할까. 자, 두 반역자 동지분. 바로 이것을 자살 클럽에서 제공합니다. 우리가 가진 이 고도로 합리적인 욕망이 우리만의 것이라거나 아니면 예외적인 것이라고 생각하지는 말아 주세요. 우리 같은 사람은 아주 많습니다. 죽을 때까지 매일 평생 해야 하는 일과에 정말로 지쳐 버린 사람들 말입니다. 그들은 오로지 하나 혹은 두 가지의 이유로 그 무대에서 내려오지 못하는 겁니다. 일부는 자살이 세상에 알려지면 가족들이 충격을 받거나 비난을 당할까 봐, 다른 일부는 죽음이라는 상황에 마음이 약해지거나 위축되는 바람에 뒤로 빼게 되는 거죠. 두 번째 것은 어느 정도 제 경험이기도 합니다. 저는 권총을 머리에 댈 수는 있으나 방아쇠를 당기지는 못합니다. 저보다 강한 어떤 것이 그 행동을 가로막고 있기 때문이죠. 비록 제가 삶을 혐오하긴 합니다만, 제 몸을 죽음에 맡기고 끝장낼 정도로 강인하지는 못합니다. 저 같은 사람을 위해, 사후에 일어나는 추문을 막아 위축되는 일 없이 죽으려는 사람들을 위해 자살 클럽이 발족된 겁니다. 어떻게 운영이 되는지, 역사는 어떤지, 다른 나라에 지부는 있는지 등은 저도 정보가 없습니다. 제가 알고 있는 것은 클럽의 구조인데, 제 재량으로 함부로 두 분께 말씀드릴 수는 없습니다. 하지만 이 정도까지는 알려 드리겠습니다. 두 분이 진심으로 삶에 지치셨다면, 저는 오늘 밤 클럽의 모임에 두 분을 소개해 드리겠습니다. 오늘 밤이 아니면 늦더라도 이번 주 내로 편안히 삶에서 벗어나실 수 있을 겁니다." 젊은 남자가 여기에서 시계를 보았다. "지금이 11시니까 아무리 늦더라도 30분 후에는 이곳을 떠나야 합니다. 그러니 두 분이 제 제안을 생각해 보실 시간이 아직 30분 남은 셈이죠. 이 문제는 크림 파이보다는 훨씬 진지한 겁니다." 말을 마치고 젊은 남자는 미소를 지으며 덧붙였다. "그리고 크림 파이보다는 좀 더 마음에 드실 거라고 생각하고요."

"분명 훨씬 진지한 문제로군요." 제럴딘 대령이 대답했다. "그런 만큼 친구인 고달과 둘이 이야기를 나눌 수 있게 5분만 시간을 주시겠습니까?"

"물론이죠." 젊은 남자가 대답했다. "원하시면 전 밖으로 나가겠습니다."

"그렇게 해 주시면 정말 감사하겠습니다." 대령이 말했다.

단둘이 되자 왕자가 입을 뗐다. "이렇게 따로 이야기를 나눌 필요가 뭐 있나, 제럴딘? 자네는 어찌할 줄 모르는 것 같은데, 나는 굉장히 평온하네. 나는 끝까지 가 볼 생각이야."

"전하." 대령이 창백한 얼굴로 말했다. "왕자님의 목숨이 얼마나 중요한지 고려해 주시기 바랍니다. 왕자님의 친구분들뿐만 아니라 백성들도 생각하셔야 하지 않습니까. '오늘 밤이 아니면'이라고 그 정신 나간 자가 말했습니다. 오늘 밤 전하의 옥체에 돌이킬 수 없는 재앙이 닥친다면 제 절망은 그렇다 치더라도 우리 위대한 고국에 들이닥칠 근심과 재앙은 어찌하실 겁니까?"

"끝까지 가 볼 생각이네." 왕자가 너무도 차분한 목소리로 같은 말을 되풀이했다. "제럴딘 대령, 아무쪼록 신사라면 명예를 가지고 자네의 말을 기억하고 존중하는 모습을 보이게. 기억해 두게. 어떤 상황에서라도 나의 특별한 허가 없이 내 정체를 밝혀서는 안 되네. 반복하지만 이는 명령일세. 이제 계산서를 가져오라고 하게."

제럴딘 대령이 하명을 받들며 허리를 숙였다. 하지만 크림 파이로 소동을 일으킨 젊은이를 부르고 식당 종업원에게 떠난다고 할 때 그의 얼굴은 굉장히 창백했다. 왕자는 평온한 태도를 유지하며 젊은이에게 파리의 팔레 루아얄 극장에서 보았던 익살극에 대한 재미있는 이야기를 아주 열정적인 태도로 말해 주었다. 왕자는 대령의 호소하는 듯한 얼굴을 외면하고 평소보다 훨씬 신중하게 궐련을 골랐다. 실제로 정신을 온전히 차리고 있는 사람은 일행 중에 왕자뿐이었다.

계산을 마치고 왕자는 잔돈을 전부 팁으로 주었고, 종업원은 후한 팁에 크게 놀랐다. 세 사람은 사륜마차를 타고 길을 떠났다. 얼마 지나지 않아 그들은 다소 어두운 저택의 입구에 도착했고 여기에서 마차를 내렸다.

제럴딘 대령이 마차 요금을 지불한 뒤 젊은 남자가 돌아서서 플로리젤 왕자에게 말했다.

"여전히 삶의 속박 속으로 도망칠 수 있는 시간은 충분히 남아 있습니다, 고달 씨. 물론 해머스미스 소령님도 마찬가지입니다. 또 다른 걸음을 내딛기 전에 잘 생각해 주세요. 영 마음이 내키지 않으면 여기에서 돌아서시면 됩니다."

"안내해 주시죠." 왕자가 대답했다. "저는 한 번 했던 말을 번복하는 사람이 아닙니다."

"너무 차분하셔서 저마저 안심이 되는군요." 젊은 남자가 대답했다. "이런 중대한 때에 이렇게나 동요하지 않으시는 분은 여태껏 본 적이 없습니다. 제가 이 문 앞으로 안내를 한 사람은 고달 씨가 처음은 아닙니다. 제 친구들 여럿이 저보다 앞서 갔습니다. 저도 조만간 그 친구들을 따라가야겠지만요. 어쨌든 고달 씨는 이런 말에 아무런 흥미도 못 느끼시겠죠. 여기에서 잠시만 기다려 주십시오. 두 분을 소개하려면 사전 준비가 필요하니 잠시 뒤에 돌아오겠습니다."

젊은 남자는 왕자와 대령에게 손을 흔든 뒤 저택 안으로 사라졌다. 이 모습을 본 제럴딘 대령이 목소리를 낮춰 말했다.

"왕자님과 했던 어리석은 일들 가운데 지금이 가장 터무니없고 위험해 보입니다."

"나 역시 그리 생각하네." 왕자가 대답했다.

"아직 시간은 있습니다." 대령이 말을 이었다. "전하, 좋은 기회니 그냥 돌아가시기를 이렇게 간청드립니다. 이 행동의 결과가 심히 좋을 것 같진 않습니다. 그러니 전하께서 제게 허락했던 자유를 평소보다 더 발휘할 수 있도록 해 주십시오."

"자네가 겁먹었다고 생각해도 되겠나?" 왕자가 궐련에서 입을 떼고 대령의 얼굴을 예리하게 쳐다보며 물었다.

"제 두려움은 분명 개인적인 것이 아닙니다." 대령이 긍지를 가지고 대답했다. "이에 대해서는 전하께서도 확신하시리라고 생각합니다."

"그 정도는 나도 생각하고 있네." 왕자가 평온하고 쾌활하게 대답했다. "하지만 난 자네에게 우리의 신분 차이를 상기시키고 싶지 않아. 그러니 그만두세나. 그만두자고." 제럴딘 대령이 사과하려고 하자 왕자가 다시 말했다. "괜찮으니 그대로 있게."

왕자가 차분히 난간에 기대어 담배를 피우고 있자 젊은 남자가 돌아왔다.

"그래, 환영회는 준비가 되었답니까?" 왕자가 물었다.

"저를 따라오시죠." 젊은 남자가 대답했다. "회장님이 따로 방에서 보자고 하시는군요. 미리 주의를 드리지만 대답할 때 솔직하게 하셔야 합니다. 제가 여러분의 보증을 섰습니다. 하지만 클럽은 입회 전에 면밀하게 조사를 합니다. 한 사람이라도 무분별하게 굴었다가는 클럽 전체가 완전히 해산될 수도 있으니까요."

왕자와 대령은 잠시 머리를 맞대고 논의했다. "이건 이렇게 말해 주게." "이건 이렇게 말해 주십시오." 두 사람은 이런 식으로 말을 맞추고, 서로 잘 아는 사람의 성격을 과감하게 꾸미기로 금방 합의했다. 그리하여 젊은 남자를 따라 회장의 방으로 따라갈 준비를 마쳤다.

방에 이르는 과정에서는 그다지 장애물이라고 할 것이 없었다. 외부로 통하는 문은 열려 있었고, 목적지인 방의 출입문은 비스듬히 열려 있었다. 방은 작지만 높았고, 젊은 남자는 왕자와 대령을 남겨 두고 다시 떠났다.

"회장님이 바로 오실 겁니다." 그가 고개를 끄덕인 뒤 떠났다.

방의 한쪽 끝에 있는 접이식 문을 통해 목소리가 들렸다. 때때로 샴페인의 코르크를 따는 소리가 들렸고, 곧이어 사람들의 대화 소리와 그 사이를 비집고 터져 나오는 웃음소리도 들렸다. 하나밖에 없는 높은 창문 밖으로는 강과 제방이 보였다. 가로등이 배치된 모습으로 보아 채링크로스 역에서 그다지 멀지 않은 곳이었다. 가구는 별로 없었고, 가구를 덮는 천은 낡아서 올이 보일 정도였다. 둥근 탁자 가운데에 놓인 종을 제외하고는 이 방에서 움직일 수 있는 물건은 아무것도 없었다. 벽에 박힌 못들에는 상당히 많은 모자와 외투가 걸려 있었다.

"대체 뭐 하는 소굴일까요?" 제럴딘 대령이 말했다.

"그걸 알아보려고 여기 온 게 아니겠나." 왕자가 대답했다. "여기에 작은 악마들이 모여든다면 일은 참으로 재미있어지겠군."

바로 그 순간 사람 한 명이 지나갈 정도로만 접이식 문이 열렸다. 동시에 사람들의 왁자지껄한 대화 소리와 함께 보무도 당당하게 자살 클럽의 회장이 방으로 들어왔다. 회장은 쉰 살 혹은 그 이상으로 보이는 남자로, 느릿느릿하게 걸어왔다. 덥수룩한 구레나룻에 머리가 벗어진 회장은 때때로 눈을 깜빡이며 회색 눈동자를 감추곤 했다. 회장은 입에 큰 궐련을 물고 계속 눈을 가늘게 뜬 채 이리저리 훑어보며 낯선 방문객을 빈틈없고 냉철하게 쳐다보았다. 가벼운 트위드* 옷을 입은 회장은 줄무늬 셔츠의 옷깃을 풀어 목을 그대로 드러냈고, 수첩을 겨드랑이 사이에 끼고 있었다.

"안녕하십니까." 회장이 문을 닫으면서 인사를 건넸다. "저와 하실 말씀이 있다고 들었습니다만."

"자살 클럽에 저희를 끼워 주셨으면 합니다." 대령이 말했다.

입가에서 궐련을 굴리던 회장은 이 말을 듣고 오히려 대령에게 물었다. "대체 무슨 말씀을 하시는지요?"

"실례인 줄은 알지만, 선생님이야말로 저희에게 자살 클럽에 대한 정보를 줄 수 있는 최적임자라고 생각하고 있습니다." 대령이 대답했다.

"제가요?" 회장이 큰 소리로 물었다. "자살 클럽? 허허! 만우절 장난

---

* 간간이 다른 색깔의 올이 섞여 있는 두꺼운 모직 천.

400

같은 말씀을 하십니다. 신사분들께서 즐겁게 취하신 것 같아 용인하겠습니다만, 이쯤 해 두도록 하시죠."

"여하튼 그 클럽을 뭐라고 부르든 간에, 저 문 뒤에는 선생님의 동지들이 있을 것 아닙니까. 우리도 거기에 끼고 싶습니다." 대령이 말했다.

"이보세요." 회장이 통명스럽게 말했다. "뭔가 착오가 있으신 것 같습니다. 여긴 제 집입니다. 당장 나가 주세요."

이런 짧은 대화가 오가는 동안 왕자는 조용히 자리에 앉아 있었다. 하지만 대령이 "부디 대답을 하고 나가시죠!"라는 표정으로 왕자를 바라보며 서 있자 왕자는 입에서 궐련을 빼고 말했다.

"저는 여기에 선생님의 친구분이 초대를 해서 오게 된 겁니다. 제가 선생님의 파티에 이렇게 불쑥 끼어든 이유는 그분이 잘 설명했으리라고 봅니다. 이건 좀 알아 두시죠. 저와 같은 상황에 있는 사람은 절제하는 게 아주 힘이 듭니다. 무례함을 결코 참지 못하죠. 저는 평소에는 아주 조용한 사람입니다. 선생님이 알고 있는 사항에 대하여 제게 알려 주세요. 그러지 않으면 선생님께서는 이 방에 저를 들여놓은 것을 굉장히 쓰라리게 후회하시게 될 겁니다."

그러자 회장이 크게 웃었다.

"말씀이 참으로 호방하군요. 선생님은 정말 남자답습니다. 제 마음에 와 닿게 표현할 줄도 알고, 또 거침없이 대할 줄도 아시는군요." 회장은 여기까지 말하고는 제럴딘 대령을 보며 말했다. "몇 분 정도만 나가 계시겠습니까? 같이 오신 분과 먼저 이야기를 끝내야 할 것 같습니다. 클럽의 의례 중에는 비밀스럽게 처리해야 할 사항이 있어서요."

말을 마치고 회장은 작은 방의 문을 열고 대령을 들여보낸 뒤 문을 닫았다.

왕자와 둘만 남게 되자 회장이 입을 열었다. "전 선생님을 믿습니다만, 친구분은 확실한 사람입니까?"

"저만큼이야 확실하진 않겠죠. 하지만 저 친구는 아주 그럴듯한 이유가 있습니다." 왕자가 대답했다. "여하튼 저 친구를 받아들이셔도 아무 문제 될 게 없습니다. 아무리 삶에 집착하는 사람이라도 저 친구처럼 고생을 많이 했다면 이 세상을 떠나고 싶어 할 겁니다. 아, 저 친구는 얼마 전에 카드놀이를 하다 속임수를 써서 장교 자리에서 면직되었습니다."

"아주 좋은 이유로군요." 회장이 말했다. "지금 우리 클럽에도 같은 처지인 분이 있습니다. 믿을 만한 사람이죠. 하나 여쭤 보겠습니다. 군 복무를 하신 적이 있습니까?"

"있기야 하죠." 왕자가 대답했다. "그렇지만 너무 게으른 탓에 빨리 제대해 버렸습니다."

"왜 삶에 넌덜머리가 난 겁니까?" 회장이 물었다.

"그 이유는 제대 사유와 같습니다. 전적으로 게으름 때문입니다." 왕자가 답했다.

회장이 다소 놀라며 말했다. "하지만 그것보다는 더 나은 이유가 있을 텐데요."

"더 이상 쓸 돈이 없습니다." 왕자가 답했다. "확실히 그것 때문에 괴롭습니다. 게을러서 그런지 더 힘들어요."

회장은 잠시 입 주변으로 궐련을 굴리다 이 기이한 신참의 눈을 뚫어지게 바라보았다. 왕자는 구석구석 훑는 회장의 시선을 뻔뻔하고 쾌활한 태도로 받아들였다.

마침내 회장이 말했다. "제가 경험이 별로 없었다면 선생님을 받아들이지 않았을 겁니다. 하지만 저는 세상 물정을 아는 사람입니다. 보통 사람들에게는 정말 하찮은 이유처럼 보이는 일도 자살하려는 사람들은 도저히 못 견뎌 하는 경우가 있죠. 그리고 선생님처럼 아주 마음에 드는 사람이 왔을 때 저는 그 사람을 내쫓기보다는 규칙을 바꾸는 편입니다."

왕자와 대령은 차례로 길고 까다로운 심문의 대상이 되었다. 왕자는 홀로 심문을 받았지만, 제럴딘 대령은 왕자가 있는 자리에서 심문을 받았다. 회장은 그렇게 해야 한 사람이 면밀한 심문을 받을 때 다른 사람의 표정을 살필 수 있다고 생각했던 모양이다. 결과는 만족스러웠고, 회장은 왕자와 대령에 대한 몇 가지 세부 사항을 수첩에 기록한 뒤 서약서를 하나 작성하라고 했다. 서약서는 다른 유사한 문서에 비해 아주 수동적인 복종을 요구하는 것이었고, 서약자가 지켜야 할 조항들은 너무도 엄중했다. 서약을 어기게 될 경우는 그 결과가 너무도 끔찍하여 위반자는 한 줌의 명예나 종교적 위안도 얻지 못할 것이었다. 플로리젤 왕자는 서명을 하면서 몸이 떨리는 것을 어쩔 수가 없었다. 대령도 왕자를 따라 서명했지만 얼굴에는 우울한 표정이 가득했다. 서명을 마친 뒤 회장은 입회비를 받았다. 그러고는 더 이상 귀찮게 하지 않고 두 사람을 자살 클럽의 흡연실로 안내했다.

흡연실은 앞서 머물렀던 방과 같은 높이였지만 크기는 훨씬 컸다. 사방 벽은 바닥부터 천장까지 참나무 무늬 벽지로 도배되어 있었다. 크고 밝게 타오르는 난롯불과 여러 개의 가스등이 흡연실 안의 사람들을 비췄다. 그 방에는 왕자와 대령까지 포함해서 열여덟 명이 있었다. 대부분 담배를 피우고 샴페인을 마셨다. 아주 시끌벅적하고 유쾌한 분위기였지만 돌연 오싹한 정적이 감돌기도 했다.

"여기 있는 사람들이 회원의 전부입니까?" 왕자가 물었다.

"절반 정도죠." 회장이 말했다. "뭐 그건 그렇고, 돈이 조금 남아 있다면 샴페인이라도 좀 사시죠. 그게 이곳 관행이니까요. 그러면 사람들도 힘이 나고, 저도 조금이나마 부수입을 올릴 수 있죠."

"해머스미스." 왕자가 말했다. "샴페인 건은 자네에게 부탁하겠네."

말을 마치고 돌아선 왕자는 사람들 사이를 돌아다니기 시작했다. 최상류층만 모이는 모임을 자주 주최하여 사교 행위에 능숙한 왕자는 만나는 사람 모두에게 호감을 끌었고, 시종일관 대화를 주도했다. 왕자의 말은 어딘지 모르게 매력적이고 권위가 있었다. 또 절반쯤 정신 나간 무리들 사이에서 왕자의 아주 차분한 태도는 너무도 뚜렷하게 대조되었다. 왕자는 눈을 크게 뜨고 귀를 열고 이 사람 저 사람 사이를 오갔고, 곧 자신이 만난 사람들에 대한 개괄적인 생각을 정립했다. 사람들이 모이면 으레 그렇듯 한 부류가 두드러졌다. 외양으로는 무엇으로 봐도 지성이나 감수성이 느껴지지만, 성공할 능력이나 자질이 없어 장래가 어두운 젊은이들이 바로 그 부류이다. 서른 살을 훌쩍 넘긴 사람은 거의 없었고, 그 대신 10대가 상당히 있었다. 그들은 탁자에 기대어 왼발과 오른발을 바꿔 가면서 무게중심을 잡으며 비스듬하게 서 있었다. 때로는 엄청나게 빠르게 궐련을 피우기도 했고, 때로는 궐련을 저절로 타게 내버려 두기도 했다. 몇몇은 말을 잘했지만, 몇몇은 신경질적으로 긴장한 탓인지 재치도, 의미도 없는 시답잖은 말을 지껄였다. 새로운 샴페인의 뚜껑이 열릴 때마다 유쾌한 분위기는 갑절이 되었다. 딱 두 사람만 자리에 앉아 있었다. 그중 한 사람은 창문 근처 움푹하게 들어간 곳에 놓인 의자에 앉아 고개를 숙이고 바지 주머니에 깊이 손을 집어넣고 있었다. 그는 창백한 얼굴에 땀을 흘렸고, 아무 말도 하지 않았다. 그야말로 심신이 완전히 무너진 상태였다. 또 다른 사람은 난롯가의 긴 의자에 앉아 있었는데, 다른 이들과는 전혀 달라 보이는 태도가 눈에 띄었다. 마흔을 조금 넘긴 것 같았는데, 그보다 열 살은 더 많아 보였다. 플로리젤 왕자는 그 남자처럼 흉측한 사람을 여태껏 본 적이 없었다. 아무리 병에 걸렸거나 파멸적인 충격을 받았다고 하더라도 그렇게 피폐할 수는 없었다. 그는 피골이 상접했고, 중풍에 걸려 몸의 일부가 마비된 상태였다. 거기에다 쓰고 있는 안경이 도수가 비정상적으로 높은지 안경 속의 눈이 지나치게 확대되어 찌그러진 것처럼 보였다. 왕자와 회장을 제외하고는 이 남자가 그 방에서 일상적인 평온함을 유지하는 유일한 사람이었다.

클럽의 회원들은 품위라고는 거의 없는 사람들이었다. 몇몇은 죽음을 도피처 삼아 도망치는 수치스러운 짓을 뽐내기도 했고, 다른 이들은 그런 말을 아무런 반감도 없이 듣고 있었다. 자살 클럽에서는 도덕적인 판단을 따르지 않는다는 묵시적인 합의가 있었고, 그래서인지 클럽의 문을 넘어온 이들은 이미 죽은 자들의 특권 일부를 향유했다. 회원들은 서로를 기념하고 또 과거에 자살한 유명 인사들을 추모하며 샴페인을 들이켰다. 그들은 각자 자신의 사생관死生觀을 비교하면서 나름대로 의견을 주장했다. 어떤 이들은 죽음이 암흑과 단절이라고 했다. 반면 어떤 이들은 죽고 나면 바로 그날 밤으로 하늘의 별에 올라가 용맹하게 죽은 자들과 교류하게 될 것이라는 희망을 피력했다.

"자살자들의 표상인, 영원히 기억될 트렌크 남작*을 위해 건배!" 누

---

* 프리드리히 폰 데어 트렌크. 프로이센의 귀족으로 1794년 프랑스 혁명을 지켜보다 밀정이라는 혐의를 받고 참수되었다.

군가가 이렇게 소리치고 말했다. "그분이 작은 감방에서 나와 더 작은 감방으로 나아간 것은 아마도 다시 자유로 나아가기 위해서였을 것입니다."

"나는 말이지," 또 다른 누군가가 말했다. "눈을 가릴 안대와 귀를 막을 솜만 있으면 돼. 그렇게 두꺼운 솜이 세상에 있을지는 모르겠지만."

세 번째로 말한 사람은 미래라는 측면에서 삶의 비밀을 이해하려고 했고, 네 번째 사람은 다윈의 진화론에 감화되지 않았더라면 이런 클럽에 아예 들어오지도 않았을 것이라고 주장했다. 이 독특한 자살 희망자는 이렇게 말했다.

"내가 유인원의 후손이라니, 도저히 견딜 수가 없어."

전체적인 상황을 살펴보고서 왕자는 자살 클럽 회원들의 태도와 대화에 크게 실망했다.

'이렇게나 번잡하게 할 필요가 없어 보이는데. 자살하기로 마음먹었으면 곧바로 실행하면 될 것 아닌가. 신사라면 응당 그래야지. 이렇게 소동을 벌이면서 수다스럽게 구는 건 아무래도 적절치 못해.'

그러는 동안 제럴딘 대령은 우울한 마음으로 잔뜩 걱정을 하고 있었다. 그 클럽의 정체와 규칙을 여전히 알 수 없었기 때문이다. 대령은 자신을 안심시켜 줄 누군가를 흡연실 주변에서 찾아보기로 했다. 그 과정에서 도수 높은 안경을 쓴 중풍에 걸린 사람이 대령의 눈에 들어왔다. 척 보기에도 그 사람은 지나칠 정도로 평온했다. 그래서 대령은 흡연실을 이리저리 바쁘게 돌아치는 회장을 군이 붙잡고 긴 의자에 앉은 신사를 소개시켜 달라고 부탁했다.

회장은 우리 클럽은 그런 격식을 갖출 필요가 없다고 하면서도 대령을 맬서스 씨에게 소개해 주었다.

맬서스는 호기심을 갖고 대령을 쳐다보고는 자신의 오른편에 앉으라고 권했다.

"새로 오신 모양이군요." 맬서스가 말했다. "정보를 얻고 싶으신 거죠? 그렇다면 참 잘 오신 겁니다. 제가 이 매력적인 클럽에 처음으로 찾아온 지 벌써 2년이 되었군요."

대령은 다시 깊게 숨을 내쉬었다. 2년이나 이곳을 출입했는데도 별일이 없었던 것을 보면 하룻밤 사이에 왕자에게 위험이 닥칠 가능성은 별로 없을 것 같았다. 그래도 제럴딘 대령은 내심 놀라면서 대체 어떻게 된 연유인지 물어보았다.

"뭐라고요!" 대령이 소리쳤다. "2년씩이나! 저는…… 아니, 선생님께서는 제게 농담을 하신 모양이로군요."

"그럴 리가 있겠습니까." 맬서스가 온화하게 대답했다. "저는 좀 특별한 경우지요. 제대로 말한다면 저는 전혀 자살하려는 사람이 아닙니다. 이를테면 명예 회원이랄까요. 저는 드물게 클럽에 방문합니다. 두 달에 두 번 정도. 제가 몸이 별로 좋지 않고 회장도 배려를 해 주어서 이런 작은 특권을 누리고 있지요. 고마워서 좀 더 회비를 내고 있기는 하지만요. 어쨌든 제가 참으로 운이 좋은 겁니다."

"죄송합니다만," 대령이 말했다. "좀 더 분명하게 말씀을 해 주셨으면 좋겠습니다. 저는 아직까지도 클럽의 규칙을 완전히 알지 못하고 있거든요."

"선생님처럼 죽기 위해 이곳을 찾은 평범한 회원들은 매일 저녁 행운을 얻고자 이곳으로 옵니다. 회원이라면 설사 무일푼일지라도 회장에게 부탁해서 숙식을 해결할 수 있죠. 물론 호사스럽지는 않지만 굉장히 깔끔하고 훌륭하게 지낼 수 있어요. 이런 말씀을 드리기는 참 그렇지만, 얼마 되지 않는 회비를 생각하면 그런 정도로 대접해 준다는 게 믿기 힘듭니다. 거기에다 회장과 함께 시간을 보낸다는 그 자체만으로도 참 멋진 일이고요."

"그렇군요!" 제럴딘 대령이 소리쳤다. "전 그런 인상을 별로 받지 못했습니다만."

"아아!" 맬서스가 말했다. "그건 그 사람을 몰라서 하시는 말씀입니다. 얼마나 익살스러운 사람인데요! 해 주는 이야기도 그렇고 그 냉소적인 태도라니! 감탄스러울 정도로 인생에 도통한 사람이죠. 지금 우리 둘이라서 하는 이야기지만, 기독교 세계에서 가장 타락한 악당일 겁니다."

"이런 말씀을 드리는 것이 실례일지도 모르지만, 그분도 선생님처럼 종신회원입니까?" 대령이 물었다.

"그렇지요. 저와는 아주 다른 측면에서 종신회원이죠." 맬서스가 대답했다. "고맙게도 저는 아직 살아 있지만, 언젠가는 반드시 죽어야 합니다. 하지만 회장은 놀이에 절대 참가하지 않죠. 클럽의 회원들을 위해 카드를 섞고 나누어 주면서 필요한 준비만 해요. 친애하는 해머스미스 씨, 저 사람은 참으로 독창적인 사람입니다. 3년 동안 런던에서 유익하면서도, 뭐랄까 예술적인 사업을 벌여 왔는데도 의심의 눈초리한 번 받은 적이 없습니다. 저 사람은 정말 영감이 넘쳐흘러요. 6개월전에 유명한 사건이 있었는데, 분명 기억하실 겁니다. 약국에서 우연히 독을 먹고 한 신사가 사망한 사건 말입니다. 회장이 구상한 일 중에가장 돈이 적게 들고 또 가장 자극적이지 않은 사건이었는데, 그래도 얼마나 간단합니까! 안전한 건 또 어떻고요!"

"대단히 놀랍군요." 대령이 말했다. "그 불행한 신사가……" 대령은

'희생자'라고 말하려다가 잠시 숙고한 뒤 다른 단어를 사용했다. "이 클럽의 회원이었습니까?"

그 말을 하는 순간 대령은 맬서스의 어조가 전혀 죽음을 사랑하는 사람의 것이 아니라는 생각이 퍼뜩 들었다. 그래서 재빠르게 말을 이었다.

"하지만 여전히 알 수가 없습니다. 선생님께서는 회장이라는 분이 카드를 섞고 나누어 준다고 하셨는데, 대체 무엇 때문에 그러는 겁니까? 그리고 선생님은 다른 사람들처럼 죽고 싶어 하는 것 같진 않아 보입니다. 그러니 저는 선생님이 왜 이곳에 오시는지 도통 이해가 안 됩니다."

"당연히 모르겠다는 말이 나오겠지요." 맬서스가 더욱 생기가 도는 모습으로 대답했다. "자, 친애하는 해머스미스 씨. 이 클럽은 도취의 전당입니다. 이 쇠약해진 몸이 좀 더 자극을 버틸 수 있었다면 저는 틀림없이 이곳에 더 자주 왔을 겁니다. 오랫동안 병을 앓아서 그런지 저는 세심하게, 일종의 의무처럼 식이요법을 하고 있습니다. 그 덕분에 저는 뭐랄까, 제게 마지막으로 남은 방탕을 절제할 수 있었던 거죠. 저도 할 건 다 해 봤답니다." 그러더니 맬서스는 대령의 팔에 손을 올려놓고 계속 말했다. "빠짐없이 전부 해 봤죠. 제 명예를 걸고 선생님께 말씀드리겠습니다. 인간의 많은 감정이나 행위들 중에서 지나칠 정도로 과대 선전되지 않은 것은 하나도 없습니다. 사람들은 사랑을 가지고 장난을 치지요. 저는 이젠 사랑이 강렬한 욕구라는 데 동의하지 않아요. 공포야말로 강렬한 욕구지요. 삶에서 가장 강렬한 쾌락을 맛보고 싶다면 공포를 가지고 장난을 쳐야 합니다. 저를 부러워하시면 됩니다. 저를요." 맬서스가 낄낄거리면서 덧붙였다. "저야말로 공포가 지나친 겁쟁이거든요!"

대령은 이 비참할 정도로 불쌍한 사람에 대한 혐오감을 억누를 수가 없었지만 마음을 다잡고 질문을 이어 갔다.

"그런데 선생님, 어떻게 그런 자극이 그렇게나 인위적으로 연장이 될 수 있습니까? 불확실한 요소는 대체 어디에 있는 겁니까?"

"매일 저녁 희생자가 어떻게 선택되는지 말씀을 드려야겠군요." 맬서스가 답했다. "그러고 보니 희생자만 선출되는 것은 아니죠. 또 다른 회원은 클럽을 대신해서 죽음의 사도가 되기도 한답니다."

"이런 세상에!" 대령이 소리쳤다. "그럼 서로 돌아가며 자살 희망자를 죽인다는 말씀이십니까?"

"자살의 어려움을 그런 식으로 처리해 주는 겁니다, 해머스미스 씨." 맬서스가 고개를 끄덕이며 대답했다.

"허허, 세상에!" 대령이 큰 소리로 말했다. "선생님 말씀대로라면 오늘 밤 선생님이나, 저나, 제 친구나, 여하튼 우리 중 누군가가 다른 사람의 육체와 불멸의 영혼을 죽이는 사람으로 선택된다는 겁니까? 아니, 사람으로 태어나서 어떻게 그런 일을 할 수 있단 말입니까? 이런 파렴치한 일이 있나!"

대령은 기겁하여 일어서려던 차에 왕자와 눈을 마주치게 되었다. 왕자가 흡연실 건너에서 얼굴을 찌푸리며 잔뜩 화가 난 표정으로 노려보고 있었다. 그 순간 대령은 평정심을 회복했다.

"뭐, 여하튼." 대령이 말을 이었다. "생각해 보니 못할 일도 아니군요. 거기에다 선생님께서 놀이가 흥미롭다고까지 하셨으니 어찌 됐든 클럽이 시키는 대로 해야죠!"

맬서스는 대령이 놀라고 혐오감을 표시하는 모습을 보고 굉장히 즐거워했다. 맬서스는 위악적인 허영심을 갖고 있었다. 그는 다른 사람들이 그런 절차에 기겁하고 혐오하는 표정을 드러내는 것을 즐겁게 지켜보았다. 그런 와중에 자신은 완전히 타락했기에 그런 감정을 초월했다며 우월감을 느꼈다.

"선생님께서는 일단 놀라는 과정을 겪었으니 우리 클럽이 제공하는 환희를 누리실 입장이 된 겁니다. 이제 선생님은 도박판과 결투 그리고 로마의 원형극장에서 오는 자극이 어떻게 뒤섞이는지 보실 수 있습니다. 과거의 이교도들도 참 잘하기는 했어요. 저는 그 사람들의 세련된 마음가짐을 진심으로 숭앙합니다. 하지만 이런 극단적이고, 필수적이고, 절대로 짜릿한 자극을 얻을 수 있는 건 기독교 국가에서나 가능하지요. 선생님께서는 이 자극을 맛본 사람들이 다른 오락들을 시시하게 여기는 걸 곧 이해하시게 될 겁니다. 우리가 즐기는 놀이는 지극히 간단합니다. 카드 한 벌이…… 아니, 곧 어떻게 진행이 되는지 직접 보실 수 있겠군요. 도움을 받게 팔을 좀 빌려주시겠습니까? 불행히도 제가 몸에 중풍이 와서요."

실제로 맬서스가 설명을 하려고 하자 또 다른 접이식 문이 열리면서 클럽의 회원들이 서둘러 옆방으로 이동했다. 흡연실과 모든 면에서 비슷한 방이었지만 가구 배치가 다소 달랐다. 방 한가운데 긴 녹색 탁자가 있었고, 회장이 거기에 앉아 굉장히 꼼꼼하게 카드를 섞고 있었다. 지팡이와 대령의 팔에 의지를 했음에도 맬서스는 무척 걷기 힘들어했다. 그래서인지 왕자까지 포함해 세 사람이 방에 도착할 무렵에는 모든 사람이 녹색 탁자에 모여 앉아 있었다. 그 결과 세 사람은 탁자의 끝 쪽에 밀착해서 앉았다.

"저건 52장 카드지요." 맬서스가 낮게 말했다. "스페이드 A가 나오는

지 봐 두세요. 그게 오늘 죽을 사람이라는 표시입니다. 클로버 A는 오늘 밤 죽음의 집행자가 될 사람이고요. 참으로, 참으로 행복한 젊은이들이죠!" 맬서스는 계속 말을 이었다. "선생님은 눈이 좋으니 놀이가 어떻게 진행되는지 따라가실 수 있겠군요. 아아! 저는 건너편의 A와 2도 구분이 잘 안 된답니다."

말을 마치고 맬서스가 또 다른 안경을 꺼냈다.

"적어도 사람들의 얼굴은 봐 둬야 할 것 같군요." 안경을 끼면서 맬서스가 말했다.

대령은 이 명예 회원에게 들었던 모든 이야기와 지금 진행되는 놀이의 끔찍한 결과에 대해 재빨리 왕자에게 말했다. 왕자는 끔찍하게 오한을 느꼈고 심장마저 위축되는 것 같았다. 겨우 마음을 가다듬은 왕자는 마치 미로에 빠진 사람처럼 어찌할 바를 모르며 이곳저곳을 둘러보았다.

"한 번만 과감하게 행동한다면 아직 도망칠 기회는 있습니다." 대령이 낮게 말했다.

하지만 왕자는 그 말을 듣고 다시 제정신을 차렸다.

"조용히 하게!" 왕자가 말했다. "아무리 판돈이 높게 걸렸다고 하더라도 신사라면 도박을 즐기도록 하게나."

비록 심장은 쿵쾅거리고 가슴속에서 불쾌한 열기가 느껴졌으나 왕자는 다시 한 번 편안한 모습을 보이며 주변을 둘러보았다. 회원들은 모두 아무 말 없이 놀이에 열중하고 있었다. 너 나 할 것 없이 다들 얼굴이 창백했지만, 맬서스만큼 창백한 사람은 찾아볼 수 없었다. 맬서스의 눈은 튀어나와 있었고, 머리는 자기도 모르게 자꾸 끄덕이며 등쪽으로 넘어갔다. 그는 또 양손을 번갈아 입가로 가져가 부들부들 떨리는 잿빛 입술을 지그시 눌렀다. 명예 회원은 아주 놀라운 방식으로 그 자격을 즐기고 있었다.

"주목해 주십시오, 신사 여러분!" 회장이 소리쳤다.

말을 마친 뒤 회장은 천천히 시계 반대 방향으로 탁자에 앉은 회원들에게 카드를 돌렸다. 카드를 받은 회원은 자신의 카드를 내보였고, 회장은 그것을 확인한 뒤 다시 카드를 돌렸다. 거의 모든 사람이 카드를 받고는 주저했다. 회원들은 카드를 받은 사람이 그것을 뒤집는 중대한 순간에 적어도 한 번은 손을 더듬거리는 모습을 분명하게 볼 수 있었다. 왕자의 차례가 점점 가까워졌고, 그에 따라 자극은 점점 커져 그는 거의 질식할 지경이었다. 하지만 왕자도 다소 도박꾼의 기질이 있었는지 저도 모르게 어느 정도 즐거움을 느꼈고, 스스로도 그 점을 놀랍게 여겼다. 왕자의 차례에는 클로버 9가 나왔고, 제럴딘 대령에게는 스페이드 3이 나왔다. 맬서스는 하트 Q가 나온 뒤 너무 안도하여 흐느낌을 주체하지 못했다. 크림 파이 소동을 벌이던 젊은 남자는 뒤집은 카드가 클로버 A라는 것을 알게 되자 얼어붙은 듯이 몸이 굳어졌고 카드에서 손을 떼지 못했다. 그는 죽으러 온 것이었지 남을 죽이려고 온 것은 아니었다. 왕자는 그의 처지를 너무도 동정한 나머지 여전히 자신과 대령에게 닥치고 있는 위험마저 거의 잊을 뻔했다.

회장이 다시 카드를 한 바퀴 돌리기 시작했다. 여전히 죽을 자를 선택하는 카드는 나오지 않았다. 탁자에 앉은 회원들은 숨을 죽이고 그저 헐떡이기만 했다. 왕자는 또 클로버 카드를 받았고, 대령은 다이아몬드 카드를 받았다. 맬서스가 카드를 뒤집었고, 곧바로 뭔가 깨지는 듯한 끔찍한 비명을 질러 댔다. 그러고는 벌떡 일어섰다가 다시 자리에 앉았다. 중풍에 걸린 사람이라고는 도저히 생각할 수 없을 정도로 신속한 움직임이었다. 뒤집힌 카드는 스페이드 A였다. 이 명예 회원은 그동안 자극적인 공포를 너무 즐기다가 이런 결과를 맞이하고야 만 것이다.

결론이 나자 그 즉시 회원들 간에 대화가 이어졌다. 그들은 긴장으로 뻣뻣해진 모습을 풀고 탁자에서 일어나 다시 삼삼오오 모여 흡연실로 향했다. 회장은 기지개를 켠 뒤 하품을 했다. 오늘 할 일을 무사히 끝낸 사람 같은 인상이었다. 하지만 맬서스는 머리를 움켜쥐고는 손을 탁자 위에 올리고 만취한 사람처럼 움직이지 않았다. 마치 이미 죽은 사람 같았다.

왕자와 제럴딘 대령은 즉시 그 집을 빠져나왔다. 싸늘한 공기를 쐬고 있자니 여태껏 목격했던 공포가 곱절이 되는 느낌이었다.

"아아!" 왕자가 소리쳤다. "그딴 일에 서약을 해서 이도 저도 못 하게 되다니! 그런 살인 도매업자를 처벌도 못 하고 계속 이득을 보게 만들다니! 서약을 깰 수만 있다면!"

"전하께는 불가능한 일입니다." 대령이 답했다. "전하의 명예는 보헤미아의 명예입니다. 하지만 저라면 서약을 깰 수 있을 겁니다."

"제럴딘. 나를 따라서 모험을 했다는 이유만으로 자네의 명예가 손상된다면 난 그걸 결코 용서할 수 없네. 그리고 자네에게 좀 더 민감하게 들리겠지만, 나 자신을 결코 용서하지 못할 거야."

"전하의 하명을 받겠습니다. 이제 이 저주받은 곳을 떠나시죠."

"그렇게 하겠네. 어서 마차를 불러 주게. 한시바삐 잠이라도 들어서 오늘 밤의 치욕을 잊고 싶네."

하지만 왕자가 마차를 타고 떠나기 전에 저택의 주소를 주의하여 읽어 두었다는 것은 주목할 만한 일이었다.

다음 날 아침 왕자가 일어나자마자 제럴딘 대령이 일간신문을 가지고 왔다. 신문에는 다음과 같은 기사가 실려 있었다.

서글픈 사건

오늘 새벽 2시경, 웨스트본 그로브의 쳅스토 16번지에 사는 바르톨로뮤 맬서스 씨가 친구의 집에서 열린 파티에서 집으로 돌아오던 중 트래펄가 광장의 상부 난간에서 떨어져 두개골과 한쪽 팔과 다리가 골절되어 즉사했다. 맬서스 씨는 친구와 함께 마차를 기다리다 이런 변을 당한 것으로 알려졌다. 중풍 환자였던 맬서스 씨는 발작이 일어나 추락사한 것으로 보인다. 사회 저명인사였던 이 불행한 신사의 죽음은 많은 사람들의 가슴속에 아주 애통한 일로 받아들여질 것이다.

"지옥으로 곧장 떨어져야 할 영혼이 있다면, 바로 그 중풍 환자의 영혼이었을 겁니다." 제럴딘 대령이 진지하게 말했다.

왕자는 얼굴을 양손으로 감싸 쥐고 아무 말도 하지 않았다.

"차라리 기쁩니다. 그자가 죽었다는 것이요. 하지만 그 크림 파이를 가져왔던 청년을 생각하니 참 마음이 아픕니다."

"제럴딘." 왕자가 고개를 쳐들었다. "지난밤에 그 불행한 청년은 자네나 나처럼 무고한 사람이었네. 그런데 오늘 아침에는 살인자의 명에를 뒤집어쓰게 되었지. 그 회장이라는 작자를 생각할 때마다 구역질이 나네. 어떻게 일을 처리해야 할지 모르겠네. 하지만 그 비열한 악당에게 하느님이 보고 계신다는 것을 알려 주고 싶네. 그 카드놀이가 이렇게나 준엄한 교훈이 되고 경험이 될 줄이야!"

"하지만 그 경험은 한 번이면 충분합니다. 다시는 가선 안 됩니다."

대령이 말했다.

왕자는 오랫동안 아무런 대답도 하지 않았다. 제럴딘 대령은 점점 불안해졌다.

"다시 그 클럽에 가셔선 안 됩니다. 너무도 고생을 하셨잖습니까. 이미 공포스러운 광경을 많이 목격하셨습니다. 왕자님의 옥체가 얼마나 중요한지를 생각해서라도 다시는 그 위험한 곳에 가지 마십시오."

"자네 말도 일리는 있네." 플로리젤 왕자가 대답했다. "그리고 나도 내 결정이 즐거운 것은 아닐세. 아아! 내가 위대한 통치자의 옷을 걸치고 있다고 해도 결국은 하나의 인간이지 않은가? 내 나약함이 이토록 통렬하게 다가온 적은 없었네. 제럴딘, 다시 가 봐야겠다는 결단은 나라는 존재보다 훨씬 강하다네. 몇 시간 전에 우리와 함께 저녁 식사를 한 그 불행한 청년이 어떻게 되었을지 나는 참으로 궁금하네. 어떻게 내가 그 회장이라는 작자의 사악한 짓을 못 본 체 외면할 수 있단 말인가? 내가 이 매혹적인 모험을 어떻게 시작했는데 끝을 보지 않고 그만둘 수 있겠나? 안 될 말이지. 제럴딘, 자네는 필요 이상으로 내게 왕자로서의 본분을 요구하고 있네. 오늘 밤 다시 한 번 그 자살 클럽의 탁자에 함께 앉아 보세나."

제럴딘 대령이 돌연 무릎을 꿇었다.

"전하, 차라리 저를 죽여 주십시오!" 대령이 큰 소리로 말했다. "물론 이 목숨은 전하께서 거침없이 처분하실 수 있습니다만, 부디, 부디 그러시면 안 됩니다! 그런 끔찍하게 위험한 일을 제게 도우라고 말씀하지 마십시오."

"제럴딘 대령." 왕자가 위엄 있게 말했다. "자네의 목숨은 절대적으로 자네의 것이야. 나는 그저 복종을 요구할 뿐일세. 기꺼이 복종할 생각이 없다면 더는 요구하지 않겠네. 한 가지만 더 말하지. 이 일에 대해 그렇게 집요하게 나를 말릴 생각이라면 자네의 도움을 더는 받지 않겠네."

이에 사마관이 즉시 벌떡 일어섰다.

"전하, 오후 시간은 수행에서 빠져도 되겠습니까? 명예로운 남자로서 제 신변을 완벽하게 정리하기 전까지는 감히 그 위험한 저택에 발을 들여놓고 싶지 않습니다. 전하께 약속드리겠습니다. 전하의 은혜에 감사하고 언제든 헌신하려는 이 종복은 이 일에 대해 더 이상 어떠한 반대도 하지 않겠습니다."

"친애하는 제럴딘." 플로리젤 왕자가 말했다. "자네가 내 신분을 자꾸 상기시키는 걸 난 별로 좋아하지 않네. 오후 시간은 자네 좋을 대로 쓰게. 어제처럼 변장하고 11시 전까지는 이곳으로 와 주게나."

두 번째로 방문하는 날 밤에는 자살 클럽에 그다지 회원들이 많지 않았다. 왕자와 대령이 도착했을 때 흡연실에는 고작 여섯 명뿐이었다. 왕자는 회장의 곁으로 가서 맬서스의 죽음에 대해 열렬하게 축하를 보냈다.

"저는 재능 있는 사람을 만나는 걸 좋아합니다. 회장님께선 참으로 재능이 많으십니다. 정말 정교한 일을 하는데 이렇게도 은밀하게 성공하니 자격이 차고도 넘치십니다."

회장은 왕자같이 우월한 면모를 가진 사람에게서 찬사를 받아 다소 감명받은 모양이었다. 그는 겸양하는 모습을 보이며 호의에 화답했다.

"불쌍한 맬서스! 그 사람이 없으니 이곳이 제가 알던 클럽 같지가 않습니다. 제 후원자들의 대부분은 공상만 하는 젊은이들입니다. 저한테는 그다지 좋은 상대가 아니지요. 물론 맬서스에게도 공상적인 부분이 있었지만 제가 이해할 만한 수준이었습니다."

"맬서스 씨를 동정하시는 것, 충분히 그럴 수 있다고 생각합니다." 왕자가 대답했다.

"워낙 독특한 기질을 가지고 있어서 굉장히 인상적인 분이었지요."

크림 파이를 나누어 주던 젊은 남자는 이번에도 흡연실에 있었지만 극도로 우울한 모습으로 침묵을 지켰다. 그것을 알아본 왕자와 대령이 대화에 끌어들이려고 했지만 아무 소용 없었다.

"제가 미쳤죠. 이런 끔찍한 집을 두 분께 소개시켜 드리다니!" 젊은 남자가 소리쳤다. "손이 더러워지기 전에 어서 떠나세요. 그 늙은 남자가 떨어지면서 지르던 비명을, 또 그 남자가 보도에 떨어져 뼈가 부서지는 소리를 두 분이 들으셨어야 했는데! 두 분이 이 타락한 놈에게 친절을 베푸실 생각이라면, 부디 오늘 밤 제가 스페이드 A를 받을 수 있게 기도해 주십시오!"

밤이 깊어지면서 회원 몇 명이 더 그 집에 들어왔지만 탁자에 앉은 사람들은 열세 명에 불과했다. 왕자는 또다시 불안함 속에서 즐거운 감정이 생겨나는 것을 의식하게 되었다. 이어 왕자는 대령을 보았는데, 그가 어제보다 훨씬 침착해서 크게 놀랐다.

'유언장을 작성했는지 어쨌는지 알 수 없지만, 신변 정리가 젊은 대령에게 엄청난 영향을 주었나 보군. 놀라운 일이야.' 왕자가 생각했다.

"주목해 주십시오, 신사 여러분!" 회장이 이렇게 말을 한 뒤 카드를 돌리기 시작했다.

카드가 세 번을 돌았지만, 아무도 해당되는 카드를 받지 못했다. 회장이 네 번째로 카드를 돌리자 탁자 주변의 회원들은 극도로 흥분하기 시작했다. 카드는 이제 딱 한 번 돌릴 분량만 남아 있었다. 회장의 왼쪽으로 두 번째에 앉은 왕자는 시계 반대 방향으로 카드가 돌아 끝에서 두 번째로 카드를 받게 되었다. 세 번째로 카드를 받은 회원이 카드를 뒤집자 클로버 A가 나왔다. 다음은 다이아몬드를, 그다음은 하트를 받는 식이었다. 그렇지만 여전히 스페이드 A는 나오지 않고 있었다. 마침내 왕자의 왼편에 앉은 제럴딘 대령의 차례가 되었고, 그가 카드를 뒤집었다. A였지만 하트 A였다.

플로리젤 왕자는 자신의 앞에 놓이게 될 운명의 카드를 생각하자 심장이 멎는 것 같았다. 왕자는 용감한 사람이었지만 얼굴에서는 땀이 빗줄기처럼 흘러내리고 있었다. 그가 죽음을 맞이할 확률은 딱 절반이었다. 왕자는 카드를 뒤집었고, 스페이드 A가 나왔다. 머릿속에서 굉음이 크게 울렸고, 탁자가 눈앞에서 빙빙 돌았다. 왕자는 자신의 오른편에 앉은 회원이 환희와 실망의 중간쯤에 해당하는 웃음을 터뜨리는 소리를 들었다. 왕자는 모였던 회원들이 재빨리 흩어지는 것을 보았지만 머릿속에는 온갖 상념이 교차했다. 왕자는 자신의 행동이 얼마나 어리석고 수치스러운 짓이었는지 처절하게 깨달았다. 완벽하게 건강한 모습으로 인생의 절정기를 보내고 있는 왕위 계승자가 자신의 미래와 용맹하고 충성스러운 나라를 도박으로 박차 버린 것이었다. "하느님, 용서하소서!" 왕자가 소리쳤다. 혼란스러운 느낌이 사라지자 왕자는 다시 순식간에 냉정을 되찾았다.

놀랍게도 제럴딘 대령의 모습이 보이지 않았다. 카드놀이를 하던 방에는 왕자를 포함해 네 사람만이 남았다. 왕자를 죽이기로 지정된 자는 회장과 뭔가를 상의했고, 크림 파이를 나누어 주던 젊은 남자는 왕자에게로 다가와 귓가에 나지막이 말했다.

"돈을 주고 맞바꿀 수 있다면 100만 파운드를 주고서라도 당신의 행운을 샀을 텐데요."

젊은 남자가 말을 마치고 방에서 나가자 왕자는 정말로 교환할 수만 있다면 자신이 얻게 된 기회를 그보다 훨씬 저렴한 가격으로 팔 의향이 있다는 생각이 저절로 났다.

회장과 살인의 집행자가 낮은 목소리로 이어 가던 회담이 끝난 모양이었다. 클로버 A를 받아 든 자가 의미심장한 표정으로 방에서 나갔고, 회장은 불행한 왕자에게로 다가와 악수를 청하며 말했다.

"만나 뵙게 되어서 즐거웠습니다. 하찮지만 이런 일을 해 드릴 수 있어서 얼마나 기쁜지 모릅니다. 최소한 선생님께서는 너무 기다렸다고 불평하실 수는 없겠지요. 고작 두 번째 방문에서 이런 행운을 거머쥐셨으니까!"

왕자는 이에 대꾸하려고 뭔가 말을 해 보려고 했지만 허사였다. 입안은 바싹 타들어 갔고 혀는 마비라도 된 듯 움직이지 않았다.

"이런, 불편하신가 보죠?" 회장이 배려하며 물었다. "대부분의 신사분들이 그러셨답니다. 브랜디를 좀 드릴까요?"

왕자가 그렇게 해 달라는 몸짓을 했고, 회장은 즉시 큰 잔에 브랜디를 채워서 가져왔다.

"맬서스, 딱한 양반!" 왕자가 브랜디를 들이켜자 회장이 큰 소리로 말했다. "그 사람은 브랜디를 거의 파인트 분량을 들이켰는데도 썩 도움은 되지 않았지요."

"클럽의 처분을 따르도록 하지요." 왕자가 상당히 기운을 차리고 말했다. "보시다시피 이렇게 다시 정신을 차렸습니다. 이제 저는 어떻게 하면 될까요?"

"스트랜드 길을 따라 도시 방향으로 가십시오. 왼쪽으로 난 길입니다. 길을 가시다 보면 아까 이 방을 떠난 신사분이 있을 겁니다. 선생님은 이제 그분이 내리는 지시를 계속 따르시면 됩니다. 오늘 밤 클럽의 권한은 그분께 귀속되었습니다. 아무쪼록 즐거운 산책이 되시길 바랍니다."

플로리젤 왕자는 회장의 인사에 어색하게 대답하고 자리를 떴다. 그 와중에 흡연실을 지나쳤는데, 그곳에서 클럽 회원들이 자신이 주문하고 결제한 샴페인을 여전히 마시고 있는 모습을 보았다. 왕자는 저들을 욕하고 있는 스스로를 의식하고는 깜짝 놀랐다. 그리고 대기실에 걸어 둔 모자와 외투를 챙기고는 구석에 놓아둔 우산을 집어 들었다. 지금 하고 있는 행동은 너무도 익숙했으나, 결국 오늘이 마지막이라는 생각이 들자 왕자는 저도 모르게 웃음을 터뜨렸다. 그 웃음소리는 참으로 불쾌하게 들렸다. 왕자는 대기실을 떠나는 것이 내키지 않아 창가로 향했다. 밤의 어둠 속에 가로등이 켜진 모습을 보자 왕자는 다시 제정신을 차렸다.

'자, 자, 남자답게 행동해야지. 이젠 떠나야 해.' 왕자가 생각했다.

왕자가 박스 코트 근처의 모퉁이를 돌 때쯤 난데없이 세 남자가 왕자를 덮쳤다. 그러고는 예의고 뭐고 없이 왕자를 마차에 쑤셔 넣더니 재빨리 마차를 몰았다. 마차 안에는 이들 말고도 한 사람이 더 앉아 있었다.

"전하께선 저의 지나친 열성을 용서해 주시겠습니까?" 참으로 익숙한 목소리였다.

왕자는 몹시도 안도감을 느낀 나머지 대령의 목을 얼싸안았다.

"자네에게 얼마나 감사를 해야 할지!" 왕자가 소리쳤다. "어떻게 이런 일을 미리 조직한 건가?"

기꺼이 파멸로 걸어 나가려고 했던 터라 왕자는 지금의 이 우호적인 폭력을 받아들이는 일이 무척이나 즐거웠다. 이제 다시 삶과 희망을 찾게 된 것이었다.

"장차 이런 위험한 일을 피해 준다면 그것만으로도 제게 충분히 감사 인사를 하신 것입니다." 대령이 대답했다. "전하의 질문에 답변을 드리겠습니다. 이 모든 건 아주 간단하게 준비되었습니다. 오늘 오후에 저는 유명한 탐정과 접촉을 했습니다. 비밀을 지키겠다는 약속을 받고 그에 걸맞은 보수를 지불했지요. 전하의 시종들이 이 일에서 아주 중요한 역할을 했습니다. 박스 코트에 있는 그 집은 해 질 녘부터 포위가 됐습니다. 그리고 이 마차도 왕자님이 소유하신 것 중 하납니다. 일단 유사시에 모시려고 거의 한 시간 정도 대기했습니다."

"나를 죽이기로 한 그 불쌍한 사람은 어찌 되었는가?" 왕자가 물었다.

"클럽에서 나오자마자 붙잡아 두었습니다." 대령이 대답했다. "지금은 궁에서 왕자님의 처분을 기다리고 있습니다. 공범자들도 곧 궁으로 끌려올 겁니다."

"제럴딘, 자네는 내가 내린 명령을 어기고 나를 구했네. 정말 잘했어. 목숨을 구해 주었을 뿐 아니라 교훈까지 얻게 해 주었어. 이런 교훈을 가르쳐 준 스승에게 감사를 표하지 않는다면 나는 이 자리에 있을 자격도 없네. 어떻게 예의를 차려야 할지 자네가 바라는 바를 말해 보게."

잠시 침묵이 흘렀고, 그동안 마차는 빠르게 거리를 지났다. 두 사람은 각자 깊이 생각에 빠져 있었다. 마침내 대령이 침묵을 깼다.

"전하, 지금이면 많은 자들이 붙들려 왔을 겁니다. 그들 중 적어도 한 사람만은 분명 정의의 심판을 받아야 합니다. 서약을 했기에 법에 의지할 수는 없습니다. 하지만 서약을 지키지 않는 것도 역시 신중히 생각해야 할 일입니다. 전하의 심중을 여쭈어 봐도 되겠습니까?"

"나는 이렇게 결정했네. 결투를 통해서 그 회장을 처치해야 하네. 그러니 결투의 상대자로 누구를 선택할 것인지 하는 문제만 남았지."

"전하께서는 제게 보상을 직접 택해 보라고 말씀하셨습니다. 제 동생이 그자의 결투 상대로 나서는 것을 허락해 주시겠습니까? 이는 명예로운 일입니다. 전하께 감히 청합니다. 제 동생은 훌륭하게 이 일을 해낼 것입니다."

"별로 우아하지 못한 부탁을 하는군." 왕자가 말했다. "하지만 다름 아닌 자네의 청이니 거절할 수는 없겠지."

대령은 극도로 경애하는 마음을 담아 왕자의 손에 입을 맞췄다. 그 순간 마차는 왕자의 훌륭한 거처로 들어가는 아치형 입구를 통과하고 있었다.

한 시간 뒤, 플로리젤 왕자는 의관을 갖추고 보헤미아의 온갖 휘장을 가득 단 채 자살 클럽의 회원들 앞에 나섰다.

"어리석고 사악한 자들아. 돈이 부족하여 이런 궁핍함에 빠져든 자들은 내 신하들이 일자리를 마련해 주고 보수를 지불할 것이다. 죄책감으로 고통 받는 자들은 나보다 훨씬 지체가 높고 자비로우신 국왕 폐하께 의지하라. 나는 너희가 생각하는 것 이상으로 너희 모두를 깊이 동정하고 있느니라. 내일이 되면 각자 너희의 사정을 내게 이야기하라. 무엇보다도 솔직하게 답변해라. 그래야 내가 너희를 더 쉽게 불행에서 구제할 수 있느니라." 왕자는 회장을 돌아보며 말을 이었다. "그리고 네놈. 네놈만은 어떤 도움도 주고 싶지 않을 만큼 불쾌하구나.

하지만 나는 네게 여흥을 하나 제안하겠다." 왕자는 제럴딘 대령의 동생의 어깨에 손을 올리고 말을 이었다. "여기 이 장교는 단기간에 유럽 대륙을 둘러보고 싶다는구나. 너는 이 장교의 여행을 따라가도록 하라." 왕자는 여기에서 어조를 바꿔서 말을 이었다. "네놈은 권총을 잘 다루느냐? 그런 재주가 필요할지 몰라서 묻는 말이니라. 남자 두 사람이 함께 여행을 하게 되면 만반의 준비를 갖추는 것이 최선이지. 한 가지 더 말하도록 하마. 만약 혹시라도 이 젊은 제럴딘을 도중에 잃게 된다면 언제고 내 가신들 중 다른 사람을 붙여 주도록 하마. 나는 네놈이 얼마나 멀리 가든 지켜볼 수 있고, 동시에 손쓸 수 있다는 것도 알아 두어라."

왕자는 이 말을 끝으로 준엄한 훈계를 마쳤다. 다음 날 아침이 되자 자살 클럽의 회원들은 참으로 적절하게 왕자의 후대를 받았고, 자살 클럽 회장은 제럴딘 대령의 동생 그리고 훈련을 잘 받은 믿음직하고 영리한 왕자의 가신 두 명과 함께 엄중한 감시 아래 여행을 떠나게 되었다. 왕자는 이 정도로는 만족하지 못했는지 신중한 대리인으로 하여금 박스 코트에 있는 자살 클럽 저택을 소유하도록 하여 그 클럽으로 오는 편지와 방문객, 혹은 직원들을 왕자 스스로 직접 조사할 수 있게 조처했다.

*** 

여기에서(나의 아라비아 작가가 말한다)* 크림 파이를 들고 다니는

---

* 「자살 클럽」은 『새로운 아라비안 나이트』에 수록되어 있다.

젊은 남자의 이야기는 끝납니다. 이 젊은 남자는 현재 캐번디시 광장의 위그모어 거리에 있는 자신의 집에서 편안하게 살고 있습니다. 번지수는 밝히지 못할 명백한 이유가 있으므로 감춰 두기로 하겠습니다. 플로리젤 왕자와 자살 클럽 회장의 모험을 더 알고 싶은 분들께서는 다음에 나오는 '의사와 새러토가 여행 가방의 이야기'를 읽어 주시기 바랍니다.

## 의사와 새러토가 여행 가방의 이야기

사일러스 Q. 스커다모어는 단순하고 천진한 기질의 미국 청년인데, 뉴잉글랜드에서 왔다는 이유만으로 더 신임을 얻었다. 왜냐하면 뉴잉글랜드는 그런 기질로 널리 유명해진 신세계 지역이 아니기 때문이다. 스커다모어는 엄청난 부자였음에도 늘 지출 내역을 작은 수첩에 기재했다. 그는 라탱 거리에 위치한 가구 딸린 7층짜리 호텔에서 투숙하며 파리의 매력적인 장소들을 연구하려고 했다. 그가 돈을 아끼는 것은 아주 오랜 습관이었다. 그와 함께 어울리는 사람들 사이에서는 찾아보기 어려운 그런 미덕은 주로 청년의 수줍음과 젊음에서 나오는 것이었다.

그가 사는 곳 옆방에는 굉장히 매력적인 분위기에 몸단장을 아주 우아하게 하는 한 숙녀가 살았다. 스커다모어는 처음 도착한 날 이 숙

426

녀를 백작 부인이라고 지레 짐작했다. 시간이 흐르면서 그 숙녀의 이름이 제피린 부인이라는 것을 알게 되었고, 또 백작 부인이 아니라는 것도 알게 되었다. 제피린 부인은 아무래도 이 미국 청년을 유혹하려고 했던 모양이었다. 그녀는 스커다모어를 계단에서 만나면 아주 호의적인 태도를 보이면서 그 검은 눈동자로 청년을 홀릴 듯이 쳐다보았다. 대화를 마치고 떠날 때면 부인은 입고 있던 비단옷을 일부러 바스락거리며 들어 올려 아름다운 발과 발목을 보여 주었다. 그러나 이런 대담한 접근은 그를 부추기기는커녕 울적함과 수줍음의 구렁텅이로 빠뜨릴 뿐이었다. 제피린 부인은 여러 번 스커다모어의 방을 방문해 등불을 빌려 가거나, 딱히 그런 것 같지도 않은데 자신이 키우는 푸들이 그의 물건을 훔쳤다며 사과하기도 했다. 하지만 미국 청년은 너무도 매력적인 제피린 부인 앞에서 벌어진 입을 다물 줄 몰랐고, 프랑스어로 말을 걸어야겠다는 생각조차 하지 못했다. 그저 부인이 자리를 뜰 때까지 멍하니 바라보기만 했고, 간신히 말을 하더라도 힘겹게 더듬거릴 뿐이었다. 이렇듯 두 사람의 교제는 대단치 않은 것이었으나, 청년은 안전하게 남자 친구들 몇 명과 함께 있을 때에는 그 교제가 아주 영광스러운 그런 것이나 되는 양 과장해 가며 허풍을 쳤다.

스커다모어가 묵고 있는 호텔의 한 층에는 방이 세 개가 있었다. 그의 다른 쪽 옆방에는 다소 수상쩍은 늙은 영국 의사가 살았다. 이름은 노엘 박사였고, 런던에서 날이 갈수록 번창하는 큰 병원을 운영했지만 무슨 일인지 강제로 떠나야만 했던 사람이었다. 박사의 강제적인 환경 변화는 경찰 수사와 관련되어 있다는 소문이 나돌았다. 박사는 이전에는 상당히 성공한 삶을 살았지만, 지금은 라텡 가에 홀로 살면서 굉장히 소박한 삶을 영위했다. 박사의 일과는 의학 연구를 하며 대부분의 시간을 보내는 것이었다. 스커다모어는 이 노엘 박사와 안면을 트게 되었고, 때때로 둘은 길 건너편의 식당에서 함께 검소한 식사를 즐겼다.

사일러스 Q. 스커다모어는 그리 심각하지 않은 좀 사소한 나쁜 버릇을 갖고 있었는데, 예절 따위는 개의치 않고 다소 수상한 방식으로 그런 버릇에 탐닉해 왔다. 그런 버릇 중에 가장 대표적인 것은 호기심이었다. 스커다모어는 선천적으로 수다쟁이였다. 그리고 다른 사람의 삶, 특히 자신이 경험해 보지 못한 삶에 격정적으로 끌렸다. 그는 뻔뻔스럽고 못 말릴 정도로 질문을 해 댔고, 질문을 하고 나서도 못 말리도록 끈덕지고 무분별했다. 또한 편지를 보내러 우체국에 갈 때도 편지를 손에 올려놓고 무게를 재 보고, 편지를 이리저리 돌려 보고, 두 번세 번 주소를 확인하는 그런 사람이었다. 그리고 자신의 방과 제피린 부인의 방 사이 경계 벽에 금이 가 있는 것을 발견했을 때는 이를 막기보다는 오히려 더 넓혀서 부인의 사생활을 엿보기로 마음먹었다.

3월 말의 어느 날 스커다모어는 호기심이 부쩍 커져서 구멍을 좀 더 넓혔고 그 덕분에 부인의 방구석까지 살펴볼 수 있게 되었다. 저녁이 되자 그는 평소처럼 제피린 부인을 엿보려 했는데, 이상하게도 구멍이 막혀 있어서 크게 놀랐다. 갑자기 구멍을 막던 장애물이 치워지며 이상하게 웃는 소리가 들려왔고, 스커다모어는 놀란 것은 말할 것도 없고 아주 심하게 창피함을 느꼈다. 벽의 회반죽이 떨어져 엿보는 구멍이 탄로 난 것이 분명했다. 물론 부인이 똑같은 방법으로 그에게 보복한 것이었다. 미국 청년은 너무도 약이 올라 견딜 수가 없어서 제피린 부인을 무자비하게 비난했다. 물론 그 와중에 자신을 비난하기도 했다. 하지만 다음 날 청년은 자신이 엿보는 것을 부인이 방해할 의도가 아니었음을 알게 되었다. 그래서 부인이 부주의한 틈을 타 자신의 주책없는 호기심을 계속 충족시켰다.

바로 그다음 날 제피린 부인의 방에 손님이 한 사람 와서 오래도록 머물렀다. 쉰 살 언저리의 키가 크고 살이 처진 남자였는데, 여태껏 한 번도 본 적이 없는 사람이었다. 남자는 트위드 양복과 색깔 있는 셔츠를 입고 덥수룩한 구레나룻을 기르고 있었다. 영락없는 영국인이었다. 다만 이 남자의 흐릿한 회색 눈빛은 엿보는 자에게 오한을 안겨 주었다. 그는 이야기를 하는 내내 입을 이리저리 둥글게 움직이고, 속삭이듯 말을 했다. 뉴잉글랜드 청년은 적어도 한 번 이상은 남녀가 자신의 방을 가리키는 몸짓을 했다는 인상을 받았다. 하지만 그가 심혈을 기울여 들을 수 있었던 영국 남자의 말은 다음과 같은 것이었는데, 제피린 부인이 주저하거나 반대하자 목소리를 높여 강요하는 것 같았다.

"난 그치의 취향을 아주 잘 알아 두었어. 다시 말하지만 이제 내가 부탁할 수 있는 여자는 당신뿐이야."

그에 대한 대답으로 제피린 부인은 한숨을 내쉬었는데, 체념한 동작으로 보아 부적합한 권위에 할 수 없이 굴복하는 것 같았다.

그날 오후가 되자 마침내 구멍이 막혔다. 부인의 옷장이 구멍 앞에 세워진 것이었다. 스커다모어는 이 불행한 사태를 한탄하면서 분명 그 영국 남자의 악의적인 제안으로 인해 일어난 일이라고 생각했다. 그러는 와중에 호텔 수위가 여자의 필적으로 쓰인 듯한 편지를 그에게 가져왔다. 편지는 프랑스어로 되어 있었는데, 그다지 맞춤법도 잘 맞지 않았고 서명조차 없었다. 하지만 편지의 내용은 무척이나 흥미진진했다. 11시까지 뷸러 무도회장의 어떤 곳으로 나와 달라는 내용이었기 때문이다. 그의 마음속에서 호기심과 소심함이 오랫동안 싸움을 일으켰다. 때로는 끝도 없이 도덕적이 되었다가, 때로는 온몸이 후 끈 달아올라 대담해지기도 했다. 결국 사일러스 Q. 스커다모어는 10시가 되기 한참 전에 완벽하게 정장을 차려입고 뷸러 무도회장 문 앞에 나타났다. 그는 나름대로 매력적이고 무모한 모험심을 느끼면서 입장료를 지불했다.

축제 기간이라서 그런지 무도회장은 사람들로 가득하고 시끄러웠다. 처음에는 무도회장의 불빛과 인파 때문에 다소 겸연쩍기도 했으나 스커다모어는 곧 도취되어 평소보다 자신의 남성성을 더욱 드러내고 다녔다. 그는 악마라도 대면할 수 있을 것 같았고, 마치 기사처럼 으스대고 거들먹거리는 걸음으로 무도회장을 돌아다녔다. 그렇게 돌아다니다가 미국 청년은 기둥 뒤에서 제피린 부인과 일전의 그 영국 남자가 뭔가를 상의하는 모습을 보았다. 그는 곧 이들의 대화를 엿듣고 싶다는 교활한 감정에 사로잡혔다. 청년은 두 사람 쪽으로 살금살금 가까이 다가갔고, 마침내 무슨 이야기를 하는지 들을 수 있었다.

"저 남자야." 영국 남자가 말했다. "저기 녹색 옷을 입은 여자한테 말을 걸고 있는 긴 금발 남자."

사일러스는 눈을 돌려 작은 체구의 굉장히 잘생긴 청년을 보았고, 바로 영국 남자가 가리킨 대상이라고 생각했다.

"뭐, 좋아요." 제피린 부인이 말했다. "최대한 노력해 보죠. 하지만 기억하세요. 이런 일에서는 최선을 다하더라도 실패할 수 있어요."

"쯧!" 영국 남자가 못마땅한 듯 소리를 냈다. "결과는 내가 책임진다니까. 그래서 30명이나 되는 사람들 중에서 당신을 지목한 거고. 가서 일 처리를 해. 그리고 왕자는 아주 조심해야 돼. 대체 왕자가 뭐 볼게 있다고 이 밤중에 여기에 나타났는지 이해할 수가 없군. 파리에는 학생들과 점원들로 아우성인 이딴 곳보다 훨씬 더 괜찮고 화려한 무도회장이 수두룩한데 말이야! 저 앉아 있는 거만한 자세를 좀 보라고. 휴일을 즐기러 나온 왕자라기보다는 자기 나라에서 군림하고 있는 황제 같아!"

사일러스는 또다시 운이 좋았다. 그는 체격이 좋고 유난히도 잘생긴, 굉장히 위엄 있고 예의 바르게 앉아 있는 남자를 보았다. 그와 함께 앉은 남자도 역시 잘생긴 청년으로, 그 남자보다는 몇 살 더 어려 보였는데, 수행원인 모양인지 같이 있는 연장자에게 지극한 존경을 표시하며 말을 건넸다. 공화국에서 온 사일러스에게 왕자라는 명칭은 굉장히 멋진 소리였다. 그런 명칭 때문인지 그의 외양은 사일러스에게 아주 매력적으로 보였다. 그는 제피린 부인과 영국 남자는 내버려두고 군중들을 누비듯 헤치며 나아가서 왕자와 그 수행원이 이야기를 나누는 탁자로 나아갔다.

"말하지 않았나, 제럴딘." 왕자가 말했다. "이런 행동은 광기나 다름없네. 나는 아주 잘 기억하고 있네. 동생에게 이 위험한 일을 맡긴 것은 바로 다름 아닌 자네였어. 그러니 자네는 동생의 행동을 지켜볼 의무가 있어. 아무튼 자네 동생은 파리에서 이렇게 오랜 시간을 지체하고 있네. 이것만으로도 이미 크게 경솔한 행동을 한 거야. 상대해야 할 자의 성격을 고려한다면 말일세. 자네 동생은 이제 48시간 내로 이곳에서 떠나야 하고, 이틀이나 사흘 내로 결판을 지어야 하는데 이런 곳에서 시간을 보내다니, 과연 올바른 행동인가? 파티장보다는 단련실에서 결투에 대비해 연습을 하고, 충분히 잠도 자고 적당히 걷는 운동도 하고 그래야 할 것 아닌가. 엄격하게 식단도 절제하고 백포도주나 브랜디는 마시지 말아야지. 그 회장 놈이 우리를 얼마나 우습게 보겠나? 이 일은 굉장히 진지하게 고려해야 하네, 제럴딘."

"저는 동생을 너무도 잘 알고 있어서 딱히 간섭할 것이 없습니다."
제럴딘 대령이 대답했다. "그렇게 우려하지 않으셔도 됩니다. 동생은
전하께서 생각하시는 것보다 훨씬 조심스럽고 거기에 더하여 불굴의
정신을 가지고 있습니다. 여자 문제라면 자신 있게 말씀드리지 못하
겠습니다만, 저는 동생과 전하의 두 가신에게 자살 클럽 회장 일을 맡
기면서 단 한 순간도 걱정하지 않았습니다."

"자네가 그리 말하니 시원하구면." 왕자가 대답했다. "하지만 마음이
놓이지가 않네. 가신들이야 잘 훈련받은 정보원이지만, 그 악당 놈은
벌써 세 번이나 감시를 피해 몇 시간이나 저 좋을 대로 보내지 않았는
가? 모르긴 몰라도 아주 위험한 음모를 꾸몄을 걸세. 아마추어야 우
연으로라도 놓칠 수 있다고는 해도, 루돌프와 제롬을 따돌릴 정도라
면 분명 고의로 그런 거야. 그자는 머리도 좋고 수완도 아주 좋은 놈이
야."

"그 문제는 동생과 저만의 문제라고 생각했는데……" 제럴딘이 기
분이 상한 듯 대답했다.

"내가 그렇게 하도록 허락한 것일세, 제럴딘 대령." 플로리젤 왕자가
말했다. "그리고 바로 그 이유 때문에 자네는 내 조언을 좀 더 기꺼이
받아들여야 해. 하지만 이젠 됐네. 저 노란 옷을 입은 여자는 춤을 아
주 잘 추는군."

왕자와 대령의 대화는 점차 축제 기간 파리의 무도회장에 관한 일
반적인 화제로 바뀌어 갔다.

사일러스는 자신이 왜 그곳에 왔는지 떠올렸다. 시계를 보니 약속
시간이 아주 가까워져 있었다. 생각할수록 그날의 전망은 별로 좋아

보이지 않았다. 동시에 사람들이 이리저리 밀리기 시작했고, 이에 별달리 저항을 하지 않은 그는 문이 있는 방향으로 밀려갔다. 그렇게 인파에 밀려가 회랑 아래 한구석에 갇혀 있었는데, 돌연 제피린 부인의 목소리가 그의 귀를 때렸다. 부인은 금발의 청년과 프랑스어로 이야기를 나누고 있었다. 괴상한 영국 남자가 30분 전에 지목했던 바로 그 청년이었다.

"내 명성이 걸려 있는 상황이에요." 부인이 말했다. "안 그랬더라면 내 마음대로 당신을 받아들였지 그런 조건을 내걸지는 않았을 거예요. 당신은 수위한테 그 말만 하면 돼요. 그러면 수위는 아무 말 없이 당신을 들여보내 줄 거예요."

"그런데 왜 빚 받으러 온 이야기를 하라는 거죠?" 청년이 반대 의견을 냈다.

"세상에! 내가 묵고 있는 호텔이 용무도 없는 사람을 들여보낼 거라고 생각하세요?"

그녀는 사일러스의 앞을 지나가면서 청년의 팔에 애교스럽게 매달렸다.

이런 광경을 보자 미국 청년은 자신이 받은 편지가 생각났다.

'앞으로 10분 뒤면 나도 저런 아름다운 여자와 함께 걸을 수 있을지도 몰라. 심지어 제피린 부인보다 훨씬 잘 차려입은, 작위가 있는 귀부인일지도 모르지.'

이내 그는 편지에서 철자가 틀린 부분이 있던 기억이 나 약간 시무룩해졌다.

'하지만 하녀가 대신 편지를 적었을지도 모르잖아.' 그가 생각했다.

시계를 보니 약속 시간은 이제 몇 분밖에 남아 있지 않았다. 약속 시간이 다가오자 심장이 기이할 정도로 빠르고 불쾌하게 뛰었다. 그는 자신이 약속 장소에 꼭 나타나야 하는 것은 아니라는 생각이 들자 다소 안도감을 느꼈다. 약속을 지켜야 한다는 생각과 도망칠까 하는 비겁한 생각이 그의 머릿속에 공존했다. 이어 그는 다시 한 번 문 쪽으로 자발적으로 움직였다. 그는 이제 반대로 움직이고 있는 인파를 거슬러 올라갔다. 오랫동안 인파를 거슬러 올라간 일로 피곤해졌을 수도 있고, 아니면 몇 분 동안 같은 동작을 계속하다 보니 반작용이나 무관심을 느끼는 심리 상태가 되었을 수도 있다. 그는 적어도 세 번 정도 약속 장소 주변을 맴돌다가 지정된 장소에서 얼마 떨어지지 않은 곳에 몸을 숨길 만한 공간을 발견하고 즉시 그곳에 자리를 잡았다.

은신처에 자리를 잡은 그는 너무도 마음이 괴로워 독실한 기독교 신자답게 여러 번 하느님께 도움을 청하는 기도를 올렸다. 이제 사일러스는 편지를 쓴 여자를 만나고 싶은 생각이 거의 없었다. 여자를 바람맞히는 것이 남자답지 못한 행동이라는 어리석은 두려움만 없었더라도 그는 진즉 자리를 피했을 것이었다. 그 두려움은 너무나도 강력해서 그의 다른 동기들을 전부 압도하고 있었다. 앞으로 나아갈 수도 없고 그렇다고 도망칠 수도 없는 것이 그의 현재 상황이었다. 시계를 보니 약속 시간에서 10분이 지나 있었다. 젊은 스커다모어는 용기를 내기 시작했다. 구석 주변을 들여다본 그는 약속 장소에 아무도 없는 것을 확인했다. 분명 편지를 보낸 미지의 여자는 기다리다 지쳐서 떠난 모양이었다. 스커다모어는 앞서 소심했던 것만큼이나 대담해졌다. 그는 이제 아무리 늦게 왔다고 할지라도 결국 약속 장소에 나타났다면 비겁자의 오명으로부터 완전히 벗어난 것이라고 생각하기까지 했다. 아니, 이제 그는 더 나아가 자신이 장난질을 당한 게 아닌가 하고 생각했다. 실제로 스커다모어는 상대방의 의중을 의심하면서 정반대로 나가는 자신의 기민함을 칭찬했다. 청년의 마음이란 이 얼마나 제멋대로인가!

이런 생각으로 무장한 그는 약속 장소를 벗어나 대담하게 앞으로 나아갔다. 하지만 두 걸음 정도 나오자 어떤 손이 그의 팔을 잡았다. 뒤를 돌아보니 한 여자가 서 있었다. 여자는 굉장히 큰 체구에 위엄을 풍겼지만 표정은 전혀 사납지 않았다.

"당신이 자신감 넘치는 바람둥이라는 것을 알아보았어요." 여자가 말했다. "여자를 이렇게 기다리게 하다니 말이에요. 하지만 전 당신을 꼭 만나기로 결심했어요. 여자가 이렇게 채신머리 없이 먼저 접근하는 것은 사소한 자존심 따위는 오래전에 잊어버렸다는 뜻이지요."

사일러스는 편지를 보낸 여자가 돌연 앞에 나타난 데다 여자의 체구와 뇌쇄적인 매력에 압도되고 말았다. 하지만 곧 여자는 그를 편안하게 대했다. 여자의 행동은 매우 우호적이고 관대했다. 그녀는 그가 멋진 농담을 하도록 유도하고는 그 농담에 소리 높여 웃으며 환호를 보냈다. 굉장히 짧은 시간이기는 했지만 애교 넘치는 교태와 거듭되는 따뜻한 브랜디의 술기운을 통하여 여자는 청년을 교묘하게 조종했다. 그리하여 청년은 여자가 자신을 사랑하고 있다는 환상을 품었을 뿐만 아니라 열렬한 격정에 휩싸여 그 사랑을 선언하기에 이르렀다.

"아아!" 여자가 말했다. "그렇게 말씀해 주시니 너무나도 즐겁지만, 이 순간을 기뻐해야 할지 아니면 슬퍼해야 할지는 저도 잘 모르겠어요. 여태까지 저는 혼자서 고생을 겪었죠. 이제는 젊은 청년인 당신과 둘이서 겪게 되겠지만요. 저는 제 인생의 주인이 아니에요. 제 집에 들르라고 감히 말씀드리지 못하는 이유도 질투심에 잔뜩 사로잡힌 눈들이 절 감시하고 있기 때문이죠. 자, 저는 당신보다 나이가 많지만 그만큼 연약하기도 하지요. 당신의 용기와 결심은 믿고 있지만, 우리가 서로 좋게 지내려면 나의 인생 경험을 활용해야 할 것 같아요. 어디에 사세요?"

그는 가구 딸린 호텔에 묵고 있다고 말하면서, 그곳의 거리와 번지수를 알려 주었다.

여자는 얼마 동안 고민하며 깊이 생각했다.

"알겠어요." 마침내 여자가 입을 뗐다. "절 믿고 따라 주실 거죠, 그렇죠?"

사일러스는 기꺼이 충실하게 따르겠다고 확신을 주었다.

"그렇다면 내일 밤에 말이에요." 여자가 호의적인 미소를 지으며 말을 이었다. "꼭 내내 방에 계셔 주세요. 친구가 찾아오더라도 어떤 구실이든 내세워서 바로 돌려보내도록 하세요. 호텔 문은 10시면 닫나요?"

"11시에 닫지요." 사일러스가 말했다.

"11시 15분에," 여자가 말을 이었다. "당신 방에서 나오도록 해요. 살짝 문을 열고 나오되 수위와는 절대 아무런 말도 하지 말아요. 그렇게 되면 다 망치는 거니까. 그런 다음엔 뤽상부르 공원과 불바르 길이 만나는 모퉁이로 곧장 오도록 해요. 거기에서 제가 기다리고 있겠어요. 하나도 빠짐없이 제가 말씀드린 대로 해 주셔야 돼요. 하나라도 제 말대로 해 주시지 않으면 당신을 만나 사랑한 죄밖에 없는 여자가 큰 곤경에 빠지게 돼요."

"대체 왜 그런 지시를 내리는지 이해가 안 되는데요." 사일러스가 말했다.

"벌써부터 여자를 소유한 것처럼 행동하시네요." 여자가 부채로 그의 팔을 두드리며 큰 소리로 말했다. "좀 기다려요! 시간이 지나면 자연히 그렇게 될 거니까. 여자는 처음엔 남자를 부리고 싶어 하다가 나중엔 정반대의 상황을 즐기게 되거든요. 부디 제 말대로 하세요. 그러지 않으면 정말이지 당신한텐 국물도 없을 거예요. 아, 이제 좋은 수가 생각났어요." 여자는 마치 어렵게 생각해 냈다는 투로 말을 이었다. "성가신 방문객들을 물리치는 더 좋은 방법 말이에요. 밤이 되면 수위에게 빚을 받으러 오겠다는 사람 말고는 아무에게도 문을 열어 주지 말라고 미리 일러두세요. 아무도 만나고 싶지 않은 것처럼 간절하게. 그러면 수위도 당신의 말을 진지하게 받아들일 거예요."

"불청객을 물리치는 일은 나를 믿어도 좋을 것 같은데요." 다소 언짢은 표정을 지으며 그가 말했다.

"난 그런 식으로 일을 미리 준비해 놓는 것을 더 좋아해요." 여자가 쌀쌀맞게 대꾸했다. "참, 당신네 남자들이란! 여자의 평판 따위는 전혀 생각하지 않죠."

사일러스는 얼굴을 확 붉히며 고개를 숙였다. 여자를 만나고 나서 나중에 친구들 앞에서 약간 과장을 섞어 가며 그 이야기를 자랑할 계획이었기 때문이다.

"무엇보다도," 여자가 말했다. "나올 때 수위한테 아무 말도 하지 마세요."

"왜요?" 사일러스가 물었다. "당신의 지시 사항들 중에서 그게 제일 사소해 보이는데요."

"처음에는 남들의 지혜를 의심했다가 나중에야 아주 필요한 것이었다는 걸 알게 되는 일이 있지요. 이게 그런 경우예요." 여자가 대답했다. "정말이에요. 이것 역시 필요해서 하는 일이라니까요. 때가 되면 알게 될 거예요. 첫 만남에서 이런 사소한 것도 거절하면 나중에 제가 어떻게 당신의 사랑을 확신할 수 있겠어요?"

사일러스는 난처해하며 변명을 한 뒤 사과했다. 그러던 와중에 여자가 시계를 올려다보더니 비명이 나오려는 것을 억누르며 손뼉을 쳤다.

"세상에!" 여자가 소리를 쳤다. "이렇게나 시간이 늦었네? 이젠 더 이상 시간을 지체할 수 없어. 아아, 우리 여자들이란 참 노예 같다니까요! 제가 당신을 위해 이미 얼마나 많은 위험을 감수했는지 아시겠죠?"

여자는 방금 말한 지시 사항을 되풀이하면서 교태 섞인 자세로 남자의 등과 팔을 어루만지기도 하고 유혹하는 눈빛으로 은근히 쳐다보기도 했다. 그런 다음 작별 인사를 한 뒤 인파 사이로 사라졌다.

다음 날 내내 사일러스는 자신이 아주 중요한 사람이라는 생각만 했다. 이제 그는 어제 만난 여자가 백작 부인일 것이라고 확신했다. 저녁이 되자 그는 아주 충실하게 여자의 지시를 따르며 약속한 시간에 맞춰 뤽상부르 공원 모퉁이에 도착했다. 하지만 그곳에는 아무도 없었다. 사일러스는 약속 장소 근처를 지나치거나 어슬렁거리는 사람들의 얼굴을 빠짐없이 들여다보며 거의 30분을 기다렸다. 심지어 불바르 거리 근처의 모퉁이란 모퉁이는 다 돌아보고 공원까지 한 바퀴 돌아보기도 했다. 하지만 그 어디에도 자신의 품을 향해 달려드는 아름다운 백작 부인은 없었다. 결국 사일러스는 내키지 않은 발걸음으로 호텔을 향해 되돌아가기 시작했다. 돌아오는 도중에 그는 제피린 부인과 금발 청년 사이에 오갔던 말이 기억났고, 그 때문에 막연한 불안감을 느꼈다.

"모두가 우리 수위에게 거짓말만 하는군." 사일러스가 생각했다.

그가 호텔 앞에 도착해 벨을 누르자 문이 열렸고, 잠옷을 입은 수위가 등불을 건네주려고 문 앞으로 나왔다.

"그 사람 갔습니까?" 수위가 물었다.

"그 사람이라니? 누굴 말하는 겁니까?" 여자에게 바람을 맞아서 낙담하고 있던 사일러스가 다소 예민하게 물었다.

"그 사람이 나가는 걸 못 봤는데…… 여하튼 선생님이 그 사람한테 빚을 갚았다고 믿겠습니다. 우린 빚쟁이를 투숙객으로 받고 싶지 않거든요."

"아니 대체 그게 무슨 소립니까?" 사일러스가 무례하게 물었다. "너무 황당한 말이라 전혀 알아들을 수가 없군요."

"키 작은 금발 청년이 선생님께 빚을 받으러 왔다고 하더군요." 수위가 대답했다. "제가 말한 건 그 사람 얘깁니다. 그 사람 말고는 아무도 들이지 말라고 하셨으니 그럼 달리 누가 있겠습니까?"

"아니, 대체 무슨 소리를 하는 겁니까. 그 사람이 왜 저를 찾아와요?" 사일러스가 쏘아붙였다.

"아, 여하튼 전 그렇게 알고 있다니까요." 수위가 혀를 뺨 쪽으로 불쑥 내밀며 다분히 비아냥거리듯 대답했다.

"무례한 불한당 같으니라고!" 사일러스가 소리쳤다. 하지만 그 순간 그는 격한 감정을 너무 과도하게 내보인 것이 우스운 짓이었다는 생각이 들었다. 그는 여러 가지 걱정거리로 놀라고 당황한 나머지 등불을 받지도 않고 몸을 돌려 계단 위로 뛰어올라 가기 시작했다.

"그럼 등불은 필요 없으신 거죠?" 수위가 뒤에서 외쳤다.

하지만 사일러스는 발걸음을 빠르게 옮기고 있었다. 7층에 있는 자신의 방문 앞에 도착할 때까지 그는 단 한 번도 쉬지 않고 올라갔다. 잠시 숨을 가다듬으면서도 그는 너무도 좋지 못한 예감을 느꼈고, 방으로 들어가기가 두려웠다.

마침내 사일러스가 방문을 열었을 때 방은 어두웠고 아무도 없어 보였다. 안도감을 느낀 그는 길게 숨을 내쉬었다. 안전하게 방에 들어왔다고 생각한 사일러스는 이런 어리석은 짓은 단 한 번으로 족하며 다시는 되풀이하지 말아야겠다고 단단히 결심했다. 성냥이 침대 옆 작은 탁자 위에 있었기에 사일러스는 그쪽으로 더듬어 나아가기 시작했다. 몸을 움직이자 다시 걱정이 들기 시작했다. 나아가다 걸린 장애물이 그저 의자일 뿐임을 알게 되었을 때는 무척이나 기뻤다. 마침내 그는 커튼을 붙잡았다. 그는 희미하게 보이는 창문의 위치로 보아 자신이 침대 끝머리에 있다는 것을 확신했다. 탁자까지는 이제 침대를 따라 더듬어 나가기만 하면 되었다.

한데 손을 내리고 나니 닿는 감촉이 침대 덮개만이 아니었다. 마치 사람의 다리 같은 윤곽을 가진 것이 그 밑에 있는 듯했다. 사일러스는 황급히 팔을 떼고 잠시 얼어붙어 서 있었다.

'아니 뭐지? 뭐냐고. 대체 이게 무슨 일이지?' 사일러스가 생각했다.

사일러스는 면밀하게 귀를 기울였지만 숨소리는 전혀 들리지 않았다. 그는 다시 한 번 온 힘을 내어 아까 만졌던 곳에 손가락 끝을 가져다 댔다. 그리고 만지자마자 펄쩍 뛰어 한참 뒤로 물러났고, 두려움으로 벌벌 떨면서 서 있었다. 뭔가가 침대에 있었다. 뭔지는 알 수 없지만 분명 있었다.

잠깐이지만 사일러스는 움직일 수가 없었다. 정신을 차리고 본능에 의지해 곧장 성냥을 집어 든 그는 침대 쪽은 쳐다보지도 않고 양초에 불을 붙였다. 심지에 불이 붙자마자 천천히 뒤로 돌아 차마 두려워 보지 못했던 것을 보았다. 아니나 다를까, 그의 눈앞에 그가 상상할 수 있는 최악의 상황이 펼쳐졌다. 침대 덮개는 베개 위로 조심스럽게 끌어 올려져 있었지만, 그 위로 미동도 하지 않고 누워 있는 사람의 윤곽이 드러났다. 앞으로 황급히 달려가 덮개를 획 하고 벗겨 내니 전날 밤 뷸러 무도회장에서 보았던 금발의 청년이 있었다. 눈은 뜨고 있었지만 초점 없이 흐렸고, 얼굴은 검게 부풀어 올랐으며, 콧구멍에서는 가느다란 핏줄기가 흘러내렸다.

사일러스는 양초를 떨어뜨리고 침대 옆에 무릎을 꿇고 쓰러지면서 길고 떨리는 목소리로 울부짖었다.

끔찍한 발견을 하고서 그는 아연실색했지만 조심스럽게 지속적으로 문을 두드리는 소리에 정신을 차렸다. 하지만 자신이 난처한 상황에 빠졌다는 사실을 깨닫기까지는 좀 시간이 걸렸다. 퍼뜩 정신이 들어서 아무도 방에 들어오지 못하게 하려고 했지만, 이미 때는 늦었다. 길게 처진 취침 모자를 쓴 노엘 박사가 등불을 들고 그 길고 하얀 얼굴을 비추며 옆 걸음으로 들어왔다. 새처럼 고개를 곧추세우고 방 안을 들여다보면서 문을 천천히 밀고 들어온 박사는 어느새 방 한복판까지 와 있었다.

"자네 비명이 들린 것 같아서." 박사가 입을 뗐다. "자네 상태가 썩 좋지 못한 듯해서 이렇게 침입했다네. 이해해 주게."

사일러스는 얼굴이 붉게 달아오르고 두려움으로 가슴이 쿵쾅거렸다. 박사와 침대 사이에서 그는 목소리조차 내지 못했다.

"너무 어둡지 않은가." 박사가 말을 이었다. "그렇다고 잘 준비를 한 것도 아니고 말일세. 나도 본 것이 있으니 간단히 속이려고 들지 말게. 자네 얼굴을 보니 친구나 의사 둘 중에 하나는 꼭 필요할 것 같군. 어느 쪽이 좋겠나? 일단 맥박부터 재 보도록 하세. 자네 심장 상태가 어떤지 봐야겠네."

노엘 박사가 맥박을 재려고 손목을 붙잡으려 했으나 사일러스는 계속 뒤로 물러섰다. 하지만 너무 심한 스트레스에 더는 견딜 수가 없어졌다. 그는 박사의 손길을 뿌리치다가 갑자기 바닥에 쓰러져 마구 흐느끼기 시작했다.

노엘 박사는 그 와중에 침대에 누운 시체를 발견하고는 낯빛이 어두워졌다. 서둘러서 비스듬히 열린 문을 닫은 뒤 이중으로 잠갔다.

"일어서게!" 박사가 사일러스에게 단호하게 소리쳤다. "흐느끼고 앉아 있을 때가 아닐세. 무슨 짓을 한 건가? 왜 이 시체가 자네 방에 있어? 도움을 줄 수 있을지 모르니 사실대로 말하게. 내가 자네를 망치려고 이러는 줄 아나? 침대에 누워 있는 저 죽은 살덩이 때문에 자네를 동정하는 내 마음이 바뀌리라고 생각하나? 어리석은 젊은 친구, 맹목적이고 공정하지 못한 법의 눈으로만 보면 어떤 행위는 아주 끔찍하지. 하지만 그 행위자를 사랑하는 사람의 눈에는 그런 행위도 그리 끔찍하게 보이지 않아. 가령 내가 아끼는 친구가 피바다에서 나왔다고 하더라도 그 친구를 아끼는 내 마음은 변하지 않는 거야. 일어서게. 선과 악은 인간의 머릿속에 있는 환상일 뿐, 좋은 일과 나쁜 일이 따로 정해져 있는 것은 아니야. 인생에서 운명이 아닌 것은 없지. 자네가 어떤 상황에 처해 있더라도 끝까지 자네 편에 서서 도와줄 사람 하나 정도는 있는 법이야."

이 말에 힘을 얻은 사일러스는 정신을 차렸다. 박사가 하는 질문에 도움을 받은 그는 흐느끼며 지금까지의 경위를 털어놓았다. 하지만 플로리젤 왕자와 제럴딘 대령 사이의 대화는 아예 말하지 않았다. 일단 스스로가 그 대화의 요지를 거의 이해하지 못했고, 또 자신의 불운과는 무관해 보였기 때문이다.

"아아!" 노엘 박사가 외쳤다. "난 이런 일을 많이 겪었지. 자넨 유럽에서 가장 위험한 자들에게 순진하게 당한 거야. 불쌍한 친구, 자네의 순진함을 이용하여 그런 함정을 판 거야! 그래서 자네도 모르게 그런 치명적인 위험 속으로 발을 들이민 것이지! 여하튼 자네가 두 번 보았다는 그 영국 남자 이야기를 해 보세. 재간이 아주 대단한 자 같구먼. 어떻게 생겼는지 말할 수 있겠나? 젊었나, 늙었나? 키는 큰가, 작은가?"

호기심은 많지만 사람 보는 안목은 별로인 사일러스는 이 질문에 대해 변변찮은 일반적인 사항만을 답했고, 그 정도로는 도저히 누군지 알아낼 수 없었다.

"학교에서 교과목으로 사람 보는 안목을 가르쳐야 하는데, 원!" 박사가 화를 내며 목소리를 높였다. "자기 적의 모습도 제대로 관찰하고 기억하지 못하면 대체 눈하고 입은 둬서 뭐하겠나? 자네가 그자를 똑똑히 보았더라면, 유럽의 범죄자들을 꿰뚫고 있는 내가 그자의 정체를 파악해 내고, 또 자네 몸을 지킬 무기를 새롭게 얻어 줄 수도 있었을 텐데. 불쌍한 친구 같으니, 앞으로 사람 보는 기술을 익히도록 하게. 인생살이에 아주 큰 도움이 되지."

"앞으로!" 사일러스가 말했다. "교수대 말고 제 앞에 남은 게 뭐가 있겠어요?"

"젊음은 겁쟁이의 계절이지." 박사가 대답했다. "자신에게 닥친 문제가 실제보다 음울해 보이기도 하고. 난 늙었네. 그렇지만 절대 절망하지 않아."

"이 이야기를 경찰에 신고해야 할까요?"

"절대로 신고하지 말게. 자네가 휘말리게 된 음모의 관점에서 보자면, 자네 경우는 경찰에 알려지면 거의 절망적이야. 경찰 당국의 편협한 시각에서 보자면 자네는 영락없는 살인자거든. 게다가 우리는 그자들의 음모 중 일부분만 알고 있을 뿐이야. 이 일을 꾸민 자들은 분명 다른 많은 정황들을 마련해 두었을 테지. 경찰이 탐문하여 그런 정황들을 밝혀내면 밝혀낼수록 무고한 자네만 살인자로 혐의가 굳어질 걸세."

"그렇다면 제 인생은 끝장난 거네요!"

"그렇게 말하지는 않았어. 난 아주 신중한 사람이니까."

"하지만 이걸 보세요!" 사일러스가 시체를 가리키며 반론을 제기했다. "여기 제 침대에 시체가 있어요. 설명할 수도 없고, 처리할 수도 없고, 두려움 없이는 바라볼 수도 없는 시체가 말입니다."

"두려움? 뭐가 두렵다는 거야? 이런 종류의 시계가 고장이 나면 말이지, 이건 그저 메스를 들이대고 꼼꼼히 탐구해 봐야 할 기계장치에 지나지 않아. 피가 차가워지고 굳으면 그건 더 이상 사람의 피가 아니지. 살덩이는 일단 죽어 버리면 우리가 사랑하는 애인에게서 만져 보고 싶어 하고 또 마음에 맞는 친구에게서 높이 평가하는 그런 살집이나 근육이 아니야. 우아함, 매력, 두려움, 이런 것들은 모두 생기를 불어넣는 영혼이 떠나면 그 살덩어리로부터 사라지는 거야. 그러니 저 시체를 태연히 바라볼 수 있도록 자네를 단련하게. 내 계획이 실제로 실행된다면 자네가 지금 아주 싫어하는 저 시체와 며칠 동안 아주 가까운 곳에 있어야 할지 모르니까."

"계획? 그게 뭔가요? 빨리 말해 주세요, 박사님. 계속 살고 싶다는 용기도 거의 남아 있지 않아요."

노엘 박사는 아무 대꾸도 하지 않고 침대 쪽으로 몸을 돌려 시체를 검사했다.

"확실히 죽었군." 박사가 중얼거렸다. "예상했던 대로 주머니도 비어 있고, 셔츠에 새겨진 이름 부분도 잘라 냈어. 그자들은 완벽하게 일을 처리했어. 그나마 이 친구는 체구가 작아서 다행이야."

사일러스는 극도로 불안에 떨면서 박사의 말을 들었다. 마침내 박사는 검시를 끝내고 의자에 앉아 미소를 지으며 미국 청년에게 말을 걸었다.

"자네 방으로 들어와 귀와 입이 바빴지만 내 눈을 가만히 놀리지는 않았지. 조금 전에 저기 구석에서 자네 나라 사람들이 세계 어디를 가든 끌고 다니는 무지막지하게 큰 물건을 보았네. 새러토가 트렁크라는 여행용 가방이지? 여태껏 나는 이 큰 물건의 쓸모에 대하여 의아하게 생각했지. 노예 거래를 할 때 노예를 거기에다 넣어 가지고 다니는 것인지, 아니면 수렵용 칼로 잡은 사냥감들을 넣어 가지고 다니는 것인지 도저히 결론을 내릴 수가 없었다네. 하지만 한 가지는 분명하지. 저 가방은 시체를 담기에는 아주 알맞네."

"박사님!" 사일러스가 소리쳤다. "지금은 정말로 농담할 때가 아닙니다."

"다소 농담의 뜻으로 그런 말을 하기도 했지만 내 의도는 아주 진지하다네. 젊은 친구, 우리가 가장 먼저 해야 하는 일은 저 여행 가방에 담긴 물건들을 전부 빼내는 것일세."

사일러스는 노엘 박사의 권위에 복종하여 시키는 대로 했다. 여행 가방에서 물건들을 꺼내자 방바닥에는 상당한 잡동사니들이 쌓였다. 미국 청년은 시체의 발 쪽을, 박사는 어깨 쪽을 붙잡고 침대에서 들어 내어 간신히 절반으로 접어 빈 가방에 쑤셔 넣었다. 두 사람은 힘을 합쳐서 이 비상한 화물이 들어간 여행 가방의 뚜껑을 억지로 닫았다. 박사는 직접 자물쇠를 채우고 끈으로 가방을 묶었다. 그러는 동안 미국 청년은 방바닥에 쌓인 물건들을 옷장과 서랍장에 넣었다.

"이제 자네를 위험에서 구제하기 위한 첫걸음을 떼었네. 내일이 되면, 아니, 벌써 오늘이군. 여하튼 반드시 수위의 의심부터 없애야 해. 아직까지 지불하지 않은 대금이 있다면 전부 지불하도록 해. 그러는 동안 나는 이 일을 안전하게 끝맺도록 조치를 취할 테니 안심하고. 자, 이제 내 방으로 가세. 안전하고 강력한 아편을 줄 테니까. 앞으로 뭘 하든 자네는 휴식을 취해 두어야 해."

그다음 날은 사일러스의 기억으로는 인생에서 가장 긴 하루였다. 마치 절대 끝나지 않을 것 같은 하루였다. 그는 찾아온 친구들을 전부 돌려보내고 방구석에 앉아 울적한 시선으로 계속 대형 여행용 가방을 바라보았다. 예전에 그가 했던 경솔한 행동이 이제는 똑같은 방식으로 그에게 되돌아왔다. 엿보기 위해 뚫어 놓은 구멍이 다시 열렸고, 제피린 부인이 그녀의 방에서 계속 그를 엿보고 있었다. 그건 너무 심란한 일이었고, 그래서 그는 자기 방 쪽에서 그 구멍을 막아 버렸다. 그렇게 감시당하는 상황에서 벗어나자 그는 대부분의 시간을 참회의 눈물과 기도로 보냈다.

저녁 늦게 노엘 박사가 주소가 적히지 않은 봉인된 봉투 두 개를 손에 들고 사일러스의 방으로 왔다. 하나는 다소 두툼했고, 다른 하나는 든 것이 별로 없는지 얄팍했다.

 "사일러스." 박사가 탁자에 앉으며 말했다. "이제 자네를 구명할 내 계획을 설명해 줄 시간이 된 것 같네. 내일 아침 일찍 보헤미아의 플로리젤 왕자가 런던으로 돌아간다네. 파리 축제에서 며칠 동안 기분 전환을 하고서 말이야. 운이 좋은 건지는 모르겠지만 오래전 왕자의 사마관인 제럴딘 대령을 도와준 적이 있네. 남을 돕는다는 건 의사라는 직업상 흔한 일이지만, 그나 나나 그때 그 일을 결코 잊지 않고 있어. 자네한테 그 일이 무엇인지를 설명할 필요는 없겠지. 대령은 내가 필요할 때면 언제든지 도움을 줄 친구라는 것 정도만 말해 두겠네. 이제 자네는 여행 가방을 열지 않은 채로 런던으로 가야 하는데, 세관을 통과하는 게 아주 까다로운 장애일 것 같아. 하지만 왕자처럼 지체 높은 사람의 짐은 의전상 검사 없이 통관되지. 제럴딘 대령에게 통관하는 데 편의를 부탁했더니 그렇게 해 주겠다고 했네. 내일 아침 6시가 되기 전에 왕자가 묵는 호텔로 가면 자네 짐은 왕자의 것으로 처리되어 통관될 걸세. 그다음에 자네는 왕자의 수행단 일원으로 여행을 하면 돼."

 "그 말씀을 들으니 생각나는데, 저는 이미 왕자와 대령을 만난 기억이 있습니다. 지난번 불러 무도회장에서 두 분의 이야기를 엿듣기까지 했습니다."

 "그럴 만해. 왕자는 각계각층의 사람들과 어울리는 걸 좋아하거든. 여하튼 런던에 도착하는 것만으로도 자네 임무는 거의 끝난 셈이야. 이 두툼한 봉투에는 내가 감히 수신인의 이름을 쓸 수 없는 편지가 들어 있네. 다른 봉투에는 어떤 집의 주소가 적혀 있어. 자네가 그 집으로 여행 가방을 가져가면 거기에서 받아 줄 거야. 그러면 자네가 할 일은 끝나는 거야."

"아아!" 사일러스가 소리쳤다. "정말 박사님을 믿고 싶지만 어떻게 그게 가능하죠? 박사님은 밝은 전망을 보여 주셨지만 제가 과연 이런 황당한 해결책을 받아들일 수 있을까요? 좀 더 너그럽게 설명해 주세요. 제가 쉽게 알아듣게요."

박사가 다소 괴로운 표정을 지었다.

"젊은이. 지금 내게 요구하고 있는 것이 얼마나 어려운 건지 자네는 잘 모를 거야. 하지만 자네 뜻대로 하지. 뭐, 그런 질문을 받는 데에는 이골이 나 있으니까. 지금까지 많이 도와주고서 그런 요청을 거절한다면 그것 또한 좀 그렇지. 젊은이, 비록 내가 지금은 이렇게 조용하고 소박하게 또 혼자서 의학 연구나 하면서 살고 있지만, 왕년엔 런던의 한다하는 위험천만한 껄렁패들 사이에서 구심점 역할을 했네. 겉으로는 의사로서 존경과 존중을 받았지만, 내 진정한 힘은 가장 은밀하고, 끔찍하고, 범죄적인 사업을 운영하는 데에서 나왔네. 자네에게 건네준 주소의 집에서 여행 가방을 받아 줄 사람은 왕년 내가 날리던 시절에 내 밑에서 일했던 친구 중 하나일세. 그들은 국적이나 재주는 제각기 다르지만, 하나같이 강력한 서약으로 묶여 있는 데다 같은 목적으로 일하던 조직이었지. 그 조직의 주된 사업은 살인이었어. 자네와 말하고 있는 나는 겉으로는 순진해 보일지 몰라도 실은 그 무서운 조직의 두목이었네."

"뭐라고요?" 사일러스가 소리를 질렀다. "살인자? 그것도 살인을 주된 사업으로 삼던 사람이라고요? 제가 박사님께서 내민 손을 잡아야 하는 겁니까? 그런 박사님의 도움까지 받아야만 하는 거냐고요? 박사님은 참으로 음흉하고 죄 많은 노인이로군요. 제가 나이가 어리고 곤경에 처했다고 저를 공범으로 만드시려는 겁니까?"

박사는 쓴웃음을 지었다.

"자네는 참 만족이란 걸 모르는군, 스커다모어 씨. 그럼 이제 자네가
선택하면 되겠군. 살해당하는 자와 살인자. 둘 중 누구와 어울리겠나?
자네가 너무도 양심의 가책을 느껴 내 도움이 필요 없다면 어서 말하
게나. 곧 자네에게서 손을 떼겠네. 그 이후로 자네 좋을 대로 여행 가
방과 그 안에 든 시체를 자네의 고결한 양심에 비추어 처리하게."

"제가 잘못 생각했습니다. 박사님이 저를 보호해 주시려고 관대하게
내민 손길을 제가 미처 기억하지 못했습니다. 박사님은 저의 결백을
확신하지 못하는 상황에서도 저를 도와주셨지요. 앞으로 박사님의 조
언을 감사히 새겨듣겠습니다."

"잘됐군." 박사가 대답했다. "이제 경험을 통해 교훈을 좀 배우기 시
작하는 모양일세."

"그런데," 뉴잉글랜드에서 온 청년이 입을 뗐다. "이미 말씀하셨듯이
박사님은 이런 비극적인 일에 익숙하고, 또 제게 추천해 준 분들이 박
사님의 예전 동료이자 친구라면, 박사님께서 직접 이 여행 가방을 처
리하실 순 없을까요? 전 이 혐오스러운 시체에서 지금 당장 벗어나고
싶습니다."

"이건 진심인데, 자네의 그런 말은 좀 놀랍군. 자네는 내가 자네 일
에 충분히 잘해 주지 않았다고 생각하는 것 같은데, 내 생각은 오히려
정반대일세. 이게 내가 해 줄 수 있는 최대한이네. 내가 제안한 대로
나의 도움을 거부할 생각이라면 여기에서 자네와 나는 협력을 접는
게 좋겠네. 그리고 내 말을 감사히 새겨듣겠다는 그런 입 발린 말은 더
이상 할 필요가 없네. 난 자네가 지능도 별로지만, 그보다는 예의범절

이 훨씬 못한 사람이라고 생각하게 되겠지. 혹시 앞으로 자네에게 건 강한 정신으로 살아갈 수 있는 시간이 몇 년 주어진다면, 자네가 이 모든 것에 대해 달리 생각하고, 또 오늘 밤 자네 행동에 얼굴이 달아오르는 그런 때가 올 걸세."

이렇게 말한 뒤 박사는 의자에서 일어나 자신의 지시를 간략하고 명쾌하게 되풀이한 뒤 사일러스에게 대답할 시간도 주지 않고 방을 나갔다.

다음 날 아침 사일러스는 호텔로 갔고, 제럴딘 대령은 그를 정중하게 맞이했다. 그 순간부터 사일러스는 여행 가방과 그 안의 소름 끼치는 내용물에 대한 직접적인 근심은 하지 않아도 되어 안도했다. 런던 여행은 별다른 사고 없이 지나갔다. 하지만 왕자의 여행 가방이 이상할 정도로 무겁다고 불평하는 항해사들과 역무원들의 불평이 들려올 때면 이 미국 청년은 두려움에 떨었다. 사일러스는 왕자의 시종들과 같은 객실을 사용했다. 왕자가 사마관과 단둘만 있고 싶어 했기 때문이다. 하지만 증기선을 탈 때부터 이 미국 청년은 왕자의 시선을 끌게 되었다. 앞날을 불안하게 여기며 우울한 분위기와 태도로 여행 가방 쪽만 바라보고 있었기 때문이다.

"저 청년이 우울해하는 데에는 분명 이유가 있겠지." 왕자가 말했다.

"그는 제가 시종들과 함께 여행을 하도록 전하께 허락을 받은 미국인입니다."

"미처 예의를 차리지 못했군. 상기시켜 주어 고맙네." 왕자는 이렇게 말한 뒤 사일러스에게로 다가가 더없이 훌륭하고 겸손한 태도로 말을 걸었다.

"제럴딘 대령을 통해 이야기를 들은 젊은 신사분이로군요. 원하는 바를 충족시켜 드릴 수 있어 기쁩니다. 앞으로 이보다 더 중요한 부탁을 하더라도 제가 기쁘게 들어 드릴 수 있다는 걸 기억해 주세요."

이어 왕자는 미국의 정치 상황에 대해서 몇 가지 질문을 했고, 사일러스는 예의를 차리면서 아는 한도 내에서 성실히 대답했다.

"젊은 분 같은데 나이에 비해서는 아주 진지하시군요. 시사 문제에 굉장히 큰 관심을 쏟고 있으신가 봅니다. 제가 무분별하게 불편한 주제를 건드린 것이 아닌지 모르겠습니다."

"저는 세상에서 가장 비참한 사람일 겁니다. 분명 그럴 이유도 있고요." 사일러스가 말했다. "저만큼이나 비참하게 농락당하는 무고한 사람은 결코 없을 겁니다."

"신사분의 비밀을 물어보지는 않겠습니다." 플로리젤 왕자가 대답했다. "하지만 제럴딘 대령의 추천은 언제나 훌륭한 수단이라는 점은 잊지 마세요. 저 역시도 신사분을 다른 누구보다도 더 도와 드릴 용의가 있습니다. 기억해 두시길."

사일러스는 이런 굉장한 저명인사가 온화하게 대해 주는 데 내심 기뻤다. 하지만 곧 다시 우울한 생각에 사로잡혔다. 아무리 왕자가 호의를 보인다 하더라도 자신의 걱정거리까지 해결해 줄 수는 없었기 때문이다. 사일러스는 도저히 그 우울한 기분을 떨쳐 낼 수가 없었다.

열차는 채링크로스 역에 도착했고, 세관 관리들은 평소와 마찬가지로 플로리젤 왕자의 화물을 검사 없이 통과시켰다. 굉장히 우아한 사륜마차가 왕자를 기다리고 있었다. 사일러스는 나머지 사람들과 다른 마차를 타고 왕자의 거처로 향했다. 사일러스가 왕자의 거처에 도착하자 제럴딘 대령이 직접 찾아와 자신이 굉장히 존경하는 박사의 친구분을 돕게 되어 기쁘다고 말했다.

"선생의 소중한 도자기가 한 개라도 상하지 않았기를 바랍니다. 전하께서 선생의 여행 가방을 신경 써서 다루라고 특별히 지시하셨거든요."

대령은 이어 하인들을 불러 사일러스가 쓸 수 있도록 마차를 하나 준비시키고는 그 즉시 새러토가 여행 가방을 마부석에 싣게 했다. 이어 대령은 악수를 하고는 왕자의 저택에 처리해야 할 일이 있다며 먼저 실례하겠다고 말하고 자리를 떴다.

이제 사일러스는 주소가 적힌 봉투의 봉인을 뜯어 보았다. 이어 풍채 좋은 시종에게 스트랜드 거리와 붙어 있는 박스 코트 지역으로 가 달라고 했다. 시종이 그 장소를 아주 잘 안다는 듯 놀란 표정으로 다시 말해 달라고 했고, 그는 확인해 주었다. 호화로운 마차를 타고 목적지로 가는 도중에도 사일러스는 근심이 가득했다. 박스 코트로 가는 입구는 마차가 들어가기에는 너무 비좁았다. 길의 양끝에는 기둥이 튀어나와 있어 난간 사이의 작은 길을 걸어 들어가야 했다. 그 기둥 하나에 한 남자가 앉아 있었는데, 사일러스 일행을 본 즉시 뛰어내려 와 마부와 함께 친근한 몸동작을 주고받았다. 시종은 문을 열고 사일러스에게 여행 가방을 내릴 것인지, 또 내린다면 어느 번지로 가져갈 것인지를 물었다.

"3번지까지 부탁드립니다." 사일러스가 말했다.

사일러스가 도왔지만 시종과 기둥에 앉아 있던 남자는 여행 가방을 옮기는 데 힘이 드는 모양이었다. 미국 청년은 문제의 그 집 문 앞에 여행 가방을 내려놓기도 전에 수많은 사람이 어슬렁거리며 이 광경을 쳐다보는 모습을 보고 덜컥 겁이 났다. 하지만 최대한 침착한 태도로 용기를 내어 문을 두드렸고, 사람이 나오자 들고 있던 또 다른 봉투를 건넸다.

"그분은 지금 안 계십니다." 문을 연 사람이 말했다. "그렇지만 편지를 두고 가고 내일 아침 일찍 이곳으로 오시면, 그분을 만날 수 있는지, 가능하다면 언제 만날 수 있는지 알려 드리겠습니다. 여행 가방은 놓고 가시겠습니까?"

"부디 그렇게 해 주십시오." 사일러스가 큰 소리로 말했다. 하지만 곧바로 그는 자신이 경거망동했다는 생각에 후회하고 이번에도 역시 큰 소리로 아무래도 가방을 호텔로 다시 가져가야겠다고 말했다.

미국 청년의 일행은 그의 우유부단한 모습에 비웃음과 모욕적인 언사로 대응하며 그를 따라 마차로 돌아왔다. 사일러스는 너무도 부끄럽고 두려워 왕자의 시종들에게 인근의 조용하고 편안한 숙소로 안내해 달라고 청했다.

왕자의 마차는 사일러스를 크레이븐 거리의 크레이븐 호텔에 내려놓고 그 즉시 떠나갔고, 이제 그는 호텔의 종업원들과 남게 되었다. 유일하게 빈 방은 호텔 뒤쪽으로 창이 난, 계단을 네 번이나 올라가야 하는 누추한 방이었다. 두 명의 건장한 짐꾼은 끊임없이 투덜대고 불평하면서 객실까지 새러토 여행 가방을 옮겼다. 계단을 오를 때 사일러스가 그들 뒤를 바싹 따라가며 지켜본 것은 말할 필요도 없다. 모퉁이를 돌 때마다 그는 심장이 덜컥 내려앉는 것 같았다. 자칫 그들이 발이라도 잘못 내디디면 여행 가방이 난간 너머 밑바닥으로 떨어질 것이었고, 그렇게 되면 그 안의 치명적인 내용물이 홀의 바닥으로 흘러나와 누구나 다 보게 될 것이었다.

그는 객실에 도착하자 그동안 견뎌 왔던 고뇌에 가슴을 쓸어내리며 침대 끝에 앉았다. 하지만 그렇게 앉아 있는 것도 잠시였다. 짐꾼이 쏠

데없이 여행 가방 옆에서 무릎을 꿇고 아주 정교하게 묶은 매듭을 풀어 주려고 하자 그는 또다시 엄청난 위협을 느끼며 벌떡 일어섰다.

"그대로 놔두시오!" 사일러스가 소리를 질렀다. "여기 머무르는 동안 아무것도 꺼내지 않을 생각이니."

"그러시면 홀에 놔두는 게 좋지 않았겠습니까." 짐꾼이 투덜댔다. "너무 크고 무거워서 무슨 교회 건물을 옮기는 줄 알았습니다. 안에 뭐가 들었는지 짐작조차 할 수 없군요. 전부 돈이라면 선생님은 분명 저보다는 부자시겠죠."

"돈?" 사일러스가 마음에 동요를 느끼면서 짐꾼이 한 말을 반복했다. "돈이라니 대체 무슨 소리요? 나한테 돈은 없소. 왜 그리 천치 같은 말을 하는 거요?"

"아이고, 좋습니다, 선생님." 짐꾼이 윙크를 하며 대꾸했다. "선생님의 돈을 누가 건드리겠습니까. 저는 은행만큼이나 안전한 사람입니다. 하지만 그 여행 가방이 무거웠으니 뭐라도 마시면서 선생님의 건강을 위해 건배하고 싶네요."

사일러스는 짐꾼에게 20프랑짜리 나폴레옹 동전 두 개를 쥐여 주며 여기 온 지 얼마 되지 않아 환전을 못 해 미안하다고 말했다. 그러자 짐꾼은 엄청나게 툴툴거리면서 자신의 손에 쥐인 푼돈과 새러토가 여행 가방의 무게를 번갈아 저울질하며 경멸의 눈빛을 내보였으나, 결국 객실에서 물러갔다.

거의 이틀 동안 시체는 사일러스의 여행 가방에 담겨 있었다. 홀로 남겨지자마자 이 불행한 뉴잉글랜드 청년은 아주 조심스럽게 여행 가방의 틈에 코를 박고 킁킁거렸다. 하지만 날씨가 추워서인지 여행 가방에 숨겨진 충격적인 비밀은 아직 냄새를 풍기지 않았다.

사일러스는 여행 가방 옆에 의자를 놓고 앉아 얼굴을 감싸 쥔 채 깊은 사색에 빠졌다. 이 여행 가방을 빨리 처리하지 않으면 그만큼 빨리 발각될 것이 자명했다. 낯선 도시에서 친구나 동료도 없이 박사가 소개해 준 사람으로부터 도움도 받지 못한다면 틀림없이 그는 파멸하고 말 것이었다. 뉴잉글랜드 청년은 자신의 야심 찬 장래 계획을 애처롭게 되돌아보았다. 이제 자신이 태어난 고향인 메인 주의 뱅거를 대표하는 영웅이자 대변인이 되기는 다 틀린 것 같았다. 그토록 바라던 여러 요직에서 요직으로 이동하고, 또 명예에 명예를 더하는 것은 더더욱 물 건너간 이야기였다. 미국의 존경받는 대통령이 되어서 워싱턴에 있는 국회의사당을 장식하게 될 다소 낙후된 양식의 동상을 역사에 남기겠다는 생각도 수포로 돌아갔다. 지금 그는 여기 런던까지 건너와 새러토가 여행 가방 안에 절반으로 접어 쑤셔 넣은 죽은 영국 남자를 처리하지 못해 안절부절못하고 있을 뿐이었다. 이 시체를 어떻게든 처리하지 않으면 안 되었다. 그렇게 하지 못하면 그는 나라를 빛낸 사람들의 명단에서 영원히 탈락할 것이었다!

이 젊은 청년은 박사, 살해당한 남자, 제피린 부인, 호텔의 짐꾼들, 왕자의 시종 등 한마디로 말해서 이 끔찍하고 불행한 사건에 조금이라도 연관된 사람들에 대하여 마구 욕설을 퍼부었다.

7시가 되자 사일러스는 저녁 식사를 하러 살금살금 식당으로 내려갔다. 하지만 노란 커피 룸은 그를 오싹하게 했고, 다른 손님들이 의심스러운 눈빛으로 그를 쳐다보는 것 같았으며, 그의 마음은 위층에 놔두고 온 새러토가 여행 가방에 계속 머물렀다. 웨이터가 치즈를 먹지 않겠느냐고 말했을 때 사일러스는 너무도 긴장해서 의자에서 절반 정도 일어섰고, 그로 인해 한 파인트짜리 맥주병이 엎어져 먹다 남은 맥주가 식탁보 위로 쏟아졌다.

사일러스가 식사를 마치자 웨이터는 흡연실로 안내하겠다고 말했다. 그는 마음 같아서는 당장이라도 그 위험한 여행 가방을 놔둔 객실로 돌아가고 싶었지만 그렇다고 안내를 거절할 용기도 없었다. 웨이터를 따라 계단을 내려가니 가스등이 켜진 어두운 지하실이 나타났다. 그곳은 예전부터 크레이븐 호텔의 흡연실이었고, 아마 지금도 그럴 것이다.

굉장히 우울한 얼굴의 남자 두 명이 내기 당구를 쳤고, 폐병이라도 있는 것처럼 생긴 남자가 옆에서 점수를 매겼다. 잠시 사일러스는 세 사람이 흡연실에 있는 사람의 전부라고 생각했다. 하지만 이어서 그의 눈에 들어온 것은 먼 구석에서 담배를 피우고 있는 한 남자였다. 그는 눈을 아래로 내리깔고 있었는데, 굉장히 점잖고 겸손한 자세였다. 사일러스는 그 남자를 본 즉시 이전에 본 얼굴이라는 것을 알았다. 옷은 완전히 바꿔 입고 있었지만 그는 분명 박스 코트 근처 기둥에 앉아 있다가 여행 가방을 운반하는 데 도움을 준 바로 그 사람이었다. 뉴잉글랜드 청년은 곧바로 몸을 돌려 달아나 침실로 돌아와서 문을 닫고 빗장을 걸고야 겨우 안심했다.

객실에서 사일러스는 밤새 너무도 끔찍한 상상의 희생자가 되었고, 잠 못 이룬 채 시체가 담긴 치명적인 여행 가방 곁에서 보초를 섰다. 여행 가방이 돈으로 가득한 게 아니냐는 짐꾼의 짐작은 그에게 온갖 두려움을 안겨 주었으며, 그는 너무 겁을 먹어서 아예 잠들 수가 없었다. 또 박스 코트 근처에서 어슬렁거리던 그 남자가 변장을 하고서 흡연실을 찾은 것으로 미루어 자신이 알 수 없는 음모의 중심에 다시 한번 서게 되었다고 확신했다.

자정을 알리는 종소리를 듣고 사일러스는 도저히 불편한 의심을 억누르지 못한 채 방문을 열고 복도를 내다보았다. 가스등 하나가 복도를 희미하게 밝히고 있었다. 사일러스는 얼마 떨어지지 않은 거리에 호텔 심부름꾼 복장을 한 남자가 복도 바닥에서 자고 있는 것을 보았다. 사일러스는 발끝으로 서서 살금살금 남자에게 다가갔다. 그는 돌아누워 오른쪽 팔뚝으로 얼굴을 가리고 있어서 얼굴을 볼 수가 없었다. 사일러스가 몸을 굽혀 내려다보고 있자니 돌연 남자가 팔을 치우고 눈을 떴다. 사일러스는 그가 박스 코트 근처에서 어슬렁거렸던 그 남자임을 알아보았다.

　"좋은 밤입니다, 선생님." 남자가 쾌활하게 말했다.

　하지만 사일러스는 너무도 놀란 나머지 대답조차 못 하고 아무 말 없이 객실로 돌아왔다.

　그렇게 아침까지 사일러스는 근심 걱정으로 노심초사하다가 머리를 여행 가방 쪽으로 향하고 의자에 앉아 잠이 들었다. 불편한 자세인데다 의자 등받이를 베게로 삼고 있었지만 그는 길고 깊은 잠에 빠져들었다. 아침 늦게 날카롭게 문을 두드리는 소리가 들렸고, 사일러스는 결국 잠에서 깨어났다.

　그가 황급히 문을 열자 문밖에 심부름꾼이 서 있었다.

　"어제 박스 코트에 왔던 신사분이시죠?" 심부름꾼이 물었다.

　사일러스는 떨리는 목소리로 그렇다고 대답했다.

　"그렇다면 이 편지를 받으시죠." 심부름꾼은 봉인된 편지를 하나 건넸다.

　사일러스는 봉인을 뜯고 내용을 보았다. '12시'라고 적혀 있었다.

　그는 정확히 시간에 맞춰 박스 코트에 도착했다. 건장한 시종 몇 명이 여행 가방을 앞장서서 옮겨 주었다. 사일러스는 안내를 받아 어떤 방으로 들어갔는데, 한 남자가 문을 등지고 난로 앞에서 불을 쬐고 있었다. 그렇게나 많은 사람이 들락날락하며 소리를 내고 있고, 또 여행 가방을 나무 바닥에 내려놓으면서 바닥을 긁는 시끄러운 소음이 나는데도 그 남자는 무관심한 태도를 보였다. 사일러스는 두려움에 떨면서 남자가 자신을 알아차릴 때까지 서서 기다렸다.

5분 정도가 지나자 남자가 느긋하게 뒤를 돌아보았다. 남자는 다름 아닌 보헤미아의 플로리젤 왕자였다.

"자, 선생님." 왕자가 굉장히 준엄한 목소리로 말했다. "예의를 차려서 대접을 했음에도 이렇게 저를 욕보이시는군요. 사회적 신분이 높은 사람들과 어울린 이유가 바로 당신이 저지른 범죄의 결과에서 벗어나기 위해서였습니까? 어제 제가 말을 걸었을 때 당황하셨던 이유를 이제야 알겠군요."

"진실을 말씀드리자면," 사일러스가 소리쳤다. "전 불운 이외에는 그 모든 것에 대하여 결백합니다."

뉴잉글랜드 청년은 서둘러서 자신에게 재앙이 닥치게 된 전말을 왕자에게 아주 솔직하게 이야기했다.

"제가 실수를 한 모양입니다." 모든 이야기를 듣고 나서 왕자가 말했다. "선생님은 희생자일 뿐입니다. 당신을 처벌하지 않겠습니다. 아니, 오히려 최대한 도움을 드리도록 하죠. 자, 이제는 일을 처리합시다. 당장 여행 가방을 열어 주시죠. 그 안에 뭐가 있는지 봐야겠습니다."

사일러스는 안색이 변했다.

"그냥 보기만 해도 너무 겁이 납니다." 미국 청년이 소리치듯 말했다.

"그렇지 않아요. 당신은 이미 그것을 보지 않았습니까? 그런 감상적인 생각은 물리쳐야 마땅합니다. 도와줄 수도, 해를 입힐 수도, 사랑할 수도, 미워할 수도 없는 죽은 사람보다는 아직 도울 수 있는 병자를 돌보는 것이 훨씬 더 감정에 호소가 됩니다. 용기를 내세요, 스커다모어 씨." 여전히 사일러스가 망설이자 왕자가 말을 이었다. "내 요청을 강요로 바꾸고 싶지 않습니다."

미국 청년은 그제야 꿈에서 깬 듯 정신을 차리고 혐오감으로 덜덜 떨면서 여행 가방을 묶은 끈을 풀고 자물쇠를 열었다. 왕자는 뒷짐을 지고 평정을 유지하며 곁에서 이를 지켜보았다. 시체는 매우 경직된 상태였다. 사일러스가 정신적으로나 육체적으로나 혼신의 힘을 기울여 여행 가방에서 간신히 시체를 빼내자 마침내 시체의 얼굴이 드러났다.

왕자는 놀라서 뒤로 물러섰고, 괴롭게 탄식하기 시작했다. "아이! 사일러스 씨, 제게 얼마나 잔인한 선물을 가져왔는지 아실 길이 없을 겁니다. 이 청년은 제 신하이자 신뢰하는 친구의 동생입니다. 나를 도우려다 난폭하고 사악한 자들의 손에 희생을 당했군요. 불쌍한 제럴딘." 왕자는 혼잣말을 하듯 말했다. "자네 동생의 비운에 대해서 내가 무슨 말을 할 수 있단 말인가? 자네의 눈앞에서, 또 하느님의 눈앞에서 자네 동생을 이런 피 흘리는 기이한 죽음으로 몰고 간 나의 뻔뻔한 계획에 대해 무슨 변명을 할 수 있단 말인가? 아아, 플로리젤! 플로리젤! 언제쯤 인간 생활의 현실에 맞는 신중함을 배우고, 언제쯤 네가 가진 권력의 허상에 현혹되지 않겠느냐? 아, 허망한 권력이여!" 왕자가 소리쳤다. "누가 나보다 더 무력할까? 스커다모어 씨, 제가 희생시킨 이 청년을 바라보면 왕자라는 지위가 얼마나 보잘것없는 자리인지 절감하게 됩니다."

사일러스는 왕자의 감정적인 모습에 가슴이 뭉클해졌다. 그는 왕자에게 위로의 말을 하려고 했으나 갑자기 울음을 터뜨리고 말았다. 왕자도 사일러스의 진정한 뜻을 알아채고 그에게로 다가가 손을 잡았다.

"진정하시죠. 우리 두 사람은 아직도 배워야 할 것이 많습니다. 오늘의 만남으로 우리 둘은 이전보다 더 나은 사람이 될 겁니다."

사일러스는 존경하는 눈빛으로 침묵하면서 왕자에게 고마워했다.

"노엘 박사의 주소를 이 종이에 적어 주세요." 왕자가 사일러스를 탁자로 이끌며 말했다. "그리고 한 가지 권고드리죠. 파리로 돌아가면 이 위험한 사람과 어울리는 것은 피하세요. 제 생각에 박사도 이번 일은 관대하게 도와주려고 한 것 같습니다. 이 젊은 제럴딘의 죽음에 그자가 관여했다면 진짜 범인의 손에 시신을 보내는 일은 없었을 겁니다."

"진짜 범인!" 사일러스가 크게 놀라며 말했다.

"이 편지가 너무도 기이하게 제 손에 들어오게 된 것은 전지전능하신 하느님의 뜻일 겁니다. 이 편지는 진범인 악명 높은 자살 클럽의 회장 앞으로 보낸 것이었습니다. 이 위험한 일을 이 이상 파고들 생각은 하지 말고 기적적으로 이 일에서 벗어난 것으로 만족하세요. 그리고 즉시 이 집에서 떠나 주시기 바랍니다. 제게는 당면한 문제도 있고, 생전 용맹하고 멋졌던 이 청년의 불쌍한 시신을 거두어야 하는 일도 있습니다."

사일러스는 떠나라는 왕자의 말을 감사한 마음으로 순순히 받아들였다. 하지만 그는 저택을 떠난 뒤에도 박스 코트 주위에 남아 왕자가 화려한 마차를 타고 경찰청의 헨더슨 대령을 만나러 가는 모습을 지켜보았다. 이 미국인 청년은 공화국 시민이었지만 멀어져 가는 마차를 바라보면서 충성심 비슷한 감정을 느꼈고, 모자를 벗어 경의를 표시했다. 같은 날 밤 사일러스는 기차를 타고 파리로 돌아갔다.

***

여기에서(아라비아 작가가 말한다) 의사와 새러토가 여행 가방 이야기는 끝납니다. 원전에 들어 있는 신의 섭리에 대한 논평은 굉장히 타당한 것이지만, 서구의 취향에는 그다지 적절하지 않아 생략했습니다. 한 가지만 더 알려 드리고 이야기를 마치겠습니다. 스커다모어 씨는 그 후 고향으로 돌아가 정치적인 명성을 얻기 시작했고, 마지막으로 들려온 소식에 따르면 고향 자치주의 경찰서장이 되었다고 합니다.

## 이륜마차의 모험

　브래컨버리 리치 중위는 덜 알려진 인도 고지高地의 소규모 전투들 중 하나에서 뛰어난 전공을 세워 이름이 널리 알려졌다. 그는 고지의 족장을 손수 체포했고, 그의 용맹스러운 행동은 널리 칭송을 받았다. 칼에 베여 흉하게 난 상처로 고통 받고 악성 말라리아에 시달리다가 고국으로 돌아오려 했을 때, 사교계는 중위에게 갈채를 보내며 이 유명 인사를 환영할 준비를 마쳤다. 하지만 중위는 꾸밈이 없고 겸손한 성격의 인물이었다. 모험은 정말 소중하게 여겼지만 칭찬에는 거의 무관심했다. 중위는 알제의 해변가로 가서 자신의 명성이 아흐레 동안의 수명을 누리고 사라질 때까지 휴식하며 기다렸다. 마침내 중위가 런던으로 돌아왔을 때 당시 사교계가 아직 시즌 전이어서인지 그는 소원대로 사람들의 주목을 별로 받지 않고 귀국할 수 있었다. 중위는 고아인 데다 시골에 사는 먼 친척밖에 아는 사람이 없었고, 따라서 자신이 피를 바친 고국의 수도에 거의 외국인이나 다름없는 신분으로 정착했다.

런던에 도착한 다음 날 그는 군인 클럽에서 혼자 식사를 했다. 이곳에서 중위는 몇몇 오랜 전우들을 만나 악수를 하고 따뜻하게 축하를 받았지만, 다들 저녁 약속이 있어서 홀로 시간을 보내게 되었다. 중위는 극장에 가 볼 생각이어서 연미복을 입고 있었다. 그 거대한 도시는 그에게 새로운 곳이었다. 중위는 지방의 학교를 나와 사관학교에 입학했고, 졸업 후 바로 동쪽 제국 인도로 갔다가 이제 고국으로 돌아온 것이었다. 그는 이제 이 새로운 세계를 탐험하면서 다양한 즐거움을 누리기로 다짐했다. 중위는 지팡이를 흔들며 서쪽으로 걸었다. 온화한 저녁이었지만 날은 이미 어두웠고, 때때로 비가 쏟아질 것 같았다. 가로등에 비친 사람들의 행렬은 중위의 상상력을 자극했다. 400만 명이나 되는 시민들의 신비로 둘러싸인 활기찬 도시의 분위기에 휩쓸려서 그는 한없이 도심을 걸을 수 있을 것 같은 기분이 들었다. 그는 집들을 힐끗 쳐다보면서 저 밝게 빛나는 창문 뒤에서 무슨 일이 벌어지고 있을지 궁금해했다. 그는 지나가는 사람들의 얼굴을 하나하나 쳐다보면서 범죄적인 것이든 선한 것이든 어떤 미지의 관심사가 그들을 사로잡고 있다는 것 같다고 생각했다.

'전쟁에 대해서 말들을 하지만 이 도시야말로 인류의 커다란 전쟁터군.' 중위가 생각했다.

브래컨버리 중위는 그렇게나 복잡한 곳에서 그토록 오래 걸었음에도 모험의 그림자조차 볼 기회가 없다는 데 의아해하기 시작했다.

'모든 일은 제때가 되어야 벌어지지.' 중위가 속으로 생각했다. '난 이곳에서 아직 이방인이니까 어쩌면 그런 이방인의 낯선 분위기를 풍기고 있는지도 모르지. 하지만 곧 저 소용돌이에 빠져들게 되겠지.'

밤은 이미 꽤 깊었고, 어둠 속에서 돌연 차가운 빗줄기가 떨어지기 시작했다. 브래컨버리 중위는 비를 피하기 위해 재빨리 나무 밑으로 들어가 서 있었고, 곧 한 이륜마차의 마부가 빈 차라며 자신에게 손짓하는 모습을 보았다. 아주 운이 좋다고 생각한 중위는 즉시 지팡이를 들어 화답하고 이내 런던의 곤돌라에 편안히 자리를 잡았다.

"어디로 가시지요, 선생님?" 마부가 물었다.

"당신 좋을 대로 아무 데나 가 주시오."

중위의 대답을 들은 마부는 즉시 놀라울 정도로 빠르게 이륜마차를 몰았다. 마차는 빗속을 뚫고 저택들의 미로를 달려갔다. 각각 전면에 정원을 둔 저택들은 서로 비슷한 모습이었고, 또 마차가 달려가는 가로등이 비추는 인적 없는 거리들과 초승달 모양의 주택 지구들도 서로 비슷하여 분간하기 힘들었다. 브래컨버리는 곧 방향감각을 잃어버렸다. 중위는 마부가 그 작은 지역을 일부러 빙글빙글 돌고 들어갔다 나오면서 자신을 즐겁게 해 주려는 것이 아닌가 하는 생각이 들었지만, 달리는 속도에 뭔가 사무적인 측면이 있어서 사정이 정반대일 것이라고 생각했다. 마부는 목적의식을 가지고 확실하게 한 지점을 향해 서둘러 달려가고 있었다. 브래컨버리 중위는 이런 미로 같은 길을 빠져나가는 마부의 기술에 감탄하면서 그처럼 서두르는 목적이 무엇인지 의아해하며 궁리를 해 보게 되었다. 일전에 그는 런던에서 이방인들이 불운한 일을 당했다는 이야기를 들은 적이 있었다. 저 마부가 살인을 저지르는 사악한 무리와 관련되어 있는 것은 아닐까? 지금 어떤 흉악한 죽음 앞으로 달려가고 있는 것은 아닐까?

막 그런 생각을 하고 있는데 마차가 급격하게 길모퉁이를 돌아 대로변에 있는 한 저택 정문에 섰다. 저택에는 불이 밝혀져 있었다. 정문 앞에서 다른 마차가 막 어딘가로 출발했다. 브래컨버리는 한 신사가 마차에서 내려 정문에서 정복 시종들에게 안내받는 모습을 보았다. 연회가 열리고 있는 저택 앞에 이렇게 곧바로 멈춘 것이 좀 놀라웠지만 중위는 우연의 일치라고 생각했다. 그가 내릴 생각 없이 차분하게 앉아서 담배를 피우고 있는데, 머리 위로 마차 뚜껑이 열리는 소리가 들렸다.

"다 왔습니다, 선생님."

"아니, 여기가 어디요?"

"저 좋을 대로 가라고 하지 않으셨습니까, 선생님." 마부가 빙긋 웃으며 대답했다. "그래서 여기로 온 겁니다."

브래컨버리 중위는 깜짝 놀랐다. 마부의 목소리는 이런 천한 일을 하는 사람치고는 너무도 사근사근하고 정중했다. 중위는 여태껏 달려온 마차의 속도를 되짚어 보았다. 확실히 대중이 타는 마차로는 무리인 속도였다. 아무래도 이 마차는 좀 더 호화스러운 목적을 위해 만들어진 것 같았다.

"해명을 해 줄 수 있으시오? 나를 이 빗속으로 내쫓으려는 건 아닐 테지요? 이봐요, 선택은 내가 하겠소."

"물론 선택은 선생님이 하시는 겁니다." 마부가 대답했다. "전후 사정을 말씀드리면 선생님 같은 신사분은 꼭 내리실 거라고 생각합니다. 이 저택에서는 신사분들만 모인 연회가 열리고 있습니다. 주최자가 런던에 처음 온 분인지 혹은 아는 친구가 없는지 혹은 엉뚱한 생각을 가진 분인지 그건 제가 잘 모르겠습니다. 하지만 주최자는 연미복을 입고 혼자 있는 신사분들을 가능하면 많이 데려오라고 저를 고용하셨습니다. 군 장교라면 더 좋다고 하셨고요. 정문으로 가서 모리스 씨가 초대했다고 하시면 됩니다."

"당신이 모리스 씨요?"

"아뇨, 모리스 씨는 이 저택의 주인입니다."

"거참 손님을 데려오는 방법이 특이하군." 브래컨버리 중위가 말했다. "하긴 괴짜는 남들을 기분 나쁘게 할 목적으로 그런 기벽을 부리는 건 아니니까. 만약 내가 모리스 씨의 초대를 거절한다면?"

"아까 있었던 곳으로 다시 모셔다 드립니다." 마부가 대답했다. "그리고 자정까지 다른 신사분들을 찾아 나서는 거지요. 이런 모험을 좋아하지 않는 분은 그분의 손님이 아니라고 하셨습니다."

그 말에 중위는 즉석에서 결정을 내렸다.

그는 마차에서 내리며 생각했다. '결국 모험을 그리 오래 기다리지 않아도 되는 거였군.'

중위는 길에 발을 내려놓자마자 주머니를 뒤져 마차 요금을 내려고 했다. 하지만 마차는 그 순간 바로 방향을 돌려 아까처럼 정신없는 속도로 왔던 길을 향해 내달렸다. 브래컨버리는 소리쳐 마부를 불렀으나 그는 신경도 쓰지 않고 마차를 몰고 가 버렸다. 중위의 목소리가 저택까지 들린 바람에 정문이 열리며 정원으로 불빛이 흘러나왔다. 이어 시종 하나가 우산을 들고 중위를 맞이하러 나왔다.

"지불은 이미 저희가 했습니다." 시종이 굉장히 정중한 어조로 말했다. 이어 그는 브래컨버리를 안내해 계단을 올라갔다. 홀에 이르자 다른 여러 명의 시종들이 중위의 모자, 지팡이, 외투를 받아 들고 숫자가 적힌 보관표를 건네주었고, 이어 정중하게 재촉하면서 열대식물로 장식된 계단을 올라 2층의 응접실로 중위를 안내했다. 이곳에서 집사가 엄숙한 태도로 이름을 묻더니, 문밖에서 "브래컨버리 리치 중위십니다"라고 말하고 안으로 안내했다.

중위가 안으로 들어서니 날씬하고 굉장히 잘생긴 청년이 앞으로 나와 공손하고 상냥하게 인사를 건넸다. 응접실에서는 최상급 밀랍으로 만든 양초 수백 개가 타오르고, 계단에 있는 것과 같은 진귀하고 아름다운 꽃 핀 관목들이 풍성하게 배치되어 복욱한 향기를 내뿜었다. 보조 탁자에는 굉장히 먹음직한 음식들이 가득 진설되어 있었다. 여러 하인들이 과일 접시와 샴페인이 담긴 술잔을 들고 분주하게 움직였다. 응접실에 있는 사람들은 열여섯 명 정도이고 전부 남자였다. 몇 명은 연령적으로 전성기가 지난 사람들이었지만 나머지는 예외 없이 늠름하고 유능한 풍모의 신사들이었다. 그들은 두 무리로 나뉘어 한 무리는 룰렛을, 다른 한 무리는 탁자 주변으로 모여 바카라 게임을 하고 있었는데 그중 한 사람이 물주 역할을 맡고 있었다.

'이제 알겠군.' 브래컨버리가 생각했다. '여긴 사설 도박장이고, 그 마부는 호객꾼이었군.'

중위는 응접실을 세세하게 살피면서 거의 그런 결론을 내렸다. 그러는 동안에도 주최자는 여전히 중위의 손을 붙잡고 있었다. 재빨리 방 안을 살펴본 중위는 모리스 씨에게로 눈을 돌렸다. 두 번째로 주최자의 모습을 보니 처음 봤을 때보다도 더 놀라웠다. 그의 편안하면서도 우아한 태도와 외양에서 드러나는 탁월함, 온화함, 용기는 도박장 주인에 대한 중위의 고정관념과는 전혀 어울리지 않는 것이었다. 부드러운 어조 또한 모리스 씨가 상당한 지위를 지니고 공적을 세운 사람임을 말해 주고 있었다. 브래컨버리 중위는 이 연회의 주최자에게 본

능적인 호감을 느꼈다. 중위는 그런 호감이 자신의 약점이라고 책망했지만, 모리스 씨의 인물과 성격에서 나오는 친근한 매력은 자석처럼 사람을 끌어들였다.

"리치 중위님, 중위님의 이야기는 많이 들었습니다." 모리스 씨가 목소리를 낮춰 말했다. "이렇게 뵙게 되어 정말 기쁩니다. 인도에서 중위님이 돌아오시기 전에 먼저 들려온 명성에 꼭 부합하는군요. 이곳으로 오는 과정에서 드러난 비정상적인 면을 잊어 주신다면 저의 영광이자 기쁨이겠습니다." 모리스 씨는 웃음을 터뜨리며 말을 이었다. "야만인 기마병들을 단숨에 제압한 분이니 설혹 심하게 예의에 어긋났다고 하더라도 그다지 두려워하지는 않으셨으리라고 믿습니다."

모리스 씨는 중위를 탁자로 이끌며 다과를 권했다.

'정말이지 너무도 유쾌한 사람이로군. 여기가 런던에서 가장 기분좋은 자리라는 건 의심할 여지가 없어.' 중위가 생각했다.

중위는 샴페인을 조금 마셨다. 맛이 아주 훌륭했다. 응접실의 많은 사람이 흡연을 하는 것을 보고서 그는 가지고 있던 필리핀산 궐련에 불을 붙였다. 중위는 룰렛장으로 천천히 다가가서 때로는 판돈을 걸기도 하고 때로는 다른 이들의 행운에 미소를 짓기도 했다. 이렇게 특별히 하는 일 없이 즐기는 동안 중위는 이 응접실의 손님 전부가 날카로운 조사의 대상이 되고 있음을 알아차렸다. 모리스 씨는 표면상 이리저리 오가며 사람들을 환대했지만 예리한 시선으로 사람들을 관찰하고 있었다. 연회에 참가한 모든 사람은 모리스 씨의 즉각적이고 면밀한 시선을 피할 수 없었다. 모리스 씨는 크게 돈을 잃은 사람의 태도를 찬찬히 살펴보기도 하고, 판돈을 세어 보기도 하고, 대화에 열중하는 두 사람 뒤에 잠시 멈춰 서기도 했다. 참석한 사람들은 이렇다 할 특성이 없었지만 그는 사람들의 장단점을 파악하여 메모해 두는 것 같았다. 브래컨버리 중위는 이곳이 정말 도박장인지 의구심이 들기 시작했다. 그러기에는 개인들을 탐구하는 분위기가 지나치게 강했다. 그는 모리스 씨의 모든 움직임을 따라다녔다. 그리고 모리스 씨의 선뜻한 미소 아래 근심에 사로잡힌 초췌한 얼굴이 있음을 간파했다. 그의 주위에 있는 사람들은 웃음을 터뜨리며 놀이를 즐겼지만 브래컨버리는 이미 그들에 대한 흥미를 잃어버렸다.

'이 모리스란 사람, 방에서 그저 노닥거리는 사람이 아니야. 뭔가 진지한 목적이 있어. 그걸 알아내는 걸 내 일로 삼아야겠는걸.' 중위가 생각했다.

때때로 모리스 씨는 손님들 중 한 사람을 불러내어 곁방으로 데려가 짧은 대화를 나눴다. 그 후에 그는 홀로 응접실로 돌아왔고 문제의 손님은 다시 보이지 않았다. 몇 번이나 이런 일이 반복되자 중위는 대단한 호기심이 생겼다. 그는 즉시 이 사소한 비밀의 원인을 알아보기로 결심했다. 곁방으로 들어간 중위는 고급스러운 녹색 커튼으로 가려진 창문 근처에서 깊게 움푹 팬 공간을 발견했다. 중위는 그 공간으로 재빨리 숨어들었다. 그가 얼마 기다리지 않아 응접실에서 그쪽으로 다가오는 걸음 소리와 목소리가 들렸다. 커튼 틈 사이로 살펴보니 모리스 씨가 혈색이 좋고 뚱뚱한 사람을 데리고 들어왔다. 다소 출장 외판원처럼 보이는 그 비만한 남자는 아까 중위가 탁자에서 상스러운 웃음과 천한 행동을 단점으로 파악했던 사람이었다. 두 사람은 곧바로 창가 앞에 멈춰 섰고, 그리하여 중위는 둘의 대화를 한 마디도 빼놓지 않고 엿들었다.

"정말 너무 죄송합니다!" 모리스 씨가 지극히 비위를 맞추는 태도로 말을 시작했다. "제가 무례하게 보이더라도 쾌히 용서해 주실 거라 확신합니다. 런던 같은 큰 도시에선 끊임없이 사건 사고가 벌어지는 법이죠. 그런 경우라면 지체 없이 잘못을 고치는 것이 최선입니다. 실은 제가 너무도 부주의한 나머지 실수로 이 누추한 곳에 선생님을 모시게 되었습니다. 솔직하게 말해서 도무지 선생님의 인상이 기억에서 떠오르지 않습니다. 불필요하게 빙빙 둘러서 말하지 않겠습니다. 명예로운 신사끼리의 대화니 한 마디면 충분하겠죠. 이곳이 누구의 집이라고 생각하십니까?"

"그야 모리스 씨지요." 뚱뚱한 남자는 굉장히 혼란스러운 표정을 지었다. 그는 모리스 씨의 마지막 몇 마디를 들은 때부터 내내 허둥대는 기색이 뚜렷했다.

"존 모리스인가요, 제임스 모리스인가요?"

"아는 바가 없습니다." 당황한 손님이 대답했다. "선생님을 알지 못하는 것처럼 말씀하신 다른 신사분과도 개인적으로 아는 바가 없습니다."

"알겠습니다." 모리스 씨가 대답했다. "거리 아래쪽으로 좀 더 내려가면 같은 이름의 남자가 살고 있습니다. 경찰에 물어보면 주소를 알려 드릴 겁니다. 오해로 생긴 일이지만 선생님과 이렇게 긴 시간 즐겁게 함께할 수 있어 다행입니다. 다음에는 정식으로 소개를 받을 수 있었으면 좋겠습니다. 더 이상 선생님을 이렇게 묶어 두고 친구분들을 못 만나게 하는 것은 실례지요. 존!" 모리스 씨가 목소리를 높이며 사람을 불렀다. "이 신사분의 외투를 좀 찾아 드리겠나?"

모리스 씨는 대단히 쾌활한 태도로 뚱뚱한 남자를 곁방 문까지 데리고 간 뒤 집사에게 맡겼다. 모리스 씨는 창문을 지나 응접실로 돌아가면서 굉장한 근심이라도 있는 듯 깊은 한숨을 내쉬었다. 현재 하고 있는 일을 아주 피곤하게 여기는 듯했다.

그 후 한 시간 동안 이륜마차들이 계속 빈번하게 도착했고, 모리스 씨는 이미 왔던 손님들을 내보낸 만큼 새로운 손님을 맞이했다. 따라서 응접실의 손님 수는 줄어들지 않았다. 하지만 시간이 막바지로 흐를수록 손님이 도착하는 일은 점점 드물어졌고, 한참이 지나자 완전히 끊어졌다. 그러는 중에서도 손님을 내보내는 일은 계속되었고, 응접실은 점점 비기 시작했다. 바카라 게임은 물주 역할을 할 사람이 부족해 중단되었고, 자발적으로 연회에서 빠져나가는 사람들도 있었으며 그 누구도 만류하지 않았다. 그러는 동안 모리스 씨는 떠나지 않고 남아 있는 손님들을 오히려 이전보다도 더 쾌활하게 대접했다. 그는 무리와 개인을 가리지 않고 돌아다니며 공감한다는 표정을 지었고, 아주 적절하고 유쾌한 대화로 사람들을 즐겁게 했다. 그는 남자 주최자보다는 여자 주최자 같았다. 여자 같은 교태와 겸양이 태도에서 풍겨 나왔고, 훌륭한 매너는 모든 사람을 매혹시켰다.

손님이 점점 줄자 브래컨버리 중위는 신선한 공기라도 마시자는 생각에 응접실을 벗어나 복도로 갔다. 곁방의 문간을 넘자마자 중위는 너무도 놀라운 광경을 보고 우뚝 멈춰 섰다. 계단을 장식하던 꽃 핀 관목들이 사라졌고, 대형 마차 석 대가 정원 문 옆에 서 있었다. 시종들은 집의 이곳저곳을 해체하느라 정신이 없었다. 거기에다 몇몇 시종들은 이미 외투를 걸쳐 입고 떠날 준비를 하고 있었다. 마치 임시 계약으로 설비를 공급받은 시골 연회가 끝난 것 같았다. 브래컨버리는 정말 곰곰 생각해 볼 문제를 만났다고 느꼈다. 먼저 주인은 손님 같지 않은 손님들은 전부 내보냈고, 그다음에는 시종 같지 않은 시종들이 해산하고 있었다.

"이 모든 연회가 가짜란 말인가? 밤에 잠깐 피었다 아침이 오기 전에 사라지는 버섯처럼?" 중위가 자문했다.

중위는 기회를 엿보다가 계단을 달려 올라가 저택의 좀 더 높은 부분으로 갔다. 그가 예상했던 그대로였다. 방이란 방은 전부 들어가 보았지만 가구는커녕 벽에 그림 하나 걸려 있지 않았다. 페인트칠도 도배도 다 되어 있었지만 지금뿐만 아니라 전에도 사람이 살지 않은 것이 분명했다. 젊은 장교는 앞서 이 집에 도착했을 때 보았던 번드레한 외양과 손님을 편안하게 모시는 분위기를 떠올리며 내심 놀랐다. 엄청난 비용을 들이지 않고는 이런 대규모 사기를 칠 수가 없었다.

그렇다면 모리스 씨는 누구일까? 대체 무슨 의도로 런던에서 한참 서쪽으로 떨어진 이곳에서 하룻밤 주인 노릇을 한 걸까? 왜 거리에서 닥치는 대로 손님들을 끌어왔을까?

브래컨버리 중위는 이미 너무 오래 자리를 비웠다고 생각하면서 서둘러 응접실의 사람들에게 합류하러 갔다. 그가 잠시 나가 있던 동안에 많은 사람들이 그곳을 떠났다. 응접실에는 이제 중위와 주최자를 포함해 다섯 명만 남았다. 중위가 응접실로 다시 들어서자 모리스 씨가 미소를 지으며 즉시 자리에서 일어났다.

"이제 제가 여러분을 이곳으로 모신 목적을 설명할 때가 됐군요. 오늘 저녁이 그리 지루하지는 않으셨을 겁니다. 지금 와서 고백하지만, 제가 여러분을 이곳으로 모신 건 여러분을 즐겁게 해 드리자는 게 아니라, 어떤 불운한 일에 대한 도움을 요청하기 위해서였습니다. 여러분들은 전부 신사입니다. 겉모습만 보아도 그것을 충분히 알 수 있습니다. 여러분보다 더 안전한 분들은 없을 겁니다. 그래서 이제 숨김없이 말씀드리겠습니다. 저는 여러분에게 저를 위해 위험하고 까다로운 일을 좀 해 달라고 요청드리겠습니다. 이 일을 하면서 목숨이 위태로울 수도 있어서 위험하다고 했으며, 보고 듣는 것을 절대 비밀로 지켜야 하기 때문에 까다롭다고 말한 것입니다. 생면부지의 낯선 사람이 여러분께 이런 요청을 드리는 것은 우스꽝스러울 정도로 지나치다고 여겨지실 겁니다. 저도 그건 잘 알고 있습니다. 여기에서 한마디 더 말씀드리고자 합니다. 더 이상 제 이야기를 들을 필요가 없다고 생각하는 분이나 생면부지의 사람을 믿고 돈키호테 같은 헌신을 바치는 게 위험하다며 물러서려는 분들도 있을 겁니다. 그런 분들에게는 작별 인사를 드립니다. 즐거운 밤 되시고 늘 하느님의 가호가 함께하기를 바랍니다."

심하게 상체를 수그린 아주 키가 큰 흑인이 즉시 그 호소에 반응했다.

"솔직하게 말씀해 주셔서 감사합니다, 선생님. 저는 그만 가 보겠습니다. 더 이상 생각할 것도 없고요. 선생님이 저에게 의심 가득한 생각을 안겨 주었다는 것만 말씀드리고 싶군요. 말씀드렸듯이 저는 가겠습니다. 아마도 갈 거면서 무슨 말이 그리 많으냐고 생각하실지도 모르겠군요."

"오히려 그 반대죠." 모리스 씨가 대답했다. "솔직히 말해 주신 데 대해 감사드립니다. 저의 제안은 너무도 심각한 것이어서 그렇게 반응하실 만도 합니다."

"자, 신사분들. 뭐라고 대답하실 겁니까?" 키 큰 흑인이 다른 이들에게 물었다. "우린 오늘 저녁을 아주 즐겁게 보냈습니다. 이제 온전하게 몸을 보전하고 평화롭게 집으로 돌아가야 하지 않겠습니까? 내일 아침에 아무 죄도 짓지 않고 안전하게 잠에서 깨어난다면 제 제안이 얼마나 훌륭한 것인지 깨닫게 되실 겁니다."

흑인은 '아무 죄도 짓지 않고 안전하게'를 강한 어조로 말하면서 그 뜻을 강조했다. 그는 진지함과 의미심장함이 드러나는 심각한 표정을 짓고 있었다. 이 말을 듣고 또 한 사람이 서둘러 일어나 걱정스러운 얼굴로 떠날 준비를 했다. 이제 자리를 지키고 있는 사람은 브래컨버리 중위와 코가 붉은 고참 기병대 소령뿐이었다. 두 사람은 태연한 모습으로 재빨리 의미심장한 눈빛을 교환한 뒤 흑인의 말에는 무관심한 태도를 보였다.

모리스 씨는 떠나는 사람들을 문까지 배웅하고 돌아와서 안도감과 활기가 넘치는 표정으로 두 장교에게 말했다.

"저는 이제 성경에 나오는 여호수아 같은 분들을 선택했군요.* 두 분은 과연 런던에서 제일 솜씨 좋은 분들이실 겁니다. 두 분을 보고 제 마부들뿐만 아니라 저도 기뻤습니다. 저는 두 분이 기이한 환경 속에서 낯선 사람들과 어울리며 어떤 태도를 보이는지 지켜봤습니다. 어떻게 노름을 즐기는지, 또 돈을 잃은 뒤 어떻게 행동하는지를 지켜봤고, 마지막으로는 충격적인 선언을 하여 두 분을 시험했는데, 마치 저녁 식사에 초대받은 것처럼 아무렇지도 않게 받아들이시더군요." 모리스 씨가 목소리를 높이며 말을 이었다. "저는 여러 해 동안 유럽에서 가장 용맹하고 가장 현명한 통치자의 동료이자 제자로 지냈는데, 그게 이제야 결실을 맺었습니다."

"분더창 사건이 터졌을 때," 소령이 말했다. "저는 열두 명의 자원자

---

* 구약성경 『여호수아』 8장 3절에 나오는 내용으로, 여호수아가 자신의 전사들을 선택한 장면을 말한다.

를 모집했었죠. 모든 기병대원이 제 호소에 응하더군요. 하지만 노름하는 사람들이 전시의 병사들과 같을 수는 없겠죠. 선생님이 어려울 때 저버리지 않을 두 사람을 찾았으니 기뻐하셔도 좋을 것 같습니다. 도망간 두 놈은 제가 본 사람 중에 가장 비겁한 자들입니다. 리치 중위," 소령이 중위를 보며 말했다. "최근 당신에 대해 많은 이야기를 들었소. 내 이름도 들었을 거라고 믿소. 나는 오룩 소령이오."

노련한 군인이 붉고 약간 떨리는 손을 중위에게 내밀었다.

"못 들어 본 사람이 있겠습니까?" 중위가 대답했다.

"이 작은 사건이 해결되면 두 분은 제가 충분한 보상을 해 드렸다고 생각하시게 될 것입니다. 무엇보다 두 분을 서로 알게 해 드린 것보다 더 큰 보상이 어디 있겠습니까?" 모리스 씨가 말했다.

"자, 그럼. 결투를 하는 겁니까?" 오룩 소령이 말했다.

"어느 정도는 그렇다고 봐야지요." 모리스 씨가 대답했다. "알 수 없는 위험한 적들과 결투를 하게 될 것 같습니다. 정말로 걱정됩니다만, 목숨을 건 결투가 될 수도 있어요. 이제 두 분은 더 이상 절 모리스라고 부르지 마시고 제 진짜 이름인 해머스미스로 불러 주셨으면 합니다. 머지않아 소개해 드릴 다른 분의 이름은 부디 묻지도, 알려고도 하지 않으셨으면 좋겠습니다. 방금 말씀드린 그분은 사흘 전에 돌연 저택에서 사라지셨습니다. 그리고 오늘 아침까지 행적을 알 수가 없어요. 그분이 개인적인 복수에 몰두하고 있다고 말씀드리면 저의 근심 걱정을 이해하실 겁니다. 그분은 너무도 경솔하게 서명한 일방적 맹세에 묶이는 바람에, 법의 도움 없이 교활하고 잔인한 악당을 제거하셔야만 합니다. 그 악당의 일과 관련하여 벌써 두 사람이나 목숨을 잃었는데, 그중 하나는 제 친동생입니다. 단언하지만 지금 말씀드린 그분도 그자의 치명적인 사업에 연루되어 계십니다. 하지만 이 짧은 편지가 잘 보여 주듯이 그분께서는 여전히 살아 계시고 복수의 희망을 품고 계십니다."

모리스 씨는 바로 제럴딘 대령이었다. 그가 두 장교에게 편지를 내밀었다.

해머스미스 소령에게. 수요일 새벽 3시에 리젠트 공원의 로체스터 하우스 정원 근처 작은 문으로 오면 내가 전적으로 신임하는 사람이 들여보내 줄 것이네. 단 1초라도 늦어서는 안 되네. 올 때 내 칼이 담긴 상자를 가져오게나. 혹시 그런 사람이 있다면 품행과 분별력을 갖추고 내 이름을 모르는 신사 한두 분을 데리고 오게. 이 일에 절대 내 이름이 사용되어선 안 되네.

T. 고달

오룩 소령과 브래컨버리 중위가 편지를 보고 궁금증을 해소하자 제럴딘 대령이 입을 뗐다. "설사 그분이 아무런 지위가 없는 분이라 할지라도 그분의 지혜가 아주 훌륭하니 그분의 지시는 무조건 따라야 합니다. 말씀드릴 필요도 없겠지만, 저는 로체스터 하우스 인근이라면 가 본 적이 없어서 두 분과 마찬가지로 그분이 어떤 궁지에 빠지셨는지 전혀 모릅니다. 그분의 지시를 받자마자 저는 가구 도급업자를 찾아가 몇 시간 만에 방금 즐기신 연회 분위기를 갖춘 저택을 만들었습니다. 독창적인 계획이었지요. 그 결과 오룩 소령님과 브래컨버리 리치 중위님의 도움을 받게 되었으니 그걸 전혀 후회하지 않습니다. 그렇지만 급조한 시종들은 내일 아침에 거리에 나와 이 집을 보면 이상한 기분이 들 겁니다. 바로 어제저녁까지 불빛이 환했던 저택이 전혀 사람이 살지 않는 매물로 나온 걸 보고 말입니다. 비록 아주 위험한 일을 추진하는 과정에서 벌어진 것이지만, 나름대로 이처럼 즐거운 측면도 있는 것이죠."

"끝맺음도 즐겁도록 하시죠." 중위가 말했다.

대령이 시계를 보았다.

"이제 거의 새벽 2시입니다. 한 시간 정도 시간이 남았습니다. 이미 문 앞에 날랜 마차를 준비해 두었고요. 두 분의 도움을 받을 수 있을지 말씀해 주십시오."

"오랜 세월 살아오면서 그 어떤 것도 중도에 포기한 적은 없습니다. 몸을 사리면서 과감한 행동을 회피한 적도 없고요." 소령이 답했다.

중위도 아주 그럴듯한 말로 자신이 준비가 되었음을 알렸다. 이후 세 사람은 와인을 한두 잔 정도 마셨다. 대령은 두 사람에게 장전된 권총을 나눠 주었다. 세 사람은 함께 마차를 타고 편지에 제시된 주소로 갔다.

로체스터 하우스는 운하의 제방 위에 지어진 웅장한 저택이었다. 정원은 엄청나게 커서 이웃의 방해를 받을 일은 없어 보였다. 굉장한 귀족이나 백만장자의 사슴 사냥터처럼 보이기도 했다. 대저택이라 창문이 수도 없이 많을 텐데도 거리 쪽에서 보니 불이 들어온 곳은 단 한 군데도 없었다. 주인이 오랫동안 출타하여 방치된 느낌이었다.

마차에서 내린 세 신사는 곧 작은 문을 발견했다. 두 정원 벽 사이의 길에 나 있는 일종의 뒷문이었다. 약속 시간까지는 아직 10분에서 15분 정도가 남아 있었다. 비가 억수로 퍼붓고 있었고, 모험가들은 축 늘어진 담쟁이덩굴 아래로 피신하여 앞으로 닥쳐올 시련에 대하여 낮은 목소리로 말했다.

　그러던 중에 돌연 제럴딘 대령이 손가락을 들어 침묵하라고 지시했다. 세 사람은 최고조로 집중해서 귀를 기울였다. 계속되는 시끄러운 빗소리를 뚫고서 두 남자의 걸음 소리와 목소리가 벽 반대편에서 들려왔다. 그들이 점점 일행 쪽으로 다가오자 귀가 아주 밝은 브래컨버리 중위는 심지어 그들의 대화 일부를 알아듣기까지 했다.

　"무덤은 파 둔 거야?" 한 남자가 말했다.

　"그래. 월계수 울타리 뒤에. 일이 끝나면 막대기 더미로 덮어 버리면 돼." 다른 남자가 대답했다.

　처음 말한 자가 크게 웃었고, 이 즐거운 웃음은 벽의 반대편에서 엿듣는 사람들에게 큰 충격을 주었다.

　"이제 한 시간 남았구먼." 처음 말한 남자가 말했다.

　발걸음 소리로 보아 두 사람은 헤어져 각자 반대 방향으로 가는 게 분명했다.

　바로 그 직후에 뒷문이 조심스럽게 열리더니 골목 쪽으로 흰 얼굴이 불쑥 나와 세 사람을 손짓으로 불렀다. 철저하게 정숙을 유지하면서 세 사람은 그 문으로 들어갔고 안내자는 곧바로 문을 잠갔다. 그들은 안내자를 따라 정원의 소로를 통과하여 저택의 주방 입구까지 갔다. 그럴듯한 주방 가구 하나 없이 크기만 한 주방에는 단 하나의 촛불만 타오르고 있었다. 그들이 거기에서 나선형 계단을 걸어 올라가는데, 쥐들이 내는 엄청난 소음이 아주 여실하게 그 저택의 황폐한 상태를 알려 주었다.

　안내자는 촛불을 들고 앞장을 섰다. 등이 구부정하고 깡말랐지만 그래도 민첩했다. 때때로 그는 몸을 돌리면서 조용히 하라거나 조심하라는 손짓을 했다. 제럴딘 대령은 한쪽 겨드랑이에는 칼이 든 상자를 끼고, 다른 손으로는 언제라도 쏠 수 있게 권총을 들고는 바로 그의 뒤를 따랐다. 브래컨버리 중위의 심장이 둔탁하게 뛰었다. 중위는 그들이 아직도 약속 시간보다 앞서 왔다는 것을 알았지만, 안내하는 노인의 민첩한 동작을 감안할 때 행동에 돌입할 시간이 거의 다 되었다고 판단했다. 모험의 상황은 너무도 모호하여 위협적이었고, 또 그 장소도 아주 사악한 행동을 저지르기 위해 선택된 곳이라는 느낌이 들었다. 따라서 중위보다 나이가 많은 사람이었더라면 공포의 감정을 표시하는 게 너무나 당연했을 것이다.

나선형 계단의 꼭대기에 도착하자 안내자는 문을 열고 작은 방에 세 사람을 먼저 들여보냈다. 방은 그을음이 나는 등불과 약한 난롯불로 밝혀져 있었다. 난롯가 구석에는 건장하지만 우아하고 위엄찬 외양의, 인생의 장년기에 막 접어든 한 남자가 앉아 있었다. 그의 태도와 표정은 아무런 동요 없이 평온한 태도를 유지했다. 남자는 깊은 생각에 잠긴 채 궐련을 느긋하게 피우고 있었고, 팔꿈치를 대고 있는 탁자에는 방 안 가득 기분 좋은 향을 퍼뜨리는 발포성 음료가 담긴 긴 유리잔이 놓여 있었다.

"어서 오게나." 남자가 제럴딘 대령에게 손을 내밀었다. "자네가 지시를 충실히 이행할 거라고 생각했네."

"분부만 내리십시오." 대령이 머리를 숙여 답했다.

"신사분들을 소개해 주게." 남자가 인사를 받고는 대령에게 말했다. 서로 소개가 끝나자 남자가 몹시도 우아하고 붙임성 있게 두 사람에게 말했다. "신사 여러분, 이것보다 더 유쾌한 계획을 제공하지 못해 안타깝습니다. 심각한 일을 앞두고 이렇게 인사를 나누게 되어 별로 우아하지는 못하군요. 하지만 사태가 급박하여 예의범절에 다소 소홀하게 되었습니다. 이처럼 불쾌한 저녁에 서로 만나게 된 점을 너그럽게 용서해 주시길 청하고, 또 그리 해 주시리라고 믿습니다. 또 두 분처럼 관대한 분이라면 격식보다는 실질적으로 남에게 호의를 베푸는 것을 더 좋아하시리라고 생각합니다."

"전하." 소령이 말했다. "너무 직설적이라면 용서하시길 바랍니다. 그렇지만 제가 아는 바를 숨길 수는 없습니다. 조금 전부터 저는 해머스미스 소령의 정체에 대해 반신반의했지만, 고달 씨에 대해서는 오해의 여지가 없습니다. 런던에서 보헤미아의 플로리젤 왕자를 몰라보는 사람을 둘이나 찾아낸다는 것은 너무 행운에 기대는 것이 아니겠습니까."

"플로리젤 왕자님이라고요!" 중위가 놀라서 소리쳤다.

이어 브래컨버리 중위는 앞에 있는 저명인사의 모습을 깊은 흥미를 느끼며 바라보았다.

"제 신분이 드러난 것을 애석하게 여기지 않습니다." 왕자가 말했다. "제가 좀 더 권위를 가지고 두 분에게 감사 표시를 할 수 있게 되었으니까요. 두 분은 상대가 고달 씨가 되었든, 보헤미아의 왕자가 되었든 이 일을 잘해 주시리라 믿습니다. 하지만 왕자라는 신분으로 두 분에게 좀 더 많은 것을 해 드릴 수 있을 겁니다. 그러니 신분이 밝혀진 게 오히려 제게 더 이득이군요." 왕자는 정중한 태도로 말했다.

이어 왕자는 두 장교와 함께 인도의 군대와 원주민 군대에 대한 이야기를 나누었다. 어떤 주제가 되었든 왕자는 엄청난 정보와 매우 건실한 견해를 가지고 있었다.

치명적으로 위험한 순간에도 왕자의 태도에는 아주 비범한 구석이 있었고, 그래서 브래컨버리 중위는 절로 존경하는 마음이 생겨났다. 또 놀라울 정도로 쾌활하고 매력적으로 대화를 이끌어 나가는 왕자의 매너도 주목할 만한 것이었다. 억양이며 몸짓이며 고귀해 보이지 않은 것이 없었으며, 듣는 사람의 품격까지 높여 주는 것 같았다. 중위는 왕자를 쳐다보면서 용맹한 사람이 기꺼이 목숨도 내놓을 수 있을 정도의 훌륭한 군주라고 생각했다.

그렇게 잠시 시간이 흘러갔다. 이어 아까 일행을 저택으로 안내하고 그때까지 구석에 앉아 있던 노인이 손에 시계를 든 채 일어나 왕자에게로 다가가 한마디를 속삭였다.

"좋아요, 노엘 박사." 플로리젤 왕자가 큰 소리로 말하고는 이어 다른 이들에게도 말했다. "신사 여러분, 잠시 등불을 끌 테니 양해하시기 바랍니다. 이제 때가 다가오고 있습니다."

노엘 박사가 등불을 껐다. 새벽을 알리는 희미하고 어둑한 빛이 창문을 통해 흘러들었지만 방을 밝히기에는 충분하지 않았다. 방이 너무도 어두워서 왕자가 일어섰을 때 그의 모습을 구별할 수도 없었고, 또 그가 말할 때 어떤 심리 상태인지도 알 수가 없었다. 왕자는 문 쪽으로 움직이더니 최대한 경계하며 문 옆에 자리를 잡았다.

"신사 여러분, 절대 정숙해 주고 가장 어두운 그림자 속에 몸을 숨기세요." 왕자가 말했다.

세 명의 장교와 의사가 서둘러 그 말을 따랐다. 거의 10분간 로체스터 하우스에서 들리는 소리라고는 목조 지붕 위를 뛰어다니는 쥐들의 소음뿐이었다. 그러던 중에 경첩이 삐걱거리는 소리가 크게 울렸고, 그동안의 철저한 정적과 크게 대조를 이루었다. 얼마 뒤 일행은 부엌 계단을 따라 천천히, 조심스럽게 올라오는 발걸음 소리를 들을 수 있었다. 침입자는 두 걸음 정도 걸을 때마다 발걸음을 멈추고 귀를 기울이는 것 같았다. 이 소리를 들으면서 일행은 마치 이 순간이 끝도 없이 길게 느껴졌고, 동시에 엄청난 불안감에 사로잡혔다. 노엘 박사는 이런 위험한 감정에 익숙한 사람이었음에도 엄청난 신체적 피로감을 느꼈다. 박사의 호흡 소리가 폐 속에서 그르렁거렸고, 이는 서로 딱딱 부딪쳤으며, 그가 불안하게 자세를 바꿀 때마다 관절에서는 삐걱거리는 소리가 났다.

마침내 침입자의 손이 문에 와 닿는 소리가 들렸다. 이어 경미한 소리가 들리며 빗장이 풀렸다. 다시 침묵이 흘렀고, 중위는 그 와중에 왕자가 어떤 비범한 행동을 대비하는 듯이 자세를 가다듬는 모습을 보았다. 문이 열리면서 새벽의 빛이 조금 더 흘러들었다. 문턱에 어떤 남자의 모습이 나타나 그대로 섰다. 남자는 키가 컸고 손에 칼을 들고 있었다. 동이 터 오는 시간이었음에도 남자의 노출된 윗니가 번뜩거렸고, 입은 마치 곧 사냥감을 향해 뛰어들려는 사냥개처럼 벌어져 있었다. 또한 남자는 얼마 전까지만 해도 물속에 몸을 담그고 있던 것이 분명했다. 문턱에 서 있는 그의 젖은 옷에서 물방울이 바닥으로 뚝뚝 떨어진 것이다.

마침내 남자가 문턱을 넘어섰다. 갑자기 뛰어오르는 소리가 났고, 억눌린 비명이 들렸으며, 순간적으로 몸부림치는 소리가 들렸다. 제럴딘 대령이 벌떡 일어나 도우려고 하기도 전에 이미 왕자가 남자의 칼을 빼앗아 무장해제 시키고서 양어깨를 뒤로 잡아채 꼼짝 못 하게 했다.

"노엘 박사, 등불을 다시 켜 주시면 좋겠습니다." 왕자가 말했다.

제럴딘 대령과 브래컨버리 중위에게 남자를 넘기고 왕자는 난롯가로 가서 등을 돌리고 불을 쬐었다. 등불에 다시 불이 들어오자 일행은 왕자의 표정에서 전에 없던 준엄함을 느낄 수 있었다. 소탈한 신사의 모습은 어디론가 사라졌고, 그야말로 보헤미아의 왕자로서 추상같은 위엄을 갖추고 있었다. 왕자는 정의로운 분노에 불타올랐고, 정의를 실현하기 위해서는 죽음도 마다하지 않을 기세였다. 왕자는 고개를 들어 붙잡힌 자살 클럽 회장에게 말했다.

"회장, 네놈은 스스로 마지막 함정을 판 꼴이 되었다. 네놈의 발은 이제 절반쯤 그 속에 들어가 있다. 날이 밝고 있고, 네놈에게는 그야말로 마지막 아침이 될 것이다. 그리고 리젠트 운하를 헤엄쳐서 건너올 때 쉬었던 숨은 네 마지막 숨이 될 것이다. 네놈의 오랜 동료인 노엘 박사도 나를 저버리지 않고 네놈을 정의의 심판대 위에 세우고자 내 손에 넘겼다. 나는 전지전능한 하느님의 권능을 빌려 오늘 오후에 네놈이 나를 묻으려고 미리 파 두었던 무덤에 오히려 네놈을 파묻을 것이다. 그렇게 하여 사람들이 네놈의 사악한 사업에 더 이상 호기심을 갖지 못하도록 할 것이다. 혹시 참회할 생각이 있다면 무릎을 꿇고 기도를 올려라. 네놈이 살 시간은 얼마 남지 않았다. 하느님께서는 이미 네놈의 죄악에 지칠 대로 지치셨다."

회장은 말로든 몸짓으로든 어떠한 대답도 하지 않았다. 하지만 왕자의 지속적인 준엄한 시선을 의식해서인지 시무룩한 표정으로 고개를 숙이고 바닥을 내려다볼 뿐이었다.

"신사 여러분." 플로리젤 왕자가 평소의 어조로 다시 말을 이었다. "이자는 오랫동안 내 손을 피해 달아나던 자입니다. 하지만 노엘 박사 덕분에 이렇게 발목을 단단하게 붙잡았습니다. 이자가 저지른 죄악을 다 이야기하자면 우리가 감당할 수 있는 것보다 훨씬 더 많은 시간이 필요합니다. 저 운하가 이자에게 희생된 사람들의 피로 가득 채워진다고 하더라도 이 비열한 자는 지금 보시는 대로 눈물 한 방울 흘리지 않을 겁니다. 이런 비열한 자와의 싸움이지만 그래도 나는 명예롭게 이 일을 처리하고 싶습니다. 그래서 두 장교분을 심판관으로 삼아 결투를 벌이려는 것인데, 이건 결투보다는 처형에 더 가깝습니다. 이 악당에게 결투의 무기를 선택하게 하는 것은 과도하게 예의를 갖추는 것이겠지요. 나는 이런 일로 내 목숨을 잃을 여유는 없습니다." 왕자가 칼이 든 상자를 열면서 말을 이었다. "무기 선택은 내가 하기로 하겠습니다. 총알은 종종 우연히 빗나가는 일이 있는 데다 총 쏘는 사람이 손을 떨게 되면 기술과 용기를 제대로 발휘하지 못하니, 이 문제를 칼끝으로 해결하기로 했습니다. 신사 여러분도 내 결정을 수긍하시리라고 확신합니다."

왕자의 이 말은 특히나 브래컨버리 중위와 오룩 소령을 상대로 한 말이었고, 두 장교는 즉각 고개를 끄덕이며 수긍했다. 왕자가 이를 보고 회장에게 말했다. "더 이상 날 기다리게 하지 말고 어서 칼을 들어라. 난 네놈을 한시바삐 끝장내고 싶다."

붙잡혀 무장해제 당한 뒤 처음으로 회장이 고개를 들었다. 왕자의 말을 듣고 용기가 생겨난 모양이었다.

"정당한 결투입니까?" 회장이 열망하듯 물었다. "왕자님과 저만의 결투입니까?"

"네놈에겐 과분한 영광이다." 왕자가 답했다.

"하하, 이런!" 회장이 소리쳤다. "만약 결투의 들판이 공정하다면 무슨 일이 벌어질지 누가 압니까? 전하께서 정말 공정하게 처신하셨다는 말씀을 드리고 싶군요. 만약 최악의 사태가 벌어진다고 하더라도 저는 유럽에서 가장 훌륭한 신사의 손에 죽는 거니까요."

억류했던 사람들이 그를 풀어 주자 회장은 탁자로 가서 자세히 살펴보며 칼을 고르기 시작했다. 회장은 아주 의기양양했고, 자신이 진검 승부에서 이길 것이라고 확신하는 듯했다. 회장의 이런 자신감 넘치는 얼굴을 지켜보던 일행은 점점 염려가 되어 왕자에게 재고하는 것이 어떻겠느냐고 청했다.

"이건 간단한 놀이입니다. 신사 여러분, 약속드리죠. 이 놀이는 그리 길지 않을 겁니다." 왕자가 답했다.

"전하, 너무 무리하지 마십시오." 제럴딘 대령이 말했다.

"제럴딘, 내가 빚진 것을 명예롭게 갚지 못했던 적이 있었나? 난 이 자를 죽이고 자네에게 진 빚을 갚겠네. 꼭 그렇게 될 거야."

마침내 회장이 길고 가느다란 양날 칼을 하나 집어 들고 만족스러워했다. 그는 교양이 없기는 했지만 나름 고귀한 몸짓으로 준비가 되었음을 알렸다. 위험이 닥쳐 용기를 내서인지 심지어 이 몹시 불쾌한 악당에게서도 남자다움과 품위가 감돌았다.

왕자는 아무 칼이나 한 자루 잡고 말했다.

"제럴딘 대령과 노엘 박사는 이 방에서 날 기다려 주세요. 나는 이자를 처리하는 데 친구들이 함께하는 것을 원치 않습니다. 오록 소령은 연륜도 있고 명성도 있으니 자살 클럽 회장의 대리인을 맡아 주세요. 그리고 리치 중위는 내 대리인으로 신경을 좀 써 주세요. 젊은 사람은 이런 일에 아무리 경험을 많이 쌓아도 여전히 부족하지요."

"전하, 지극한 영광입니다." 브래컨버리 중위가 대답했다.

"좋아요." 왕자가 말했다. "나도 장차 더욱 중요한 순간에 당신의 친구가 되기를 희망합니다."

말을 마친 뒤 왕자는 방을 떠나 부엌 계단으로 내려갔다.

방 안에 남겨진 대령과 의사는 창문을 활짝 열고 몸을 앞으로 내밀었다. 그리고 온몸의 신경을 집중해서 곧 벌어질 비극적 결투의 결과를 조금이나마 알아내려고 했다. 이제 비는 그쳤고 해가 떠오르려고 했다. 정원의 관목 숲과 숲 속 나무들 사이에서 새들이 지저귀는 소리가 들렸다. 왕자와 그 일행은 두 개의 꽃 핀 덤불 사이로 난 길에서 잠깐 보이다가 나무숲이 우거진 모퉁이에 들어서면서 그들의 시야에서 사라졌다. 대령과 의사가 엿볼 수 있는 기회는 거기까지가 전부였다. 정원은 너무도 광대했고, 결투 장소는 저택에서 너무 멀리 떨어져서 칼이 부딪치는 소리도 들리지 않았다.

"왕자님께서 그 친구를 무덤 구덩이로 데려가셨군." 노엘 박사가 몸을 떨며 말했다.

"아, 하느님!" 대령이 소리쳤다. "정의를 지켜 주소서!"

박사는 두려움에 몸을 떨며, 대령은 고뇌에 차서 땀을 흘리며 묵묵히 결투의 결과를 기다렸다. 많은 시간이 흘러 해가 중천에 떠올랐고, 정원의 새들은 이전보다도 더욱 시끄럽게 지저귀었다. 그 뒤 얼마 지나지 않아 사람들이 돌아오는 발걸음 소리가 들렸고, 의사와 대령은 문 쪽을 쳐다보았다. 왕자와 두 장교가 방 안으로 들어섰다. 하느님께서 정의를 지켜 주신 것이었다.

"이런 내 감정이 부끄럽습니다." 왕자가 말했다. "내 지위와는 맞지 않는 약점이죠. 하지만 그 지옥의 파수견 같은 놈이 날 질병처럼 계속 괴롭혔습니다. 이제 그놈이 죽고 나니 개운하게 잠을 잔 것보다 한결 더 상쾌한 기분입니다. 보게나, 제럴딘." 왕자가 바닥에 칼을 던지며 말을 이었다. "그 칼에는 자네 동생을 죽인 놈의 피가 묻어 있네. 참으로 보기 좋은 광경이로군. 그런데 우리 인간이란 존재를 보게, 얼마나 이상한지! 복수를 끝마친 지 5분도 되지 않았건만, 나는 이미 스스로에게 이 불확실한 삶의 단계에서 진정한 복수를 성취한 것인지 의문이 들기 시작했다네. 놈이 저지른 죄악을 그 누가 원상회복시킬 수 있단 말인가? 놈은 그 사악한 사업에서 성공했고, 이런 거대한 재산을 모았네. 지금 우리가 서 있는 이 저택도 놈의 것이지. 그놈의 사업은 이제 영원히 인류가 받아들일 운명의 일부분이 되었어. 최후의 심판 때까지 내가 아무리 칼을 들고 찔러 대더라도 죽은 자네 동생은 살아 돌아오지 않고, 또 수천의 무고한 사람들이 치욕 속에 타락해 버린 것을 원상회복시킬 수가 없어! 인간의 존재란 이렇게나 하찮은데, 저지르는 일은 이렇게나 거대하네! 아아!" 왕자가 소리쳤다. "인생에서 성취의 순간처럼 깊은 환멸을 안겨 주는 때가 또 있을까?"

"하느님의 정의가 구현된 것입니다." 박사가 대답했다. "저 역시도 많은 것을 봐 왔지요. 전하, 그리고 저는 참으로 뼈저리고 가혹한 교훈을 얻었습니다. 저는 죽을 것 같은 불안에 떨며 제 차례를 기다리고 있습니다."

"내가 어디까지 말했죠?" 왕자가 큰 소리로 말했다. "내가 이미 징벌을 했다고 했죠. 여기 내 옆에 있는 박사는 저질러진 죄악을 원래대로 되돌릴 수 있도록 날 도와줄 사람입니다. 노엘 박사! 당신과 나는 앞으로 오랫동안 힘들지만 명예로운 고역을 계속 수행해야 할 겁니다. 우리가 그런 일을 해 나가는 과정에서 박사는 예전에 저지른 잘못을 속죄하고도 남음이 있을 겁니다."

"그런데, 전하, 이제는 제 오랜 친구를 묻을 수 있게 허락해 주십시오." 박사가 말했다.

***

　여기가(박식한 아라비아 작가가 말한다) 이 이야기의 다행스러운 결말입니다. 플로리젤 왕자가 이런 위대한 업적을 세우는 데 도움을 준 사람들을 단 한 명도 잊지 않았다는 것은 말할 필요도 없을 것입니다. 그리고 지금까지도 왕자의 권위와 영향력은 이 일에 참가한 자들이 공직에서 출세하는 데 도움을 주고 있으며, 더불어 왕자의 겸손한 우정은 그들의 사생활을 더욱 매력적으로 만들어 주고 있습니다. 플로리젤 왕자가 하느님의 뜻에 따라 참여한 모든 기이한 사건을 기록하면 온 세계가 그 책들로 가득 차고 말 것입니다.

# 도덕, 신비, 모험을
# 중시하는 고전 작가

로버트 루이스 스티븐슨은 우리나라에 『보물섬』의 작가로 널리 알려져 있다. 이 책의 성가가 하도 높아서 다들 스티븐슨이라고 하면 청소년용 모험소설을 쓴 스코틀랜드 출신의 대중소설 작가 정도로만 이해하고 있다. 실제로 영미권에서도 이런 잘못된 인식 때문에 20세기 전반기에는 그를 본격 작가로 대접하기보다는 대중에 영합하는 통속소설가로 보려는 시각이 있었다. 그러나 20세기 후반에 들어와 데이비드 데이치스 등의 영문학자들에 의한 스티븐슨 연구가 본격화하면서 그는 빅토리아 시대의 고전 작가로 확고한 지위를 차지하게 되었다.

영국 작가 G. K. 체스터턴은 스티븐슨의 단편소설 「자살 클럽」을 가리켜 이렇게 말했다. "나는 이 작품이 스티븐슨의 소설 중 가장 위대한 것이라고 말하지는 않겠다. 하지만 아주 독특한 작품이라는 것은 주저하지 않고 말할 수 있다. 이런 작품은 전에도 나온 적이 없고, 앞으로도 다시 나오기 어려울 것이다." 미국 소설가 조이스 캐럴 오츠는 「지킬 박사와 하이드 씨의 기이한 사례」에 대해서 이렇게 말했다. "이 작품은 프로이트를 예고하고 있다. 인간의 정신은 에고와 본능, 문명과 자연으로 분열되어 있으며 그 둘은 서로 융합되지 않는다는 점을 이 작품은 잘 보여 준다." 블라디미르 나보코프는 이 작품을 가리켜 "플로베르의 『보바리 부인』이나 고골의 『죽은 혼』에 비해 손색이 없는 소설이며, 산문 작품이라기보다 시에 더 가까운 우화이다"라고 말했다. 셜록 홈스의 작가 아서 코넌 도일은 스티븐슨에 대하여 이렇게 말했다. "스티븐슨은 소설의 모든 영역을 완벽하게 터득했다. 그보다 더 강한 개성을 가진 사람은 없으며, 이야기를 할 때 그보다 더 유능하게 이야기 능력을 보여 주는 작가는 없다." 스티븐슨의 전기를 집필한 문학평론가 데이비드 데이치스는 이렇게 말했다. "스티븐슨은 영어로 된 가장 인상적인 소설들을 창작했다. 그는 빅토리아 시대의 청소년용 모험소설을 그 나름의 고전 작품으로 승화시켰다."

이처럼 그의 성가가 높아지면서 그의 단편소설에 대한 연구도 본격적으로 진행되었는데, 미국의 모던 라이브러리 출판사는 그의 단편소설 스무 편을 한데 묶어 단편전집으로 펴냈다. 스티븐슨의 단편 중 「지킬 박사와 하이드 씨의 기이한 사례」 「자살 클럽」 같은 작품들은 거의 200자 원고지 500매에 가까워 요즘 기준으로 보자면 중편소설 혹은 경장편으로 분류해야 하겠지만, 모던 라이브러리의 단편전집은 스티븐슨이 발표할 당시에 단편으로 취급되었던 점을 존중하여 단편으로 분류했다. 이 책은 그 스무 편 중에서 가장 유명한 작품 여덟

편을 골라서 번역한 것이다. 앞서 스티븐슨이 본격 작가라는 평가를 받는다고 했는데, 이런 평가의 배경에는 그가 선과 악의 문제를 깊숙이 다룬 도덕적인 작가라는 점이 자리 잡고 있다. 그래서 이 단편집에서는 그 도덕의 문제를 깊이 있게 다룬 세 편의 작품, 즉 「지킬 박사와 하이드 씨의 기이한 사례」 「하룻밤 묵어가기」 「마크하임」을 먼저 실었다.

이 중에서 「하룻밤 묵어가기」와 「마크하임」은 선악의 미묘한 문제, 즉 누구도 전적으로 선하거나 전적으로 악한 것은 아니며, 그 사람이 처한 외부적인 상황이 그런 유동적인 상태에 영향을 미친다고 주장한다. 그러나 선악의 사이에서 적절한 균형을 잡지 못한다면 인간은 결국 악마의 손에 넘어가 스스로를 파멸시키고 만다는 것이 「지킬 박사와 하이드 씨의 기이한 사례」의 주제이다. 지킬은 프랑스어 '즈'(je, 나)와 영어 '킬'(kill, 죽이다)을 합성한 것으로 '나를 죽이는 사람'이라는 뜻이고, 하이드는 '자꾸만 숨는 자'라는 뜻이다. 이 교묘한 이름만으로도 우리는 이 작품의 전반적인 윤곽을 파악할 수 있다. 자신의 악한 점은 숨겨서 되는 것이 아니라 겉으로 드러내어 햇볕을 쪼임으로써 그 음습성을 휘발시켜야 한다. 다시 말해 우리는 자신의 악한 면을 숨길 것이 아니라 인정하면서 그것을 고치려고 노력할 때 비로소 선으로 나아갈 수 있다는 것이다. 이렇게 하여 우리는 선악의 양면 사이에서 자신의 형편에 맞게 균형을 잡아야 하며, 어느 한쪽에 일방적으로 기울어지면 그런 사람은 곧 자기를 죽이는 사람이 된다는 뜻이다.

이 작품은 주제도 흥미롭지만 이야기가 전개되는 과정도 아주 교묘하다. 하늘 아래 새로운 것은 없다는 말도 있듯이, 그 어떤 소설의 소재도 이미 다 세상에 나와 있다. 그 알려진 소재를 가지고 어떻게 이야기를 풀어 나가는가에 따라 작가의 역량이 결정되는데, 이런 점에서 스티븐슨은 아주 탁월한 이야기꾼이다. 그의 이야기에는 몽환적인 요소가 강하며, 실제로 그는 꿈에서 소설의 소재를 많이 얻었다고 한다. 그는 또 "어린아이들에게 놀이가 있다면 어른에게는 소설이 있다"라는 말도 했을 만큼 소설의 놀이적 요소를 강조했다.

놀이적 요소는 곧 모험의 이야기로 이어지는데 「자살 클럽」은 자살을 하려는 사람들의 모임을 둘러싸고 벌어지는 일로, 과연 이런 현대적인 작품이 1890년대에 발표된 작품인가 의아할 정도이다. 「시체 도둑」도 그 기이한 소재와 돌연한 결말로 아주 유쾌한 읽기를 제공한다. 마지막으로 「해변가 모래언덕 위의 별장」은 일견 『보물섬』을 연상시키는 분위기가 강한 작품이다. 훔쳐 간 돈을 사이에 두고 두 진영으로 나뉘어 싸운다든가, 같은 진영 내에서도 자중지란이 일어나서 서로 곤란을 겪게 된다는 점이 상당히 비슷하다. 모험을 다룬 세 편은 뒷부분에 넣었다.

도덕과 모험의 가운데에는 선과 악의 문제를 다루되 무대를 남태평양으로 옮긴 「악마가 깃들인 병」과 「목소리의 섬」을 넣었다. 전자는 사람들의 물질적 소망을 악마가 깃들인 병에 빗대어 풍자하고 있는데, 인상적인 사건 전개와 도덕적인 결말이 스티븐슨이 도덕을 중시하는 작가임을 다시 한 번 보여 준다. 「목소리의 섬」은 문명과 야만이 교차하는 지점에서 벌어지는 합리주의와 비합리주의의 대조를 통하여 세상을 다르게 보는 방식을 제시하는데, 이런 관점은 「팔레사 해변」이라는 소설에서 더욱 심화된다.

도덕, 신비, 모험이라는 세 분야에 걸친 스티븐슨의 단편소설들을 번역하면서 옮긴이는 '왜 소설을 읽는가?'라는 화두를 깊이 생각했다. 소설을 즐겨 읽는 사람들에게 왜 읽느냐고 물으면 어떤 목적이 있어서라기보다 그저 즐거워서 읽는다고 대답하는 경우가 많다. 그런데 이 즐거움이라는 것이 곧 아름다움의 느낌과 같은 것이 아닐까 생각해 본다. 다시 말해 우리가 느끼는 아름다움(즐거움)은 우리 머릿속에서는 일시적인 것이지만 이런 구체적인 모습을 갖춘 이야기 속에서는 영원한 것이라는 의미이다. 그래서 영국 시인 존 던은 "인류는 한 저자가 지어 낸 한 권의 책이다"라고 했는데, 훌륭한 소설은 바로 그 한 권의 책에 들어 있는 하나의 페이지로서 보편적인 감동을 준다는 것이다. 여기에 번역한 스티븐슨의 단편소설들은 그런 책의 한 페이지로서 전혀 손색이 없다고 할 수 있다.

**1850**    11월 13일 스코틀랜드 에든버러에서 성공한 토목 기사인 토머스
스티븐슨과 마거릿 이저벨라 밸푸어의 외아들로 태어났다. 아버
지는 북부 등대청의 수석 토목 기사로 근무했다.

**1867**    에든버러 대학에 입학한다. 당초 아버지의 직업에 따라 등대 엔지
니어가 되는 교육을 받을 예정이었으나 몸이 약해 법률로 전공을
바꾼다. 그러나 이때부터 이미 문학에 뜻을 두고 꾸준히 글을 썼
으며 각종 잡지에 투고한다. 또한 이때부터 병약하여 기침을 자주
했고(폐병으로 추정) 각혈을 하기 시작했다.

**1873**    진로에 대하여 아버지와 갈등을 겪고 이때부터 아버지의 재정 원

조가 끊기면서 아버지와의 불화가 시작된다. 이 무렵 잉글랜드 서퍽에 사는 결혼한 사촌을 만나러 갔다가 그곳에서 영문학자인 시드니 콜빈을 만나 평생의 친구로 교우하게 된다.

1875     스코틀랜드 법조계의 법률가 자격을 획득했으나 변호사 개업은 하지 않는다. 이해에 레슬리 스티븐(여류 소설가 버지니아 울프의 아버지)을 만나 W. E. 헨리와 교우하게 되고, 헨리와 함께 네 편의 희곡을 썼으나 실패한다.

1876     프랑스로 건너가 후일 아내가 되는 미국 여성 패니 오스본을 만난다. 패니는 유부녀인 데다 스티븐슨보다 열 살 연상이었고, 그를 어머니처럼 보살펴 준다.

1878     벨기에와 프랑스에서의 카누 여행을 묘사한 여행기인 『내륙의 여행An Inland Voyage』을 펴낸다. 패니 오스본이 캘리포니아로 돌아간다.

1879     자신의 당나귀 모데스틴과의 여행을 기록한 글인 『세벤느에서의 당나귀와의 여행Travels with a Donkey in the Cévennes』을 펴낸다. 이해 8월에 패니 오스본을 찾아서 이민선을 타고 캘리포니아로 간다. 병들고 돈 한 푼 없는 상태로 미국에 도착한 스티븐슨은 떠돌이 생활을 하게 된다.

1880     몬터레이, 샌프란시스코 등지에서 불안정한 삶을 영위하다가 이

해 초 패니와 결혼한다. 이때 패니는 첫 번째 남편과 이혼한 상태였다. 이 무렵 아버지의 마음이 풀어져서 필요한 돈을 보내 주어 부부는 신혼여행을 떠날 수 있었다. 또한 아버지와 화해하기 위해 스코틀랜드로 돌아온다.

**1881**   4월, 요양차 머무르던 스위스의 다보스를 떠나 아내 패니와 아내의 전남편 소생 아들 로이드 오스본과 함께 스코틀랜드로 다시 돌아온다. 8월, 스티븐슨은 건강이 좋지 않음에도 아들 로이드를 즐겁게 해 주기 위해 『보물섬 *Treasure Island*』을 집필하여 《영 포크스》라는 잡지에 연재하기 시작했다.

**1882**   4월, 다시 요양차 머무르던 다보스를 떠나 스코틀랜드의 하일랜드 지역으로 돌아온다. 9월, 폐에서 피가 나와서 프랑스 남부의 이에르로 요양을 떠난다. 「자살 클럽」을 비롯한 세 편의 단편이 실린 『새로운 아라비안 나이트 *New Arabian Nights*』를 펴낸다.

**1884**   이에르 지방에 콜레라가 나돌아 스티븐슨 부부는 영국으로 돌아와 본머스에 거주한다. 여기에서 1887년 7월까지 3년을 살았으나 스티븐슨이 자주 아픈 바람에 영국의 날씨가 그의 건강에 좋지 않다고 결론을 내린다. 이 시절, 소설가 헨리 제임스를 만나서 깊이 사귄다.

**1885**   『어린이의 시의 정원 *A Child's Garden of Verses*』을 펴낸다.

**1886**      스티븐슨의 가장 유명한 단편소설인 『지킬 박사와 하이드 씨의 기이한 사례』와 『납치*Kidnapped*』를 펴낸다.

**1887**      8월에 요양하기 좋은 곳을 찾아 아내, 의붓아들과 함께 미국으로 건너간다. 뉴욕에 도착한 후 그곳 편집자와 발행인들이 높은 인세를 제시하며 다음 작품을 계약하자고 제안한다. 애디론댁 산맥에서 요양하면서 《스크리브너》에 실을 에세이와 『밸런트래 경*The Master of Ballantrae*』을 집필한다. 「마크하임」 등이 수록된 『즐거운 남자들과 기타 이야기와 우화들*The Merry Men and Other Tales and Fables*』을 펴낸다.

**1888**      6월, 스티븐슨은 전세 스쿠너 요트 캐스코호를 타고 가족과 함께 샌프란시스코를 떠나 휴양 및 관광차 남태평양으로 간다. 이때 하와이 몰로카이 섬의 나환자촌을 방문하고 평생 나환자들을 보살펴 온 벨기에의 다미앵 신부(1841~1889)에게 깊은 감명을 받는다. 신부는 평생 700명의 나환자들을 돌보다가 그 자신도 나병에 걸려 사망하는 인물이다. 단편 「악마가 깃들인 병」에 언급된 몰로카이의 나환자촌은 이때 영감을 받은 것이다.

**1889**      6월, 반년 정도 머물던 하와이의 호놀룰루를 떠나 길버트 제도로 갔다가 사모아로 가서 6주를 보낸다. 남태평양의 여러 섬들을 돌아다니면서 이 지역의 풍물과 문화에 대해서 널리 연구했다. 단편 「목소리의 섬」은 원주민들의 마법과 주술에 대하여 깊은 통찰을 보여 준다.

| 1890 | 10월, 시드니를 여행했다가 다시 사모아로 돌아와 바일리마에 집을 짓는다. 사모아의 기후가 온화하여 어느 정도 건강을 회복한다. 이곳 주민들은 스티븐슨을 가리켜 '이야기꾼'이라는 의미의 '투시탈라'라고 불렀다고 한다. |
|------|------|

| 1893 | 「팔레사 해변」「악마가 깃들인 병」「목소리의 섬」의 세 편의 단편을 묶은 단편집 『섬 밤의 여흥*Island Nights' Entertainments*』을 펴낸다. |
|------|------|

| 1894 | 12월 3일, 장편소설 『허미스턴의 위어*Wier of Hermiston*』를 집필하던 중 오랫동안 앓아 온 폐결핵 때문이 아니라 뇌출혈로 급작스럽게 사망했다. |
|------|------|

# 세계문학 단편선을 펴내며

세상의 모든 이야기는 단편으로 시작되었다. 성서와 그리스 신화를 비롯해 인류의 많은 신화와 설화는 단편의 형식으로 사물의 기원, 제도와 금기의 탄생, 운명이라는 이름의 삶의 보편적 형식을 설명했다.

〈세계문학 단편선〉은 모든 산문의 형식 중 가장 응축적이고 예술성이 높은 단편소설에 포커스를 맞추어 세계문학을 바라보는 새로운 관점을 제시하고자 한다. 단편소설을 언급할 때 빼놓을 수 없는 작가들의 작품들은 물론이고, 한두 편의 장편소설로만 우리에게 알려진 세계적 작가들이 남긴 주옥같은 단편들을 통해 대가의 진면모를 총체적으로 바라볼 수 있게 할 것이다. 또한 우리에게 문학의 변방으로 여겨져 왔던 나라들의 대표적 단편 작가들도 활발히 소개할 것이며 이미 순문학과의 경계가 불분명해진 장르문학의 형성과 발전에 크게 기여한 작가들의 작품 역시 새롭게 조명해 나갈 것이다.

에드거 앨런 포는 문학작품은 독자가 앉은자리에서 다 읽을 수 있을 정도로 짧아야 한다고 했다. 바쁜 일상의 삶을 사는 현대인들에게 〈세계문학 단편선〉은 삶과 사회, 나아가 세계를 바라볼 수 있게 하는 더할 나위 없이 좋은 친구가 될 것이라 확신한다.

21세기인 현재에 이르기까지 단편소설은 그리스 신화가 그러했듯이 삶의 불변하는 조건들을 응축된 예술적 형식으로 꾸준히 생산해 왔다. 그리고 새로운 문학적 기법과 실험적 시도를 통해 단편소설은 현재도 계속 진화, 확장되고 있다. 작가의 치열한 예술적 열정이 가장 뜨겁게 반영된 다양한 개성으로 빛나는 정교한 단편들을 통해 문학의 진정한 존재 이유를 독자들이 느낄 수 있기를 소망하며 이번 〈세계문학 단편선〉을 펴낸다.

현대문학 편집부

# 로버트 루이스 스티븐슨

초판 1쇄 펴낸날  2015년 1월 27일

지은이  로버트 루이스 스티븐슨
옮긴이  이종인
펴낸이  양숙진

펴낸곳  (주)현대문학
등록번호  제1-452호
주소  137-905 서울시 서초구 신반포로 321(잠원동)
전화  02-2017-0280
팩스  02-516-5433
홈페이지  www.hdmh.co.kr

© 2015, 현대문학

ISBN 978-89-7275-712-2  04840
세트  978-89-7275-672-9

* 책값은 뒤표지에 있습니다.